『경성일보』 문학 · 문화 총서 ❸

장편소설 새벽

〈『경성일보』 수록 문학자료 DB 구축〉 사업 수행 구성원

연구책임자

　　　김효순(고려대학교 글로벌일본연구원 교수)

공동연구원

　　　정병호(고려대학교 일어일문학과 교수)

　　　유재진(고려대학교 일어일문학과 교수)

　　　엄인경(고려대학교 글로벌일본연구원 부교수)

　　　윤대석(서울대학교 국어교육과 교수)

　　　강태웅(광운대학교 동북아문화산업학부 교수)

전임연구원

　　　강원주(고려대학교 글로벌일본연구원 연구교수)

　　　이현진(고려대학교 글로벌일본연구원 연구교수)

　　　임다함(고려대학교 글로벌일본연구원 연구교수)

연구보조원

　　　간여운 이보윤 이수미 이훈성 한채민

주관연구기관

　　　고려대학교 글로벌일본연구원

일본학 총서
46

『경성일보』
문학·문화 총서
03

장편소설

새벽

도쿠다 슈세이(德田秋聲) 지음 | 엄인경 옮김

역락

〈『경성일보』 문학·문화 총서〉 기획 간행에 즈음하며

본 총서는 고려대학교 글로벌일본연구원에서 한국연구재단 토대 연구사업(2015.9.1~2020.8.31)의 지원을 받아 〈『경성일보』 수록 문학자료 DB 구축〉 사업을 수행하는 과정에서 발굴한 『경성일보』 문학·문화 기사를 선별하여 한국사회에 소개할 목적으로 기획한 것이다.

조선총독부의 기관지로서 일제강점기 가장 핵심적인 거대 미디어였던 『경성일보』는, 당시 정치, 경제, 문화, 사회 지식, 인적 교류, 문학, 예술, 학문, 식민지 통치, 법률, 국책선전 등 모든 식민지 학지(學知)가 일상적으로 유통되는 최대의 공간이었다. 이와 같은 『경성일보』에는 식민지 학지의 중요한 한 축을 구성하는 문학·문화의 실상을 알 수 있는, 일본 주류 작가나 재조선일본인 작가, 조선인 작가의 문학이나 공모작이 다수 게재되었다. 이들 작품의 창작 배경이나 소재, 주제 등은 일본 문단과 식민지 조선 문단의 상호작용이나 식민 정책이 반영되기도 하고, 조선의 자연, 사람, 문화 등을 다루는 경우도 많았다. 본 총서는 이와 같은 『경성일보』에 게재된 현상문학, 일본인

주류작가의 작품이나 조선의 사람, 자연, 문화 등을 다룬 작품, 조선인 작가의 작품, 탐정소설, 아동문학, 강담소설, 영화시나리오와 평론 등 다양한 장르에서, 식민지 일본어문학의 성격을 망라적으로 잘 드러낼 수 있도록 구성하였다. 아울러 본 총서의 마지막은 〈『경성일보』 수록 문학자료 DB 구축〉 사업을 수행하는 과정에서 발굴된 문학, 문화 기사를 대상으로 식민지 조선 중심의 동아시아 식민지 학지의 유통과정을 규명한 연구서 『식민지 문화정치와 『경성일보』: 월경적 일본문학·문화론의 가능성을 묻다』(가제)로 구성할 것이다.

본 총서가 식민지시기 문학·문화 연구자는 물론 일반인에게도 널리 읽혀져, 식민지 조선의 실상을 바라보는 새로운 시각을 제시하고 동아시아 식민지 학지 연구의 지평을 확대시킬 수 있기를 기대한다.

2020년 5월
〈『경성일보』 수록 문학자료 DB 구축〉 사업 연구책임자 김효순

차례

일러두기

1. 『새벽』은 1920년 11월 23일부터 1921년 7월 15일까지 『경성일보』에 도합 200회 연재되었다. 본 역서는 『경성일보』의 연재 원고를 저본으로 삼았으되, 1회부터 110회(1921년 4월 6일)까지는 수정 및 퇴고된 단행본 『새벽』(文洋社, 1921.6.25.)을 참고하였다.

2. 현대어 번역을 원칙으로 하나, 일부 표현에 있어 시대적 배경을 고려하여 당대의 용어와 표기를 사용하기도 했다.

3. 인명, 지명 등과 같은 고유명사는 초출시 ( ) 안에 원문을 표기하였다.

4. 고유명사의 우리말 발음은 〈대한민국 외래어 표기법〉(문교부고시 제85-11호) '일본어의 가나와 한글 대조표'를 따랐다.

5. 각주는 역자주이며, 원주는 본문의 ( ) 안에 표기하였다.

새벽(曙)

도쿠다 슈세이
(德田秋聲)

제1회

남편의 부재(1)

회사 용무로 외국에 가 있는 남편 다쓰에(辰衛)가 일 년 정도의 시찰을 마치고, 오는 5월 초순에 요코하마(橫浜)에 입항하는 배로 귀국할 것이라는 통지가 온 이후, 아야코(絢子)에게 왠지 모르게 갑자기 바빠진 듯한 모습이 느껴짐과 동시에 내심 반가운 기색이 보였다.

아야코는 작년 초여름, 다쓰에가 먼 여정을 떠나고 나서 거의 집에 틀어박힌 상태로 지냈다. 좋아하는 여행도 않는가 하면 친구 집에도 찾아가지 않았다. 특별히 그렇게 외출을 못할 만큼 바쁜 것은 아니었지만, 그래도 시아버지도 모셔야 하고 아이 교육 등등 남편이 없으니 긴장하고 있어야 할 일들이 이것저것 퍽 많았다. 게다가 유부녀로서 가장 중요한 품행 상, 조금이라도 남에게 손가락질 받을만한 일이 있어서는 안 된다고 조심까지 하느라 아무튼 늘 마음을 졸이고 살

아야 했다. 물론 그것은 젊은 그녀 입장에서 꽤나 갑갑한 일이기도 했고, 시아버지라든가 세간이라든가 지위라든가 하는 것에 얽매여야 했기에 때로는 자기 집이 몹시 울적하게 여겨지는 것도 어쩔 수 없었다.

오늘도 그녀는 하루 종일 방 정리 따위를 하며 지냈다. 응접실 액자를 바꾸어 걸거나, 다다미 방의 족자를 갈기도 하고…… 게다가 이번에 다쓰에가 집에 돌아오는 길에 잠시 오사카(大阪)에 들러야 해서 기차로 도쿄(東京)역으로 도착하게 되었는데, 마중 갈 때 아이에게 입히려고 맞춘 옷이 완성되어 집으로 오고, 자기가 입을 것도 좀 샀던 터라 오후에는 장사꾼들이 들락거려 꽤 바빴다. 남편 귀국을 기다리는 일이, 신혼 이후 처음이기도 한 데다가 왠지 모르게 즐겁기도 하고 불안하기도 한 기분이 들었는데, 그러면서도 묘하게 무언가 허전한 듯 약간 적적함을 느꼈다. 딱히 지금만 그런 것이 아니라 친정 부모님 집을 떠나 이리로 시집오고 나서 벌써 이럭저럭 4년이나 되었음에도 여태도 이따금 그런 느낌이 드는 것이었다.

꼭 이 집에 시집온 것에 불만이 있어서는 아니지만, 이 결혼이 자기 마음으로 진정 바라던 바가 아니었던 것도 사실이다.

바쁜 하루가 저물고 아야코는 시아버지 식사 준비를 하고서, 안채의 시아버지 곁에서 잠시 아이와 유모도 함께 이야기를 나누다가 곧 복도를 지나 자기 생활하는 쪽으로 건너왔다. 아야코가 사는 곳은 일본식과 서양식이 절충된 새 양관(洋館)으로, 마침 그녀가 이 집에 시집온 당시에 마련된 신혼부부를 위한 별채였다.

늦은 봄날이라 마당에 만들어둔 가산(假山) 그늘에 있는 벚나무는 벌써 녹갈색 어린잎이 나고, 얼룩진 동백나무나 해당화가 피어 있었다. 연못 물가에 황매화도 지금이 절정이었다. 다쓰에가 떠난 것이 딱 작년 이맘때에서 2주 정도 늦은 무렵이었는데, 집에 돌아오는 것도 마침 그 무렵이 될 듯했다. 1년 동안 저 시아버지와 어떻게 지내나 싶어 그녀는 마음속으로 고민했지만, 지나고 보니 별일 아닌 듯도 여겨졌다. 물론 그사이에 힘든 일도 있었다. 시아버지가 이번 겨울 감기로 자리에 누웠을 때는 하녀나 간병인들도 있었지만 그녀가 제일 신경을 곤두세우고 지내야 했다. 하지만 지금 돌이켜 보니 그것도 아주 잠깐 괴로운 꿈을 꾼 정도로 여겨질 따름이었다.

다만 최근에 몹시도 신경 쓰이는 일이 한 가지 생겼다. 그것은 친정아버지로부터의 돈 요청이었는데, 다쓰에가 돌아온 이후에라도 괜찮다는 이야기였지만, 남편이 돌아오기 전에 시아버지에게 털어놓아야 할지 남편이 돌아오기를 기다려야 할지 아야코는 내내 그것이 마음에 걸렸다.

(1920.11.23)

제2회

남편의 부재(2)

아까도 아야코는 식사 중에 그 생각을 하면서 시아버지의 기색을 살피고 있었는데, 아무래도 말을 꺼내기 어려운 일이라 자기도 모르게 머뭇거리다 결국 이야기를 못하고 말았다. 그리고 자기 방으로 물러나 곰곰 생각해 보니, 친정아버지의 돈 요청이 종종 있던 일이어서 여기에 자기가 더 부탁할 여지는 없을 것 같았지만, 친정 안위와 관련된 일이다 보니 잠자코 있을 수만도 없다는 생각이 들었다.

아야코는 조만간 남편을 마중 나간다는 기대감은 있었지만, 그런 문제가 내내 마음에 걸려 있었으니 무슨 일을 해도 마음이 무거워서 도리가 없었다. 물론 친정아버지 부탁이라는 것이 지금 당장 2만 5, 6천 엔 정도 있으면 집만큼은 넘어가지 않는다는 것인데, 그 정도 돈은 고지마치(麴町)의 대지주인 시마 분페이(島文平) 입장에서는 정말 얼마 안 되는 푼돈에 불과하지만, 지금까지도 3천, 5천 되는 금액을 두세 번 빌려 간 데다가 이자 계산도 엉망진창으로 꼬여버려 아버지 생각처럼 일이 풀리지 않았다. 퇴직한 육군 중장인 아버지 야마무라 도시유키(山村敏之)와 미천한 출신으로 길거리 상인에서 벼락부자가 되어 자기 대에 백만장자가 된 분페이는, 금전에 대한 개념이 아예 근본석으로 달랐던 것이다.

아야코는 그런 생각을 하면 항상 돈 외에는 아무것도 관심이 없는 이 집으로 시집오게 된 자신의 박복함이 슬퍼졌는데, 사실 그녀로서는 상상도 하지 못할 정도의 불쾌한 경험도 실제로 많았다.

아야코는 옅은 비애를 머금은 늦봄의 마당을 바라보며 툇마루의 등나무 의자에 앉아 있었는데, 기분이 가라앉아 견딜 수가 없었으므로 퍼뜩 떠올린 듯 양관 객실로 들어가 몇 달만인지 피아노 덮개를 치우고 문득 건반에 손가락을 대보았다. 원래 어릴 적부터 음악을 좋아했고 아버지가 아직 중장으로 군적을 두었을 시절에는 친하게 지내던 독일 사람에게 배운 적도 있어서 피아노는 곧잘 다루었으므로, 이 집에 정착하게 되고서도 이따금씩 건반을 두드리곤 했다.

아야코는 소리를 죽이듯 해서 <야상곡>을 연주하기 시작했는데, 손가락이 굳었는지 기분이 울적해서인지 전혀 리듬을 타지 못했다. 그래서 가벼운 초조함과 피로를 느끼며 도중에 멈추고 후 한숨을 내쉬는 듯 무슨 생각을 한다 할 것도 없이 멍하니 있었다.

방에는 밝은 전등이 한낮처럼 환하게 비추었고 커튼을 걷어 올린 창에서는 따스한 바람이 살랑살랑 흘러들어왔다.

곧 그녀는 다시 건반 위에서 하얗고 섬세한 손가락을 움직이기 시작했다. 이번에는 다소 기분이 밝아져서 심장 고동마저 일었다. 점차 감정이 악기 쪽으로 이끌려 드는 것을 느꼈다.

그러자 바로 그때 문이 바람 탓에 열렸나 하는 느낌에 무심히 휙 뒤돌아보니 입구 쪽에는 사람 모습조차 안 보이더니, 도리어 자기 바로 옆에 시아버지 분페이가 퉁퉁하고 벌건 얼굴에 히죽히죽 미소를 띠고 서 있는 것이 눈에 들어왔다.

"어머, 언제 오셨어요······." 아야코는 들릴 듯 말 듯 작은 목소리로 중얼거리며 별 뜻 없이 얼굴을 붉혔다.

"신경 쓰지 마라. 계속 쳐서 들려다오. 괜찮다."

분페이는 여전히 히죽히죽거리며 있었는데 그 목소리가 평소와 달리 상냥했다. 고양이 구슬리는 목소리란 이런 말투를 말하는 것일지 모르겠다 싶었다.

"무슨 일이세요? 제가 너무 마음이 울적해서요." 아야코도 억지로 미소를 머금으며 말했다.

"마음이 울적하다고!"

분페이는 '허허허' 하고 웃었다. "젊은 사람이 한동안 혼자 지내다 보면 응당 그렇기도 하겠지."

"아니에요." 아야코는 한층 얼굴이 빨개졌다.

"하지만 애초에 너는 지나치게 내성적이야. 다쓰에 녀석이 서양으로 가고 나서 너는 한 번도 밖에 나가지 않았지 않느냐?"

(1920.11.25)

제3회

남편의 부재(3)

"그렇지도 않아요." 아야코는 의례적으로 웃음을 지으며 탁자 옆 의자를 움직여 "앉으세요……." 분페이에게 권했다.

분페이는 그리 앉으면서 테이블 위에 있던 금속제 담뱃갑에서 시가를 하나 꺼내어 이빨로 그 끄트머리를 뜯어내고 아야코가 켜준 성냥으로 불을 붙였다.

"뭐 안 좋은 일이 있는 게냐? 지난번 오시노(お篠)가 가부키(歌舞伎)를 보러 같이 가자고 해도 안 나가고, 내가 이카호(伊香保) 온천에라도 가자고 해도 따라나서지를 않지 않았느냐."

"그야 그렇지만, 제가 성격이 이렇다 보니 밖에 나가는 게 별로 내키지가 않아서요." 아야코는 변명처럼 말했다.

"물론 여자라면 그래야 하겠지만, 아무리 그래도 또 가끔 기분전환은 해야지……게다가 일 년 동안 참고 지내기가 여간 쉽지 않았을 텐데. 너처럼 한창 젊은 여자로서는." 분페이는 그런 농담을 하면서 아야코가 부끄러워 얼굴이 새빨개지는 것을 자못 재미있다는 듯이 쳐다보았다.

"하지만 아무리 봐도 여자가 손해야."

"왜 손해인가요?"

"그야 다쓰에만 보더라도 그 녀석은 그리 품행이 좋은 편이 아니거든. 어차피 외국에 있으면 그만큼 술도 마실 게고, 여자도 살 게 뻔하니까. 그런 데에 나가면 여자쯤이야 시시하겠지."

"어머, 농담도 심하셔요……"

"아니, 정말이야." 분페이는 눈꼬리에 잔주름을 만들며 히죽거렸다. "자, 이제 한 곡 쳐보는 게 어떠냐? 나는 서양음악 같은 건 아예 모르지만 이렇게 듣고 있으니 꼭 나쁘지만도 않구나. 요즘 어디를 가나 하이칼라 가정에서는 이렇다던데."

"오늘 저녁은 안 되겠어요. 전혀 칠 기분이 나지를 않네요."

"허허, 이런 것도 역시 그런 기분이 들어야 하는 거란 말이냐."

"들어야 하는 정도가 아니에요. 음악만이 아니라 모든 예술은 그때그때의 기분에 따라 잘 되기도 하고 안 되기도 하고 상당히 달라지거든요." 아야코는 진지하게 설명했지만, 분페이가 너무 빤한 눈초리로 자기 모습만 보고 있으니 왠지 모르게 불쾌해졌다. 물론 그것이 꼭 오늘 저녁에만 그런 것도 아니었지만.

"아무래도 걱정거리가 있으면 잘 안 쳐져요." 아야코는 그렇게 말하면서 장난처럼 건반을 만지작거렸다.

"걱정거리라니, 너에게도 뭔가 걱정거리가 있다는 말이냐?"

"그럼요, 있지요."

"무슨 일이더냐. 이런 기모노가 입고 싶다거나, 저런 물건을 갖고 싶다거나……"

"그런 속 편한 일이라면 좋게요……"

"그럼 뭔가 다쓰에가 외국에서 여자라도 데리고 오지는 않을까, 그런……"

"어머, 농담도 하시고……" 아야코는 얼굴이 빨개져서 고민스러운 듯 눈을 내리깔았다.

"그럼 대체 무슨 일이란 말이냐."

"그런 한가한 일이 아니에요. 진심으로 걱정되는 일이 있어서 그래요……" 아야코는 입속에서 웅얼거리다가, 아예 과감히 부딪혀 보는 게 좋겠다는 기분이 들어 용기를 냈다.

"저기, 사실 제가 아버님께 여쭙고 싶은 게 있습니다……"

"나한테?"

"예."

"뭐냐, 대체……"

"실은요……." 아야코는 말을 꺼내려다가 역시 머뭇거리고 말았다.

(1920.11.26)

제4회

남편의 부재(4)

"그래도 아버님, 정말 들어주시겠어요?" 아야코는 잠시 있다가 머뭇머뭇 분페이의 얼굴을 올려다보았다.

"듣고말고. 네가 하는 말이라면 내가 뭐라도 듣지." 분페이는 가볍게 받았다.

그 태도가 너무 가벼워서 아야코는 약간 불안감을 느꼈지만, 그래도 시아버지가 자신을 아껴준다는 것은 그녀도 잘 알고 있었다. 다만 친정의 재정문제에 대해 어떻게 나올지 모르겠다는 느낌이 들었다.

"여태껏 네가 말하는 걸 내가 안 들어 준 적이 있더냐."

"그래도 이일은 정말 큰 문제다 보니까요."

"큰 문제라고? 뭔지 몰라도 말해 보거라."

"저기, 사실은 일주일 정도 전에 제가 데이코(貞子)를 데리고 시부야(澁谷) 친정에 다녀왔을 때 일인데요⋯⋯." 아야코는 잠깐 말을 끊었다가 겨우겨우 마음을 다잡았다. "아버님께서도 잘 아시는 것처럼 5, 6년 전에 광산사업에서 실패하고 손을 뗄 때 시부야 친정아버지가 혼자서 책임을 지게 되었습니다. 그것도 아버지가 사람이 너무 좋아서 그렇게 된 거지만, 어쨌든 나쁜 사람들에게 속아서 빚까지 지면서 돈을 쏟아부었는데 결과가 그렇게 되었지요."

분페이는 "음, 음" 하며 성의 없이 듣고 있었고, ⋯⋯게다가 이런 내용이라면 지금까지도 여러 차례 들었으니 특별히 관심이 갈 턱도 없었지만, 아야코의 사랑스러운 입에서 흘러나오는 그 말소리만큼은 음악처럼 즐겁게 그의 귀에 울렸다. 이럴 때 그 말소리가 지니고 있는 의미 같은 것은 그의 입장에서는 뭐든 상관이 없었다. 그 말을 하는 그녀의 모습, 고민스러운 듯한 표정, 꽃봉오리 같은 입술 등이 이상한 힘을 지니며 그를 매료시키는 것이었다.

"그때 시부야 친정집을 저당 잡히고 돈을 어디에서 빌려왔는데, 한 번인가 두 번인가 이자를 갚기만 했지만 전부 고스란히 남은 상태라, 요즘 빌려준 쪽에서 빚 독촉이 심하더니 이제 변호사 손에 달려있다는 식으로 말하더랍니다. 그래서 이게 재판으로 가면 아버지도 그 집에 더 이상 사실 수 없게 될 것 같아요. 얼마 전부터 여기저기 돈을 마련하려고 바삐 다니시는 것 같기는 하지만, 어떻게 말을 해본들 광산 사업을 실패한 다음에는 완전히 막막한 처지라서, 2만 엔은커녕 2천 엔도 마련할 성싶지가 않습니다." 말하는 아야코의 목소리가 점점 가라앉더니, 눈에 눈물까지 그렁그렁해지는 것이었다.

"음, 그것참 사돈께서도 난처하시겠군." 분페이는 동정하는 듯한 말투로 이야기했다.

아야코는 거기에 매달리듯 했다. "네, 어찌 되었든 지병도 있으신데 해마다 재정상태가 점점 나빠지기만 하니 옆에서 보고 있기도 너무 가여우세요."

"그렇구나. 일러전쟁 당시의 호걸도 이렇게 되니 도리가 없구먼." 분페이는 껄껄 웃었다.

"예, 정말 그래요." 아야코도 맞장구는 쳤지만 그리 기분이 좋지는 않았다. 그래도 말을 더 이었다.

"어느 정도 명예나 지위가 있었던지라 이렇게되니 더 난처하답니다."

"맞는 말이야. 아무래도 호걸 같던 사람이 이렇게 영락해 버리면 이름이나 지위가 도리어 발목을 잡게 되니 정말 처신이 어려워지는 법이거든." 분페이는 다시 껄껄 웃었다. "그래도 야마무라 사돈은 덕망이 있는 분이니 설마 정말 위태로울 때 세상이 그냥 잠자코 보고만 있지는 않을 게다. 누군가 뒤를 봐줄 사람이 있겠지."

"그런 사람이라곤 전혀 없어요." 아야코는 탄식하듯 말했다. "저리되고 나니 이 사람 저 사람 모두 피하고 가까이 지내주는 사람도 없는 처지랍니다."

"음, 그렇게 보면 세상은 역시 돈이구먼."

(1920.11.27)

제5회

남편의 부재(5)

분페이는 그렇게 코를 벌름거리며 잘난 체하듯 말했지만, 이리되고 보니 오히려 솔직해 보여 아야코는 딱히 화도 나지 않았다.

요컨대 분페이가 농담 반 진담 반으로 하는 말로는, 이미 예전에 돈 조달은 두세 번이나 부탁이 왔었고 1, 2만 엔씩이나 되는 거금을 또 사돈에게 또 갖다 바칠 이유야 전혀 없지만, 그래도 아야코를 위해서라면 어느 정도 내주지 못할 것도 아니되, 다만 자기가 하는 말을 들어준다면……그렇게 해주겠다는 것이었다.

"돈만 빌려주신다면 제가 아버님 말씀하시는 것은 뭐든 들어드려야지요."

아야코는 아부라도 하듯 말했다.

"내가 말하는 걸 들어주겠다고?" 분페이는 눈꼬리에 주름을 만들며 표정을 풀고 웃었다.

"예." 아야코는 가볍게 수긍했다.

"하지만 나 같은 노인네 말을 듣는 게 너로서는 별로 좋은 기분이 아닐 텐데."

"어머나, 왜요?" 아야코는 납득하기 어렵다는 듯 말했다. "제가 지금까지 아버님 분부를 무엇 하나 거스른 적이 있던가요?"

"그야 네가 효부인 것은 나도 잘 알지. 하지만 그거랑 이거랑은 또 문제가 달라." 분페이는 저녁 식사 때 마신 술기운이 아직 가시지 않아 푹 익은 감처럼 시큰한 숨을 내쉬며 말했다.

아야코는 약간 얼굴이 흐려졌지만 금방 다시 화사한 표정을 지었다.

"무언지 모르겠지만 제가 할 수 있는 거라면 뭐든 하겠어요. 부디 말씀해 주세요."

분페이는 붉어진 아야코의 얼굴을 물끄러미 바라보았다. "자, 이리로 좀 와 보거라. 거기 있으니 이야기하기가 어렵구나. 내 곁으로…… 음, 어떠냐." 들척지근한 목소리로 말하며 벽 쪽 긴 의자 쪽으로 그녀의 부드러운 손을 잡고 데려갔다.

아야코는 손을 잡혀 있었지만 의자에 선뜻 앉지 못하고 망설였는데, 거역할 수도 없는 느낌이 들어서 분페이가 말한 대로 긴 의자 끝쪽에 걸터앉았다. 그러자 분페이가 바짝 그 옆에 붙어 앉으면서 다시 그녀의 손을 잡았다.

"옆으로 더 와 보거라. 그래, 어떠냐. 내 옆이 싫으냐?" 핥기라도 하는 듯한 목소리였다.

"그건 아니지만, 무슨 일이신지 그걸 먼저……"

"무슨 일이냐는 둥 그런 딱딱한 이야기를 하자는 게 아니야. 너는 뭐든지 잘 알아차리고 눈치도 굉장히 빠른 여자가 아니더냐. 내가 평소 어떤 마음인지 정도는 대강 알고 있겠지. 나는 너라는 여자가 아주 마음에 들어. 네가 말하는 거라면 나는 어떤 것이라도 다 들어주고 싶구나. 너를 행복하게 해 주기 위해서라면 뭐든지 하려고 마음먹고 있단다. 이 애정이 너에게 통하지 않을 것도 없겠지. 응, 안 그러냐?"

그리고 분페이는 그녀의 부드러운 손을 만지작거리는가 싶더니 살짝 그녀의 몸을 끌어당기는 듯 느껴졌다.

아야코는 그 자리에서 모든 것을 알아차렸다. 그리고 갑자기 분페이의 손을 뿌리치며 벌떡 긴 의자에서 일어섰다. 공포와 분노로 가슴이 두근두근했다. 얼굴도 창백해졌다.

"하하하" 분페이는 짐짓 시치미 떼는 듯한 웃음소리를 냈다. "이봐, 아야코, 너 왜 그러느냐? 응? 왜 내 곁에서 떨어지는 게냐고."

"부디 용서하십시오."

"용서하라고? 하하하, 네 멋대로구나. 그럼 나도 용서하려무나. 지금 말한 돈얘기 이야기 말이다."

"다른 것이라면 그게 뭐든 말씀에 따르겠습니다."

"그러니까 그런 말 말고 내 옆으로 오라고." 분페이는 비척비척 일어나서 다시 그녀 손을 잡으려고 했지만, 그와 동시에 아야코의 민첩한 몸은 작은 새처럼 방을 서둘러 빠져나갔다.

(1920.11.28)

제6회

새 여자 ⑴

그 무렵 분페이는 오래도록 간병인 겸으로 똑똑한 여자를 한 명 들였으면 좋겠다고 집에 들락거리는 사람들에게 부탁을 하곤 했는데, 때마침 딱 좋은 여자가 한 명 구해졌다며 토지나 가옥 알선 등을 주업무로 삼고 있던 오쿠보(大久保)라는 알랑쇠 같은 사내가 보고했다.

오쿠보는 마흔 네다섯 되는 남자였는데, 사방으로 알아본 끝에 찾은 것이 시타야(下谷) 쪽에서 어느 회사의 수금 담당을 하는 영감 부부의 딸로, 오스마(お須磨)라는 스물 네다섯 되는 여자였다.

오쿠보가 그 보고를 하러 온 것이 다쓰에의 귀국이 이제 며칠 앞으로 다가온 무렵의 어느 날이었다.

"어떠십니까? 간신히 이런 여자를 한 명 찾았습니다만……" 그는 영악해 보이는 거무스름한 얼굴에 애교 띤 미소를 지으며 말했다.

분페이는 그 날도 기분이 좋지 않았다. 그도 그럴 것이 그런 일이
있고 나서 마음에 쏙 들던 며느리 아야코가 자기에게 전혀 곁을 주지
않으니 자기 쪽에서도 마음이 저어되어, 왠지 모르게 화도 나는 듯하
고 안절부절못할 기분이었다. 물론 그는 아내 운이 없는 사내여서 옛
날 큰길에서 낡은 옷 같은 것을 사고팔던 신세에서 무명옷 행상인이
되고, 이후 돈이 좀 더 생기고 나서 배까지 사들이며 점차 형편이 좋
아졌는데, 삼사십 대에 같이 살던 마누라는 그가 선박과 대부업으로
부를 척척 쌓아갈 무렵 죽어버렸다. 그 후에 다시 새로 아내를 맞았지
만 분페이가 너무 촌스럽고 인색한 데다 무정한 것에 정나미가 떨어
져 집을 나가 버린 후로 일체 아내 들이는 것을 포기했다. 이따금 첩
같은 여자들을 두었지만, 그녀들도 몸가짐이 바르지 않거나 부모 형
제들이 돈을 뜯으러 들러붙거나 해서 늘 불만이 끊이지 않았다. 그래
서 그는 게이샤(芸者) 같은 여자들은 아주 싫어했다. 싫다기보다는 돈
이 들어갈 만한 여자와 바람이 나서 요란하게 뜯기는 일은 없어야 한
다고 각오하고 있었다. 그래서 그는 생활에 곤란을 겪는 가난뱅이들
중에서 비교적 나이 어린 여자를 항상 찾아내려고 했다.

지금 오쿠보가 들고 온 소식이 마침 그 주문에 딱 들어맞는 것으로
여겨졌다. 그는 안경을 쓰고 사진을 집어 올렸다.

"어허, 이거 꽤 예뻐 보이는군. 나이는 몇인가?"

"글쎄요. 스물넷이라고 하는데 더 젊어 보입니다."

"스물넷이라. 지금까지 무슨 일을 했나? 시집갔다 소박맞기라도

했나?"

"천만에요, 그런 쪽 여자들과는 전혀 과거가 다릅니다. 예전에는 꽤 잘 살던 집 딸이었는데, 역시 집에서 하던 가게가 문을 닫으면서 지금은 회사에 다닌다고 합니다. 어쨌든 시집 갈 준비도 여의치 않았던 모양인지 어쩌다 결혼도 늦어져 버렸다네요."

"첩살이라도 했다던가?"

"그 부모가 워낙 고지식해서 가난하기는 해도 오늘날까지 금지옥엽같이 집에 쭉 두었다고 하더군요……. 저도 잠깐 보기는 했습니다만 통통하게 살이 붙은 현대풍 예쁜 여자였습니다. 학교도 여학교까지 다녔는데 계속 다닐 수 없어서 그만두고 그 후에 재봉일을 잔뜩 받아왔다고 합니다. 게다가 편지도 아주 잘 쓰고 약간이나마 금전 출납 정도의 일은 맡겨도 처리할 수 있는 여자랍니다. 그래서 조건도 기존 상태로는 좀 미안하다 싶으니 준비금 조로 다소 더 내밀면서 부탁하면, 그럭저럭 이야기가 잘 될 것 같습니다. 부모가 그 돈을 자금으로 삼아 뭔가 아담한 장사라도 하고 싶다고 하니까요……"

분페이가 처음 내건 조건이 퍽 인색했던 것도 사실이지만, 지금 상황에서는 아야코에 대한 면목도 서야 하니 이쪽에 돈을 좀 더 써도 괜찮겠다고 생각했다. 게다가 여학생 느낌으로 꾸민 사진 속 모습도 상당히 품위가 있어 보였다. 분페이는 꽤나 마음이 동했다.

(1920.11.30)

제7회

그 여자가 염색한 금비단에 붓을 스친 듯한 잔무늬 윗겹옷, 바랜 감색 천에 흰색으로 물들인 문양의 오글오글한 비단 하오리(羽織) 겉옷을 입고 오쿠보에게 이끌려 모친과 함께 온 것은 어느 날 저녁 어스름이었다. 그때까지 분페이는 한두 번 오쿠보 집인가 어딘가에서 그 여자를 보았고 모친도 만났다.

여자 이름은 오스마(お須磨)라 했으며, 피부가 몹시도 희고 눈빛이 촉촉했는데 약간 아담했지만 하이칼라로도 화류계 풍으로도 꾸밀 수 있는 외관이 괜찮은 여자였다. 오토리(お鳥)라는 그녀 모친은 벌써 오십 가까운 부인으로, 역시 품위 없는 여자가 아니긴 했지만 세상 신산을 맛보고 살아왔는지 그 우미함이 흔적 없이 사라져 여윈 얼굴에 왠지 모르게 어두운 그늘이 져 있었다. 모친 그늘에 숨어들 듯이 입구의 병풍 쪽에 움츠러들어 앉아 있는 오스마의 모습을 첫눈에 보자마자 분페이는 이미 그 젊은 매력에 넘어간 듯했다.

"자, 이쪽으로 더 오시게. 그, 거기에 있으면 너무 멀어서 얘기도 못하겠군." 분페이는 표정을 누그러뜨리며 고양이 어르는 듯한 목소리로 말했다.

"아무래도 이렇게 꼭꼭 숨겨둔 비장의 따님이다 보니 중매를 하는 사람으로서는 고생을 좀 했습니다요." 오쿠보는 웃으며 말했다. "자, 따님께서는 이쪽으로 쭉 들어오시지요."

"보시다시피 이렇게 세상모르는 아이이니 부디 잘 좀 부탁합니다." 어머니인 오토리도 그렇게 말하며 인사를 했다.

"아니지, 너무 넉살 좋은 것보다는 여자는 이런 쪽이 알고 싶은 마음이 들어서 더 좋아. 이 집에 왔다고 해서 특별히 이렇다 할 별일은 없는데, 아무래도 내 신변 일을 좀 도와주어야 하는 정도일 테지. 그 대신 몸은 아주 편안할 거고 뭐 매일 노는 거나 다름없을 게야."

"네네, 부디 잘 좀." 어머니는 힐끔힐끔 노인 얼굴을 살피며 말했다.

오스마는 부끄러운 듯 얼굴을 들지도 못했지만, 그렇다고 오쿠보가 말한 것처럼 순진한 처녀는 아니었다. 한번은 어느 저택에 들어가 일한 적도 있고, 첩살이도 한 적이 있었다. 근래에는 친구 중에 가극을 하는 여배우가 있어서 이리저리 고민을 한 끝에 그 연줄로 무대에 설까 하는 생각도 했지만, 음악적 소양도 그리 없는 데다가 나이가 너무 들어버린 형국이어서 주저주저하고 있던 차에 오쿠보가 이웃을 통해 구슬리는 말에 결국 이렇게 나서게 된 것이었다.

"정 싫으면 한두 달 잠고 지내다 바로 뛰쳐나오면 된다. 핑곗거리야 어떻게든 만들어 낼 테니까." 오토리는 건네진 준비금에 눈이 멀어 그런 잔꾀까지 내면서 딸을 설득한 것이었다.

분페이는 부드러운 목소리로 오스마 모녀의 비위를 꽤나 맞추려 했고, 그러는 사이에 술과 안주 같은 것도 나와 자리가 꽤 밝아졌다. 오토리는 술을 좀 마실 줄 알았으므로 말솜씨 교묘한 오쿠보가 권하는 대로 마시다 보니 술잔 수가 퍽 많아졌다.

"자식은 따님 하나요?" 분페이는 오토리에게 물었다.

"네, 그저 얘 하나이기는 합니다만…." 오토리는 애매한 대답을 했다.

"그쪽도 여염집 여자 같지는 않소만, 젊은 시절에는 남자 때문에 깨나 고생 좀 했겠구먼." 분페이는 그렇게 말하며 오토리를 놀렸다.

"그렇게 보이시나요? 이래 봬도 조신하게 살아왔다고 생각하는데 요…." 오토리는 웃었다.

"나에게는 그리 보이누만. 아무래도 여염집 여자는 아니었던 것 같은데. 게이샤였나?" 분페이는 능글대며 말했다.

"그렇게 세련되지는 못했고요, 나리." 오토리는 꽤 취기가 올랐는지 묘한 손동작을 하며 웃었다.

곧 오쿠보와 오토리는 돌아갔는데 남겨진 오스마는 현관까지 어머니를 따라가 불안한 듯 그 뒷모습을 배웅하였다.

(1920.12.1)

제8회

새 여자(3)

이튿날 열 시쯤 아야코는 시부야 친정으로 편지를 쓰려고 하던 차에, 본채에서 식모아이가 갑자기 호출이라며 왔다.

"저, 큰 나리께서 젊은 마님을 부르십니다."

"그래." 아야코가 대답하며 보니, 식모아이 눈에는 일종의 조소하는 듯한 빛이 드러나 있었다. 물론 그것은 어젯밤에 온 여자 — 오스마에 대한 모멸인 것이 분명했다.

아야코는 최근 사오일 기분이 몹시 좋지 않았고 시아버지와도 얼굴을 마주할 기회는 거의 없었다. 그래도 아침 인사 정도는 하고 지내야 했고, 아이도 역시 분페이 있는 데로 놀러 가서 과자 같은 것을 받아오기도 했다. 그런데 오늘 아침에는 분페이가 아무리 시간이 지나도 침상에서 나오지 않아 아직 '잘 주무셨어요?'라고 물을 짬도 없었다. 어젯밤 오쿠보가 여자를 데려와 본채에서 술자리가 벌어졌으리라는 것은 눈치챘으므로 왠지 처신이 껄끄러웠다. 물론 분페이로서는 그런 일쯤은 대수롭지 않았지만, 본채에서 일하던 심부름꾼 하녀에게 손을 대는 바람에 그 부모에게서 된통 돈을 뜯긴 일도 있었고 지금 이 집에 들어와 사는 사내 중에 지대(地代)를 징수한다든가 셋집 대리관리 등을 하는 자의 안사람 되는 여자도 예전에 분페이와 그렇고 그런 관계였는데, 여자를 그 남자에게 시집보내 두는 식이었다. 그래서 그는 돈만 주면 어떤 여자든 자기 마음대로 해도 상관없다는 지극히 지저분한 사고방식을 지니고 있었고, 부자 특유의 잘못된 자긍심도 있었다.

"어젯밤, 손님이 오셨던 것 같더구나." 아야코는 식모아이에게 물어보았다.

"예." 식모아이는 아이로니컬한 표정을 했다. "오쿠보 씨가 데리고 오셨어요⋯⋯."

"어떤 사람을?"

"아리따운 분이었어요. 여학생 풍의 아담하고 얌전하신⋯⋯." 식모아이는 눈으로는 웃으며 말했다.

"그래, 그거 잘 됐구나."

아야코는 잠깐 옷매무새를 고치고 본채 쪽으로 가 보았다.

분페이는 지금 막 일어난 듯 보였고, 거실에서 신문을 읽고 있었는데, 오스마는 예쁘게 단장을 하고 식모아이가 날라다 준 아침 식사를 식탁 위에 차리고 있었다.

"안녕히 주무셨어요?" 아야코는 입구에서 두 손을 바닥에 짚고 인사했다.

"아, 잘 잤느냐!" 분페이도 아무렇지 않은 듯 살짝 고개를 숙였다. "어떠냐, 꽤 좋은 계절이 된 것 같지 않으냐?"

"그렇습니다."

오스마는 아야코를 물끄러미 바라보며 인사를 하려도 어색해서 얼굴을 들 수 없는 모습이었다. 물론 아야코 쪽에서도 왠지 숨이 막히는 듯했다.

"이보거라, 아야코, 이쪽은 오스마라고 하는데 오늘부터 내 주변 일을 좀 도와주기로 한 사람이라, 잠깐 소개를 할까 해서 말이지…… 앞으로 마음 써서 대해 주려무나."

"그렇습니까?"

그러자 오스마는 미소를 띠며 말했다. "미천한 것이지만 앞으로 부디 잘 부탁해요!"

"저야말로 잘 부탁해요!" 아야코도 정중히 목례를 했다.

"오늘 아침은 너무 늦잠을 자버린 것 같구나." 분페이는 오스마의 얼굴을 보며 말했다.

"네, 잘 주무시더군요." 오스마는 대답했는데 어딘가 잠이 부족한 눈표정이었다. 얼굴 피부도 거칠었다.

"어쨌든 두 사람 다 서로서로 잘 지내지 않으면 내가 곤란해."

두 사람은 눈을 마주치고 잠자코 있었다.

"오늘은 날씨도 좋고 바람도 없는 모양이니 일단 어디 놀러나 가 볼까?" 분페이가 말했지만 두 사람 다 역시 말이 없었다.

(1920.12.2)

제9회

새 여자(4)

그렇게 그 날 아침은 특별히 더 이상 나눌 이야기도 없어 아야코는 그대로 자리에서 일어났다. 그리고 그 뒤로도 아야코는 때때로 부엌 근처에서 오스마와 얼굴을 마주치거나 복도에서 스치거나 했을 뿐 친하게 서로 말을 나눌 기회도 없었다. 그러던 어느 날 저녁 아야코가 목욕하러 들어가려고 욕실 문을 무심히 열었는데, 밝은 욕조 안에 몸을 담그고 있는 오스마의 하얀 얼굴이 눈에 띄었다.

아야코는 '아차!' 싶었지만 동시에 오스마도 아야코의 모습을 발견했다. 물론 오스마는 분페이의 등을 밀어주거나 하기 위해 함께 욕실에 들어가는 일도 있었던 모양이지만, 그럴 때 외에 아야코보다 먼저 욕실에 들어간 적은 한 번도 없었으므로 아야코는 역시 살짝 불쾌한 기분이 들었다.

"어머, 아직 욕조를 쓰시지 않으셨던 건가요?" 오스마는 약간 당황한 듯 탕 안에서 벚꽃색으로 발그레해진 몸을 드러내더니 서둘러 욕조를 나왔다. "제가 먼저 들어와 버렸군요."

"괜찮아요. 천천히 하세요." 아야코는 살짝 얼굴을 붉히며 거울 앞에 서서 머리 모양을 고쳤다. 왠지 이 여자와 같이 들어가 있는 것도 싫었지만, 그대로 나가 버리는 것도 이상할 것 같았다.

"자 들어오세요, 아야코 씨!" 오스마가 연상인 만큼 유들유들 친숙한 말투를 썼다. "사양하지 마시고 들어오세요. 저는 이제 끝났으니까."

그리고 오스마는 욕조 앞으로 한쪽 다리를 세워 앉으면서 아직 덜 씻은 곳이라도 있는지 비누를 쓰기 시작했다. 그 몸은 포동포동 부드러운 살집이었다. 가슴께도 그리 거뭇하지 않았다. 살갗이 매끄럽기로는 아야코조차 부럽게 여겨질 정도였는데, 몸매에는 어딘가 위엄이 없어 보였다. 정중한 말을 쓰기는 하는데 말투도 그다지 품위가 있지는 않았다.

아야코는 경멸하는 듯 보이면 미안할 것 같아서 곧 옷을 벗고 회삼물(灰三物) 바닥에 내려섰다. 작은 체구지만 날씬하고 섬세한 몸이었는데 젊은 육체라 과연 오스마보다는 광택이 있었다. 게다가 알몸이 되고 보니 검은 머리칼의 아름다움이 한층 눈에 띄는 것이었다.

오스마는 욕조 앞에 몸을 구부리고 허리 근처를 씻는 아야코의 몸을 물끄러미 바라보았다.

"정말 몸이 매끈하시네요!" 오스마는 찬미하듯 말했다. "게다가 살갗이 희셔서……."

아야코는 딱히 무어라 대답하지 않았다. 그리고 그대로 몸을 탕 안에 담갔다. 초여름다운 마당 나무 그림자가 아름답게 반투명유리에 비쳤다.

(1920.12.3)

제10회

새 여자(5)

"등을 닦아 드릴게요!" 오스마는 아야코가 욕조에서 나오기를 기다렸다가 아부하듯 말했다.

"아니에요." 아야코도 겸손한 태도로 말했다. "등이라면 아무에게나 닦아달라고 해도 돼요."

"그래도 제가 해도 되는데." 오스마는 붙임성 있게 말하면서도 굳이 닦으려고도 하지 않았다.

아야코는 조금 떨어진 곳에서 약간 비스듬히 숙이고 앉아 몸을 씻기 시작했다.

"머릿결이 좋기도 하세요!" 오스마는 다시 찬미하듯 말했다. "게다가 살결이 아름다우시니 정말 부러울 따름이에요."

"아니에요." 아야코는 작은 목소리로 대답했는데 일일이 칭찬을 해대니 좀 성가시게 여겨졌다. 왠지 뒷골목 여편네들이 공중목욕탕에서 얼굴을 마주했을 때 같다고 여겼다. 물론 오스마의 내력이 좋지 않다는 것은 어렴풋이 알고 있었지만, 더 품위가 있기를 기대할 수는 없어 보였다.

"그래도 남편분이 집에 안 계시니 퍽 외로우시겠어요." 오스마는 다시 그런 이야기를 꺼냈다.

아야코는 살짝 어두운 눈으로 잠자코 있었다. 하지만 오스마는 그런 것은 눈치도 채지 못한 모양이었다. "벌써 꽤나 오랫동안 저쪽에 나가 계신 거지요?"

"네."

"언제쯤 돌아오시는 건가요?"

"아마 가까운 시일 내에 돌아오겠지요. 이미 홍콩 근처까지 와 있을지도 몰라요."

"어머, 그래요?" 오스마는 품위 없는 말투였다. "홍콩이라고 하면 여기에서 얼마나 떨어져 있는 거예요?"

"글쎄요, 저도 잘은 모르겠는데요……."

"그러면 이제 얼마 안 있으면 도착하시겠군요."

"네."

"역시, 저기 요코하마로요?"

"네."

무슨 말을 해도 아야코의 말수가 많지 않아 오스마는 약간 할 말이

끊겨버렸지만, 그래도 아야코와 친해지기라도 하지 않으면 왠지 적적하리라는 느낌이 들었다. 오스마인들 특별히 좋아서 분페이 같은 노인의 첩이 되기를 처음부터 바란 것이 아니었음은 뻔하다. 물론 아버지가 다를 뿐 아니라 어머니가 그런 식의 어두운 생활을 해 온 여자였으니, 여자의 절조를 팔아대는 것을 그리 죄악이라고 여기지도 않았다. 적당한 여학교에도 한 해 정도 다니기는 했지만, 젊을 때부터 요릿집 종업원을 한 적도 있고 또 첩살이를 한 적도 있었다. 한 때는 기둥서방도 아니고 남편도 아니었건만 서로 좋아지내던 사내도 있었고, 그 관계가 육칠 년이나 이어졌다. 하지만 어머니 오토리 말을 빌리자면 그 사내가 붓으로 밥을 먹고 사는 것이 마뜩치 않았고, 사내 입장에서는 오토리 부부가 딸을 팔아서 뭔가 좋은 운이라도 잡으려는 것이 싫어서 견딜 수 없었다. 그래서 두 사람 사이는 어느새 멀어지고 지금은 그 사내가 어디 사는지조차 몰랐다.

오스마 입장에서 보자면 그렇게 지내는 동안 점점 나이가 들어가는 것이 더할 나위 없는 비애였다. 지금은 연애보다도 평생의 문제를 생각해야 했다. 약간 내키지 않더라도 생활의 안정을 얻을 만한 무슨 방법을 강구해야 했다. 그래서 분페이의 조건이 그렇게 나쁘지 않았던 것에 훌쩍 이 집으로 올 마음이 든 것이지만, 이렇게 남편 귀국을 기다리는 아야코의 행복한 신세를 보노라니 자신의 불행이 한층 허무하게 여겨져 힘들었다. 그래서 그녀는 뭐가 어찌 되었든 아야코에게 접근하고 싶어 안달이 났다.

(1920.12.4)

제11회

새 여자⑹

그러던 차에 유모인 오시노(お篠)가 올해 네 살이 되는 데이코를 목욕시키러 데리고 왔으므로 욕실이 갑자기 붐볐다.

"어머, 애기씨도 목욕하러 오셨어요?" 오스마는 어린애에게까지 애교 섞인 말을 했다. 그리고 더운물을 퍼주면서 유모에게 물었다. "애기씨는 몇 살이 된 거예요?"

"네 살이 되었어요." 유모가 답했다.

"너무 좋으시겠어요. 이렇게 착한 따님까지 있고." 오스마는 자못 부러운 듯 말했다.

"그쪽은 자식을 가져본 적이 없으세요?" 아야코는 너무 무뚝뚝하게 있을 수만도 없어서 그렇게 물어보았다.

"네, 한 번도요……." 오스마는 쓸쓸한 듯한 눈으로 그녀의 얼굴을 보았다. "이제 도저히 그런 바람은 갖지 못할 것 같아요."

"어째서요?"

"글쎄요, 어째서일까요?" 오스마는 쓴웃음을 지었다. "역시 고생을 한 탓이겠지요. 정말 저 같은 신세는 여자 축에도 못 드는 정도니까요."

"그렇지도 않아요." 아야코는 가련히 여기는 듯한 눈빛을 했다. "그쪽은 몇 살이 되시는 건가요?"

"이미 할머니지요." 오스마는 다시 쓴웃음을 지었다. "게다가 저는 어릴 때부터 아버지와 떨어져 지냈어요. 어머니도 박복한 처지였으니 저도 그에 이끌려 별로 좋은 일은 없었답니다."

"그런가요. 그럼 지금 어머니와 단둘인가요?"

"아뇨, 아버지가 있어요. 있다고 해도 이름뿐인 양아버지이긴 하지만요."

"형제는……."

"없어요. 제 친아버지는 대학을 나온 사람이라는데 저는 사진으로 얼굴을 보고 아는 정도랍니다."

"그렇군요." 아야코는 이 이상 깊이 알기를 꺼리며 입을 다물어 버렸지만 어쨌든 불행한 신세였던 것은 상상할 수 있었다.

"이쪽으로 오게 된 것도 사실은 제가 마음이 내켜서는 아니었지만요……." 오스마는 아직 더 이야기하고 싶은 듯한 모습이었다. "그래도 이렇게 신세를 지게 된 것도 무슨 인연일 텐데요. 부족함이 많지만 그래도 모쪼록 잘 부탁드려요."

"저야말로요." 아야코는 짤막이 답했다.

그러자 그리로 또 식모아이가 한 명 복도를 허둥지둥 달려와 욕실 입구에서 얼굴을 들이밀었다. "저, 큰 나리께서 들어오셨습니다."

"그래?" 오스마는 긴장된 표정으로 말했다. "그럼 지금 곧장 본채로 가마."

그리고 그녀는 서둘러 한 번 더 욕조에 몸을 담갔다.

"자, 할아버지께서 돌아오셨답니다. 어서 예쁘게 하고 할아버지 계신 데로 가야지요." 오시노도 옥과 같은 데이코의 몸을 씻어주며 말했다.

"먼저 실례할게요." 오스마는 서둘러 욕실을 나갔고 아야코도 살갑게 대꾸했다. "또 이야기하러 오세요."

그런 일이 있고 나서 아야코는 이따금 오스마와 친하게 말을 나눴는데 시아버지 분페이는 왠지 그것을 좋아하지 않았다. 그는 가급적 오스마와 아야코의 교제를 끊어버리기라도 하려는 듯 오스마가 아야코와 이야기라도 하고 있을라치면 곧바로 낯빛이 어두워졌으므로, 아야코도 가능하면 오스마에게 접근하지 않도록 조심했다. 다만 친정집 부채 문제가 내내 마음에 걸려서, 적절한 때가 되면 다시 한번 시아버지에게 이야기해 보려고 생각하면서도 언제 말을 꺼내야 좋을지 마땅한 기회도 없이 날이 지났다.

그러는 사이 남편 다쓰에의 귀국이 날마다 가까워졌으므로 그녀는 아무래도 반가운 기색으로 매일 남편을 맞이하기 위해 방을 새로 꾸미는 일에 부심했다.

(1920.12.5)

제12회

귀국(1)

고베로 상륙해서 오사카 지점에 들른 다음 도쿄로 돌아온 다쓰에를, 아야코가 데이코와 같이 도쿄역으로 마중 간 것은 어느 날 이른 아침이었다. 아야코의 동생 다카오(隆夫)도 일고(一高)[01] 제복 차림으로 마침 함께 나와 있었다.

다쓰에는 아직 서른 한두 살의 젊은 나이로 바로 이삼 년 전에 학교를 갓 졸업했는데, 미타니(三谷)물산회사에 들어가게 된 것도, 장인어른인 야마무라 중위의 친구가 그 회사 중역이었기 때문이었다. 이십 년도 더 전에 죽은 분페이의 아내가, 어떤 여인이 사생아를 낳고 곤란한 처지에 있는 것을 돌봐주다가 받아 키우게 된 아들이었다. 그무렵 선박으로 돈을 좀 벌었던 분페이는 에치고(越後)[02]에서 나와 처음으로 사람다운 생활을 하게 되었고, 동시에 값싼 토지를 사거나 고리대금업을 해서 이렇다 할 실업가로 활약한 것도 아니면서 쭉쭉 돈을 모아 갔던 것이다.

그 무렵에는 다쓰에의 친부 이름도 알고 있었는데, 분명 규슈(九州) 근처에서 유학하던 대학을 나온 사내였다고 했다. 어머니도 도쿄의 상당한 사족 딸로 그녀 역시 어머니와 둘이서 얌전한 하숙집 같은 것을 해서 서생 두세 명을 뒷바라지했다고 한다. 어느 상자의 서랍 속이라도 뒤져보면 이름 정도는 나오겠지만 그럴 필요도 없었으므로 지금은 분페이도 그때 일을 다 잊었다. 다쓰에도 어느 정도는 이상하게 여기면서도 특별히 그것을 파헤치고자 하지는 않았다. 물론 분페이는 그를 친아들처럼 아껴주었다.

---

01 도쿄대학의 예비문이라 할 수 있는 제일고등학교의 약칭.

02 지금의 니가타 현(新潟県) 일대를 일컫는 옛 지명.

도쿄역에 마중 나간 자동차를 타고 일동이 집으로 돌아온 것은 아침 8시 무렵의 일이었다. 분페이도 자고 있었고 오스마도 겨우 막 기상했을 때였는데, 할아범이 현관 안쪽을 쓸고 있었다. 일 년 정도 서양 시찰을 마치고 돌아온 다쓰에는 한동안 못 본 사이에 못 알아볼 만큼 큰 데이코를 안아서 차 안에서도 무릎에 올려놓고 사랑스럽다는 듯 뺨을 부벼댔는데, 그것을 보니 아야코는 왠지 모르게 눈물이 날 듯한 기분이었다.

물론 시마 가문과의 결혼이 아야코로서는 그리 반가운 일은 아니었다. 중장이던 아버지도 가장 사랑하는 딸의 결혼에 관해서는 가능하면 그녀의 바람대로 해주고 싶다는 생각이야 예전부터 품었던 뜻이지만, 가계가 여의치 않았으니 결국 돈의 힘 앞에서 무릎을 꿇게 된 것이다. 그는 다쓰에가 아야코의 남편으로서 부끄럽지 않을 학력이나 인격을 갖추고 있다고 믿었고, 다쓰에가 몹시도 아야코를 원했던 것 역시 결혼의 주된 동기 중 하나였다.

다쓰에는 이탈리아에서 맞춘 양복이 몸에 딱 맞았고 얼굴도 어딘가 영리하고 밝아 보였다. 제법 붙임성도 있는 눈빛이었으며 피부가 약간 거무스름한 것이 도리어 그의 용모에 아시아 사람답고 도련님스러운 분위기를 더하고 있었다. 그런데 그는 아야코의 낯빛이 산뜻하지 못한 것을 금세 알아차렸다.

"아야코, 무슨 일 있어? 왠지 얼굴색이 안 좋아 보이는군."

"그래요?" 아야코는 살짝 당황한 기색이었다. "그런 거 없어요."

"아니면 됐고."

자동차가 현관에 도착하자 오스마와 식모아이들이 함께 마중 인사를 나와 있었는데, 데이코를 안고 내리는 그의 모습을 보더니 오스마는 얼굴을 붉혔다. "집에 잘 오셨습니다……." 이 말만 하고 방까지는 따라 들어오지 않았다.

"방금 누구지? 최근에 집으로 들어온 여자인가?" 다쓰에는 아야코에게 물었다.

"네, 그래요."

"왠지 좀 거북하게 치렁치렁한 차림새를 한 사람이군." 다쓰에는 언짢은 듯이 말했다.

"그런가요?" 아야코는 별것 아닌 듯 답변을 했지만 '그런 말 하면 안 돼요' 하고 눈빛으로 알렸다.

"이거, 도쿄도 완전히 여름이군." 다쓰에는 툇마루로 나가 어리고 푸른 잎에 햇빛이 반짝이는 마당을 오래간만이라는 듯 바라보았다.

"그럼 저는 이만 물러가겠습니다." 다카오가 인사를 했다.

"아, 그래? 먼 곳까지 마중 나와줘서 고맙네. 머지않아 이삼일 후쯤 찾아뵐 테니 장인 장모께도 안부를 전해 주게."

조금 후 다쓰에는 양복을 벗고 목욕을 한 다음 서지[03]로 된 홑옷으로 갈아입고 오랜만에 일본식 아침밥을 먹었다.

(1920.12.6)

---

03 소모사(梳毛絲)를 사용하여 옷감으로 쓰는 모직물의 하나.

제13회

귀국(2)

"아, 잘 먹었다. 집에서 먹는 밥은 정말 각별하군. 오랜만에 일본식을 제대로 먹었어." 다쓰에는 그렇게 말하면서 상을 치우게 했다. "고베(神戸)나 기차 안에서 먹기는 먹었는데 전혀 맛이 달라."

"차린 게 별거 없어요." 이렇게 말은 하면서도 좋아하는 남편 얼굴을 보더니 아니나 다를까 아야코도 기쁜 듯 빙긋이 웃었다.

"외국에서는 양식만 드셨을 테니까요, 젊은 나리." 유모 오시노도 진심으로 기쁜 듯 붙임성 있는 말을 하며 상을 치웠다.

"그래도 외국에 일본식이 있기는 한데 말이지, 아무리 그래도 그게 외국의 일본식이라 본고장하고 똑같을 수는 없단 말이야." 다쓰에는 갓 내온 차를 맛있는 듯 홀짝이다가 아까부터 엄마 옷소매에 숨듯이 하고서 이쪽만 몰래 쳐다보던 딸 데이코를 보았다. "데이코, 나 좀 봐다오. 아까 아버지 얼굴을 보고 운 게 누구지? 응, 아버지를 벌써 잊었던 게냐? 거 참, 정거장에서 부릉부릉 같이 자동차를 타고 왔잖니?"

그렇게 말해도 데이코는 아직 머뭇머뭇하면서 가까이 가기 어려운 듯이 엄마 몸에만 딱 들러붙어 있었다.

"왜 그러니? 데이코, 아버지란다. 네가 '언제 오셔, 언제 오셔' 내내 말하면서 집에 오시기를 기다렸잖니. 벌써 잊어버렸어?" 아야코가 길게 자란 검은 머리칼을 어루만지며 그 귀여운 얼굴을 들여다보니, 데이코도 겨우 납득한 듯 엄마 얼굴을 올려다보고 끄덕끄덕했다.

"자 이리 오너라, 무서워할 거 하나도 없어." 다쓰에는 양손을 뻗어 아주 귀한 듯 무릎 위에 안고서 옆으로 애지중지 딸 얼굴을 바라보는 것이었다.

"오호호호호호." 상을 치우러 갔던 오시노가 다시 이쪽으로 얼굴을 내밀었다. "애기씨는 좋으시겠어요. 아버지께 그리 안겨 있으니."

"유모, 이 아이는 그렇게도 아버지 아버지 하며 목을 빼고 기다리더니 하나도 좋아하지 않는 것 같아 보이네요. 한동안 못 보던 사이에 아버지 얼굴을 잊어버린 걸까요?" 아야코는 그렇게 말하고 웃었다.

"호호호호, 설마요, 마님. 그렇지야 않겠지만 여자 애기씨이니 어찌할 바를 몰랐던 거겠지요. 저, 애기씨, 그러신 거지요?" 오시노는 또 떠들썩하게 웃었다.

"하하하하하." 다쓰에도 쾌활하게 웃었다. "일 년 정도만에 그렇게 된 거면 큰일이군. 이러다 네 어머니도 나를 잊어버릴지 모르겠구나."

"어머니." 이야고는 약간 호들갑스럽게 말하며 눈을 흘기듯 보았지만, 그때 오시노가 다시 분위기를 띄우듯 웃어넘기는 말을 했으므로 슬쩍 나오려던 불쾌한 구름이 아야코 얼굴에서 곧바로 사라졌다.

"그건 그렇고 아버님은 아직 안 일어나셨나?" 다쓰에는 새삼스러운 어조로 말하며 아내를 쳐다보았다.

"이제 곧 일어나시겠지요. 지금 보고 올게요." 오시노가 받아 말하고 자리에서 일어나 갔다.

"어젯밤 좀 늦게 주무셨으니까요." 아야코가 변명처럼 말하는 것을 듣고 다쓰에는 곧바로 다그치듯 물었다. "항상 그렇게 늦으시나?"

"아니에요, 그런 건 아니에요." 아야코는 남편이 정면으로 얼굴을 쳐다보니 똑바로 같이 쳐다보기가 어려워 아래를 바라보았다.

"저 여자는 언제 우리 집으로 들어온 거야?" 다쓰에는 아까 현관에서 본 오스마의 치렁치렁한 옷차림을 떠올리며 싫은 내색으로 말했다.

"지지난달이에요. 알고 보니 과거가 불행했던 여자 같더라고요."

그런 이야기를 하는 사이에 시아버지 분페이가 점잔을 빼며 복도를 걸어 들어왔다.

(1920.12.8)

제14회

귀국(3)

"아, 아버지, 지금 막 저희가 찾아뵈려고 했습니다." 다쓰에는 앉은 자세를 고치며 아버지의 묵직한 몸집을 맞았다.

"아니, 뭐." 분페이는 동작을 크게 하며 앉았다. "무사히 돌아와서 잘 됐구나. 아니, 축하할 일이지, 축하할 일이야."

"아버지 덕분입니다…" 다쓰에는 새삼스러운 인사치레를 했다. "아버지도 변함없으시고 한층 건강하셔서 다행입니다."

"나도 튼튼해. 더 왕성하게 활동하고 있지. 나한테 이거라도 없으면 그야말로 끝일 게야. 하하하하하."

"정말 아버님이 늘 건강하셔서 다행이에요." 아야코도 옆에서 거들었다. "하지만 너무 쉬지 않으시니, 귀하신 몸에 아무 일도 없으면 괜찮지만 저희까지 여러 가지로 걱정되어 말씀드리게 되네요."

"음." 다쓰에도 끄덕였다. "연세도 있으시고 하니 그다지 무리는 하시지 않으셨으면 합니다."

"무슨, 나는 일하는 게 재미라서 말이지. 일하는 게 끝이면 도로 아미타불이야. 하하하하하." 그렇게 웃는 모습은 완전히 얼굴 전체의 근육이 풀려 평소의 시아버지로는 여겨지지 않을 정도로 선량한 사람 같은 표정으로 아야코 눈에 비쳤다.

하지만 다쓰에의 눈에는 그렇게 보이지 않았다. 처음 이 방으로 들어올 때부터 얼굴에는 웃음을 머금고 있으면서 왠지 모르게 서먹서먹한 느낌이었고, 지금 마주 앉아 있어도 분페이는 가만히 다쓰에를 똑바로 쳐다보는 것이 아니라 시종일관 겉도는 이야기만 계속해서 말하는 게 아주 냉담한 느낌이었다. 외국에 있던 일 년 동안의 쌓인 이야기를 하려는데 기선을 제압당한 듯한 기분이 들어서 다쓰에는 묘하게 흥이 깨지는 느낌이었다. '외국으로 출발하기 전의 아버지와 지금의 아버지는 아무래도 많이 달라졌구나.' 다쓰에는 스스로 마음속으로 수긍하면서 때때로 예리한 시선을 아버지의 불그레한 얼굴에 던졌다.

"어떻더냐? 외국의 경기는?" 분페이는 그것을 교묘히 피해 이렇게 물으며 이야기를 다른 쪽으로 가져갔다.

"글쎄요." 다쓰에는 시가 담배를 피우며 아버지 얼굴을 보았다.

"미국 정도는 왕성하게 경기가 살아 있는 것 같았습니다만 영국이나 불란서는 아무래도 신통치 않았어요. 전후의 피폐한 상황이 아직 나아지지 않은 것인지 상당히 뒤처져 있었습니다. 일본도 그 영향을 받을 것 같아요."

"세계적 불경기 말이냐?" 분페이는 후후후후 목구멍으로 웃었다. "물가가 오를 때는 세계적으로 다 올라간다고 하더니 이번 불경기 바람도 역시 그쪽으로 가려나 보군, 흐흐흐."

"기차에서 들었습니다만, 일본도 꽤나 그 여파에 휘둘리지 않겠습니까? 아버지는 어떠세요? 주가 같은 것도 내렸겠지요."

"나 말이냐? 음, 나도 영향이 없다고는 할 수 없지만 뭐 약간 불경기 바람이 불어닥친다 한들 나야 끄떡없어."

무릎 맡의 아이가 심통을 내기 시작했으므로, 아야코는 그것을 핑계로 부자간의 재미없는 이야기 자리에서 떠나고자 데이코를 안고 복도로 나섰다. 그러자 교차라도 하듯 오스마가 식사를 들여다보러 왔다. 분페이는 오스마의 얼굴을 보더니 갑자기 말투를 낮고 상냥하게 하며 식사 분부를 내린 뒤에 물었다. "자네, 벌써 다쓰에와 만나왔나?"

"네." 오스마는 다쓰에 쪽을 힐끗 보았다. "저기, 아까 잠깐 현관에서……."

"그래, 그럼 됐어." 이번에는 다쓰에 쪽을 보았다. "내가 다시 말해두는데, 나도 점점 나이가 들어 언제 병에 걸릴지도 모르는 일이고, 그렇게 되면 언제까지고 아야코가 간병하는 것도 딱한 일이라 뭐 어느 정도 이렇게 하는 편이 나을 것 같다고 생각해서." 분페이는 오스마를 저택으로 들인 것을 약간 쭈뼛대는 듯한 어조였다. "그렇게 되었으니 다들 사이좋게 지내 주면 좋겠군."

"네." 다쓰에는 끄덕였다. "그거야 그래야죠."

(1920.12.9)

제15회

귀국⑷

"아니, 뭐." 분페이는 둥글고 살이 두둑한 턱을 슥 문질렀다. "썩 좋을 것도 없겠지만 뭐 이 사람이 이 집에 있어 주면 지금처럼 출입하는 데에 부자유스럽지 않겠다 싶었다. 또 나도 밖에서 많이 일하기도 좋아서 일단 그런 식으로 생각을 좀 했구나. 다행히 아야코와도 마음이 맞는 모양이니 이 사람 때문에 집안에 풍파가 일어날 염려는 없을 거라 보고 그 점은 너도 충분히 안심했으면 좋겠다."

"네." 다쓰에도 진지하게 답했다. "그 점은 아야코에게서도 들었는데, 저도 그러는 편이 외려 좋겠다는 생각입니다."

"아무래도 부족한 점이 많다 보니 마음에 드시지 않을 수도 있으시겠지만, 그저 만사 잘 부탁 말씀 올립니다." 아까부터 무언가 말을 하고 싶은 듯 두 사람 얼굴만 말똥말똥 번갈아 보며 있던 오스마는 이제야 겨우 끼어들며 은근히 다쓰에에게 인사했다.

"저야말로 잘 부탁합니다." 다쓰에는 무미건조하게 약간 고개를 숙였다.

"어떠냐, 너 식사는 했느냐?"

"네, 사실 오랜만에 아버지와 함께 하려고 했습니다만, 주무시길래 깨우기도 뭣해서 먼저 들었습니다."

"그래, 그거 미안하게 됐구나. 그럼 오늘 밤 환영의 의미로 우리 집 식구 다 모여서 한잔하자꾸나."

분페이가 일어섰다. "그럼 이제 나는 내 할 일을 하기로 하고, 너도 편하게 쉬는 게 좋겠구나. 외국 이야기도 나중에 천천히 듣도록 하지. 데이코도 요즘 아주 재롱이 많아져서 우리 집도 퍽 떠들썩해졌어."

"정말 따님이 귀여우세요." 오스마도 애교 섞인 말을 하며 다쓰에에게 목례를 하고 분페이의 뒤를 따라 복도로 나섰다. "부디 본채 쪽으로도 이야기 나누러 오세요."

"네, 나중에……." 다쓰에도 일어나 인사를 했지만 오스마의 묘하게 색기 띤 눈길을 불쾌한 듯 피하며 얼굴을 돌렸다. '어떤 신분의 여자인 걸까?' 다쓰에는 딱히 생각한달 것도 없이 생각하며 가만히 그 뒷모습을 바라보았다.

"기분 탓인지 모르겠지만 아버지조차 아무래도 이전과는 달라졌어." 그렇게 혼잣말을 하며 방으로 들어가 멍하니 담배를 피우고 있던 차에 아야코가 들어왔다.

"잠시 실례했어요. 데이코를 재우고 온 참이에요."

"벌써 자나?"

"네, 오늘 아침에 평소보다 일찍 일어나서요."

"그런데 저 오스마라는 여자는 어떤 여자야? 여염집 여자는 아닌 것 같은데."

"왜 그러세요?" 아야코는 차분히 얼굴을 들었다. "그렇지는 않을 거예요. 심지도 괜찮은 것 같고 붙임성 있는 분이에요."

"당신은 사람이 너무 좋아서 말이지, 금방 무조건적으로 타인을 받아들이는 아량이 넓지만……."

"어머."

"아무래도 이상해." 다쓰에는 약간 고개를 갸웃했다. "뭐, 그래도 집안만 무사히 굴러가면 그보다 더 좋은 게 없겠지."

"네, 그건 그래요." 아야코는 새롭게 차를 다시 끓였다. "저는 정말이지 저분이 들어오고 나서 어깨짐이 가벼워진 듯해 좋아하고 있었거든요."

"그야 그렇지." 다쓰에는 화제를 바꾸었다. "그런데 아까도 잠깐 말했지만 당신 어디 몸이 안 좋은 건 아니야? 안색도 밝지가 않은데." 물끄러미 아내의 조금 창백한 얼굴을 보았다.

"아니에요. 특별히 그런 건 없어요." 아야코는 어쩔 수 없다는 듯이 바로 눈을 내리떴다.

"또 무슨 친정의 빚이라도 걱정하고 있는 게 아닌가?"

"아니에요."

"그런 거라면 그다지 신경쓰지 않아도 돼. 아버지가 어떻게든 해주실 테니까."

그리로 유모 오시노가 다쓰에에게 손님이 찾아왔다는 것을 알리러 와서 다쓰에는 다시 일어섰다.

(1920.12.10)

제16회

귀국(5)

아야코는 혼자가 되어 안도했다,

"그렇게 내 얼굴빛이 안 좋은가?" 그렇게 혼잣말을 하면서 살짝 일어서서 작은 경대 앞에 앉아서 보았다. 화장한 하얀 얼굴이 선명히 거울 면에 비쳤다. 조금 창백한 기운이 있어 보인다고 했지만 보는 사람 기분 탓이려니 그녀는 그렇게 생각했다. '하지만 오랜만에 돌아온 남편 눈에 그렇게 비쳤다면 역시 겉으로 드러나나 보네.' 그렇게 생각하고 아야코는 다시 한숨을 내쉬었다. '부부 사이에 감추는 일이 있으면 좋지 않아. 아예 이야기를 해 버릴까?' 그녀는 원래 자리로 되돌아가 그런 생각을 했다. 그러나 그런 생각은 금세 스스로 지워버렸다.

"다른 일과는 달라. 그런 이야기를 꺼내면 지금까지 아무 일도 없이 거울처럼 잔잔한 해수면에 파도를 일으키는 것이나 마찬가지일 테니까……결코, 결단코 이 일만은 누구에게도 이야기하지 않겠어. 내 가슴 속에만 담아두면 될 일이니까." 그렇게 혼잣말을 했다.

시마 가문으로 시집온 것이 이제 와 후회되어 견딜 수가 없었다. '나는 어쩌자고 이런 집으로 시집을 왔을까? 나는 이런 집에 오지 말

앉어야 했는데!' 아야코는 자기도 모르게 깊이 생각에 잠겼다.

아야코는 스무 살 가을까지 시마 가문의 며느리가 될 것이라고는 꿈에도 생각지 않았다. 그 무렵 그녀 마음에 깃들어 있던 미래의 남편은 지금의 다쓰에가 아니었다. 다쓰에 같은 남자가 아니었다. 혼담조차 오가지 않고 끝나 버린 다른 청년이었다. 아야코의 기억은 금세 그쪽으로 빨려 들어갔다.

그 사내는 오랫동안 아야코 아버지 일터에 출입하던 시라이 긴고(白井欽吾)라는 어떤 법학사였다. 지금은 법조계에 들어가 판사 중에서도 민완가 중 한 명으로 인정받고 있었다. 이전에는 정치를 좋아하던 청년으로 무슨 일이든 아야코 아버지와 상의하고 신세도 졌다. 열대여섯 살까지는 아야코도 아무렇지 않게 시라이에게 놀리는 말이나 농담을 들으면서 별다른 마음 없이 친하게 지냈다. 그러나 이성이라는 것에 대해 묘한 감정이 눈뜨게 될 무렵이 되자 아야코는 아무래도 시라이와 말을 걸거나 곁에 가는 것이 부끄러워 견딜 수가 없었다. 게다가 그 무렵이 되니 이미 시라이도 옛날처럼 각모 쓴 학생 모습이 아니라 콧수염을 기른 어엿한 어른이 되어 있던 것이었다. 아야코는 아버지와 어머니 모두 동향 사람인 시라이를 좋아하는 것을 알았다. 그리고 시라이만 승낙하면 부모는 자신과 그를 결혼시킬 것이라고만 생각했다. 어머니 입에서 그런 희망이 이따금 흘러나올 때도 있었다. 그러나 시간이 흘러 그런 이야기가 구체적인 문제로 오가기도 전에 일찌감치 이 시마 가문과의 혼담이 들어왔던 것이다.

시마 가문과 친정이 어떤 관계에 놓였는지 아야코는 전혀 몰랐다.

그러나 무언가 금전상의 관계로 분페이와 아버지 사이에 교섭이 있었다는 것은, 그 혼담이 시작될 무렵 어머니가 털어놓는 바람에 비로소 알게 되었다. 물론 정치계의 노장으로서 상당한 지위를 유지하던 아버지와 재계에서 꽤나 위세를 떨치던 분페이가 뭔가 서로 이권을 교환하는 그런 관계를 맺고 있었는데, 그 후 아버지 재정 상황이 어려워지자 한두 번 은밀하게 도와주었기 때문에 분페이에게 아버지는 어떤 의미에서 보면 금전상의 은혜를 입었던 셈이었다. 그리고 거기에는 분페이에게 도장을 받아 이루어진 연대관계의 부채도 크게 한몫했다.

아야코는 그 이야기를 어머니에게 들었을 때 당연히 좋은 기분이 들지 않았다. 그저 금전 만능주의인 시마 가문의 분위기가 혐오스럽게 여겨졌을 뿐 아니라, 금전상의 은혜를 입어버린 집안으로 시집가는 것이 더할 나위 없이 궁색하고 싫었다. 굳이 말하자면 부모도 마음이 내키지는 않았다. 하지만 그 문제를 떼어놓고 단순히 본인이 아야코를 몹시 원한다는 시마 다쓰에의 바람에 대해, 차마 안 된다는 말을 하지 못하여 그녀는 결국 결혼하게 된 것이다.

(1920.12.11)

제17회

소위 퇴역군인의 사업으로 아버지 도시유키가 광산에 손을 댔다가 실패한 것을 알았을 때 아야코는 정말 놀랐다. 더욱이 어머니에게 부채 금액이 2만 5, 6천 엔이나 되는 거액이었으므로 분페이의 도움이 없었으면 공매처분이라는 치욕을 당할 수밖에 없는 상태였다는 이야기를 들었을 때 그녀는 기절할 만큼 놀랐다.

'별일 아니야. 내 몸이 그 돈 많은 집으로 들어가는 것일 뿐이야.' 그렇게 생각했을 때 아야코는 누구를 탓하기보다 먼저 자기 운명을 저주하지 않을 수 없었다. 그녀는 자기 앞길이 캄캄한 암흑이라고 여겨 절망의 심연에 가라앉을 뻔했다. 그럴 때 생각난 것은 역시 첫사랑이었다. 시라이 긴고 그 사람이었다. 그러나 아야코는 그저 과거의 꿈을 그려보는 것 외에는 달리 무슨 도리가 없는 여자가 되어 있었다. 이제 무슨 생각을 하고 무엇을 하려 해도 시마 가문의 며느리가 되고, 다쓰에의 아내가 되고, 데이코의 어머니가 된 이상 어찌할 수가 없었다. 그녀는 도저히 자유의 천지로 뻗어 나갈 수 없는 자기의 가여운 팔다리를 가만히 쳐다보는 수밖에 없었다.

'그래도 인간이 부족한 점만 떠올리면 끝이 없잖아. 이 집으로 시집오고 나서 나와 내 생활은 어쨌든 행복해진 거야.' 아야코는 그렇게 다시 생각을 고쳐먹었다. 자신만 그런 생각을 떠올리지 않으면 일단 세상 보통 여자들보다는 행복한 것이었다. 그리고 시라이와 최근 대여섯 해 동안 만날 일도 없었던 것을 오히려 다행이라 여기며, 가급적 남편인 다쓰에게 애정을 기울이려 했다. 특히 데이코라는 사랑스러운 아이가 생기고 나서는 어머니다운 애정이 자연스럽게 끓어올라 자신의 행복에 감사하지 않을 수 없었다. 이제 데이코는 그녀에게 있어 생활의 전부라고 여겨질 정도로 사랑스러운 존재였다.

"어머, 마님 여기 계셨어요? 애기씨가 잠에서 깨셨어요."

유모 오시노가 그렇게 말하며 데이코를 안고 들어왔다. 아야코는 깜짝 놀라 오랜 추억에서 깨어나 웃는 얼굴을 그쪽으로 향했다.

"어머, 데이코 벌써 일어났니? 그래, 혼자라서 이상했겠구나. 미안해. 자 이리 오너라." 곧바로 아이를 무릎 위로 안았다. 오시노는 과자 상자에서 과자를 꺼내 데이코에게 쥐어주었다.

"맛있는 걸 받아서 좋지?" 기분 좋게 잠에서 깬 아이 얼굴을 보며 아야코도 웃으며 오시노와 다쓰에를 찾아온 손님 이야기를 하고 있는데, 손님을 보내고 다쓰에가 하오리를 입은 모습으로 들어왔다.

"회사 사람이 두 명 찾아왔군. 도쿄역으로 갔다는데 시간이 바뀌는 바람에 못 만났다고. 시간도 알리지 않고 아무 말 없이 집으로 와버렸다며 나보고 너무하다더군. 아하하하하."

"어머, 그랬어요? 그거 미안하게 되었네요."

"고베에서 회사 쪽으로는 알리시지 않았던 거예요?"

아야코와 오시노가 좌우에서 말했다.

"아니, 그렇게 크게 만들지 않아도 되는 일이구만. 일 년이나 이 년 정도 되는 서양행이야 요즘 그리 대수롭지도 않잖아."

"그야 그럴 수도 있지만 그래도 유모, 모처럼 마중을 오시려던 분들에게 미안한 일 아니에요?"

"그러네요. 전혀 몰랐던 일이기는 하지만 어쨌든 죄송하게 되었어요."

"아하하하하." 다쓰에는 또 웃었다. "뭐 괜찮아. 그 사람들도 그 덕분에 오늘은 반나절 쉴 수 있었다고 하던걸."

"오호호호호. 어머 젊은 어르신 말씀도 재미있게 하시네요." 오시노는 참지 못하겠다는 듯 배를 잡고 웃었다.

오후에는 다쓰에 귀국을 축하하는 손님들로 시마 집안이 꽤 혼잡했다. 밤이 되자 집안사람들과 가까운 친척, 친한 사람들만 모였고 다쓰에를 위해 성대한 만찬회가 열렸다.

(1920.12.12)

제18회

귀국(7)

오랜만에 귀국을 하여 겨우 기분이 안정된 다쓰에는 별다른 생각 없이 물끄러미 자기 주위를 바라보았다. 그런데 거기에는 왠지 모르게 적적해 보이는 무언가가 엄습해 있었다. 서양으로 가기 전과는 아무래도 다른 찬 공기가 자기 주위에 감돌고 있음을 그는 도저히 부정할 수 없었다. 우선 데면데면하게 느껴지는 것이 아내 아야코의 태도였다. 무언가 마음속에 응어리가 있는지, 아무래도 자신에게 투명하게 모든 마음을 열어주지 않는 듯한 아야코의 모습이었다. 다음으로 아버지 분페이의 냉담한 태도였다. 오스마라는 딸처럼 젊은 여자가 생겼기 때문에 자식에 대해 일반적으로 두는 거리감이기도 하겠지만, 다쓰에가 보기에는 아무래도 그것만이 아닌 듯해 속이 탔다.

'아무래도 이 집 분위기가 출발 전과는 달라. 어딘가 모르게 차가워.' 다쓰에는 내심 그런 생각을 했는데 그것을 차마 아내에게 털어놓을 수는 없었다. 아야코까지 자신과 똑같은 기분 나쁜 소용돌이 속에 휘말리게 하는 것은 가여운 일이기 때문이었다. '모든 것은 적절한 때가 있는 법이야. 때가 오면 모든 것을 자연스럽게 알게 되겠지. 뭐 그때까지는 내가 똑바로 처신해야겠어. 조금이라도 경거망동하는 일은 삼가야지.' 다쓰에는 혼자 결심했다.

해외시찰보고 임무를 마치고 귀국을 위로하는 휴가도 끝나고 드디어 다음날부터 이전처럼 마루노우치(丸の内)의 회사로 출근하게 된 어느 날 오후, 다쓰에는 양관 스토브 앞에서 아내 아야코와 이런 대화를 나누었다.

"최근 사오일 동안 친구들이다 뭐다 해서 많은 손님이 들락거렸는데 나도 약간 어색하더군. 오스마 씨를 본 사람들이 다들 저게 누구냐며 쑥덕거리니."

"어머, 그랬어요?"

"이상한 기분이 들더라고." 다쓰에는 쓴웃음을 지었다. "장인어른도 틀림없이 좋지 않게 여기고 계시겠지."

"아, 아니에요. 특별히 그렇지도 않아요. 그냥 그래도 괜찮을 게다, 너도 그 여자가 있는 편이 손이 덜 가서 다행이겠구나, 그리 말씀하셨어요." 아야코는 진지한 얼굴로 답했다. "사돈이 건강하신 걸 보면 나 같은 것은 도저히 발밑도 못 따라가겠다고도 하셨는걸요."

"후후" 다쓰에는 웃었다. "그럼 이번 여자 건에 대한 세간 평판은 어때? 들은 거 없나?"

"네, 제가 아무 데도 안 나가니까요. 특별히 들은 내용은 아무것도 없지만……그런 평판 같은 건 없을 거예요." 목소리에 힘을 주고 말했지만 그래도 그때 일을 떠올리면 아야코는 왠지 악몽이라도 꾼 듯한 느낌이 들어 싫었다. 하지만 그 일은 죽어도 남편에게는 털어놓지 않으리라 생각했다. 그런 말을 해서 부모 자식 사이를 멀어지게 하는 것은 어떤 희생을 해서라도 막아야 한다고 남몰래 마음 먹었다.

"저 오스마라는 여자는 어떻게 해서 아버지 집으로 오게 되었을까?" 느긋하게 시가 연기를 동그랗게 내뿜으며 오스마에 대해 말을 꺼내는 다쓰에의 표정에는 변함없이 긴장감이 배어 있었다.

"저도 깊은 사정은 듣지 못했는데 아무래도 이전에 청부업자인지 뭔지를 해서 꽤나 크게 장사를 했던 사람 딸이라고 해요."

"흠, 청부업자 딸이라고? 청부업자의 딸과 군인의 딸이라니. 잘 맞을 리가 없지. 역시 금전상의 관계겠지?"

"글쎄요, 어떻게 된 일인지. 아무래도 오쿠보 씨나 누가 뒤를 봐준 거겠지요."

"오쿠보? 그 토지 알선자 말인가?" 다쓰에는 아내가 끄덕이는 것을 보고 말했다. "그 사내가 뒤를 봐주었다면 뭐가 뭔지 알 수가 없겠군. 그것 참."

"그래도, ……설마 그런 일이야 없겠지요, 여보."

"쯧. 뭔가 이상해. 저 여자와 우리 관계 말이야. 앞으로 여러 가지 일에 서로 신경을 써야겠어." 다쓰에는 아내와 눈을 마주보며 골치 아프다는 듯한 표정을 지었다.

(결호-단행본에 의한 보완)

제19회

오스마(1)

남편 격인 분페이를 배웅한 다음 오스마는 집안일을 하는 오카네 (お兼)를 붙들고 이런 말을 자주 했다.

"아야코 마님 남편은 정말 늠름하고 훌륭한 분이시네. 여자들이 좋아할 만한 사람이야. 오카네는 그렇게 생각하지 않아?"

오카네는 살짝 얼굴을 붉혔다. "호호호, 마님도 참."

"자네는 좋아하지 않는단 말이야? 저런 풍채 좋은 사람을?" 오스마는 바람둥이 같은 웃음을 띠었다. "아야코 마님은 정말 행복하겠어. 부러워. 저렇게 좋은 신랑을 가져서."

"호호, 마님도 상당히 좋은 신분이시잖아요? 이런 말씀을 드리면 실례일지 몰라도, 무엇 하나 부자유스러운 게 없는데 그런 말씀을 하시면 저 같은 것은 어쩌라는 말씀이세요? 우리는 마님이 정말 부럽답니다."

"내가?" 오스마는 호들갑스럽게 눈을 크게 떴다. "그런가? 그런 거란 말이지? 그럼 나만 불행한 것도 아니라는 거군. 호호호호, 그렇게 생각하고 포기해야지. 사실 내가 이렇게 보여도 고생깨나 했거든. 이집에 오기 전을 생각하면 걱정거리가 한두 가지가 아니었지."

오스마는 평소와 달리 친밀한 말투로 그런 이야기를 했다.

그녀는 스물여섯이 되는 올해까지 연심을 모르고 살아왔다고는 할 수 없지만, 외동딸이었던 만큼 모친 사랑이 깊어서 딸을 무심히 내버려 둔 적은 거의 없었으므로 그런 감정 발달은 비교적 늦은 편이었다. 물론 그녀 입장에서도 이성에 대한 동경이나 공상은 가졌지만 열일고여덟 살 때부터 아무런 발달도 이루지 못한 극히 순진한 수준이었고, 아야코가 옆에서 가련히 여길 만큼 노인 시중드는 일을 싫어하지도 않아 보였다. 그러나 그것은 표면적으로 드러난 그녀의 대도였지 내심으로는 별로 그렇지도 않았다. 그녀는 자신의 현재 처지를 만족스럽게 여기지 않았다. 식모살이하는 오카네 같은 아이에게 이따금 넌지시 그렇게 말을 흘리고 다니는 것만 봐도 알 수 있었다. 상대가 돈 외에 아무것도 관심이 없고 돈에만 억척을 부리고 살아온 반평생의 노인이니, 오스마 입장에서는 아무래도 성에 차지 않는 면이 많았다. 남들처럼 아직 젊은 피가 끓는 그녀였으니 상대가 노인이라 아무래도 만족할 수는 없는 노릇이었다. 그녀가 남몰래 후하고 한숨을 내쉬는 일은 몇 번이고 몇 번이고 되풀이되었다.

어쨌든 세상 물정 모르는 아야코가 생각하는 만큼 오스마는 꼭 그렇게 하등한 여자도 아니었고, 비천하게 여길 성질의 여자도 아니었다. 신분도 사족 출신으로 남들 이상의 품성은 갖추고 있었다. 지금 아버지는 친부가 아니었지만 이 아버지도 일반적인 아버지다운 애정을 그녀에게 쏟았으므로 오스마는 특별히 친부와 만나고 싶다는 생각은 하지 않았다. 친부는 대학까지 나온 사람이고 지금으로 치면 상당한 중견 신사가 되어 있을 터였다. 어머니가 학생시절의 아버지 사진을 보여주었을 때 그녀는 옛 친구라도 만난 듯 정겨운 느낌이 들었는데, 그냥 그뿐이었지 특별히 만나고 싶다는 마음은 들지 않았다. 그렇게 오히려 동정해야 마땅할 처지에서 그녀는 이 어울리지도 않는 결혼을 승낙하게 된 것이었다. 결혼할 때 삼천 엔 정도의 지참금이 중매자인 오쿠보 손에서 부모에게로 건네졌다. 물론 주선을 한 중매자는 이런 일을 하면서도 5부에서 1할의 사례금을 알아서 떼는 것을 잊지 않았다. 그래서 오스마의 손으로 들어온 돈은 꼬막 삼천 엔도 되지 않았다.

"이렇게까지 하다니 오쿠보 씨도 너무하는군. 1할이나 떼다니." 어머니는 그때 이렇게 말하며 싫은 얼굴을 했다.

"됐어요, 어머니. 챙겨두세요." 오스마는 아무래도 상관없다는 듯이 거침없이 말하고 깨끗이 그만큼의 돈을 그쪽에 내주었다.

(1920.12.15)

제20회

오스마(2)

결혼 당시에 그런 사정이 있었고 열서너 살 무렵까지 꽤 부유하게 자랐다고 해도, 여자가 진심을 담아 화장을 하게 될 나이에 오스마는 아버지의 실패 때문에 모든 방면에서 부족하고 불만투성이로 그 시절을 보냈다. 특히 결혼할 나이 때에는 유행하던 깃이 짧은 옷 한 벌조차 사기 어려운 형편이었다. 그녀 입장에서 시마 가문에 온 다음부터 갑자기 옷이 생기고 머리 장식이나 장신구를 마음먹은 대로 꾸며댈 수 있는 것이 너무 좋았던지라, 걱정이 많은 와중에도 기분 달랠 만한 것이 많았다. 게다가 친정은 친정대로 오랫동안 돈줄이 끊긴 상황이다가 갑자기 목돈이 들어왔으므로 오스마 부모도 왠지 모르게 들뜬 기분이었다.

"딸 덕에 이 집은 돈 걱정이 없네." 이런 식으로 그녀 모친은 근처 여편네들에게 말을 들으며 남몰래 득의만면 미소를 짓기도 했다.

"나도 행복하다면 행복한 편이에요." 오스마는 어느 때인가 그런 말을 하며 어머니와 뿌듯한 듯 미소를 교환했다.

'여자로서는 이 정도면 행복하다고 생각해야겠지.' 혼자서 멍하니 분페이의 귀가를 기다릴 때 오스마는 또 이렇게도 생각했다.

게다가 결혼식 또한 꽤나 성대했기 때문에 오스마는 악몽에 시달리는 불쾌감 속에서도 왠지 생각지 못한 출세라도 한 듯한 기분이 들어서, 시마 가문으로 오고 나서 두세 달은 그저 휑하니 별생각도 없이 날을 보냈다. 그러나 그런 들뜬 분위기도 가라앉고 지금까지 동요하던 파도가 가만히 가라앉은 듯한 기분이 들자, 오스마는 자신의 일생에 대해 조금씩 생각하게 되었다. 지금까지는 아무렇지 않게 살아온 자기 생활이 어느 정도 이해되는 듯도 했다. 그리고 삼천 엔이라는 돈때문에 팔아 치워진 자기 인생을 생각하니 그녀는 한심한 느낌도 들었다. 삼천 엔이라고 하면 결혼하기 전에야 몹시도 큰돈처럼 여겨졌지만, 시마 가문으로 와서 보니 그런 돈은 아무것도 아니게 여겨졌다. 그녀는 돈의 가치가 이 집에서 생각하는 것과 자기 집에서 생각하는 것이 상당히 차이가 있음을 알게 된 것이다. "정말 짜증나." 오스마는 툭하면 그런 생각을 하면서 혼자 울적해하곤 했다.

특히 젊은 나리인 다쓰에가 외국에서 돌아온다는 전보가 있고나서부터 그 사람이 돌아온 이후까지 아야코의 달뜬 듯 점점 더 반가워하는 얼굴을 보거나, 젊은 부부의 돈독한 모습을 볼 때면 오스마는 자기 신세를 한층 더 돌아보게 되었다. '이 얼마나 쓸쓸한 내 모습이란 말인가! 부자유스러운 게 없다지만 역시 무언가 모르게 부족한 느낌인 것을.' 오스마는 남몰래 한숨을 내쉬었다.

아야코가 턱없이 부러워서 견딜 수가 없었다. 나이로나 풍채로나 부족함이 없는 남편을 가진 아야코의 생활이 질투가 나서 견딜 수가 없었다.

"젊은 나리가 집에 돌아오시니 데이코 애기씨까지 활기가 차네요."

양관 쪽으로 놀러 갔을 때 오스마는 아야코에게 그런 말을 했다.

아야코는 오스마가 이 집으로 들어오고 나서는 지금까지 비어 있던 양관으로 와서 자고 가거나 했다. 다쓰에가 돌아오고 나서도 부부는 쭉 양관에서 잤다.

어느 날 아야코가 서양식 침실 창문을 활짝 열고 아침 공기와 햇빛을 받으며 하녀들에게 지시하여 그 일대를 청소시키던 차에 오스마가 거리낌 없이 그리로 들어왔다.

"어머, 밝고 따스해 보이는 아주 예쁜 방이네요." 오스마는 호들갑스럽게 눈을 크게 뜨며 입구에 서 있었다.

(1920.12.16)

제21회

오스마(3)

아야코는 순간 얼굴을 붉혔다. "여기는 침실이니 저기 저쪽으로……." 지금 그 앞에서 신기한 듯이 뛰어 돌아다니는 데이코의 손을 끌고 복도로 나가려던 참이어서 아야코는 약간 주저하며 말했다.

"아, 그래요?" 오스마는 살짝 당황한 듯한 모습이었다. "이쪽 방으로는 내가 들어가면 안 되는 건가요?"

"아니에요. 꼭 그런 건 아니지만, 그래도 실례니까요."

"어머, 그래요?" 오스마는 끄덕였다. "두 분은 평소에 저 방에서 주무시는 거예요?"

"네, 뭐 대체로 그렇지요."

"그래요?" 오스마는 다시 감탄이라도 한 듯 끄덕였다. "두 분은 몹시도 하이칼라이시군요."

"그런 건 아니지만 남편이 서양식을 좋아하다 보니까요."

아야코는 어색한 듯이 침대를 보던 눈을 돌렸다.

"그래요?" 오스마는 여전히 집요하게 굴었다. "저렇게 하이칼라식이니, 남의 침실 같은 데에 들어가면 안 되는 거지만 저기, 제가 처음이라서 그런데 미안하지만 구경 좀 할게요."

"그럼 그러세요." 아야코는 쓴웃음을 지었다.

역시나 조금 이상한 표정을 하고 있던 하녀가 마침 그때 무슨 일로 불쑥 나갔다.

오스마는 다리가 휘청할 만큼 부드러운 깔개 위를 자못 기분 나쁘다는 듯 밟으며 실내로 들어가더니 갑자기 침대 옆으로 다가가 희고 가녀린 손으로 스프링이 깔려 있는 매트를 꾹꾹 두세 번 눌러 보기도 하고, 창가로 다가가 하얀 커튼을 만져 보기도 했다. 침대에는 아침 10시 무렵의 따뜻한 햇살이 가득 비쳐서 보기에도 마음 편해 보이는 방이었다.

"왠지 병원 같은 느낌이 드는데 그래도 마음은 편할 것 같아 보이는군요."

"무슨요. 특별히 다를 것도 없는데요."

"호사스럽기도 하네요."

"무슨 말씀이에요. 그렇게 고급 물건도 없는데요." 아야코는 다시 쓴웃음을 지었다.

"어머, 이보다 더 훌륭한 물건들도 있다는 거예요?" 오스마는 가볍게 놀라는 표정을 지었다. "그래도 여름에는 선선해서 꽤나 상쾌하겠어요. 그 대신 겨울에는 좀 춥겠군요."

"아니에요, 겨울에는 스토브로 방을 따뜻하게 하니까요."

"그래요?" 오스마는 약간 얼굴을 붉혔다. "그래서 다쓰에 씨는 겨울이든 여름이든 이 방을 좋아하신다는 거지요?"

"호호, 글쎄 어떠려나요? 저야 모르지요." 아야코도 발그레 얼굴을 붉혔다.

그 말을 끝으로 두 사람의 대화가 잠시 끊기자 자리가 어색해졌다. 오스마는 아까부터 엄마 옷자락 밑에서 장난을 치던 데이코에게 환심 살만한 말을 하고 있다가 갑자기 생각이 난 듯이 이런 말을 꺼냈다.

"나 말이에요, 다쓰에 씨가 뵙기 전부터 왠지 좋은 분 같은 느낌이 들더라고요."

"그래요? 어째서요?" 아야코는 반문했다. 자기 남편의 품평을 오스마로부터 듣는 것은 이상한 기분이 들었다.

그러자 오스마는 다시 얼굴을 살짝 붉혔다. "그게, 사진을 봤더니 왠지 그럴 것 같은 예감이 들었거든요."

아야코는 할 말이 궁해져서 그저 싱긋 미소만 지은 상태였다.

"아야코 씨, 언제 결혼한 거지요?"

"저요? 벌써 꽤 됐어요." 아야코는 귀찮은 듯 답했다. "왜 물어보세요?" 그리고 다시 반문했다.

"왜랄 것도 없지만, 아야코 씨에게는 틀림없이 행복한 결혼생활이려니 싶어 저 같은 건 부럽게 여겨질 따름이에요." 말하는 오스마 입에서 희미한 한숨이 새 나왔다.

(1920.12.17)

제22회

오스마(4)

두 여인이 서서 하는 말을 재미없다는 듯 듣고 있던 딸 데이코는 이제 더 참을 수 없다는 듯 투덜대기 시작했다.

"엄마, 이제 저기로 가요."

"그래그래, 자, 가자꾸나. 그럼 오스마 아줌마도 저쪽으로 오세요." 아야코는 아이 손을 잡고 먼저 그 방을 나섰다.

"어머, 정말 오랫동안 실례했군요." 오스마도 웃었다. "데이코 애기씨, 미안하게 됐네요. 미안, 미안."

세 사람은 떠들썩하게 복도를 건너 아야코의 거실로 들어갔다. 아직 할 말을 다 못했다는 듯 오스마는 아야코가 권하는 대로 뒤따라 들어갔다. "그럼 조금 더 실례할까 봐요."

다쓰에는 이미 회사로 출근한 뒤였으므로 거실은 조용했다. 단정하게 정돈되고 청소도 구석구석 잘 되어 있는 네 평짜리 다다미 방으로 이곳도 아침 햇살이 기분 좋게 비쳐들고 있었다. 데이코는 엄마에게 아침 간식을 받더니 그것을 들고 곧장 복도로 나갔다.

"아이는 아무런 때가 안 묻어서 참 귀여워요." 오스마는 아이 뒷모습을 보며 말했다. "그래도 아야코 씨는 아이가 있어 즐겁겠어요. 그것만 해도 얼마나 행복할까요?"

"어머나, 또 그런 말씀을." 아야코는 눈이 부시다는 듯 오스마의 시선을 피했다. "그렇지요. 아이는 귀엽지요. 오스마 씨, 저 애가 있어서 싫은 일이 있더라도 금방 마음을 달랠 수 있어요." 그녀는 잠시 무언가 생각하는 듯했다. "그래도 저는 특별하게 대단히 행복한 쪽은 아니에요. 이런 말을 하면 건방지게 여기실지 모르지만 사람 생활은 옆에서 잠깐 보는 것으로 알만한 게 아니잖아요. 그래도 저 같은 여자 입장에서 이 정도로 부족하다고 말해서도 안 되는 거겠지만요." 아야코는 무슨 말인지 딱히 알 수 없는 대답을 했다. "실례지만 오스마 씨, 형제분은 계신가요?"

"한 명도 없는 걸요. 지나가는 말로 오라버니가 한 명 있다든가 하는 말은 들었는데, 그것도 꽤나 옛날이야기다 보니 이제 와서는 어머니에게 물어봐도 전혀 제대로 대답해 주지를 않네요."

"어머, 그래요? 그것참." 아야코는 자기도 모르게 끌려 들어가는 듯한 기분이 들었다. "그럼, 어떻게 되는 건가요? 당신이 친정집을 어떻게든 이어야 하는 거 아닌가요?"

"네, 처음에는 그런 식의 이야기도 있었어요. 부모님 마음에는 양자 사위라도 들일 작정이었지요. 하지만 재산이 많은 것도 아니고, 저 같은 여자에게 제대로 된 남자가 양자 사위로 들어올 리가 없잖아요. 그래서 어영부영 결혼 시기도 지나 버리고 이런 나이가 되도록 독신으로 지냈던 거예요."

"아, 그랬군요." 아야코는 오스마의 요염한 얼굴을 바라보며 쓸쓸히 웃었다.

"과연 어떤 게 맞는 걸까요? 저는 부모 때문에 독신을 유지하거나 이런 처지로 전락할 게 뻔했으니, 그런 건 이제 포기했지만 말이에요. 그래도 역시 젊은 사람에게는 젊은 사람의 바람이라는 게 있잖아요. 하지만 마음먹은 대로 돌아가지 않는 법이니까요."

"정말 그래요." 아야코는 자기도 모르게 찬동하는 말투였다. "여자는 누구나 다 손해를 보는 것 같아요."

아야코는 처음 그녀의 신상 이야기를 듣게 되어 마음이 조금씩 그녀에게 끌려가는 듯한 기분이 들었다. 그녀의 처지가 어쩐지 서글프게 여겨졌다.

"하지만 저 같은 것의 처지는 말할 만한 게 못 돼요. 부끄러운 신세니……."

"아니에요, 오스마 씨." 아야코는 진심으로 말했다.

오스마는 잠시 후 이렇게 말했다. "저까지 뭐랄까, 다쓰에 씨의 귀국이 반가운 기분이 드네요." 그녀의 눈은 숨은 뜻이 있는 듯 반짝였다. 아야코는 다시 눈이 부시다는 듯 얼굴을 돌렸다.

(1920.12.18)

제23회

오스마(5)

"그러세요? 그런데 제 남편은 아시는 것처럼 바쁜 몸이라 좀처럼 집에 있어 주지를 못하네요……." 조금 있다가 아야코가 말했다.

"어머, 그렇게나 바쁘세요?"

"네, 이런 일 저런 일이 있다며 항상 일에 쫓기기만 해요. 아버님과 경쟁이라는 둥 그런 말을 하면서요."

"어머, 그래요?" 오스마는 감탄한 듯했다. "이렇게 돈이 많은데도 역시 유유자적 지내지는 못하는 성격이신가 보네요."

"그렇지요." 아야코도 쓴웃음을 지었다.

"그러고 보니 저 같은 건 정말 형편없는 여자예요." 이때 오스마는 평소의 쓸쓸한 마음이 발현되어 왠지 모르게 생기 없는 말투로 말했다.

"그야 여자라면 누구나 다 아무래도 그린 생각이 들지요."

"그래도 여자도 여자 나름이에요. 아야코 씨 같은 사람은 멋진 남편분이 있으시고 자제분도 있잖아요. 얼마나 좋을지 저는 상상도 못하겠어요. 저 같은 것은 거기 비하면……."

"어머, 오스마 씨." 아야코는 또 이런 식인가 싶은 표정이었다. "그렇지도 않아요. 제가 이래 보여도 꽤나 마음고생을 한답니다."

"고생이라도 저 같은 것의 고생하고는 다르겠지요."

"이런 마음고생은 당신에게는 없을 거예요."

"어쨌든 저 같은 건 정말 형편없는 여자예요." 오스마는 무슨 말을 해도 금방 자기 신세 한탄으로만 돌리려고 했으므로 아야코는 결국 응대하기 곤란하여 그만 입을 다물어 버렸다. 할 말이 없어져 버렸다. 오스마는 아직 무언가 할 말을 다 못한 듯했다. 그러나 아야코는 이제 말 상대하기가 버거웠다. 그런데 그렇게 보이지 않으려고 노력하는 것이 그녀에게는 한층 괴로운 일이었다. 오스마도 아야코의 이러한 태도를 눈치챘기에 말을 더 잇기가 어려웠다. 그러던 차에 데이코가 유모 오시노에게 업혀 울면서 들어왔다. 그 자리는 다시 생기를 찾았다. 아야코는 살았다 싶은 기분이 들어 곧바로 일어섰다.

"어머, 데이코, 왜 그러니? 창피하게 울고 말이야." 오시노의 등에서 아이를 안아 내렸다.

"아니에요. 유모가 잘못했어요. 용서해 주세요, 애기씨. 애기씨는 하나도 잘못한 게 없으세요." 오시노는 데이코의 우는 얼굴을 들여다보다가 금세 아야코를 향해서 웃음을 지어 보였다. "마님, 지금 애기씨가 마당에서 뒷문 쪽으로 가려고 하다 옆집 구로가 삐죽 얼굴을 내밀고 짖으려는 바람에 애기씨가……."

"어머, 그랬구나. 못쓰겠네, 구로는." 아야코는 무릎 위에서 아이 얼굴을 쓰다듬어 주었다. "다음에 또 보거든 엄마가 '구로, 이놈 안 되겠구나' 하고 말해 줄게."

"어머니, 구로, 구로는 나빠요." 데이코는 여태 흐느끼면서 마당 쪽을 손가락으로 가리켰다.

"정말 저 구로 녀석 나쁘구나. 무서웠지? 이런, 가엽게도."

오스마도 곁으로 와서 어르는 말을 하며 오시노 쪽을 보았다. "저

개는 어른도 무서울 때가 있는데 괜찮을까요? 물거나 하지 않아요?"

"네, 정말 가끔 무섭게 느껴지는 개인데 물거나 하지는 않는 모양이에요. 물었다는 이야기는 들은 적이 없어요."

"그렇겠지요. 물지는 않을 거예요." 아야코도 오시노를 뒤따라 말했다.

"이런, 제가 아침부터 정말 오랫동안 이야기를 해서 죄송했어요. 아야코 씨도 밤에 시간 나면 저 있는 데로 이야기하러 와 주세요." 오스마는 겨우 정신을 차렸다는 듯 그렇게 말하고 일어섰다. 아야코는 그 쓸쓸해 보이는 뒷모습을 보며 스스로를 달래기라도 하듯 오시노와 같이 또 놀러 오라는 말을 하며 오스마를 보냈다.

(결호-단행본에 의한 보완)

제24회

오스마(6)

그날 밤 오스마는 늦게 집으로 돌아온 분페이와 이리저리 잡담을 하던 끝에 아야코와 이야기를 한참 나눴다는 말을 했다.

"아야코 씨 같은 사람은 정말 좋은 신세를 타고 났나 봐요." 이렇게 말문을 열었다.

그러나 분페이는 그 이야기를 달갑게 듣지 않았다. 처음부터 마뜩잖은 얼굴을 하고 듣던 노인은 오스마가 관심을 가지고 아야코 이야기를 하면 할수록 점점 씁쓸한 얼굴이 되었다. 그것을 금방 알아챈 오스마는 '어라' 싶었다. '왜 이러는 거지?' 생각했다. '며느리 이야기, 특히 좋은 이야기를 하는 게 왜 시아버지 마음에 들지 않는 걸까?' 무슨 말이라도 하겠지 싶어 별 재미도 없을 노인의 답변을 기다리는 체하며 그녀가 잠자코 있으니 결국 분페이는 이런 말을 꺼내는 것이다.

"그래? 그래도 아야코와 너무 친하게 지내지 않는 게 좋겠어." 그 목소리는 평소의 탁하고 억압적인 저력이 깃든 것이었다. 오스마는 몹시 의외였다. 오랜 세월 같이 살고 있는 며느리와 친하게 지내지 말라고? 그건 왜일까 의문이 들었다.

"며느리도 아직 젊고 다행히 자네와 나이도 그렇게 차이가 나지 않는 데다가 젊은 사람은 젊은 사람들끼리 이야기도 잘 맞을 테니 각별히 잘 지내주게. 무슨 일이 있으면 며느리에게도 도우라 하고." 이럴 경우 보통 이렇게 말하는 것이 시아버지다운 말일 텐데, 친하게 지내지 말라니 이게 무슨 말일까? 분페이의 말이 오스마는 애당초 납득이 가지 않았다. 그래서 그녀는 내친김에 다음 질문을 하지 않을 수 없었다. 싱긋 웃으며 이렇게 말했다.

"왜요? 어째서 친하게 지내면 안 된다는 거예요?"

"딱히 어째서랄 게 있나. 그냥 서로 마음이 맞는 정도까지야 뭐……." 무심한 듯 그렇게 말했지만 노인의 표정은 대번에 어두워졌다. 오스마는 점점 영문을 알 수 없었다.

"왜 그래요? 아니, 이상하잖아요."

"아, 됐어. 뭐든 상관없어. 내가 그렇게 말하면 그렇게 하면 돼. 내가 안 될 말을 한 것도 아니고."

"네, 그야 그렇지만…, 그래도 이상해요. 한집에 살면서 그렇게 데면데면하게 교제하기는……. 그야 이 정도 되는 큰 집이니 마주치지 말아야지 하는 생각을 않더라도 자연히 못 마주치는 날도 많기는 하지만요."

"그걸로 됐어. 못 만나면 못 만나는 대로 괜찮아. 굳이 자네가 일부러 놀러 가거나 하지 않아도 된다고." 분페이는 엷은 차를 훌쩍거리며 — 오늘 밤만은 그다지 맛있어 보이지도 않게 — 그렇게 말했다. 그리고 곧바로 화제를 바꿨다. 세간의 여러 이야기를 했다. 하지만 오스마는 그런 이야기가 전혀 흥미롭지 않았다. 그녀 뇌리에는 아까 노인이 한 말, 아야코와 멀리 지내라는 그 한 마디가 아무래도 하나의 수수께끼로 남았다. 씻어 버리려고 해도 그 묘한 의문은 도저히 그녀 뇌리에서 사라지지 않는 것이었다.

(1920.12.21)

제25회

친정집(1)

교외에는 벌써 여름이 온 듯 세상이 완전히 초록으로 물들어 버렸다. 때를 만나 득의만면하게 피었던 벚꽃도 모두 열매를 맺고, 저택들이 이어진 곳이나 밭 가장자리 곳곳에 어린잎이 푸릇푸릇 신선한 색을 드러내고 있었다. 여기 시부야(渋谷) 동네도 완전히 여름 준비가 다 된 듯 자연이 밝은 초여름 기운에 충만했다. 화분 가게 앞마당에 조금씩 얼굴을 내밀고 있는 금잔화나 작약 같은 아름다운 꽃들이 밖으로 지나다니는 사람들 눈길을 사로잡았다. 머지않아 등꽃도 화려하게 피려는 어느 날 아침, 시부야의 아야코 친정은 오래간만에 다쓰에 부부의 방문을 받았다. 마침 일요일이었는데 이삼일 지속되던 날씨는 초여름답게 아침부터 화창했고, 겹옷을 껴입으면 이제 밖에서는 덥다 싶게 따뜻했다.

"음, 이제 교외는 완전히 여름이네요." 다쓰에는 햇볕이 잘 드는 객실 툇마루로 나와 청소가 잘 된 마당을 보며 말했다. 모란이나 여름 수선화, 금잔화 같은 꽃이 여기저기에 피어 있는 속에 귀여운 작약이 불쑥 다정한 모습을 드러내고 있는 것이 도저히 지나칠 수 없는 멋을 더하고 있었다. 소나무나 동백 같은 것을 아무렇게나 심어둔 것도 인위적이지 않아서 좋았다. 다쓰에는 너무 반듯하고 지나치게 잘 가꿔진 자기 집 마당보다 이런 마당이 오히려 정감이 갔다. 장소가 교외인 만큼 배경을 이루는 자연이 마당 풍치에 한층 흥취를 더하였다.

"정말 앞으로는 교외가 좋을 것 같아요." 아야코도 식모가 날라 온 찬 커피를 툇마루로 가지고 나오며 가만히 마당을 바라보았다.

"어머나, 이런 데에 나와 있었네." 손녀딸 손을 잡고 안에서 나온 아야코의 친정엄마 다즈코(田鶴子)가 딸 얼굴을 보며 물었다. "의자라도 가지고 올까?"

"아니에요, 이게 좋습니다." 다쓰에는 방석 위에 앉으면서 말했다.

"그런데 장인어른은 어디 가셨습니까?"

"오늘 아침 일찍부터 나가셨어. 만날 손님이 있다고. 이러니 일요일이고 뭐고 없지, 그이에게는……." 다즈코는 무릎 맡의 아이 얼굴을 쓰다듬었다.

"그렇습니까? 역시 사업하시는 일로?"

"그렇겠지. 뭐랄까, 일 이야기는 일절 우리에게 하지 않지만."

"아버지는 변함없이 가장(家長) 만능주의에요." 아야코는 웃었다. "그랬다가 실패하면 금방 죄다 가족들에게 걱정만 끼치니 너무 자기중심적이라니까요."

"정말 그래." 다즈코는 누구에게 말한달 것도 없이 그렇게 말했다. "실패했을 때도 잠자코 계시면 좋을 텐데 말이야."

"하하하하, 그러시지도 못하겠지요." 다쓰에는 잎담배를 느긋하게 피웠다. "자기중심적이라, 남자는 모름지기 다 그렇지요. 저도 아야코에 내해서는 그럴지도 몰라요."

"어머." 아야코는 눈을 동그랗게 뜨며 "살짝 비꼬는 거예요? 저는 당신 이야기를 한 게 아니에요. 너무하네요, 당신도."

"호호호호, 시부야로 와서 부부싸움을 하는구나." 다즈코는 천성적인 쾌활한 말투로 이렇게 말했다. "얘야, 데이코, 우습지 않니? 웃으려무나."

"하하하하, 이거 송구합니다. 장모님 예봉에는 당할 수가 없네요." 다쓰에도 환하게 웃었다. 자리 분위기가 들떴다.

데이코도 웬일인지 얌전하게 외할머니 무릎에서 지금 막 받은 장난감을 가지고 놀았다. 아야코는 시집에 있을 때보다 훨씬 밝은 표정을 하고 웃거나 농담을 하거나 했다. 다쓰에에게는 그것이 눈에 두드러져 보였다. 집에 있을 때의 아내와 사뭇 다른 사람 같아 보였지만 그래도 특별히 불쾌하지는 않았다. 부모 집에 왔을 때만이라도 그녀가 즐거워하는 것이 기뻤다. 셋이 세간의 이러저러한 이야기를 하고 있던 차에 아야코의 동생 다카오가 외출했다가 아버지보다 먼저 귀가했다.

(1920.12.22)

제26회

친정집(2)

"오셨어요?" 다카오가 성큼성큼 툇마루로 다가와 자형에게 인사하고 누나 아야코에게도 목례를 했다.

"어, 잘 있었나?" 다쓰에도 친근한 말투로 인사했다. "지금부터 교외는 자연이 멋질 때군. 오늘 어디로 소풍이라도 나갈까?"

"아, 친구들은 어제부터 여기저기 다니던데, 저는 이번 주 공부할 것이 조금 있어서……." 다카오는 학생답게 그 옆에 긴장된 모습으로 앉았다. "하지만 오후에는 가까운 데 정도는 산책이라도 하려고 생각하고 있습니다."

"그거 좋군. 이런 날에는 집안에만 가만히 있으면 절대로 안 되지. 특히 시내에 살다 보니, 그런 데에 비해 다카오의 집이 너무 좋아. 공기도 좋고."

"그런가? 하지만 밤에는 여우라도 나올 것처럼 적막해서 말이지. 불편하기도 하고, 우리 입장에서는 퍽 살기 힘든 곳이야." 다즈코가 받아서 말했다.

"그래도 엄마가 처음에 제일 좋아하지 않았어요? 조용해서 정말 좋다고. 그렇게 말씀하셨어요. 그렇지? 다카오." 아야코는 웃으며 동생 얼굴을 보았다.

"네." 다카오도 웃었다. "그래도 한 곳에 오래도록 머물면 사람은 싫증을 내는 법이니까요. 그렇지요? 어머니. 어머니도 약간 그러신 거지요? 싫증이 난 거예요. 이 집에……."

"어머, 너희 남매는 부모를 흉보는 거니? 손님 앞에서 어쩔 줄을 모르겠구나. 그런 말을 하니." 오호호호 하고 다즈코는 또 기분 좋게 웃었다.

"아니, 정말 그래요. 한 집에 십 년, 이십 년씩 살다 보면 젊은 사람 입장에서는 싫증이 나는 게 당연하지요. 저도 고지마치 집으로는 눈 감고도 찾아갈 만큼 길이 익숙해져 아무 생각 없이 걸어도 어느새 집 문 앞에 서 있을 정도거든요. 하하하, 이쯤 되면 사람인지 개인지 구분이 안 갈 지경이라니까요."

"그래도 사돈 댁은 크고 대단한 저택이라 그런 거 모르겠지만, 이런 시골은 참 어쩔 도리가 없다니까."

"그래도 가끔씩 와서 그런지 시내에서 이리로 오면 마음이 개운해져요." 아야코는 어머니의 말끝에 붙여 이렇게 말했다.

"정말 그래. 교외는 참 좋아. 아이 키우기에도 위생적이고 말이야."
다쓰에는 그렇게 말하고 다시 푸른 마당을 쳐다보다가 곧 다즈코에게 안긴 아이를 바라보았다. "데이코, 어떠냐? 마음에 들어? 외할머니 집이? 그래, 자 이제 아버지에게 오너라." 두 손을 내밀었다.

데이코는 아버지 얼굴을 잠깐 보더니 곧바로 엄마를 쳐다보며 바라보며 귀여운 목소리로 말했다. "엄마, 쉬."

"쉬? 자, 이리 오렴." 아야코는 금방 일어나 아이 손을 잡았다. "할머니랑 가자." 다즈코도 같이 일어나며 데리고 가려 했지만 데이코는 도통 따르지 않았다. "이런이런, 역시 엄마가 좋구나. 할머니가 그렇게 싫은 거니? 호호호호, 그럼 나는 점심 준비나 해야지." 그리고 다쓰에 쪽을 돌아보았다. "그럼 잠시 실례하겠네. 다카오, 자형 말벗 잘해드려라."

"네, 부디 신경 쓰지 마세요." 다쓰에는 살짝 고개를 숙였다. "어때? 다카오, 이번 여름에 어딘가 여행이라도 가지 않을 텐가?"

"아, 아직 결정은 하지 않았습니다만 학교 산악여행부에서 매년 가니까 또 어디론가 가게 될 것 같습니다."

"어느 쪽으로 가야 재미있지?"

"글쎄요. 역시 신슈(信州)⁰⁴ 쪽이지 않을까요?"

한동안 두 사람은 여행 이야기에 여념이 없었다.

(1920.12.23)

───────────

04 지금의 나가노 현(長野県) 지방을 부르는 옛 명칭.

제27회

친정집(3)

떠들썩하니 그렇게 오랜만에 모두 점심을 먹은 후에 다쓰에는 다카오와 함께 산책을 나섰다. 내키면 다마가와(玉川) 근처까지 가보겠다며 다쓰에는 나갔다. 밤이 되면 남편도 돌아올 터이니 꼭 집에 다시들르라고 한 다즈코에게 다쓰에가 대답했다. "네, 고맙습니다. 별로 재미없으면 곧바로 되돌아오겠습니다. 그래도 혹시 늦어질지도 모르니, 만약 그렇게 되면 장인어른께 안부 전해 주십시오." 그리고 아내 아야코에게 기분 좋게 말했다. "당신도 오랜만이니 아버님 뵙고 이삼일 느긋하게 놀다 오면 어때? 우리 집이야 괜찮으니까."

"그래도 아버님께 죄송해서요." 아야코는 바라지도 않았던 말에 반가웠지만 그럴 수만도 없는 노릇이었다. 그래도 남편이 굳이 그렇게 말을 하니 대답했다. "그럼 오늘 밤만 친정에서 자고 갈게요."

"그러면 돼. 그럼 장모님, 집사람 잘 부탁드립니다." 그렇게 말하고 다쓰에는 다카오와 같이 기운차게 나섰다.

친정엄마와 둘이 되자 아야코는 그제서야 겨우 마음이 놓이는 듯했다. 비로소 친정에 왔다는 느긋한 기분이었다. 마음의 거리 없이 편하게 말을 주고받기는 했지만, 남편이 있는 동안에는 아무래도 남편이 먼저고 자기가 그다음이라는 의식이 있어서 왠지 모르게 답답한 심정이었다. 특별히 눈치를 보는 것은 아니지만, 아무래도 남편 앞에서 엄마의 자애로움에 모든 것을 내려놓고 자식다운 어리광을 내보일 수는 없었다. 게다가 격식 있는 대가의 며느리로서, 엄격한 아버지의 딸로서, 다쓰에의 아내가 된 아야코는 무책임한 젊은 부부들에게서 볼 수 있는 일종의 친밀함을 도저히 남편을 향해 표현할 수가 없었다.

"어머, 정말 젊은 마님께서는 손님같이 깍듯하세요. 더 편하게 구셔도 될 텐데, 젊은 어르신께." 아직 데이코가 태어나기 전에 유모 오시노가 그런 말을 하며 웃은 적이 있었다. "어머, 유모도 참…… 듣기 싫은 말을 하네요. 나 그런 거 못해요. 아무래도 어색한 걸요." 아야코는 얼굴을 새빨갛게 붉히며 고개를 숙였다. 그렇게 말한 직후에는 왠지 모르게 충족되지 않는 듯한 일종의 쓸쓸함을 느끼곤 했다.

요즘에도 아야코는 딱 그런 기분이 들었다. 남편의 사랑은 이전보다 짙어졌고 전혀 자신에게 냉담하지 않았다. 특히 외국에서 돌아온 이후에는 이전보다 한층 자기에게 사랑을 기울이는 듯 여겨졌다. 스스로도 부족함은 전혀 느끼지 않았다. 그런데도 어쩐 일인지 아야코의 기분은 전혀 개운하지가 않았다. 특히 시아버지와 그런 일이 있은 후, 또 오스마가 집으로 들어오고 나서는 아무래도 아야코 마음이 좋지 않았다. 지금까지 밝았던 그녀 마음에 무언가 어두운 그림자가 지는 듯 여겨졌다. 그것을 오스마 탓으로만 하는 것도 이상하지만, 오스마가 집에 들어오고 나서 이렇게 된 자신을 생각하니 아야코는 아무래도 오스마라는 여자를 자기 머릿속에서 떼어놓고 생각할 수가 없었다. 게다가 오스마가 다쓰에와 친숙하게 말을 나누거나, 자기 앞에서 다쓰에의 칭찬을 하는 것도 왠지 모르게 싫었다. 다쓰에에게 특별히 어떻다고 할 만한 충동은 보이지 않았지만, 아야코로서는 그것이 왠지 모르게 마음에 걸렸다. 이것이 여자가 갖는 질투일 것인 줄은 스스로 알아차렸지만, 어쨌든 오스마 때문에 생기는 자기 마음가짐이 그렇게 되어 버리는 것을 그녀는 어쩔 도리가 없었다.

그런 아야코의 어두운 심정도 친정엄마를 만나 단둘만 있게 되니 신기하게도 불식되어 버린 듯 마음이 가벼워지는 것을 느꼈다.

"너 얼굴색이 개운하지 않아 보이는데 무슨 일 있니? 몸이라도 안 좋은 거 아니냐?"

다실에 들어서자 다즈코는 딸 얼굴을 가만히 보면서 아침부터 마음에 걸렸던 말을 했다. 모녀는 비로소 걱정 없는 얼굴로 조용히 서로 바라보았다.

(1920.12.24)

제28회

친정집⑷

자애심 깊고 자식을 위해서라면 뭐든지 할 만큼 사랑을 주는 어머니 앞에서 아야코는 왠지 모르게 응어리져 있는 지금의 자기 마음을 모조리 다 드러내 호소하고 싶은, 그리고 어머니의 자애로운 가슴에 녹아 들어가고 싶은 기분이 되는 것을 가만히 억눌렀다. "그래요? 얼굴빛이 그렇게 안 좋아요?" 미소 지으며 가녀린 손을 자기 하얀 뺨에 갖다 댔다.

"꼭 그런 건 아니지만 언뜻 보기 좋지는 않구나. 또 무슨 걱정거리라도 있는 건 아니니?"

"아니에요." 엄마의 걱정스러운 마음을 달래듯 아야코는 애써 부정했다. "그냥 몸이 왠일인지 좀 나른할 때가 있어요. 게다가 감기라도 걸리면 가슴이 열 때문에 괴롭거든요. 그래도 그렇게 심각한 병은 아니에요."

"의사에게 진찰은 받았니? 뭐라든?"

"특별히 이상은 없고 호흡기에 문제가 있는 것도 아니라네요. 그래도 늑막에 이상이 있을 수 있으니 조심하라고 하더라고요. 나는 아무것도 아니라고 생각했는데, 다쓰에 씨가 걱정이 되는지 하도 성화를 해서 찜질 같은 것은 했어요."

"늑막이 잘못되면 큰일이야. 그리 빨리 낫지는 않을 테니 조심해야지." 다즈코는 마음에 걸리는 듯한 표정을 지었다. "그래도 이제부터는 따뜻한 기운이 더할 날만 남았으니 큰일이야 없겠지."

"네, 이제 괜찮을 거예요." 아야코는 웃었다. "다쓰에 씨가 다음 달정도 되면 좀 이르지만 바닷가에 가서 느긋하게 놀고 오라고 말하네요. 엄마, 그래도 그렇지 큰 병도 아닌데 그렇게 하기는 어려울 것 같아요."

"그것도 그렇겠구나. 하지만 남편이 그렇게 말하니 가는 게 어떻겠니? 가마쿠라 별장에라도."

"그렇기는 해요, 그래도 혼자 가면 심심하잖아요."

"다쓰에가 아직 여름휴가는 아닌 거지? 그때쯤은."

"아니에요, 아직 멀었지요."

"그럼 내가 가도 되는데……."

그런 이야기를 모녀가 별생각 없이 나누고 있다가 다즈코가 갑자기 생각난 듯 물었다. "오스마 씨는 변함없이 잘 있니?"

아야코는 덜컹 무언가 마음을 두드린 듯 느꼈다. 이유도 없이 싫은 기분이었다. 손대지 말아야지 피해야지 하던 것에 마침내 마주친 듯했다. 그러나 이미 늦었다. 화제를 바꾸려고 노력하는 사이에 어머니가 또 말했다.

"시아버지와는 잘 지내니? 나도 그 여자가 오고 나서는 네가 남에게 말 못할 마음고생을 하겠구나 생각이 들어서 멀리서나마 가슴을 졸이고 있단다. 네 아버지야 낙천적이라 전혀 마음에 거리낄 것 없다는 듯이, 뭐 집에 여자 손이 늘었으니 도리어 아야코에게도 도움이 되어 좋겠다는 둥, 그런 말씀이나 하고."

"네, 그야 그렇지요. 그 여자도 나쁜 사람은 아니거든요. 알고 보니 불행한 처지를 겪은 여자더라고요. 그래도 역시……." 아야코의 대답은 완전히 요령부득이었다.

"아무래도 너에게 좋지 않은 점이 있는 거구나?"

"아니에요." 아야코는 당황하여 엄마 말을 가로막았다. "그런 거 없어요."

"그러면 좋지만, 왠지 말이야 지난번 오시노가 왔을 때 젊은 마님도 너무 신경을 쓰고 어려워하시니 가엽다고 그렇게 말하더구나. 나도 걱정했단다."

"어머, 그런 말을 했어요?" 아야코는 아름다운 눈을 크게 떴다. "유모도 참 몹쓸 사람이에요. 딱히 어려워하거나 그런 거 없어요. 왜냐하면 그럴 일이 아무것도 없거든요. 유모가 뭔가 착각을 한 거예요."

"그런 거면 괜찮지만. 나는 또 그 여자가 집으로 들어와서 네 입장이 이상해지지는 않았을까 생각이 들어 여러모로 걱정이 되더라." 다즈코는 역시 마음이 쓰이는 듯한 표정을 하고 딸 얼굴을 가만히 보았다.

(1920.12.25)

제29회

친정집(5)

저녁 전등불이 들어오고 얼마 지나지 않은 무렵, 다쓰에와 산책을 나갔던 다카오가 혼자서 기운차게 돌아왔다. 다쓰에는 '말씀 좀 잘 전해 주게'라는 전언을 남기고 되돌아오지는 않았고 아오야마(青山)의 친구에게 들른다며 다마가와 전차 시부야 종점에서 다카오와 헤어졌다고 했다.

아야코는 그 말을 듣고 잠깐 서운한 느낌이 들었지만 어차피 이리로 다시 들르지 않는 게 자기 마음도 편해서 좋았다.

"다마가와 근처로 가니 한층 여름이 다가온 느낌이더라고요. 오늘 정도 날씨면 헤엄이라도 치고 싶은 기분이었어요." 다카오는 어머니와 누나에게 놀러 나갔던 곳 이야기를 재미있게 들려주었다.

밤이 되어도 아버지 도시유키는 돌아오지 않았다. 늘상 있는 일이라 어머니 다즈코는 특별히 신경 쓰지도 않았지만, 아야코는 오래간만이라 아버지를 뵙고 싶었다. 점점 나이 들어가면서도 아직 모험심이 사그라지지 않은 아버지를 생각했다. 젊은 사람에게 뒤지지 않는 기백으로 아침부터 밤까지 쉬지도 않고 열심히 일하는 아버지 건강도 걱정이 되었다. 한번 큰 실패를 맛보고 그것을 만회하기가 힘들어 결국 시아버지 분페이 덕에 궁지에서 살아나기까지의 과정이 다시금 그녀 마음에 떠올랐다. 그 희생양이 된 것이 자기 한 몸이라는 것이 새삼 되새겨졌다. 그 일만 아니었더라면 자신은 지금쯤 이런 결혼생활을 하고 있지 않을 터였다. 첫사랑 남자의 모습이 다시 새록새록 그녀 머리에 되살아났다. 시라이는 지금쯤 어떻게 지내고 있을까. 아내가 죽었다는 이야기를 언젠가 어머니에게 들어서 알고는 있었는데, 그 후 두 번째 아내를 맞는지 아닌지 전혀 소식을 알 수 없었다. 세간 이야기를 하듯 슬쩍 어머니에게 물어보고 싶은 마음도 있었지만 왠지 꺼림칙해서 묻지 못했다.

그러나 자신이 돈 때문에 지금과 같은 처지에 놓였다고는 해도, 그렇게나 명예를 중히 여기고 견식도 갖추었던 아버지가 도저히 다른 방법이 없어서 결국 돈의 권력 앞에 그 완고하던 무릎을 꿇고 만 일이 아야코로서는 무엇보다 가여운 마음이 들었다. 그런 생각을 하니 자신의 희생 같은 것은 극히 작은 일인 양 느껴졌다. 부족함이나 불만을 이야기하면 죄송할 것 같았다. 집안을 위해서라는 인습적이고 부차적 도덕에 맹종하여 태연자약하게 지낼 만큼 무지한 여자는 아니었지만, 천성적으로 아버지를 마음으로 따르던 아야코는 아무래도 부모님과 자신을 떼어놓고 생각할 수 없었다. 나는 나를 위해 존재한다는 생각보다는 역시 부모님을 위해야 한다는 것에 그녀 마음이 많이 쏠렸다. 바로 여기에 그녀의 괴로움이 있었고, 고뇌가 있었다.

특히 아버지는 퇴직은 했지만 어엿한 육군 중장 출신이었다. 사람들에게도 꽤나 알려진 신분이었던 것이다. 그런 아버지가 설령 부호 중의 한 사람으로 손꼽히고 실업계에 다소나마 무게감 있는 존재라고는 할지언정 근본이 길거리 상인 출신에다가 문맹이나 다름없는 시아버지 분페이 앞에서 스스로를 꺾을 수밖에 없었다. 아버지의 심중을 헤아리니 그리 속 편한 소리를 할 수는 없었다. 아버지 심중을 헤아리는 것만으로도 안타깝고 아버지에게 죄송했다. '저는 어디까지나 여기 야마무라 친정의 충실한 봉사자로 있고 싶어요.' 아야코는 남몰래 가슴속으로 그렇게 맹세했다.

"네 아버지도 이제 적당히 좀 위험천만한 사업 같은 것은 그만두었으면 좋겠는데 말이지." 그날 밤 다실에서 딸과 마주보며 집안의 여러 일들이나 친척들 이야기를 하던 다즈코의 입에서 보기 드물게 속마음 이야기가 나왔다. 아이를 재우고 겨우 오롯이 제 한 몸으로 되돌아온 듯한 아야코는 어머니와 긴 화롯가에 마주 앉자 마음속이 차분해졌다. 그러다 어머니가 이렇게 속을 털어놓자 곧바로 친정에 대한 시댁의 채권 문제가 불쾌한 구름처럼 뇌리 한구석에서 피어올랐다. 그래도 어머니를 더 의기소침하게 해서는 안 된다고 마음을 고쳐

먹고 그런 말은 입 밖에 내지 않았다.

"그래도 아버지가 건강하시니까 괜찮아요." 아야코는 애써 화제를
다른 쪽으로 돌리려 했다.

(1920.12.26)

제30회

친정집(6)

이튿날 아침이 돼서야 아야코는 겨우 아버지 도시유키를 볼 수 있
었다. 실은 간밤에 아야코가 잠자리에 들고 나서 도시유키는 늦게 귀
가했다. 아야코도 알아차리긴 했지만 이미 밤도 많이 늦었으므로 일
부러 일어나 나가보지는 않았던 것이다.

"이야, 아야코구나. 잘 왔다." 도시유키는 군인 출신치고는 드물게
마치 실업가가 다 되어 버린 듯 살이 불어버린 몸을 이쪽으로 돌리며
수염이 짙은 붉은 얼굴에 웃음을 머금었다. "어떠냐. 사돈어른은 변
함없이 건강하시냐? 오랫동안 소식을 못 드렸구나."

아야코는 인사를 드렸다. "네, 건강하게 계세요. 아버지께 안부 전
해달라고 말씀하셨어요."

"그러냐. 그것참 고맙구나." 도시유키는 붙임성 있는 눈길을 주었
지만, 그 밖의 일에 대해서는 가급적 말을 하지 않으려는 듯 보였다.
아야코에게는 그것이 어딘가 모르게 불만스러웠다. 그렇게나 귀여워

하던 딸을 별로 신경 쓰지도 않는 듯, 사돈 소식만 물어보는 것이 아야코는 서운했다. 그렇다고 딱히 자기를 대하는 아버지의 애정이 차갑게 식었다거나 한 것은 절대 아니었지만, 딸 걱정으로 가슴 대부분이 가득하던 시절의 아버지를 떠올리면 그녀는 실로 의지할 곳 없는 듯한 외로움을 느낄 수밖에 없었다. 게다가 아버지와 시아버지의 금전관계가 이렇게 첫마디부터 사돈어른을 찾게 만드는 것이라 생각하니, 아야코는 자기 결혼이 몹시도 한심하게 여겨져 견딜 수가 없었다.

오히려 아주 엄격했던 옛날 아버지 쪽이, 그 엄격함 속에도 다 퍼담을 수 없을 만큼 사랑의 샘물을 가족들에게 쏟아 주던 아버지 쪽이 아야코는 훨씬 그리웠다. 물론 아가씨 시절처럼 온몸으로 아버지 사랑을 독차지하기를 원할 수도 없고, 시집을 가서 벌써 오 년이나 지난 지금에 와서 옛날과 똑같은 아버지 사랑을 요구할 수도 없지만, 그래도 왠지 요즘 아버지 태도는 그녀가 불만을 가지기에 충분할 만큼 마뜩잖았다. 아야코는 그것이 슬펐다. 서운하여 견딜 수 없었다. 이제 어머니만이 자기를 위해 존재하는 듯한 기분이 들었다. 아버지는 사업을 위한 아버지이지 이제 자기를 위한 아버지가 아닌 것처럼 여겨졌다.

"아버지는 그렇게 바깥 활동만 하시고 몸은 괜찮으세요?" 잠시 후 아야코는 눈물을 머금는 기분으로 그렇게 말했다.

맛있다는 듯 엽차를 마시던 도시유키도 역시 호걸웃음을 지었다. "나 말이냐? 나야 덕분에 병치레를 모르지. 그 점은 분페이 씨랑 같아. 하하하하하하."

다즈코가 데리고 들어온 손녀딸을 보더니 도시유키는 가지고 있던 찻잔을 내려두고 금방 두 손을 데이코에게 뻗었다.

"오오, 데이코구나. 잘 왔다. 자자 외할아버지가 안아주마."

"좋겠구나, 데이코는. 할아버지에게 안겨서." 다즈코는 기뻐서 못 견디겠다는 듯한 만족스러운 얼굴이었다.

"아휴, 얘는." 아야코도 웃었다. "할아버지께 '안녕하셨어요' 해야지? 그럼 못써요, 인사를 잊으면."

"할아버지, 안녕하셨어요……." 아이는 안긴 채 할아버지 무릎 위에서 두 번 정도 살짝 끄덕였다.

"오오, 그래 그래. 안녕." 도시유키도 수염 난 얼굴로 위에서 내려다보면서 예쁘다고 흔들어주며 아이 비위를 맞추었다.

"자자, 아침 먹어요." 다즈코는 다실 쪽으로 일어섰다.

"저도 도울게요." 일어서려는 아야코를 다즈코는 손으로 만류했다. "됐다, 됐어. 너는 손님이니까." 그렇게 말하고 그녀는 식모아이에게 지시하며 이것저것 시켰다.

도시유키를 중심으로 아침 식탁을 둘러싸고 모두 번갈아 여러 이야기를 했는데, 도시유키의 이야기…… 광산의 특수한 생활이나 그런 곳에 있는 여자들 내용이 아주 재미있어 모두를 웃게 했다.

(1920.12.28)

제31회

온천으로(1)

아야코의 생활은 그 후 얼마 되지 않아 갑자기 확 달라졌다. 그것은 보양을 위해 이즈(伊豆)의 어느 온천장으로 가게 됐기 때문이다. 물론 중병이라고 할 만한 것은 아니었지만, 늑막 쪽도 아직 완전히 다 낫지 않고 해서 조금 이르지만 피서를 겸하여 한동안 그리 가 있으면 좋지 않겠냐고 남편 다쓰에가 열심히 권했으므로, 아야코도 그럴 마음이 들어 느긋한 온천장 생활을 보내기로 했다.

원래 그다지 건강하지 못하던 아야코는 최근 1년 동안 남편이 없는 적적한 생활에 내내 마음이 긴장된 상태였으므로, 특별히 큰 병치레야 하지 않고 지나갔지만 다쓰에가 귀국을 하자 갑자기 마음의 긴장이 풀린 탓인지 그때 세간에 유행하던 독한 감기에 걸린 것이 원인이 되어, 늑막을 앓고 한동안 병상에서 신음하며 누워 지낸 것이다. 다행히 아야코의 병은 폐로 번지지는 않았으므로 생각만큼 위험하지는 않았는데, 그래도 늑막에 병이 생겼으므로 완전한 회복기까지는 상당한 시일이 소요되어야 한다는 의사 진단이 내려졌다.

"아무래도 해안에 가서 느긋이 지내다 보면 낫겠지. 그게 무엇보다 좋은 약이야."

그렇게 말하고 다쓰에는 열심히 아내의 보양 여행을 설득한 것이었다.

게다가 그녀 입장에서도 저으기 기뻤다. 남편과 떨어져 혼자 그런 온천장에서 적적한 생활을 시작하는 게 불안하기도 했지만, 요즘처럼 듣기 싫은 이야기만 귀에 들어오는 시기에는 마음고생도 적지 않았고, 이런 번잡스런 생활에서 잠시 해방되는 것도 역시 바람직한 측면 중 하나였다. 또 한편으로는 오랫동안 정치적 생활을 해온 아버지가 근년에 사업에 손을 댔고 그 결과 시아버지의 연대로 빌린 만 단위의 거액 빚 때문에, 요즘 채권자들로부터 상당한 강압이 시아버지 쪽으로 들어온 일이 무엇보다 그녀의 심경을 괴롭히는 문제였다. 그리고 그 양관에서 있었던 사건 이후 아무래도 시아버지와 자신 사이의 감정이 해소되지 않고, 점점 묘하게 꼬인 것도 한층 그녀를 곤란한 입장으로 밀어 넣었다. 집안일이다 뭐다 해서 오스마가 점점 권한을 얻어감에 따라 그녀가 이미 아야코의 아랫사람이 아닌 것은 물론, 순진한 아야코가 억울함의 눈물을 흘리게 될 만큼 모멸을 주는 태도마저 이따금 보이게 되는 일도 드물지 않았다.

그런 모든 것들이 쌓이는 바람에 집과 잠시라도 떨어져 있고자 아야코도 마음을 먹고 온천에 가기로 결정했다. 처음에는 다쓰에가 데려다 주고 유모인 오시노가 아이를 데리고 따라 왔는데, 다쓰에는 이삼 일 상태를 보더니 금방 도쿄로 돌아가 버렸다.

"저는 주일 정도 있으면 충분하니 많이 더워지기 전에 돌아갈게요." 다쓰에가 귀경하겠다고 말한 날 아야코는 그렇게 말했다. 한여름이 되면 피서객들로 혼잡한 데다가 저택을 비우고 온 것도 그녀는 마음이 쓰여서였다.

"겨우 그 정도만? 그럼 당신 피서하러 왔다가 피서지에서 도망쳐 귀경하는 거나 마찬가지지. 게다가 병도 아직 정양이 필요한 게 아니겠어? 괜찮으니까 한달이든 두달이든 있을 수 있을 만큼 있어."라며 다쓰에는 위하는 얼굴로 말했다.

"네, 그래도 그렇게 오래 있을 필요 없어요. 이주일 정도면 저는 충분해요."

"그야 야아코 당신 마음이지만, 어쨌든 늑막이라는 게 당신이 생각하는 것만큼 만만한 병이 아니니까. 앞으로도 꾸준히 조심해야 해."

"그야 그럴 지도 모르지만, 제 몸 하나만 생각하고 있을 수만도 없어요." 아야코는 거북한 듯 눈을 내리떴다.

"또 무슨 친정 빚 걱정이라도 하는 건가?" 다쓰에는 조금 얼굴이 어두워졌다.

"아니에요, 꼭 그런 건 아니지만." 그렇게 아야코는 말했지만 마음속으로는 '남편은 아무것도 몰라' 싶어 그 후로 아무런 말도 하지 않았다.

(1920.12.29)

제32회

온천으로(2)

다쓰에가 도쿄로 되돌아가니 아야코는 갑자기 외로워졌다. 유모나 아이를 상대로 투구판을 가지고 나와 놀기도 했지만 그런 것으로는 이 외로움이 달래지지 않으리라 생각했다. 그러나 이삼 일 지나 아무래도 숙소도 안정되고 하니 비로소 여행을 와 있구나 실감이 들었다.

6월 초라서 도쿄에서 찾아온 손님들은 아직 그리 많지 않았다. 그리고 아야코가 머무는 온천 숙소의 몇 채의 넓은 건물을 보더라도, 여기저기 조금씩 손님들 얼굴이 보일뿐 해질녘이 되자 마당을 흐르는 물소리만 귀에 들리고 마음이 불안할 정도로 적적했다. 하지만 개중에는 현악기 소리가 흘러나오는 방도 있어서 온천장 분위기는 어딘가 우아했다.

어느 날 저녁을 먹고 나서 아야코는 전등 빛이 어둑한 자기 방을 나와 수수한 무늬의 서지 옷에 홑옷 상의를 걸치면서, 오시노에게 데이코를 업게 하고 슬슬 동네로 나갔다. 불빛 어두운 동네에 강물소리가 한층 적막함을 더해 옅은 여수가 가슴에 베어들 따름이었다.

이윽고 아야코는 어느 다리 위에 서서 물에 비친 별을 보며 유모와 온천장 이야기를 나누다 갑자기 중얼거리듯 말했다. "왠지 불안해지는 곳이에요."

"정말 그래요." 오시노가 대답했다. "나리가 도쿄로 돌아가시니 뭔가 갑자기 적적해진 것 같아요."

"그렇지요."

"나리도 도쿄에서 역시 쓸쓸하게 계실 거예요. 애기씨까지 여기와 계시니 얼마나 따분하실까요."

"맞아요." 아야코는 웃었다. "우리 나리가 자식을 너무 좋아하시니까요."

"그 대신 집에서는 오스마 마님이 활개를 치고 계시겠지요."

"그야 어쩔 수 없지요."

"마님은 너무 성격이 온순하셔서 저런 사람이 저렇게 위세를 부리는 거예요. 이번에 돌아가시거든 좀 태도를 바꾸시고 가끔은 뭐랄까 한 말씀 하시는 것도 좋지 않을까요?"

"어머, 그런 말 하는 거 아니에요. 그래도 내 시어머니뻘인데요." 아야코의 얼굴에는 모순되는 듯한, 그러면서도 어두운 표정이 슬쩍 나타났는데 오시노는 느끼지 못했다.

"자, 조금 더 저쪽으로 가 봐요." 그렇게 말하고 아야코는 걸음을 옮겼다. "이런, 아이가 벌써 잠든 것 같네요." 오시노의 등 쪽으로 다정하게 손을 내밀어 쌔근쌔근 잠든 데이코의 머리카락을 매만져 주었다.

두 사람은 한동안 잠자코 걸었다. 아야코는 집 이야기를 해보았자 기분이 안 좋아질 게 뻔하니 다른 이야깃거리로 화제를 돌리려 했지만, 오시노는 예의 그 양관에서 있었던 일 ─ 물론 그것은 아야코가 그녀에게 말한 게 아니라 오시노의 상상이지만 ─ 같은 이야기를 꺼내며 아야코에게 더 기를 펴고 대하라고 말했다.

"왠지 피곤하네요. 돌아가요." 잠시 후 그렇게 말하고 아야코는 원래 온 길로 되돌아섰다.

그러자 그 순간 슈젠지(修善寺) 절문 앞에서 숙소에서 빌린 욕의 차림을 하고 담배를 피우면서 터벅터벅 걷고 있는 한 신사가 아야코와 스쳐 지났다. 그러더니 신사는 문득 돌아보고 별빛에 아야코의 얼굴을 비쳐보며 지나쳤다. 아야코는 자기도 모르게 돌아보았지만 그때는 이미 늦었다. 남자는 담뱃불을 날리며 휘이휘이 저쪽으로 가버렸다.

그것은 아야코가 담담한 첫사랑의 인상으로 뇌리에 새겨둔 시라이와 꼭 닮은 사람의 풍채였다. 그 이마가 넓어지고 코밑 수염이 더 짙어졌지만, 아야코의 민첩한 눈길은 어딘가에 남아 있는 젊은 시절의 그 사람 모습을 놓치지 않았다.

'저 사람, 시라이 긴고 씨 아닌가?' 아야코는 마음속으로 그렇게 중얼거리고 다시 한번 옛날 생각이 나는 듯 뒤돌아보았지만, 사방이 어두워서 그 사내의 모습조차 이제 쫓을 수가 없었다.

(1921.1.1)

제33회

온천으로(3)

아야코는 그대로 숙소로 돌아왔지만 마음속으로는 이미 그 신사가 시라이라고 확신했다. 그런 자기 마음이 그녀는 이상했다. 자신의 마음 어느 구석에 아직 시라이라는 환영이 그림자를 숨기고 있었다고 생각하니 그녀는 남몰래 소름이 돋았다. 그를 떠올리는 것만으로도 지금의 자기 입장에서는 죄악처럼 여겨졌다. 그러나 생각하지 않으려 해도 그게 잘 되지 않았다. 오륙 년 전까지 그가 아버지 집에 자주 들락거리던 무렵의 일이, 그리고 그에 대해 그녀가 일종의 친근감을 느꼈던 일들이 잇따라 떠올라 아야코는 그날 밤 거의 한숨도 잠을 이루지 못했다.

'그래도 육 년 만에, 그것도 이런 곳에서 그 사람과 해후하다니 이 무슨 불가사의한 인연인가!' 아야코는 그렇게 생각했다. 그러자 갑자기 지금까지의 외로움을 잊은 듯한 기분이 들었다.

스쳐 지나면서도 말을 거는 것이 두 사람 다 왠지 너무 어색하고 소원한 사이가 되어 버렸으므로, 시라이가 설령 이 온천장으로 와 있다 한들 그녀의 고독감이 딱히 해소될 리 없을 터였다. 그래도 육 년 전 그리운 추억이 이상하게 아야코의 감정을 부추겼다. 그리고 그 감정은 지금의 남편에 대해 품고 있는 유부녀로서의 애정과는 종류가 다른 다정하고 옅은 정서였다. 또 그가 어디에 머문다 치면 그게 어디든 엎어지면 코 닿을 만한 이곳 온천장 동네 안이라고 생각하니 한층 보고 싶은 마음이 더했다. 그러나 그와 동시에 아야코는 일종의 불안감 또한 느끼지 않을 수 없었다. 시마 가문으로 시집을 간 지 오 년, 데이코라는 아이까지 있는 지금 자기 마음속에 아직 시라이의 인상이 그런 의미로 남아 있다는 것은, 그녀 입장에서 달콤한 고민이기도 하고 고통이기도 했다. 남편 외에 사랑하는 남자였다면, 설령 그것이 마음 밑바닥에 간직된 연심이고 이미 열매를 맺지 못하고 묻혀 버린 사랑이라고 해도, 유부녀로서는 이미 용서받지 못할 죄라고 여겼다.

아침에 아야코가 자리에서 일어난 것은 새벽 6시쯤이었다. 속삭이는 듯한 물소리가 먼저 귀에 들어와서 비라도 내리나 싶어 유리창 너머로 밖을 보니, 바로 앞 창가에 가지를 교차하고 있는 느티나무 어린잎이 환하게 아침햇살을 받으며 살랑살랑 바람에 흔들리는 것이었다. 초여름다운 푸른 하늘색도 그 사이로 보였다.

옆방에서 자고 있는 오시노는 아직 꿈속인 듯했다. 데이코도 쌔근쌔근 엄마 옆에서 잠들어 있었다. 아야코는 금방 일어나지 않았다. 무엇을 생각한달 것도 없이 멍하니 천정을 바라보고 있는 그녀 눈으로, 다시금 어젯밤 시라이의 욕의(浴衣) 차림 모습이 분명하게 떠올랐다. 다소 머리가 벗겨진 넓은 이마, 금테안경 안에서 힐끔힐끔 자신을 쳐다보던 눈, 짙고 검은 수염, 남성다운 큰 몸집, 그 모든 것이 최근 오륙 년 정도 사이에 괄목할 만한 발전을 이룬 지식과 수완, 경험 등 그의 모든 인격을 상상케 하기에 충분했다.

남편 다쓰에도 결코 열등한 쪽은 아니었다. 우둔한 남자도 아니었다. 그러나 오랜만에 언뜻 보게 된 시라이에 비하면 풍채부터 어딘가 모르게 값싸 보였다. 똑같이 머리를 쓰는 사람이라도 느낌이 왠지 속물적이고 품위가 없는 듯 여겨졌다. 그러나 그런 생각을 하는 것만으로도 진심으로 자신을 사랑해 주는 다쓰에게 미안한 느낌이 들어서 아야코는 스스로가 싫어졌다. "아아, 이런 생각을 하면 안 되지." 아야코는 그렇게 중얼거리며 동요하려는 자기 마음을 추스렸다.

반 시간 뒤 아야코는 데이코와 함께 아침 온천탕에 들어갔다. 맑고 깨끗한 욕탕 안에 최근 다소나마 살이 붙은 그녀의 하얀 몸과 데이코의 동글동글한 몸이 분명하고 투명하며 아름다워 보였다. 녹아버릴 듯 느긋한 기분에 잠기며 아야코는 어젯밤 일은 완전히 잊어버리기라도 한 양, 아침의 신선한 온천욕을 즐겼다. 그러자 그리로 오시노가 목욕 도구를 여러 가지 챙겨서 들어왔다.

(1921.1.3)

제34회

온천으로(4)

목욕 후의 아야코는 편안한 기분으로 경대 앞에 앉아 잠시 화장에 여념이 없었다. 방은 깨끗이 청소되어 있었고 열어둔 창문에서 초여름다운 바람이 살랑살랑 흘러들어왔다. 아침 기분은 왠지 그녀의 마음을 긴장시켰다. 그러나 그러는 사이에 친정 돈 문제나 오스마를 떠올리자 갑자기 그녀의 맑았던 마음이 한없이 흐려지는 것이었다. '그래도 어떻게든 되겠지'라고 마음속으로 생각하면서 아야코는 볼 때마다 아름다워지는 자기 얼굴을 황홀한 듯 바라보았다.

가벼운 아침 식사를 마치고 아야코는 잠이 부족한 머리를 나른하게 느끼며 왠지 모르게 심정마저 무거운 듯했다.

"애기씨, 또 잉어 보고 올까요? 그리고 먹이를 줍시다." 오시노가 그렇게 말하며 데이코를 데리고 나간 다음 아야코는 홀로 방 한가운데에 다리를 편하게 하고 생각한달 것도 없이 멍하니 있었다.

그러자 그리로 하녀아이가 입구에서 들어오며 인사를 했다.

"젊은 마님, 시라이 씨라는 분이 지금 잠깐 뵙고자 한다고 말씀하시는데, 어떻게 할까요? 좀 물어봐 달라고 하시는데요……."

아야코는 퍼뜩 놀랐지만 일부러 침착한 모습으로 물었다. "나를?"

"네." 식모아이는 진지하게 대답했다.

"어디에 계시는데?"

"이쪽, 그러니까 별채의 신관 쪽에 계시는 분이십니다."

"그래." 아야코는 살짝 끄덕이고 곧바로 답했다. "그럼, 이쪽으로 오시라고 해."

생각지도 않게 상대방이 찾아왔으므로 그녀는 불안한 느낌이 들었다. 그러나 시라이의 의도를 오해하면 안 된다고 생각했기에 얼른 그렇게 답변을 했다.

하녀아이가 되돌아가자 아야코는 서둘러 주변을 정돈했다. 그리고 잠깐 거울 앞으로 가서 옷 무늬를 맞추거나 머리 매무새를 고쳤다. 왠지 붕 뜨는 듯한 기분을 억지로 붙잡아 두듯 하면서 그녀는 복도의 발소리에 귀를 쫑긋 세웠다,

곧 시라이는 하녀아이에게 안내를 받아 아야코 앞에 그 풍채 좋은 모습을 드러냈다.

"여어." 그는 방 입구에서 빙긋 웃으며 말을 걸었다.

"어머, 들어오세요. 여기 안쪽으로." 아야코는 슬쩍 깊이 있는 눈빛으로 그 얼굴을 보더니 살짝 얼굴을 붉혔다.

시라이는 서생이던 시절과 그리 크게 달라지지 않은 용모였다. 몸에는 요네자와(米沢) 비단[05] 같은 잔무늬 천에 검푸른 바탕의 올이 성

---

05 야마가타 현(山形県)의 요네자와 지역에서 산출되는 견직물로, 독자적 품질로 18세

긴 하오리(羽織) 상의를 입고 있었다. 그가 들어오자 어딘가 위엄이 더해진 외관에 아야코는 압박을 느꼈다. 하녀아이가 방석을 놓으며 손님에게 권하니 그리로 가서 앉았다.

"실로 오랜만입니다."

"네, 정말 한참만이네요."

못 본 이후의 새삼스러운 인사를 나누고 두 사람은 처음으로 친밀하게 밝은 얼굴을 서로 마주했다.

"당신이 이쪽에 와 있는 것을 어젯밤 처음 알았는데, 어디 가던 길이기도 하고 조금 모습도 바뀌신 것 같아서요. 혹시나 그래도 사람을 잘못 본 것이면 어쩌나 해서 오늘 아침 숙소 사람에게 물어보았더니, 당신이 맞다는 겁니다. 그래서 잠시 뵈려고 생각했지요."

"그러셨어요?" 아야코는 긴장해서 눈을 내리떴다. "저도 그렇긴 했어요. 당신과 많이 닮은 분이라고 그렇게 생각은 했는데, 외모가 좀 달라져 있으셔서 말도 걸지 않고 실례했습니다."

"아니요." 시라이는 품에서 시가를 꺼냈다. "어디 몸이라도 안 좋으셔서 여기로……."

"아, 아니요. 늑막이 조금 안 좋았는데 이제 괜찮아요."하며 아야코는 얼굴을 살포시 들며 쓸쓸히 웃었다.

(1921.1.5)

기부터 유명.

제35회

온천으로(5)

"늑막이요? …그것참 유감이네요." 시라이는 놀란 듯한 표정을 했다. "그럼 이제 완전히 좋아지신 건가요?"

"네. 아직 몸이 다 나았다고 할 정도는 아니지만, 병 자체는 이제 괜찮아졌다고 해요."

"그래요? 저런. 가급적 몸조심을 하셔야지요."

"고맙습니다." 아야코는 시원한 눈매를 들어올렸다. "시라이 씨도 어디 안 좋아서 오신 건가요?"

"아니요, 나는 특별히 병 때문에 온 것은 아닙니다. 약간 바쁜 일이 지나서 숨 좀 돌릴 겸 한두 주 느긋하게 쉬다가려고요."

"역시 그러셨군요. 혼자서요?"

"그렇습니다." 시라이는 별 감정이 없는 목소리로 말했다. "어젯밤 지나가다 보기로는 자제분이 계신 듯했는데, 한동안 못 본 사이에 당신도 아이 엄마가 된 거로군요."

"네." 아야코는 자못 부끄러운 표정을 띠었다. "시라이 씨 자제분은요?"

"저도 둘이 있는데, 일찍 엄마와 헤어졌으니 아이들이 참 불쌍합니다."

"아, 그러셨군요." 아야코는 갑자기 떠올린 듯 말했다. "부인이 돌아가셨다는 이야기를 아버지에게서 들었고, 그때 신문에서도 봤어요.

알면서도 결국 조문 인사도 못 드렸네요……. 그런데 왜, 그 이후 새로 아내를 맞지 않으셨어요?"

"재혼을 하지 않겠다고 확고하게 정한 건 아닙니다. 어쩌면 꼭 재혼을 못 할 것도 아니긴 한데, 아이들 위주로 생각하면 아무래도 새엄마를 맞아줄 마음이 들지 않아서 참 난처합니다. 게다가 지금 가정교사 같은 사람을 한 명 고용하고 있는데 크리스천이라 약간 편향적인 점도 곤혹스럽군요. 그래도 다행히 친절하게 잘 대해주니 우선은 그 사람에게 아이들을 맡겨두고 있습니다."

"아, 그래요? 그래도 그런 분이라도 계셔서 자제분들에게도 다행이네요."

"네." 시라이는 두 개피 째의 시가에 불을 붙였다. "설령 계모라도 엄마가 있는 쪽이 나을지 아니면 아예 이 상태로 그냥 가는 게 좋을지, 사실 깊이 고민해 봐야 할 문제랍니다."

"그것도 부인 되실 분이 어떤 마음이냐에 따르겠지요……. 세상에는 어머니가 달라도 꽤 원만히 잘 지내는 가정도 있으니까요."

"그것도 그렇습니다. 어차피 남에게 맡겨둘 거면 새로 아내를 맞는 편이 도리어 좋겠다는 생각도 들어요. 하지만 아내 될 사람을 잘못 맞게 될 경우도 미리 생각해 둬야 하지요."

"자제분은 몇 살, 몇 살이신가요?"

"여덟 살, 여섯 살입니다. 위가 여자애, 아래가 남자애에요."

"그러세요? 꽤 힘드시겠어요."

"네." 시라이의 말투는 어느새 친밀감을 띠고 있었다. "이러고 있으니 우리 어릴 적 일이 머릿속에서 떠나질 않는군요."

"그건 그렇네요."

"시마 씨와는 일 분야가 달라 뵐 일이 없습니다만, 시아버님 되시는 분과는 댁에 있을 적에 한두 번 만난 것 같습니다."

"아, 그러셨군요." 아야코는 다시 눈을 내려떴다. "남편이 바로 어제까지 와 있었어요. 시라이 씨가 계신 걸 일찍 알았더라면 만날 수 있었을 텐데요. 아쉽네요."

"그래요? 그것참 유감이군요."

"여기도 이제 적적해서 안 되겠어요. 그래도 시라이 씨를 뵙게 되니 저도 말벗이 생겨 정말 좋네요. 오시노도 시라이 씨를 알고 있어요. 친정에서 저를 따라와 있는 유모거든요."

그리로 오시노가 데이코를 데리고 밖에서 돌아오자 방이 눈에 띄게 화기애애해졌다.

(결호-단행본에 의한 보완)

제36회

첫사랑(1)

그로부터 아야코와 시라이는 자기 숙소가 지겨워지면 하루에 한두 번은 꼭 서로를 방문하였고, 옛 추억담을 나누거나 현재의 심정을 털어놓는 것을 더할 나위 없는 위로로 삼았다.

"어때요? 배도 꺼트릴 겸 요 근처 산책이라도 하지 않겠어요?"

어느 날 점심 후에 시라이가 그렇게 말하며 아야코 방에 얼굴을 내밀었다. 아야코는 아이를 재우는 오시노 옆에서 하릴없이 멍하니 있었으므로 기쁜 듯 웃는 낯으로 그를 맞았는데, 같이 산책하자는 말을 듣고 괜스레 쑥스러운 심정이 드는 스스로의 마음을 꾸짖었다. 하지만 옛날부터 알고 지내던 사람이, 더구나 인격도 확실하고 아이까지 둘이나 있는 이 남자와 산책을 하는 것이 부도덕하다거나 또는 위험하리라고는 생각지 않았다. 그를 의심하는 것은 곧 자기를 의심하는 것과 마찬가지라 여겼다.

"싫은가요?" 아야코가 답변을 하려고 하니 시라이는 거듭 이렇게 말했다. 아야코가 주저한다고 판단했기 때문이었다.

"아니요." 아야코는 즉시 눈길을 내렸다.

"가끔은 괜찮지 않아요? 마님, 집에만 계시고 밖에 안 나가시면 건강이 회복되지 않아요." 오시노가 옆에서 아야코를 부추겼다. "모처럼 시라이 씨가 권하시니 나가 보세요."

"그것도 그렇네요." 아야코는 그 말에 이끌린 듯 말했다. "그럼 저, 같이 가셔요."

"나오시지요." 시라이는 옛날 아야코 아버지 집에서 지내던 젊은 시절 같은 느낌으로 말했다.

"그럼 조금만 기다려 주세요!" 아야코도 아가씨 같은 어조로 말하고 경대를 향해 앉아 잠시 얼굴과 머리를 다듬더니, 보석이 박힌 머리

장식을 꽂고, 아카시(明石) 비단[06] 위에 금사의 여름 하오리를 갈아입었다. 손에는 검은 바탕에 하얗고 투명한 무늬가 들어간 유행하는 파라솔을 들고 시라이 뒤를 따라 종종걸음으로 방을 나섰다.

밖은 이미 꽤 더웠다. 맑게 갠 하늘에는 여름다운 흰 구름이 떠 있고 오동꽃 향기가 살짝 코로 들어왔다.

"여행하기에는 더할 나위 없는 계절이 되었네요." 시라이는 길가에 졸졸 흐르는 맑은 시냇물 소리를 들으며 시골 만두를 팔고 있는 집 앞을 지나 약간 비탈길로 올랐을 때, 양산으로 햇살을 피하며 길을 따라오는 아야코를 뒤돌아보면서 말했다. 길가 풀 위에는 나비들이 가벼운 날갯짓을 하며 날고 있었다.

"정말 기분이 탁 트이는 것 같아요. 신록의 계절이 뭐니 뭐니 해도 제일 좋네요."

"저기까지 가볼까요? 아야코 씨, 비탈길 힘들지 않아요?"

"아니요, 그 정도는 아니에요. 심장은 비교적 튼튼하니까요."

"그래요? 그럼 좋아요."

그렇게 말하며 시라이는 오른쪽으로 덤불 그늘의 농가 옆을 지나 길게 난 언덕길로 접어들었다. 남국이라도 되는 듯 숨 막힐 듯 짙은 초록의 냄새가 햇볕에 훈증되어 잡목사이에 서성였다. 푸른 밭들이 층층이 만들어져 있었다. 흙을 갈고 있는 농부 모습도 보였다.

---

06 견직물의 일종으로 꼰 생사로 직조한 것이 특색이며 청량감이 있어 여성용 고급 여름옷의 바탕감.

노리요리(範頼)⁰⁷의 묘비까지 오자 아야코는 약간 피로를 느껴 거기에 있던 휴게 찻집 의자에 앉아 몸을 쉬었다.

"어때요? 저기 매화 저택까지? ……오늘은 후지산(富士山)이 예쁘게 보일 것 같은데요."

"남편과 잠깐 가봤는데 거기는 정말 경치가 좋더군요."

"그래도 너무 지치면 안 되니 여기서 멈출까요?"

"아니에요. 별로 안 피곤해요. 그 대신 좀 천천히 가도 될까요?"

"네, 그게 좋겠군요."

두 사람은 다시 조금씩 걷기 시작했다.

"당신과 같이 이런 곳에서 걷다니 정말 상상도 못했어요." 시라이는 양쪽으로 키 작은 나무들이 깊고 울창한 비탈길 모퉁이까지 오더니 지팡이에 두 손을 올리고 주변을 둘러보면서 감개무량하다는 듯 이렇게 말했다.

(1921.1.8)

---

07 미나모토노 노리요리(源範賴, ?~1193). 가마쿠라(鎌倉) 막부 시대의 무장으로 다이라(平) 씨 타도에 참가하지만, 나중에 형 요리토모(賴朝)에게 쫓기다 이즈의 슈젠지(修禪寺)에서 살해됨.

제37회

첫사랑⑵

"정말 그래요." 아야코는 살짝 숨이 차는 듯한 소리를 냈다. "그래서 사람 운명이란 알 수 없는 건가 봐요."

"하하." 시라이는 웃었다. "운명이라고 할 만큼 대단한 일도 아니지만 이상하다면 이상하지요."

"그래도 사람이 우연히 만나거나 헤어지는 것은 모두 밖에서 오는 운명의 힘일 거예요." 아야코는 한층 친숙한 어조가 되었다. "아무리 발버둥쳐 보았자 안 되는 거지요."

"글쎄요, 당신이 말하는 뜻은 내가 이해하기 어려운데 왠지 아주 어려운 이야기를 하는 것 같군요." 시라이는 또 웃었다. "내가 알고 있던 아가씨 시절의 당신은 꽤나 쾌활하고 낙천가다운 면모가 있었는데, 시집을 가서 한 아이의 엄마가 되니 이렇게 변화하는 건가 보군요."

"근본까지 바뀌지는 않겠지만 처지에 따라서 여자 마음은 상당히 바뀌지요."

"하하, 당신 처지라니요……."

"글쎄요." 아야코는 잠시 생각하는 듯했다. "일단 가장 가까운 곳부터 이야기를 하자면 친정과 시마 시댁은 가정 분위기가 완전히 달라요. 원래 집안 사정 때문에 그리로 시집가게 되었으니 그야 어쩔 수 없는 일이지만 아주 뭐랄까, 싫은 구석이 있어요."

"누구에게 물어봐도 결혼생활에 실망하지 않는 사람은 아마 별로 없을 걸요. 아야코 씨 정도면 그 중에서도 비교적 행복한 쪽이지 않을까요? 재력도 있고 남편 분은 서양도 다녀오신 훌륭한 신사고. 불만을 말하기로 하면 끝도 없겠지만, 그래도 그럭저럭 괜찮은 걸로 쳐야 하지 않을까요?"

"그런 거겠지요." 아야코도 액면 그대로 그 말을 받아들였다. "저처럼 불만을 가지면 안 되겠지요."

"네, 그럼요." 시라이는 말에 힘을 주었고 그 뒤에 갑자기 새삼스러운 어조로 바꾸어 말했다. "그건 그렇고 친정아버님은 시마 가문에서 아직 상당히 보조를 받고 계시는 건가요?"

"네, 그런데 상당히가 어느 정도일까 싶어요. 저도 깊은 내용은 잘 모르거든요."

"저도 아야코 씨 아버님 재정에 대해서는 이따금 신경이 쓰이기는 하더군요. 역시 돈과는 인연이 별로 없으신 것 같아서……게다가 아버님께 훈도를 받던 시절부터 보자면 약간 다른 방향으로 가신 것 같아요. 요즘 제가 무심해서 한참이나 소식도 여쭙지 못했습니다." 시라이는 조금 몸을 펴듯이 하며 위쪽을 바라보았다. "길이 꽤나 한적해진 것 같군요. 아야코 씨, 피곤하지는 않아요?"

"괜찮아요." 아야코는 밝은 목소리로 대답했다. "여기를 올라가면 곧바로 평지지요? 초록 잎들이 푸르고 조용해서 기분이 좋아요. 시라이 씨는 산을 싫어하세요?"

"아뇨, 싫어하지 않아요. 학생시절에는 아카기(赤城)나 묘기(妙義) 같은 곳으로 꽤나 등산을 다녔지요."

"어머, 그러세요? 그 시절은 퍽 유쾌하고 즐거우셨겠어요." 아야코는 열기를 띤 말투였다. "저 같은 여자는 언제가 제일 행복했는가 하면 역시 학생시절이었다고 할 수밖에 없지요. 사실 친구만큼 그리운 존재도 없어요."

"아야코 씨에게 남자 친구는 없었던 모양이군요."

"없고말고요. 시라이 씨 정도였지요."

"저야 딱히 친구 관계도 아니었잖아요. 하지만 친구들 사이에 살짝 미묘한 소문이 돌거나 한 적이 있기는 하네요……."

"저 때문에요?"

"네, 그럼요."

"어머나, 그런 일이 있었어요?" 아야코는 얼굴을 붉혔다. "제가 시라이 씨에게 폐를 끼쳤군요."

아야코의 눈은 옛날 아가씨 시절처럼 빛났다.

(1921.1.9)

제38회

첫사랑(3)

"아닙니다. 저는 아무렇지도 않았어요. 그런 소문이 나면 묘하게도 오기가 나서 항변하고 싶었거든요. 어쨌거나 그 오기 때문에 당신에게서 멀어진 걸지도 모르지요. 당신 말마따나 그것도 운명이라고 하는 걸까요?” 시라이는 아야코를 돌아보며 다시 웃었다.

“아, 네.” 그렇게만 답하고 아야코는 입을 다물었다. 그리운 과거의 환영을 쫓듯 한동안 그 눈은 황홀하게 무언가를 바라보고 있었다.

시라이도 잠자코 걸음을 옮겼다. 인적이 끊어진 듯 적막한 언덕길을 다 올라 이윽고 두 사람은 평탄한 매화숲으로 나가게 되었다. 이끼가 잔뜩 낀 매화 고목들 사이에 잘 차려진 집이 있어서 매화꽃이 필무렵에는 한 번 살아보고 싶기까지 했다. 그곳에서 오른쪽으로 난 오솔길로 빠지니 눈앞에 커다란 소의 등처럼 생긴 산이 초록으로 꿈틀대듯 보이고, 그 뒤로 후지산의 모습이 아름답게 조망되었다.

“어머, 이렇게 멋질 수가 있을까요?” 아야코는 피로도 잊고 감탄하듯 말했다. “지난번에 와서 봤을 때는 하늘이 흐려서 이렇게 선명하지 않았거든요.”

“어디에서든 보이는 산이지요. 그리고 언제 봐도 아름다운 산이에요.” 시라이는 부드러운 풀 위에 앉았다. “이 산이 분화 때문에 생긴 흙더미라고 생각하면 별 것 아닌 것 같지만, 그래도 장엄한 아름다움에 감동받게 돼요.”

“정말이에요. 아름다운 자연을 보고 있으면 추악한 인간의 존재란 정말 싫어지지요.” 아야코도 그 옆에 웅크리고 앉았다.

두 사람은 잠시 각자의 생각에 잠겨 산신령의 숨소리라도 듣는 듯 산의 숭고한 모습에 마음을 빼앗겼다.

“아, 너무 예뻐요!” 아야코는 마치 열 여덟아홉의 소녀처럼 매력적이고 젊은 목소리를 내며 일어섰다. “산철쭉이 저렇게 피어 있네요.”

풀숲 속으로 발길을 들여 여기저기 붉은 꽃을 꺾고 돌아다녔다. 시라이는 웃으며 그 아름다운 모습과 꽃을 꺾는 손짓을 열심히 바라보고 있었는데, 그러는 사이에 아야코가 가시나무 덩굴에라도 걸렸던 모양이다. "어머, 아파라!"그녀는 혼잣말처럼 중얼거리며 옷자락을 끌어올리고 하얀 종아리 근처를 문지르고 있었다.

"무슨 일이에요?" 시라이도 가다 말고 곁으로 다가왔다.

"덩굴에 걸려 가시에 찔렸어요." 그대로 오솔길 아래까지 되돌아오더니, 여기저기 붉은 피가 맺혀 장밋빛이 된 종아리를 자꾸 보았다. "너무 천방지축 다녔나봐요. 어머, 이렇게 됐네요." 그녀는 웃으며 위로 올라가려고 했다. 그랬더니 가장자리 흙이 무너지며 발 둘 곳을 잃은 그녀는 주르륵 아래로 미끄러져 내릴 것 같았다. 그 순간 시라이가 한쪽 발을 절벽 아래로 내밀고 한 손을 뻗어 허공에서 허우적대는 아야코의 손을 잡더니 허리에 힘을 잔뜩 주고 겨우 그녀를 끌어올렸다. 그와 동시에 아야코는 한손으로 시라이의 손을 붙들고 오솔길 쪽으로 기어 올라왔다.

"하하하." 시라이는 웃었다. 아야코는 귓불까지 새빨개져서 잠자코 게타(下駄) 신과 옷에 묻은 흙을 털었다. 시라이는 성큼성큼 안쪽으로 걸어갔다.

"여기는 미끄러우니 조심해요."

"이제 괜찮아요." 아야코는 씩씩하게 따라 걸었다. 그러나 길이 거기서부터 갑자기 풀과 나무 포기들이 깊어지면서 소나무와 삼나무 같은 수목이 푸르게 우거져 있었다.

"왠지 더는 못 갈 것 같군요." 시라이는 멈춰서 그렇게 말했다. 아야코도 주저하는 시라이를 보더니 약간 겁에 질린 듯한 눈초리가 되어 거기까지 와서 멈춰섰다. "여기는 엄청나 보이네요."

나무를 켜는 소리가 희미하게 들리고 나무숲 사이를 통해서 보니 기울어진 초가 같은 것이 눈에 띄었다. 그러나 어떻게 가야 좋을지 길을 전혀 알 수가 없었다.

"할 수 없네요. 되돌아갑시다."

"그래요."

그렇게 말은 하면서도 두 사람은 여전히 움직이지 않고 그곳에 서 있었다. 그리고 서로의 눈이 딱 마주치자 아야코는 당황하여 눈길을 피했다. 얼굴이 새빨개지면서.

(1921.1.11)

제39회

첫사랑⑷

어느 날 오후도 아야코는 시라이와 함께 산쪽 유원지를 산책했다. 시라이가 다음날 아침 첫차로 귀경하는 날이어서 두 사람은 평소와 달리 서운한 기분으로 걷고 있었다. 그리고 가벼운 피로와 동시에 왠지 성에 차지 않는 느낌을 가진 채 아야코가 숙소로 돌아갔는데, 예상치도 못한 젊은 시어머니 오스마가 도쿄에서 와 있는 것이었다.

"어디 갔었어요?" 오스마는 방 입구로 들어온 아야코 얼굴을 보며 갑자기 말을 걸었는데, 같이 거기까지 따라 들어왔던 시라이가 오스마의 모습을 슬쩍 보더니 그대로 뒤돌아 나가 버렸다.

"어머, 괜찮아요." 아야코는 일부러 분명한 태도로 시라이에게 말했다. "제 시어머니 되시는 분이에요."

"그러신가요? 그럼 언제 다시 뵙도록 하지요……." 시라이는 돌아보며 헛헛한 표정으로 답했다.

"그럼 안녕히 가세요." 아야코는 큰 목소리로 시라이를 배웅하고 나서 조용히 방으로 들어왔다.

"어머, 어떻게 오신 거예요? 저는 오실 줄은 생각도 못했네요." 아야코는 그렇게 말하고 자리에 앉아 인사했다. 오시노는 데이코에게 온천장에서 세공한 장난감을 주면서 툇마루 쪽으로 나가 놀게 했다.

"나도 올 생각까지는 없었는데 슈젠지는 소싯적에 이삼 년 연거푸 여름에 온 적이 있었거든요. 옛날 생각이 나서요. 그래서 아야코 씨가 있는 동안에 꼭 한 번 놀러 가야겠다 마음 먹고 있었어요. 그 이야기를 했더니 아버님이 의외로 그럼 다녀와도 된다며 허락을 해주시더라고요."

"아." 아야코는 자기의 난처함을 겉으로 드러내지는 않으려 했다. "저도 적적해서 힘들었어요. 정말 잘 오셨네요."

오스마는 지금 막 도착했다며 아직 옷도 갈아입지 않은 상태였다. 그리고 큰 꾸러미 하나가 우산과 코트, 무릎덮개 등과 같이 거기 놓여 있었다.

"게다가 말이지요, 나도 몸이 좀 안 좋아서요……."

"그러세요?" 아야코는 차를 다시 우렸다. "피곤하시겠어요. 온천 물에 들어가시면 어떠실까요? 저도 같이 가요."

"그럴까요? 그럼 같이 온천욕이나 하고 오자고요." 오스마는 잠깐 경대 옆으로 와서 흐트러진 머리카락을 가볍게 쓸어 올리더니, 오비(帶)[08]를 풀면서 물었다. "그분은 누구에요?"

"그분이요?" 아야코는 오스마를 올려다보았다. "그분은 서생 시설 저희 친정아버지 집에 와 계셨던 분이에요. 제가 육 년 만에 우연히 여기에서 만났네요."

"그렇군요." 오스마는 꾸러미 끈을 풀고 그 안에서 와르르 여러 가지를 꺼냈다. 화려한 무늬의 욕의와 평소 입을 홑옷 하오리 바지, 가죽 화장 상자 같은 것이 나왔다. 그리고 데이코에게 줄 장난감과 과자 깡통 같은 것도 그녀는 작은 탁자 위에 두었다.

"내가 오랜만에 여행하는 게 왠지 너무 기뻐서, 서둘러 짐을 쌌더니……." 오스마는 혼잣말처럼 중얼거렸다. "이거 데이코에게 하나 주세요."

아야코와 오시노가 번갈아 감사의 인사를 하고 그 안에서 장난감 하나를 데이코에게 쥐어줬다. 데이코도 아이답게 고개를 숙이고 오스마에게 인사를 했다.

오스마는 욕의로 갈아입고 가느다란 속띠를 날씬한 그 허리에 감

---

08 일본식 옷에서 폭이 넓게 허리에 대어 묶는 천 띠.

앗다. "꽤나 고지식한 직업을 가지신 분인가 봐요. 오랫동안 여기 계셨나요?" 시라이가 법학사로 판사를 하고 있다는 이야기를 들은 오스마는 그렇게 말하며 아야코의 얼굴을 보았다.

"여기 오신 것은 저와 비슷한 때인가 봐요. 내일 돌아가신다고 하시더군요."

"그래요? 왠지 아주 훌륭하신 분 같아 보여요." 오스마는 곧장 그의 풍채 같은 것을 품평하면서 그대로 아야코와 복도로 나섰다.

"내가 온천이라니 몇 년만인지 모르겠어요." 오스마는 펄렁펄렁 수건을 들고 아야코와 나란히 계단을 내려갔다.

(1921.1.12)

제40회

첫사랑(5)

아야코는 그래서 그날 밤 시라이를 만날 기회가 없었다. 이제 더이상 그를 못 만날 것이라 생각하고 한층 쓸쓸한 느낌이었는데, 오스마가 와 있어서 어쩔 수 있는 노릇이라 그녀는 체념했다.

다음날 아침, 시라이가 벌써 출발했거니 생각하고 아침 식사를 마친 아야코는 데이코를 데리고 복도를 따라 신관 쪽으로 가 보았다. 시라이의 방을 들여다보니 그는 세 번째 열차로 간다며 가방에 짐을 싸고 있었다. 그 옆에서 시중드는 여자아이가 그의 옷을 개고 있었다.

"벌써 준비하고 계신 거예요?" 아야코는 시라이가 아직 있어서 저도 모르게 한시름은 놓았지만, 떠날 차비를 하는 것을 보니 갑자기 아쉬움이 짙어졌다.

"네, 좀 볼일도 생기고 해서 오늘 귀경합니다." 시라이는 잠시 짐을 싸던 손길을 쉬었다. "아야코 씨는 일행이 생겨서 잘 됐군요."

"생각지도 못한 분이 오시기는 했지만, 시라이 씨가 떠나시니 뭐랄까 갑자기 적적한 느낌이 드네요. 뭐라도 제가 도와드릴까요?" 아야코는 방 안으로 들어가 앉았다.

"아니요, 이제 간단한 것들만 남아서……. 저는 자주 여행을 해서요. 하지만 올해는 지금부터 계속 도쿄에 있을 작정입니다. 적당한 때를 봐서 한 번 놀러 오십시오."

"감사합니다." 아야코는 진심으로 대답했다. 할 수만 있다면 자신의 신세이야기도 모조리 시라이에게 들려주고 그의 판단을 듣고 싶었지만, 오스마가 가까이 있으니 그러지도 못하는 것이 그녀는 안타까웠다.

"도쿄로 돌아가시면 조만간 제가 편지라도 드릴게요."

"네, 그러시지요." 시라이는 엄마 무릎에 딱 붙어 있는 데이코의 얼굴을 보았다. "너 제법 어른스럽구나. 지금 이 아저씨랑 같이 도쿄로 갈래? 아저씨 집에는 말이지 네 친구가 둘이나 있어." 이렇게 인사치레를 했다.

아이는 어찌할 바 모르겠다는 듯 엄마에게 기대 매달리며 옆 눈으로 살짝 시라이 얼굴을 보고 있었다.

"정말 그러네요. 자제분들이 필시 아버지를 몹시도 기다리고 있겠어요."

"엄마가 죽고 나서 역시 아비를 의지하는 것 같아서요. 어쩔 수 없이 저를 많이 보고 싶어 하네요."

"그럼요, 그야 당연히 그렇겠지요." 아야코는 저절로 이끌리는 심정이었다.

"귀경하시면 꼭 한 번 자제분들도 뵐 겸 찾아갈게요."

"네, 꼭이요……."

그러는 동안 짐이 다 정돈되어 심부름꾼 남녀가 모자와 우산 같은 것과 같이 현관 쪽으로 꺼내두었다.

아야코와 시라이는 새삼 작별 인사를 나누었다.

"그럼, 안녕." 복도를 나오면서 시라이는 데이코의 작은 손을 잡고 말했다. 아야코가 아이 대신 대답했다.

시라이는 여름용 인버네스 외투를 걸치고 온천 숙소 여주인과 관리인이 엎드려 인사를 하고 있는 현관으로 가더니 시가에 불을 붙으며 인력거에 올라탔다.

아야코는 왠지 눈물이 날 것 같아서 함께 전송을 나온 오시노와 더불어 방으로 되돌아가려고 했다가 복도 한구석에서 갑자기 오스마를 만났다.

"무슨 일인지 아주 소란하네요." 오스마도 나와서 보고 있었던 모양이다. "내가 저분을 처음 이렇게 지켜봤어요."

"그러세요?" 아야코는 아무렇지 않게 대답을 했지만, 오스마가 왜 그렇게 그 사람을 쳐다보고 싶어했는지 이상해 견딜 수가 없었다.

방으로 돌아온 아야코는 이 온천 여관이 갑자기 황량해진 느낌이 들었고, 오스마와 같이 있어야 한다는 것은 생각만 해도 싫었다. 한층 어색해져 못 견딜 지경이었다. 아야코는 남몰래 '후'하고 한숨을 내뱉었다.

(1921.1.13)

제41회

첫사랑(6)

그날 밤 아야코는 저녁식사 후 마음이 내키지는 않았지만 도리 상 어쩔 수 없어 오스마와 함께 나가 근처를 산책하고 돌아왔다.

"어머, 벌써 돌아오셨어요?" 오시노는 때마침 데이코를 재우던 참이었으므로 누운 채로 머리만 조금 들고 말했다.

"시골도 한동안 찾아오지 않은 사이에 역시 변했나봐. 그래도 참 적적해. 누가 뭐라고 해도 말이야."

오스마는 누구에게랄 것도 없이 그렇게 뇌까리고 난로 옆에 앉았다.

"시골이니 어쩔 수 없지요." 아야코는 마음에도 없는 대답을 했다. "벌써 자니? 데이코." 쓸쓸한 듯 아이 얼굴을 보았다.

"그분도 오늘 밤은 적적하시겠어요." 오스마는 밖에서도 이것저것 시라이에 대한 이야기를 아야코에게 해서 그녀를 난처하게 만들더니, 숙소로 돌아와서도 또 생각났다는 듯 그런 말을 했다.

"그 가정교사를 한다는 여자와 그렇고 그런 사이인 건 아닐까요? 그렇지, 유모?" 아야코가 아무 말 않고 있으니 김이 샌 듯 오스마는 오시노 쪽으로 이야기를 가지고 갔다. 그러나 오시노는 뭐라 답변을 해야 할지 몰랐다. 사실대로 말하자면 '유모'라고 아야코와 똑같은 호칭으로 불리는 것도 별로였다. 그리고 아야코가 옛날에 알고 지내던 사람을 그런 식으로 색안경을 끼고, 더구나 쓸데없이 문초하듯 말하는 것도 불쾌했다. 아야코의 의중이 어떨지 알 듯도 하여 오시노는 평소처럼 시원스러운 답변도 할 수 없었다. 그러나 오스마는 그런 것에 둔감한 것인지 아니면 알면서도 그러는 것인지 그 이야기를 멈추려고 하지 않았다.

"아이들도 온전히 다 돌봐주겠다, 나이로 봐도 그렇지. 부인이 돌아가셨다고 해도 꽤 시간이 지났잖아요? 원래 남자들은 여자와 달라서 그렇게 부자유스러울 것도 없고요. 아야코 씨, 어떻게 생각해요?'"

"저야 모르지요, 그런 건." 아무리 아야코라도 짐짓 화가 나 덧정 없이 그렇게 말했지만, 상대가 상대인 만큼 이러면 안 되겠다 싶은 생각이 곧바로 들었다. "그래도 그분은 예전부터 결코 그렇게 품행 올바르지 않은 분이 아니셨거든요. 지금이야 어떤지 잘 몰라도." 조금 안색을 풀고 꼬리가 잡히지 않을 정도의 대답을 했다.

"그렇겠지요. 다른 사람은 몰라도 시라이 씨는 그런 짓은 안 하실 거예요. 결단코." 오시노도 아야코의 말에 힘을 받아 시라이를 변호했다. 일단은 오스마가 아야코와 시라이 사이를 이미 일종의 색안경을 끼고 보고 있는 듯한 느낌이 불쾌하여, 아야코가 뭔가 한 마디라도 더 해주기를 바라듯 아닌 척하면서 짐짓 그렇게 말한 것이다.

"그래도 옛날부터 알고 지내던 사이니 특별하겠지요. 보고 싶기도 했을 거고요." 잠시 대화가 끊겼던 차에 오스마가 다시 그런 말을 시작했다. 어떻게든 그녀는 시라이와 아야코의 사이를 화제로 삼고 싶은 모양이었다. 그래서 그런 어중간한 의미를 담은 말이 계속 오갔다. 아야코는 말 상대하는 것이 이제 괴로웠다. 괴롭다기보다 바보 같았다. 듣기만 해도 싫어서 견딜 수 없었다. 하물며 그런 말에 일일이 답변을 하기란 한층 더 불쾌하고 화가 났다.

"마님, 투구판이라도 다시 빌려 올까요? 왠지 심심하네요."

오시노는 머리를 굴린답시고 데이코 곁에서 떨어지고자 그렇게 말하며 아야코를 보았다.

"그러게. 그런데 별로 하고 싶지가 않네."

"해요. 재미있겠어요. 나도 오랜만이니, 어때요?" 오스마는 그 자리에서 아야코의 말을 가로막으며 오시노를 보냈다.

"아야코 씨 남편도 외롭게 지내고 있어요. 그래서 내가 양관에도 가고 내 쪽으로 부르기도 했지요. 아사쿠사(浅草)에도 한 번 같이 가기로 말을 했는데 좀처럼 데려가 주지를 않네요. 정말 고지식하다니까." 오스마는 조금 있더니 그런 이야기까지 아야코에게 했다. 아야코 얼굴에는 지금까지와는 다른 불쾌한 어둔 구름이 드리워졌다. 하지만 그녀는 고분고분 잠자코 고개를 숙였다.

(1921.1.14)

제42회

양관의 밤(1)

오스마가 온천으로 오기 조금 전의 일이다. 어느 날 밤 그녀는 시타야의 친정에 갔다가 꽤 늦게 돌아온 적이 있었다. 그때 오스마는 약간 술에 취해 있었다. 그녀가 집안 깊숙한 곳의 분페이 침실을 들여다보았더니, 분페이는 시원해 보이는 하얀 모기장 안에서 깊은 잠에 푹 빠져 있었으므로 그녀는 뭐라고 중얼중얼 인사말을 건네고 살짝 그대로 그곳을 빠져나왔다. 덥고 답답한 오비와 옷을 벗어던지고 향수라도 뿌린 듯 좋은 향이 나는 손수건으로 땀이 난 몸을 하녀에게 닦게 하더니, 산뜻한 남색 물방울 무늬의 욕의를 아무렇게나 걸치고 가느다란 띠를 살짝 묶은 채 잠시 더위를 식히고 있다가, 술 마신 뒤의 갈증으로 목이 타는 듯하여 그냥 차가운 것이라도 마시고 싶다고 말을 꺼냈다. 식모아이들은 부엌에서 아이스크림을 준비하기 바빴다.

"지금 집안으로 들어오다 보니 다쓰에 나리도 아직 깨어 계시는 것 같더라만, 그리 가지고 가서 드리는 게 좋겠구나." 오스마는 아이스크림을 날라올 때 하녀 오이마(おう)에게 그렇게 당부하면서 동시에 이렇게 말했다. "괜찮으시면 이야기라도 나누고 싶으니 오시라고 슬쩍 말씀드려 보거라."

오이마가 물러났다가 잠시 후 되돌아왔다.

"이미 늦은 시간이라 그냥 주무시겠다고 그리 말씀하셨고…… 아이스크림도 밤에는 아무것도 안 먹기로 하셨다면서 안 드신다고 하셨어요."

"그래?" 오스마는 살짝 얼굴을 붉혔다. "너무하시네, 사람이 모처럼 친절하게 그렇게 말씀을 건넸건만." 조금 화가 난 듯 말하며 물었다. "뭘 하고 계시든?"

"뭔가 그림 같은 것을 들여다보고 계시더라고요."

밤이 되고나서 바람이 완전히 잦아들고 머리를 짓누르는 듯한 무더위가 찾아왔으므로, 오스마는 왠지 몸이 더워져 도저히 모기장 안으로 들어갈 마음이 안 들었다. 그래서 툇마루로 나가 등나무 의자에 걸터앉아 어두침침한 마당을 바라보았는데, 저쪽 건너편 울타리 밖의 잔디나 정원수 위에 양관의 불이 새파랗게 보였다. 그리고 거기 다쓰에가 아직 깨어있는 것 같았다.

오스마는 이 집에 들어온 후 분페이에게서는 마치 딸처럼 사랑을 받았지만, 대화는 자기 부모하고 나누는 이야기보다 재미가 없었다. 분페이 입장에서는 그녀를 기쁘게 하려고 우스꽝스러운 말이라도 일부러 건네야 하는 판이었다. 농담도 꽤나 했다. 게다가 세간 이야기도 잘 아는 편이라 자기 젊은 시절의 성공담도 자주 한데다가, 이런 노인이 이렇게까지나 잘 알고 있나 싶을 정도로 젊은 여자 심정도 잘 헤아렸다. 하지만 분페이가 아무리 이야기를 재미있게 하고 비위를 잘 맞춘다고 해도, 그것은 오스마 입장에서 보자면 내키지 않는 음식으로 진수성찬이 잔뜩 눈앞에 차려진 것이나 마찬가지였다. 그럴 때는 분페이의 기분에 휘둘리면서도 나중에는 마음에 뭔가 허전함이 배어드는 것이었다. 아무리 시시해도 젊은 남자와 얘기 나눌 때는 왠지 모르게 마음이 흥겹고 활기가 찼다. 뭘 먹을 때는 더욱 그런 생각이 들었다. 노인 옆에서 간병인처럼 앉아 있는 것은 음산하고 답답하기만 할 뿐 아니라 먹는 것마저 진수성찬임에도 맛있게 여겨지지 않았다.

밤이 꽤나 이슥해졌다. 정원수 사이에서 다소 선선한 바람이 불어와 도둑질이라도 하듯 살짝 그녀 옷자락 끝으로 흘러들었다.

"자, 자야지." 오스마는 스스로에게 중얼거리며 의자에서 일어나려고 했지만 그래도 역시 모기장 안으로 들어가고 싶지는 않았다.

잠시 후 그녀는 부채를 들고 마당으로 내려섰다. 그리고 창문에 불빛이 보이는 양관 쪽으로 걸어갔다.

(1921.1.15)

제43회

양관의 밤⑵

그때 흰색 옷을 입고 있는 다쓰에의 상반신이 이층 창문에서 모습을 드러냈다. 그리고 심호흡이라도 하는 듯 보였는데, 곧 그 모습이 사라지고 동시에 커튼과 문도 닫혀버렸다. 근방이 순식간에 어두워졌다.

다쓰에는 곧바로 아래층으로 내려간 모양이다. 지금까지 조용하던 거실 쪽에서 갑자기 말소리가 들리고 사람이 움직이는 기척이 들렸다. 그리고 잠을 잘 준비라도 하는 듯, 마당으로 통하는 계단 쪽 베란다를 향한 응접실에 두 방면으로 난 문을 서생이 닫으러 온 모양이었다.

"잠깐만, 다쓰에 나리는 벌써 잠드셨나요?"

오스마는 그 계단 아래까지 가서 말을 걸었다.

그러자 서생 고야마(小山)는 어둠 속에서 요염한 그녀 모습을 발견하고 일부러 큰소리로 물었다. "누구십니까?" 고야마라는 자는 유모 오시노의 조카로 나이는 아직 아야코보다 두세 살 어렸다.

"나예요, 오스마." 오스마는 조금 초조한 듯 대답했다.

"지금 주무시려는 참인데 무슨 볼일이라도 있으신가요?"

"네, 잠시요⋯⋯꼭 오늘 밤이 아니어도 되기는 하지만요."

"잠깐 여쭤보고 오겠습니다."

고야마는 안으로 갔고 조금 있다가 다쓰에가 나왔다. 그는 벌써 잘 준비를 하고 있었던 듯 벗어둔 아까의 흰옷을 서둘러 다시 입고 오비를 묶으며 황급히 모습을 드러냈다.

"어머, 미안해요." 오스마는 말은 하면서도 곁에 가지는 못하고 계단 아래 잔디 위를 서성이면서 선뜻 말을 꺼내기 어려운 표정으로 별이 드문드문 뜬 하늘을 보았다.

"무슨 일이신지. 뭐 볼일이라도 있으신가요?"

"음, 아니요, 저기." 오스마는 쓸쓸한 미소를 보였다. "그냥 날씨도 너무 더워서⋯⋯." 혼잣말처럼 중얼거리고 다소 부끄럽다는 몸짓을 보이며 되돌아가려고 했다. "이제 주무시는 거지요? 실례했어요."

"아니, 괜찮습니다." 다쓰에는 왠지 가여워보인다는 말투였다. "여기 복도에 의자를 가지고 나오면 조금은 시원할 것 같습니다. 갑자기 더워졌네요."

"이제부터 더워져서 힘들 것 같아요." 오스마는 다시 계단 아래로 조금 다가갔다. "아무리 집이 넓어도 여름은 역시 더워요."

"그야 그렇지요." 다쓰에는 하하하 웃었다. "뭐 저에게 하실 말씀이라도 있으신 건가요?"

"아니에요." 오스마는 상대방의 진지함이 느껴져 처신이 어려워지자 아무것도 아니라는 듯한 목소리로 말했다. "제가 아무래도 잠이 안 와서 이 근처를 서성이고 있었어요. 그리다 갑자기 이야기가 하고 싶어져서……."

"그러십니까? 그럼 응접실도 괜찮으시다면 들어오시지요." 다쓰에는 먼저 들어가면서 말했다. "저도 오늘 밤에 좀 살펴볼 게 있어서 지금 공부를 하던 참입니다. 아이가 없으니 이럴 때에는 뭔가 허전한 기분이 드네요."

"아야코 씨도 빨리 몸이 건강해져야지, 아니면 다들 너무 힘들겠어요." 오스마는 다쓰에를 마주하고 앉으며 말했다.

"이제 완전히 좋아졌다고 말은 하더군요. 돌아왔다가 다시 안 좋아지면 그것도 곤란하니 조금 더 그쪽에 머물게 하려고 합니다."

"다음에 다쓰에 씨는 또 언제 가실 건가요?"

"좀 바빠서요. 하지만 일주일이나 지났으니 또 한번 가보려고요. 아내도 이제 슬슬 따분하고 심심해서 지겨울 테니까요."

"그래도 온천장은 또 도쿄와 달라서 나름 재미도 있을 거예요." 오스마는 뭔가 의미심장하게 다쓰에를 쳐다보았다. "뭐랄까, 슈젠지에는 제가 오랫동안 가보지 못했는데 좀 변했나요?"

"글쎄요. 변했다고 한들 시골이니 온천 숙소가 늘어난 것과 전체적으로 깨끗해진 정도 아닐까요?"

"다쓰에 씨, 오레이(お麗)라는 분 아세요?"

조금 있다가 오스마는 상대방 안색을 살피듯 이렇게 물었다.

"오레이?" 다쓰에의 얼굴색이 왠지 상기되며 벌게졌다.

(1921.1.16)

제44회

양관의 밤(3)

오레이라는 여자는 원래 시마 가문에서 잔심부름하던 하녀 오노부(お信)의 모친으로, 오노부는 다쓰에의 아이를 임신하여 친정으로 돌아간 일이 있었다. 그 일로 꽤나 말썽이 일었지만 결국은 돈으로 정리되어 지금은 인연을 끊은 상태였다. 다행히 아이는 달을 못 채우고 태어났는데 곧 죽어버렸다. 당시 가까운 사람들 사이에서는 그 아이가 다쓰에의 자식인지 아버지 분페이의 자식인지 알 수 없다는 소문이 돌았다. 오스마의 어머니가 최근에 오레이와 친하게 지내게 되면서, 오스마가 시마 가문에 들어간 것을 알고 그런 이야기를 하게 된 모양이었다. 하지만 오스마는 당사자 오노부를 대놓고 말하면 다쓰에가 난감할까봐 일부러 그 여자 어머니의 이름을 꺼낸 것이다.

다쓰에는 얼굴색을 금방 되찾았다. 그리고 한사코 모른다는 얼굴

을 할 셈이었는지 '글쎄요' 하는 표정을 짓다가 조금 생각하는 체하
며 물었다. "대체 그 사람이 어떻게 됐다는 말씀이지요?"

"어떻게 됐다는 건 아니고요. 다쓰에 씨는 그 분을 모른다는 거예
요?" 오스마는 여전히 심술궂게 나왔다. "그럼 제가 이런 말을 꺼내
서 미안하게 되었네요."

"아주 모르는 사람은 아니지만……그래서 무슨 안 좋은 일이라도
있었나요?"

"안 좋은지 좋은지는 저도 잘 몰라요……. 요즘 저희 어머니가 좀
친하게 지내는 모양이에요. 그래서 다쓰에 씨 소문 같은 게 좀 들리길
래 살짝 물어본 거예요."

"아, 그렇군요."

그렇게 그 자리는 다시 어색해졌다. 다쓰에 얼굴에는 곤혹스러운
빛이 점차 짙어졌다. 오스마는 안타까운 표정을 지었다. "지나간 일
을 꺼내서 정말 미안해요. 부디 용서하세요." 오스마는 연민을 구하
는 듯한 어조로 말을 이었다. "저도……, 이런 말을 하기가 뭣하지만
사실은 그리 재미가 없어요. 아무리 노인을 돌봐드리는 역할로 들어
왔기로서니, 젊은 사람은 젊은 사람들끼리 가끔 말벗이 되어주었으
면 하고 바라게 되네요."

"허, 당신 같은 사람도 그런 생각을 하시나요?" 다쓰에의 눈빛은
멸시로 바뀌었다.

"어째서 그렇게 말씀하시지요?"

"당신, 뭡니까? 애초 그런 각오는 다 하고 아버지 계신 안채로 들

어간 거라고 들었는데요…….”

"그야 그렇지만, 그래도 저는 아직 여자예요. 진심으로 이런 걸 바라고 살아온 건 아니라고요."

"그렇습니까? 그럼 무슨 어쩔 수 없는 사정 때문이라는 건가요?"

"네." 오스마는 고개를 숙였다. "부모님을 위한 희생이었지요."

"과연 그렇군요. 그야 그럴 수도 있겠지요. 그래서 그렇게 희생할 각오까지 하고 들어온 당신이 저에게 그런 식으로 호소해서 어쩌겠다는 겁니까? 저는 그게 의심스럽군요."

오스마는 어두운 표정 속에서도 얼굴을 붉혔다. "저 같은 여자는 당연히 당신에게 경멸당해도 마땅할지 모르지요. 저는 교육도 제대로 못 받았고 인간 축에도 못 끼니까요."

"아니, 제가 당신을 경멸할 리 있겠습니까……. 아무튼 오늘은 밤이 늦었으니 이쯤에서 실례하겠습니다."

"그렇군요. 정말 제가 턱없이 폐를 끼쳤어요."

"어쨌든 밤이 늦었으니……." 다쓰에는 거듭 말했다.

"당신은 저와 이야기하는 것이 이토록 싫으시군요."

"아닙니다. 그런 건 아닙니다만, 오늘 밤은 아무래도 이렇게 늦은 시각이기도 하니……."

"그래도요. 제가 당신하고 그렇게 생판 남남인 건 아니랍니다." 오스마는 정색을 하고 다쓰에를 바라보았다.

(1921.1.18)

제45회

양관의 밤(4)

다쓰에의 표정은 더욱 떨떠름해졌지만, 오스마를 혼자 남겨두고 들어가 버릴 수도 없어서 싫음에도 억지로 소파에 걸터앉아 있었다. 그러나 마음은 전혀 편치 않았다. 이런 장면을 집에서 부리는 하녀 아이라도 보면 좋을 게 없다고 생각했다. 예전에 집에서 심부름하던 오노부의 일이 새삼 그의 머릿속에 떠올라 한층 불안하고 불쾌한 기분에 지배되었지만, 이제 될 대로 되라는 기분으로 오스마를 코끝으로 거칠게 대했다.

"생판 남남이 아니라고요? 그야 그렇지요. 적어도 제 어머니 격으로 들어왔으니……저도 그 정도는 압니다."

"아니에요, 그것만이 아니라고요."

"그렇다면 달리 무슨 인연이 또 있다는 건가요?"

"그럼요, 크게 있지요." 오스마는 자기도 모르게 즉각 대답했지만 문득 생각하는 듯한 눈짓을 지었다. "그래도 그게 꼭 오늘 밤에 해야 하는 이야기는 아니라서……."

"왠지 오늘 밤 이상한 말씀만 하시는 것 같은데, 대체 어쩌자는 뜻입니까?" 다쓰에는 조금 있다가 다소 난처한 얼굴을 하고 힐문하듯 말했다.

"당신이 그렇게 새삼스럽게 물으시니 저도 난감하네요. 그리 큰 사건까지는 아니고요."

"그럼 뭔가 그 오레이 문제와 관계가 있다는 건가요?" 다쓰에는 담뱃불이 꺼졌으므로 다시 새것에 불을 붙였다.

"네, 그러고 보니 그런 셈이기는 한데, 그래도 오레이 씨라는 분하고는 딱히 관계된 일이 아니에요."

"그런가요? 그럼 딱히 제가 들어봤자 별 수 없겠군요." 다쓰에는 잠시 눈을 아버지 침실 쪽으로 두는 듯 보였다. "아버지도 벌써 주무시고 계시겠네요."

"네, 나리는 워낙 일찍 주무시니까요. ……하지만 그 대신 아무리 한밤중이라도 저를 꼭 찾으시지요."

"무슨 의미인지 저는 모르겠군요." 다쓰에는 얼굴을 붉혔다.

오스마도 부끄러운 표정을 지었지만 문득 생각난 듯이 말했다. "그래도 당신들은 얼마나 행복한 부부일까, 저는 내내 그런 생각이 들어요."

"각별히 행복할 일도 없어요. 세간의 보통 부부 정도일 텐데요."

"세간의 보통이라고요! 그게 얼마나 좋은 건데요. 세상에 보통보다 행복한 게 있을까요? 좀 부끄러운 이야기지만 저는 가난한 부모를 돕는다 뭐다 해서 이 나이 되도록 결혼하지 않은 탓인지, 부부라는 것에 그리 크게 의미를 느끼지는 못했어요. 하지만 요즘 들어 그건 제가 잘못 생각하던 거였다고 깨닫게 되더군요. 왠지 갑자기 새벽 동이 터버린 듯한 느낌이에요. 지금의 제 처지는 조금도 행복하지 않고요."

"그런 이야기라면 제가 들어봤자 소용이 없을 것 같군요." 다쓰에는 쓸쓸히 웃었다.

"미안해요. 당신에게 불만을 토로할 생각은 아니었는데." 오스마는 살짝 몸으로 교태를 부리며 말했다. "그래도 제가 요즘 묘한 생각만 자꾸 들어서요."

"뭡니까? 그게……."

"그건 말이에요, 여자나 남자 어느 한쪽이 품은 마음이라는 거예요. 살짝만 말하자면 사랑이라거나 애정이라는 기분이 왠지 저에게는 너무도 불가사의하게 느껴지네요."

다쓰에는 기가 막히다는 표정을 지으며 쌀쌀맞게 내뱉어 버렸다. "그런 것 저는 모릅니다."

"어머." 오스마는 일부러 호들갑스럽게 말했다. "그럼 됐어요. 이야기도 못 꺼내겠군요."

오스마는 까닭도 없이 기분이 가라앉았다. 자리는 한층 어색해졌고 여름밤은 고요히 깊어갔다.

(1921.1.19)

제46회

의붓자식(1)

오스마가 온천에 다녀온 기념품을 가지고 어느 날 인력거를 타고 시타야 친정을 방문한 것은, 그녀가 온천장에서 열흘 정도 쉬고 돌아오자마자 있었던 일이다. 오스마는 마음 가는 대로 오랫동안 놀다오려고 집을 나섰지만, 가보니 역시 아야코와 성격도 맞지 않고 유모인 오시노까지 마음에 들지 않아 예정보다 훨씬 일찍 되돌아온 것이었다. 아야코는 물론 아직 거기 있었다.

도쿄도 이제 완연히 한여름 햇살이었다. 오스마는 화려한 세로줄 무늬 여름 비단을 입고 은색으로 파도 모양을 새긴 능사 오비 같은 것을 맸고, 살짝 햇볕에 탄 얼굴을 하고 오래간만에 답답한 자기 친정집 현관 문턱에 나타났다. 집안에 이미 전깃불이 들어올 무렵이었고, 류머티즘이 지병인 아버지 구라조(倉造)는 찻상 위에 두세 가지 안주를 놓고 좋아하는 저녁술을 들고 있던 차였다. 벌써 예순 정도 되는 나이로 최근에 별로 몸을 쓰지 않은 탓인지 술살이 쪄서 뚱뚱했다.

"저 왔어요."

"오오, 오스마냐." 무뚝뚝한 구라조도 아버지에게 인사를 하는 오스마를 보더니 금세 얼굴표정이 풀어졌다. "그래, 그래. 잘 왔구나."

"어머나." 부엌에서 손을 닦으며 나온 어머니 오토리도 요란하게 차려입은 딸 모습을 보고 깜짝 놀란 듯 바라보았다. "왜 이렇게 늦게 온 거니?"

"더 일찍 오려고 했는데, 낮 시간대는 너무 더워서요." 오스마는 오비 사이에서 작은 부채를 꺼내어 황급히 부쳤다. "제가 생각지도 않게 한동안 온천 치료를 하러 다녀왔거든요……."

"그랬지. 지난번 보내준 엽서 고맙구나. 그래서 시마 나리도 뒤따라 가셨더냐?"

"아니에요. 나리는 노인이면서도 도저히 느긋하게 온천탕 같은 데에 가만히 들어가 앉아 있을 성격이 못 돼요.”

“그럼 내내 아야코 씨와 둘이서……?.”

“네. 그래도 대략 사오일 정도 간격으로 다쓰에 씨가 아내를 살피
러 오곤 하더군요. 그게 말이지요, 어머니, 우스울 정도로 둘이 사이
가 좋더라고요.”

“그래?” 어머니는 나무라는 듯한 표정을 했다. “그래도 너도 오랜
만에 좋은 곳을 보고 왔으니 잘 됐지.”

“그야 그렇지만요…….” 오스마는 마뜩치 않은 얼굴을 했다. “그래
도 저는 말이에요, 온천장 같은 데에는 혼자 가는 게 아니구나 그런
생각을 했어요.” 그리고 생각났다는 듯 토산품 선물인 나무 세공으로
된 쟁반 두세 장에 양갱과 동백기름 같은 것을 그 위에 올려서 내놓
았다.

“온천의 토산물이라고는 뻔한 것들 뿐이에요.”

오토리는 몹시도 좋아하며 고맙다 말하고 쟁반을 손에 들었다.
“온천장 가는 것도 요즘은 돈이 꽤나 들겠어.”

“시기가 시기라 그렇지도 않아요. 아야코 씨가 없으면 내가 엄마
를 오시라고 불렀을 텐데 말이에요. 게다가 아버지 몸에 효험이 좋
은 온천물이라고 하니 내가 오시라고 편지라도 어지간히 쓰고 싶더
라고요.”

“그랬구나.” 구라조는 아까부터 싱글벙글하며 두 사람의 대화를
듣고 있었다가 갑자기 떠오른 듯 말했다. “나도 예전에 이따금 온천
치료하러 다니곤 했는데, 한 이십 년은 못 가본 것 같구나. 이제 꽤나

바뀌었겠지." 술 한 잔을 마셔 비우더니 술 방울을 털었다. "어떠냐, 오스마. 아버지가 한잔 따라줄까……."

"저는 됐어요. 제가 따라 드릴게요."

"그러냐. 그럼 한잔 따라다오." 구라조는 한 모금 마셨다. "이야기 도중에 끼어들어 미안한데, 다쓰에 씨 아내가 아야코라고? 야마무라 씨였지?" 뜻이 있는 듯 묻고 오스마의 환한 얼굴을 가만히 보았다.

전기불이 갑자기 켜져 여름밤답게 실내를 밝혔다.

(1921.1.20)

제47회

의붓자식(2)

오스마는 갑자기 의아한 표정을 지으며 물었다. "네, 맞아요. 아야코 씨가 아내 분 이름이에요. 그런데 그게 왜요?"

"딱히 왜랄 건 없지만. 아무래도 생각해 보니 혹시나 싶어서. 마음 짚이는 데가 있구나." 구라조는 그렇게 말하고 술잔을 아래 놓고 부채로 옷단 쪽으로 가까이 오는 모기를 쫓았다. "하지만 세간에는 똑같은 이름이 얼마든지 있으니까, 설마 그게 같은 사람이 아닐 지도 모르고 말이지. 여하튼 그 아야코라는 여자는 야마무라 씨의 친딸이냐?"

"그럼요, 그야 당연하지요." 오스마는 조금 이상하게 눈빛을 빛냈다. "그래도 속사정은 저야 잘 몰라요. 그게 어떻다는 거예요?"

"그리고 나이는 몇 살 정도 되는 여자더냐?"

"저보다 하나인가 둘 아래에요."

"그러면 스물 넷 정도구나." 구라조는 손가락으로 헤아리더니 입 속으로 중얼중얼 계산을 했다. "음, 조금 나이가 젊은 것 같기도 하고……이상한 일이라면 이상한 일이지."

"네?" 오스마도 이상한 기분이 들었다. "아야코 씨를 아버지가 아시는 거예요?"

"안다고 하기도 이상하지만, 글쎄, 어쩌면 그 여자는 야마무라 씨의 친딸이 아닐 지도 몰라."

"어머 어째서 그런 말을 해요? 당신은." 오토리도 옆에서 끼어들었다.

"그걸 아버지가 어떻게 알아요?" 오스마는 조금 생각하는 듯한 태도를 보였다. "그러고 보니 아야코 씨는 지금까지 그런 이야기를 한 적이 한 번도 없어요. 이번에 온천장에서도 여러 이야기를 했는데 '나도 당신하고 비슷한 신세예요' 하며 속이야기처럼 한 적이 있어요. 그때야 특별히 마음에 담아두지는 않았지만 아버지가 잘못 아신 거 아니에요?" 그녀는 눈이 부신 듯, 그리고 나쁜 말이라도 한 듯 아버지 얼굴을 슬쩍 보았다.

"그런가?" 구라조는 자기도 모르게 한숨을 내쉬었다. "아니, 사실은 말이다. 부끄러운 이야기이지만 이치를 따질 일이 아니니까 말이다. 내가 소싯적 좀 놀았을 때 예기(芸妓)도 돈 주고 사던 시절 일이지. 벌써 삼십 년 가까이 옛날이야기인데 그런 여자, 아마 말해도 모르겠지만, 그러니까 완전히 접객 여성이라고도 할 수 없고 여염집 여자라고도 할 수 없는 그런 여자랑 얽혔었지." 취기에 그런 말을 내뱉으며 구라조는 나 몰라라 하듯 한심스러운 웃음소리를 냈다.

"어머, 어머." 오토리는 바깥쪽을 살폈다. "오늘 밤 너희 아버지가 어떻게 된 모양이구나."

"젊은 시절에는 누구나 그런 기억이 있는 게지. 사실 까놓고 말해서 할멈 당신도 오스마라는 예쁜 계집애까지 낳았는데, 저쪽 남자가 그냥 데리고 논 거라고 장래 약속을 못한다며 그렇게 확 헤어졌잖아……."

"무슨 말을 하는 거예요?" 오토리는 당황해서 즉시 부정하듯 말하며 웃어넘기려 했다. "오늘 밤 당신 어지간히 이상하네요. 호호."

오스마는 묘한 눈빛을 하고 쓸쓸한 미소를 입가에 띠었지만, 아버지가 어쩌다 입 밖으로 내버린 지금 한마디로 자기를 둘러싼 부모자식의 관계를 모조리 알게 되어 버린 것 같았다. 그리고 그렇게 생각하니 자신과 구라조 사이가 왠지 친부모자식 간 사이에 비해 혈연관계가 옅은 듯 느껴졌다. 그러나 자식이라면 애지중지하는 구라조의 애정이 어릴 적부터 배어 있던 그녀는 감정 상 어머니보다 오히려 아버지에게 친애의 정을 많이 느꼈다. 하지만 실제 의붓자식인 자기 앞에서 그런 말을 하는 것은, 평소의 구라조와 어울리지도 않게 한심하고 딱한 일로 여겨져 견딜 수가 없었다. 이 일은 오늘날까지 가끔 오스마가 스스로 그런가 싶게 여겼을지언정 얼굴을 대놓고 직접 듣기로는 오늘 밤이 처음이었던 것이다.

"어쨌든 나랑 그 여자 사이에 생긴 애가 말이지." 구라조는 다시 말을 꺼냈다.

(1921.1.21)

제48회

의붓자식(3)

"그 애가 계집애였는지, 사내애였는지 잘 기억이 안나. 어쨌든 양쪽 사정이 다 여의치 않았으니 그 애는 여자 쪽 남편에게 떠넘겼다는 사실만 나중에 들었지. 나도 그 여자랑은 그 후로 전혀 못 만났고, 아이 호적을 어디로 넣었는지 들은 적도 없어. 어쨌든 말이야 나이가 어리니 부자의 정 같은 것은 아예 없었지." 구라조는 자못 애타는 듯한 표정을 지으며 가만히 찻상 위를 보았다.

아내 오토리와 딸 오스마도 마치 여우에게라도 홀린 듯한 얼굴을 했는데, 오스마는 왠지 모르게 불안한 심정 속에서도 젊은 여자다운 호기심의 눈을 빛냈다. "그래서 그 여자는 어떻게 됐는데요?"

"그 여자 말이냐? 그 여자라면 아마 분페이 씨에게 물어보는 편이 빠를 게야. 언젠가 시간이 되면 모르는 척하고 물어봐라."

"어머, 우리 나리요?" 오스마는 화들짝 놀랐다. "우리 집 나리가 그때 그 여자 남편이었어요? 어머, 망측해라. 그렇지 않아요? 엄마."

"운명의 쳇바퀴라고 해야할지." 오토리도 이상한 기분이 들었지만 걱정스러운 얼굴로 말했다. "그래도 그런 질문을 홀랑 했다가 결과가 좋을지 나쁠지는 많이 생각해 봐야한다."

"설마 제가 그런 바보짓을 할 리 있겠어요? 하지만 왠지 묘한 이야기네요. 사람을 착각한 거 아니에요?"

"그야 알 수 없는 일이지만 나는 왠지 그런 것 같단 말이지." 구라조는 꿀꺽하고 차가워진 술을 마셔 비웠다. "분페이라는 사람은 말이야, 원래 사이타마(埼玉) 근처의 좀 있는 집 농사꾼 아들이라고 들었어. 벌써 오래전이라 내가 이름이고 뭐고 다 잊었지만. 떠올린 적도 없고. 게다가 아직 그 무렵은 무역상이라는 직업도 들어본 적이 없었는데, 요코하마에서 자주 오던 사내 중에 돈 융통을 잘 하는 사람이 있다는 이야기는 그 여자가 이따금씩 나에게 해 주더군."

"그래도 아야코 씨가 그 여자 딸이라기에는 이상해요. 나이가 너무 어려요." 오스마는 다시 생각해 보았다. "삼십 년이나 이전이라면 그 딸은 서른 가까이 되었거나 그 이상이지 않겠어요? 게다가 아야코 씨가 나와 비슷한 신세라고 한 것도 그것 때문인지 다른 일 때문인지 알 수 없고요. 어쩌면 내가 시마 가문으로 시집오게 된 과정이 그렇다는 말 같아요. 아야코 씨도 돈 때문에 그렇게 되었다고 유모에게서 들었거든요."

"그것도 그럴만하지." 오토리도 쓸쓸히 수긍했다.

그 말을 듣더니 구라조는 안타까운 표정을 하고 오스마를 눈을 가늘게 뜨고 보았다.

"그래, 그건 그렇고 내가 언젠가 너에게 말했던가? 너와 다쓰에,

아야코는 아주 타인인 것만도 아니야. 내가 너에게 이야기할까도 했는데 괜한 이야기라고 여겨 그때는 그만두었지."

"저도 다쓰에 씨에게 살짝 그런 이야기를 내비치긴 했어요. 그랬더니 그 사람도 이상한 얼굴을 하더라고요."

"만약 그렇다 치면 어쨌든 다쓰에든 아야코든 내 자식이 들어가 사는 집에 네가 또 들어가 살게 되다니, 완전히 연극 같은 이야기 아니냐."

"그것도 무슨 인연일지 모르지요." 오토리는 탄식하듯 말했지만 갑자기 밝은 표정을 지었다. "그래도 세 사람 중에 누군가가 시마 씨 가문을 상속하고 이을 테니 말하자면 우리 집에서 시마 가문의 후계자를 내놓은 것이나 마찬가지네요."

"내가 이제 와서 그것을 종자돈 삼아 큰돈을 불리겠다는 둥 어쩌겠다는 둥 그런 단작스러운 마음은 털끝만큼도 없지만, 아니 너든 다른 두 사람이든 어쨌든 내 자식 중에 누군가가 그 큰집을 잇게 될 거라 생각하면 나쁘지는 않지."

"그래도 아버지, 그건 아니에요. 틀림없어요. 저는 그렇게 봐요." 오스마는 다시금 새삼스럽게 아버지 말을 부정했다.

(1921.1.22)

제49회

의붓자식(4)

"하지만 만약 그렇다고 치면 어느 쪽이든 한 번은 만나보고 싶은 마음이구나." 구라조는 내심 흐뭇한 얼굴을 오스마 쪽으로 향했다. 오스마는 생각에 잠긴 듯 잠자코 있었다.

그러자 오토리가 그 말을 받으며 걱정스럽게 대답했다.

"그래도 그렇게 밖으로 말을 내도 될 일일지 아닐지 아주 충분히 생각해 봐야 해요."

"그렇긴 하지. 내가 이제 와서 네 아버지다, 하고 밝힐 마음은 없어. 내가 진정한 사내면 그렇게 밝히는 게 정당하지 않지."

"글쎄요, 그럴까요?" 오스마는 이 때 혼잣말처럼 중얼거렸다. "만약 그 둘 중에 어느 한 쪽이 내 오라버니거나 여동생이거나 한다면 어쩌지요? 그러니 세상이라는 게 넓은 것 같으면서 좁다는 말이 있나 봐요."

"그렇지."

"그래도 저는 아야코 씨는 아닌 것 같아요. 하지만 다쓰에 씨가 오라버니라면 더더욱 이상해요. 그거야말로." 오스마는 다쓰에에 대한 자기의 마음 — 어떤 특별한 감정을 돌아보며 내심 화끈하여 얼굴을 물들였다. 마음속으로는 제발 그런 일이 없기를 바랐다. 그러나 구라조는 그런 것에는 둔감했다. 너무도 감개무량하다는 듯 이렇게 말했다.

"나도 요즘에 입 밖에 내지는 않았지만 속으로는 그렇게 생각했단다. 나 같은 놈이야 이런 뒷골목 셋방 같은 데에 쭈그러져 살고 있지만, 친자식이 — 어쩌면 말이야 — 백만장자의 상속자다 생각하면 사람 운이라는 게 말이지, 정말 어디 있는 건지 알 수 없다니까. 실로 꿈 같은 기분이 든다고."

"그럼 우리도 그렇게 생각하고 실컷 오래오래 삽시다." 오토리는 들뜬 듯한 말투였다. "적절한 때가 오면 저 재산 많은 영감님 집에서 어떤 영예와 호사를 누릴지 모르지요. 언제까지고 궁상맞게 이런 뒷골목 집에서 썩고 있을 수는 없어요."

"정말이에요." 오스마도 지금 처지가 한심하다는 듯한 표정이었다. "나도 앞으로는 있는 힘껏 그쪽으로 노력할래요. 아야코 씨 눈치보는 일 따위 그만두겠어요, 어머니."

"그렇고말고. 네가 꼭 뭐 첩이나 그런 걸로 간 것도 아니니 기 펴도 된단다."

"하하하하하" 구라조가 소리 높여 웃었다. "그래도 그렇게 기세부리지는 말거라. 어느 쪽이든 다 내 자식이니."

"오호호호." 오토리도 밝게 웃었다. 그러나 오스마만은 괜스레 웃을 수가 없었다. 왠지 모르게 무슨 인연 같은 것이 느껴지면서 두려운 기분이 들어 견딜 수 없었다. 만약 다쓰에가 맞다면 오라버니에 대해 이러한 마음을 품는 것도 부끄러운 일이고, 아야코가 맞다면, 여동생 — 설령 부모가 다른 자매라 할지라도 — 이라 어느 목표물 한 사람을 같이 노리는 듯한 기분이 들어서 한층 수치스러웠다. 부디 아버지의 기억이 잘못되었기를 마음속으로 새삼 빌었다.

오스마가 그렇게 밑도 끝도 없는 이야기를 끊고 집을 나섰을 때는 이미 9시 반이 넘어서였다. 인력거꾼이 간판을 단 채 골목 입구에서 가만히 그녀를 기다리고 있었다.

"이런 이런, 벌써 시간이 이렇게 되었구나." 어머니 오토리는 들뜬 상태로 딸을 배웅했다. "저택 문이 닫혀 버리면 큰일이니 서둘러 돌아가거라. 그쪽 집 모든 분들에게 안부 전하고. 언제 가까운 시일 내로 내가 한 번 가마."

"네, 그러세요." 오스마도 이야기하면서 골목을 나왔다. "얼른 가까운 곳으로 이사 오세요. 좀 넓은 집을 찾아보게 할 테니까요."

"그래도 얘야, 지금이 중요한 시기란다." 오토리는 딸이 인력거를 탈 때까지 여러 가지로 집안일 관련한 당부를 들려주었다.

"그럼 안녕히 계세요." 오스마는 인력거 위에서 말했다.

"조심해서 가거라." 오토리는 언제까지고 인력거의 뒷모습을 바라보았다.

(1921.1.23)

제50회

의붓자식(5)

오스마는 모든 일을 어머니 분부대로 하며 분페이의 기분을 잘 살펴서 노인의 환심을 완전하게 샀지만, 가끔은 그 곁에서 해방되어 자유로운 몸이 되고 싶다는 생각도 했다. 슈젠지에 온천 휴양을 간 것도 그 바람을 다소나마 충족시키기 위한 것에 불과했지만, 원래 몸에 이렇다 할 병이 있는 것도 아니어서 그리 오랫동안 머물 수도 없었고, 또한 아야코든 아야코와 다쓰에든 보고 있으면 기분이 좋지 않았으니 — 그것은 오스마의 질투심에서 온 것이었지만 — 그녀는 아야코를 두고 혼자 먼저 돌아왔던 것이다.

분페이에게 시집오기 전, 오스마는 다른 사람들이 상상하는 것보다 조신한 편이어서 지금까지 허튼 소문 한 번 난 적이 없었다. 그리고 할 수만 있다면 평생 독신으로 부모님 곁에 있기를 바랐다 — 아니, 그렇다기보다 오히려 결혼을 포기하는 마음으로 살았건만 나이가 아버지뻘 되는 분페이의 아내가 되어 세월을 보냄에 따라 잠들어 있던 여성의 감각이나 욕망이 조금씩 눈을 뜨게 되었다. 그녀는 세간의 젊은 부부나 연애관계에 있는 사람들에게 지금까지 경험한 적 없는 통절한 선망을 느끼게 된 것이다. 그리고 그것은 항상 아야코 부부에 의해 가장 강력하게 자극받았다. 특히 온천장에 갔다 온 이후에는 한층 현저해졌다.

지금까지도 오스마는 독신의 외로움이나 뭔가 부족함을 느끼지 않은 적이 없었지만, 그것은 요즘 느끼는 것과 달라서 뭔가 모르게 막연하게 동경하는 것에 불과했다. 하지만 지금은 그 동경의 대상이 바로 눈앞에 있는 심정이었다. 그 대상은 말할 필요도 없이 다쓰에였다.

인력거 위에서 오스마는 계속 그런 생각을 했다. 그리고 오늘 밤 아버지가 고백한 새롭고도 놀랄만한 사건에 관해서도 생각하지 않을 수 없었지만, 그래도 별로 생각하고 싶지 않았다. 떠올리는 것만으로도 싫어서 견딜 수가 없었다. 그런 생각은 아버지 곁을 떠나니 한층 강해졌다. 다쓰에든 아야코든 자신이 그 사람들과 완전한 타인이 아니라는 것은 괜스레 기뻤다. 하지만 그 이상으로 오라버니라든가 여동생이 될 수도 있다는 것은 정말 싫었다. 싫다기보다도 괴로웠다. 오스마는 그 때문에 일종의 강한 압박감을 받았다. 특히 오스마는 다쓰에에 대해서 훨씬 더 사실이 아니기를 바랐다.

그러자 며칠 전 밤에 양관에서 있었던 일이 다시금 새록새록 떠올랐다. 온천장에서 있었던 어느 아침의 일도 떠올랐다. 양관에서는 왜 더 적극적으로 각별한 친밀감을 만들어두지 못했을까? 지금 생각해도 아쉽기 짝이 없었다. 모처럼 좋은 기회를 놓치고 말았다는 아쉬움과 유감이 끓어올랐다. 온천장에서는 아주 짧은 시간이었지만 아야코와 유모가 없어서 다쓰에와 둘만 있을 때가 있었다. 그러나 아침 식사를 막 마쳤을 때였으므로 곧바로 산책을 나가기도 이상하고, 다쓰에도 내내 조심스럽게 응대를 했기에 웃으며 한 마디 나눌 수조차 없었던 것이다. '뭐 이제 곧 좋은 기회가 오겠지' 오스마는 그때 그렇게 스스로에게 말하며 그 자리에서는 단념했었다.

"다 왔습니다." 인력거꾼 목소리에 오스마는 퍼뜩 정신을 차렸다. 그러고 보니 인력거는 진작에 집 현관에 도착해 있었다. 허둥지둥 두세 명의 하녀와 서생들이 달려나와 현관 앞에서 인사를 했다.

"잘 다녀오셨습니까?"

오스마는 의젓하게 지나 안으로 들어갔다. "나리는?"

"이미 침상에 드셨습니다."

"그래." 오스마는 끄덕였다. "젊은 나리는?"

"젊은 나리는 조금 전에 양관으로 가셨습니다."

"그래."

오스마는 하녀와 그런 말을 나누며 복도를 쭉 따라 자기 방으로 갔다.

(1921.1.25)

제51회

질투심(1)

다쓰에는 아내 아야코가 온천으로 떠난 이후 무슨 일을 해도 마음이 적적했다. 특히 딸 데이코가 없으니 집안이 한층 조용해져 하녀들까지 할 일이 없어졌다며 웃을 정도였다. 그래서 다쓰에는 회사일에 짬이 나면 가급적 아야코 있는 곳으로 가곤 했는데, 오스마가 내려와 있고 나서는 자연히 발길이 멀어졌다.

다쓰에는 오스마를 ― 돈 때문에 부모에게 희생하여 자기 집으로 들어온 그녀를 가련히 여겼지만, 친숙해지자 자신에게 자꾸만 다가오려는 오스마에게는 도저히 후의를 품을 수 없었다. 물론 오스마에게 그렇게 대단한 꿍꿍이가 있을 거라고는 생각지 않았지만, 자신에게 어떤 각별한 친밀함을 보이는 것이 다쓰에 입장에서는 오히려 고

마운 민폐여서 조금도 유쾌하지 않았다. 그렇다 해도 어쨌든 오스마가 일단 자신의 어머니뻘이니, 마냥 하녀들이나 집안 일꾼들을 대하는 듯한 태도로 대할 수도 없는 노릇이었다. 거기에는 자연스럽게 계모에 대한 존경과 배려가 깃들어야 했다. 그것을 오스마가 이용하는 것은 아니었지만, 다쓰에에게는 그녀의 태도가 별스럽게 친숙한 것으로 여겨졌다.

다쓰에는 그게 아주 힘들었다. 밤에 외출했다 늦게 돌아오거나 할 때 자주 오스마가 그의 방에 모습을 드러내거나, 일요일 같은 때에 분페이가 없거나 하면 자기 방으로 다쓰에를 번번이 부르기도 했다. 다쓰에는 가급적 그녀에게서 거리를 두려고 했다. 그러나 세 번에 한번 꼴로 그렇게 못할 때가 있어서 비위를 맞추어야 했는데, 언젠가는 오스마가 그를 밖으로 불러내려고도 했다. 그럴 경우에는 아무리 다쓰에라도 기분이 좋지 않았다.

"이건 아무리 봐도 바람직하지 않아요. 서로 한 가정을 가지고 있는 것이나 마찬가지니까요. 일하는 사람들 보기도 그렇고." 다쓰에는 그렇게 말하며 웃어 넘기려 했다.

"그래도 한 번 쯤은 산책하러 같이 가도 되잖아요. 그렇게 아야코 씨하고만 딱 붙어 지내지 않아도 되겠건만……." 오스마도 웃으며 대꾸하여 상대방을 겸연쩍게 만들었다.

온천장에서는 그런 일이 아주 잦았다. 오스마는 아야코 앞에서도 기탄없이 그런 말을 해서 결국 다쓰에를 화나게 한 적도 있었다. 그러나 오히려 아야코가 마음을 졸였다.

"여보, 모처럼 오스마 씨가 그렇게 권유하시니 다녀오시는 게 좋겠어요. 저는 몸이 별로 안 좋아 그냥 있을게요." 그렇게 말하며 남편에게 나가라고 한 적도 있다.

"나도 머리가 좀 아파서 그만두려오. 그보다 투구판이라도 하면서 놀까? 어떠냐, 데이코." 다쓰에는 또 다쓰에대로 아야코 기분을 살피며 쉽사리 오스마에게 동의하지 않았다. 오스마는 혼자 애가 닳았다.

"어머, 사이도 좋으셔라. 이 집은 만만세군요." 억지웃음을 지었다. "아아, 따분해라, 따분해. 이런 데 혼자 오는 게 아니었어요. 나는 내일이라도 돌아갈래요." 혼잣말처럼 내뱉고 오스마는 홱 도쿄로 돌아와 버린 것이었다.

그런 식으로 다쓰에는 항상 오스마의 접근을 경계했다. 그것은 오스마도 잘 알고 있었다. 하지만 그녀 입장에서는 다쓰에에게 그런 취급을 받으면 받을수록 한층 더 그를 보고 싶은 마음이 깊어졌다.

오늘도 다쓰에는 회사에서 돌아와 자기 앞으로 온 편지 같은 것을 살펴본 다음 잠시 멍하니 있었는데 그때 오스마가 찾아왔다. 그리고 아니나 다를까 이렇다 할 것도 없는 세간 이야기를 실컷 한 다음 갑자기 물었다.

"다쓰에 씨는 시라이라는 분 알아요?"

"시라이? 모르는데요."

"그래요?" 오스마는 살짝 끄덕이며 다쓰에의 얼굴을 올려보았다. 그것은 오스마가 친정에 다녀온 다음날의 일이었다.

"그게 누군가요?"

"아니에요. 그냥 잠깐 뵌 분일뿐이에요."

(1921.1.26)

제52회

질투심(2)

'이상하군' 하는 얼굴로 다쓰에는 생각했다. "대체 그 사람이 어느 쪽 사람인데요?"

"다쓰에 씨는 정말 모르나 보군요." 오스마는 가엽다는 듯한 표정을 했다. "그렇다면 제가 이런 말한 게 잘못이에요."

"무슨 안 좋은 일이라도 있는 건가요?"

"글쎄요, 그게 나로서도 실은 잘 모르겠는데, 그 사람은 다쓰에 씨 아내의 친구 되는 분이래요."

"집사람의 친구? 그래요?" 다쓰에는 웃으며 생각났다는 듯이 담배에 불을 붙였다. "그게 어떻다는 말씀이신가요?"

"아니, 어떻다는 건 아니지만요. 제가 며칠 전 그분을 슈젠지에서 뵈었거든요. 아야코 씨가 그분하고 자주 같이 나가 걷곤 하는 것 같았어요."

"그렇다면 아야코의 동생 친구라든가 뭐 그런 거겠지요." 별것 아니라는 듯한 표정을 했지만, 그래도 다쓰에는 무언가 속에 걸렸다. 게다가 오스마의 말투가 거기에 무슨 사정이 있다는 듯했기에 그는 한층 더 이상한 기분이 들었다.

"그렇겠지요, 아마……." 오스마도 가볍게 수긍했다. "어차피 온천장 같은 데서는 모두 심심하게 마련이니까요. 그렇게 가깝지 않은 사이라도 좀 있으면 서로 친밀한 이야기도 하게 되고요."

"그야 그렇겠지요. 인간이라는 게 원래 사교적인 동물이니까요. 게다가 여자는 본디 말 상대를 원하는 습성이 있으니 그렇다고 해도 이상할 게 없지요." 다쓰에는 점점 더 내키지 않는 얼굴을 했지만 문득 생각이 난 듯 말했다. "그런데 아야코는 딱히 그런 얘기 하지 않던데요."

"그래요?" 오스마는 변죽을 울리는 듯한 얼굴을 했다. "원래 특별히 이야기할 것도 없으니 그렇겠지요. 게다가 또 외간남자 이야기를 해서 다쓰에 씨 감정을 상하게 하면 안 된다 싶어 자기도 모르게 그랬을 거예요."

"그래도 친구 이야기를 한들 제가 뭐 이러쿵저러쿵 군말할 것도 아니지 않습니까? 묘한 이야기를 꺼내시는군요." 다쓰에는 남자로서 그렇게 질투심 강하게 보이고 싶지 않다는 마음에 부아가 났다.

"네, 그야 그렇지요. 그래도 유부녀 입장이 되면 그것도 잘 안 되니까요. 아야코 씨도 틀림없이 그렇게 생각하신 게 아닐까요? 사려가 깊은 분이니까."

"그러니까 하시려는 말씀이 무슨 뜻인지 저는 이해가 안 갑니다. 항상 그런 식으로 이야기를 꼬아서 하시는군요." 다쓰에는 저도 모르게 날선 말투였다. "그렇게 말씀 마시고 솔직히 이러니까 이렇다 하시거나, 제가 주의해야 할 점이 있다면 더더욱이나 정직하고 명백하게 말씀해 주셨으면 합니다. 안 그렇습니까? 서로 한집에 이렇게 살고 있으니까요."

"그야 늘 제가 드리는 말씀이지요. 저야말로 이렇게 나중에 이 집으로 들어온 탓에 당신들에게 성가신 존재가 되었잖아요. 귀찮으시더라도 앞으로 잘 좀 부탁드려요."

다쓰에는 자기도 모르게 냉소를 지었다. "곤혹스럽군요, 당신……." 담배를 거칠게 재떨이에 던져 넣었다. "그거랑 지금 한 말은 아무튼 이야기가 다르지 않습니까? 그래도 더 이상은 그만 하시지요. 네? 그런 이야기는 저로서도 별로 유쾌하지가 않으니까요."

"네, 그러시겠지요. 당신은 항상 저를 상대해 주시지 않은 분이니까……." 오스마는 약간 자포자기하듯 말하며 물끄러미 다쓰에를 쳐다보았다.

"상대하다니요? 무슨 뜻입니까?"

다쓰에는 화가 나서 말했다.

(1921.1.27)

제53회

질투심(3)

"저는 이 집 어머니 입장인 당신을 존중할 따름이에요."

"그건 아무래도 표면적인 이야기 같은데요." 오스마는 심술 맞게 쓴웃음을 떠올렸다. "제 입장에서 실례되는 말씀이긴 하지만 성가신 여동생이 한 명 있다고 생각해 주시면 좋겠어요. 그리고 앞으로는 당신께 폐가 되더라도 부디 저에게 힘이 되어 주셨으면 해요."

"그야 피차일반이지 않습니까? 이렇게 한집에 살고 있으니 말이지요. 서로 돕는 게 당연해요. 저로서도 잘 부탁드릴 수밖에 없습니다." 다쓰에는 가볍게 받아넘겼다.

"아뇨, 천만에요. 저 같은 것이 이 집으로 들어와서 두 분이 아마 꽤 불편하시겠구나, 그리 생각하고 있습니다. 저는 그것 때문에 신경이 쓰여서 매사 내내 전전긍긍하고 있답니다."

"어째서 그러십니까? 그렇게 전전긍긍하실 입장이 아니신데요. 어쨌든 당신은 저희 아버지의 부인이잖아요."

"참, 다쓰에 씨는 나빠요. 그렇게 놀리시니 곤혹스럽네요." 오스마는 다쓰에를 흘기듯 보았다. "그렇게 말씀하시면 정말 제가 너무 마음 둘 곳이 없어요. 부디 그렇게 타인 취급하는 말씀은 말아 주세요. 마음에 안 드는 점이 있으면 사양하지 말고 화도 내시고요. 그러지 않으면 앞으로 평생 마음 놓고 제가 신세를 질 수가 없잖아요."

"자, 가급적 바라시는 바에 따르도록 마음 쓰겠습니다."

"정말 그러지 않으시면 제가 곤란해요. 아니면 제가 다쓰에 씨 부인에게 거리가 생겨서 힘들어요……. 어쨌든 아야코 씨와 저는 신분이 그렇잖아요. 하늘과 땅만큼 다르니까요. 아야코 씨는 정말 무엇 하나 빠지지 않고 처음부터 끝까지 완벽하시니까요. 저는 저만의 옥생각인지 뭔지 몰라도 꼭 제가 아야코 씨에게 멸시받는 듯한 기분이 들어 견디기 어려워요."

"설마요." 다쓰에가 코끝으로 웃었다. "아니면 무슨 그런 일이라도 있었나요? 아야코가 당신을 멸시했다는……."

"아뇨, 딱히는. 이러이러한 사실이 있었다는 게 아니에요. 기분 나쁘게 생각하시면 안 돼요."

"딱히 기분 나쁘게 생각하지는 않습니다." 다쓰에는 쓴웃음을 지었다. "하지만 문제가 문제다 보니까요. 저는 개인적으로 제 아내를 완전히 믿습니다. 당신 앞에서 드리는 말이기는 하지만, 저는 아야코를 사랑하고 있거든요."

"그러시겠지요." 오스마는 눈이 부시다는 듯 바라보았다. "다쓰에 씨처럼 다정한 남편 분을 가지신 부인께서는 진실로 행복하실 거예요. 그래도 장본인이다 보면 그렇게까지 느끼지 못할 수도 있겠지요."

"그렇다면 아내가 저를 신뢰하지 않는다는 말씀이신 건가요?" 다쓰에는 다시 불쾌한 표정을 지었다.

"아뇨, 그런 게 아니고요. 저 같은 신세가 그런 말씀을 다쓰에 씨에게 드릴 수는 없지요."

"그러면 무슨 뜻입니까?" 다쓰에는 점점 더 불쾌한 표정이 되었다. "슈젠지에 있는 동안 아야코가 뭔가 당신 눈에 벗어난 일이라도 했다는 겁니까?"

"아뇨, 그보다 시라이라는 분을 다쓰에 씨가 모르는 게 저는 이상해서요."

"시라이라는 사람이 대체 어떻다는 겁니까?" 다쓰에는 다시 아까의 불쾌함이 환기되어 초조해졌다.

그때 안채 쪽에서 식모인 오이마가 와서 얼굴을 내밀었다.

"마님, 나리께서 부르십니다."

"그래. 귀가하셨구나." 오스마는 약간 곤혹스러운 표정을 지었다. "그럼, 실례할게요. 나중에 다시 들르도록 하지요."

오스마는 아직 미련이 남은 듯한 모습으로 복도로 나섰다. 오이마는 살짝 다쓰에게 목례를 하고 오스마 뒤를 따랐다.

(결호-단행본에 의한 보완)

제54회

질투심(4)

"왠지 모르겠지만 나에게 묘한 이야기만 듣고 와서 얘기하는 여자야."

오스마의 뒷모습을 지긋지긋하다는 듯 전송하던 다쓰에 입에서 자기도 모르게 중얼거리듯 혼잣말이 흘러나왔다.

다쓰에 입장에서는 요즘 오스마가 몹시도 성가셨다. 며칠 전 양관으로 찾아온 일도 그렇고 오늘 이야기도 그렇고, 또 온천장에서 만났을 때도 그렇고, 단 한 번도 유쾌한 느낌을 받은 적이 없었다. 오스마의 심정을 다쓰에도 대략은 파악했다. 자기를 유혹하려고 할 만큼 그녀 태도가 적극적으로 나온 적도 있었다. 그러나 그럴 경우에는 다쓰에가 교묘히 그 예봉을 피했고, 그래도 수긍하지 않을 것 같으면 슬쩍 화까지 내는 일도 있었다. 어른답지 못하다고는 여겼지만 이렇게 뻔뻔한 여자에게는 그렇게라도 하는 수밖에 없다고 다쓰에는 판단했다.

"당신은 기꺼이 내 가정을 파괴하려는 겁니까? 악마가 되고자 원하는 건가요?" 이렇게까지 말한 적도 있었다. 그런 말을 들으면 아무리 오스마라도 눈을 멀뚱하니 뜨고 쳐다보지만, 그다음날이 되면 곧바로 다시 그녀의 천연덕스럽고 다 잊어버렸다는 듯한 얼굴로 되돌아와 있곤 했다.

"저런 여자랑 마주하고 있으면 정색하고 화도 못 내겠어. 화낸다는 게 바보 같은 일이지." 그는 웃었다. "하지만 소인배는 한가하면 일을 저지른다더니 그런 부류인지도 모르겠고, 여러 생각에 생각을 거듭하는 여자임에 틀림없어."

다쓰에는 딱히 누구에게 말한달 것도 없이 그렇게 혼자 중얼거리고 거실에서 일어서려 했다. 그러자 아까 왔던 오이마가 우편을 가지고 들어왔다. 두세 통 우편 중에 아야코에게서 온 한 통이 있었다. 다쓰에는 시라이라는 사내를 다시 떠올리고 불쾌한 얼굴을 했다.

"이것뿐인가?"

"네, 그렇습니다. 나머지는 큰 나리 쪽으로 가지고 갔습니다." 그렇게 말하고 오이마는 물러났다.

다쓰에는 아야코에게서 온 편지는 어쩐 일인지 뒷전으로 돌리고 다른 것을 먼저 읽었다. 그것은 다 그의 친구나 그 밖의 사람들에게서 온 것으로 특별히 이렇다 할 용건의 편지도 아니었다. 마지막으로 손에 든 아내의 편지를 보니 서양식 편지지에 이런 내용이 적혀 있었다.

'이번 휴일에 이리로 오실 것을 차마 기다리기 어려워 이 편지를 드립니다. 당신이 도쿄로 돌아가신 뒤에는 갑자기 적적해져서 오시노와 둘이서 이것저것 잡담만 하고 지냅니다. 저는 당신 덕분에 몸도 이제 아주 좋아져서, 하루라도 빨리 도쿄로 가고 싶습니다. 더 이상 여기에 오래 있고 싶지는 않습니다. 제멋대로인 듯 하여 미안하지만 이번에 당신이 내려오실 때 그 계획에 대해 의논하고 싶습니다.'

그래도 오스마 씨가 여기 없으니 정말 마음이 느긋해졌습니다. 잠깐 동안이었지만 그 분과 같이 있을 때는 어색하고 답답해서 그게 참 싫었습니다. 게다가 그 분은 늘 그런 식이어서 제가 듣기 싫어하는 말만 골라서 하시곤 했지요. 언젠가 시라이 씨에 대해서도 이러쿵저러쿵 평가를 하던데 그게 이상하더라고요. 어째서 그 분은 늘 이런 식일까요? 아 참, 그러고 보니 제가 늘 깜박 잊어버리게 되는데, 시라이 씨와……'

여기까지 읽다가 다쓰에는 무언가를 응시하듯 눈을 크게 떴다.

'시라이 씨와 6년 만에 만나게 되었어요. 정말 신기하더군요. 그분은 지금 판사에요. 예전에는 아버지 밑에 있었지요. 아주 훌륭한 신사가 되셨더군요……'

"그랬군. 별일 아니야." 다쓰에는 혼잣말을 하고 이윽고 편지를 봉투에 담았다. 주위에는 어느새 저녁안개가 감돌고 있었다.

(1921.1.29)

제55회

질투심(5)

그날 밤 분페이 침실에서는 오스마와 분페이가 잠자리에 누워 이야기를 서로 나누었다. 여느 때 없이 선선한 밤이었지만 실내에는 선풍기가 쉴 새 없이 돌고 있었다. 툇마루의 처마 끝에 매달린 풍경 소리도 더욱 선선했다. 뜰에는 풀어놓은 청귀뚜라미 같은 벌레 소리가 자못 여름밤 풍정을 더해주고 있었다.

"저 말이에요, 어제 저녁에 친정에 갔다가 묘한 이야기를 아버지께 들었어요."

일찍 잠자리에 드는 분페이도 오스마가 부추기는 바람에 아직 침상에는 들지 않고 툇마루에 내놓은 등나무 의자에 누워 향이 센 입담배를 피고 있었다. 오스마는 문지방 안쪽에서 아무렇게나 다리를 풀고 앉아서 가녀린 손에 타원형 부채를 만지작거렸다.

"무슨 이야기를 들었는데?" 분페이 목소리는 평소처럼 풍미 없는 굵은 음색이었다.

"아야코 씨나 다쓰에 씨 중 어느 한쪽이, 어쩌면 말이에요, 아버지의 친자식이 아닐까 한다고요." 오스마는 다른 사람 귀를 꺼리는 듯 낮은 소리로 말했다. "당신에게 여쭤보면 아실 것 같다고 했어요."

"음, 그렇다면……." 분페이는 물끄러미 오스마의 흰 얼굴을 내려보았다. "그러니까 다쓰에가 내 아들이 아니거나 아야코가 야마무라의 딸이 아니거나, 어느 한 쪽일 거라는 말이지?"

"뭐, 그런 거지요."

"그럼 누구 자식이라는 거지?"

"그야 아직 모르지요. 당신에게 물어보면 알 수 있을 거라고 생각했어요."

"자네 아버지는 뭐라고 하던가?"

"아버지도 어떻다고 확실하게 말씀하지는 않으셨어요." 오스마는 구라조가 말한 내용을 대강 이야기했다. "하지만 그게 정말일까요? 설마, 당신."

"글쎄." 분페이는 그러다 무언가 생각난 듯 말하려는 얼굴을 했지만 크게 놀라지는 않는 기색이었다. "그런 일이 있었을 지도 모르지. 하지만 아야코 쪽은 잘못 생각한 거야. 야아코는 틀림없이 야마무라 씨 친딸이니까."

"그럼 다쓰에 씨는 맞다는 말씀인 거예요?" 오스마의 눈이 이상하게 빛을 냈다.

"아니, 모르지." 분페이는 태연히 대답했다. "나는 전혀 기억이 없어. 물론 다쓰에는 내 친아들이 아니야. 그건 자네에게도 꼭 감출 필요는 없는 사실이지. 오늘까지 특별히 숨겨왔던 일도 아니지만, 그렇다고 딱히 성급하게 밝힐 필요도 없는 일이지. 또 그럴 기회도 없었으려니와."

"그런 거예요? 역시."

"역시라니? 그럼 자네는 뭔가 알고 있다는 거야?"

오스마는 살짝 고개를 기울였다. "이런 말씀을 드리면 이상하겠지만 저는 왠지 그럴 것 같은 기분이 들더군요. 아무래도 다쓰에 씨는 당신의 친자식이 아닐 지도 모르겠다는."

"그럼 뭔가? 부모 자식다운 정감이 없다고 하는 거야? 하하, 그래? 그럼 자네 다쓰에에게 그 이야기를 했나?"

"다쓰에 씨에게요? 아니요. 갑자기 그런 이야기를 듣게 되면 다쓰에 씨도 실망하지 않겠어요? 그러면 미안하잖아요. 그러니……."

"그것도 그렇지만 굳이 숨길 필요도 없지. 나야 언제든 말할 생각이야."

분페이는 그렇게 말하고 다시 위를 보고 누운 채로 맛있다는 듯 담배를 피우기 시작했다.

오스마는 왠지 이야기를 다 듣지 못한 기분이었다. 아직 무언가가 더 있는 게 틀림없다고 여겨졌다. 일부러 숨기지 않는다는 분페이의 말투 속에 무언가 더 큰 것이 잠복해 있는 듯한 느낌이 들었다. 그러나 그것도 때가 되면 알리라. ― 그렇게 생각하고 그녀는 언제든 말할 생각이라고 한 분페이의 흉중을 살피며 말했다.

"가엽잖아요. 데이코라는 자식도 있는데…."

"그야 내 마음 하나에 달린 게지. 내가 요즘 마음에 들지 않는 게 있거든." 분페이는 천천히 의자에서 상반신을 일으키며 숨은 뜻이 있다는 듯 그렇게 말하고 힐끗 오스마를 보았다.

(1921.1.30)

제56회

질투심(6)

"사실 말이야, 다쓰에는 다른 데에서 받아온 자식이야. 하지만 호적에는 양자로 되어 있지. 훌륭한 내 자식으로 올라 있다는 말이야. 그야 말할 것도 없이 태어나자마자 내가 키웠으니까. 그래서 녀석도 지금까지 내 친자식이라고만 여기고 있어."

"어머." 오스마는 과장되게 받았다. "그럼, 한결 더 그렇지 않을까요? 그런 말씀 하시면 안 돼요. 언제까지고 당신 자식으로 해 두는 게 좋지요."

"어느 쪽이든 나야 개의치 않아." 그렇게 말하며 분페이는 의자에서 내려와 푹신하고 두툼한 가죽방석 위에 앉았다. "나야 원래 인정에 이끌리는 걸 싫어하니까. 타인이면 타인인 게지……그 편이 기분도 깔끔해서 좋아."

"그래도 재산을 물려준다든가 할 때 남이면 줄 맛이 안 생기잖아요."

"나는 자네가 내 마지막을 돌봐준다면 그걸로 만족하네."

"그러기에는 아야코 씨도 있잖아요."

"아야코 말인가?" 분페이는 웃었다. "그 애는 처음부터 다쓰에가 원하던 여자였고, 나는 빚 저당으로 잡아둔 것이나 다름없는 사람이지만, 왠지 모르게 속을 알 수 없는 구석이 있어."

"당신도 그렇게 생각하셨어요?" 오스마는 옳다구나 하는 듯한 얼굴로 말을 이었다. "시집오고 벌써 몇 년이나 되는데 말이에요. 아직도 그렇다니요."

"요즘은 그래도 자네하고는 좀 친해졌나?"

"저도 어떻게든 아야코 씨와 사이좋게 지내보려고 여러 가지로 고생은 하고 있는데요. 도저히 잘 안 돼요. 제가 나중에 들어온 사람이니 저에게 유세를 부려도 어쩔 수는 없지요. 그래도 일단 정치가의 딸과 청부업자의 딸이 서로 성미가 맞을 리는 없잖아요." 오스마 기분 좋은 듯 거침없이 내뱉었다.

"뭐 그럴 것도 없어." 분페이도 쓴웃음을 지었다. "뭣하면 내가 아야코를 친정으로 돌려보낼까도 생각하고 있으니까. 요즘처럼 몸이 약해가지고는 손품이 들어 못할 노릇이야."

"그렇게 할 수도 있다는 말이에요?"

"할 수 있을지 없을지도 내 마음에 달려 있지. 내가 이렇다고 하면 이렇게 따를 수밖에 없을 게야. 하여튼 요즘 젊은 것들은 부모가 하는 말이라면 하나도 들어먹지 않겠다고 작정한 게 틀림없어. 다쓰에만 그런 게 아니라 세간을 둘러보면 아무래도 요즘은 그런 녀석들이 많아."

"그것도 그래요." 오스마는 정도껏 맞장구를 쳤다. "당신이 하시는 말씀이라면 뭐든 안 통할 게 없을 거예요. 그래도 가급적이면 그저 원만하게요……."

"물론 나도 일 키우는 건 좋아하지 않아." 분페이는 그렇게 말하고 소변을 보러 나갔다가 금세 들어왔다.

"이제 슬슬 자는 게 좋겠군. 그 전에 뭔가 시원한 거라도 마실까?"

"아이스크림이라도 준비시킬까요?"

오스마는 그렇게 말했지만 바로 일어서려고 하지는 않았다. 조금 전에 하던 이야기를 계속하고 싶은 듯 가만히 골몰해 있었다. 그러다 생각났다는 듯이 물었다.

"당신 시라이 씨라는 분 몰라요?"

"응? 시라이? 아니 모르겠는데. 그게 누군가?" 분페이는 어리둥절한 얼굴을 했다.

"아니에요. 아무 일도 아니기는 한데, 왠지 아야코 씨가 그분과 친하게 지내시는 것 같아서요."

"그게 누군데?"

"누군가 하면, 아마 6년 전에 아야코 씨 댁에 있던 분인가 봐요. 뭐라더라, 6년 만에 만났다던가? 그래서 아주 들떠서 지내더라고요."

"음, 그래? 다쓰에는 그걸 알고 있나?"

"그게 이상하더라고요. 다쓰에 씨는 전혀 모르는 분이라고 했거든요."

"흠." 분페이는 오스마가 생각하는 만큼 딱히 마음에 담아두지도 않는 듯 태연했다.

(1921.2.1)

제57회

남편의 의심(1)

다쓰에는, 귀국한 이후 아야코 건강이 썩 좋지 않고 분페이는 분페이대로 장인과 부채 관계의 문제를 만든 데다가 오스마라는 젊은 여자를……그것도 첩으로 들인 게 아니라 정실로 호적에 넣은 것까지, 왠지 자기들 부부에 대한 대항의 움직임 같이 여겨져서 불쾌했다. 게다가 그 오스마가 요즘에는 짬만 나면 곁으로 다가와 얼토당토않은 요설을 퍼붓고 혐오스런 눈짓을 하는 것이 참을 수 없이 성가셨다.

서양에 가기 전까지는 부자간의 애정이 더 있었다. 물론 아버지는 빈손으로 굉장한 부를 이루어낸 사내였던 만큼 세심한 인정이나 아름다운 감정 같은 것은 결핍되어 있었다. 냉혹하지는 않았지만 아집이 강한 면은 있었는데, 그 대신 성격은 비교적 깔끔했다. 그러나 최근 들어 이상하게도 옹고집스러운 면이 드러나면서 부자간의 친밀함이 옅어진 것 같았다.

다쓰에는 그것이 왠지 모르게 불안했다. 거기에는 오스마가 무언가 사이를 갈라놓는 역할을 한 듯한 눈치여서 안절부절 신경이 쓰였다. 그래서 오스마와는 가급적 부딪치지 않도록 하리라 마음먹고 피하듯 지냈던 것이다. 그러나 양관에서 있었던 일 이후에 그녀는 한층 더 스스럼없이 대하는 태도로, 꼭 옛날부터 그렇게 지냈던 사이인 마냥 시시덕거리는 말까지 건네는 것이었다. 그리고 무슨 꼬투리만 있으면 그와 얽혀들려는 기세였다.

다쓰에는 그게 성가셔서 어느 날 아야코를 데리러 간다며 훌쩍 집을 나서 슈젠지로 갔다. 그것은 아야코에게 편지를 받은 다음다음 날이었다.

기차만 타도 벌써부터 시원하고 좋은 기분이 들었고 아야코를 만나는 것이 한층 더 반가웠다.

아야코는 건강도 거의 회복되었고 도쿄의 집안일도 신경이 쓰여서 빨리 다쓰에가 데리러 와 주면 좋겠다고 생각했다. 그래서 평소보다 보고 싶었다는 표정으로 남편의 얼굴을 바라보았다.

"저도 도쿄로 돌아가고 싶어서 더 있기 힘들었어요."

아야코는 툇마루 의자에 기대앉아 정원의 돌 사이에 흐르는 물을 바라보는 다쓰에에게 말을 걸었다.

갑자기 더워졌으므로 이 온천 숙소도 손님들로 꽉 찼다.

"그렇겠지. 벌써 꽤 오래 있었으니."

"네, 오늘로 벌써 한 달하고도 스무날이에요. 그저 이주일 정도 있으려고 내려왔는데 너무 오래 있었네요." 아야코는 약간 얼굴이 탄 것처럼도 보였지만 그만큼 혈색도 좋아졌고 뺨 같은 데에도 살이 붙은 듯했다.

"잘 참고 지냈어. 그래도 병원에 있는 것보다 나았지."

"별로 그렇지도 않았어요." 아야코는 웃었다. "처음 일주일이나 열흘은 괜찮았지요. 산이나 강도 못 보던 풍경이니 좋았고요. 하지만 한 달도 넘게 한 방에 쭉 있으니 똑같은 산만 쳐다보고 있어야 하고, 매일 판에 박힌 듯 온천에 들어갔다가 밥 먹기만 반복하고 지냈는걸요.

당신이 생각하기에도 어지간히 지긋지긋했을 것 같지 않아요?"

"하지만 내 탓이 아니야." 다쓰에는 웃었다. 아야코도 이끌린 듯이 빙그레 웃었다.

"그런데 말이야." 다쓰에는 담배에 불을 붙이고 천천히 피웠다. "도쿄도 별로 좋을 게 없었어. 생활에 변화는 생겼지만 결국은 같은 일을 되풀이하는 셈이지. 나 일주일 정도 여기서 쉬다 갈까 해. 집이 번잡해서 못 참겠거든."

"집이 번잡하다니요?" 아야코는 다그치듯 물었다. "무슨 일이에요?"

"뭐가 뭔지 모르겠지만 요즘 들어 아주 못살겠어. 원인 중 하나는 당신이 집에 없는 탓도 있지만."

"저 같은 게 집에 없다고 무슨……." 아야코는 혼잣말처럼 말했다.

"그렇게 마음 약한 말을 하면 곤란하지. 당신이 없으면 집 분위기가 좋을 턱이 없잖아." 다쓰에는 물끄러미 아내 얼굴을 보았다.

(1921.2.2)

제58회

남편의 의심(2)

아야코는 쑥스러운 듯 얼굴을 붉혔다. "저도 이런 데에서 혼자 있으니 외로웠어요."

"당신은 그래도 나았지. 아이도 있고 오시노도 같이 있었으니까⋯⋯나는 매일 매일 집에 가면 그 넓은 공간에서 혼자 자고 일어나고 해야 했어. 뭐 그것도 그냥 괜찮았지. 다만 요즘 집안이 좀 이상해. 분위기가 말이야."

"그야 그렇지요. 오스마라는 사람이 들어왔으니까요."

"그렇지. 당신도 그렇게 생각하지?"

"하지만 그 분 특별히 나쁜 마음은 없는 것 같아요."

"음, 나도 그렇게는 생각해. 하지만 방심할 수가 없어." 다쓰에는 깊이 생각하는 눈빛을 했다. "아버지가 요즘 나를 대하는 태도가 아무래도 이상해. 서양에 다녀오기 전에는 저런 아버지가 아니었는데, 귀국을 하고 보니 왠지 모르게 예전 내 생각과 다른 것 같아서 내가 단 하루도 유쾌하게 지내지를 못했거든."

"그런가요?" 아야코는 힐끔 남편 얼굴을 보았다. 그러다 남편 부재 중에 일어났던 그때의 시아버지 언행이 떠올라 자연히 얼굴이 어두워졌다.

한때 이 일만은 무슨 일이 있어도 비밀로 묻어두고 누구에게도 말하지 않으리라고 마음을 먹고 있었지만, 곰곰 생각해 보니 아내로서 남편에게만은 일단 터놓아야 할 의무 같은 기분이 들었다. 하지만 그 결과 부자간에 서로 싫어하는 감정을 품게 해서, 지금까지 그럭저럭 평화롭던 집안에 풍파를 일으키게 된다면 돌이킬 수 없을 것 같았다. 역시 이 일은 혼자 마음속에 깊이 묻어두는 수밖에 도리가 없다. ─ 아야코는 그렇게 결심했다.

"내가 집에 없는 동안 딱히 특별한 일 같은 것은 없었겠지?" 다쓰에는 언젠가 물었던 것을 오늘 다시 새삼 아내에게 질문했다.

"네, 특별히 없었어요."

"그렇게 되면 오스마가 오고 나서 아버지가 우리를 대하는 사고방식이 바뀐 것이라고 생각할 수밖에 없지 않겠어?"

"그럴지도 모르지요. 하지만 저희 친정집과 돈 관계다 뭐다 해서 아버님이 저에 대해 별로 좋은 감정은 갖지 않으시는 것 같아요. 어쩌면 그게 당신에게까지 영향을 주는 건 아닐까요?"

"그건 이상하지 않아? 아버지는 돈에 대해서는 옛날부터 상당히 집착이 강한 사람이었지만. 그래도 처음부터 당신 친정을 살릴 작정으로 내놓은 돈이었잖아. 연대 부채라고 해도 역시 같은 뜻으로 내놓았던 돈이야. 그걸 이제 와서 느닷없이 독촉해서 당신 친정아버지 감정을 상하게 하거나 연대 부채에서 벗어나려고 한다는 것은 평소 아버지와는 맞지 않는 방식이라고 봐. 내가 언젠가 그 일로 아버지와 담판을 짓기야 할 작정이지만 말이야. 아버지 태도가 저렇게 바뀌니 나도 사실 어이가 없거든." 다쓰에는 탄식하듯 말했다. "그 후에 장인어른께서는 무슨 말씀을 하셨나?"

"아뇨." 아야코는 별수 없다는 표정이었다. "아마 저에게 걱정 끼치는 게 미안하다고 여기시겠지만, 어쩌면 화를 내고 계실 지도 모르지요. 제가 있는데도 이렇게 방관하는 것은 가당치 않다고 여기실지도 몰라요."

"그렇게 완고하신 당신 아버지시니 그럴 지도 모르지. 어쨌든 우리가 힘든 입장에 서게 됐어."

"정말 그래요. 저는 당신이 가여워서 견딜 수가 없네요."

"그래서 당신은 결국 어떻게 할 작정이야?"

(1921.2.3)

제59회

남편의 의심(3)

"저도 어째야 좋을지 잘 모르겠어요." 아야코는 점점 얼굴이 어두워졌다. "친정과 시아버지 사이가 이런 식이 될 거라고는 상상도 못했어요. 이렇게 되면 제가 어설프게 중간에서 이야기를 해본들 아버님이 들어주실 것 같지도 않고요. 그런 생각을 하면 한가하게 온천탕에 들어가 앉아있기도 힘들어요."

"하지만 여보, 그것과 이것은 다른 문제야." 다쓰에는 짧아진 담배를 툭하고 정원으로 던져버리고 계속 무슨 이야기를 더하려고 하던 차에 오시노가 데이코를 데리고 돌아왔다. 그래서 부부 사이에 나누던 이야기는 그것으로 끝나버렸다.

"이야, 데이코도 튼튼해진 것 같구나." 다쓰에는 다정하게 다가오는 아이를 훌쩍 안아 올려 싱글벙글 웃었다. 데이코는 들고 있던 장난감을 아버지 앞에 보이며 자못 기쁜 표정을 지었다.

"어머나, 언제 오셨던 거예요? 전혀 모르고 있어서 제가 실례를 했습니다." 오시노는 사람 좋은 웃음을 지으며 다쓰에게 인사를 하고 몹시 만족스러운 듯 미소지었다. "우리 애기씨, 좋으시겠어요. 아버지가 또 안아주시니."

"유모도 따분했겠군. 너무 체재기간이 길어서." 다쓰에는 배려심 깊은 눈으로 오시노를 바라보았다.

"아니에요. 천부당만부당이지요. 저야 덕분에 보양을 정말 잘했습니다. 그저 마님이 꽤나 외로우시려니 생각을 했습니다."

"앞으로 이삼 일만 더요. 이제 귀경합시다."

"어머 그래요? 나리도 그때까지 같이……."

"네, 나도 이삼 일 있다가 같이 돌아갑니다."

"당신, 회사는 괜찮아요?" 아야코는 감출 수 없는 기쁨을 억지로 누르듯 하며 남편의 밝은 얼굴을 보았다.

"응, 괜찮고말고." 다쓰에는 가볍게 대답했다. "게다가 여름 휴가도 이제 금방이야. 괜찮으면 여름 휴가 때는 장소를 바꿔서 어디 다른 데로 갈까?"

"그러네요. 가마쿠라(鎌倉)의 별장은 안 돼요?"

"가마쿠라? 가마쿠라는 이제 별 재미가 없어. 게다가 어쩌면 그리로 아버지가 가실 지도 모르고."

"그러네요." 아야코는 다시 고개를 숙였다.

세 사람 사이에서 한동안 피서지 이야기가 오갔다. 오시노도 여기저기 어떠시냐고 제안하며 이야기를 꺼내보았지만, 딱히 여기가 좋다고 정하지도 못하고 세 사람 화제는 자연스럽게 도쿄의 집으로 옮아갔다.

그런 식으로 아야코 친정아버지의 채무관계 이야기는 끝나 버렸고 이후 부부는 가급적 그 문제에 대해서는 언급하지 않으려 했기 때문에, 아야코도 잊은 것은 아니지만 그 사실을 크게 괘념하지는 않기로 했다.

데리러 온 다쓰에는 그다음날, 또 그다음날도 도쿄로 돌아가려고 하지 않고 느긋하게 온천탕에 몸을 담그거나 폭포를 보러 갔다.

그러던 어느 날 산책 도중에 다쓰에는 문득 떠올린 듯 말을 꺼냈다. 그것은 오스마에게서 들은 시라이에 대해서였다. 지난번 아야코가 보낸 편지 끝에 그 이야기가 약간 쓰여 있었으므로 그는 만나자마자 곧바로 물어보려고 했는데, 왠지 이상하기도 하고 말을 꺼낼 기회도 마땅치 않아 오늘까지 입 밖에 내지 않고 있었던 것이다.

아야코는 질문에 특별히 놀라지는 않았다. 얼굴색도 바뀌지 않았다. 그리고 오스마에게 들려준 대로 남편에게도 이야기했다. 하지만 어릴 적부터 알고 지낸 사이라는 말을 듣고 다쓰에는 호기심이 발동한 듯 평소와 달리 열을 올려 이것저것 물었었다.

"그런 남자와 6년 만에, 더구나 온천장에서 생각지도 않게 만났을 때 당신은 어떤 기분이 들었어?" 목소리는 평소대로 다정했지만 그 눈은 아내 얼굴에서 무언가를 발견하려는 듯 예리하게 빛났다.

(1921.2.4)

제60회

"딱히 어떻지는 않았어요." 아야코는 분명한 어조로 그 자리에서 답했다. 하지만 얼굴빛은 자기도 모르게 달아오르는 것을 느꼈다.

"그래도 나쁘지는 않았겠지?"

"그야 누구든 옛날에 알던 사람을 만나서 나쁠 거야 없겠지요. 하지만 그냥 그것뿐이지 않을까요?"

"첫사랑이다 뭐다 하는 관계 아니었나?"

"그것도 제가 아직 정말 어린아이일 적 얘기에요, 당신."

"그래도 열네다섯 살이면 여자는 이성에 대해 이미 무관심하지 않을 나이지. 게다가 오스마 씨 이야기를 들으니 왠지 그 점에 의미가 있는 것 같이 여겨지더군."

"어머, 그랬어요?" 아야코는 약간 성가시다는 듯한 표정을 지었다. "오스마 씨가 뭐라고 했는지 몰라도 저는 기억에 없는 일이에요. 만약 그런 의심이 드신다면 다음에 도쿄에 올라가거든 시라이 씨를 만나 보세요. 그 분은 훌륭한 인격을 갖춘 분이란 말이에요. 그런 의심을 알게 되면 얼마나 민폐스러울지 모르겠네요."

"아니, 내가 당신을 딱히 의심한다는 게 아니야. 그저 오스마가 자꾸만 그 이야기를 꺼내서 말이지. 뭔가 그런 비슷한 일이 당신 과거에도 있었나 생각이 들어서 물어본 것뿐이야. 그렇게 정색을 하니 난감하군." 다쓰에는 변명하듯이 말했다.

"가령 그 시라이라는 사람이 당신 첫사랑이었다고 한들, 나도 이제 와서 그런 걸 문제 삼을 사람도 아니잖아. 세간에는 그런 일들이 흔하게 있으니까."

"그런가요?" 아야코는 중얼거리듯 말하고 한동안 잠자코 있었다. 그런 식으로 다쓰에에게서 여러 이야기를 들으니 도리어 시라이의 인상이 분명해지는 듯했다. 시라이에 대해 지금까지 느끼지 못했던 특별한 심정이 짙게 떠오르는 것 같았다.

아야코는 굳이 그런 감정을 떨쳐내고자 문득 눈길을 들어 올려 주위를 바라보았다. 두 사람은 지금 언덕 위 유원지를 지나 한적한 산길을 걷고 있었다. 그곳은 시라이와도 같이 두 번이나 걸었던 곳이다. 지팡이를 짚고 거기 오르던 그의 모습이나 말소리가 눈에 보이고 귀에 들리는 듯 아야코에게 떠올랐다.

"그럼 그 이야기는 이제 그만두지."

다쓰에는 어느 나무 그루터기에 지친 몸을 앉히고 옷섶에서 담배를 꺼냈다.

아야코는 대답도 않고 조금 떨어져 나무 그늘 아래에 서 있었다.

웬일인지 그녀는 갑자기 마음속 외로움을 느꼈다. 다쓰에와 같이 있는 것이 이상했다. 그와 동시에 다쓰에도 평소와 달리 깊은 눈빛을 하고 무서운 침묵에 빠져 있었다.

다쓰에는 다쓰에대로 결혼한 이후 느낀 적이 없는 어떤 결핍감을 내심 느꼈다. 물론 그것이 아야코에 대한 불만은 아니었지만, 동시에 지금까지는 생각해 보지도 않은 아내의 과거에 대한 어렴풋한 의심이었다. 꼭 그런 것이라 입 밖에 내지는 않지만, 그의 마음속 한구석에서는 분명 아야코를 향한 의혹의 구름이 드러났다. 그의 입장에서도 그것을 부정할 수 없었다. 처음부터 그가 현재 상상하고 있는 이상으로 시라이와 아야코의 교제가 진척되었던 것이라고는 여기지 않았지만, 두 사람의 감정이 그저 여기에서 만나 산책하고 헤어진 채로 영원히 만나지 않거나 이전과 같은 상태로 돌아갈 거라는 것은 아무래도 믿을 수 없었다. 거기에 다시 타오를 만한 무언가가 잠복해 있을까 의심스러웠다. 다쓰에의 의심과 두려움의 본질은 바로 그 점이었다.

"이제 돌아가요." 아야코는 쓸쓸한 듯 말을 꺼냈다.

"어, 돌아가지." 다쓰에도 몸을 일으켰다.

돌아가니 뜻밖에 부부 사이에 한 가지 문제가 불거졌다.

(1921.2.5)

제61회

남편의 의심(5)

침상 앞 동그란 창 부근에 있는 책상 위에 두 통의 편지가 놓여 있었다. 방으로 들어온 다쓰에는 모자를 쓴 채 하오리도 벗지 않고 편지를 들어 올렸는데, 둘 다 아야코에게 온 것이었다. 하나는 시라이로부터, 다른 한 통은 아야코의 어머니로부터.

다쓰에의 눈빛이 약간 변했다가 금세 부드러운 표정이 되었다.

"모두 아야코 당신 거네." 낮은 소리로 그렇게 말하며 뒤이어 들어온 아야코에게 그것을 건넸다.

"그래요." 아야코는 아무렇지 않게 받아들고 보낸 이 이름을 보더니 낯빛이 갑자기 확 바뀐 듯했지만, 그것을 남편이 눈치채지 못하도록 일부러 서둘러 어머니에게서 온 편지의 봉투를 뜯고 시라이 편지는 책상 위에 두었다.

"시라이, 시라이 하면서 오스마 씨가 입이 닳도록 말하던 게 이 사람이에요. 자, 당신이 편지 열어보세요."

"내가?" 다쓰에는 발끈하는 말투였다. "무슨 말이야? 당신에게 온 편지를 내가 볼 필요가 있나?"

"보셔도 상관없어요. 그 사람과 저 사이에는 당신이 알면 곤란한 비밀 같은 게 없으니까요."

"그렇겠지." 다쓰에는 불쾌한 듯한 쓴웃음을 지었다. "하지만 적어도 편지를 주고받을 정도의 사이이기는 하다는 게 명백하군."

"편지를 주고받을 정도의 사이라니요?" 아야코는 어머니 편지를 읽을 새도 없는 듯 그것을 손에 든 채로 그 자리에 앉아서 살짝 흥분한 말투로 말했다.

"이곳에서 우연히 지나다 만났으니 자연히 옛날이야기가 나왔다고요. 그리고 도쿄로 잘 돌아갔다는 소식이 왔으니 그냥 있을 수도 없잖아요. 제가 답장을 썼어요. 저도 여자다 보니 자제분이며 뭐며, 약간 인사치레의 말을 썼지요. 그래서 그분에게 다시 이 편지가 온 거고요. 정말 잠깐 여행지에서 생긴 우연한 기회로 그렇게 된 거라고요.

조금도 이상한 일 같은 건 없어요."

다쓰에는 수염을 만지작만지작하면서 빨개진 아내 얼굴을 흘긋 쳐다보다가, 조금은 난처한 듯하고 씁쓸한 표정으로 휙 편지를 집어 올리더니 잠자코 봉투를 뜯었다.

아야코는 눈빛이 갑자기 바뀌었지만 짐짓 차분한 체하며 자신은 어머니 편지에 눈길을 돌렸다. 그리고 곧 다 읽더니 후하고 한숨을 내쉬며 그대로 툇마루로 나가 의자에 걸터앉았다. 그러는 사이에 다쓰에도 펜으로 쓴 시라이의 편지를 읽고 그것을 아야코 앞으로 내밀었다.

"꽤나 친했던 사이 같군. 내가 만약 어떤 여자에게서 이런 편지를 받았다고 치면 아내로서 당신은 잠자코 있으려나?"

다쓰에 목소리도 상당히 흥분해 있었다.

아야코는 받아든 편지 위로 불안하게 눈길을 옮겼지만, 아이들에 관해 물어 준 아야코의 상냥한 편지에 대한 감사와 아야코가 남편과 아이를 생각해서 몸을 잘 돌보기를 희망하는 뜻의 문구가 있을 뿐이었다. 물론 편지 안에서 다소 완곡한 표현으로 고독한 처지를 호소하기는 했지만…….

"이게 그렇게 이상한 건가요?"

아야코는 혼잣말처럼 말하고 편지를 접어 넣더니 슥 일어서서 원래대로 책상 위에 두었다.

"어쨌든 당사자인 당신만 거리낄 게 없다면 나는 그것으로 만족이야. 당신, 아니라고 확실하게 말할 수 있지?"

"네, 말할 수 있어요. 단순한 친구 관계 이외에 그 분과 저 사이에 무슨 의미가 있을 리 없어요."

"그럼 좋아." 다쓰에는 웃었다.

"더 이상 물을 필요도 없겠지. 나도 더 말할 필요 없어. 나는 당신을 사랑하는 만큼 당신을 믿어. 당신도 여자라면 내 사랑을 배반하는 일이 있어서는 안 돼."

"말할 나위도 없는 일이에요. 내 목숨을 걸고라도 그것만은 맹세해요."

아야코 목소리는 분명했다.

(1921.2.6)

제62회

부부싸움⑴

"어디 보자, 온천탕에 들어가 한바탕 땀이라도 흘리고 와야겠어."

다쓰에는 조금 있다 욕의로 갈아입고 타올을 든 채 방을 나섰다.

"당신은 안 들어가나?"

"네, 저도 갈게요."

아야코는 어머니 편지를 다시 되풀이해 읽고 있었는데 이 때 잠시 남편을 올려다보고는 좀 있다 금방 가겠다고 답을 했다.

편지에 따르면 시마 집안에서 아야코 아버지에게 오랜 세월에 걸쳐 이따금씩 빌려주던 돈은 이미 상당한 액수에 달해 있었다. 그 금액

전부는 아니지만 장부 정리가 난감하니 어느 정도라도 갚았으면 좋겠고, 나머지는 그때 한꺼번에 담보를 넣고 증서로 만들기를 희망한다는 내용이었다. 또한 연대 부채는 이자도 상당히 쌓여 있어서, 어디가 어디까지인지 알 수가 없고 계산도 번거로우니 그것도 누구 적당한 사람의 명의로 바꾸고 가능하다면 자신은 그 책임에서 벗어나고 싶다며 분페이의 지배인 노릇을 하는 사람에게서 몇 번 교섭이 있었는데, 아버지가 별스럽게 화를 내는 바람에 이야기가 꽤 성가셔진 모양이다. 아야코 귀에까지 들어온 이야기는 아닌데, 몸도 좋지 않은 딸에게 일부러 지금까지 아무것도 알리지 않았던 것이다. 사돈 분페이에게서 어째서 그런 이야기가 들어오게 되었는지는 모르겠지만, 사실은 아닌 밤중에 홍두깨 격이라 몹시 당혹스럽다. 아버지는 화를 내며 인연을 끊고 아야코를 데려오겠다고 펄펄 뛰는 형편이다. 조만간 어떻게든 이야기가 결착은 나겠지만 어쨌든 도쿄에 돌아가면 한번 시부야로 잠깐 와줄 수는 없겠느냐. 이리저리 어찌된 영문인지도 들어보고 의논도 하고 싶다는 내용이었다.

"어쩌면 좋지." 아야코는 자기도 모르게 혼잣말을 하고 깊은 한숨을 내뱉었다.

새삼 놀랄 일도 아니었지만 그래도 어머니가 걱정하는 모습이나, 아버지가 화내는 태도가 그 편지에 잘 드러나 있었다. 하지만 그 편지를 다쓰에게는 별로 보여주고 싶지 않았으므로, 살짝 선반 위에 있는 오페라 백 밑에 넣어 두었다. 그리고 자기도 여름용 욕의를 걸치고 화장 상자를 들고는 오시노에게 데이코를 데리고 가게 하여 같이 욕장으로 내려갔다.

마침 저녁밥 차린 상을 하녀들이 나르기 시작할 때여서 욕장은 어디나 붐볐다. 아야코는 하는 수 없이 지저분하고 좁은 쪽 문을 열었더니 거기에 다쓰에가 둥글둥글한 몸을 욕조에 담그고 사뭇 기분 좋은 듯 팔다리를 늘어뜨리고 있었다.

"뜨거운가요?" 아야코는 말을 걸며 좁은 속띠를 풀고 욕의를 탈의실에서 벗었다. 그리고 옥같이 매끈한 피부를 드러내며 조신하게 회삼물 바닥에 내려섰다. 데이코도 바로 뒤따라 오시노와 같이 들어왔다.

이곳으로 올 당시 아야코는 갈비뼈가 드러나 있을 만큼 말랐었는데, 지금은 갈비뼈께도 포동포동한 근육에 싸였고 젖가슴 근처는 풍만한 곡선미를 띠었다. 그리고 하얀 피부가 기름기 오른 광택을 지녔다.

"정말 많이 좋아졌군." 다쓰에는 욕조 가장자리로 와서 몸을 적시고 있는 아내를 보며 말하고 그와 동시에 욕조에서 쓱 일어나 금방 욕실에서 나갔다.

몸을 다 헹구고 아야코가 옅은 화장을 한 채 화끈화끈한 뺨을 손으로 누르며 방으로 되돌아온 무렵, 다쓰에는 밥상 앞에 가부좌를 틀고 앉아 맛있게 맥주를 마시고 있었다. 곧 그리로 오시노도 데이코를 데리고 목욕을 마치고 왔다. 앞산에는 연푸른 저녁 안개가 피어 절벽 근처 이층건물에는 전기가 조금씩 붉은 빛을 발하고 있었다.

"오늘은 운동을 했더니 정말 기분이 좋군. 아무래도 도쿄로 돌아가고 싶지가 않아. 일주일 더 휴가를 쓸까?"

"그러지 마세요." 아야코는 경대 앞에서 다시 한번 얼굴 화장을 고치며 말했다.

"당신은 또 막무가내로 귀경을 서두르는군."

"그런 건 아니지만 기간이 너무 길어져도 미안하잖아요. 어찌 됐든 내일은 출발했으면 해요." 그렇게 말하고 경대 앞을 떠나서 남편과 마주 앉았는데, 아야코는 어머니에게서 온 편지가 역시 마음에 걸려 마음을 놓을 수만도 없었다.

(1921.2.8)

제63회

부부싸움(2)

주량이 그렇게 많은 것도 아니면서 다쓰에는 눈 깜박할 새에 맥주 한 병을 비우더니 다시 다음 한 병마저 다 마시고 이윽고 세 병 째를 따르려고 했다. 식사를 마치고 한시라도 빨리 어머니에게 답신을 써야 마음이 놓인다는 표정으로 책상 앞에 앉아 붓을 들고 있던 아야코가 이때 이쪽을 돌아보았다.

"어머, 오늘 밤 따라 왜 그렇게 많이 드시는 거예요? 몸에 탈이라도 나면 어쩌시려고." 아야코가 말렸지만 다쓰에는 평소와 달리 자기 흥에 취해 얼굴이 새빨개지도록 흥분한 말투로 말했다.

"괜찮아. 괜찮아. 나는 외로워서 마시는 거야." 떼를 쓰듯이 주장했다.

"외롭다고요?" 아야코는 다그쳤다. "왜 그런데요?"

"왜인지는 모르겠지만 그냥 외롭다고." 다쓰에는 살짝 아야코에게 시비를 걸 듯 말했다.

"어머!" 아야코는 쓸쓸한 미소를 띠었다. "저는 무슨 영문인지 모르겠네요."

"내가 귀국하고 나서 말이야, 하루도 유쾌했던 날이 없어. 아버지든 당신이든." 이렇게 말하며 이상한 웃음소리를 냈다.

"제가 어쨌다는 건가요?" 아야코는 얼굴을 붉히고 동시에 눈에 불안한 빛을 띠었다. "아니, 제가 이렇게 곁에 있는데 외롭다니요. 어째서지요?"

그러자 다쓰에는 갑자기 가라앉은 표정으로 말했다.

"어때, 나에게 모조리 다 털어놓고 이야기를 해 줄 수는 없을까?"

"뭘 말인가요?" 아야코는 되물었지만 그것은 물론 시라이와 관련된 것이라 여겼으므로 약간 성가셔서 고개를 돌리고 말았다.

"당신 과거 말이야."

"과거라니요? 제 과거라면 당신이 뭐든지 다 알고 계시는 거 아니에요?"

"아니, 그밖의 일도 나는 알고 싶어."

"이상한 말씀을 하시는군요." 아야코는 탄식하듯 말했다. "언제부터 당신이 이렇게 사람을 의심하게 되셨나요? 너무 이상해서 못 견디겠어요. 틀림없이 오스마 씨가 한 말을 믿고 이러시는 거겠지요? 그분은 멋쟁이 여자니까요."

"뭐라고?" 다쓰에는 조금 화가 났다. "오스마가 어째서 멋쟁이 여자라는 거지?"

"그 분이 당신에게 반했는지 내내 묘한 눈빛을 하고 있던데요."

아야코도 속이 부글부글한 듯 자기도 모르게 그런 말까지 해버렸다.

"그게 어떻게 됐다는 말이야? 오스마가 반하든 말든 내가 알게 뭐냐고."

"아마 당신은 모르시겠지만 그런 인격도 없는 여자……." 아야코는 말을 하다 말고 스스로 너무 흥분을 해버린 것을 알아채고 갑자기 부끄러워져서 그대로 입을 다물어 버렸다.

"당신이 그런 말까지 안 해도 내가 다 알고 있어."

"그럼 됐네요."

아야코는 가라앉은 목소리로 말했지만 동시에 왠지 슬픈 듯, 억울한 듯하여 저절로 뜨거운 눈물이 뚝뚝 뺨을 타고 흘렀다. 그리고 거기 앉아 있을 수가 없어서 휙 방을 나와 또각또각 돌계단을 내려 복도로 나갔다.

거기에서 보이는 정원수 심은 곳 건너편에 밝은 방에서는 환하고 사람들이 많은 듯 왁자지껄했다. 남자와 여자, 아이들이 여러 명 투구판 주위에 모여 재미있는 듯 큰소리를 내며 소란스러웠다. 그러자 또 이층에서는 샤미센(三味線) 소리 같은 것이 운치 있게 흘러나오고 아름다운 목소리로 좋은 집안의 딸 같은 젊은 여인이 긴 민요를 뽑아내는 가락이 손에 잡힐 듯 들려왔다.

그러한 주위의 밝은 광경을 보고 있자니 아야코는 한층 더 침울해져서 고독한 외로움이 절절히 가슴에 사무쳤다. 이윽고 아야코의 모습은 정원 뒷문에서 심어 놓은 나무들이 무성하고 어두운 강가 쪽으로 나갔다. 물결 소리가 고요한 밤공기 속에 높이 들렸다.

(1921.2.9)

제64회

부부싸움(3)

아야코가 방을 나간 기척에 놀란 유모 오시노는 옆방에 재워놓은 데이코를 잠시 두고 걱정스러운 얼굴로 다쓰에 앞으로 갔다.

"마님이 무슨 볼일이라도 있으셔서 나가신 거예요?……" 오시노는 조심스럽게 말하며 다쓰에의 붉고 굳어진 얼굴을 보았다.

"모르지." 다쓰에는 평소와 달리 무뚝뚝하게 말하며 다시 술컵을 들어올렸다.

"제가 보고 올까요?" 오시노는 엉거주춤한 자세로 말했다.

"자기 멋대로 나간 거니까 내버려 둬." 다쓰에는 그렇게 말하고 오시노를 멀뚱멀뚱 보면서 말했다.

"그보다 자네에게 물어볼 게 있어. 잠깐 이리로 가까이 와 보게."

오시노는 어쩔 수 없이 묵직한 무릎걸음으로 다가와 앉았다.

"자네는 잘 알고 있겠군. 시라이라는 사내 말이야."

"아, 시라이 씨요?"

"그래. 시라이라는 남자가 이 숙소에 머물러 있었다며. 그리고 아야코와 내내 오고 가고 했다던데. 자네는 아침이든 밤이든 아야코와 붙어 지내니 그것을 모를 리 없지 않은가?"

"네. 그, 당연히 그 분은 알고 있습니다만……."

오시노는 당혹스러운 듯 얼굴에 그늘이 졌다.

"아야코와 꽤나 친하게 오가며 지냈겠지?"

"아뇨, 딱 한 번 밖에서 만나셔서 이야기를 나누시면서 숙소까지 돌아오신 적이 있을 뿐입니다. 네, 그때 저도 같이 옆에 따라갔었기 때문에 특별히 이렇다 할 무슨 이야기는 나오지 않았어요."

"그런 일이 있었군. 숙소도 같으니 밤낮으로 서로 만날 수 있었을 텐데. 지난번 오스마가 여기 와 있을 때도 두 사람이 밖에서 다정하게 나란히 숙소로 돌아왔다고 하지 않겠어?"

다쓰에는 고민스럽게 말했지만 손에 든 컵을 괜스레 훅 다 마셔 비웠다. "무슨 짓을 했을지 알 게 뭐야."

"어머, 나리!" 오시노는 놀랐다. "그건 너무 심하세요. 마님이 가여우십니다. 마님만큼은 결코, 결단코 절대, 절대 그런 일 없어요. 그것은, 그것만큼은 저 오시노가 신에게 맹세할 수 있습니다……. 나리, 저기, 그런 의심만은 부디 거두어 주세요. 그러면 마님이 너무나 불쌍하십니다."

"……." 다쓰에는 난감한 얼굴을 하며 잠자코 있었다.

"이게 어제 오늘 이루어진 부부 사이도 아니고, 벌써 5년이나 되시는 데다가, 또 저렇게 애기씨까지 생기셨잖아요. 꿈에라도 그런 일이 있을 수 있겠습니까?" 오시는 벌써 눈물 섞인 목소리였다.

"게다가 마님은 아시는 것처럼 친정 일로 너무 걱정이 많으셔서, 실상을 말씀드리자면 그럴 계제가 아닌 심정이세요. 마님이 너무 가여워서 견딜 수가 없네요. 게다가 나리께서 그런 의심까지 품으신다면 정말 마님 입장이 말이 아니게 돼요. 진심으로 마님이 너무 가엾습니다."

얼굴에 소맷부리를 대고 있는 오시노 모습을 보고 있던 다쓰에는 약간 마음이 누그러졌던 것인지 아까보다 말투도 조금 부드러워졌다.

"물론 나도 그 이상 두 사람의 교제가 진행되었다고는 생각하지 않아. 하지만 오늘처럼 편지를 보면 아무래도 기분이 좋지가 않아서."

"편지에 무슨 이상한 내용이라도 있었나요?" 오시노는 다시 불안한 눈빛을 했다.

"음." 다쓰에는 생각난 듯이 눈을 날카롭게 빛냈다. "그런데 아야코와 시라이는 어릴 적부터 알고 지내던 사이라지 않았나?"

(1921.2.10)

제65회

부부싸움(4)

오시노는 드디어 올 것이 왔구나 싶었다. 다쓰에가 그리 캐묻듯 말했을 때 가슴이 덜컹 내려앉았다. 결국 그걸 묻는구나 하는 심정이었다. 물론 시라이에 관해 말하게 될 때는 옛날 일이 당연히 화제에 오를 거라 여겼다. 그 일을 물을 거라 오시노도 예상은 하고 있었다. 그러나 막상 질문을 받으니 오시노로서도 어찌 답변을 할지 모르겠고, 말 상대를 계속 하기도 어려워서 가급적 이야기를 다른 데로 돌리려고 노력했지만, 결국 헛수고가 되어 버린 것이다.

"네, 그것은 저, 예전에 시라이 씨가 마님 친정집에 서생으로 계셨던 터라⋯⋯." 오시노는 도리가 없다는 표정으로 간단히 그렇게 답했다.

"자네는 그 시절 일을 잘 알고 있겠지?" 다쓰에는 오시노 얼굴색에서 무언가 탐색해 내고 말겠다는 듯 날카로운 시선을 던졌다.

"잘 알고 있다기보다는 저도 같이 그 집에 있었으니까⋯⋯."

"아야코 아버님은 시라이를 꽤 신용하고 있었나 보군. 장래에 딸과 사위로 삼을 사이는 아니었을까?" 다쓰에의 질문은 점점 추궁하는 어조였다. 오시노는 더더욱 곤혹스러웠다. 뭐라 답해야 좋을지 몰랐다. 그러나 물론 아야코와 시라이가 어떤 깊은 관계였는지는 몰라도 부부가 된다는 이야기가 없었던 것 만큼은 알고 있었다.

"아니에요. 그런 이야기는 절대 없었습니다. 누가 나리께 그렇게 말씀을 드렸는지는 몰라도 그런 말은 친정에서 오간 적도 없습니다. 그냥 나리의 오해일 거예요. 틀림없이."

"그 시라이는 야마무라 집안에 몇 년이나 있었지?" 다쓰에는 비로소 화제를 돌렸다.

"글쎄요." 오시노는 고개를 갸웃거렸다. "몇 년이나 될까요? 잘 기억이 안 납니다."

"그 후에 시라이가 아야코 친정으로 혼담을 들고 간 것은 아니고?"

"아뇨." 그렇게 말하고 오시노는 고개를 숙였다.

오시노는 일일이 그렇게 답하는 것이 괴로웠다. 이게 무슨 바보 같은 일인가 싶었다. 아무리 주인이라도 너무 집요하다고 생각했다. 이게 주인이라서 참는 것이지, 다른 사람이라면 이렇게 말 상대를 하고 있지도 않을 것이라 오시노는 내심 생각했다.

물론 아야코가 이따금 시라이와 친하게 산책을 나가거나 한 일은 유부녀로서 별로 조신한 태도로 보이지 않을 것임을 오시노도 알았다. 세간의 소문이 성가시게 날 터이니 세 번에 한 번 정도는 거절했으면 좋았을 텐데 하고 생각지 않은 것도 아니었다. 특히 오스마가 갑자기 내려온 날 아침에는, 때마침 아야코가 시라이와 나간 뒤여서 오시노 혼자 마음을 졸였던 것이다. 더구나 때를 잘못 맞추어 아야코는 시라이와 나란히 돌아왔으니, 오시노는 벌써 그때부터 오늘 같은 날이 오리라고 생각했다. 아무 일도 일어나지 않기를 몰래 바라고 있었지만, 아니나 다를까 오스마가 다쓰에 마음을 꽤나 들쑤셔 놓았는지, 그때의 일이 지금 새삼스럽게 오시노 마음속에 떠올랐다.

그러나 다른 사람도 아니고 시라이와는 옛날부터 남매처럼 지내던 아야코였고, 6년 만의 해후이고 보니 같이 산책하는 정도야 아무것도 아니라고 오시노는 생각했다. 오히려 당연한 마음도 들었다. 가령 그 사람에게서 편지가 왔다고 한들 딱히 그것을 가지고 문제 삼을 일도 아닌 것 같았다. 더구나 그것을 가지고 아내의 정조마저 의심하는 다쓰에가 신사답지 못하다고, 오시노는 다소 주인을 멸시하는 기분이 들었다.

"하지만 자네도 아야코와 한통속일 테니까. 내가 이런 걸 물을수록 나만 한심하겠지."

다쓰에는 뱉어내듯 말하고 원망스럽다는 듯 오시노를 노려보았다.

"어머." 오시노는 그 이상 아무 말도 하지 않았다. 그러자 그때 옆방에서 자고 있던 데이코가 깨어난 것 같아서 오시노는 그 핑계로 자리에서 일어났다. 그리고 데이코를 안아 올리고는 다쓰에에게는 아무 말 않고 살짝 방을 나갔다. 아야코를 찾으러 나간 것이다.

(1921.2.11)

제66회

부부싸움(5)

"정말 나리도 너무하셔. 어째서 오늘 밤에는 저러신담?"

그렇게 중얼거리며 오시노는 이층 복도에서 아래로 내려갔지만 아야코의 모습은 거기에서도 보이지 않았다.

"엄마가 어디를 가셨을까요? 애기씨!" 오시노는 데이코를 상대로 그런 말을 나누며 복도 구석구석까지 찾아다녔다. 그러자 문득 오시노 마음속에 있는 불길한 예감이 눈을 떴다. 두려운 힘을 가진 불안의 그림자가 슬쩍 마음에 비쳤다.

'설마' 그렇게 마음속으로 중얼거린 오시노는 화들짝하며 온몸에 물이라도 흠뻑 뒤집어쓴 듯 전율했다. '그래도 그 정도 일을 가지고!' 다시 생각을 고쳐먹고 그런 어리석은 여자가 아니라 생각하며 후 안도하고 가슴을 쓸어내렸다. 그래도 역시 걱정이 되어 발길을 재촉하여 정원으로 내려갔다. 만나는 종업원들에게도 물어보았다. 하지만 아무도 모른다고 했다. 오시노는 점점 어두운 초조를 느꼈다.

이렇게 되면 숙소 주인장에게 이야기를 해서 이 집에서 일하는 남녀 종업원들에게 이 근방을 찾아달라고 해야겠다며 오시노는 계산대 쪽으로 되돌아갔다. 그러자 계산대로 통하는 긴 복도 끝의 올라가는 입구에 하얀 나사로 된 아야코 슬리퍼가 벗겨져 있는 것을 발견하고 오시노는 다시 서둘러 그곳을 통해 정원으로 나갔다.

"역시 정원에 계실 거예요. 그렇지요, 애기씨? 맞을 거예요." 그렇게 말하며 징검다리를 건너 걸음을 옮겼다. 정원에서는 별장 앞을 통해 바깥 거리로 나가는 입구와 아래 강가로 내려가는 입구로 문이 두 개 나 있었다.

설마 그런 막무가내의 짓을 할 아야코는 아니라고 여겼지만, 부부 간에 감정의 충돌이 있었던 일은 지금까지 한 번도 없었기 때문에 오시노는 거듭 왠지 모르게 마음에 걸렸다. 혹시나 하는 마음에 어두운 강가 쪽으로 나가서 돌이 많아 울퉁불퉁한 길을 하류 쪽으로 걸어가 보았다. 오시노의 마음은 공연히 초조했다. 그런 생각이 드니 지금까지 다쓰에게 붙들려 말도 안 되는 힐문을 당한 시간이 아깝기 짝이 없었다. 그 사이에 돌이킬 수 없는 사고라도 일어나지 않았을까 어두운 불안이 엄습했다. 그때 다쓰에 방으로 가지 않고 곧바로 아야코 뒤를 따라 나갔으면 좋았을 텐데 싶었다.

'그래도 그런 일은 없을 거야. 절대 없어.'

오시노는 다시 그렇게 마음속으로 되풀이하면서 발길을 서둘렀다. 그러자 삼나무 숲 안에 물가로 내려가게끔 만들어진 계단이 있었다. 혹시나 싶어 오시노는 거기를 내려다보았다. 그러자 여름 천으로 된 욕의를 입은 아야코의 풀 죽은 모습이 슬쩍 눈에 들어왔다. 아차 겁이 덜컥 났던 그녀는 허둥지둥 그 옆으로 다가갔다.

"마님!" 있는 힘껏 부르는 오시노의 목소리는 떨렸다.

아야코는 깜짝 놀란 듯 이쪽을 돌아보았다. 그러나 아무 말도 하지 않았다.

"마님." 오시노는 다시 불렀다. "아니, 지금 이런 시간에 그런 데서 혼자서 뭘 하고 계신 거예요?"

오시노의 두근대는 가슴은 아직 진정되지 않았다. 목소리도 여전히 들떠 있었다.

"유모예요?"

"네, 애기씨도 왔어요. 엄마 모시러!"

"그래요." 아야코는 쓸쓸히 말했다. "왠지 마음이 무거워서요. 어쩔 도리가 없어서 여기에서 더위나 식힐까 했어요."

"어머니!" 데이코가 유모 등 뒤에서 다정한 목소리로 불렀다.

오시노는 마음이 북받쳐 올라 아야코의 손을 잡았다. "자, 마님, 나리가 걱정하고 계시니 빨리 숙소로 가십시다."

"그 사람 술이 깨지 않으면 나는 안 돌아가요." 아야코 목소리는 평소와 달리 단호했다.

머리 위에서는 별이 반짝반짝 빛나고 강가 쪽에서는 선선한 바람이 살랑살랑 불어와 두 사람의 옷자락을 부드럽게 펄럭였다.

(1921.2.13)

제67회

부부싸움(6)

"그 사람에게 내가 오늘 밤 같은 모욕을 느꼈던 적이 없네요." 아야코는 너무도 분하다는 듯이 어둠 속을 응시했다.

"뭐가 어떻게 됐다는 걸까요? 아마도 오스마 큰 마님이 무슨 말씀을 하신 거겠지요. 저도 옆에서 듣고 화가 나더라고요. 마님처럼 결백하신 분에게 그런 말씀을 하시다니, 나리도 너무하셨어요." 아야코 편인 오시노는 아직 분이 가시지 않는다는 식이었다. "제가 큰 나리가 마님께 무슨 짓을 하셨는지 어지간하면 말씀드리려고 했지만, 너무 나서는 것도 안 좋을까 싶어서 참았는데……."

아야코가 피아노를 치던 때에 있었던 일을 그녀는 내색 한 번 한 적이 없지만, 오시노는 이미 다 알고 있는 눈치였다. 여태 몇 번 슬쩍 슬쩍 그런 말을 내비치곤 했다. 지금도 그때 일을 아야코에게 말하는 것이었다.

"그거야말로 큰일나요." 아야코는 깜짝 놀란 목소리로 말했다. "유모가 그냥 알고 있는 거야 어쩔 수 없지만, 그 일 만큼은 아무한테도 말하지 말아 줘요. 알았지요?"

"그래도 마님이 너무 지나치게 결백한 것도 문제에요. 저는 그 일이 있고 나서 큰 나리가 마님을 대하는 태도가 확 변하신 것 같아 참을 수가 없어요. 시부야 친정댁에도 그렇게 무리한 요구만 하시고……. 아무래도 그때 그 일을 꽁하고 계신 게 틀림없어요."

"그건 유모가 가진 편견이에요." 아야코는 부정했다. "시아버지가 설마 그런 분은 아닐 거예요."

"아니에요. 사람이란 겉만 보고는 알 수 없는 거니까요. 세간 사람들은 마님이 생각하시는 것 같지 않아요. 허점도 방심도 보이면 안 된다고요."

"그래도 사람은 다 같은 사람이에요. 나만 정직하게 지내면 상관없어요."

"그건 그렇기는 하지만요……."

시원한 바람이 귀밑머리 근처를 기분 좋게 불어 지나고 숙소로 돌아가기를 잊은 사람처럼 거기 선 채로 끝도 없이 나누던 두 사람의 대화는 거기에서 끊겼는데, 곧 아야코가 떠올린 듯 말했다.

"유모는 무슨 일 있었어요? 남편이 뭐라고 하던가요?" 오시노가 금방 자기 뒤를 따라올 것이라 예상했는데 전혀 기척이 없었고, 만날 때까지 시간이 한참 지났던 것을 아야코는 갑자기 떠올렸다.

"네, 저는 마님이 외출하신 줄 알고 잠깐 나리 계신 곳에 갔지요. 그랬더니 거기 앉으라고 하시더군요. 그리고는 오랫동안 끈질기게 여러 가지를 물으시더라고요."

오시노는 다쓰에가 말한 내용을 모조리 털어놓았다.

"역시 그랬어." 아야코는 싫은 표정을 하면서 끄덕였다. "시라이 씨를 의심하고 있나봐요. 어째서 남편이 그런 식으로 변해버린 거지?" 그렇게 말하는 아야코 얼굴은 아주 경멸스럽고 성가신 듯 흐려졌지만, 주변이 어두웠으므로 오시노는 보지 못했다.

"어머니, 우리 돌아가요." 갑자기 유모 등에서 데이코가 크게 말해서 두 사람은 깜짝 놀라 돌아보았다.

"어머나, 데이코, 코 잠자고 있는 줄 알았더니." 아야코는 엄마답게 유모 등에서 아이를 안아 내렸다. "자, 그럼 가자꾸나. 어두워졌으니……"

그때 초롱불이 살짝 비치며 숙소 지배인 같아 보이는 사내가 지나갔으므로 그 참에 두 사람은 서둘러 길거리 쪽으로 나갔다.

숙소로 돌아가 보니 다쓰에는 취기에 못 이겨 그 자리에 뻗어 있었다. 아야코는 옆방에서 잠시 오시노와 데이코 셋이서 별 생각 없이 놀고 있다가 퍼뜩 생각난 듯 살짝 일어서 다쓰에 몸에 가벼운 모포를 덮어주었다.

다쓰에는 저녁 때 일을 모두 잊어버린 사람처럼 태연하게 벌게진 얼굴을 하고 드르렁 드르렁 높이 코를 골고 있었다.

"남자란 참 속도 편하지." 아야코는 오시노와 얼굴을 마주보고 쓸쓸히 웃었다.

(1921.2.15)

제68회

아버지의 분노(1)

슈젠지에서 돌아온 아야코는 어느 날 아침 신문에서 아버지가 병상에 누웠다는 간단한 기사가 난 것을 보고, 다쓰에가 출근한 다음 서둘러 시부야 친정으로 전화를 걸었다.

그러자 어머니가 금방 수화기를 들었다. 그리고 몹시 보고 싶은 말투와 평소의 다정한 목소리로 말했다. "너구나, 언제 도쿄로 돌아왔니?"

"저는 요 며칠 전에 돌아왔어요. 금방 찾아뵈려고 했는데 이쪽 집을 너무 오랫동안 비워 두었던 터라서요……."

"그럼, 그렇고말고……. 이제 그러면 완전히 건강해진 거니?"

"네, 덕분에요…… 저, 살이 많이 붙었어요. 체중이 세 근 정도 불었네요. 호호호호."

"그러니? 무엇보다 잘 됐구나. 그래 데이코도 잘 있고……? 그새 또 많이 컸겠네."

"많이 새침해졌어요. 뭐라고 뭐라고 말도 꽤 하고요." 아야코는 그렇게 말하며 다시 웃었지만, 갑자기 낮은 목소리로 물었다.

"저기, 오늘 아침 신문에 아버지 병환 소식이 좀 실려 있던데요. 무슨 합병증이라도 생긴 건가요?"

"아니, 합병증이라고 할 만한 건 아니기는 한데. 장이 약간 탈이 나서 그 때문에 열이 났거든. 그래서 요 사오일 누워 지내시는구나. ……그래서 말인데, 만나서 하고 싶은 이야기도 이것저것 있으니 시간이 되면 하루 이틀 안에 잠깐 올 수 없겠니?"

"네, 찾아 뵐게요." 아야코는 가볍게 받았다. "그래요, 그럼 오늘 오후에 병문안 겸 갈게요."

"그래? 그럼 기다리고 있으마. 데이코도 데리고 오너라."

"네, 데리고 갈게요. 어차피 뵙고 저도 여러 가지 드릴 이야기가 있어요." 아야코는 살짝 어조를 바꾸고 낮은 목소리로 말했다. "왠지 별로 좋지 않은 일들뿐이네요."

"실은 그 일에 관해서도 여러 가지 상의할 게 있어서 네가 돌아오기를 기다렸단다. 그럼 있다가 나중에 보자."

"네, 그럼 끊어요. 아버지께도 간다고 전해 주세요."

그렇게 전화를 끊고 나니 아야코는 갑자기 무슨 문제의 회오리 속으로 빨려 들어간 듯한 기분이 들어서 가만히 있을 수가 없었다. 머리를 풀었다가 다시 올리다 이러구러 하는 사이에 금방 점심때가 가까워져서, 아야코는 일찍 식사를 마치자 서둘러 채비를 하고 데이코를 데리고 인력거를 타고 나섰다.

지금까지 선선한 곳에서 지내던 아야코는 밖으로 나오니 후끈한 열기가 얼굴에 닿자 이제부터 도쿄의 더위가 어떨지 짐작이 되었다. 오랫동안 숨이 막힐 듯한 산들만 보고 지내던 아야코 눈에는 생생해 보이는 도시의 거리가 신기했지만, 그것도 왠지 눈에 들어오지는 않았다. 친정집에 가도 별로 좋은 이야기는 안 나올 성 싶고, 그 문제로 부심하고 있을 속상한 어머니 얼굴을 보는 것도 마음에 걸렸다. 그리고 그 문제에 관한 한 그녀가 자기 힘으로 할 수 있는 일이라면 친정을 위해 진력하리라 다짐은 했지만, 지금 자신에게 호의를 품은 것은 오로지 남편 다쓰에뿐이었다. 그런데 그 다쓰에마저도 슈젠지 여행 이후 툭하면 자신에게 불만스러운 태도를 보이는 것이 서운했다. 아야코로서는 불행한 자기 신세가 서글프지 않을 수 없었다.

이런저런 생각을 하는 사이에 인력거는 마침내 친정에 도착했다. 오래된 검은 목재 문을 지나자 널따란 문 안에 비실비실한 소나무가 네다섯 그루 심어져 있었고, 박공(博栱)으로 만든 현관이나 현관 옆의 격자창, 부엌문 같은 데가 최근 들어 눈에 띄게 망가진 듯했다. 아야코는 그것이 정감 어리면서도 가슴 아프게 느껴져 절로 눈물이 핑 돌았다.

(1921.2.16)

제69회

아버지의 분노⑵

인력거가 현관에 도착하자 곧바로 서생과 하녀들이 그리 나와서 데이코를 받아 안으랴 신발을 벗겨주랴 모자를 받으랴 아야코에게서 기념품 선물 꾸러미를 받으랴 분주했다. 그것을 보고 어머니 다즈코도 안에서 나왔다.

"어머나, 이런 이런, 한참 못 본 사이에 아주 많이 컸구나. 자자, 이쪽으로 들어오너라."

손녀의 손을 잡았다. 그리고 아야코 쪽을 보고 말했다.

"아까 전화 주어 고맙구나. 이렇게 더운데 잘 와 주었어."

"아니에요." 아야코는 걱정이 많은 중에도 친정 현관에 들어서자 왠지 느긋한 기분이 들었다. "아까는 전화로 실례되는 말만 했네요."

그런 인사를 나누며 아야코는 어머니 뒤를 따라 선선한 네 평짜리 방을 지났다.

친정집이 오래된 만큼 마당 같은 곳도 시마 집안과 비교하면 들인 돈 규모는 비교도 되지 않을 정도로 빈약했는데, 싫은 구석 없이 안정감 있고 한가로우며 우아한 점이 왠지 그녀에게 안도감을 주었다. 마찬가지로 내내 밝은 연극 무대라도 보는 듯 요란 천박한 시마 집안에 익숙해진 아야코 눈에는, 친정 집 내부도 고풍스러운 맛을 띠어 색은 바랬어도 왠지 모르게 그녀의 신경이 누그러지는 것이었다.

아야코는 온천장 기념 선물 같은 것을 꺼냈다.

"너무 오랫동안 못 찾아뵈었어요. 제가 이렇게 오래 온천에 머무를 작정은 아니었는데, 남편 사정으로 열흘이나 귀경이 늦어 버렸네요."

"그래도 너를 좀 봐라. 오래 있었던 만큼 몸에 효과가 있었나 보다. 이렇게 좋은 일이 없구나." 다즈코는 물끄러미 딸 얼굴을 바라보면서 말했다. "온천물이 몸에 잘 맞았는지 아주 튼튼해졌어."

"그런가 봐요. 세 근이나 몸무게가 늘었거든요." 아야코는 다시 만족스러운 듯 전화로 한 말을 되풀이했다.

"그리고 다쓰에도 가끔 그리로 갔니?……."

"그럼요, 자주요!" 아야코는 아름다운 눈썹을 살짝 찌푸렸다. "이 핑계 저 핑계로 회사를 쉬면서까지 왔어요."

"오시노도 같이 갔었다면서. 유모도 덕분에 실컷 좋은 몸 보양을 했겠네."

어머니는 혼잣말처럼 말했다.

"데이코, 너도 재미있었겠지? 여행 이야기를 할미에게 해 다오."

데이코는 하얀 구두 양말을 단정히 신고 제법 길쭉해진 가느다란 다리를 구부려 엄마 옆에 앉았다가 할머니 무릎에 안겼다가 했는데, 오래 그러지는 못하고 금방 툇마루로 뛰어나갔다.

"저기, 아버지는요……?" 아야코는 조심스럽게 눈을 들었다.

"병문안 와주시는 분들이 그래도 종종 있어서 오늘도 오전에는 꽤 나 바빴단다."

"당뇨병 쪽은 어때요?"

"그건 지금 단계에서 크게 별일은 없는 것 같다더구나. 하지만 심장 쪽이 말이지……."

어머니는 조금 얼굴이 어두워졌다. "이삼일 열이 높았으니까……
그래도 이 정도면 큰 걱정은 없겠다고 의사 선생님도 그렇게 말씀해
주시더라."

아야코는 그 말에 다소 마음이 차분해진 듯 가볍게 끄덕였다. "아
버지도 요즘 부쩍 몸이 약해지신 것 같아요."

"뭐라고 해도 이제 나이가 나이니까."

"그래도 시마 집 아버님을 보세요. 그런 연세에 젊은 부인까지 들
이고……."

"그 분이야 또 다르지." 다즈코는 쓴웃음을 지었다. "게다가 고생
을 하시지 않으니까."

"요즘 같은 더위에 하루도 밖에 안 나가시는 날이 없어요. 돈이 그
렇게 많으시니 그리 억척을 부리지 않으셔도 좋을 것 같다는 생각이
들기는 해요."

"그분은 그게 재미이실 테지." 다즈코는 웃었다. "그건 그렇고 네
가 집으로 돌아오니 시아버지가 무슨 말씀 안 하시던?"

(1921.2.17)

제70회

아버지의 분노(3)

"아야코, 아야코!" 아버지가 부르는 목소리가 귀에 들리자 아야코는 급히 하던 이야기를 멈췄다. "예." 답을 하며 동시에 어머니보다 먼저 안쪽 병실로 들어갔다.

"자, 외할아버지께 가서 제대로 인사하자."

엄마와 외할머니를 쫄랑쫄랑 따라 들어온 데이코에게 이렇게 말하며, 아야코는 아버지 옆으로 아이를 데려갔다.

"오오, 왔느냐." 늙은 정치가는 부드러워 보이는 흰 이불 위에서 몸을 일으키고 싱글벙글 웃으면서 외손녀를 맞이했다. 데이코는 외할머니에게 안겨 그리 앉았다.

"할아버지, 안녕하세요……." 작은 고개를 귀엽게 숙였다.

"오오, 많이 컸구나. 오늘은 엄마와 같이 왔어. 오오, 그래 그래. 아주 예의범절이 좋아졌구나."

"오랜만에 봬요." 아야코는 곁으로 바짝 다가와 인사를 했다. "병환이시라니 어떻게 된 거예요."

"아니다, 별일도 아닌데. 날씨가 좋지 않아서 그 탓이지 뭐. 어떠냐, 너는 아주 건강해졌다고 이야기 들었는데……." 도시유키는 몹시 보고 싶었다는 듯 아야코의 다소 햇볕에 그을린 얼굴을 바라보았다.

"네, 덕분에요. 완전히 다 좋아졌어요." 아버지 말투가 평소의 원기를 잃지 않고 있어서 아야코는 안심했지만, 코밑수염이 꽤나 하얗게

센 것이 그녀의 눈에 가슴 아프게 비쳤다.

"얘도 보양을 잘 해서 아주 잘됐어요." 어머니도 만족스럽게 말을 보탰다.

"그거 아주 좋구나. 그래 다쓰에도 별일 없느냐?"

"네, 고맙습니다." 아야코는 아버지 모습을 물끄러미 보며 말했다. "아버지는 아프셨다더니 다행히 그리 야위시지는 않은 것 같아요."

"그래? 그렇게 보이느냐?"

"혈색도 생각보다 좋으시고요. 그래도 계절 바뀔 때 조심하셔야 해요."

"음, 그렇더구나." 도시유키는 빙긋 웃으며 수긍했다. "너도 온천에 가 있기도 해서 꽤 일이 많았겠지만, 뭐니 뭐니 해도 아픈 기운은 충분히 과할 정도로 잘 치유해 두어야 한다. — 그래 시댁 집안도 요즘 별고 없으시더냐?"

"특별한 일이 없기는 해요. 그런데 제가 여행 중일 때 무슨 문제가 생기기는 한 모양인데, 제가 그렇게 오래 있다가 오는 바람에 알지도 못하고 있다가 어머니 편지로 비로소 상세한 내용을 알게 되어 사실 깜짝 놀랐어요. 제가 아버지께 얼마나 죄송하던지……." 아야코가 그렇게 말을 하니 도시유키는 고개를 흔들었다.

"아니다, 아니야. 그건 네가 알 바가 아니야. 더구나 병중에 일어난 문제라 아마도 시마 사돈영감 한 사람 머리에서 나온 생각인지 아닌지도 모르겠고, 어찌 됐든 전혀 예상하지 못했던 일이라 나도 사실 사돈의 인격을 의심하고 있다. 하긴 사돈에게 인격이 어떻다 저떻다 한들 말하는 내가 바보일지도 모르지." 아버지는 손을 뻗어 담배 상자에서 금종이로 만 궐련을 하나 꺼내 아야코가 붙여준 성냥불을 옮기더니 천천히 연기를 뱉었다.

"그것도 시마 씨가 직접 와서 사실 이러이러해서 장부를 좀 정리하고 싶으니 미안한데 형편이 어떠냐든가 뭐라든가, 솔직하게 말을 해 주면 나도 기분이 괜찮았을 텐데. 뭔지 정체도 알 수 없는 싸구려 변호사 같은 사내를 밀어 넣더니, 빌린 돈을 갚아라 연대 보증서도 다시 써라 하며 떠들어대니, 전혀 사리분별도 못하는 인력거꾼이나 마부가 트집 잡는 식이어서, 화가 난다기보다도 어이가 없어 말이 안 나오더구나. 암만 그래도 이렇게 인연을 맺고 있는 사이가 아니더냐." 도시유키는 여느 때와 달리 흥분을 하여 이따금 기침이 나는 것도 개의치 않고 말을 했다. 그리고 다즈코가 내민 팔걸이를 슬쩍 쳐다보기만 하고 거기 기대려고도 않은 채, 아직 할 말을 다 못한 것처럼 여러 가지를 아야코에게 호소하듯 말하는 것이었다.

(1921.2.18)

제71회

아버지의 분노(4)

"정말 그래요. 지금 어머니에게서 그 이야기를 듣고 저도 사실 너무 놀랐어요." 아야코는 어쩔 수 없다는 태도로 말했다. "저는 그 이유를 전혀 모르겠어요.”

“이유고 뭐고 없는 게지. 그냥 돈이 아까운 거야. 돈이 아까워지니 그 영감 머리에서 염치고 자존심이고 우정이고 은혜고 모조리 사라져 버린 거라고. 나는 그 영감이 밉기보다는 오히려 가여울 정도구나.”

“정말 그래요.”

“어쩌라는 걸까요?”

아야코와 다즈코가 번갈아 말했다.

“어쩌면 그 영감 죽을 때가 가까워지는 것일 지도 모르지.”

“호호.” 아야코가 웃었다. “그런데 아버지, 아무래도 그럴 조짐은 전혀 안 보여요.”

“진짜에요. 젊은 부인을 맞이할 정도로 건강할 걸요.” 다즈코마저 자기도 모르게 소리 내어 웃었다.

그래서 잠시 대화가 끊겼다. 데이코는 재미없다는 듯 할머니 옆에 앉아 있었지만 할아버지 베개맡에 있던 과자를 받더니 그것을 들고 하녀들 쪽으로 달려갔다.

“하지만 나도 그런 인간을 상대로 말 붙이는 것도 점잖지 못한 일이라. 이번에는 무슨 일이 있어도 이 빚은 갚으려고 한다.” 도시유키는 조금 지친 상반신 팔걸이에 기대며 불쾌한 표정으로 말했다. “그리고 동시에 시마 가문과는 이걸 끝으로 인연을 끊으려고 하니 너도 그렇게 마음을 먹어주어야겠구나.”

“그럼 저도 시마 가문과 작별을 하는 건가요?”

“저쪽 나오는 방식이 너무 괘씸하니 유감이지만 그렇게 하는 수밖에 없을 것 같은데, 네 의견은 어떠냐?"

"저요?" 아야코는 어두운 눈빛을 했다. "지금 상황에서 저는 아직 그렇게까지는 생각해 보지 않았어요."

"네가 그렇게 생각하지 않더라도 저런 비열한 인간의 며느리로 그 집에 그냥 두는 게 내 양심이 허락지 않는구나." 도시유키는 확고한 빛을 얼굴에 드러내며 아버지다운 위엄을 가지고 그렇게 말했다. 곁에 있던 아내 다즈코도 어두운 표정을 하고 그 과정을 조심스럽게 가만히 고개를 숙이고 듣고 있었다. 아야코가 어떤 답변을 할까 생각하는 듯했지만, 그 눈앞에는 바로 귀여운 손녀 데이코의 천진난만한 모습이 보여 그녀는 할머니다운 연민의 정에 고민스러워 보였다.

아야코는 잠시 침묵했다 입을 뗐다. "아버지가 그렇게 말씀하신다면 그 일은 더 도리가 없겠어요. 게다가 시마 집안의 가풍과 우리 집 가풍은 처음부터 너무 다르고, 저도 꼭 그집에 들어가고 싶다고 바라서 갔던 것도 아니지요. 다만 시마 가문에서 혼담이 들어왔을 때 여러 가지 경제적인 관계가 있다는 이유에 저도 가기 싫어 못 견딜 정도거나 그렇지도 않았으니까⋯⋯." 거기까지 말하더니 무언가 아버지를 탓하듯 말했나 싶어 아야코는 급히 입을 다물었지만 곧 다시 말을 이었다. "그런 셈이니 저는 어느 쪽이든 상관없지만, 금전 문제와 달라서 그리 섣불리 정할 수도 없는 노릇이라 생각해요."

"음, 그건 나도 잘 알고 있다." 아버지는 수긍했다. "그럼 지금 당장 찬성하기는 어렵다는 게로구나."

"네, 그렇기는 해요. 게다가 데이코도 있으니까⋯⋯."

"하지만 말이다, 나는 앞으로 시마 집안과는 길거리에서 만나도 말도 안할 작정이다. 아마 시마 씨도 이런 이야기를 꺼낸 이상 두 번 다시 나와 얼굴을 마주하지 않을 생각이겠지만."

"그럴 지도 모르지만 돈 문제만 해결되면 시아버지는 딱히 어리저리 생각하지 않으실 것 같아요. 이 문제에는 처음부터 그런 감정적인 면이 섞여 있지 않으니까요. 역시 아버지가 말씀하신 것처럼 그냥 돈이 아깝다는 생각만 있었을 거예요. 저는 그렇게 봐요."

"하지만 너는 불쾌하지도 않느냐?" 도시유키의 눈이 번쩍 빛을 냈다.

(1921.2.19)

제72회

아버지의 분노⑸

"불쾌하고 말고 할 단계가 아니에요, 아버지." 아야코는 목소리에 힘을 주었다. "애초에 제가 그 집으로 시집가는 것을 그다지 흔쾌히 여겼던 것도 아니고요."

"그럼, 이참에 깨끗이 인연을 끊는 게 어떻겠냐는 말이다."

"그래도 일단 시집을 간 이상 그렇게 간단하지가 않아요." 아야코는 솔직해 보이고 또 영리해 보이기도 하는 눈을 빛냈다. "게다가 시아버지가 저를 미워해서……사실 미워하고 계실지도 모르지만……

몹시 학대라도 한다든가, 공공연하게 내쫓는다든가 그런 경우라면 또 다른 문제겠지만요⋯⋯."

"하지만 이번 방식을 보면 너를 아끼는 것 같지도 않아. 조금이라도 너를 아낀다면 네가 괴로워할 만한 이런 막무가내 짓은 못하지 않았겠느냐?"

"시아버지 속내는 저도 몰라요. 어쩌면 미워하실지도 모르지요. 하지만 특별히 저를 막대하거나 그런 일도 없어요."

"어쨌든 너도 잘 생각하려무나. 내 마음 같아서는 앞으로 단 하루라도 내 딸을 그 집에 두기가 싫구나." 아버지도 역시 단호히 말했다.

"그럼 제가 생각을 좀 해 볼게요."

아야코는 애써 아버지 기분을 가라앉히려는 어조로 말했다.

"제 문제는 당분간 따로 생각해 주셨으면 해요."

"네가 그런 심정이라면 나도 억지로 어쩌라고는 말하지 않으마."

아버지도 무리하게 곧바로 어떻게 하랄 수 없는 노릇이어서 그대로 입을 다물어 버렸다. 다즈코도 이럴 경우 무슨 말이라도 하지 않으면 안 되겠다 싶어 어머니답게 다정히 말했다. "데이코도 저렇게 지금이 제일 예쁠 때잖아요. 아야코 입장도 생각해야 해요. 게다가 한번 인연을 끊게 되면 그 다음이 또 걱정되니까요⋯⋯."

"저는 상관없어요. 그렇게 되면 이제 평생 독신으로 살 거예요. 데이코만 제 곁에 있어주면⋯⋯." 어머니가 아이 이야기를 꺼냈으므로 아야코는 터져버릴 듯 긴장된 마음이 갑자기 풀어져 버리면서 자연스럽게 뜨거운 눈물이 눈꺼풀에서 흘러나왔다. 그러더니 똑 하고 한 방울 떨어지는 것이었다.

다즈코는 그런 애타는 모습을 보고 따라 울고 싶은 심정을 간신히 꾹 참았다. 도시유키는 곧바로 얼굴을 돌려버렸다. 그 자리에는 무거운 침묵의 장막이 드리워졌다.

아야코는 여러 가지 생각이 잇따라 뇌리에 떠올랐다. 지금 말한 것처럼 원래 시마 가문으로 시집가는 것은 처음부터 좋아서 간 게 아니었다. 사랑 없는 결혼! 그것은 둘째 치고 아버지와 시아버지가 금전상의 거래로 만든 혼담이어서 그녀는 처음부터 싫었다. 그러나 집안을 위해, 아버지를 위해 승낙했던 것이다. 원래부터 남편이 될 다쓰에의 인물 됨됨이가 시아버지와 똑같지는 않았으므로, 그녀는 그 점에서 다소나마 앞날의 광명을 찾았다. 표면적으로 지나치게 행복했던 과거가 떠올랐다. 그것 역시 표면뿐이었다. 아직 6년도 지나지 않은 지금 벌써부터 다쓰에의 마음이 동요하기 시작하고, 시아버지와의 관계도 한층 껄끄러워졌다. 그것도 아야코 자기 때문에 비롯된 일이기는 했지만, 남편의 의심은 지나치게 자기를 믿어주지 않는, 일종의 모욕인 양 여겨졌다.

온천장에서 돌아온 이후 남편은 두 번 다시 시라이의 이야기를 꺼내지 않았다. 그러나 아야코 입장에서는 그 말을 꺼낸 이상 오히려 잠자코 있는 것이 괴로웠다. 입 밖으로 내지는 않아도 다쓰에는 내내 무엇인가를 아내 눈빛에서 찾아내려고 노력하는 듯 보였다. 더욱이 아야코에게는 자기 신변에 주의의 눈길을 뿜어내기라도 하는 듯 보였다. 그것이 그녀로서는 몹시 고통스러웠다. 지금까지 없던 고통이었다.

'나는 어쩌면 좋을지 모르겠어.' 아야코는 혼자 마음속으로 고민하기 시작했다.

부모 자식 세 사람이 서로 심중을 살피는 듯한 안타까운 시간이 한동안 이어졌다. 병실의 공기는 그렇지 않아도 가라앉아 있는데, 세 사람의 침묵으로 어두워져 버리기까지 한 듯했다. 다즈코에게서 저도 모르게 깊은 한숨이 새어 나왔다.

(1921.2.20)

제73회

아버지의 분노(6)

그리고 나서 이야기가 다시 돈 문제로 옮겨갔는데, 아야코는 아버지가 화까지 내가며 그런 말을 했지만 2만 엔이 넘는 대금은 쉽게 갚을 수 없는 친정의 현실은 빤히 보일 정도로 잘 알고 있었다. 도시유키의 계산으로는 딸 이혼 문제를 꺼내면 분페이 쪽에서 물러나거나 다쓰에가 어떻게든 조정하려니 생각했지만, 그말을 대놓고 할 수는 없었다. 그래서 결국 어머니 다즈코가 아야코에게 이야기를 해 볼 수 있겠냐고 말을 꺼냈다.

아야코는 자기에게 가장 싫은 역할이 맡겨졌다고 생각했다. 그런 이야기를 시아버지에게 하는 것은 스스로 더할 나위 없는 굴욕이자 체면 상하는 일이었다. 다즈코도 그것을 딸에게 강요하는 것이 너무도 못할 짓이었다. 그래서 뒷말을 잇지도 못하고 그대로 침묵에 빠졌다.

"그래요." 아야코는 한숨을 쉬듯 말했다. "그럼 제가 이야기한다고 치고 어떤 식으로 하면 좋을까요?"

도시유키는 때가 되자 쟁반 위의 약병을 집더니 코르크 마개를 빼고 꿀꺽꿀꺽 따라 마셨다. 그리고 쓰다는 표정을 하고 팔걸이에 기대어 잠자코 있었다. 아까 보이던 기세는 이미 없었다.

"그러게 말이다." 어머니가 말을 받아 남편과 딸을 번갈아 보면서 말했다. "어쨌든 턱 없이 모자라겠지만, 이쪽에서 천 엔 정도 마련하고 나머지는 조금씩 월부금이라든가, 연부금이라든가 하는 식으로 낼 수 있게 해 준다면……."

"연대보증 쪽은요?"

"그것도 적당한 사람을 찾는 대로 명의를 바꾸거나 해야지. 당장 책임을 해소시키려 한들 그렇게 급하게 될 일이 아니니까."

"방법이 없다면 제가 말씀드려 볼게요. 하지만 시아버지 반응이 좀 심술궂게 나올 수도 있어서, 제가 하는 말을 들어주실지 아닐지 그건 저도 자신이 없어요."

"네가 그렇게 말을 하니 뭐랄까 불안하기는 한데, 그렇다고 해도 그것 외에 달리 손쓸 방법이 없어."

"그럼, 가급적 매달려 볼게요." 아야코의 눈앞에는 자기 앞에 고개 숙여 인사하게 만드는 것을 감정상의 복수 수단인 양 여길 시아버지의 무지한 얼굴이 선명하게 떠올라 한층 불쾌하고 괴로웠다.

"정말 미안하구나." 어머니는 가여운 듯 말했다. "그게 아니라도 마음고생이 심할 텐데, 이런 듣기 싫은 이야기까지 듣게 해서……."

"도저히 소용없으리라 생각이 들지만." 아버지가 겨우 입을 열었다. "일단은 부딪쳐 보는 것도 괜찮겠지. 그 대신 네가 이야기하는 내용에 대해 무례한 답변이라도 할 것 같으면, 곧바로 그 자리에서 이혼장을 받아 오는 게 좋을 게다. 은혜를 모르는 자에게 아부 아첨할 필요는 없다."

"시아버님 대답이 어떻게 될지 저도 모르겠지만, 가급적 원만하게 처리하고 싶어요."

"그게 무엇보다 중요하단다. 힘센 사람에겐 당할 재간이 없다지 않다든. 저렇게 제멋대로 구는 사람이면 우리가 질 수밖에 없어. 조만간 또 좋은 일도 생기겠지." 어머니는 타이르듯 말했다.

"아까 말씀하신 천 엔은 분명히 있는 거예요? 어머니." 아야코는 생각난 듯이 말했다.

"글쎄다. 그게 주식이라도 팔면 있겠지만."

"그럼 얘기하기가 곤란하잖아요."

"곤란하고 말고 할 단계가 아니야. 지금은 주식 배당이 우리 집 가장 큰 수입인 걸……."

그래서 일동은 다시 어두운 침묵에 휩싸였다. 그러자 연락이 오랫동안 없던 시라이 긴고가 이 집에 찾아왔다는 내용을 하녀가 알려왔다.

"귀한 손님이 왔군. 자자, 이리로 오라고 해라." 도시유키는 눈을 빛내면서 말했다.

"어머, 시라이 씨가!" 어머니와 아야코는 거북한 듯 얼굴을 서로 바라보았다.

그러자 벌써 그리로 하녀에게 안내받은 시라이의 검정 돋을무늬 하오리 모습이 다가왔다.

(1921.2.22)

제74회

밀담(1)

시라이는 격조했다는 말을 하고, 다즈코와 아야코에게도 그간의 인사를 나누었다.

"용태는 좀 어떠신지요?" 도시유키의 약간 야윈 얼굴을 보며 말했다.

"아, 고맙네. 뭐 별거 아닐세." 도시유키는 대수롭지 않다는 듯 말했다. "요즘 어떤가? 관공서 쪽도 요즘은 한가하겠지?"

"그게, 너무 심심합니다. 언제까지고 이런 월급쟁이면 사람이 못쓰게 되는 것 같습니다." 시라이는 담배 연기를 시원하게 뱉으면서 쾌활하게 웃었다. 그러나 들어왔을 때 이 방의 광경이 왠지 모르게 가라앉았고, 세 사람이 얼굴 맞대고 긴한 이야기를 나누고 있었던 모양인지 어색하게 찌푸려 있던 것을 떠올리며 너무 배려가 없었다고 여겼는지 갑자기 어조를 떨구었다.

"아야코 씨는 언제 귀경하셨습니까?" 아야코 쪽을 보고 물었다.

"네, 벌써 한참 전에요. 그때는 여러 가지로 신세를 져서……. 편지도 감사해요."

"아닙니다, 저야말로…." 시라이는 약간 쑥스러운 듯 왼손으로 수염 언저리를 쓰다듬었다.

"같이 계셨다면서요. 어머나, 꽤나 오랜만이지 않아요? 신기한 우연이었다고 아야코가 편지에도 썼더라고요." 다즈코도 장단을 맞추듯 웃었다.

"아니지, 월급쟁이도 좋아." 도시유키는 앞서 시라이가 자조적으로 한 말로 다시 화제를 돌렸다. "나처럼 떠돌이 같은 입장이 이어지면 이러지도 저러지도 못해. 관계(官界)에서도 그렇게 착실하게 일하고 있는 게로군. 아직 젊으니 좋겠어."

"농담도 잘 하십니다." 시라이는 자기도 모르게 웃었다. "월급쟁이 시절에는 아무리 착실히 번다고 해도 벌이야 빤하니까요. 그저 기껏해야 연금 정도일 겁니다. 정말 관리직만큼 시시한 일이 없습니다."

"무슨 말이야, 그렇지도 않아. 하지만 자네들 같은 신진들이 나와서 우리 관직계를 크게 발전시켜 주어야지. 자네가 재판관이니까 비근한 예로 재판소 이야기를 하고 싶은데, 요즘 재판소 방식은 정말 일본의 장래가 부끄러울 지경이야. 왜냐고? 자네, 우선 사람을 체포하고 인민이니 뭐니 하는 것이 괴상하지도 않은가? 이봐, 그렇지 않아?" 도시유키는 미소를 지으며 말했다. "나도 한때는 관료였지만 이쪽 길로 들어서고서는 완전히 관료 옷은 벗어버린 셈이야. 실제로 요즘 그런 술수가 먹히지도 않으니까.”

“네, 지당하십니다.”

“게다가 요즘 재판소는……물론 옛날에는 더 심하기는 했지만, 지금도 그래. 지금도 여전히 그런 경향이 사라지지 않았어. 우선 자네, 사람을 도구 취급한다는 게 뭔지 아나? 그게 마음에 안 들어. 젊은 변호사들이 인권 유린 운운하며 떠들어대는 게 아주 무리는 아니야. 구류할 정도도 아닌 피고인을 무턱대고 획획 잡아들이지. 그리고 잡아들이기만 하면 1년이고 2년이고 미결로 묶어두고 아예 조사 같은 건 하지도 않으니 정말 못 보고 있을 노릇이야.”

도시유키의 기염은 좀처럼 사그라지지 않았다. 다즈코는 또 시작이라는 표정으로 살짝 일어서서 다실로 갔다. 아야코는 슈젠지에서 거의 6년만에 시라이와 만났던 순간을 그립게 떠올렸다.

“아, 정말 하나 하나 다 지당하신 말씀입니다. 검사도 그렇지만 원체 이 예심판사라는 게 세간으로부터 원망을 받게 되는 일이라…….” 시라이도 쓴웃음을 지었지만, 기운 만큼은 평소와 변함없이 여전하시군 하는 옛정에 휩싸여 가만히 주인공을 바라보았다.

“자네도 예심판사 같은 건 하지 말게. 할 거면 시원하게 오랜 세월의 적폐를 일소하는 쪽으로 노력하라고. 이 바쁜 세상에 미결인 채로 1년이고 2년이고 묶여 지내면 어떻게 참고 살 수 있겠나. 나는 전국 몇 만 명이나 되는 미결수를 위해, 그들을 대신해서 호소하는 걸세. 사람이라는 걸 먼저 생각해야 해. 응? 안 그런가?”

"네, 모든 말씀에 다 동감합니다."

"하하하하하, 기가 죽었나? 하하하하, 내가 오랜만에 열을 올렸구먼."

"호호호호. 아버지도 참, 전혀 아프신 분 같지 않으셔요."

(1921.2.23)

제75회

밀담(2)

시라이는 오랫동안 찾아오지 못해 사과를 겸하여 병문안하러 왔던 것인데, 나이와 세대 차이가 꽤 나므로 이렇게 오랜만에 찾아온들 도시유키와 이야기도 잘 맞지 않았고, 더구나 세 사람이 각자 밝지 않은 표정을 하고 있어서 이것저것 세상 돌아가는 이야기를 나누면서도 툭하면 대화가 끊겨 겸연쩍었다.

그 와중에 아야코는 자신의 괴로운 처지를 털어놓고 금전적인 문제야 별도로 치고, 요즘 여자로서 자신이 어떤 태도를 취해야 하는가 하는 고고한 도덕적 판단을 그에게 묻고 싶은 기분이었다. 당장 시라이 외에는 그런 신세 상담을 해 줄 상대는 달리 한 사람도 없었다. 그러나 이 자리에서 그 이야기를 꺼내기란 내심 꺼려졌으므로 하릴없이 시간만 흘러갔다.

그러던 중에 병문안 손님이 또 한 사람 찾아왔다.

"조만간 다시 시간 여유를 가지고 찾아뵙겠습니다." 시라이는 곧

새벽 213

오비 사이에 넣어둔 시계를 꺼내 보더니 작별을 고하려 했다.

"어머, 더 계셔도 괜찮아요. 오랜만에 오셨잖아요." 아야코는 약간 망설이듯 호소하는 눈빛으로 그를 말렸다. "지금 어디 가셔야 하나요?"

"아니요, 그런 건 아닙니다만……."

"저도 오늘은 천천히 놀다 가려고 하니, 저쪽에서 차가운 거라도 드시면서 좀 더 계시다 가셔요."

"고맙습니다." 시라이가 주저하는 사이에 방문자가 들어왔으므로 그대로 그는 그 자리에서 물러나 아야코를 따라 멀찌감치 떨어진 옛날 아야코 방으로 갔다.

"요즘 들어 집이 못쓰게 되어서……우리 가족에게는 너무 넓어서 손질 관리가 미처 다 되지를 않아요." 아야코는 북향의 선선한 세 평짜리 방에 들어가면서 손수 방석을 놓으며 말했다. "자, 앉으세요. 저는 이 방이 제일 그립더라고요."

"아야코 씨 서재에 들어오는 것도 정말 오랜만이네요." 시라이도 옛날 생각이 난다는 듯 주위를 둘러보며 그 시절부터 계속 걸어 둔 오래된 액자 같은 것을 쳐다보았다. 자단목 책상 같은 것도 옛날 그대로였는데, 주인이 비워둔 방은 어딘가 모르게 쓸쓸했다.

그 사이 아야코는 식모아이에게 아이스크림과 얼음과자 같은 것을 가져오게 했다. 데이코도 그리 와서 시라이에게 목례를 했다.

"슈젠지에서 뵈었던 아저씨란다. 기억나지?" 아야코가 말하니 데이코는 싱긋 웃으며 끄덕였다.

"다음에는 아저씨 집에도 놀러 오거라."

"고맙습니다, 해야지." 아야코가 아이에게 가르치면서 동시에 이렇게 말했다. "시라이 씨 자제분들은 모두 건강한가요?"

"네, 다들 튼튼한데 요즘에는 이치노미야(一ノ宮) 쪽에 가 있습니다. 거기 친구 별장이 있어서요. 가정교사를 붙여 당분간 그곳에 맡겨 두려고요."

"어머, 그거 잘 됐군요. 그 대신 시라이 씨가 외로우시겠어요."

"밖에 나갔다 들어오면 아이들이 없으니 역시 허전한 느낌이 들기는 해요. 내일 모레 중에 잠깐 애들 보러 갈까 생각하고 있어요……."

"이제부터 바다 쪽이 좋을 계절이에요. 저도 슈젠지에 있을 때는 도쿄로 돌아오고 싶어 견딜 수가 없었는데, 막상 돌아와 보니 곧바로 다시 여행하고 싶더라고요. 도쿄는 너무 번잡해요."

"나도 여행이 가장 좋더군요. 아버님도 여행을 좀 하시면 좋을 텐데요. 더위가 절정일 때만이라도요……."

"요즘은 한 발짝도 안 나가세요." 아야코는 눈이 시다는 듯 여러 번 깜박였다. "설마 피서 여행 정도 못할 것도 없을 텐데……아버지도 왕년에 비하면 모든 게 어딘가 모르게 쇠약해지셨어요. 경제적으로 어려우니 가여우실 따름이에요."

아야코의 표정은 점점 더 어두워졌다.

(1921.2.24)

제76회

밀담⑶

시라이는 이상하다는 듯 말했다. "경제적으로 어렵다니요? 그렇게 힘드실 리가 없을 텐데요. 버젓하게 시마 가문이 딱 붙어 계시지 않습니까?"

"그건 그냥 세간에서 그렇게 볼 뿐이지, 아버지가 너무 가여워요. 실제로 지금도 문제가 생긴 상태거든요."

"문제라면 뭔가 역시 재정상의 일인가요……?" 시라이는 불안한 기색을 띠었다.

"네, 그렇답니다. 그게, 아버지에게 빌려준 돈을 시아버지가 갑자기 갚으라고 하셨다네요." 아야코는 큰맘 먹고 속 이야기를 시작했다.

"두 집안의 오래된 관계는 시라이 씨도 잘 알고 계시리라고 생각하는데, 지금부터 십 년 정도 전에 아버지가 처음, 그 무렵 베풀어준 호의에 보답한다면서 빌려준다는 것인지 그냥 준다는 것인지 확실하지 않은 상태로 시아버지가 융통해준 돈을 받으셨던 거예요. 그리고 제가 시집가기 전후에도 조금씩 한두 번, 다른 곳에 시아버지가 연대보증을 서 준 부채까지, 에누리 없이 딱 2만 5, 6천 엔 정도 돼요."

"그것을 한꺼번에 갚으라고 하는 건가요?"

"한꺼번이야 아니겠지만……." 아야코는 요령껏 문제의 내용을 이야기하면서 동시에 아버지 도시유키의 괴로운 경제상태에 대해서도 설명했다.

"이렇게 되니 저도 방관하고 있을 수만도 없게 되어 버렸어요. 이 제 시아버지에게 부탁드려 볼 작정이기는 한데, 그게 저로서는 너무 도 고통스러운 일이랍니다." 아야코는 퍼뜩 정신을 차린 듯 말했다. "오해하시면 곤란한데, 제가 이런 이야기를 들려드린다고 해서 결코 금전상으로 당신에게 걱정을 끼치려는 뜻은 아니에요……."

"알고 있습니다." 시라이는 수긍했다. "하지만 저도 경우가 경우인 만큼……."

"아니에요, 그 점은 제가 미리 거절해 두겠어요. 그렇게 되면 이 이 야기는 절대로 시라이 씨에게 하고 싶지가 않아요."

"알고 있습니다. 그래서……."

"지금 말씀드린 제가 개입하게 되는 상황 말인데요. 제가 시아버 지에게 도저히 말하고 싶지 않은 사정이 있거든요. 시아버지에게 제 가 매달려야 하는 게 너무도 유감이에요."

"그야 유감스럽기는 하겠지만 일단 부딪쳐 보는 게 어떻겠습니까?"

"아니에요." 아야코는 눈에 눈물을 머금었다. "그건 그렇고 어쩌다 오랜만에 한 번 만나게 되었는데 이런 이야기를 듣게 되셨으니 시라 이 씨, 퍽 곤혹스러우실 테지요?"

"아뇨, 꼭 이야기를 들려주십시오. 제가 도움이 될 수 있을지도 모 를 노릇이고요."

"그럼 전부 말씀드릴게요. 남편에게도, 어머니에게도, 아버지에게 도 털어놓지 않은 일이지만요……." 아야코는 흥분한 기색을 띠었다. "그러니까 시아버지가 저를 미워하는 부분이 있답니다. 원망한다고 하는 게 좋을 것 같아요. 저, 그 시아버지가, 남편이 서양에 가 있을 때 저에게 도리에 맞지 않은 요구를 했거든요."

시라이는 깜짝 놀란 표정을 하고 아야코 얼굴을 바라보았는데, 동시에 아야코는 귓불까지 붉어져 그대로 고개를 숙여버렸다.

"그 정도면 대강 상상이 가네요. 이렇게 하는 게 어때요? 우선 그 일을 남편께 털어놓고 남편 의견에 맡기는 게……." 시라이는 명석한 남성적 목소리로 말했다.

"그걸 털어놓고 싶지 않아서 오늘날까지 제가 괴로운 거예요. 제가 시아버지에게 품은 도덕과 의리의 마음이랄까……."

"글쎄요, 그 의리라는 게 도의상 과연 정당한지 아닌지 의문이군요."

"하지만 여자의 마음가짐으로 보고 싶어요. 저라는 일개 여자의……."

"그렇다면 어쩔 수가 없지요."

시라이는 떠올린 듯 담배를 피우면서 가만히 생각에 잠겨 고개를 숙였다.

(1921.2.25)

제77회

"그럼 역시 여자 입장에서 어머니가 부탁하신 대로 시아버지에게 부딪쳐 보는 수밖에 없겠군요." 시라이는 깊이 생각하는 눈빛으로 말했다. "그리고 그 답변 여하에 따라 또 어떻게든 방안을 세워 봐야지요."

"그럴까요?"

"아야코 씨 입장에서는 당연히 괴로운 역할임에 틀림없을 겁니다. 하지만 시마라는 사람은 제가 상상하건대 의외로 단순하고 순진한 사람처럼 보입니다."

"네, 하긴 그렇게 보면 그런 점이 있기는 해요." 아야코는 미소를 띠었다. "순진하다고는 할 수 없겠지만요."

"어쨌든 심리 작용이 복잡해 보이는 사람은 아니니 아아코 씨가 그런 식으로 자세를 낮춰 부탁해 보면 생각 외로 선뜻 승낙해 줄지도 모르지요."

"그럴까요? 저는 왠지 인정이라든가 이치를 따지면 안 될 것 같은 마음이 들어요." 아야코는 절망적인 눈빛을 했다. "게다가 시아버지 같은 사람은 저자세로 나가면 나갈수록 고압적으로 나올 수도 있을 것 같아요."

"하지만 그건 실제 부딪쳐 보지 않으면 어떤지 알 수가 없어요. 단순히 당신 집안을 괴롭히기 위해 그런 문제를 들고 나온 것인지, 아니면 뭔가 깊은 다른 생각이 있어서 그러는 것인지. 아야코 씨는 현재 입장에서 생각하여 최선을 다해 보는 수밖에 없을 것 같군요."

"그래서 아무래도 어설프게 상냥히 말하면 들어줄 것 같지 않아서, 저는 오히려 좀 강하게 나가 볼까 싶은데 어떻게 생각하세요?"

"그것도 경우에 따라 다를 거예요. 이야기하는 방식이야 물론 당신이 하는 일이니 제가 말할 계제는 아니지만……며느리로서의 입장, 자식으로서의 입장에서 시마 씨의 반성을 촉구한다는 식으로 의리를 따져야 하는데, 그런 방식이 먹히지 않으면 어쩔 수 없습니다. 친정아버님 쪽에서 누구 확실한 변호사라도 구해 교섭하는 방법밖에 없지요. 물론 변호사를 구한다고 해서 곧바로 법률문제로 이동할 필요는 없어요. 두 집안 사이에 들어가 적당한 조화책을 구하는 거지요. 그런 사람이 외부에서 개입하게 되면 아무리 멋대로 구는 시마 씨라도 그렇게 한사코 무리한 요청만 할 수도 없을 테니, 어떻게든 이야기가 잘 진행될 게 틀림없어요. 그 변호사라면 제가 좀 생각하는 인물이 있습니다. 그렇게 될 경우에는 다시 의논드리지요. 그 분에게 부탁하기만 하면 틀림없이 원만한 해결을 볼 수 있을 거예요."

아야코 얼굴색이 점점 환해졌다.

"모쪼록 잘 좀 부탁드리겠습니다. 정말 번거로운 문제를 들고 와서 시라이 씨에게는 죄송하네요……."

"아뇨, 저로서도 그 정도 일을 해 드려야 할 의무가 있으니까요……."

"아니에요, 그런 말씀 마세요……. 아버지는 무턱대고 그 집과 인연을 끊으라는 말씀을 하시더라고요. 저 하나만 생각하고 이 문제에 매달릴 수도 없지요. 그렇다고 방관만 하고 있을 수는 더더욱 없고요. 어떻게 해야 좋을지, 정말 난감해서……."

"당연합니다. 저도 남의 일 같지가 않습니다. 미력하지만 최대한 의논 상대가 되어 드릴게요."

"네, 고맙습니다." 아야코는 고개 숙여 인사를 했다. "저는 시댁에 작별을 고하는 것으로 문제가 해결된다면 언제든 나올 거예요. 하지만 도저히 그렇게 단순하지는 않을 것 같아요."

"그렇지요." 시라이는 수긍했다. "아야코 씨, 결단은 이럴 때일수록 한층 신중해야 합니다. 양쪽 부모님을 생각하고, 남편을 생각하고, 아이 앞길도 생각하는…아야코 씨가 무지한 여자라면 몰라도, 그렇지 않은 이상 경솔한 일은 벌일 수 없어요."

"네, 정말 그래요."

(1921.2.26)

제78회

밀담(5)

"그럼 나중에 결과를 좀 알려주세요……." 시라이는 시계를 슬쩍 보았다. "조만간 다시 여기 들리겠습니다. ……아니면 편지나 전화를 주셔도 되고요……."

"바쁘신데 제가 붙들어서, 이렇게 제 사정만 말씀드렸네요……."

아야코는 진심으로 감사했다. "괜찮으시면 제가 시라이 씨 댁으로 찾아뵐 지도 모르겠어요. 혹 폐가 안 된다면……."

"폐라니요. 얼마든지 오십시오." 명함을 한 장 꺼냈다. "거기에 전화번호가 적혀 있습니다."

아야코는 명함을 받아 들었다. "너무 고맙습니다. 꼭 찾아뵙도록 할게요."

"네, 그러세요." 시라이는 숟가락으로 차가워진 홍차를 저었다. "저도 영원히 지금 직장에 봉직할 마음은 아니니, 어쩌면 실업계로 들어가게 될지도 모르지요. 꼭 와달라는 곳도 있고요. 게다가 일도 유망한 편이니 가볼까 생각 중입니다."

"시라이 씨도 실업가가 되시는 거예요?"

"실업가라고 해도 저는 돈이 목적은 아닙니다. 최종 목적지는 역시 정치 쪽이에요. 실업은 단순히 그 수단에 불과합니다."

"아, 그렇군요." 아야코는 감탄한 듯 말했다. "아버지는 평생을 정치에 헌신하신 거나 마찬가지예요. 아무래도 그래서 경제관념이 없으시니 안 되는 거지요."

"그렇지만도 않지만 우선 시대의 흐름이 흐름이다 보니까요. 옛날에는 돈 내는 사람과 정치가는 전혀 별개였는데, 지금은 그렇지가 않아요." 시라이는 쓴웃음을 지었다. "저도 실업계에 들어가는 것을…… 그러니까 지금 권유를 받는 회사에 들어간다고 승낙하면 약간 정도의 돈은 융통할 수 있습니다. 그렇게 되면 자연히 아야코 씨 문제에 관여할 자격도 생기게 되겠지요. 어쨌든 돈으로 인한 문제니까요……."

"또 그런 사람들은 돈 말고 달리 잘난 체할 데도 없으니까요."

시라이는 약간 새삼스러운 어조로 말했다. "그러니 별로 걱정하시지 않아도 돼요."

"네, 고맙습니다." 아야코는 감사에 가득한 눈을 내리떴지만, 곧 고개를 들었다.

"시라이 씨에게 이런 걱정까지 끼치고 큰일이네요. 제가 열심히 노력할게요."

"한 번 하시는 데까지 해 보세요. 그럼 저는 이제 가 보겠습니다……. 선생님께 따로 인사 드리지 않을 생각인데……."

시라이는 방석에서 일어났다.

"그러세요? 그럼 잠시 어머니라도 부를게요……." 아야코는 서둘러 어머니 다즈코를 불러왔다.

"어머니, 시라이 씨에게 제가 여러 가지 좋은 지혜를 얻었어요. 어머니도 감사 인사를 드리세요."

"그러셨어요?" 다즈코는 어찌 인사를 할지 난감한 듯 시라이 얼굴을 보았다.

"전부 이야기해 버렸어요. 괜찮겠지요? 그래도 돈 이야기는 아니었어요."

다즈코는 당황한 듯한 얼굴로 말했다.

"그저 부디 잘 좀……."

시라이는 가볍게 받아 흘리며 작별 인사를 하고 현관으로 나가더니 인력거를 타고 곧 가버렸다.

아야코는 얼마 전부터 자기 혼자 머릿속에 끌어안고 있던 이번 문제에 있어서, 다쓰에가 전혀 의지할 수 없는 사람이라는 것을 서운하게 여기고 있었다. 그런데 우연이지만 시라이를 통해 자신이 나아가야 할 길이 개척된 듯한 기쁨을 느꼈다. 그리고 시라이가 얼마나 자신에게 동정과 관용을 품어 주었는지를 생각하며 마음속으로 감사할 수밖에 없었다.

"제가 시라이 씨에게 여러 이야기를 듣고 자신감이 생겼어요."

방으로 돌아와서 아야코는 환해진 얼굴로 어머니에게 이렇게 이야기했다.

하지만 아야코는 시라이가 말한 내용에 대해 어머니에게 모든 것을 다 밝히지는 않았다. 시라이를 믿는 사람은 자기뿐이라고 그녀는 생각했다.

(1921.2.27)

제79회

시아버지 속내(1)

그날 밤 반초(番町)의 시댁으로 돌아간 아야코는 남편에게도 그 이야기를 하고 시아버지와 이야기를 해보려 했는데, 분페이는 이층 방에서 오스마를 상대로 술을 마시고 있었다. 오스마가 그 옆에 딱 붙어 있고, 오스마를 데려온 오쿠보, 그리고 요즘 들어 자주 들르는 오쿠보의 아내까지 와 있었으며, 샤미센을 켜거나 노래를 부르며 밝은 웃음소리와 들뜬 대화소리가 끊임없이 들려왔다. 부엌에서는 쉴 새 없이 음식 나르는 상이 운반되었고, 식모들은 술병이다 안주다 해서 너무 바빠 죽을 지경이었다. 그래서 도저히 그런 심각한 이야기를 하러 들어갈 분위기가 아니었다. 아야코는 도리가 없어서 다시 때를 기다리기로 했다.

'어차피 안 될 거야.'

남편 다쓰에는 빈말이라도 힘이 되어 주려 하기는 커녕 내심 분폐이가 두려워 말할 엄두를 내지 못했었다. 그래서 처음부터 비관적으로 나왔다.

"당신이 직접 아버지를 찾아가 이야기해 볼 거면 해 봐도 되지만, 일단 한 번 말을 꺼내면 돌이킬 수 없는 게 아버지 성격이야." 다쓰에는 그렇게도 말했다. "당신 친정의 안위에 관한 일이니 나도 뭔가 할 수 있는 일이 있으면 하고 싶지만, 지금 상황에서는 어떻게 손을 쓸 방법이 없어. 아버지는 요즘 완전히 오스마에게 휘둘려서 상태가 약간 올바르지 않으니까……."

맑은 샤미센 소리가 부부가 있는 양관 쪽까지 흘러왔다. 두 사람은 그때 만찬 후 이층으로 올라가 베란다에 의자를 가지고 나가 선선한 바람을 쐬고 있었다.

"제가 말하는 걸로 아마 안 될지도 모르지만, 일단은 부탁해 볼 생각이에요."

아야코는 그 이상 다쓰에게 상세한 이야기를 하려고 하지 않았다. 시아버지에 대해 이 문제에 관한 한 그녀도 전혀 자신감이 없었다. 하지만 남편이 너무 냉담하니 살짝 반항심도 일어나서 싫어도 부딪쳐 봐야겠다는 마음이 든 것이다. 게다가 어머니 부탁도 모른 체할 수는 없었으니…….

"내가 서양을 가기 전에는 저쪽 건물도 쓸쓸했는데, 요즘은 전혀 다른 세계로 변한 것 같군."

"저런 게 좋지요. 예전처럼 적적하면 아버님이 가여워요."

여기에서 잠시 부부의 대화가 끊겼지만 조금 있다가 다쓰에가 다시 이야기를 가져갔다. "그래서 아버지가 당신 부탁을 안 들어주면……."

"그렇게 되면 친정아버지 쪽에서도 무슨 생각이 있으실 거예요……."

"달리 융통할 방법이라도 있을 것 같아?"

"그건 어떤지 잘 모르겠지만 어떻게 되겠지요."

"그렇게 낙관할 수 있으면 좋지……." 다쓰에는 한숨을 뱉듯 말했다.

그러자 그때 아래쪽에서 갑자기 오스마의 목소리가 들리다 싶더니 금방 요란하게 치장한 그녀의 모습이 이층에 나타났다.

"실례해요." 오스마는 그렇게 말하고 방안을 들여다보았다. 그리고 성큼성큼 베란다 쪽으로 나오는 것이다. "어머, 여기 계셨어요? 잠깐 저쪽에 같이 가시지 않을래요?"

"네, 고마워요." 아야코는 답했다.

"무슨 일인지 턱없이 분위기가 밝군요." 다쓰에는 헛웃음을 지었다. "나이 드신 분 계신 자리에 젊은 사람은 별로 안 가는 게 좋을 것 같아요."

"뭘 그렇게 빈정거리실까." 오스마는 술기운이 있는 듯 보여 태도에 한층 미태를 띠었는데, 아야코가 있는 것도 개의치 않고 다쓰에가 앉아 있는 뒤쪽으로 가서 의자에 팔을 걸치며 말했다. "자, 가십시다. 노인들만 있으니 적적해서 안 되겠어요."

"아뇨, 오늘 저녁에는 안 가겠습니다. 저 같은 게 그런 자리에 낄 입장이 아니에요."

"너무 심하게 말씀하시네요. 아내 앞이라고……." 오스마는 매달리기라도 할 듯 요염한 태도를 보였다. "당신은 목소리가 좋으니 틀림없이 노래를 잘 하겠지요? 다쓰에 씨."

(1921.3.1)

제80회

시아버지 속내(2)

다쓰에는 지나치게 흐트러진 오스마의 태도가 몹시 불쾌했으므로 보고도 못 본 체 하고 있었는데, 그렇게 말을 거니 잠자코 있을 수가 없었다.

"네, 베이스 정도는요." 어쩔 수 없어 뜨악하게 대답했다.

"호호호, 베이스인지 베일인지, 그런 하이칼라가 쓰는 말은 내가 모르겠지만, 가요라도 시작해 보면 어때요? 실례일지 몰라도 내가 가르쳐 줄게요. 틀림없이 잘 부를 거예요."

오스마는 약간 그 계통을 배운 적이 있는데 아직 남에게 가르칠 정도는 아니었다. 그러나 술기운이 뻗은 데다가, 평소 다쓰에에게 다가가고 싶은 마음이 드러나는 바람에 자기도 모르게 그런 자랑까지 하게 된 것이었다. 일단은 그런 기회를 잡아 다쓰에 마음속으로 더 깊이 들어가고 싶은 흑심도 있었다.

"고맙습니다. 조만간요." 다쓰에는 어지간히 계면쩍어져 의자에서 일어났다.

그러자 그곳으로 다시 "마님, 마님" 큰 소리로 부르며 오쿠보 아내인 오하쓰(お初)가 올라왔다.

"어머, 오스마 마님, 뭐 하고 있어요? 나리가 기다리시잖아요. 빨리 같이 가시는 게 좋겠어요."

오하쓰는 베란다 입구에 서서 실실 웃었다.

"뭐 하냐니요, 너무하네. 이래봬도 아주 열심히 노력하고 있어요. 본존께서 좀처럼 움직이시지를 않으니, 오호호호호." 오스마는 한층 경박하게 웃었다. "이봐요, 같이 놀 사람이 한 사람 더 왔으니까, 네? 꼭 오시라고요. 네, 알겠지요?"

"정말이에요. 작은 마님도 어떠신가요? 저쪽도 꽤 시원해요." 오하쓰는 아야코 쪽에 다가가 열심히 권했다.

"네, 고마워요. 저는 오늘저녁에 좀 머리가 지끈거려서요. 신경 쓰지 말고 즐겁게 보내세요. ……저는 실례 좀 할게요." 아야코도 의자에서 일어났다. "당신은 가서도 되지 않을까요? 두 분이 모처럼 모시러 와 주셨으니……." 다쓰에 쪽을 보았다.

"나도 싫군." 다쓰에는 쓴웃음을 지으며 다시 의자에 앉았다.

"어머 너무하시네요. 부부끼리 말을 맞추다니." 오스마는 다시 다쓰에 의자로 다가갔다. "게다가 다쓰에 씨는 정말 뭐랄까, 오호호호호, 부인에게 효도를 한달까?"

"호호호호호." 오하쓰도 나잇값 못하며 웃었다. "그렇게 질색하지 않으셔도 될 텐데. 가끔은 젊은 마님하고 잠시 떨어져 계셔도 되잖아요."

"자, 갑시다. 그럼 아야코 씨, 서방님만요. 괜찮지요? 잠시 빌려 갈게요. 호호호호호." 오스마는 예의 없이 다쓰에의 왼손을 잡았다.

"난감하군." 다쓰에는 살짝 얼굴을 찌푸렸지만, 쓴웃음을 지으며 슬쩍 아내를 쳐다보았다.

아야코는 더 이상 말을 섞는 것도 지저분한 일이라 여겼지만, 질투하는 걸로 보이는 것도 싫었다.

"정말 다녀오세요. 저만 좀 실례할게요."

"자자, 허가가 떨어졌으니 갑시다, 갑시다."

왁자지껄하며 마침내 다쓰에는 두 여자에게 끌려 나가듯 아래로 내려갔다. 교양 없는 웃음소리가 다시 아래층에서 올라왔다. 아야코는 큰 바람이 지난 뒷자리처럼 조용해진 베란다에 혼자 남겨졌다. 그녀는 불쾌한 기분이 들어 그들의 뒷모습도 보지 않았다.

혼자가 되니 지금까지 남편과 마주하여 이야기하던 내용이 곧바로 뇌리에 떠올라 아야코는 새삼스럽게 남편이 얼마나 의지할 수 없는 인물인지 생각했다. 하지만 이렇게 되니 진정한 다쓰에를 마주한 느낌이 들었다. 지금까지 사오 년 동안의 남편은 다른 사람이었고, 오늘 밤 다쓰에가 정말 자기 남편인 것처럼 여겨졌다.

"아아, 나는 역시 혼자였어."

아야코는 저도 모르게 한숨을 내쉬었다.

(1921.3.2)

제81회

시아버지 속내(3)

그 다음날 다쓰에가 8시 무렵 회사로 출근하고 나서 아야코는 화장실에서 잠시 머릿결 매무새를 고치고 있었는데, 창밖에서 데이코와 분페이 목소리가 들리기에 그녀는 얼굴을 내밀고 쳐다보았다. 서양 화초를 심은 꽃밭 사이에서 시아버지가 손녀에게 무슨 말을 걸며 천천히 걷고 있었다. 마침 유모 오시노의 모습이 보이지 않길래 적당한 때다 싶어 아야코는 서둘러 차림새를 정돈하고 바로 마당으로 내려갔다. 그리고 자연스럽게 데이코 옆으로 다가가면서 말했다.

"어머, 데이코, 여기 있었구나." 그렇게 말하며 시아버지 쪽으로 주의 깊게 눈길을 주어 살펴보았다. "안녕히 주무셨어요?"

"잘 잤느냐?"

분페이는 흰색 홑옷에 금사로 된 오글오글한 비단의 한 폭 허리띠를 매고 시원해 보이는 화단 안에 서서 답했다.

"데이코도 요즘 들어 꽤나 말을 잘 하는구나. 지금부터는 눈을 뗄 수가 없겠어."

"네, 꽤 활달하지요." 아야코가 말했다. "저기, 아버님께 제가 좀 부탁드릴 일이 있는데, 나중에 잠깐……."

"뭐냐?" 분페이는 살짝 눈썹을 움직였는데 짐짓 아닌 체를 했다. "여기에서는 못 할 말이냐?"

"어디든 상관은 없습니다만, 조금 신중하게 부탁드려야 해서요."

"그래, 그렇다면 내 방 쪽으로 가자." 분페이는 걸어가려 했다. "아마도 네 친정 일이겠지." 쓴웃음을 지었다.

"네." 아야코는 실망감이 앞섰지만 그래도 차분한 목소리로 말했다.

"그 이야기라면 내가 들을 게 없어. 그건 다 오구라의 생각이고 나도 그 사람에게 맡겨둔 일이니 만약 할 이야기가 있으면 그 사람에게 하는 게 순서일 것 같구나."

"그렇기는 하지만, 그 점을 부디 아버님께서 마음을 좀 써 주시면……." 아야코는 되받아 말했다.

그러자 분페이는 살짝 주저하다가 즉각 말했다. "너도 알다시피 나는 번거로운 게 딱 질색이다. 문제가 문제다 보니 요즘 내 일 외에는 세세한 사무는 모두 다른 사람에게 맡겨 두거든."

"네."

"시부야 사돈 일도 내가 지난번 이래로 그렇게 손을 놓아 버려서 어떻게 되었는지 전혀 모르겠구나."

"그러시군요." 아야코도 빈틈을 보이지 않으려 했다. "기껏해야 그 정도 되는 돈 문제니, 바쁘신 아버님이 그렇게 일일이 다 관여하지는 않으시겠지요."

"음, 뭐 그런 셈이지." 분페이는 쓴웃음을 지었다. "하지만 또 위탁받은 사람 입장에서는 설령 돈이 백 엔이든, 십만 이십만 엔이든, 결국 일 처리는 똑같아서 아무래도 장부 정리를 해야 하니까. 어떻게든 받아내지 않으면 큰일을 진행할 수가 없다면서 그런 이야기를 좀 하더구나."

"그럼, 어떻게 되는 건가요? 완전히 그 사람 독단도 아닌 것 같으니 아버님이……."

"독단이라고도 할 수 없지만, 오구라도 인정을 모르는 사람은 아니니까, 어떻게든 원활하게 이야기로 끌고 가기를 나도 믿고 있다……."

"어쨌든 이렇게 서서 말씀드리는 것도 실례니, 잠시만이라도 안으로 들어가 주실 수는 없을까요?"

"그래, 가자꾸나. 자, 가자. 하지만 어디에서 이야기하든 내용은 마찬가지야. 분페이는 다다미 방으로 걸어갔다.

"그야 그렇지만……." 아야코도 데이코를 오시노에게 맡기고 시아버지 뒤를 따라 들어갔다.

두 사람은 곧 집 안쪽 네 평짜리 방으로 들어갔다.

분페이는 옆방 선반 위에 있는 시계를 들여다보았다. "나도 오늘 아침에는 볼일이 있어서 그렇게 오래 이야기는 못 하겠구나……." 이렇게 중얼거리며 방석에 앉았다.

(1921.3.3)

제82회

시아버지의 속내(4)

방에서 마주 앉으니 아야코는 다시금 얄미울 정도로 태연한 시아버지의 태도가 원망스럽고 꼴도 보기 싫었다. 동시에 공연히 억울함이 앞서서 갑자기 이야기를 진행할 수가 없었다. 그럼에도 아야코는 연약한 감정은 차치하고 할 말은 해야 한다고 스스로 자기 마음을 다독였다. "방금 말씀하신 것처럼 아버님 입장에서는 당연히 번거로운 일임에 틀림없으시겠지요. 하지만 시부야 친정아버지가 하는 말씀도 일리가 있다고 봐요."

"시부야 사돈께서 뭐라고 말씀하셨는지 모르겠지만, 어쨌든 이치라는 게 돈을 빌린 쪽이든 빌려준 쪽이든 그에 걸맞은 처리 방식이 있는 법이지." 분페이는 조용히 담배에 불을 붙였다. "특히 돈을 빌린 쪽 신세가 되면 하고 싶은 말이 많을 터라……그러니 그게 바로 자기 나름의 입장이라는 게 아니겠냐."

"아니에요. 이치가 아니에요. 사실관계예요."

"사실?" 분페이는 희미하게 회색 눈썹을 움직였다. "사실관계는 아주 간단한데."

"아버지 말씀으로는 아버님과의 관계는, 그러니까 금전적인 관계 이상이라고 하셨어요. 아버님이 만약 노망이 나신 게 아니라면 2만, 3만 엔이나 되는 돈 문제를 이제 와서 갑자기 청구하시는 이유를 알 수 없다고 하시더군요."

"그게 또 무슨 말이냐. 내 입장에서는 그렇게 말씀하시는 시부야 사돈 쪽이 어지간히 노망 드신 것 같구나. 실제 돈을 받았다는 증서와 감사장 같은 게 다 내 손에 있지 않으냐."

"그건 그렇지만 거기에는 또 저희 아버지에게서 받으셨다는 유형, 무형의 충분한 이유가 있다고 말씀드리는 거예요. 저는 그런 오래된 관계에 대해서는 잘 모르지만, 아버지 성격으로 보자면 그 만한 일들은 있었으리라 상상합니다. 그렇다고 그 때문에 채무가 전혀 없다는 게 아니에요. 빌린 건 어디까지나 빌린 것이고 갚아야 하겠지요. 아버지도 그 정도나 되는 큰돈을 받기만 하려던 그런 속셈은 티끌만큼도 없었고요. 그게 바로 저희 아버지가 괴로워하시는 부분이에요."

아야코는 조금도 주눅 들지 않고 말했다. 말이 좀 심했나 싶어 흠칫하기도 했지만, 시아버지가 그런 말들에 태연하게 있었으므로 그녀는 다행이라며 가슴을 쓸어내렸다.

"아, 그 점은 나도 알고 있다. 그래서 오늘날까지 한 번도 재촉한 적도 없거니와 입 밖에 낸 적도 없지. 시부야의 사돈은 나와 달라서

청렴결백을 간판으로 삼을 사람이니 뻔뻔스러운 인물이 아닌 걸 알기 때문에 나도 관대하게 보고 있지만, 이런 상태로는 해결이 안 나. 어쩔 수 없지……. 게다가 오구라가 여러 가지 정리해야 하는 사정이 있어서 이번에 청구를 한 것이니 안 좋게 생각하면 곤란하구나. 야마무라 씨도 그때 분명히 돈을 갚겠다 약속도 했으니 내가 그걸 청구한다고 해서 눈썹에 불붙은 듯 당황할 것도 없을 것 같구나."

"말씀을 들으니 지극히 당연하신 말씀이기는 한데, 이 문제는 부디 조금 더 인정에 호소할 수 있는 이야기라고 생각이 듭니다."

"그럼, 뭐냐, 내가 인정머리가 없다고 하는 게냐?"

"아니에요." 아야코는 자기도 모르게 눈을 떨구었다. "그런 말씀을 들으니 저도 뭐라 답변을 드려야 할지 모르겠지만, 결국 시부야 친정의 사정을 좀 봐 주셔서 부디 관대한 처리를 부탁드릴 수 있다면 아주 감사하겠어요."

"그럼, 뭐냐. 빚을 깎아 달라고 하는 게냐?" 분페이의 눈이 번쩍 빛났다.

바로 이때다 생각한 아야코는 자기 마음에 채찍질을 하면서 무릎걸음으로 다가가 시아버지의 씁쓸한 얼굴을 가만히 보았다.

(1921.3.4)

제83회

시아버지의 속내(5)

그리고 조용히 말을 꺼냈다.

"깎아 달라기보다는 아시는 것처럼 아버지가 오랜 세월 실업자로 계시고 심지어 요즘 건강도 좋지 않으시다 보니, 집안 경제가 한 해 두 해 어려워지기만 할뿐입니다. 그러니 이번에 관대한 처리를 부탁 드리고, 너무 미흡하고 턱없이 부족하지만 천 엔 정도라도 갚고 나머지는 다시 조금씩 연부(年賦)로라도 변제하게 해 주시거나 하는 수밖에 달리 방도가 없습니다."

분페이는 변함없이 뿌루퉁한 기색이었다. "아니, 그런 구체적인 이야기를 하니 뭐가 뭔지 내가 하나도 모르겠구나. 먼저 오구라에게 직접 이야기해 보면 어떻겠느냐?"

"그렇게 하겠습니다만, 그래도 아버님이 생각하시는 바에 따라 결과가 달라질 수 있으니까요⋯⋯."

"하지만 그렇지가 않아⋯⋯. 너도 알고 있다시피 경제 규모가 큰 만큼 주인이 하나하나 살펴볼 수도 없는 노릇이려니와, 또 실제로 주인 생각대로 되지 않는 경우도 있으니까. 지금 내가 그 점에 끼어들어서 간섭을 하게 되면 일사가 만사에 영향을 주듯 규율이 서지 않게 되어, 앞으로 오구라가 무엇을 하든 아주 일처리가 어려워지게 될 것이고 나도 곤란하구나. 모처럼 네 부탁이기도 하니, 일단 네 의지를 전해두기는 하겠지만 그 이상의 일은 아무래도 내가 하기 어렵겠어."

"그러신가요?" 아야코의 얼굴색은 다시 점점 어두워졌다.

"왠지 내가 아주 고집스럽게 이야기하는 것 같기는 한데, 아무래도 방법이 없구나."

"아니에요. 그런 건 아닙니다만, 중간에 낀 제가 정말 괴로워서 이렇게 아버님께 매달리게 되어버렸네요."

"어렵게 말을 꺼내주었는데 아무래도 방법이 없구나. 나를 안 좋게 생각하면 곤란하다."

아야코는 아직 말하고 싶은 것이 가슴에 가득했지만, 시아버지가 처음부터 이 이야기에 응하지 않겠노라고 결심한 듯 보였으므로, 그런 사람에게 이리저리 이유를 말해봤자 더 의미가 없다고 체념했다. 게다가 이야기를 파국으로까지 가져가 분페이 인격이나 심리상태까지 파헤치며 비난하려면 이혼이냐 아니냐의 진퇴부터 정하고 덤벼야 한다. 그렇게 하기까지는 아직 여지가 있다고 생각했다. 지금은 그럴 시기가 아니라고 보았기에 더 이상 아야코는 아무 말 않기로 했다.

"그럼 더 이상 말씀드릴 여지는 없는 듯하니, 이제 아무런 말씀도 더 드리지 않겠습니다. 친정 안위와 관련된 문제이므로 부탁이라면 어떻게든 오구라 씨가 좀 느긋하게 해 주기를 바란다는 것뿐인데, 결정적인 이야기가 나온다면 저도 과감하게 생각할 수밖에 없겠어요." 아야코는 화가 난 듯한 태도로 말했다.

"오구라가 무슨 마음일지 그건 나도 잘 모르겠지만, 설마 야마무라 집안을 망하게 할 생각은 아닐 게다. 어떻게든 조만간 이야기가 결착이 날 게야. 너는 걱정하지 않는 게 좋겠구나." 분페이는 아까보다는 약간 완화된 빛을 띠며 말했다.

"아무리 그분이라도 그저 한 때의 흥밋거리로 우리 집안을 괴롭히고 싶다는 그런 장난을 치실 리는 없겠지요." 아야코는 그렇게 말하고 빈정대는 웃음을 띠었다.

"그건 나도 모르겠다. 그저 어떻게든 될 대로 될 것이니 잠시 흐름을 보는 게 좋겠어."

그런 이야기를 한창 하던 중에 아까부터 오스마는 두 번이나 여기에 얼굴을 내밀었는데, 이야기가 도중에 끊어지지 않으니 그냥 가만히 물러나 있었다. 그러다 분페이의 손님이 찾아와서 그녀는 그것을 알리러 들어왔다.

"저쪽으로 오라고 하게." 분페이는 그렇게 말하고 금세 아야코에게 말하며 자리를 일어섰다. "그럼, 나는 이만……."

모든 노력이 물거품으로 돌아가 버린 아야코는 아무 말도 없이 아랫입술을 꼭 물고 시아버지의 뒷모습을 노려보듯 물끄러미 바라보았다. 눈에서는 뜨거운 눈물이 뚝뚝 떨어졌다.

(1921.3.5)

제84회

두 사람의 비밀(1)

"걱정이시겠어요." 분페이 뒤에 물러나 있던 오스마는 무슨 생각인지 정리정돈이라도 하러 들어온 듯한 모습으로 다시 그 방으로 들어와 평소에 없던 점잖은 어조로 아야코에게 그렇게 말을 걸었다.

아야코는 이 때 자기 문제가 오스마 귀에 들어가는 게 싫었지만, 그런 말을 듣고 묵묵부답으로 있을 수도 없었다. 오스마가 눈치채지 못하게 눈물을 닦은 그녀는 조금 시선을 의식하면서 말했다.

"고맙습니다. 제가 터무니없는 방해를 해서 미안합니다."

"아니에요, 저야말로 아무런 힘도 못 되어 드리네요."

"천만에요⋯⋯당신에게마저 걱정을 끼쳐 죄송하게 되었어요."

"제가 끼어들어도 되는 거였다면 얼마든지 거들어 드렸을 텐데요. 무슨 일이에요? 꽤나 속사정이 있는 이야기 같아서 일부러 피해 있었어요."

"이미 오래된 역사가 있는 문제랍니다. 제가 아직 아무것도 모를 시절부터요." 아야코는 쓸쓸히 웃었다.

"어머, 그래요?" 오스마는 들뜬 어조였다. "역시 돈 이야기였나요?"

"뭐 그렇지요."

"돈 이야기만큼 싫은 게 없지요." 오스마는 코끝에 경멸의 빛을 띠었다. "어디나 그래요. 돈 때문에 결국에는 친하던 사이도 원수지간처럼 되기도 하지요."

"맞아요."

"저희 아버지도 한 때 꽤나 잘 나갔던 터라 선심 쓰며 사람들에게 빌려줬던 돈이 상당했었어요. 그게 하나도 되돌아오지 않은 것에서 끝나면 말도 안 하겠지만, 지금 저렇게 어려운 지경이 되어도 누구 한 사람 다가와주는 사람도 없더군요."

"그런가요?" 아야코는 낮은 목소리로 대답은 하고 있었지만, 다른 속내가 있어서 이런 이야기를 꺼내는 것인지 아니면 본의 아니게 나와 버린 말인지 오스마 마음을 전혀 알 수가 없었다.

"아, 오늘도 쾌청한 날씨네요." 이렇게 말하며 곧 오스마는 분페이의 방으로 갔다.

아야코도 그 참에 일어나 양관 쪽으로 돌아왔는데, 억지로 굴욕스러운 이야기를 참고 말했거늘 시아버지에게는 아무런 감응도 없었나 싶어 자기 힘으로는 도저히 불가능한 일이라 여겼다.

그녀는 혼자 생각에 잠겼지만, 겨우 마음을 다잡고 시부야 친정으로 전화를 하여 간단히 그 내용을 알렸고, 동시에 우시고메(牛込)에 사는 시라이 쪽에도 교섭 결과를 보고하려고 전화를 걸었는데 그는 자리에 없었다.

"그럼 오늘 4시쯤 귀가하셨을 때 다시 걸겠습니다." 아야코는 그렇게 말하고 전화기에서 멀어졌다.

그 시각이 되어 아야코는 다시 서생인 고야마에게 전화를 걸게 했더니 마침 시라이가 귀가한 참이라고 했다. 그녀가 오늘의 결과는 이야기했더니 시라이도 고개를 절레절레하는 듯한 말투였다.

"놀랍네요. 물론 저는 좋은 결과를 기대하고 있었습니다. 어지간히 심술 맞은 노인네군요."

"저도 지금은 후회해요. 언제 찾아뵙고 말씀드릴게요. 죄송하지만 이제 시라이 씨 힘을 빌릴 수밖에 없을 것 같아요."

"그럼 어제 이야기한 방법으로 어쨌든 의논을 해 볼까요?"

"네, 꼭이요……."

"금방 오실 수 있어요?"

"지금 바로 찾아뵐게요."

"그럼 기다리고 있겠습니다……."

그렇게 전화를 끊고 아야코는 곧바로 채비를 하여 집을 나섰다. 나가는 길에 오시노와 현관까지 배웅을 나온 고야마에게 입단속을 시켰고, 일부러 인력거도 타지 않은 채 그녀는 서둘러 거리로 빨려들 듯이 나갔다.

(1921.3.6)

제85회

두 사람의 비밀(2)

"너, 아무에게도 마님 이야기를 하면 안 된다." 오시노는 현관에서 되돌아 들어오면서 조카 고야마에게 새삼 주의를 주었다.

"예, 알겠습니다." 고야마는 숙모에게 안심감을 주듯 분명히 말했다. 그리고 현관 옆 자기 방으로 들어갔다.

고야마는 오시노의 조카 되는 청년으로, 오시노가 아야코를 따라 시마 가문으로 들어올 때 얼마 지나지 않아 그도 이 집으로 일하러 들어오게 되었다. 물론 아야코의 동정심에서 비롯된 것이었으니, 서생이라고는 해도 다른 심부름꾼들과는 상당히 성격이 달라 아야코는 이리저리 그의 형편을 봐 주고 있었다. 남편에게 부탁하여 밤에는 학교에도 다니게 해 공부를 시켜주었던 것이다. 요즘은 여름방학 기간이라 학교에는 가지 않았지만, 고야마는 아야코의 후의에 보답하기 위해 남들 하는 만큼의 공부를 스스로 게을리하지 않았다. 숙모 오시노와 함께 음으로 양으로 아야코를 위해 충실하게 봉사하였다. 그 점이 역시 오스마 눈에는 거슬렸다. 오스마는 어떻게든 한 사람이라도 제 편을 만들려고 했지만 하녀 오카네 정도가 있을 뿐, 이 고야마에 대해서는 무슨 수를 써도 잘 되지 않았다. 오시노도 나이가 든 데다가 고집스러웠으니 오스마 입장에서는 도저히 엄두가 나지 않았다. 하지만 고야마는 아직 젊고 순수하니 어떻게든 자기 쪽으로 기울게 만들 수 있으리라 생각했다. 다만 기회가 이 날 이때까지 없었던 것이다. 그런데 그 기회가 그녀 앞에 찾아왔다. 그것도 오늘.

그것은 바로 오스마가 본채의 측간에 간 김에 잠깐 마당으로 내려갔을 때의 일이다. 뒷문 근처에서 서생인 고야마가 누군지 젊은 여자와 친밀하게 이야기를 하고 있는 것이 문득 오스마의 눈에 들어왔다.

'어라?' 싶은 마음에 오스마는 호기심 어린 눈을 향하며 어떻게 할지 가만히 보고 있었다.

여자는 열여덟아홉 정도 되는 조금 하이칼라다워 보이는 소녀였다. 겉보기로는 꽤나 곤혹스러운 듯한 모양인지 고야마가 팔짱을 끼고 있었다.

'어머, 저 얌전한 고야마가 어째서 저런 여자에게 걸려들었을까? 사람은 겉만 보고 알 수가 없군.'

그렇게 생각하며 오스마는 계속 자기 모습을 들키지 않도록 주의하면서 집중해서 한 장면도 놓치지 않고자 계속 보았다. 고야마는 집 안 쪽의 시선을 신경 쓰는 것 같았다. 내내 불안한 눈빛으로 이쪽을 힐끗힐끗 보았는데, 곧 여자를 납득시킨 것인지 여자가 미련이 남는 듯한 태도를 보이며 고야마로부터 멀어져갔다.

고야마는 서둘러 뒷문을 떠나더니 수상쩍게 주위를 둘러보면서 현관 쪽으로 되돌아갔다. 오스마는 혼자서 끄덕이다가, 갑자기 황망하게 서둘러 복도로 올라가더니 한 발 먼저 현관으로 나갔다.

그것은 아야코가 시라이에게로 떠나고 약 한 시간 정도 후의 일이었다. 현관 옆 자기 방에 있던 고야마는 갑자기 무슨 생각이 났는지 일어서서 마당으로 내려갔다. 누군가를 기다리고 있었다. 그는 뒷문 쪽으로 가서 먼저 기다리고 있던 그 여자를 만났던 것이다. ―

"고야마, 까꿍!"

옆에서 휙 하얀 얼굴을 내민 오스마는 소녀 같은 몸짓을 하고 웃었다.

"앗!" 고야마는 마주치자마자 그녀가 놀라게 하는 바람에 저도 모르게 화들짝 그 자리에 서버렸다.

"어머, 뭐야, 그 표정은?" 오스마는 여전히 재미있다는 듯이 고야마를 툭 치는 시늉을 했다.

"어머, 그쪽도 보통 사이가 아니군. 처음 알았네. 오호호호호."

"무슨 말이십니까?" 고야마는 흠칫 놀랐지만 아무렇지 않은 얼굴로 말했다.

"에이, 이미 그런 짓을 해놓고!" 오스마는 눈을 흘기듯 했다. "감추려고 해도 안 되지. 이 봐, 이 봐, 이렇게 얼굴에 쓰여 있는 걸."

고야마는 자기도 모르게 손으로 얼굴을 문질렀다.

"방금 그 여자 누구야? 응? 고야마." 오스마는 상대방 얼굴에 구멍이라도 낼 듯 쳐다보았다.

(1921.3.8)

제86회

두 사람의 비밀(3)

고야마는 눈빛이 좀 어두워졌지만 태연한 체하며 반문했다.

"방금 그 여자라니 무슨 말씀이십니까?"

"어머, 너무하네, 고야마! 그렇게 말하다니." 오스마는 마음이 풀린 듯 웃었다. "남들이 모르는 줄 알고? 어지간히 하라고."

고야마는 얼굴이 새빨개져 고개를 숙였다.

"저게 대체 어디 여자야?"

"별일 아닙니다." 고야마는 낮은 소리로 답했다.

"설마 친인척은 아니겠지, 여동생이라거나 사촌이라거나……."

"그런 건 아닙니다."

"그럼 대충 알겠네."

"아." 고야마는 또 새빨개졌다.

"내가 지금 아무것도 모르고 마당으로 내려왔는데 문득 그 여자 모습이 눈에 들어왔지 뭐야. 뭐랄까, 낯선 여자이기는 한데 집을 잘못 찾아와서 고야마에게 묻는 건가 보고 있었더니, 웬걸 엄청 돈독한 사이같이 친하게 이야기를 나누고 있는 게 아니겠어?"

"송구합니다." 고야마는 머리를 긁적였다. "마님 눈에 들어간 이상 어쩔 수 없지만, 부디 다른 사람에게는……."

"그럼, 당연히 아무에게도 말하지 않고말고. 그 대신 나에게만은 이야기해 주겠지?"

"하지만 마님에게 이야기할 만한 그런 사람이 못 됩니다."

"그래도 괜찮아. 고야마가 지금까지 유흥을 많이 즐겼다는 이야기는 듣지 못했지만, 그런 여자가 있구나 싶어 신기하지 않겠어? 여자가 찾아올 수도 있지. 그래, 지금은 더 이상 상관없는 여자야?"

"지금이나 이전에나 특별히 저와 관계가 있던 게 아닙니다. 다만 제 친구가……한동안 관계를 가진 여자에 불과합니다."

"그래? 그럼 그런 여자가 고야마 있는 곳에 뭐 하러 온 거지?"

고야마는 주저했다. "그건 좀 대답하기 어렵습니다."

"그것 보라고. 아닌 척해도 소용없어. 원래 고야마는 주인나리에게 감독을 받으며 이른바 근신하고 지내야 하는 신세지 않아? 물론 오시노의 조카니까 아야코 씨가 특별히 보살펴 주겠지만, 나도 주인 입장인 것은 별반 다르지 않아."

"네." 고야마는 뭔가 큰일이 날 것 같아서 두려워하는 듯한 모습으로 얼굴도 제대로 들지 못했다.

"집주인이라고 할 수 있는 나에게 거짓말을 해도 된다고 생각해?"

"아니요, 결코⋯⋯."

"그렇다면 무슨 일로 왔다는 거야?"

고야마는 어쩔 수 없다는 듯한 낯빛으로 말했다.

"그럼 말씀드리지요. 사실은 그 여자에게 제가 돈을 좀 빌렸습니다."

"어머, 그래서 갚으라고 재촉하러 온 거야?" 오스마는 조금 기대했던 바가 어긋난 표정이었지만 그래도 열심히 추궁했다.

"아니요, 재촉이랄 것까지는 아닙니다만, 부모가 병을 앓고 있으니 조금이라도 어떻게 안 되겠냐고 이야기하러 왔던 겁니다. 물론 전화나 편지로 두세 번 그런 이야기를 하기는 했지만⋯⋯."

"그럼, 그 돈을 오늘 가지러 온 거군."

"네, 그렇습니다. 하지만 주지 못했어요. 저에게 돈이 있을 리 없으니까요⋯⋯그렇지 않아도 저는 저런 여자와는 교섭을 끊을 생각이라⋯⋯."

"그렇다면 더욱 주고 끝내 버렸으면 좋았을 거 아니겠어?"

"네."

"여차하면 내가 융통해 줄 수도 있는데."

"그러면 너무 죄송하지요."

"얼마 정도야?"

"얼마 안 됩니다. 20엔 정도 있으면 충분한데, 하지만 제가 벌써 못 준다고 해 버렸어요……아마 자기 몸을 팔든지 어떻게 하겠지요. 시골에서 작부 일이 들어왔다고 하더군요."

"몸을 팔아?" 오스마는 자기도 모르게 놀란 눈을 크게 떴다.

(1921.3.9)

제87회

두 사람의 비밀(4)

"어머, 겨우 그 정도 되는 푼돈에 몸을 판다고?"

"……." 고야마는 그저 고개를 숙이고 묵묵부답이었다.

"고야마, 정말 그 여자와 아무 관계도 아니야? 사귀던 사이 아니냐고. 이봐, 진실을 말해 봐. 응? 고야마, 지금 말한 건 거짓말이겠지? 그지, 그렇지? 뭔가가 있을 거야. 그 여자랑 깊은 사이였지?" 오스마는 집요하게 고야마의 옆얼굴을 들여다보며 말했다. "나도 그런 고야마의 비밀을 알게 된 이상 결코 나쁘게 처리하지는 않도록 할게. 나에게만은 진실을 말해줘. 응? 고야마……."

"……." 고야마는 또 얼굴을 붉히며 고개를 숙이고 있었지만, 오스마의 친절한 말에 이끌려 들며 그는 마음먹고 다 털어놓았다. "부끄럽습니다. ……마님이 추측하신 대로입니다……." 그렇게 말하고 외면했다.

"그렇지!" 오스마는 내말이 맞지 않냐는 듯 크게 끄덕였다. "그 여자에게 그런 작부일 따위를 시키고 고야마는 괜찮다는 거야?"

"…………."

"그러면 너무 가엾잖아." 그렇게 말하며 오스마는 주위를 조심스럽게 둘러보면서 퍼뜩 눈치챈 것처럼 말했다. "이런 데서 서서 이야기할 수는 없지. 마당 정자에 가서 기다려 봐……나도 여러 가지로 물어보고 싶은 게 있거든. 고야마를 나쁜 사람이라 생각하지는 않을게…"

오스마는 낮은 소리로 속삭이듯 말하더니 휙 하고 고야마 옆을 스쳐 안쪽으로 가버렸다. 고야마는 왠지 여우에게라도 홀린 듯한 기분이 들어 허탈하게 현관으로 내려가 다시 원래 왔던 길을 통과하여 마당으로 들어갔다. 그리고 가산의 산자락을 돌아 사방을 둘러보면서 정자 쪽으로 내려갔다.

매화 숲이라고 할 정도는 아니지만, 몇 그루의 매화 노목이 파란 이끼를 입고 그 경사면에 꼬인 줄기와 가지를 뻗고 있었다. 자연복으로 만든 그 정자 주위에는 연꽃이나 싸리나무가 심어져 있었다.

고야마는 생각지도 못하게 오스마에게 들켜버린 자기 비밀 때문에 얼떨결에 그녀의 동정을 샀고, 여자에게 갚을 돈까지 빌려 준다는 오스마 말을 믿고 여기에서 그녀를 기다리러 오기는 했지만, 뭔가 모르게 불길한 느낌에 마음이 불안했다.

"오스마라는 여자는 저런 말을 하고 나를 한바탕 골려먹을 생각일지도 모르지."

정자 근처까지 오자 문득 그런 기분이 들어서 오스마의 마음 밑바닥을 헤아릴 수 없는 듯 불안감을 느꼈다. 그러나 또 숙모 오시노의 이야기에 따르면 방심할 수 없는 여자라고 여태 들어왔는데, 오스마가 도리어 마음씀씀이가 다정하고 세상 물정을 잘 아는 친절한 사람 아닌가 싶었다.

'어쨌든 기다려 봐야지.'

고야마는 그렇게 생각하고 정자 안으로 들어가 앉아 품에서 궐련을 꺼내 성냥불을 붙였다. 파란 연기가 고요한 여름 저녁답게 휘리릭 피어올랐고 주위는 고즈넉했다.

그러자 20분이나 지났을까, 오스마의 화려한 욕의 차림 모습이 멀리 저쪽 가산 언저리에서 보였다. 그리고 마당에 우거진 나무 사이의 작은 길을 저쪽으로 돌다가 이쪽으로 꺾어지더니 점점 쓸쓸한 매화나무 쪽으로 다가왔다.

고야마는 왠지 모르게 가슴이 철렁했다. 왠지 애인이라도 기다리는 듯 이루어지지 못할 사람이라도 만나는 듯한 불안과 환희를 느끼면서, 제정신이 아닌 듯 들떠서 가만히 앉아 있을 수가 없었다. 게다가 짙은 남색으로 물들인 욕의에 가는 오비를 매고 살그머니 자기 쪽으로 걸어오는 그녀의 요염해 보이는 올린 머리 모습이 묘하게 그의 젊은 심장을 두근대게 만들었을 뿐만 아니라, 동정심에 자신과 사귀던 여자에게 돈까지 주겠다는 그녀 마음이 이런 입장에서 얼마나 반가웠는지 모른다.

"내가 많이 기다리게 했지." 오스마는 숨을 몰아쉬며 거기 벤치에 앉았다.

(1921.3.10)

제88회

"이봐, 내가 돈을 가지고 왔으니까." 오스마는 살짝 오비 안으로 손을 넣었다. "그래도 이건 비밀이니 그런 줄 알아. 알겠지?"

"그렇습니까?" 고야마는 주저와 만족을 동시에 띤 이상한 표정을 얼굴에 띄웠다. "하지만 제가 이유도 없이 마님에게 이런 돈을 받게 되면 너무 죄송한데요." 일단은 사양해 보았다.

"괜찮아, 내가 주는 거니까 괜찮아. 지금이야 나도 돈 부족할 일은 없지만, 이래봬도 왕년에 고생깨나 해서 그런 이야기를 들으면 가여워서 견딜 수가 없어……."

고야마는 그녀 말에서 풍겨 나오는 일종의 매력을 느끼지 않을 수가 없었다. 의심할 여지나 반항할 심정도 없어 보였다.

"고야마, 당신에 대해서는 내가 지금까지 꽤나 걱정했지. 왜냐하면 고야마는 오시노의 친척이니 아마 나를 좋게 보지는 않았겠지만, 어차피 누구 신세를 질 거면 정말로 이로운 쪽으로 생각해 주는 사람이 좋은 거야. 물론 아야코 씨도 좋은 사람이기는 하지만, 친정이 가난한 데다가 요즘 남편하고도 별로 좋지 않으니, 그쪽 사람들 신세도 언제 어떻게 될지 모르는 일이야. 그런 사람에게 붙어 있어봤자 결국 장래적으로 내다볼 게 없어. 당장은 돈이 없으면 아무것도 못한다니까."

"네." 고야마는 신음하듯 말했다.

"고야마만 그럴 마음이면, 내가 큰 나리에게 이야기를 잘 해서 고야마에게 잘 좀 대해 줄 작정이기는 한데, 그래도 나를 믿어주지 않으면 곤란하지……."

고야마는 왠지 이 여자에게 교묘히 넘어가는 듯한 기분이 들었지만, 처지가 불리한 그의 입장에서 그녀의 달콤한 언변은 마치 벌꿀처럼 달고 유쾌했다.

"네, 믿습니다." 고야마는 마침내 그렇게 말하지 않을 수 없었다. 그리고 그와 더불어 그녀가 말하는 것이라면 무엇이든 들어야겠다는 이상한 유혹을 느꼈다.

"정말?" 오스마는 색기 어린 눈으로 젊은 혈기가 도는 그의 얼굴을 의미심장하게 바라보았다. "그럼 내가 고야마에게 뭐 하나 물어봐도 될까?"

"네, 뭔가요?"

"고야마가 보기에 나하고 아야코 씨하고 누가 더 가엽다고 생각해?"

"그야 젊은 마님이 더……."

아뿔싸 싶었지만, 그렇게 말이 나간 뒤였으니 고야마는 이미 돌이킬 수가 없었다. 말을 잘못했다고 눈치를 챘을 때는 이미 늦었다.

"왜지?" 오스마는 기분이 나빴지만 웃음을 가장했다. "그럼 고야마의 여자와 비교하면……?"

"그거랑은 달라요."

"나도 역시 똑같다고." 오스마는 예쁜 눈썹을 치켜떴다. "나 같은 여자는 말이야, 부모가 망했기 때문에 저런 노인에게 흘러 들어와서 이게 뭔가 싶어. 그리고 저 영감이 죽으면 나는 이 젊은 부부에게 구박을 당해서 내쫓길지 아닐지 알 수도 없는 신세라고."

"설마 그런 일은 없겠지요."

"아니. 그러니까 내가 마음 놓고 편히 지낼 수 없다는 거야." 오스마는 노골적으로 말했다. "하다못해 고야마 한 사람만이라도 나에게 동정해 준다면 얼마나 반가울까? 내 편이 되어 줘."

"제가 말입니까? 네, 돼 드리지요."

"정말?" 오스마는 빤히 추파를 던졌다. "그게 정말이라면 내가 고야마를 위해 안 좋은 일은 절대 하지 않을게. ……당장 내가 고야마에게 묻고 싶은 게 뭐냐 하면, 오늘 아야코 씨가 어디로 갔느냐 하는 거야."

오스마의 눈은 한층 빛났고 고야마를 뇌쇄라도 시킬 듯 가만히 응시했다.

(1921.3.11)

제89회

두 사람의 비밀(6)

"글쎄요……." 이 질문에는 고야마도 과연 답변을 주저하지 않을 수 없었다.

"흥, 거 봐. 고야마는 역시 아야코 씨 편이었어."

"그런 게 아닙니다." 고야마는 까닭도 없이 머리를 긁적긁적하며 송구하다는 태도를 취했다.

"그럼 말하는 게 어때? 내가 다 알아. 아야코 씨가 살짝 나가 인력거도 타지 않고 갔다는 거. 어디로 갔는지 맞춰 볼까?"

"……."

"이봐, 그렇게 나를 애타게 만들지는 마." 오스마는 무릎걸음으로 다가갔다. "아니면 고야마, 뭐야? 아까 나에게 말한 건 거짓말이야? 내 편이 되겠다고 하더니, 그렇게 분명하게 말한 게 나를 순간 기쁘게 할 작정이었던 거군. ……아, 그런 거였어. 나를 속여 넘길 속셈이었어, 틀림없이."

"마님, 그, 그런……그런 말씀을 하시면 제가 너무 곤란합니다." 고야마는 당황하여 꺼져들 듯 말했다. "그런 게 결코 아닙니다. 사실은 그게 ……젊은 마님이 가신 곳은……."

"입단속을 당했겠지. 그런 정도는 나도 알고 있어."

"네, 아니, 그, 사실은 저기 시라이라는 분의 댁으로 잠깐 가신 건데요……." 고야마는 결국 실토해 버렸다. 그러자 겨드랑이에서 식은 땀이 흠뻑 흐르는 것을 그는 느꼈다. 젊은 마님에게 정말 미안하다는 후회가 들었지만, 이제 와서 어찌할 도리도 없었다. 고야마는 곧바로 다시 방금 한 말을 뒤덮기라도 하듯 이렇게 말했다.

"게다가 이번 친정집 사건에 관해 무언가 부탁하시려는지, 실은 젊은 마님 혼자 결심하시고 몰래……."

"그래." 오스마는 수긍했다. "더 상세한 내용도 알고 있는 거지?"

"아니요, 그 이상은 아무것도 모릅니다."

"시라이라는 사람과 아야코 씨의 사이는 어떤 거야? 이전부터 무슨 관계가 있었지?"

오스마는 일부러 모르는 체하며 가볍게 물었다.

"옛날 일은 저도 잘 몰라서……."

"사귀는 사이는 아니었어?"

"글쎄요." 고야마는 고개를 갸웃했다. "그런 일이 있었을 지도 모르지요. 아마 숙모가 알 거예요." 고야마는 그것까지는 말하고 싶지 않았고 또 잘 알지도 못했으므로 교묘하게 예봉을 숙모 쪽으로 돌렸다.

오스마는 낮은 목소리로 말했다. "그럼, 지금부터 야아코 씨와 그 시라이라는 사람과의 사이에 뭔가 있으면 살짝 나에게 알려주지 않겠어? 그 대신 나도 돈으로 도울 수 있는 일이라면 어떤 일이든 고야마를 위해 해 줄 테니까……."

"네."

"어차피 그렇지 뭐, 온천장에서 몰래 만남을 가질 만큼 그 사람들 사이가 그랬을 거야. 아야코 씨가 무슨 일을 하고 다니는지 정도는 나도 잘 알고 있어. 고야마와 주변 사람들은 품행이 반듯한 젊은 마님이라 믿고 있을지 모르겠지만 말이야, 내가 보는 눈이 정확하거든."

"네." 대답은 했지만 고야마는 오스마의 말투가 너무 야비하다고 생각했다. "하지만 그건 마님 오해가 아니실까요?"

"무슨 오해가 있겠어? 사람은 겉만 보고는 모르는 거라고." 오스마는 예의 그 차밍한 표정으로 밀어붙이듯 말했다. "아직 내가 고야마와 이야기하고 싶은 게 있지만, 고야마도 잘 생각해 봐. 조만간 자기 마음을 정하는 편이 좋을 거야." 그녀는 오비 틈에서 손이 베일 듯한 빳빳한 지폐를 세 장 꺼냈다. "자, 여기 삼십 엔."

"아니, 하지만……." 고야마가 주저하는 것을 오스마는 휙 일어서서 그의 옆으로 다가갔다. "고야마도 어지간히 간이 작군."

억지로 그의 손에 돈을 쥐어준 오스마는 갑자기 자기의 상기된 뺨을 사내 뺨에 딱 붙이더니 사내의 입술을 훔쳤다. 아차 싶어 고야마가 일어나려던 순간, 멀리서 자기 이름을 부르는 소리가 들렸다. 두 사람은 용수철이 튀듯 놀라 오른쪽 왼쪽으로 갈라섰다. 머리 위에서 매미가 맴맴 비웃듯 울었다.

(1921.3.12)

제90회

오해(1)

그날 아야코가 시라이 집에 갔다 돌아온 것은 밤 8시 무렵이었다. 하지만 그 날 하루만에 일이 다 끝나지 않았다. 사건 내용을 다 털어 놓고 변호사의 의견을 한번 들어봐야 하는 것이었으므로 시라이는 전화로 쓰키지(築地)에 있는 그 변호사 사무소로 찾아가 면담을 하기에 좋은 시간을 문의해 주었다.

"내일 오전 중이면 언제든 만나겠다고 하는데, 아야코 씨 사정은 어떻습니까?" 시라이는 전화실에서 서양식 서재로 돌아오더니 아야코에게 그렇게 물었다. 두 사람은 그로부터 한 시간 정도에 걸쳐 오늘의 결과와 그 전후 방책에 관하여 진중하게 협의했다.

"저는 언제든 좋아요." 아야코는 그때 시라이를 마주보며 답했다.

"그럼 그렇게 전하겠습니다……." 시라이는 온화한 얼굴을 하고 의자에 앉더니 그것으로 우선 이야기가 일단락되었다는 듯 조용히 금종이로 만 궐련을 하나 들고 성냥불을 켜며 말했다. "하지만 분페이라는 사람은 상상 이상으로 뭘 모르는 사람이네요. 아야코 씨는 오늘까지 그런 시아버지 비위를 참 잘도 맞추며 살아오셨습니다."

"네……, 그래도요." 아야코는 살짝 웃었다. "평소에는 그렇지도 않거든요. 이번에 새로 결혼하시면서 다소 심사가 바뀌신 것 같아요……."

"역시 그럴 거라 생각해서 돈 쪽도 제가 조금 알 만한 데에 물어봐 두었습니다." 시라이는 다시 앞날의 문제 이야기로 옮겼다. "어쩌면 이참에 깨끗이 담판을 짓고 시마 가문에 얽힌 채무는 정리해 버리는 게 낫겠습니다."

"네, 그렇게만 된다면 그보다 더 좋을 수 없겠지만 아무래도 시라이 씨, 거금이라서요."

"그러니까 그 액수를 줄이게끔 하는 겁니다. 그것은 변호사 기량에 달려 있지요. 다른 데서 돈을 빌린다 해도 어차피 마련해야 하는 것은 마찬가지니까요. 그쪽은 제가 좀 알아보도록 하지요."

"그러면 제가 너무 죄송한데요."

"아닙니다. 이건 야마무라 선생님께 받은 은혜에 대해 제가 다소나마 보답을 하는 것이니까요……."

아야코는 뭐라 감사의 말을 해야 좋을지 몰랐다. 잠자코 고개를 숙이고 있는 사이에 저절로 눈물이 배어나왔다.

그러자 시라이는 그것을 보고도 짐짓 못 본 체하며 "어떠신가요? 특별히 대접할 것은 없지만 괜찮으시다면 저녁이라도 드시는 게…… 이미 보시는 바처럼 저희 집은 안주인은 없는 상태라 모처럼 이렇게 오셨어도 외부에서 먹는 밥이나 비슷하겠지만……."

"아니에요." 아야코는 어딘가 쓸쓸한 듯한 주위를 바라보았다. "제가 이러고 있을 수가 없어요. 자제분들이 집에 계실 때 다시 느긋하게 놀러 오겠습니다."

그렇게 말하고 아야코는 곧 시라이와 헤어졌지만 왠지 너무도 많은 짐을 시라이에게 짊어지운 것이 괴로워서 돌아가는 길 내내 인력거에 흔들리면서 여러 가지로 마음이 쓰였다. 아예 시라이와 상의하지 않는 편이 좋았을 것 같은 후회도 들었고, 자기가 부족해서 문제가 커져 버린 듯한 불안도 생겨 새삼 괴로운 자신의 입장을 절절히 느꼈다.

그날 밤 다쓰에가 무언가 찾아볼 게 있다는 바람에 아야코는 그날 있었던 일을 그에게 이야기할 여유도 갖지 못하고 그만 밤이 깊어버렸다.

다음날은 다시 8시 무렵 다쓰에가 출근해 버렸으므로 충분히 이야기할 시간이 또 없었다. 그러는 사이에 9시 경 시라이로부터 전화로 곧장 오라는 소식이 왔으므로 부리나케 그녀는 집을 나섰던 것이다.

시라이 집 현관에는 벌써 자동차가 와서 손님을 기다리고 있었다. 그리고 어제 만난 서재에서 10분 정도 이야기를 하다 서둘러 두 사람은 집을 나섰다.

하얀 린넨 양복을 입은 시라이와 나란히 아야코는 자동차 안에 앉았지만, 아침 무렵의 거리는 아직 먼지도 그렇게 일지 않고 차분했다. 자동차는 미미한 흔들림을 두 사람 몸에 전하며 미끄러지듯 거리를 달렸다.

"아무 걱정 필요 없어요. 변호사가 잘 처리해 줄 겁니다." 시라이는 안심시키듯 아야코에게 말했다.

(1921.3.13)

제91회

오해(2)

시라이가 부탁한 변호사라는 사람은 니키(二木)라고 했으며 민사 쪽에서는 유명한 박사였다. 만나 이야기를 하니 그리 딱딱하게 법률을 따지는 것 같지도 않고 말투도 지극히 평이했다. 그는 시라이와 아야코가 번갈아 이야기하는 사건의 원인과 내용을 듣고는 어깨를 흔들며 쿡쿡 웃었다.

"흐흠. 묘한 시아버지로군요. 그렇다면 우선 그 오구라라는 지배인을 호출해서 자세히 물어봐야겠습니다."

"그래 자네 보기에는 어떻게 될 것 같은가?" 시라이가 니키에게 물었다.

박사는 잠깐 고개를 갸웃했다. "글쎄나, 어찌 될지는 일단 그 사내를 만나 보지 않으면 모르겠지만, 인척 관계이기도 하고 돈을 빌려주고 빌린 당시 사정이 사정이니 만큼 그 연대보증 분만 어떻게 처리하면 그것으로 얌전히 물러날 것도 같은데." 별일 아니라는 듯 말했다.

"그렇게 끝난다면 아주 좋겠는데……."

"그래도 그 연대 보증만 해도 만 엔이나 되잖은가. 그건 어떻게 마련이 되겠습니까?" 박사는 아야코를 향해 물었다.

그러나 시라이가 이야기를 받았다. "그건 괜찮아. 어쩌면 그보다 더 마련할 수 있을지도 모르고."

"아니, 그 이상은 필요 없을 걸세. 무엇보다 상대가 그러자고 승낙하지 않으면 도리가 없지만. 저쪽 입장에서도 소송을 일으켜봤댔자 재판관에게서 합의를 권유받아 물러나는 정도가 일반적인 결론이니까. 그렇게 하는 게 득책이지. 어쨌든 하루 이틀 중에 그 사내를 불러 물어보도록 하지. 만약 그 사내가 야마무라 씨 집으로 가거든 나에게 위탁했다는 것을 미리 잘 알려주기만 하면 돼……. 그럼 위임장을 한 장 써 주지." 박사는 서생을 불러 그 서식을 가지고 오게 했다.

그리고 그런 이야기가 다 끝나고 여담으로 옮아갈 즈음 마침 점심 시간이 되어 박사는 서생을 불러 단골인 긴자(銀座) 쪽 레스토랑으로 갈 채비를 하라고 분부했다.

"어떠십니까? 초면에 실례이기는 하지만 괜찮으시다면 같이 가시지요." 니키는 아야코에게 말했다.

"아, 고맙습니다. 모처럼 권해 주셨는데 오늘 들려주신 말씀으로 저도 한시름 놓았으니 지금 곧장 시부야 친정으로 가서 이 일을 아버지께 보고 드리고 싶어요."

"그래도 같이 가는 게 어때요?" 시라이도 아야코에게 말했다. "모처럼 니키가 이렇게 말하니 한 시간 정도면 될 거예요."

"네, 그럼 그렇게 할까요?"

그래서 세 사람은 곧 나란히 자동차를 탔다. 그리고 긴자의 그 레스토랑의 이 층 안쪽 조용한 방에서 담소하며 식사를 했다.

아야코가 그곳에서 두 사람과 헤어져 나온 것은 오후 1시 무렵이었다. 그녀는 곧장 시부야로 갔다가 반초 시댁으로 돌아왔는데, 그때가 이미 5시 무렵이었다.

그러자 그날따라 다쓰에게 평소와 달리 일찍 귀가해 있었다. 고야마에게 물으니 그는 지금까지 거기에서 데이코를 데리고 놀나가 아마 본채 쪽으로 갔을 거라고 알려주었다.

"뭔가 물으시던가?"

고야마는 깊은 눈빛을 하고 답했다. "아닙니다. 아무 말씀도 없으셨습니다." 그렇게만 말하고 그는 잠자코 물러났다. 하지만 그 말투는 왠지 모르게 주저하는 느낌이었다. 감정에 민감한 아야코는 곧바로 알아차렸지만, 서생이 주인에게 걱정을 끼치지 않으려고 숨겨 주는 태도려니 하고 선의로 해석하여, 그저 "그래"라고만 하고 자기도 더 이상 말없이 양관으로 들어갔다. 그러나 아야코 입장에서는 이 사건이 일어난 이후 평소도 그렇지만 오늘따라 특히 자기 집이 묘하게 쓸쓸하고 차가운 느낌이 들어 견딜 수가 없었다.

아야코 입에서는 절로 깊은 한숨이 새어나왔다. 그러자 그리 얼굴을 내민 오시노 표정까지 왠지 어두워 보였다. 아야코는 뭔가 남의 집에 무단으로 들어온 듯한 느낌이 들었다.

(1921.3.15)

제92회

오해(3)

저녁 식사 시간이 되어도 다쓰에는 이쪽으로 건너오지 않았다. 식모에게 물으니 오랜만이라 아버지와 같이 먹겠다고 했다는 답변이었다.

"하필이면." 때가 때인지라 아야코는 왠지 기분이 좋지 않았다. "어떻게 된 일이지? 아버님과 식사를 같이 하다니 요즘 들어 없던 일인데." 아야코는 데이코, 오시노와 같이 저녁 식탁에 웃으며 앉기는 했지만, 그런 일은 다쓰에 귀국 이후 한 번인가 두 번 있었을 뿐이었고 늘 아야코와 함께였는데 오늘만 다쓰에 혼자 안채에 가서 식사를 한다는 것이 무언가 의미가 있을 수밖에 없는 일이라 여겨졌다.

"정말 이상해." 아야코는 오시노에게 말했다. "봐요, 유모, 내가 집에 없을 때 무슨 일이 있었던 건 아니고?"

"글쎄요." 오시노는 고개를 갸웃했다. "저는 알지도 못했는데, 아마 마님 귀가가 늦어졌다고 해서 딱히 깊은 뜻을 가지고 저리 혼자 가서 드시지는 않을 거예요. 그저 큰 나리가 부르셔서 어쩔 수 없이 가 계시는 거겠지요."

"그러면 괜찮지만 내가 집에 들어오니 뭔가 집안 분위기가 확 바뀐 것 같아서요."

"어머, 그건 마님 기분 탓일 거예요. 마님에게 걱정거리가 있다 보니 집안 분위기까지 달라진 것처럼 보이신 거 아닐까요? 나리는 아니지만 이를 테면 다른 모든 사람들은 마님의 적이나 다름 없으니까요."

"그건 그렇지요." 아야코는 눈물 고인 눈을 내리떴다. "도리어 남이 나를 동정하는 마음에 사서 고생을 해 주시는 정도니. 요즘은 내가 정말 너무 한심해."

"그럼 저기 어떻게든 해결이 될 것 같나요?"

"아직 거기까지 이야기가 진행되지는 않았지만, 시라이 씨가 상낭히 신경을 써 주셔서 유명한 변호사에게 의뢰해 주셨으니 유모도 안심해요."

"어머나, 그러셨군요."

"내가 그분께 이렇게까지 은혜를 입으니 정말 너무 송구하기는 한데, 지금 내 처지로는 다른 것에 신경 쓸 여유가 없어서 잠자코 지시하시는 대로 따르려고요. 그래도 멀쩡한 남편이 있는데 부부 사이에 끼어 애써 조정을 하려는 것이라 옆에서 보면 이상하게들 생각하지 않을까 걱정하시더라고요. 오히려 내가 처신하기 불편할 정도였어요."

두 사람은 그런 이야기를 하면서 잠시 식당에 앉아 있다가 곧 아야코는 자신의 다타미 방으로 들어가서 남편을 기다리고 있었다. 그랬더니 한 시간 반이나 지나고서야 다쓰에는 벌게진 얼굴을 하고 안채에서 돌아왔는데 아야코 얼굴을 보더니 아니나 다를까 난처한 듯 주저했다.

"허어, 언제 집에 왔지?"

"벌써 아까 돌아왔지요. 볼일이 있으신 것 같아서 일부러 부르지 않고 기다렸어요."

다쓰에는 그 말에 대답은 않았다.

"오늘은 어디 갔었어?"

그렇게 묻는 것이 평소와 다른 어조의 느낌이 들어 조금 겁이 난 듯 아야코는 선뜻 답변을 하지 못했다.

"오늘은 무슨 일로 어디 갔던 건지 내가 묻고 있잖아." 다쓰에는 술로 새빨개진 얼굴에 우매한 분노의 표정마저 띠고 있었다.

"어머!" 아야코는 어이가 없다는 듯이 그 얼굴을 바라보았다. "당신 화내는 거예요?"

"내가 무슨 화를 낸다고 그래?"

"그럼 모르겠지만 갑자기 그런 무서운 얼굴을 하시니 내가 놀랐네요." 아야코는 서늘한 눈으로 쳐다보았다.

(1921.3.16)

제93회

"그런 건 아무래도 상관없어. 당신이 오늘 누구와 어디에 갔었는지 내가 알고 싶다고." 다쓰에는 매정하게 목소리에 날을 세웠다.

"그건 알겠어요. 하지만 지금까지 당신이 나에게 그런 말투로 물은 적이 한 번도 없었잖아요." 아야코는 스스로 가능한 한 차분하고 조용하게 말하려고 했다. "더 조용하게 말씀해도 대화는 할 수 있어요."

"그걸 내가 모르겠어? 하지만 당신 요즘 평판이 좋지 않아."

"평판이요? 평판이라고요?" 아야코는 반문했다. "어머나, 듣기도 남사스런 말이네요. 어째서요?"

"어째서라니, 당신이 잘 알 텐데."

"저는 딱히 그런 기억이 없어요. 하지만 제가 여러모로 부족하니까……." 아야코는 자기도 모르게 눈을 내려떴다.

"오늘 당신 자동차 타고 어디를 갔던 거야?" 다쓰에는 지금까지 본 적 없는 불쾌한 표정으로 물었다.

아야코는 어느 틈에 그 사실이 남편 귀에 들어갔는지 수상쩍었다. 그리고 뭔가 찜찜한 기분도 들었지만, 이러면 안 된다고 스스로 자신감과 용기를 냈다.

"그 일 말이군요. 그거라면 제가 당신에게 오늘 이야기하려고 생각하던 일이에요. 언젠가 말씀드린 시라이 씨와 동승해서 쓰키지의 니키 변호사님을 방문했었어요."

"니키 변호사에게……? 음, 그렇군, 그건 벌써 모두가 알고 있는 일이지."

"그렇다면 니키 변호사님께 통지문도 받았겠네요."

"그것도 받았지. 하지만 변호사로부터는 단순히 당신 아버지에게 의뢰를 받았다는 말뿐이었고, 도중에 당신을 목격한 사람은 또 따로 있어."

"그래요? 그런데 그게 뭐 잘못된 건가요?"

"당신은 어떻게 생각하는데?"

"잘못된 거라고 생각했으면 저도 마음에 짚이는 게 있겠지만, 옳은 일이라고 믿고 있어요."

"당신이 그 변호사에게 부탁하러 간 것도 옳다는 거지?"

"그럼 옳지 않다는 말씀이에요?" 아야코는 조용하게 다소 비꼬는 표정을 하고 그렇게 반문했다. "제가 제 친정 문제라 다소 판단이 흐려진 점이 없다고는 할 수 없지만⋯."

"그럼 당신은 우리 시마 집안의 감정을 해치면서까지 친정 이익을 도모하기만 하면 된다는 생각인 거야?"

아야코는 어이없다는 표정으로 다쓰에를 바라보았지만 왠지 자기도 모르게 마음이 초조해졌다.

"아뇨, 그런 게 아니에요. 하지만 사리분별을 잘 하는 변호사라면 양쪽 모두에게 이익이 되도록 원만하게 이야기를 해줄 거라고 믿었어요."

다쓰에는 입가에 비웃음을 띠었다. "누가 대체 그런 걸 당신에게 가르쳐 준 거지? 설마 당신 머리에서 나온 건 아닐 테고."

"누구 생각이든 저는 그것 말고 달리 방법이 없었어요."

"그게 건방지다는 거야. 당신이 그런 건방진 여자인 줄은 나도 지금까지 몰랐다고."

"제가 너무 나댔다고 말씀하시는 거예요?"

"모두 그렇게 말하지. 아버지도, 오스마 씨도, 오구라도……."

"제가 얌전히 방관하고 있었으면 좋았겠지만 사정이 그렇게 허락하지 않았다고요. 어쩔 수 없었단 말이에요……."

"그럼 왜 나에게 먼저 그런 이야기를 하지 않았지?"

"그야 당신 입장이 어려워질 뿐이라 생각했으니까요……."

"지금 이 지경이 되니 내 입장은 더더욱 힘들다고."

"당신에게 책임이 있다는 게 아니잖아요. 저 혼자 한 일이니까요."

아야코 얼굴에는 이전보다 더 선명하게 비아냥대는 듯한 웃음이 떠올랐다. 그 자리의 광경은 점점 더 험악해질 뿐이었다.

(1921.3.17)

제94회

오해(5)

"그럼 당신이 그 문제를, 다른 사람도 있는데 굳이 시라이에게 들고 간 것은 대체 무슨 이유지?" 다쓰에는 조금 후에 물었다.

"여보, 그거야 ……그분이 시부야 친정집을 누구보다 위하고 생각해 주니까요." 아야코는 열정적인 눈빛으로 단호하게 말했다. "그건 제가 당신에게도 말씀드렸고, 같이 기뻐해 주기를 바랐을 정도라고요. 이 문제에 관해 그분이 얼마나 걱정을 해 주셨는지……그 이야기는 꼭 당신에게도 해 드리려고 생각하고 있었다고요."

다쓰에는 불쾌하다는 듯 눈을 치켜떴다. "내가 그런 말을 듣고 어떻기를 바랐다고?"

"제 기쁜 마음에 당신도 동감해 주실 거라고 생각했다고요." 아야코는 다소 엄숙한 태도를 취했다. "게다가 이 문제에 관해서는 당신도 걱정했잖아요. 원만하게 해결되는 게 당신 입장에서도 결코 나쁜 일은 아니지 않나요? 저는 당신이 이렇게까지 화를 내는 이유를 모르겠네요. 당신이 스스로 나서서 이것저것 알아보고 수고를 하게 되면 아버님 뵙기에도 불편한 점이 생길 수 있지만, 제가 친정을 위해 동분서주하는 정도는 감안해 주셔도 되는 거 아니에요?"

"……." 다쓰에는 입을 다물고 있었다.

"저는 지금까지 당신을 믿어 왔어요. 존경도 했고요. 하지만 지금 당신이 하는 말을 들으니 제가 왠지 너무 한심스러워지네요. 당신 그렇게 냉담한 분이었어요?" 그렇게 말하고 아야코는 뚝뚝 흐르는 눈물을 손수건으로 닦았다.

"내가 냉담하다고?"

"……."

"내가 아무것도 안 하니까 그 때문에 시라이에게 부탁을 했다는 거로군."

"그런 게 아니에요. 오해하시면 곤란해요. 저는 당신에게 아무것도 요구하지 않았어요. 그저 동정해 주기를 바랐을 뿐이라고요."

"하지만, 당신 친정에도 알아볼 사람이야 있었을 거 아니야. 다른 사람들 보기에, 더구나 문제의 당사자인 시마 가문의 며느리로서 당신이 돌출행동을 하고, 더구나 대낮에 시라이와 자동차를 타고 시내를 돌아다니는 건 별로 올바른 행동거지가 아니라고 봐. 나뿐만 아니라, 아버지도 오스마 씨도 모두가 그렇게 당신을 비난한다고."

"그 점은 저도 몰랐던 바가 아니지만 그래도 시라이 씨가 같이 가는 게 좋겠다고 말씀하셨단 말이에요. 저도 그렇게 남에게 맡겨두기만 하고 있을 수는 없다고 여겨서 동반하기는 했지만……그게 그렇게 나쁜 짓이었다면 제가 사과드리겠어요."

"나에게 사과한들 아무 소용이 없어. 아버지가 화를 내고 계시니."

"아버님께도 제가 사죄드릴게요. 어차피 그건 이 집안 여러분들의 감정을 건드리지 않으면 안 되는 일이었어요. 그건 제가 각오를 한 점이에요."

"그럼 뭐야, 이 건에 관해서는 친정만 구할 수 있다면 당신 한 몸은 어찌 돼도 상관없다는 그런 배짱이었군."

"그렇게까지는 생각한 건 아니에요." 아야코는 한숨을 쉬었다. "만약 그렇게 되더라도 어쩔 수 없는 일이라고 체념할 수밖에 없었지요."

"대단한 결심이로군." 다쓰에는 쓴웃음을 띠었다. "당신이 부부의 애정까지 내걸고 그렇게 한 거라면 나는 아무런 할 말이 없어."

"그래도 제 입장으로서는 어쩔 도리가 없었는 걸요. 그 때문에 제가 이혼이라도 하게 되면 저는 덫에 걸려버린 거라고 생각할 수밖에 없어요."

"뭐라고?"

"아니에요, 그건 당신이 모르는 일이에요." 아야코는 눈물 사이로 쓸쓸한 미소를 보였다.

(1921.3.18)

제95회

오해(6)

아야코는 남편에게 때가 되면 말하려 한 것이 많았지만, 잘 버티지 못하는 그의 입장에서 이런 때 자진하여 아내와 헤어지는 문제를 언급할 만큼의 자신감이나 용기가 없는 성격인 것도 잘 알고 있었다. 그래서 더 이상 그의 소극적 태도를 탓하는 것은 어리석은 일이라 여겨 포기했다.

다만 이상한 것은 자기가 시라이와 자동차에 동승했던 것을 다쓰에가 어떻게 알았느냐 하는 점인데, 어디서 들어서 알게 된 것 치고는 너무 빠르다고 여겼다. 또한 설령 니키 변호사가 전화나 무슨 다른 방법으로 신속히 오구라에게 이야기를 전했다고 쳐도, 자기가 시라이와 함께 방문한 것에 관해서는 입 조심을 당부해 두었으므로 그에게서 그런 이야기가 새어 나왔을 리도 없었다. 그렇다면 혹시 다쓰에가 직접, 혹은 다른 누군가가 도중에서 그 모습을 목격했던 것일까? '도중에 당신을 목격한 사람은 또 따로 있어.' 그렇게 말한 다쓰에의 말이 떠올랐다. 그러자 아까 귀가했을 때 서생 고야마의 행동이 묘하게 어떤 숨은 뜻을 지닌 듯 아야코 뇌리에 되살아났다.

'그래도 설마 고야마가 그런 짓을?' 아야코는 즉시 마음속에서 그 생각을 지웠다 그는 오시노의 조카다. 고야마가 자기에게 불리할 만한 이야기를 할 턱이 없다고 여겼다.

어쨌든 남편 감정에 질투와 시기가 더해지는 바람에 일이 더 꼬였다고 아야코는 초조하게 생각했다.

그래서 그녀는 더 이상 깊이 파고들기를 피하고 곧 자기 방으로 물러났지만, 평소 다쓰에가 침실로 들어올 시각인 10시가 넘어, 금세 11시가 되어 버렸다. 그래도 다쓰에는 침실로 오지 않았으므로 아야코는 다소 마음에 걸려 재차 이층에 올라가 보니, 다쓰에는 바람이 잘 통하는 창가에 팔걸이의자를 꺼내서 서생 고야마와 여느 때와 달리 친밀하게 이야기를 나누고 있었다.

"어머, 고야마 여기 있었네." 아야코는 아무것도 눈치채지 못하고 살짝 그리 얼굴을 내밀었다. "여보, 아직 안 주무실 거예요?"

"나?" 다쓰에는 아까 그 이후에 또 베르무트[09] 술이라도 마셨는지 아까보다도 한층 더 유별스러운 목소리였다. "난 안 자. 졸리면 먼저

---

09 이탈리아 북부나 프랑스에서 만드는 리쿠르(liquor) 술의 일종으로 포도주에 알코올, 설탕, 초근목피의 침출액을 가한 것.

자도록 해."

"아니에요, 제가 졸려서는 아니지만 시간이 많이 늦어져서요."

"늦었기로서니 무슨 상관이 있나? 당신 맘대로 자라고."

"네." 아야코는 가급적 그의 반성을 요구하듯 말했다. "아까 제가 말씀드린 것이 마음에 걸리셨던 거라면 부디 용서하세요. 제가 이번 일로 당신 기분을 상하게 한 것 같아 마음이 좋지 않네요."

"됐어, 됐어, 이제 ……당신에게는 훌륭한 방패막이가 있으니까 말이야. 그렇게 타인의 힘을 빌려서까지 우리를 압박하려고 한다면 나도 결코 당신에게 동정심 가질 필요를 못 느끼겠어."

"어머!" 아야코는 곤혹스러운 빛을 띠며 남편 얼굴을 보았지만, 기세가 아까보다 한층 더 험악했으므로 뭐라고 할 수도 없는 난감한 기분이었다. 그녀는 지금까지 자기 남편을 이렇게 이기적인 사내라고 여겨 본 적이 없었는데, 오늘 밤은 얼굴을 보는 것마저 불쾌했다. "그럼 저는 먼저……." 잠깐 조용히 고개를 숙이고 있다가 인사를 하고 그녀는 맥없이 아래층으로 내려갔다.

그리고 한참 시간이 지나고 나서 다쓰에가 침실로 들어간 듯 보였으므로 그가 잠자리에 들었을 거로 보이는 때를 기다렸다가 아야코는 조용히 방문을 열고 들어갔다. 그리고 살그머니 커튼을 치고 잠옷으로 갈아입은 다음 침대에 올랐다. 다쓰에는 이미 잠든 듯했다.

아야코에게 이 침실이 오늘 밤처럼 기분 나쁜 적이 없었다. 그런 말까지 들어가며 남편으로서 받들어 모셔야 하는가 싶어 그녀는 답답했다. 이렇게 모욕을 당하면서까지 이 집에 머물기보다는 역시 아버지가 말한 대로 시간을 좀 가지고 문제를 해결하는 편이 훨씬 개운한 일인지 모른다.

베개를 베고서도 아야코는 오랫동안 잠들 수가 없었다. 밤이 새기를 기다렸다가 내일 분명히 결정하리라 생각했다. 평생의 애정을 바치기에는 그다지 총명하지 못한 남편과 더 이상 하루라도 같이 살 수는 없을 것 같았다.

찌는 듯한 밤이 점점 깊어지다가 1시 무렵의 선선한 밤공기가 커튼을 통해 침대로 기어들 때쯤 아야코는 겨우 잠에 빠져들 수 있었다.

주위는 그저 적막할 뿐이었다.

(1921.3.19)

제96회

음모(1)

이삼일 지나자 니키 변호사가 직접 시마 집으로 찾아와 분페이에게 면담을 요구했다. 니키는 그 전에 오구라와 대강 타협이 성립되었다고 했으므로 분페이와 두 시간이나 무릎을 맞대고 이야기하더니 별 큰 탈 없이 해결지었다.

"사실 니키 선생님처럼 고명한 분에게 말씀을 들을 정도의 사건도 아닌데……." 분페이는 일부러 이쪽으로 와 준 니키에게 아무래도 처신이 어색했던 모양이라 아부인지 빈정거림인지 모를 인사를 했다.

그리고 아야코를 이 집에서 쫓아내기라도 하는 태세를 보이려 했지만, 변호사가 조리 있게 권하는 방법에 대놓고 무턱대고 막무가내로 이야기할 수도 없었다.

니키는 이참에 일만 엔의 연대보증 책임에서는 벗어나고, 아울러 분페이의 채권에 대해서는 일반적 차용으로 간주하기보다는 야마무라의 은혜에 보답하는 호의적인 보조금으로 당시 줬던 것이라고 깔끔하게 해 버리는 게 두 집안을 위해 서로 이익이 아니겠는가 설득했다. 분페이는 이에 몹시 불만스러웠지만, 니키에게 거스르며 문제를 일으키는 것은 별로 유리할 것도 없었으므로 마지못해 승낙하게 된 것이다.

"나도 이 문제가 니키 선생님 손에까지 갈 거라고는 생각지 않고 조용히 그냥 집안 내에서 해결할 작정이었는데, 며느리가 괜히 소란을 피운 바람에 결국 불길이 오르게 된 겁니다. 야마무라 사돈이 직접 오셔서 이러이러한 사정으로 지금은 안 되니 곧 어떻게 하겠다든가, 그렇게만 이야기를 하셨더라도 나도 안절부절 않아도 됐는데, 어쨌든 연대보증 쪽 채권자가 나에게 아주 고약하게 재촉을 한 탓에 어떻게든 일단 처리를 해보려고 했던 겁니다." 분페이는 변명 같은 말투로 그렇게 말했다.

니키는 볼일이 끝나자 곧장 돌아가 버렸는데, 그러면서 오구라와 니키 변호사 사이에서 일이 완전히 정리되어 버렸다.

"결국 돈이 있는 사람이 손해를 보게 되었구면."

변호사가 돌아간 다음 분페이는 이렇게 말하고 오스마와 웃었는데, 어쨌든 1만 엔을 책임져 준 사람이 어지간한 자선가이거나 호사가일 것이라 짐작했다.

"대체 누가 그런 거금을 내 주었지? 또 무슨 저당을 잡아 그 돈을 빌렸는지 참……."

"그건 나리가 잘 알고 있는 거 아니에요? 아야코 씨 수완으로 시라이라는 사람에게서 나왔겠지요. 아주 대단하네요. 아야코 씨가 요즘 자주 인력거 타고 돌아다닌 게 다 그런 일을 하고 다니기 위해서였다고요."

"그럼 아야코가 몰래 움직였다는 게 역시 사실이라는 건가?"

"사실이고말고요, 이보다 더 확실한 사실이 있겠어요?"

오스마는 이삼일 전 어느 밤 다쓰에를 불러서 이곳에서 같이 먹고 마시며 실컷 아야코의 뒷이야기를 하던 때에도, 고야마가 오스마에게 받은 돈을 쓰키지의 여자 집으로 주러 가던 길에 자동차에 동승하고 있던 시라이와 아야코를 슬쩍 봤다는 얘기를 여러 번 거듭 말했다.

"아야코 씨는 그런 대단한 수완을 가졌다고요. 저렇게 사람 좋은 다쓰에 씨를 속이는 것쯤은 아무것도 아니지요." 오스마는 분페이의 얼굴색을 봐가며 말했다. "그러니까 말이에요, 지금이야 나리가 그렇게 예리한 눈으로 잘 지켜보고 계시니까 괜찮지만, 이제 저이들 세대로 넘어가기라도 해 봐요. 아마 이 정도로는 도저히 안 끝나겠지요. 궁핍한 친정에 어떤 수를 써서든 들이부을 거예요. 그렇게 되면 저 같은 건 정말 어떻게 될지."

"흐음." 분페이는 쓴웃음을 지었다.

"그러니까 나리가 확실하게 해 주셔야 해요. 정말 난감해질 거라니까요." 오스마는 빤히 추파를 보냈다. "저를 귀엽게 여기신다면 말이에요." 곧바로 분페이 쪽으로 바짝 다가갔다.

(1921.3.20)

제97회

음모⑵

오늘은 아침 일찍부터 운수 좋지 않을 일에 휘말렸다며 분페이는 투덜투덜 방에 누워 있다가, 벗겨진 머릿속이 개운치 않다며 오스마에게 주무르게 했다.

"이렇게 하면 되나요?" 오스마는 부드러운 손가락 끝으로 머리털도 별로 없는 붉은 두피를 주무르며 말했다. "나리에게 부탁할 내 평생의 소원이 하나 있는데요……."

분페이는 눈을 가늘게 뜨며 꿈인지 생시인지 모를 께느른한 목소리로 말했다. "뭔가? 또 자네 부모님 살 집을 지어달라는 거겠지."

"그것도 그렇기는 한데요, 그보다 더 쉽게 할 수 있는 거예요."

"흐흥." 분페이는 졸린 듯 신통치 않은 웃음소리를 흘렸다.

"당신이 언젠가 아야코 씨를 어차피 이혼시킬 거라고 말씀하셨잖아요?" 오스마는 낮은 목소리로 말했다. "그렇죠? 당신이 그렇게 말했잖아요."

"그런 말을 하긴 했지. 그야 일단 논리라 그렇다는 거고 나는 그러기 싫어. 이번 사건으로 야마무라가 화가 나서 딸을 돌려달라고 하려나 싶었는데 그러지도 못하는 것을 보니 역시 미련이 남았나 보더군."

"그래도 시라이라는 사람을 방패삼아 의지하고 친정 편을 들어서 결국 만 몇 천 엔이나 되는 빚을 없앤 사람이잖아요. 너무 무서운 사람 같아요. 그래도 당신은 아야코 씨를 며느리라고 여기시는 거예요?"

"무슨 말이야? 나도 얄밉다는 생각은 들지만 시아버지가 며느리를 내쫓는 게 그렇게 칭찬받을 일도 아니고, 다쓰에 녀석이 좀 똑똑하다면 제 입으로 이혼하겠다고 해야지."

"그럼 당신이 다쓰에 씨에게 그렇게 말하면 되잖아요."

"하지만 다쓰에는 말 못해. 도저히 헤어질 수 없다더군."

"그래도 시라이라는 사람에 대해서 다쓰에 씨도 그렇게 기분이 좋을 리 없잖아요. 실제로 그저께 밤에는 그 일로 부부싸움을 했다고 하더라구요. 그리고 그다음날 아침 아야코 씨가 집을 나가서 밤늦게까지 돌아오지 않았다지 뭐에요. 그때도 어디에 가서 무얼 했는지 알 수가 없지요. 고야마가 다쓰에 씨 분부로 시라이에게 전화를 걸었더니 그 집 하녀의 전화 응대가 어지간히 이상했대요."

"그럼 자네가 먼저 다쓰에에게 그런 이야기를 전하고 이참에 사내답게 결단을 내리라고 말하면 되잖아."

"그런 말 못할 것도 없지요. 당신 명령이라고 해도 될까요?"

"내 의견이라고 해도 돼. 물론 자네 뱃속에서 나온 의견이라고 해도 되고. 어쨌든 나는 이번 기회에 저 가난뱅이 정치가와 인연을 끊는 게 좋을 것 같아. 이대로 인척 관계가 지속되는 게 애초부터 상식 밖이지. 우리가 잠자코 있고 저쪽이 물러나는 게 도리 아니겠어?"

"그럼요. 염치나 의리를 아는 사람이라면 이번 일을 이렇게 만들지는 않았겠지요. 역시 수치를 겪더라도 이득을 취하겠다는 심보로 끝까지 버티려는 걸 거예요. 그러니까 더 밉살스럽지 않아요?"

"음, 밉살스럽지."

"내가 다쓰에 씨 친엄마였다면 저런 며느리와는 하루도 더 살게 두지 않았을 거예요."

"그럼 그렇게 알고 좀 세게 이야기해 두라고."

"괜찮으시겠어요?"

"응, 괜찮고말고."

오스마는 진심 기쁜 듯 웃음을 흘렸다. "알겠어요…." 그리고는 예의 그 색기 어린 눈으로 물끄러미 분페이를 보았다.

(1921.3.22)

제98회

음모(3)

다쓰에는 친정 돈 문제 때문에 아야코가 이리저리 알아보러 다니던 것부터 불쾌하던 차에 오스마와 서생 고야마로부터 여러 가지 이야기를 듣게 되었는데, 뭐니 뭐니 해도 시라이라는 남자가 못마땅하기 짝이 없었고, 언젠가 슈젠지에서 느낀 아내에 대한 어떤 의심이 다시 새삼스럽게 느껴져 견디기 어려웠다. 아야코의 과거가 아무래도 신경 쓰여 어쩔 수 없었다. 하지만 고야마는 상세히 모르는 듯했고, 오시노에게 모르는 척 물어볼까 생각도 했지만 그럴 만한 기회도 아직 없어서 오늘이 되도록 시간이 지나버렸다.

하지만 그렇게 날이 지남에 따라 점차 기분이 차분해지면서 자신이 한때 아내의 정조까지 의심하여 이러쿵저러쿵 다툰 것이 스스로 너무 불성실하게 여겨졌다. 아직 진상을 명확히 알지도 못하고 단순히 오스마나 고용인 입을 덜컥 믿어 버린 자신의 경솔함을 반성하며 왠지 아야코에 대해 미안하기 시작했다. 생각해 보니 아야코 입장에서는 친정 안위가 걸린 큰 문제였으니 이리 뛰고 저리 뛴 것도 무리가 아니라는 생각이 들었다. 게다가 자신이 처음부터 그다지 아내의 의논 상대가 되려 하지 않았던 불친절도 떠올라 그는 한층 더 아내에게 부끄러웠다. 시라이에게 부탁한 경위만 보더라도, 그녀가 아버지 병문안을 갔을 때 우연히 만난 것을 미루어 보면 그녀 심중에서 딱히 의문스러운 의도를 찾을 수도 없었다.

다쓰에도 이제 와서 자기의 오해를 부끄러워하는 수밖에 없었지만, 다만 시라이 그 남자에게 아야코 감정이 왠지 모르게 기우는 것 같아 아무래도 기분 좋게 생각할 수는 없었다. 물론 그것은 어디까지나 아내를 믿지 못한 자신의 잘못이기는 하지만, 남편으로서 아내의 모든 것을 점유하고 싶은 욕망에서 비롯된 것이니 어딘가 모르게 사뭇 부족함 혹은 결함을 느낄 수밖에 없었다. 다른 모든 것은 핑계를 댈 수 있었지만 이것만은 내내 그의 머릿속에 들러붙어서 그를 괴롭혔다. 그는 남몰래 혼자 고민했고 일종의 압박을 느낄 수밖에 없었다.

아야코는 남편 마음이 풀린 것이 아주 반가웠고 앞으로 다시 원래처럼 따뜻한 감정의 남편을 보게 되리라 생각했지만, 어찌된 셈인지 한 번 정나미가 떨어진 터라 아무래도 예전과 똑같은 기분으로 대하기는 어려웠다. 그 일로 자기 마음에 금이 간 듯한 느낌이 들어서 왠지 모르게 다쓰에와의 사이에 골이 생긴 것 같았다.

여기에 오스마가 아야코와의 이혼 이야기까지 꺼냈으니 모처럼 평화로워진 다쓰에 마음이 다시 실타래처럼 엉켰다. 더구나 그게 아버지 분페이의 판단에서 나온 이야기라는 말을 듣자 그는 한층 고민할 수밖에 없었다. 아내와 그렇게 다툰 것만으로도 미안하던 차에 그렇게나 큰 문제까지 꺼내는 것은 도저히 못할 노릇이었다.

"다쓰에 씨는 정말 부인에게 지극하군요. 나도 그런 남편을 갖고 싶네요." 오스마는 조롱하듯 웃었다. "하지만 잘 생각해 봐요. 아버지 마음에 들지 않는 아내를 지켜봤자 오래 가지도 않을 거예요. 다쓰에 씨는 지금 소중한 몸이라고요." 그녀는 이리저리 설득하듯 말하더니 결국은 그런 말까지 입에 담았다.

"그런 말씀까지 해 주시는 깊은 뜻에 감사드립니다. 하지만 저에게는 제 생각이 따로 있습니다." 다쓰에는 그렇게 말하고 별로 그녀 말에 얽히려 하지 않았다.

"이런 말을 했다고 해서 나를 오해하면 곤란해요. 나는 말이에요,

다 당신을 위해서 말하는 거니까요." 오스마는 마지막으로 그렇게 말하고 다쓰에의 방을 나갔다.

"무슨 말을 하는 건지 영문을 모르겠군. 뭐, 될 대로 되라지. 모든 것은 운명에 맡기겠어." 다쓰에는 그렇게 혼잣말을 하고 훌쩍 정원으로 내려가 가산 근처를 거닐었다.

'뭔지는 모르겠지만 가까워지면 가까워질수록 저 여자는 이상하단 말이야.' 그렇게 생각하며 요즘 들어 부쩍 자신에게 접근하는 오스마의 거동에 대해 생각했다.

(1921.3.24)

제99회

음모(4)

기분 좋게 내린 저녁 소나기가 흔적도 없이 개이고 여름 밤하늘에는 음력 십일께의 달이 서늘한 빛을 지상에 던지고 있었다. 하루 종일 더위에 신음하던 정원 초목들도 한꺼번에 소생하듯 푸릇푸릇함과 신선한 초록빛을 띠었고, 잎 끝에 매달린 이슬이 작은 은방울처럼 빛났다.

가산 뒤 정자에는 서생 고야마가 아까부터 누군가를 기다리는 얼굴로 멍하니 담배를 피우며 섰다 앉았다 하고 있었다. 그러자 근처에 슬쩍 인기척이 나는가 싶더니 거무스름한 욕의를 입은 여자 모습이 거기 슥 나타났다. 그리고 뒤쪽을 힐끔 돌아보며 신음하듯 숨을 몰아쉬며 총총 남자 옆으로 다가왔다.

"많이 기다렸지?" 그렇게 말하는 이는 다름 아닌 오스마였다. "나는 빨리 오려고 했는데 말이지, 영감이 빨리 내보내 주질 않아서……." 고야마 맞은 편으로 와서 벤치에 앉았다. "달이 좋네."

"지난번에는 아주 고마웠습니다." 고야마는 그 후에도 오스마를 여러 번 만났지만 둘만 있을 경우가 없어서 돈 받은 것에 대한 감사 인사를 할 기회도 없었다. 오늘 밤 비로소 허심탄회하게 그런 말을 할 수 있게 되었다. 그리고 그때 받은 달콤한 입맞춤의 쾌감을 아직 잊기 어렵다는 듯 벌써 가슴이 두근대기 시작했다.

"뭘? 새삼스럽게." 오스마는 가볍게 제어하듯 말했다. "덕분에 아야코 씨 비밀이 모조리 드러났는걸. 그때 내가 고야마에게 돈을 주지 않았더라면 그 자동차를 볼 수도 없었을 거야."

"난 말이죠." 고야마는 벌써 상당히 오스마에게 친근해져 말투까지 친구 사이 비슷해졌다. "그날 밤 젊은 마님이 질문하셨을 때 정말 움찔했어요. 나쁜 짓을 했다는 생각이 들었거든요."

"어째서? 무슨 상관이야? 아니, 일부러 뒤를 밟은 것도 아니고 밖에 나갔다가 우연히 본 건데. 들켜서는 안 될 짓을 한 사람이 잘못한 거지."

"그건 그렇지만, 숙모에게 요즘 이리저리 추궁을 당해서 난처해요."

"오시노에게? 왜?"

"숙모는 젊은 마님 이야기를 제가 일러바쳤다고 하더군요. 게다가 지난번 마님과……." 말을 하다 말고 고야마는 우물쭈물했다. "그러니까 그때 정자에서 만난 일을 숙모가 알고 있는 것 같아요. 그래서 무엇 때문에 마당에서 마님과 만났는지 집요하게 물어서요."

"어머, ……그래서 고야마는 뭐라고 했어?"

"처음에는 그런 일 없다고 했지만, 제 말을 믿지 않더라고요……."

"만났다고 한 거야?"

"네, 하지만, 그 마당 청소를 하고 있다가 우연히 만난 거라고……."

"내가 했던 말까지 다 떠들어낸 건 아니겠지?"

"아니에요, 그건 결코." 고야마는 말에 힘을 주었다. "그저 그뿐이었습니다."

"그럼 괜찮지만……." 오스마는 문득 떠오른 듯 말했다. "그래서 고야마는 어떻게 했어? 그 여자와는 청산했어?"

"쓰키지 여자 말인가요? 네, 이제 깨끗하게요!"

"정말? 거짓말이지? 말로만 그런 거겠지."

"노, 농담이시지요? 결코 그런 거짓말 같은 것을 마님에게 한 번도……." 고야마는 조급하게 말했다.

"오호호호. 고야마는 생각보다 순진해. 나는 그 점이, 고야마의 바로 그 점이 좋더라." 오스마는 쓱 일어서더니 고야마 옆으로 다가갔다.

"그 여자애는 어때? 나 같은 늙은 여자보다 낫겠지?" 달아오른 자기 뺨을 완전히 흥분한 고야마의 뜨거운 뺨에 딱 붙였다.

마침 구름이 끼면서 달을 덮었으므로 마당은 어두워졌다. 두 사람은 잠시 아무 말 없이 있었다.

"내가 말이야, 오늘 밤 긴히 고야마에게 부탁할 게 있어. 들어줄 거지?" 오스마는 상대방을 녹일 듯 색기 가득한 목소리로 그렇게 말했다.

(1921.3.25)

제100회

음모(5)

"네, 마님 말씀이라면 뭐든지⋯⋯." 고야마는 손을 잡힌 채 얼굴도 제대로 들지 못하고 웅얼거리듯 말했다.

"어머나, 반가워라!" 오스마는 살짝 호들갑스럽게 말하고 주위를 둘러보다 문득 알아챈 듯 말했다. "이쪽으로 와봐, 나란히 앉을 수 있으니까⋯⋯." 오른쪽의 긴 벤치 쪽으로 잡고 있던 남자의 손을 잡아끌었다. 고야마는 이미 여자가 하는 대로 따르고 있었다. 나이는 오스마와 겨우 다섯 살 정도밖에 차이가 안 났지만, 그의 앞에서 오스마는 누이라기보다 어머니처럼 어른 같이 보였다. 아직 많은 여자를 만나지 못한 고야마는 그저 가슴만 쿵쾅거릴 뿐, 무슨 말을 듣고 있는 것인지, 뭐라고 대답을 해야 하는지 자신도 알 수 없어 그저 멍하니 있었다. 그러나 가슴에 열이 올랐다. 오스마에 의해 처음으로 여자를 알게 된 듯한 기분이었다. 이럴 때 만약 같이 죽자고 하면 죽을 수도 있을 정도의 열정이 생겼다. 오스마도 그 점을 남몰래 흡족해했다. 그녀에게는 어떻게 이용하든지 얼마든지 이용당해 줄 사내라는 확신이 있었다.

"저기 말이야, 역시 아야코 씨에 관한 일인데." 오스마는 고야마에게 딱 붙어 앉아 그의 귓가에 속삭였다. "앞으로 더욱 아야코 씨가 다니는 곳을 신경 써줘. 그리고 시라이 씨 집으로 한 번 찾아가서 그 집 서생이나 하녀를 만나서 눈치채지 못하게 물어봐 주겠어? ⋯⋯뭘 물어보냐니? 당연히 아야코 씨와 시라이 씨의 관계지. 어떤 관계까지 진척되었는지 말이야."

"네."

"그러면 대강 알 수 있지 않겠어? 하녀들이 곧이곧대로 다 말하지야 않겠지만. 그걸 눈치껏 물어보라고⋯⋯." 오스마는 갑자기 떠오른 듯 말했다. "아, 맞다, 이렇게 하면 되겠어. 이런 일을 남자가 잘 해내기란 퍽 어려우니까, 그 뭐더라, 고야마의 그 아가씨 말이야, 쓰키지의 오아이(お愛) 씨라고 했나? 그 아가씨에게 부탁해서 물어보라고 해주지 않겠어?"

"글쎄요." 고야마도 너무 급작스러운 계획이라 이상한 기분이 들어 바로 대답하기 어려웠다.

"안 될까?"

"아니요, 그런 건 아니지만⋯⋯."

"그럼 됐어. 그 대신 활동비, 호호호호, 품삯은 얼마든지 내 줄게."

"네, 하지만 그 아이가 잘 할 수 있을까요?"

"왜? 그렇게 어려운 일도 아니지 않아?" 오스마는 밀어붙이듯 말했다. "그리고 시부야의 아야코 친정으로 가짜 편지를 보내는 거야. 그것도 고야마에게 부탁하고 싶은데."

편지란 아야코가 이번 친정 부채 청산 문제로 남편을 제쳐두고 혼자 움직인 것이 화근이 되어 곧 이혼을 하게 되니, 빨리 친정 쪽에서 아야코를 데려가는 게 좋겠다는 내용이었다.

"이건 정말이거든. 그래도 이 집에서 내쫓은 게 되면 아야코 씨 입장이 가엽게 되니까. 이건 대단치 않지만 내 마음의 뜻이야. 완전히 내 배려라고도 할 수 있지. 표면적으로 보이지 않는 내 친절이라고. 그렇게 편지를 보내면 그 완고한 아야코 씨 친정아버지는 틀림없이 화를 내며 금방 데려갈 거야." 오스마는 교묘하게 말을 만들었다.

"그래도 제 글씨라면……, 야마무라 어르신께서 기억하고 있으실 텐데요."

"그럼 다른 사람, 누구 친구에게라도 부탁해 봐. 그 편지는 어디까지나 충고의 말투여야 하고 타인이 후의를 가지고 알려준다는 듯 써야 하거든."

"알겠습니다. 하지만 잘 될까요?" 고야마는 왠지 큰 악행을 저지르는 듯 불안했다.

"무슨 말이야? 괜찮아." 오스마는 대수롭지 않게 말했다. "자, 여기 50엔이 있으니까 이걸 고야마에게 줄게. 하고 싶은 대로 나눠 쓰도록 해. 더 필요하면 언제라도 줄 테니까……." 오스마는 사양하는 고야마

손에 그것을 억지로 쥐어주었다.

달이 나와 포옹이라도 하듯 딱 붙어 있는 두 사람의 모습을 물끄러미 옆에서 비추고 있었다.

(1921.3.26)

제101회

훼방꾼(1)

아야코 친정 사건이 정리되었으므로 아야코는 시라이에 대해 감사인사를 해야겠다고 생각했다. 그리고 다쓰에와 의논하여 시라이의 아이들에게 줄 선물을 사기로 하고 어느 날 부부가 니혼바시(日本橋) 쪽 큰 백화점으로 외출했다.

마침 일요일이었으므로 다쓰에도 아야코와 같이 나가기로 했다. 아야코는 시라이에 대한 감사 선물은 자신이 혼자 선택하고 싶었다. 하지만 다쓰에가 모처럼 그렇게 말을 걸어주니 거절할 수도 없는 노릇이었다. 그래서 둘이 같이 가기로 했는데 일반적인 상품권 같은 게 좋을까 했지만, 상대방에게는 아내가 없었으므로 번거롭지 않도록 아예 물건을 사서 보내기로 했다.

"당신 어느 정도 가격의 선물을 보낼 생각이지?" 다쓰에는 나갈 채비를 하는 아야코에게 물었다.

"글쎄요, 제 입장에서는 그분이 큰 은인이니 좀 좋은 것으로 하고 싶어요. 제 마음대로 해도 되는 건 아니지만요……. 백 엔 정도면 어떨까요?"

"백 엔 정도로 될까?" 다쓰에는 의외로 내키는 듯한 말투였다. "그럼 너무 적을 것 같은데." 그리고 고개를 갸우뚱했다.

이번 사건이 원만히 정리된 것은 자기 입장에서도 다행스러운 일임을 다쓰에도 알아차린 것이다. 물론 아야코가 동분서주한 결과로 그렇게 되었으니 다소의 뒤탈이 남기는 하겠지만, 설마 부부가 헤어지는 일이야 없겠지 생각했으므로 이참에 일단 아야코와 같이 시라이가 수고해 준 것에 대해서는 감사해야겠다고 마음 먹었다.

다쓰에는 지극히 아이 같고 이기적인 남자였다. 공업 쪽 지식 같은 것들은 풍부하게 알고 있었지만 과학이 두뇌 속에 꽉 차있는 만큼, 인간사회에 대해서는 잘 이해하지 못했다. 말하자면 눈앞의 이해밖에 모르는 사내였다. 그런 점에서 보면 그는 아주 일반적인 현대 젊은 신사의 나쁜 쪽 전형이라고 할 수 있었다.

"돈의 양으로 시라이 씨 은혜를 측정하는 게 사실 실례일 것 같아요. 그러니까 금액 고하보다는 우리 쪽 뜻만 전달할 수 있으면 좋지 않을까요?"

"물론 그렇지." 다쓰에는 억지 없이 말했다. "하지만 정작 감사인사를 하는 날이고 보니 너무 적어도 안 되겠다는 생각이 드네."

"그래도 너무 비싸면 시라이 씨가 부담스러워할 거예요……그런 형식적인 면 말고 자제분들에게 줄 선물 격으로 드리는 편이 좋겠어요."

"그것도 그렇군."

아침 10시 무렵이 되자 밖은 점점 더워지는 중이었지만 백화점 큰 건물 내부는 그렇지도 않았다.

아야코는 다쓰에와 둘이서 인파 속을 피해 이리저리 물건을 보고 다녔다. 그리고 아이들의 홑옷감이나 아이용 오비, 셔츠나 앞치마 같은 것을 열두세 점이나 사니 벌써 그것만으로 백 엔이 넘었다.

"거 보라고, 그래서 내가 적다고 했잖아." 다쓰에는 불평스럽게 말했다.

"이 정도로 할게요." 지지 않으려는 듯 아야코도 쓴웃음을 지었다. "그런데 이것만으로 좀 섭섭하니 장난감 같은 것을 조금만 더 살까 봐요."

두 사람은 또 사람들 속을 누비며 엘리베이터로 가장 위층 완구부로 올라갔다. 거기에서 외국산 자동차, 셀룰로이드 인형이나 여러 가지 물건들을 십삼사 원어치나 사서 그것을 하나로 뭉뚱그려 포장하게 했다.

그러다 하필이면 거기에 오스마가 모습을 슥 드러낸 것을 다쓰에는 금방 알아차렸다.

오스마는 자기가 혀를 놀려 그렇게나 부부 사이에 재를 뿌린 것이 어느 새 효과도 없어지고, 아야코와 다쓰에가 어찌된 셈인지 어제 무렵부터 다시 이상하게 사이가 좋아진데다가 오늘은 나란히 외출하여 ××로 물건을 사러 나간다는 것을 고야마에게서 듣고, 갑자기 그게 마음에 걸려 안절부절 못하고 있었다.

'한도 끝도 없이 다쓰에 씨는 아야코 씨에게 둔감해.'

오스마는 그렇게 생각하며 집안일하는 오카네를 데리고 살짝 두 사람 뒤를 따라 나선 것이었다.

(1921.3.27)

제102회

훼방꾼(2)

"오늘 두 분이 사이좋게 뭘 사러 나오셨나요?" 오스마는 두 사람 옆으로 오더니 그렇게 말을 걸었다. 오카네는 뒤쪽에서 다쓰에와 아야코에게 정중히 고개 숙여 인사했다.

아야코는 하필이면 이런 곳에서 보기 싫은 사람을 만났다 싶었는데, 다쓰에도 몹시 어색한 모습으로 대답도 바로 하지 않았다.

"어머, 장난감을 많이도 사셨네요." 오스마는 지금 점원이 그곳에서 짐을 꾸려 종이로 포장하려고 그러모으고 있는 장난감을 보면서 말했다. "선물하시려는 건가 봐요."

아야코는 쓸데없는 참견 말라고 하고 싶었다. 대답하는 것도 지긋지긋하다는 듯한 표정을 지었지만, 오스마는 원래 얼굴을 직접 마주하면 무슨 응어리나 미움, 악의 같은 것이 없어 보이는 여자였기에 이렇게 뿌루퉁하게 대하면 안 되겠다 싶었다.

"네, 잠시 어디 가기로 해서요……." 아야코는 붙임성 있게 대답을 할 수밖에 없었다.

"평소 신세 지고 있는 제 친구 아이가 아프거든요." 다쓰에도 그 자리에서 멋쩍음을 감추듯 그렇게 덧붙였다.

"아, 그래요?" 오스마는 이해한 듯한 얼굴을 했다. "나도 사실은 좀 살 게 있어서 왔어요."

"무얼 사시는데요?"

다쓰에가 어쩔 수 없어서 묻는다는 식으로 대꾸하니 오스마가 반색을 했다.

"저, 제가 언젠가 봤던 아야코 씨 코트 무늬가 너무 예쁘다고 생각했거든요. 게다가 저는 뭘 해도 서민 마을 출신 느낌이 나서 세련되게 잘 꾸며야 한다는 말을 많이 들었던 터라, 앞으로는 고급스럽고 고상하게 꾸밀까 해서요. 미안하지만 살 거 다 사셨으면 다쓰에 씨가 좀 봐 주실래요?" 다쓰에게 어리광부리듯 말했다.

"농담도. 제가 그런 걸 어떻게 압니까?"

"그래도 누가 옆에서 뭐가 좋다고 말해 주면 저는 결심이 서더라고요. 그렇게 아내에게만 마음 쓰시지 말고, 제가 물건 사는 것도 좀 도와주시면 좋겠어요. 이봐요, 아야코 씨, 괜찮겠지요?"

"네, 그러세요……." 아야코는 시원하게 그렇게 말했다.

"이제 아내 허락도 떨어졌으니 괜찮겠지요? 다쓰에 씨, 제가 절대로 수고를 많이 끼치지는 않을게요. 꼭 당신이 봐 주었으면 하는 게 있거든요."

"곤란하군요. 애초에 아버지를 모시고 나오셨으면 되잖아요."

"그런 말 말고 꼭 좀 다쓰에 씨가 같이 가줘요." 오스마는 손을 잡고 끌어당기려 했다.

"어떡하지?" 다쓰에는 낮은 소리로 아야코에게 말했다. "당신 혼자도 괜찮겠어? 내가 갈 필요는 없을까?"

"네, 저 혼자 갈게요."

"그럼 잠깐만 오스마 씨와 동행하다 집으로 바로 갈게." 다쓰에는 내키지 않는 듯 말하고 오스마를 돌아보았다. "그럼 잠시 아래까지 같이 가서 휴게실에서 기다려 주세요. 저는 아야코를 바래다주고 다시 오겠습니다."

"아, 그래요? 미안하게 됐어요."

네 사람은 같이 아래 휴게실로 들어가 거기에서 잠시 차를 마시다가 다쓰에와 아야코는 금방 일어났고, 다쓰에는 산 물건을 모조리 받아들고 출구까지 가서 아야코를 배웅했다.

"어때? 여기에서 배달시키기에는 부피가 너무 커서 힘들겠지?"

차도 앞에서 다쓰에는 아야코에게 말했다.

"괜찮아요. 역시 제가 직접 가지고 가는 게 좋을 것 같아요."

곧 밖에서 아야코가 차를 타고 가는 것을 지켜본 다음 다쓰에는 원래의 휴게실로 되돌아가려고 했더니 오스마가 벌써 그리로 나와 있었다.

"정말 미안하군요." 오스마는 미태를 보이며 웃는 얼굴로 그를 보았다.

"시간이 너무 길어지면 제가 먼저 가봐야 할 것 같은데……. 아까 뭘 사신다고 하셨지요?"

"뭘 사면 좋을까요?" 오스마는 다쓰에 옆에 딱 붙어서 달짝지근한 말투로 말했다. "나 사실 특별히 사고 싶은 게 없어요."

(1921.3.28)

제103회

훼방꾼(3)

그 말을 듣자 다쓰에는 아니나 다를까 화가 치밀었다. 그리고 어이없다는 듯 눈을 동그랗게 뜨고 오스마를 쳐다보았다.

"다쓰에 씨, 그렇게 무서운 얼굴을 하면 어떡해요." 오스마는 살짝 험한 눈빛을 하고 나무라듯 말했다. 반달형의 아름다운 눈썹 끝을 팔자(八字) 모양으로 모으고 길게 째진 요염한 눈에는 넘치는 열정을 곁들이고 있었다. 동그스름하면서 오똑한 코가 소탈해 보였지만, 이 여자의 요염함은 최근 들어 부쩍 그 깊이가 더해졌다. 게다가 몸에도 눈에 띄게 살이 붙어 기름기 오른 그녀의 육체는 바야흐로 성숙한 수밀도 같은 아름다움과 향을 지녔다.

다쓰에는 삼짠 그 아름다운 얼굴을 쳐다보다가 곧 엄숙한 태도로 말했다.

"정말 어처구니없군요. 당신이 꼭 살 게 있으니 같이 가달라고 해서 일부러 아야코를 혼자 보내고 이렇게 남았는데, 아무것도 살 게 없다니 사람을 너무 바보취급하시는 거 아닙니까?"

"어머, 정말 미안해요." 오스마는 정숙한 듯한, 그러나 부자연스러운 고개인사를 한 번 까딱했다. "그렇게 화낼 일이 아니에요. 물론 두 분이 모처럼 돈독하게 다니시는데 제가 그 사이에 끼어들어 방해한 것은 잘못일지 모르겠지만요. 가끔은 괜찮지 않겠어요?"

"가끔이고 때때로고 ……당신은 우리 부부를 우롱하면 무슨 재미라도 있습니까? 저는 그럼 이만 실례하겠습니다."

"호호, 꽤 성을 내시네요." 오스마는 재미있다는 듯 웃었다. "그럼 제가 뭐 하나 살 테니 봐 주시겠어요?"

"저는 물러가겠습니다. 이래봬도 제가 바쁜 몸이거든요."

"그럼 좋아요. 같이 돌아갑시다."

"마음대로 하십시오. 저는 지금 잠깐 들를 곳이 있어서요."

"아내 뒤를 쫓아가려는 거지요? 시라이라는 사람 집으로."

"아무 말이나 막 하시면 곤란합니다."

"그래도 아야코 씨가 시라이 씨 집으로 간 건 확실하지 않아요? 그렇게 선물을 많이 들고 말이에요." 오스마는 비아냥거리듯 웃었다. "맞죠? 그렇죠? 그 정도는 나도 알아요. 그래서 저는 당신이 너무 가엾다니까요."

"뭐가 그렇게 가엾습니까?"

"당연히 가여워요. 아무리 소중한 아내라도 이렇게까지 비위를 맞추지 않아도 될 텐데……. 당신은 훌륭한 시마 가문의 상속자 아닌가요? 기껏해야 가난뱅이 정치가 집안의 딸인데 이렇게 떠받들고 살지 않아도 되겠다는 게 내 생각이에요."

"뭐라고요?"

"또 그렇게 무서운 얼굴을 하시네." 오스마는 살짝 째려보는 듯한 눈초리를 했다.

"아무리 나에게 그런 무서운 얼굴을 해도 소용 없어요. 당신이 아야코 씨에게 물러 터진 것쯤은 내가 다 잘 아니까."

"정말 도저히, 뭐라고 말을 해야 할지……."

"당신은 너무 뭘 몰라요. 내가 뭘요? 나는 그저 당신을 생각해서 말해 주는 거라고요."

두 사람은 어느 새 휴게실 안에 들어와 서 있었다. 거기에는 다행히 여자 손님 단 둘이 쉬고 있을 뿐이어서, 다쓰에는 많은 사람들이 빤히 쳐다보는 상황은 면하여 안심했다.

"어쨌든 저는 돌아가겠습니다."

"네, 좋아요. 저도 돌아갈 거니까." 오스마는 뒤따라 온 오카네를 돌아보며 낮은 목소리로 말했다. "있잖아, 내가 좀 볼일이 생겼으니 조금 있다가 집으로 돌아갈게. 너에게 뭔가 사 주고 싶기는 한데……." 오스마는 생각난 듯 오비 안에 넣어둔 종이 안에서 지폐를 두세 장 꺼냈다. "이걸로 장식용 옷깃이라도 사고 천천히 구경하고 놀다 와. 영감나리에게든 누구에게든 비밀이야."

그리고 오카네를 보내버리고 나서 그녀는 다시 다쓰에 옆으로 다가왔다.

"다쓰에 씨, 이야기할 게 좀 있어요. 우리 나갈까요?" 오스마는 이제 자기가 서둘러 앞장을 섰다.

(1921.3.29)

제104회

훼방꾼⑷

"어디로 가는 겁니까?"

오스마가 너무 가까운 척 행동하는 것에 상당히 반감을 가진 다쓰에는 약간 퉁명스럽게 말했다.

"그러니까 집에 돌아가자는 거예요. 자, 오세요. 같이 나가자고요." 오스마는 서둘러 앞으로 걸어갔지만, 그래도 다쓰에가 화를 내며 도망가 버리지는 않을까 내내 뒤를 돌아보면서 괜스레 서두르듯 보이려 했다.

다른 사람들이 빤히 쳐다보는 것이 싫어서 다쓰에는 이제 될 대로 되라는 식으로 어느 정도 포기한 듯 입을 다문 채 오스마 뒤를 따라 아래층 출구로 갔다.

"다쓰에 씨, 어디 들르신다고 하셨지요? 어느 쪽으로 가시나요?"

전차가 다니는 길로 나서며 오스마는 약간 비꼬는 눈빛을 다쓰에에게 던졌다.

"이제 틀렸어요. 너무 늦었으니······."

"제가 붙들어서 그렇단 말이지요? 정말 미안하게 되었군요. 그럼

새벽 295

모처럼 우리 둘뿐이니 잠깐만 저를 좀 따라와 주세요. 안 돼요?"

"······."

"그럼 괜찮은 거지요? 자, 이쪽으로 가요."

오스마는 다쓰에의 답변도 기다리지 않고 가게 모퉁이를 오른쪽으로 돌아 니혼바시 쪽으로 걸음을 옮겼다. 다쓰에도 이렇게 된 이상이제 어쩔 수 없어 그냥 묵묵히 따라 걸었다. 지금쯤 아야코는 시라이집에 도착했겠거니 내심 생각했다. 아이들을 위해 산 여러 가지 물건들을 시라이는 어떤 태도로 받을까? 처음에는 사양할 것이 틀림없다. 그러면 아야코는 다시 뭐라고 인사치레로 말을 하며 상대방이 받도록 하겠지 등등 속으로 생각했다.

그러자 자기가 맨처음 시라이와 아내 사이를 의심했을 때가 다시슬쩍 뇌리에 떠올라 다쓰에는 약간 얼굴을 찌푸렸다. 그 생각을 하니 자신이 오늘 아야코와 같이 가지 못한 게 왠지 돌이킬 수 없는 일인 양 여겨졌다. 우연인 듯 우연이 아닌 오스마의 출현이 몹시도 성가셨다. 그리고 그것이 아야코 입장에서는 도리어 더 좋은 결과가 된 것같아서 그는 묘하게 신경이 쓰이기 시작했다. 오스마와 나란히 이렇게 걷고 있는 것이 너무도 바보 같았다. 그런 생각을 하니 옆에서 발걸음 맞춰 걷는 이 여자가 너무 증오스러웠다.

얼른 그녀와 떨어져서 혼자 가고 싶은 마음이 들어 다쓰에는 오스마와 어떻게 헤어질까 궁리했다. 어떻게 그녀를 뿌리칠 수 있을지. 그러자 갑자기 오스마 목소리가 귓가에 들렸다.

"어시장은 언제 봐도 뭔가 옛날을 떠오르게 하는 곳이에요."

마침 두 사람은 다리 위를 걷고 있었다. 오스마는 소란스럽고 끊임없이 달리던 전차 소리 사이로 왼쪽의 어시장을 보며 말했다. 다쓰에는 그래도 잠자코 있었다.

그러자 오스마는 조금 김이 샜지만 곧 자기 말을 덮듯 말했다.

"다쓰에 씨도 어지간해요. 내가 그렇게나 경고를 했건만 금방 아야코 씨와 화해하고 말이지요."

"화해?" 아야코 이야기였으니 다쓰에는 저도 모르게 휘말려 들어갔다. "특별히 화해하거나 그런 적 없습니다."

"호호호, 그렇게 보이려고 노력했으면서." 오스마는 빤히 노려보듯 쳐다보았다. "모처럼 내가 당신 생각해서 말해 준 건데 당신은 그렇게 이해하지 않았어요. 부부 사이에 대해 이러쿵저러쿵 아는 척하는 만큼 어리석은 게 없다고들 하던데, 내가 이번에 새삼 그걸 깨달았다니까요." 오스마는 다쓰에 부부 사이를 갈라놓으려 한 것을 마치 그를 위해 한 일인 양 말했다. "아버지는 마음속으로 이미 아야코 씨를 이혼감이라고 찍어 두었다고요. 다쓰에 씨, 그거 알고 있었어요?" 그녀의 눈은 이상한 빛을 띠었다.

(1921.3.30)

제105회

훼방꾼(5)

"이혼?" 다쓰에는 어두운 눈빛으로 말했다.

"네, 그래요." 그에 비하여 오스마는 지극히 태평스럽게 대답했다.

"죄도 없는 사람을 무슨 구실로 그렇게 할 수 있다는 겁니까?" 다쓰에는 비웃듯 말했다. "저도 처음에 오스마 씨 말을 듣고 아야코를 의심했습니다. 그러나 아야코가 하는 행동을 가만히 보거나 생각하니 제가 잘못했더군요. 제 오해였다는 것을 알았습니다. 아야코는 결백합니다."

"나도 아야코 씨를 일부러 나쁘게 말하고 싶은 건 아니에요." 오스마는 약간 어조를 바꾸었다. "그러니 아야코 씨에 대해 아버지께 변호도 많이 해주었지요. 하지만 오늘 같은 모습을 보니 나도 모르게 불쾌한 기분이 드네요."

두 사람은 길거리 한복판인 것도 잊은 듯 서로 흥분해 있었지만, 어쨌든 어디 근처 커피라도 마시자고 해서 어느 카페로 들어갔다. 그리고 이층으로 올라가 안쪽으로 쑥 들어간 작은 방에서 먹을 것과 마실 것을 한두 가지 주문했다.

"그래서 결국 어떻다는 겁니까? 아버지가 이미 이혼 시키기로 결정했다는 겁니까?" 다쓰에는 여 종업원이 사라지고 약간 마음을 가라앉힌 다음 물었다. 이혼이라는 말은 그를 퍽 동요시켰다.

"네, 니키라는 변호사가 집으로 찾아오기 전부터 그랬어요." 오스마는 아주 최근까지 양식(洋食)이라면 냄새 맡기도 싫어했는데, 그래도 다쓰에와 어울리기 위해 포크나 나이프를 사용해서 조금씩 먹어가며 말했다. "그러던 참에 아야코 씨가 발끈해서 이리저리 움직이는 바람에 마침내 변호사까지 집으로 찾아오고, 어쩔 수 없이 값비싼 차용증서를 없애버리게 됐잖아요. 아버님이 화를 내시는 것도 무리는 아니라고 봐요."

"아버지 입장에서야 당연히 그렇겠지요. 하지만 일반적인 의미의 부채가 아니니까 제 결혼과 동시에 도덕상의 채권은 소멸한 것이 맞습니다."

"다쓰에 씨도 니키인지 뭔지 하는 변호사와 똑같은 말씀을 하시는군요. 구실이야 어떻게든 갖다 붙일 수 있지요. 하지만 빌린 건 빌린 거예요. 그것도 그거지만 만약 당신이 죽어도 아야코와 이혼하지 않는다고 하면 정말 큰일이 날 거예요."

"저를 호적에서 파버리기라도 하신답니까?"

"네, 어쩌면요."

"그런 말도 안 되는 일이 있을 수 있을까요? 저는 시마 가문의 멀쩡한 상속자입니다."

"그러니 당신이 가엽다는 거지요." 오스마는 한층 목소리를 낮추었다. "이런 일을 제 입으로 말하기 아주 껄끄럽지만, 뭐라고 해야 하나……, 다쓰에 씨는 시마 아버님의 친자식이 아니라는 이야기를 들었지 뭐예요."

"어, 어떻게…… 그런 말도 안 되는 일이……."

"당신은 원래 양자였다고 하더군요. 하지만 따로 자식이 없었던 터라 장남 호적에 들어간 거라고 하던데요."

"뭐라고요?" 다쓰에의 얼굴은 점점 창백해졌다. "그런 이야기는 지금까지 한 번도 들은 적이 없습니다. 믿을 수가 없다고요. 당신이 지금 한 말, 그게 아버지에게서 들은 이야기라는 말입니까?"

"네, 그렇고말고요. 내가 왜 그런 이야기를 꾸며내겠어요?" 오스마는 점점 어조의 깊이를 더했다. "게다가 말이에요, 저에게도 약간 마음 짚이는 것이 있는데, 하지만 그게 정말이면 어떻게 될지 모를 일이에요. 확실하지 않은 내용이니 이야기는 못하겠네요."

그녀는 언젠가 자기 아버지에게 들은 다쓰에와 아야코 중 어느 쪽이 자기와 배다른 형제라는 말을 떠올렸다.

"마음 짚이는 것이라고요? 그게 대체 뭡니까? 이야기하세요. 저는 상관없으니 들려 달라고요." 다쓰에는 몽유병자처럼 흔들흔들 오스마 쪽으로 한 걸음 다가갔다. 그리고 그 눈빛은 이상하게 빛났다.

(1921.3.31)

제106회

유혹(1)

다쓰에는 오스마의 말 따위는 별로 신용할 수 없다고 보고 일단 의심은 했지만, 그런 큰일을 오스마가 날조할 이유도 없을 것 같았다.

그리고 얘기를 듣고 보니 뭔가 그런 점도 없지 않았다. 자신이 분페이는 물론 최근에 돌아가신 어머니와도 전혀 닮은 구석이 없다는 점도 비로소 알아차렸다. 지금까지는 돌아가신 어머니와 어딘가 비슷한 점이 있다고 느꼈었다. 하지만 지금 보니 그 느낌은 아무런 근거도 없는 어릴 적 습관 같은 것이었을 뿐, 그냥 그렇게 생각하고 자라왔던 것에 불과하다는 생각이 들었다.

다쓰에 눈에 점점 실망의 빛이 떠올랐다. 그는 지금까지 느껴본 적 없는 모욕과 수치심을 느꼈다. 어째서 지금까지 그걸 몰랐던 것인지 스스로 이상했다. 그렇게 생각하니 아버지에 대해 아주 소원한 느낌이 솟아오름과 동시에 감사와 불안이 뒤섞인 이상한 감정이 내면에서 배어나오기 시작했다. 하지만 그렇다고 그가 친부모에 대해 뭔가를 느끼는 것은 결코 아니었다. 생각해 본 적도 없었다. 그는 그만 어두운 표정으로 가만히 입을 다물어 버렸다.

"다쓰에 씨, 또 나에게 화내면 곤란해요. 내가 수다쟁이라 말을 해버렸지만, 안 듣는 편이 좋았다고 생각하는 거지요?" 오스마는 기분 나쁘게, 한편으로 어르는 투로 말했다.

"그렇지 않습니다." 다쓰에는 가만히 억눌러 참는 듯 냉정한 자세로 그렇게 말했다.

"이런 일은 평생 모르고 지내는 편이 좋았을 지도 모르지요." 오스마도 분위기가 진지해질 수밖에 없어서 짐짓 마음을 다하듯 말했다. "하지만 나로서는 말하지 않을 수 없었다고요. 당신이 정말 가여워서 볼 수가 없었으니까요……."

"아니, 고맙습니다." 다쓰에는 묵직하게 고개를 들어올렸다. "그래서 뭡니까? 아까 말한 당신이 마음 짚이는 데가 있다는 그게 대체 뭐라는 거지요?"

"그거 말인가요?" 오스마는 그윽한 눈으로 다쓰에 얼굴을 훔쳐보듯 보았다. "그건 말이지요……그래도 말 않는 게 좋겠어요. 그런 말까지 해서 더 이상 당신 마음을 상하게 한다면 더 불쌍해 못 견딜 것 같아요."

"아닙니다. 괜찮습니다. 말씀해 주세요. 말씀해 주십시오." 다쓰에는 컵의 맥주를 쭉 다 들이켰다. "이제 놀라지 않을 겁니다. 아무것도 못 느낄지도 모르지요. 말씀해 주세요. 상관없으니까……."

"그래도요." 오스마는 아버지에게 들은 다쓰에나 아야코 중 한 사람이 자기 형제에 해당한다는 것을 이때만큼은 도저히 술술 말할 용기가 나지 않았다. 아버지도 스스로가 확신하는 기억이 아니었고, 어쩌다 그런 이야기까지 해서 더 이상 다쓰에를 괴롭히고 싶지 않았다. 그녀 입장에서는 그저 이런 자유로운 순간, 답답한 저택을 떠나 단둘이 보낼 수 있는 이런 자유로운 시간을 더 흥미롭고 재미있게 보내고 싶다는 생각뿐이었다. 그럴 속셈으로 그를 꾀어낸 것인데, 이야기가 이렇게 턱 막혀 버리니 모처럼 그녀가 예상한 내용이 배반당하는 듯하여 오스마는 혼자 속이 타들어갔다.

"좋습니다. 말씀 못하시겠다면 오늘은 굳이 안 듣겠습니다. 하지만 결국 아야코와 이혼시키거나, 아니면 아버지가 저를 호적에서 내보낸다는 말씀이신 거지요?" 다쓰에는 아직 불안한 눈을 크게 뜨고 말했다.

"네, 그래요." 이야기가 그쪽으로 향했으므로 오스마는 안도했다.

"아, 이제 저는 다 싫어졌습니다. 아예 저도 집을 나갈까 합니다. 그런 말씀을 들으니 왠지 집으로 돌아갈 마음이 들지 않네요." 다쓰에는 절망적으로 말했다. 그 목소리는 폐부에서 끌어올린 듯했다.

"그러지 마세요. 그렇게 자포자기하듯이……."

"아아, 싫다, 싫어. 저는 돌아가지 않으렵니다."

다쓰에는 갑자기 격하게 탁자를 두드리더니 여급을 불러 새로 위스키를 주문했다. 완전히 흥분한 그 얼굴에는 퍼런 핏줄이 섰다.

(1921.4.1)

제107회

유혹⑵

조금 있다 여급은 각진 위스키 병과 두 개의 작은 다리 달린 술잔을 가지고 왔다. 먼저 다쓰에 술잔에 찰랑찰랑 차오를 정도로 부은 다음 오스마 앞의 술잔에도 따르려고 했다.

"나는 됐어요." 오스마는 손을 저었다.

"그러신가요?" 여급은 병을 거기에 두고 곧바로 물러났다.

다쓰에는 홀짝홀짝 들이켜 술이 알싸하게 입안에 퍼지며 녹는 듯한 쾌감을 맛보았는데, 팔 부 정도 마시니 지금까지 창백했던 얼굴이 애교 있는 눈가부터 발그레 붉은 기운을 띠었다.

"참, 술기운이 빨리도 도시는군요." 오스마는 열정적인 눈을 빛내며 그의 술 마시는 모습에 진심을 담아 반쯤은 칭찬하고 반쯤은 두려워하는 듯한 표정을 했다. 그리고 어머니가 마치 아이를 쳐다보듯 그녀 입가가 저절로 벌어졌다.

"정말 맛있게 드시네요. 나도 좀 마셔 볼까요? 독한 술 아니에요?"

"그렇지도 않습니다. 조금 마셔 보세요."

"그래요? 그럼 당신이 따라 줄래요?" 오스마는 술잔을 새하얗게 쭉 뻗은 그 손가락으로 집어 다쓰에 앞으로 내밀었다.

다쓰에는 아무 상관없다는 듯한 태도로 넘칠 만큼 따라 부었다.

"어머, 이렇게나 많이……." 오스마는 눈을 동그랗게 뜨며 두려운 듯 조심스럽게 입술을 대어 한 입 마셨다. 그녀의 눈꼬리에는 금방 주름이 생겼다. 눈썹 끝도 팔자 모양이 되었다.

"비교적 깔끔하네요. 그래도 센 술이에요. 취할 것 같아요, 이건……."

"한 잔 두 잔이야 아무것도 아닙니다." 다쓰에는 혼잣말처럼 중얼거리고 스스로 자기 술잔에 부어 다시 조금씩 마셔댔다.

"다쓰에 씨, 그렇게 드셔도 괜찮아요? 지금 이야기로 마음이 상해서 자포자기하듯 술을 마시면 안 돼요. 다쓰에 씨."

"설마요." 다쓰에는 쓴웃음을 지었다.

"이봐요, 진지하게 생각해 보라고요. 아야코 씨 문제 말이에요. 다쓰에 씨의 평생이 걸린 중요한 문제 아닌가요?"

"그래서 어쩌라는 겁니까?"

"이혼을 하느냐, 안 하느냐….."

"아야코보다 제 자신이 선결 문제니, 아버지가 저를 호적에서 빼겠다면 빼도 상관없어요."

다쓰에는 눈을 허공에 두며 말했다.

"그럼 당신이 좋을 게 없잖아요. 당신을 호적에서 빼게 할 것 같았으면 제가 이렇게 사서 고생하지도 않지요."

"그럼 아야코를 대체 어떻게 하겠다는 겁니까?"

"다쓰에 씨도 정말 생각보다 나쁜 사람이에요. 아야코 씨에게는 시라이라는 사람이 있어서 말도 안 되는 짓을 실컷 하고 있잖아요? 그러니까 생각을 해 보라고요. 시라이 씨가 연대보증 도장을 찍어 준 거면 아주 의협심 강하고 훌륭한 사람처럼 보이지만, 그게 다 앞을 내다보고 한 일인 게 틀림없어요. 아무래도 당장 우리 분페이 영감이 눈이라도 감게 되면 다쓰에 씨 정도야 쉽게 처리할 수 있을 테니 손해는 아닐 거라는 속셈으로요. 아야코 씨도 역시 그렇지요. 그러니 이번 일 같은 건 그 사람들이 다 계산을 맞춰서 한 일임에 틀림없다고요. 그러니 아야코 씨가 얄밉다는 거예요. 다쓰에 씨 똑바로 정신 차리지 않으면 안 돼요."

"음……." 다쓰에는 머리털을 쥐어뜯듯 탁자 위에 엎드렸다. 그리고 신음하듯 말했다. "그렇군. 나는 아야코가 그럴 줄은 몰랐는데."

"그건 당신이 그분에게 휘둘리기 때문이에요. 그래서 아야코 씨 속셈을 모르는 거라고요. 나는 이 집에 들어왔을 때부터 아야코 씨가 왠지 무서울 정도로 속계산이 분명한 여자라고 느꼈거든요. 역시 정치가 집안의 딸인 만큼 보통 여자는 도저히 당할 재간이 없어요."

"정말 그렇게 생각하십니까?"

"네, 그렇고말고요!" 오스마는 크게 끄덕였다. "그러니 다쓰에 씨가 가여워 못 살겠다는 거예요."

"으음." 다쓰에는 다시 깊은 한숨을 내뱉었다.

(1921.4.2)

제108회

유혹(3)

다쓰에는 오스마가 말리는 것도 듣지 않고 거의 무의식적으로 따르고 마시고 따르고 마시더니 벌써 예닐곱 잔째 위스키를 들이켰다. 눈썹 꼬리가 약간 내려간 살짝 애교 있는 그 얼굴이 마치 삶은 게처럼 붉어졌다. 그리고 잠시 그렇게 고개를 숙이고 있더니 결국 그는 비틀비틀 일어섰다.

"저는 이제 실례하겠습니다."

다리기 흔들려 거기 있던 의자에 쓰러질 뻔했지만 가신히 버티고 섰다.

"어머, 위험해요. 그러니까 이렇게 마시면 안 된다고 했는데……."
오스마는 당황하여 의자에서 일어나 그를 부축하려고 했지만 그녀도 한 잔 남짓 마신 위스키의 취기가 돌아 머리가 어질어질했다. 그리고 오히려 다쓰에 등 뒤를 붙잡고 겨우 몸을 지탱했다.

"어디 가요? 이봐요, 다쓰에 씨."

"어디 가는지 그런 거 알 봐 아니요. 발길 닿는 대로지." 다쓰에는 코웃음을 치며 오스마를 뿌리치듯 어깨를 흔들었다.

오스마는 그 팔에 확 매달렸다.

"그런 짓 하면 안 돼요. 자, 나와 같이 집으로 갑시다. 자, 어서요, 같이."

"아니, 안 갑니다. 나에게는 이제 돌아갈 집도 없어요. 오늘부터 집 없는 신세라고요."

"농담 말아요. 시마 가문이라는 훌륭한 집이 있잖아요."

"시마 가문? 흥. 나는 그렇게 만만한 인간이 아닙니다."

"누가 만만하다고 했어요? 하지만 자기 집에 가는 게 어째서 만만한 건가요? 다쓰에 씨, 의외로 속이 좁네요. 됐으니까 나에게 맡기라고요. 절대 나쁘게 돌아가도록 만들지 않을 거예요."

"그럼, 아야코는 어떻게 되는 겁니까?"

"또 아내 얘기예요? 참, 다쓰에 씨 입에서는 아야코가 붙어서 떨어지지를 않는군요. 그런 박정한 여자는 어떻게 되든 상관없지 않아요? 훨씬 더 좋은 아내감이 세상에는 얼마든지 있다고요. 누가 들으면 안 되니 그런 이야기는 이제 더 이상 하지 말아요. 네? 알겠지요?" 오스마는 다쓰에의 등 뒤를 쓰다듬듯 하며 말했다.

"그럼 아야코와는 역시 이혼해야 한단 말입니까?" 다쓰에는 이렇게 원망스러운 눈으로 오스마의 얼굴을 바라보았다. 그리고 털썩 다시 의자에 내려앉았다. 충혈된 그 눈이 정어리처럼 내려앉았다.

"그럼 이렇게 해요." 오스마도 의자를 옆으로 갖다 댔다. "아직 할 이야기가 많으니, 여기는 곤란하고 어쨌든 이곳을 일단 나가자고요. 자, 그게 좋겠지요? 그렇게 합시다. 어서요, 나가자고요."

"아직 이야기가 남았다고요?" 다쓰에는 취해 있었지만 신경이 날카롭게 곤두선 듯 갑자기 눈빛이 변하더니 물끄러미 오스마를 쳐다보았다.

"그것도 싫어요? 그렇다면 어쩔 수 없지요." 오스마는 일부러 빙긋 웃었다. "어쨌든 이곳을 나가자고요. 네? 그러자고요."

다쓰에는 그 말에는 대답하지 않고 어느 새 다시 술잔을 손에 들었다. 오스마는 그것을 빼앗듯이 낚아챘다. "이 이상 마시면 큰일나요. 술도 약하면서 어쩌려는 거예요?"

"어쨌든 오늘은 실례하겠습니다." 다쓰에는 다시 비틀비틀 일어나더니 계단까지 와서 모자를 뒤로 젖혀 썼다.

"나도 같이 갈래요. 어디든 다쓰에 씨 좋은 곳으로……."

오스마는 재빨리 앞서 이층에서 내려가 여급에게 자동차를 대기시켰다. 그리고 위태롭게 내려오는 다쓰에를 여급과 힘을 합해 달래듯 끌고서 계단 아래 의자로 데려왔다.

가까이 탁자에 있던 서너 명의 손님이 일제히 이쪽을 돌아보았는데 그것도 아무렇지 않은 듯 다쓰에는 술주정을 했고, 곧 가게 앞으로 온 자동차에 어쩔 수 없이 타고 말았다.

"저, 쓰키지까지 가주겠어요?"

오스마는 다쓰에와 나란히 쿠션에 기대더니 낮은 목소리로 운전수에게 그렇게 분부했다. 자동차는 곧 부웅 움직였다.

(1921.4.3)

제109회

유혹(4)

다쓰에가 차에서 내려 쓰키지 어시장의 어느 집으로 부축되어 들어갈 때까지 그는 아직 취기가 깨지 않았을 뿐 아니라, 축 늘어져 오히려 얌전했으므로 완전히 흠뻑 취한 인사불성 상태로 보였다.

차 안에서 그는 툭하면 오스마의 무릎에 기대듯 몸을 가누지 못하고 무슨 말을 해도 알아 듣지 못했다.

"왜요? 괴로워요?" 오스마가 내내 그를 달래듯 물었다.

"어디 갑니까, 어디로? 나는 집에 안 간다고요." 다쓰에는 힘이 다 빠진 몸으로 겨우 오스마로부터 떨어져 혀가 꼬인 말투로 말했지만, 그것도 마비된 듯 기운 없는 목소리였다.

"어머, 너무 취했군요. 아니면 어떻게 된 거 아니에요?" 오스마는 불안한 듯 중얼거렸다. 핏줄이 선 팔뚝을 만져보니 맥은 툭툭 뛰고 있었다. 눈꺼풀도 무거워보였다. 그래도 자동차에서 내릴 때는 약간 몸을 가눌 수 있는지 비척비척하면서도 세련된 문 안쪽 돌바닥을 걸어서 여종업원들에게 인사 받으며 현관으로 올라갔다. 하지만 다쓰에는 그게 어딘지 알 수 없었다.

"여기는 어딥니까?" 복도를 몇 번 꺾어져 들어가 안내받은 네 평짜리 조용한 방 입구에 버티고 선 채 그는 그렇게 말하고 졸린 눈을 떴다.

"갈래, 가야겠어. 누가 이런 데에 나를 데려 왔지?"

"제발요, 그런 말씀 마시고 조금만 쉬세요……." 여종업원들은 그를 방석 위에 앉히고 팔걸이를 대주었다.

다쓰에는 여자들 얼굴을 물끄러미 보더니 "오스마 씨는 어디로 갔지? 오스마 씨는……."

"그분이요? 지금 여기 주인하고 이야기를 하고 계세요." 종업원들은 그렇게 말하며 차를 따랐다.

"짙은 차라도 좀 드세요……. 취기가 좀 깨실 테니……."

그러는 동안 그 방에 오스마가 종업원들과 어긋나듯 들어와서 그를 돌봤는데, 다쓰에는 기운이 다 빠져 거기 누우려다가 역시 마음에 걸리는 것이 있는지 계속 물었다. "여기는 어딥니까, 어디냐고요?" 그러다 그는 어느새 그 자리에서 깊이 잠들어 버렸다.

잠에서 깬 것은 벌써 꽤 늦은 시각이었다. 방에는 이제 저녁의 쓸쓸함이 살짝 감돌았고, 처마 끝에 처진 발에 어른 석양이 무덥게 남아 있었다. 둘러보니 그는 본 적 없는 방 한가운데에 하늘색 마로 된 이불을 덮고 누워 있는 것이었다. 옷도 어느 새 벗겨져 있고 격자 줄무늬 흰 바탕의 넓은 소매 옷이 입혀져 있었다. 그리고 그게 이 집이 어떤 종류의 가게인지를 알려준다는 것을 깨닫자마자 그는 입에 담기 어려운 불쾌한 기분이 들었다.

술은 벌써 깼지만 아직 배 멀미하는 느낌이 들었고 머리가 아팠다. 손발의 근육도 이완된 듯 마약에서 깰 때의 느낌 같은 옅은 서글픔이 그의 마음을 채우고 있었다. 그리고 지각이 점점 돌아옴과 동시에 오스마에게 도움을 받아 차에 탄 일이나 여기에서 내린 일, 카페에서 생각지도 못하게 자기 출생의 비밀을 듣게 된 일, 오스마에게 얽혀 이러저러하게 된 일이 잇따라 끊임없이 떠올랐다. 그리고 오늘 하루 그렇게 지낸 것이 마치 꿈같기도 하고 현실같기도 했다. 그리고 지금까지 경험한 적도, 상상한 적도 없는 실망과 고뇌에 빠진 고독한 쓸쓸함을 깊이 느꼈다.

그러자 오스마가 자기 주위에 없다는 것을 새삼 알아차렸다. 분명이 자기 옆에 있었을 텐데……하고 생각하니 다쓰에 얼굴에는 실로 돌이킬 수 없는, 터무니없는 짓을 한 뒤의 후회와도 같은 생각이 뭉글뭉글 올라왔다.

"아아아, 내가 무슨 짓을 한 거지!"

다쓰에는 뱉어내듯 말하고 스스로를 비웃었다. 목이 말랐지만 물을 찾는 것도 잊어버린 듯 멍하니 천정을 보고 있었다.

(1921.4.5)

제110회

유혹(5)

"그렇게 아야코 씨만 생각하지 않아도 되잖아요. 조금은 내 생각도 해 달라고요. 이제 얼추 내 마음도 알고 있으면서!……" 그렇게 말한 오스마의 정열적인 말을 그는 떠올렸다. 그리고 깊은 심연으로 빨아들이는 악마 같은 매력으로 자기 마음을 휘휘 저어 움직인 것을 떠올렸다. 지각이 몽롱한 자기 몸에 들러붙듯이, 마치 신체의 자유를 잃은 사람을 희롱하듯이 육감적인 그 몸을 바짝 붙여 왔던 것을 그는 떠올렸다.

그때는 모든 것이 멍했지만 지금 생각해 보니 그것은 모두 오스마가 예정한 행동처럼 여겨졌다. 자기를 이렇게 함정으로 빠뜨리기까지 여러 가지로 수법을 궁리했던 모양이었다. 그렇게 생각하니 자기가 외국에서 돌아온 이후부터 오늘에 이르기까지 오스마가 자신에 대해 한 짓은 이 사건을 벌이기 위해 밟아온 수순인 듯 여겨졌다. 오늘의 일을 성취시키기 위해 지금까지 여러 희생을 감수하며 노력한 것 같았다.

그렇게 생각하니 다쓰에는 점점 더 불쾌하기 짝이 없는 회한의 정에 사로잡힐 수밖에 없었다.

"이게 무슨 일이란 말야!" 다시 그는 자조적으로 외쳤다.

"악마! 악마! 음란한 여자!" 마치 상대가 눈앞에 있기라도 한 듯 그는 계속해서 그런 말을 소리쳐댔다.

그러자 그때 복도에 부드러운 옷 스치는 소리가 나면서 사람이 다가오는 기척이 났다.

"다쓰에 씨, 깨어났나요?" 장지문이 열리더니 동시에 여자 목소리가 슥 들어왔다. 목소리의 주인공은 물론 오스마였다.

다쓰에는 벌떡 일어나 '악마 같은 여자! 다시 오다니!' 하고 소리치려 했지만, 결국 그 말이 입 밖으로 나오지는 않았다.

"왜 그래요? 그 표정은?" 오스마는 개의치 않고 들어와서 배게 맡에 천연덕스럽게 앉았다. "또 무서운 얼굴을 하는군요! 나쁜 꿈이라도 꾼 건가요?"

"그래, 나쁜 꿈을 꿨지. 아니 악몽을 꾸게 당했지. 누가 그런 꿈을 꾸게 한 거지?" 다쓰에의 목소리는 날카로웠다.

"어머, 왜 그래요?" 의외라는 듯한 표정으로 오스마는 눈을 크게 떴다.

'아주 천연덕스러운 여자로군. 아주 뻔뻔한 여자야. 그런 짓까지 해놓고 마치 아무 일도 없다는 듯 예전 같은 얼굴을 하고 있다니. 꼴도 보기 싫은 인간……'" 다쓰에는 마음속으로 그렇게 생각하며 몹시 진절머리 난다는 듯 여자의 얼굴을 쳐다보았다.

"어머, 굳은 표정이군요. 그럼 그렇게 무서운 모습은 그만 보이고 찬물이라도 드시는 게 어때요?"

억지로 웃음을 지어가며 오스마는 베개맡 컵에 물을 따라서 내밀었다.

'하지만 남들이 보면 당신은 내 어머니에 해당하는 사람이라고!' 하지만 그렇다고 하녀들을 야단칠 수도 없는 노릇이라 다쓰에도 조금 마음을 누그러뜨렸다. "네, 고맙습니다. 하지만 이제 술도 깼으니

먼저 집으로 돌아가시지요. 저는 조금 있다 가겠습니다." 다쓰에는
생각이 많은 듯 고개를 숙인 채 컵을 받아들려고도 않았다.

"이제 싫어진 건가요?" 오스마는 김이 빠진 듯 살짝 컵을 든 손을
내려놓았다. "같이 왔으니 같이 돌아가요. 네? 그게 좋지 않을까요?
자, 물 좀 드시고요."

"됐습니다. 내버려 두세요." 내민 컵을 쳐다보지도 않고 다쓰에는
지긋지긋하다는 듯 말했다. "당신이 먼저 돌아가지 않으면 내가 먼저
실례하겠습니다." 다쓰에는 획 일어났다. 그리고 호출 벨을 눌렀다.
그에 이끌리듯 오스마도 비틀비틀 일어나 다쓰에의 소매 넓은 옷을
들었다.

(1921.4.6)

제111회

이혼에 관하여(1)

선물을 사고 다쓰에, 오스마와 헤어져서 시라이를 찾아간 아야코
가 집에 돌아온 것은 오후 5시 무렵이었는데, 다쓰에와 오스마는 물
론 아직 돌아오지 않은 상태였다.

시라이는 아야코와 다쓰에 사이가 다시 예전처럼 평화로운 상태
로 복귀되었다는 말을 듣고 자기가 고생한 보람이 있었다며 진심으
로 기뻐해 주었다.

"남편도 사실 좀 뵙고 싶다고 해서 같이 나서긴 했는데, 도중에 어쩌다 아는 사람을 만나서요……. 저를 잘 이해해 주고 있는 것 같지만, 남에게 무슨 말을 들으면 자기도 모르게 마음이 바뀌는 사람이라서요. 낙관만 할 수는 없네요."

아야코는 불안한 듯이 시라이에게 그런 이야기를 했는데, 남편이 집에 돌아오지 않는 것을 보니 또 오스마에게 얽힌 것 아닌가 싶어 왠지 몹시 신경이 쓰였다.

분페이도 아직 집에 오지 않았다.

아야코는 저녁 준비가 다 되어도 식당으로 들어가지 않고 남편 귀가를 기다리고 있었는데, 전기가 들어올 시각에도 그는 결국 아내 앞에 모습을 드러낼 기미조차 보이지 않았다. 그가 오스마와 함께였던 만큼 아야코는 한층 불안했다. 7시가 지나 8시, 9시가 되어도 역시 남편은 집에 오지 않았다. 아야코의 불안은 시간이 지남에 따라 더해갔다.

아야코가 분페이를 현관에서 맞은 것은 마침 9시 조금 지났을 때였는데, 괜스레 시아버지 얼굴에 일종의 불쾌한 그림자가 드리워진 듯 아야코 눈에 비쳤다. '허, 너 아직도 이 집에 있는 게냐?'라고 말하는 듯한 눈빛으로 말도 없이 집안으로 들어가 버렸다. 분페이가 무뚝뚝한 것은 오늘 밤만의 일도 아니었지만, 오늘따라 특히 그런 태도가 아야코 마음에 걸렸다.

그날 밤 11시 무렵 오스마가 드디어 집에 돌아온 모양이었다. 다쓰에는 결국 집에 들어오지 않았다. 오스마에게 물어보면 어찌 된 일인지 알 수 있겠지만 그러기 싫어서 그녀는 그대로 잠자리에 들어 버렸다.

그다음날 아침만큼 아야코가 불쾌했던 적이 없었다. 다쓰에가 서양에 가 있는 사이 그녀는 오랫동안 혼자 쓸쓸히 침실에서 자고 일어나고 했지만, 그래도 간밤만큼 그녀가 골치 아프고 불쾌했던 적은 여태 없었다. 그녀는 다쓰에를 의심하고 싶지 않았다. 오스마가 자기 앞에서 남편에 대해 볼썽사나운 교태를 부리는 것에 대해서도 상대인 오스마를 모멸하면 모멸했지 남편 태도에 불만을 느낀 적이 없었거늘, 어제 백화점에서 헤어진 후 그의 행동에 대해서는 이상하게 꺼림칙한 상상만 솟는 것이었다.

"아무리 그래도. 설마 그런 일이야 없겠지……." 아야코는 억지로 그런 생각을 지우려 했다. 자기 남편에게 만약 그런 유혹을 극복할 힘이 없다고 하면, 그녀 입장에서 그보다 큰 실망은 없을 터였다. 그렇게 되면 부부 생활이 근본부터 파괴된 것이라고 생각할 수밖에 없었다. 그러나 아야코는 그런 상상을 하는 것만으로도 괴로웠다. 고통스러웠다. 남자란 과연 그렇게 약한 존재인가? 남편이 과연 그런 타락성을 지닌 인간이던가? ……아야코는 생각지도 못한 일들뿐이었다.

그날도 분페이는 아침부터 손님의 방문을 받았다. 아야코는 때를 봐서 오스마의 동태를 잠깐 살피려고 했으므로, 아침 식사가 끝나고 나서 안채 쪽으로 갔다.

오스마는 경대가 놓인 안쪽의 세 평짜리 방에서 방석 위에 누워 선선한 아침 바람을 쏘이며 끄덕끄덕 졸고 있는 것 같았는데, 발소리를 듣더니 벌떡 일어나 앉았다.

"어머, 아야코 씨."

"미안해요, 잠깐 실례 좀 할게요." 아야코는 어색하게 말했다.

"아니에요, 자, 들어와요." 오스마는 지친 듯 나른한 얼굴로 아야코를 맞았다. 방에는 금세 묵직하게 가라앉은 분위기가 감돌았다.

(1921.4.7)

제112회

이혼에 관하여(2)

"어제는 제가 먼저 가게 되어 실례했어요." 아야코는 입구 쪽에 앉아 인사를 했다.

"어제는 저야말로……." 오스마는 주저하는 말투였다. "오늘은 일찍 잠을 깨는 바람에 뭐랄까, 아침부터 졸음이 밀려와서……."

"몸 상태가 안 좋으신 건 아닌가요?"

"아니에요……." 오스마는 비로소 조금 잠이 깼다는 듯 아야코의 얼굴을 보면서 손끝으로 옆머리를 쓸어올렸다.

"저랑 헤어진 다음 어떻게 되신 거예요?" 아야코는 가볍게 물어보았다.

"헤어진 다음에 하오리를 주문해야겠다고 생각해서 다쓰에 씨에게 봐달라고 했어요. 그리고 가게 앞에서 헤어져서 나는 잠깐 친정에 들렀는데 오랜만이다 보니 어쩌다 이야기가 길어져서 결국 밤 10시 무렵까지 있었네요." 오스마는 홱 태도를 바꾸었다. "남편분은 어떻게 되셨어요?"

"집에 안 왔어요." 아야코는 무거운 말투로 대답했는데, 오스마가 시치미를 떼고 있는 것인 줄은 생각지도 못했다.

"네? 집에 안 왔다고요?" 오스마는 깜짝 놀란 듯한 표정을 지었다. "어머, 거짓말."

"아니에요. 정말이에요. 오스마 씨에게 물어보면 알까 싶어서 왔어요."

"어머, 말도 안 돼!" 오스마는 호들갑스러운 얼굴을 했다. "그러고 보니 잠깐 들를 곳이 있다던가 그렇게 말씀하셨던 것 같기는 한데……그렇다면 어젯밤 외박을 하신 거군요."

"네, 어떻게 된 일일까요?" 아야코는 불만스럽게 말했다. "지금까지 회사일로 출장을 갔을 때 외에는 단 하루도 집을 비운 일이 없었어요. 혹시 어디 갔다가 병이라도 난 게 아닐까요?"

"그렇다면 그렇다고 전화라도 했겠지요. 하지만 설마 길을 잃었을 리도 없고요. 괜찮을 거예요. 오늘은 집에 오시겠지요."

"그럴까요? ……저는 그럼 회사에 무슨 일이 있는지 물어볼까 싶어요."

"그것도 그렇겠네요. 하지만 만약 회사에 있는 게 아니라면 그렇게 물어보는 게 오히려 안 좋을 것 같아요. 아마 친구와 같이 어디 놀러라도 갔겠지요. 틀림없어요."

"하지만 남편은 그런 걸 아주 싫어하는데요."

"그래도 사람들과 교제하다 보면 하는 수 없었던 게 아닐까요."

그런 이야기를 나누다 오스마는 분페이가 불러서 그 자리를 떠났으므로 아야코도 어쩔 수 없이 자기 방으로 돌아왔다 그러자 오스마와 말 나누기 이전보다 한층 불안의 그림자가 짙어졌는데, 오스마가 자기를 속이고 있는 줄도 모르고 뭔가 모를 어두운 운명이 자기 앞에 놓인 기분이었다. 그러나 그녀는 어찌할 수도 없었다. 불쾌한 기분을 참고 남편의 귀가를 기다리는 수밖에 달리 방법이 없었다.

하지만 오후가 되어도 다쓰에는 오지 않았다. 아마 있던 곳에서 곧바로 회사에 출근했으려니 생각했지만 그렇다고 해도 전화 정도는 했을 텐데 하며 아야코는 여러 생각에 번민했다.

그런데 3시가 조금 넘은 무렵 시부야 친정에서 아야코에게 전화가 걸려와 이야기할 것이 있으니 잠깐 와 주지 않겠냐고 했다. 아야코는 아무렇지 않게 전화를 끊고 나서 나설 채비를 했는데, 왠지 그 전화조차 불안한 느낌이 들었다. 무슨 일이 있어도 지금까지 친정에서 그녀를 오라고 불러들인 일은 한 번도 없었다. 게다가 남편이 집에 들어온 다음에 가겠다고 한 자신의 답변에 대해, 사정이 그렇다면 어쩔 수 없지만 가급적이면 빨리 와주었으면 좋겠다고 한 것도 왠지 마음에 걸렸다.

그래서 아야코는 오시노에게 사정을 잘 이야기하고 곧바로 인력거로 집을 나섰다. 어젯밤에는 편히 잘 수가 없었으므로 아야코는 사뭇 피로를 느꼈다.

"무슨 일이지?" 아야코는 인력거 위에서 몇 번씩이나 무겁고 답답한 가슴을 누르고 진정시켰다.

(1921.4.8)

제113회

이혼에 관하여⑶

아야코 눈에 친정집은 어딘가 어수선하면서도 음울하게 분위기가 가라앉아 보였다. 그리고 현관으로 올라가다 마침 하녀 한 명을 만났는데 기분 탓일지 몰라도 그 얼굴에서 이상한 사건이 일어나는 듯한 기분이 느껴졌다.

"무슨 일이라도 있어요?" 아야코는 불안한 빛을 띠면서 하녀에게 물었다.

"어르신께서 갑자기 다시 몸 상태가 나빠지셔서……."

"그래요?" 아야코도 얼굴을 찌푸렸다. "어떻게 안 좋으셔요?"

"요전 4월 1일 바깥기운이 안 좋아서 그 때문인 것 같은데, 어젯밤부터 갑자기 열이 높아지시는 바람에요."

"어머!" 아야코는 한층 얼굴이 어두워져서는 그대로 집안으로 서둘러 들어갔다.

안쪽 다섯 평짜리 병실은 조용했다. 그리고 맹장지문 입구까지 오니 그 병이 꽤나 걱정스러운 것임을 아야코는 금방 직감할 수 있었다. 그러자 그녀는 마침 그때 진찰을 마친 의사가 안경 안쪽에서 염려스럽다는 눈빛을 지으면서 나오는 것을 보았다. 어머니와 간호부가 그 뒤를 따라 나왔다.

"안녕하세요?" 아야코는 주저주저하면서 허리를 굽혀 인사했다. 그와 동시에 어머니 다즈코가 딸 모습을 발견했다.

"아, 아야코 왔구나." 어머니도 불안한 표정에 낮은 목소리로 말했다.

"저는 전혀 몰랐네요. 다시 안 좋아지셨다고요."

"선생님, 어떤가요?" 다즈코는 그 자리에서 조금 떨어진 곳에서 의사에게 물었다.

의사는 다른 사람들이 없는 객실 앞까지 오더니 슬쩍 모녀에게 눈길을 준 뒤 그 방으로 들어갔다.

"역시 급성 폐렴입니다. 지금 당장 갑자기 어떻게 되거나 하지는 않겠지만, 어쨌든 쇠약해지신 상태라 지병이 오히려 걱정됩니다. 그래도 오늘은 열이 조금 내렸으니 이대로라면 크게 걱정하실 일은 없을 듯합니다." 침착한 태도로 이렇게 말했다.

"고맙습니다." 다즈코는 한숨을 토하듯 말했다.

"어쨌든 오늘 내일이 중요합니다. 충분히 잘 간호해 드리는 것이 좋겠습니다."

그렇게 말하고 의사는 앞에 놓인 차를 마시면서 두세 가지 아야코의 질문에 답을 하고서 이윽고 가버렸다.

"제가 아버지를 좀 뵈어야겠어요." 아야코는 의사를 보내고 곧 집 안으로 들어가려고 했다.

"아, 잠깐만, 아야코." 어머니는 낮은 목소리로 불러 세웠다. "그 전에 잠깐 너에게 이야기할 게 있는데……."

"네, 그래요." 아야코는 멈춰섰지만 그와 동시에 어떤 새로운 불안감이 갑자기 그녀 가슴을 가득 채우는 것을 느꼈다. 어머니 표정이 민감한 그녀에게 그것을 암시했다.

"무슨 걱정되는 일이라도 있어요?" 아야코는 두근두근하는 어조로 말하며 어머니를 보았다.

다즈코는 여기에는 대답을 않고 역시 고민스러운 모습으로 자기 방 쪽으로 잠자코 딸을 데리고 갔다.

"시댁 쪽에서는 그 이후 특별히 달라진 분위기는 없던?" 어머니는 자애로움이 가득한 눈빛으로 아야코 얼굴을 바라보며 물었다.

"네, 특별히 달라진 건 없어요. 그저 남편이 어젯밤부터……." 말을 하다 말고 역시 거북한 듯 말을 흐렸다. 하지만 어머니는 이 이야기에는 별달리 마음을 두지 않은 듯했다. "사실은 말이다, 조금 번거로운 일이 생겼구나."

"제 일로요?" 아야코는 반문했지만, 금방 어떤 일인지 알아차렸다. "제가 이혼을 하게 되었군요!" 아야코는 자기도 모르게 목소리를 높였다. "그렇죠? 어머니, 그런 거지요?"

(1921.4.9)

제114회

다즈코는 묵묵히 있다가 그냥 눈빛으로 긍정했다.

"역시!" 아야코는 정색을 하고 낯빛이 바뀌었다. "그래, 뭐라고 하던가요?"

"어제 오구라 씨가 왔더구나." 다즈코는 무거운 어조로 이야기를 시작했다.

어머니 말로는 어제 오후 시마 집에서 지배인 오구라가 갑자기 찾아와서 아야코를 데려갔으면 한다고 이야기했다는 것이다. 이유는 특별히 없지만, 요는 이번 시마 가문의 부채 문제에 관한 아야코의 태도를 온당치 못하게 여긴 것이었다. 그러니까 시아버지나 남편을 섬기기는커녕 가장 내부에서 시마 가문을 배반하는 것이나 마찬가지다, 말할 나위도 없이 친정을 비호하기 위해서 시아버지와 남편의 감정이야 어찌 되든 상관없다는 것이냐, 표면적으로는 문제가 해결되었지만 며느리에게 무시당한 꼴이어서 괘씸하다, 따라서 향후 안심하고 집안일을 맡겨 둘 수 없는 노릇이니 이참에 종지부를 찍고 더불어 아야코도 도로 데려가라는 것이었다.

아버지 도시유키는 그 이야기를 듣고 몹시 분개했다. 게다가 그쪽이 바라는 대로 이쪽이 고분고분 따를 수는 없다며 심하게 오구라를 나무라고 돌려보냈다. 그리고 병으로 신경이 쇠약해진 그는 과도한 분노와 회한 때문에 그날 밤부터 열이 나서 병상에 떡하니 드러누워

버린 것이다.

다즈코는 어쩔 줄 모르겠다는 듯 가늘고 연약한 목소리로 그런 이야기를 하고 나서, 그래도 이렇게 된 이상 이제 포기하는 수밖에 없다는 듯한 모습으로 눈가를 훔치며 다시 깊은 침묵에 빠져들었다.

'당했구나!' 아야코는 속으로 외치며, 잠복해 있던 불운이 결국 자기 신상에 덮쳐든 느낌이 들었다. 그리고 그것은 요즘 시마 집안 내의 분위기로 보건대 오히려 당연한 운명처럼 여겨졌다. 하지만 그렇다고 해도 그렇게까지 자기에게 애정을 가져 준 남편의 동의로 이루어진 것인지 아닌지가 금방 그녀 뇌리에 떠올랐다. 미련은 아니지만 아무래도 이 이야기는 시아버지 독단적인 심정에서 나온 듯 여겨졌다.

"역시 그렇게 된 거군요." 아야코는 속에서 뱉어내는 듯한 목소리로 말을 하고는 주르륵 뜨거운 눈물을 흘렸다. 그리고 말을 이었다. "저도 그 정도는 각오했어요. 하지만 남편만은 제 마음을 이해하고 있다고 믿고 있었어요. 아니면 제가 지난번 여기 왔을 때 시마 집으로 다시 돌아가는 게 아니었는데 말이에요."

"아버지도 그런 말씀을 하고 억울하게 여기셨단다. 그 빚 이야기가 나오기 시작했을 때 아야코 너를 데려오지 못한 걸 유감이라고 말씀하셨어."

"시마 시아버지가 이렇게라도 하면 반성하실 거라고 생각해서 제가 시라이 씨와 의논하여 니키 변호사님에게까지 중재를 부탁하게 된 것인데, 역시 오해한 거예요. 시아버지는 제 마음을 전혀 이해하지 못한 거라고요." 아야코는 손수건으로 눈물을 닦았다. "하지만 괜찮아요. 제가 아쉬워할 필요는 없어요. 그 사람들을 위해서도 좋은 일이라고 생각했는데, 그런 식으로 나쁘게 받아들이면 더는 어쩔 수가 없지요. 저는 깨끗이 이혼을 받아들이겠어요. 이제 저 사람들 사는 집으로는 죽어도 안 갈래요." 힘을 주어 말했다.

"그렇고말고." 다즈코도 끄덕였다.

"이렇게 되었으니 괜히 저런 사람들에게 굽신거릴 일도 없어."

"제 입장에서도 처음부터 좋아서 들어간 곳도 아닌 걸요. 오늘날까지 참고 지낸 게 스스로도 이상할 정도예요."

"우리도 옛날 야마무라 집안 명성만 같았으면 너를 지금까지 그 집에 그렇게 두지 않았을 테지만, 어쨌든 어려운 생활을 할 수밖에 없었으니 그저 일단은 지고 들어가자고 생각했지. ……그게 도리어 안 좋았구나."

"저도 이혼하게 되어 오히려 시원해요. 왠지 자유롭고 밝은 곳으로 나온 듯한 기분이에요." 아야코는 눈물 속에서 쓸쓸한 미소를 보였다.

"다 진심이야 아니겠지만 네가 그런 마음가짐이면 나도 더 이상 다른 생각은 하지 않으마."

"다만 데이코가……." 아야코의 눈에서는 다시금 새로운 눈물이 배어나왔다. 아까부터 그 말을 꺼내기 어려워하던 어머니도 갑자기 얼굴에 그늘이 졌다. "그 아이는 저쪽에서 키우게 되겠구나……."

(1921.4.10)

제115회

이혼에 관하여(6)

아야코가 아버지 병상으로 다가갔을 때 도시유키는 깊이 잠들어 있는 것처럼 보였다. 간호부가 곁에서 주의 깊은 눈으로 환자를 지켜보고 있었다. 방 분위기는 축 가라앉아 용태도 왠지 더 위중해 보였다. 아버지 얼굴도 몹시 수척해진 듯 느껴졌다.

아버지를 보고 있자니 아야코는 절로 가슴속이 메었다. 5, 6년 전까지만 해도 젊은 사람도 능가할 만큼 원기가 넘쳤고, 우국지성이 흘러넘치는 정치가로서의 일생은 이미 종언을 고했지만 기운 만큼은 변함없이 왕성하여 아직 새 분야에서 성공할 의기도 충천했었다. 그랬던 것이 최근 몇 년 재산 불리는 술수가 부족한 바람에 경제적으로 계속 파탄만 이어지다 보니 골치 아픈 일들이 속출했다. 그리고 최근 1,2년 들어 부쩍 쇠약한 기운을 보이다가 올 여름에는 심하게 몸 상태가 안 좋아졌다.

'어쩌면 이번에는 회복을 못하실 지도 몰라.'

그러한 불안이 어머니 얼굴에도 드러났지만 아야코도 왠지 그럴 것 같은 느낌이 들어 자기도 모르게 뜨거운 눈물이 흘러내렸다.

병상에는 간호부 외에 때때로 와 있는 젊은 주치의인 의학사도 같이 있었다. 아야코가 들어가자 그 뒤로 다즈코와 같이 그 의사도 병실로 들어섰다.

"고베의 오라버니에게 알렸어요?" 아야코는 살짝 아버지에게 얼굴을 가까이 대고 숨소리를 살피다가 곧 제자리로 돌아와서 낮은 소리로 어머니에게 물었다.

"그것도 의사 선생님과 의논해 봤는데, 당장 하루 이틀은 좀 기다려 보는 게 어떻겠느냐고 말씀하시더구나. 하지만 어떻게 하는 게 맞을지." 불안한 듯 다즈코는 딸을 보았다.

"그렇네요. 의사 선생님이 그렇게 말씀하신다면 그렇게 해야겠지만……그래도 알리기는 해야지요."

"혹시 불안하시다면……" 젊은 의사가 옆에서 끼어들었다. "부르시는 것도 좋을 것 같습니다. 아마 그럴 필요야 없겠지만, 말씀하시는 것처럼 알리기만 해 두시는 편이 좋겠어요." 의사다운 태도로 말했다.

그때 말소리를 들은 것인지 환자가 문득 눈을 뜨고 주위를 둘러보았다. 그 눈은 평소의 예리한 빛을 다 잃었다고는 할 수 없었지만 묵직하게 흐려 있었다.

"아버지, 깨어나셨어요?" 아야코는 얼굴을 대고 말했다. "기분은 좀 어떠세요?"

"오오, 아야코구나." 도시유키가 말했지만 목으로 가래가 끓는 듯해서 목소리가 분명치 않았다. 그리고 그것을 간호사에게 호소하는 듯한 표정을 지었다. 간호사는 서둘러 가래그릇을 가지고 갔다. 환자는 머리를 조금 들고 거기에 가래를 뱉었다.

"뭐 그렇게 대단치는 않지만 여기가 좀 안 좋구나." 도시유키는 그렁그렁 말하는 목 쪽을 가리켰다.

"큰일이네요. 그래도 의사 선생님이 그렇게 걱정할 것은 아니라고 말씀하셨어요…….”

환자는 그 말을 듣고 조용히 끄덕였다.

“그래도 아야코 너는 당분간 내 곁에 있어다오. 데이코는 데려오
지 않았느냐?”

“데이코요? 그 아이는 두고 왔어요. 하지만 전화만 걸면 언제든 부
를 수 있어요. 오라고 할까요?”

“그럴 수도 없지. 그렇게 속이 빤히 들여다보이는 인간 옆에 두는
게 나도 마음에 걸리기는 하지만, 그래도 네 입장도 생각해야 하니 차
차 의논하자꾸나.”

아야코는 절로 고개가 숙여졌다. 아버지 얼굴을 보는 것조차 힘들
었다.

“저에 대해서는 전혀 걱정하지 않으셔도 돼요.” 아야코는 웃는 얼
굴을 했다. “게다가 이번 일은 다쓰에 씨에게서 나온 결정이 아닌 걸
요. 그보다는 아버지 병환이 빨리 나으셔야지요.”

자기의 이혼에 관해 여러 가지로 걱정하는 아버지에게 아야코는
그렇게 말하며 위로했다.

도시유키는 쓸쓸히 웃으며 입을 다물어 버렸다.

(1921.4.12)

제116회

죽음의 손길(1)

그날 밤은 그렇게 아무 일도 없었다. 아야코는 11시 너머까지 아버지 배게 맡에 붙어 있다가 피곤해서 다른 사람과 교대하고 별실에서 잠시 눈을 붙이기로 했다.

아야코는 오늘 하루만큼 마음이 괴로웠던 적이 없었다. 그리고 자신이 더 이상 시마 가문으로 돌아갈 수 없는 몸이라고 생각하니 지금까지는 별로 마음 편하지 않던 그 집이 이제 와 새삼스럽게 그립고, 결혼 후 4, 5년 동안의 생활이 꿈결처럼 떠올랐다.

남편이 이번 이혼에 동의를 했는지 아닌지는 지금 당장 알 수 없었다. 아마 동의하지는 않았을 거라 생각했지만, 곰곰 따져보니 그 자리에 같이 있지 않으려고 일부러 피한 것이라는 생각도 들었다. 거기에는 오스마의 의지가 꽤 크게 작용했을 것이라 추측되었다. 오스마가 다쓰에를 저지한 것이라고밖에 볼 수 없었다. 그것이 아야코에게는 분하고 억울했다.

아야코는 베개에 눕자 그런 생각만 들어 몸은 피곤했지만 신경이 흥분상태여서 잠들 수가 없었다. 데이코도 걱정되었다. 오시노가 이 이야기를 들으면 얼마나 슬퍼할까 그것도 가여웠다.

잠들지 못한 상태로 아야코는 이불 위에 앉아 자기 처지와 앞날을 생각했는데, 자기가 그 집을 나온 뒤의 시마 집 분위기가 어떤지 알고 싶었다. 남편이 돌아왔는지 아닌지 오시노에게 물어보려고 살짝 일어나 전화기 쪽으로 갔다.

이제 어쩌면 더 이상 야마무라 집안의 물건일 수 없는 전화기 앞에 서서 아야코는 조용히 전화벨을 돌려보았다. 그리고 전화를 받은 하녀에게 응접실 쪽에 있는 탁상전화 쪽으로 곧장 연결해 달라고 했다. 그러자 서생 고야마로 여겨지는 목소리가 누구냐고 물어왔다.

"고야마? 나 아야코인데, 남편은 집에 왔나요?"

그러자 고야마 목소리가 말했다. "네, 마님이셨군요." 잠시 답변을 주저하는 듯한 말투였다. "아직 집에 들어오시지 않은 것 같습니다."

"그럼 오시노를 불러주겠어요?"

"네, 알겠습니다." 고야마는 곧바로 물러났지만 한참 시간이 지나서야 오시노 목소리가 들려왔다.

"마님이세요?"

"네, 나에요." 아야코는 대답했지만 벌써부터 가슴이 막혀 그다음 말이 이어지지를 않았다.

"남편은 아직 안 왔어요?" 힘껏 목소리를 올려 아야코는 물었다.

"아직 돌아오시지 않았습니다. 마님은 어디 계신 거예요?"

"그럼 오시노는 아무것도 모르는 거예요? 내 신상에 생긴 일……."

"네? 아니오, 전혀……."

"내가 오늘을 끝으로 이제 시마 가문으로 돌아갈 수 없게 되었어요."

"……"

"그러니까 이혼이라고요. 알겠어요?"

"그런 거예요?" 오시노의 목소리는 이상하게 여기는 듯 들렸다.

"언젠가 나중에는 알게 될 일이지만, ……데이코는 어떻게 하고 있어요?"

"오늘 저녁에는 뭐랄까, 기분이 안 좋아 보였고 10시 정도까지 어머니를 기다리셨답니다. 지금 막 잠들었어요……마님 이야기 정말이에요?"

"정말이에요." 아야코는 흐릿하게 웃는 소리를 냈다.

"그럼 제가 이제 애기씨를 모시고 그리 가야할까요?"

"그건 아직 몰라요. 오시노가 와도 되는지 안 되는지……."

"그래도, 마님……."

갑자기 병실 쪽이 어수선해졌다. 아야코는 불안감에 머릿속이 혼란스러워 전화로 이야기할 새도 없었다.

(1921.4.13)

제117회

죽음의 손길(2)

무슨 일일까 싶어 아야코는 허둥지둥 전화를 끊고 서둘러 병실 쪽으로 가보았다. 그러자 옆방에 서너 명 대기하던 간호부들이 조용하기는 했지만 당황한 모습으로 병실에 모여 있었고, 한 간호부는 얼음주머니를 들어 얼음을 바꿔 담고 있었으며, 주치의는 주치의대로 와이셔츠 차림 상태로 무언가 심장에 처치라도 하는 듯 주사기를 들고 소독하는 참이었다.

그러고 보니 어머니는 깊은 우수에 잠긴 얼굴에 절망의 빛을 띠우고 가만히 곁을 지키고 있었다.

"용태가 급변했나요?" 아야코는 입구에서 지나치려는 간호부를 붙들고 물었다.

"그게, 맥박이 갑자기……" 간호부는 말하기 어렵다는 듯 대답했다.

"괜찮으실까요?"

"글쎄요. 지금 선생님이 주사를 놓으실 테니 그러고 나면 다시 확 좋아지실 거예요."

"그런가요?" 아야코는 정말 벌벌 떨리는 목소리로 말했다.

"아무래도 쇠약해지신 상태가 심각하신 것 같아서요."

"오야마(大山) 박사님을 부르지 않아도 될까요?"

"글쎄요. 하지만 응급처치에는 별다른 방법이 없어요. 아마 선생님 께 무슨 생각이 있으실 거예요."

아야코는 그대로 조용히 아버지 병상으로 다가갔다. 서너 명의 사람들이 조금 떨어져서 불안한 듯한 눈빛으로 소리도 내지 못하고 의사가 하는 행동을 보고 있었다. 그 사람들 중에는 어머니의 먼 친척 되는 사람도 있는가 하면, 아버지가 한창 활약할 때부터 출입하던 남자도 있었다. 하지만 그런 이들은 대부분 한참 손아래 사람들로, 사회에서 기반을 가진 사람이나 유명세가 있는 사람은 한 사람도 없었다.

간호부가 얼음주머니를 들고 왔을 때 의사는 그녀에게 도우라고

하여 가슴 쪽으로 캠퍼[10]인가 뭔가를 주사했는데, 환자는 미약한 숨소리를 내며 눈은 꾹 감고 있었다. 그리고 늑골이 다 드러난 가슴팍과 살이 쭈글쭈글한 목을 보고 있자니 바늘을 꽂는 일조차 몹시 힘겨워 보여 아야코는 자기도 모르게 고개를 돌렸다.

환자는 그래도 아직 의식이 분명해서 주사를 맞을 때는 눈을 가늘게 뜨고 멍하니 주위를 보았다. 그리고 아야코 얼굴을 보더니 하얀 수염 아래로 우물우물 입술을 움직여 무언가 말을 하는 것 같았다.

"아버지, 몸이 어떠세요?" 아야코는 낮은 소리로 물었다.

"여기가 괴롭구나." 도시유키는 야윈 손으로 목에서 가슴께를 가리키며 희미하게 대답했는데 아야코에게는 분명하게 들리지가 않았다.

아야코는 겉옷 안으로 손을 넣고 내의 위로 가슴을 문지르면서 다시 설핏 잠에 빠져든 듯한 아버지 얼굴을 바라보았다.

"아무리 처치를 해도 이렇게 원래 신장이 안 좋으셨던 분은 심장도 약해져요. 게다가 최근에 열이 계속 오르셨기 때문에." 의사는 그렇게 말하며 맥을 짚은 채 조금 고개를 갸웃했다. 주사의 힘만으로는 심장이 쇠약해진 것을 돌이키기 곤란한 것 같았다.

조금 있다 그는 사람들이 불안한 눈으로 지켜보는 앞에서 다시 한 번 주사를 시도했다.

오야마 박사에게 전화를 걸었을 때 이미 환자의 용태는 몹시 악화된 징후를 보였다.

(1921.4.14)

---

10 캠퍼(camphor)는 흥분제 혹은 강심제로 지방유에 녹여 근육 주사로 투여함.

제118회

죽음의 손길(3)

갑자기 전화가 끊기자 오시노는 아직 할 이야기가 있는데 싶어 묘하게 마음이 걸려 견딜 수가 없었다.

"여보세요? 마님." 수화기를 귀에 댄 채 다시금 소리 높여 전화기로 불러 보았지만 아야코의 목소리는 더 이상 들리지 않았다. "어떻게 되신 거지?" 오시노는 중얼거리며 아직 미련이 남았다는 듯 전화벨을 돌렸다. 하지만 역시 끊긴 상태였다. 아야코 목소리는 들리지 않았다.

전화를 끊은 방식이며 전화 끊기 직전의 상태를 상상하다 보니 허둥지둥하는 듯한 아야코의 모습이 떠올라 아무래도 오시노는 납득이 가지 않는 게 너무 많았다.

"아무리 그래도 젊은 나리는 어째서 이렇게 늦으시는 거지?" 오시노는 여전히 전화기 앞에 멍하니 서 있었다.

"숙모, 무슨 일이에요?"

그리로 조카 고야마가 여느 때와 다름없는 약삭빠른 눈빛을 하고 들어왔다. 오시노는 간단히 전화로 있던 이야기를 말해 주었다.

"이게 어떻게 된 일이니?" 불안한 눈길로 조카의 허연 얼굴을 보았다.

"뭘요, 그런 경우가 자주 있지요. 이쪽이 아직 다 말하기도 전에 저쪽이 후딱 이야기를 마치고 끊어 버린 거예요." 고야마는 뻔하다는 듯 말했다.

"그래도 마님은 지금까지 그런 경우가 없었어. 어떻게 된 일일까? 내가 걱정이 되어 못 참겠구나."

"걱정이 되면 다시 한번 걸어보면 되잖아요?"

"그건 그렇지만." 오시노는 겨우 정신이 든 것처럼 말했다. "너 요즘 큰 마님하고 가깝게 지내는 것 같은데 젊은 나리에 대해 들은 이야기는 없니?"

"젊은 나리에 대해서요? 어떤 거요?"

"아직 집에 안 오신 모양이지 않니. 어디에 계시는 걸까?"

"글쎄요. 그야 모르지요. 아니면 큰 마님과 무슨 관계라도 있다는 거예요?" 고야마의 눈이 이상하게 빛났다.

"아니, 그런 건 아니지만, 오카네 이야기로는 어제 시내에서 젊은 나리와 큰 마님과 두 분이 함께였다고 하던데." 오시노는 어떻게든 조카의 눈빛에서 무언가를 읽어내려고 했다.

"그야 그럴 지도 모르지요. 하지만 큰 마님은 멀쩡하게 들어오셨으니 큰 마님도 젊은 나리가 어디 가셨는지 알고 계실 턱이 없어요."

"그야 그렇지만……"

"숙모, 마님이 전화로 그런 이야기를 한 거예요?"

"무슨, 그런 건 아니었어." 오시노는 무슨 생각이 있는 듯 고개를 갸웃했다. "내가 지금 잠깐 시부야에 다녀올까?"

"시부야로요? 마님 친정에?" 고야마는 크게 눈을 떴다. "너무 늦었잖아요. 아무리 그래도 그렇지 지금 이 시각에 가면……."

"그렇긴 한데 좀 여쭤볼 게 있어서⋯⋯."

그런 말을 하며 두 사람이 서서 이야기를 하던 차에 안채에서 오카네가 나왔다.

"고야마 씨, 큰 마님이 부르십니다."

고야마는 "네" 하고 곧바로 그 자리에서 떠났다. 오시노는 여전히 걱정되는 듯한 발걸음으로 데이코를 재워둔 방으로 갔다. 가슴은 무언가에 압살되는 듯한 느낌이 들었다.

(1921.4.15)

제119회

죽음의 손길⑷

"영감나리는 저쪽 방에서 벌써 주무시고 계셔. 자, 이리로 어서 들어와."

아침저녁으로는 제법 가을다워진 햇살 덕에 이 집에서도 특히 선선한 방인 오스마 거처는, 오늘 밤 한결 시원해 부채 같은 것도 필요 없었다.

오스마는 툇마루에 아무렇게나 앉으며 요즘 맛을 들인 듯한 담배를 따분한 듯 피웠다.

"오시노가 뭐라고 해?" 오스마는 의심 깊은 눈빛으로 조심스레 먼저 질문의 첫 활시위를 당겼다.

"숙모요? 아니요, 딱히." 특별히 그것을 배반하려는 의도는 아니었지만 고야마의 대답은 정말 싱거웠다.

"아야코 씨 있는 곳에서 전화가 걸려왔지?"

"네, 그건 그랬어요……."

"뭐라며 전화가 왔지?"

"글쎄요." 고야마는 자기도 모르게 고개를 숙였다. "저는 못 들었는데요……."

"그래도 들린 이야기가 있을 거 아냐? 가까이 있었을 테니까."

"그게, 숙모가 지금 시부야로 다녀오겠다고 한 것 같아요." 애매하게 문제되지 않을 말투로 고야마는 답변을 했다.

"시부야로? 오시노가?" 오스마는 짐짓 큰 목소리로 말했다.

"이렇게 늦은 시각에 무슨 일이지?"

"…………."

"그 일에 관해서 무슨 말 듣지는 못했어?"

"네, 딱히."

"다쓰에 씨가 집에 안 들어오는 것에 관해서도 아야코 씨가 물어봤겠지?"

"그런 기색은 없었습니다. 숙모가 걱정되는지 저에게 묻더군요."

"그래서 고야마는 뭐라고 했는데?"

"딱히, 저는……어디 가셨는지 모른다고 했을 뿐입니다."

"그래." 오스마는 갑자기 목소리를 낮추었다. "이건 아직 비밀이기는 한데 아무에게도 말하면 안 돼. 오시노에게도, 알겠지?" 묘하게 다

짐을 두었다. "아야코 씨는 말이야, 이번에 이혼당하게 될 거야. 정말 놀랍지?"

"…………."

"어쩔 수 없지 뭐. 친정만 걱정하고 시댁은 어떻게 되든 상관없다는 식으로 굴었으니……."

"네." 고야마도 정말 뭐라고 대꾸를 해야 할지 알 수가 없었다. 그리고 그런 말을 들으니 아야코가 가여워 견딜 수가 없었다. 지금까지 오스마가 말하는 대로 그녀의 앞잡이가 되어 아야코에게 불리한 일만 줄창 하게 된 자신이 너무 한심하게 여겨졌다. 생각을 조금 달리해 보니 이 모든 게 왠지 오스마 한 사람이 꾸며낸 연극처럼 여겨졌다. 아야코의 속마음을 알 듯 모를 듯 했지만 고야마는 진심으로 가엽다는 느낌이 일었다.

"그래서 말이야." 오스마는 무릎을 조금 앞으로 내며 말했다. "아야코 씨가 이 집에서 나가면 이제부터는 내 세상이나 마찬가지인 한데, 언젠가 말한 것처럼 그렇게 되면 고야마에게는 내가 충분히 뭘 해 줄 생각이야. 그러니까 어디까지나 내 의견에 따라 줄 거지? 그렇다고 내가 무슨 나쁜 짓을 시킬 것도 아니지만."

"그야 큰 마님 말씀이니."

고야마는 겨우 결심한 듯 말하며 한숨을 쉬었다.

"들어줄 거지? 어머나, 기뻐라."

오스마는 그다음 고야마를 곁에 오게 하여 무슨 말인가 속닥거렸다. 고야마의 표정이 여러 차례 변했다.

곧 고야마는 오스마 방에서 해방되어 현관 쪽 자기 방으로 돌아왔다. 마침 고야마가 복도로 나온 것과 데이코를 업은 오시노 모습이 어둠 속으로 숨어들듯 시마 집안 문을 빠져나간 것은 동시였다.

다쓰에는 그날 밤에도 결국 자기 집에 모습을 드러내지 않았다.

(1921.4.16)

제120회

죽음의 손길(5)

"어머, 유모! 데이코까지!"

하녀가 알리자 아버지 병실에서 현관 쪽으로 나온 아야코는 현관 옆 격자문으로 들어온 오시노의 모습을 보고 벌써부터 두 눈에 눈물이 고였다.

"마님!" 오시노도 역시 꽉 차오르던 마음이 갑자기 풀어진 듯 가슴이 벅차오르며 아야코에게 안기듯 했다.

"어머니!" 지금까지 오시노 등에서 잘 자고 있던 데이코가 이 때 눈을 뜨며 어머니를 불렀다.

"오, 데이코!" 아야코는 곧바로 아이를 안아들었다. "이렇게 늦은 시간에 잘 와 주었네."

"저, 보고 싶었어요, 어머니."

"오, 그랬겠지. 미안하다, 엄마가. 급히 볼 일이 있었단다. 자, 안으로 들어가자." 그렇게 말하고 아야코는 오시노를 보았다. "할 이야기가 너무 많지만 여기에서는 뭣하니 저쪽으로 가요."

다실에 들어서자 오시노는 집안이 평소와 달리 한층 조용하고 적막한 것을 알아차리고 불안한 듯 실내를 둘러보았다. 안주인 다즈코의 모습이 보이지 않는 것도 신경 쓰였다.

"어르신 병은 어떠신가요?" 오시노는 걱정스러운 듯 물었다.

"그게 말이에요, 유모. 별로 좋지가 않아요."

"어머나!" 오시노는 벌써 목소리가 떨렸다. "어떤 상태이신데요?"

"다 내 탓이에요. 내가 이번에 한 일이 원인이 돼서 열이 너무 오르셨어요. 요 하루 이틀이 중요하다고 의사선생님이 그렇게 말씀하시네요. 내가 너무 속상해서……." 아야코는 속에 입은 옷소매를 살짝 눈에 댔다. 무릎 위에 걸터앉은 데이코도 엄마의 의중을 알았는지, 평소와 다르게 얌전히 있었고 이따금 걱정스러운 듯 엄마 얼굴을 올려다 보았다.

"아, 그렇게 갑자기!" 오시노는 한층 얼굴이 흐려졌다. "전혀 몰랐어요. 그럼 오늘 전화는 역시 어르신의……."

"그것도 있었는데 주된 볼일은 나에 관한 일이었어요. 게다가 나도 여기 와서야 겨우 아버지 용태를 알았거든요. 정말 어떻게 해야 좋아요? 네? 유모."

"그러셨군요……. 하필이면 이럴 때……."

오시노도 소맷부리를 얼굴에 댔다.

그 후 두 사람 모두 말을 잇지 못했다. 그날 밤은 한층 더 고요했다. 집안 병실 쪽에서도 아무 소리도 들리지 않았다. 아야코는 초조하여 제 정신이 아니었지만, 그렇다고 병실에 모두 다같이 들어가 앉아 있는 것도 불안했다. 불안하다기보다 두려워 견딜 수 없었다. 자기까지 무언가 몹시 어두운 마수에 걸려든 느낌이 들어서 그녀는 도리도 없이 의기소침해 있었다.

"그래, 남편은 아직 집에 안 왔어요?"

조금 있다가 아야코가 말했다. 오시노의 대답은 전화기로 할 때와 같았다. 아야코는 다시 생각에 빠진 듯 잠자코 있다가 조금 후에 다시 물었다.

"유모, 오스마 씨에게 이야기는 하고 왔어요?"

"아뇨, 서둘러 오는 바람에……."

"그럼 어떡해요. 나야 괜찮지만 유모까지 나쁜 말 들으면."

"그래도 하는 수 없지요." 오시노는 결심의 뜻을 굳힌 듯 말했다. "만약 마님이 친정으로 돌아오시게 된다면 저도 끝인 걸요."

"그야 그렇기는 하지만요." 아야코는 깊은 한숨을 쉬었다.

그곳으로 하녀가 아야코를 부르러 왔다. 아버지 병환의 급변을 알린 것이다.

아야코와 오시노는 동시에 가슴을 두근대며 비틀비틀 발걸음을 옮겨 서둘러 병실에 갔다.

거기에는 이미 어두운 죽음의 손길이 가득 퍼져 환자를 앗아가려 했다. 방안에는 순간 비단을 찢듯 날카로운 여인의 울음소리가 일었다.

(1921.4.17)

제121회

손녀딸(1)

야마무라가 지병인 신장병과 더불어 심장마비로 사망한 것은 그 이튿날 저녁이었다. 그때까지 박사도 두 번 와서 진찰했고, 밖에 와 있던 큰 의사도 있었지만 이제 더 이상 손을 쓸 도리는 없었다.

눈을 감기 두 시간 정도 전, 죽은 전부인의 자식인 후계자 쓰나키치(綱吉)가 고베에서 전보를 받고 가장 빠른 급행열차로 왔고, 시라이도 아야코에게서 전화를 받고 황급히 달려왔다. 그리고 그들은 모두 황망한 마음으로 병상에 모였는데 다행히 그때까지 환자의 의식은 분명했다. 그래서 사람들은 아직 다소 희망은 가졌지만 마음속으로는 서로 어두운 죽음을 예상하는 듯 엄숙한 표정을 하고 있었다.

아야코는 도저히 가망이 없다면 어떻게든 자기 신상의 처리를 완료해서 아버지를 안심시키고 싶었지만, 지금 당장은 그럴 수도 없었다. 마침내 모든 것이 끝나려 할 때 그녀는 데이코를 두고 일단 시댁으로 돌아간 오시노에게 전화를 걸려고 전화가 있는 방으로 갔는데, 거기에서 역시 염려스러운 표정을 하고 있는 시라이와 마주쳤다.

"유감스럽지만 이제 도저히 가망이 없겠어요. 주사 효과도 어지간히 듣지 않게 되었으니. 그러니 아야코 씨는 아버님 곁을 떠나지 마십시오. 그런데 시마 집안에서는 아무도 안 오신 것 같습니다……." 이상하다는 듯 그가 물었다.

"네." 아야코는 눈길을 살짝 아래로 두었다. "시마 집에는 공식적으로 알리지 않았어요." 그녀의 표정은 몹시도 난감해 보였다.

"음? 왜 그렇습니까?" 시라이는 수상히 여기는 듯한 눈초리였다.

"제가 저기, 시마 가문을 떠나게 되었습니다." 아야코는 그렇게 말하고 갑자기 옷자락으로 얼굴을 덮고 말았다.

시라이는 얼이 빠진 듯한 얼굴로 당장은 말도 나오지 않는 모양이었다.

조금 지나고 아야코는 눈물을 닦으며 말했다.

"아버지 병이 위중해진 것도 일단 그 때문이에요. 저는 그게 너무도 유감이라……." 다시 울기 시작했다.

"으음." 시라이는 신음이라도 하듯 내뱉었다. "그렇습니까? 드디어 파국이 왔군요."

"그 사람들에게는 아무래도 우리 생각이 통하지를 않아요. 그 사람들 오해 때문에 시라이 씨에게 어렵고 수고스러운 일을 부탁드렸는데, 결과는 역시 이렇게 되어 버리고 말았네요."

"참 유감입니다."

"유감이라면 유감이지만, 그것도 다 불행한 아버지 마음을 조금이나마 편안하게 해드리려고 한 거였어요. 이제 이렇게 되었으니 어차피 제 신세 같은 건 어찌 되든 상관도 없어요."

"하지만 아직 절망해서는 안 돼요."

"그래도 이제 아무런 희망도 없는 걸요."

"자세한 내용은 조만간 다시 듣겠습니다……. 아, 아야코 씨도 이중으로 걱정거리가…… 저는 이해합니다."

"고맙습니다."

두 사람은 그런 이야기를 하면서 조용히 전화가 있는 방으로 갔다.

오시노에게 전화를 건 아야코가 서둘러 병실로 되돌아갔을 때 아버지는 마침내 절망의 심연으로 가라앉으려는 참이었다. 그 자리의 일동은 바다 밑바닥같이 적막했다.

곧 오시노가 울어서 퉁퉁 부은 눈을 하고 황망히 왔을 때 환자의 눈은 이미 아무것도 볼 힘이 없었다.

(1921.4.19)

제122회

손녀딸(2)

노(老)정치가의 유해는 그날 밤과 다음날 밤까지 밤샘을 하는 사람들에 의해 지켜진 뒤, 삼일 째 가까웠던 사람들의 고별식이 이루어지자 곧 아오야마(青山)의 장례식장으로 보내져 불교식으로 장례가 치러졌다.

아야코는 아버지의 과거 경력치고는 의외로 쓸쓸한, 그러면서도 사람들이 꽤 많은 장례식을 치르는 동안에도 내내 아버지가 돌아가신 이후 야마무라 가문이 어찌 될지 등등 여러 가지를 생각했다.

아버지의 사망 보고를 시마 가문으로 보낼 것인가 말 것인가에 관해서는 사람들 사이에 여러 의견이 있었다. 임종을 위해 데이코를 불러들인 것에 관해서조차 — 그것이 유모가 설령 무단으로 데리고 온 것이라고 해도 — 시마 가문의 일처리가 몹시 몰인정했음을 말해 주니, 통지하면 오히려 상대에게 모멸의 눈으로 보일 것에 불과하다고 보는 사람도 있었지만, 통지하지 않는 것도 온당치는 않은 일이라 결국 통지만 보내기로 결정했다.

오시노 이야기에 따르면 환자가 숨을 거둔 그날, 그녀는 아야코로부터 전화를 받고 서둘러 채비를 하고 잠시 그 이야기를 오스마에게 한 다음 집을 나서려 했는데, 오스마는 그에 대해 지극히 냉담하게 대답했을 뿐이었다.

"유모의 주인마님이니 마음대로 하세요. 어젯밤 그렇게 늦게 더구나 데이코까지 데리고 무단으로 나갔던 사람이 이제 와서 새삼스럽게 양해를 구할 것도 없잖아요. 유모 마음에 따라 가거나 말거나 마음대로 해도 돼요." 그렇게 말해 오스마는 오시노의 마음을 불편하게 만들었다.

엄숙한 장례식이 끝나자 지금까지 긴장해 있던 아야코 마음은 갑자기 뭔가가 풀어져 버린 듯 지금까지 가슴 밑바닥에 가라앉아 있던 비애가 한꺼번에 막을 힘이 사라져버린 봇물처럼 터지는 것을 느꼈다.

아버지의 관이 파헤쳐진 흙 아래에 묻히고 나무 향기가 나는 새로운 묘표가 세워졌다. 독경(讀經) 소리가 다시 잠깐 들리고 향 연기가 풀풀 피어나더니 9월 말 어느 낮의 공기 속에 자욱했다. 바로 이삼일 전까지 그렇게 정신이 말짱해서 아야코의 이름도 부르고, 아야코 신상을 걱정해 주던 아버지가 순식간에 유명을 달리하여 이제 그 얼굴을 보는 것도, 목소리를 듣는 것도 영원히 못하게 된다 생각하니, 새삼 평소 아무렇지 않게 생각하던 죽음이라는 것의 엄숙한 의미가 반추되었다. 그리고 그것은 육친의 죽음을 겪으며 맛보게 되는 깊은 비애였다.

"결국 시마 가문에서는 아무도 안 왔군요."

일동이 하얀 묘표 앞에 무릎 꿇고 앉아 향을 피우고 절하기를 마친 후 제각각 되돌아간 뒤에도 데이코와 같이 한동안 그곳을 떠나지 못하고 있는 아야코 옆으로 시라이가 다가와 말을 걸었다.

그 말을 듣고 아야코는 겨우 정신이 드는 것 같았다. "아, 그랬네요. 그 사람들은 언제까지고 아버지에 대해 악의를 가질 거예요."

"물론 통지를 하지 않는 편이 나았을 지도 모르지만, 그래도 통지를 받은 이상 이때만큼은 모든 감정문제는 제쳐두고 최소한 장례식만이라도 참석하는 게 당연하지 않겠습니까?"

"그 사람들은 죽은 사람에 대해서까지 이렇게 모욕을 주는 사람들이에요. 살아 계시던 동안에 그렇게 문제를 일으킨 게 당연한 사람들이지요."

"정말이군요. 저도 이 정도일 거라고는 생각지 않았습니다. 요즘 시절 참 보기 드물게 도리를 모르는 사람들도 다 있구나 싶습니다. 저도 어이가 없어 말이 안 나옵니다."

"정말 부끄러울 따름입니다."

"아야코 씨는 저런 집에서 참 잘도 참고 사셨군요."

"과거를 생각하면 저도 소름이 끼치는 것 같아요."

두 사람은 그런 이야기를 하면서 묘지를 나섰다. 그리고 곧 아야코는 시라이와도 헤어져 가족들과 자동차를 타고 돌아갔다.

(1921.4.20)

제123회

손녀딸(3)

그날 밤처럼 아야코가 쓸쓸하고 의지할 곳 없다는 느낌을 가진 적은 살면서 없었다. 사회에서 물러난 이후의 아버지 생활은 아주 적적했다. 그리고 옛날부터 오랫동안 살았던 시부야의 이 집도 낡고 기우는 아버지 운명과 더불어 세월에 이끌려 갔지만, 그래도 아버지가 계실 때는 왠지 마음 든든한 느낌이었다. 그러던 아버지가 이제 갑자기 돌아가셨다고 생각하니 넓은 집안이 순식간에 쓸쓸하고 차갑게 느껴져, 말로 표현하기 힘든 불안을 절절히 통감했다.

흰 나무로 만든 위패를 세워둔 방에서 아야코는 오랜만에 만나는 그리운 이복오빠와 어머니, 그리고 동생과 하염없이 돌아가신 아버지와의 추억거리에 빠져 있었다. 아버지가 정치계에서 한창 활약하던 무렵의 추억담도 있었는가 하면, 아버지와 어머니, 형제들이 모두 모여 살던 이십여 년의 세월 동안에 일어난 기쁜 일, 슬픈 일 같은 것이 한도 없이 이어져 이야기가 끝이 없었다.

하지만 그보다 사람들 뇌리에 강하게 있던 것은 아버지 사후의 처리였다. 저택은 원래부터 저당이 잡혀 있어서 더 이상 이 집안의 소유가 아니었다. 오라버니 쓰나키치는 고베에서 아버지 지인이 경영하던 어느 회사에서 일하고 있었는데, 그의 수입은 지금 단계에서 빚을 다 짊어질 정도는 되지 않았다. 게다가 문란했던 재정 상태를 정리하다 보니 아버지가 남긴 많은 부채를 따로 짊어져야 했다. 하지만 그것은 자식으로서의 당연한 의무라 어쩔 수 없다고 치더라도, 당면한 문제는 시마 가문에서 떠나게 된 아야코의 신상이었다. 그리고 일고에 다니는 동생의 학비였다.

아야코 입장에서 보면, 워낙 차분하고 삼가는 아야코에 비하면 오라버니 쓰나키치는 시절이 좋을 때 자란 사람이어서 지금까지 고생이라고 할 만한 것을 경험한 적이 없는 남자였다. 그리고 이 집안에 덮친 그런 문제들을 처리하기에는 두뇌의 영민함이 다소 부족했다. 그는 아버지와 마찬가지로 시마 가문의 무례함에 화를 낼뿐, 향후 아야코의 신상에 관해서는 전혀 뾰족한 방도가 없었다. 하물며 동생의 학자금은 말할 것도 없었다.

"어쨌든 이 집을 가급적 비싸게 팔아서 부채를 어느 정도 갚고, 그다음 어머니를 고베로 모시겠습니다. 물론 아야코도 와야겠지요." 그렇게 말하며 쓰나키치는 두 사람을 받아들일 각오를 한 모양이었다. 하지만 충분한 자신감도 없어 보였다. 그리고 그 자리에서 생각에 잠겨 있는 동생 다카오를 보며 말했다. "다카오는 당분간 기숙사에 있도록 해. 학자금 문제는 어떻게든 될 거야."

"……." 모두는 그저 깊은 침묵 속에 잠겨 있었다.

이 오라버니의 아내는 결혼하고 나서 아직 2년도 되지 않은 간사이(関西) 쪽 출신 여자였다. 게다가 집안도 변변치 않고 교육도 못 받았으므로, 그들 결혼에 대해 돌아가신 아버지는 별로 좋아하지 않았다. 그리고 아버지와 오라버니의 감정은 결혼 문제 이후 썩 좋지 않았다. 아야코 올케는 쓰나키치가 고베로 간 당시 방을 빌려주던 하숙집 딸이었다. 그런 식이었으니 어머니 다즈코도 단순히 친 모자지간이 아닌 것과 더불어 그 며느리와 같이 살게 되는 것을 그리 달가워하지 않았다. 아야코도 나이든 어머니 모시는 일을 속도 모를 올케에게 맡기기는 싫었다. 하물며 이혼하고 돌아온 자기까지 그런 폐를 끼치는 것은 도저히 못할 일이라 여겼다.

하지만 아야코는 사람 좋은 오라버니의 제안을 대놓고 거절할 만큼의 용기도 없었다.

"저도 데이코가 어떻게 될지 그 점도 결정해야 하고, 폐를 끼치게 된다손 치더라도 살 사람이 구해져 이 집을 정리한 이후가 될 테니 아무래도 가을 무렵 이후였으면 해요."

그런 이야기를 하며 그날 밤은 어머니와 자녀들이 아버지 영전에서 베개를 나란히 하고 장래에 닥칠 서로의 운명을 생각하며 잠자리에 들었던 것이다.

(1921.4.21)

제124회

손녀딸(4)

상을 치르고 초이레가 끝난 어느 이른 아침 시마 가문에서 오구라가 이리로 찾아왔다.

쓰나키치는 마침 그 전날 밤 밤차로 고베에 돌아가서, 집에는 아야코 모녀만 적적하게 남아 있을 뿐이었다. 어쨌든 오구라는 미망인 다즈코가 나가 응대하기로 했다.

오구라는 과연 어지간히 처신이 어색한 듯 안내받은 서원 입구 쪽에 웅크리고 앉아 있었는데, 그리로 나온 미망인의 수척한 모습을 보더니 황망히 인사를 하고 이번 불행에 대해 위로의 말을 건넸다.

"사실은 빨리 얼굴을 내밀었어야 했습니다만, 큰 나리는 아시다시피 저런 성격이라 도저히 직접 이리 오실 리는 없고 제가 찾아뵈었어야 마땅했는데, 젊은 나리가 가출을 하신 이후 아직 집에 오시지 않는 터라, 또 이렇게 된 데에는 여러 가지 성가신 사정이 있어서 이리저리 시마 집안도 좀 복잡해서 선뜻 빨리 찾아뵙기가 어려웠습니다……뭐라 드릴 말씀이 없습니다."

그런 말을 듣고 보니 그것도 무리는 아니었겠다 싶은 사정을 알게 되어 다즈코는 마음이 풀렸다.

"다쓰에가 아직 집에 안 왔다고요?"

"네." 불안한 눈빛이었다.

"아주 소소하고 많이 늦어지기는 했습니다만, 이건 조의의 표시로……부디 영전에 잘 올려주시기를 바랍니다……."

오구라는 그렇게 말하고 품속에서 공손하게 꺼낸 작은 비단 꾸러미를 다즈코 앞으로 내밀었다.

"이렇게 정중하게……그럼 지금 바로 영전에……." 다즈코는 예의 바르게 그것을 받아들더니 아야코를 불러 그것을 건넸다.

오구라는 아야코에게도 기본적인 인사말을 했는데 아야코는 많이 대꾸하지는 않았다. "몹시 송구했습니다." 이렇게만 말하고 그것을 받아든 채 그곳을 떠났다.

"연세가 드시기는 했지만 그 정도로 악화되실 줄 몰랐으니, 갑작스러운 일에 여기 분들도 필시 기운이 다 빠지셨겠지요." 오구라는 정말 안 됐다는 듯 말했다.

"고맙습니다. 원래 지병이 있어서 심장이 많이 약해졌다는 말을 듣기는 했지만, 참으로 아쉽게 되었습니다."

"저희 쪽도 너무나 의외의 일이어서 사실 깜짝 놀랐습니다. 제가 지난번 찾아뵈었을 때도 여전히 기운이 있으셔서 그때는 몹시 꾸중도 들었습니다만, 그렇게 정정하시던 분이 이렇게 돌아가시다니 정말 현실로 믿어지지가 않는 이야기입니다, 네."

"애초 그런 일 때문에 꽤나 용태가 안 좋아지신 것 같기도 합니다." 다즈코는 가만히 오구라의 얼굴을 보았다.

오구라는 기가 죽은 얼굴을 했다. "네, 그러시군요……." 자기도 모르게 고개를 숙였는데, 조금 있다 말하기 껄끄러운 듯 입을 열었다. "사실은 오늘 찾아뵌 것은 따로 좀 주인어른의 분부가 있어서요……

그래서 조문을 겸해서 제가 이렇게 온 것인데…….”

“제가 들어도 되는 이야기라면 하세요…….” 다즈코는 말수 적게 담담하게 답을 했다.

“예, 사실은 그, 댁에 직접 말씀드리기 어려운 일이라 저도 주저가 됩니다만, 그래도 또 생각해 보면……이렇게 말씀드리면 실례이기는 하지만, 그렇게 하는 편이 오히려 이 댁 사정에는 더 좋을까 싶은 생각도 들어서…….”

“그게 어떤 일인가요?”

“그러니까 그 데이코 애기씨에 관한 것입니다만, 애기씨를 오늘 제 편으로 되돌려 보내주시기를 부탁드리고 싶습니다…….”

“손녀딸을 데리고 가겠다는 말씀이신가요?”

“그렇습니다. 어떻게 생각하시는지요.”

“그쪽이 돌려보내 달라고 한다면 못할 일도 아니지만, 이쪽도 겨우 초이레가 지났을 뿐이라 돌려보내도 되는지 안 되는지 ㄱ 부분은 생각해볼 여유조차 없었어요. 가까운 시일 내로 답변을 드리는 것으로 하면 어떻겠습니까?”

(1921.4.22)

제125회

손녀딸(5)

"그러신가요?" 오구라는 당혹스러운 빛을 띠었다. "그렇게 되면 애기씨는 영구히 이 집에서 거두게 될 것이라 생각하고 계셔서……."

미망인은 약간 그 말이 비위에 거슬렸던지 눈꼬리가 살짝 올라갔다.

"글쎄요, 그게 그렇게 될까요? 우리 쪽에서도 사실은 좀 물어봐야 하는데……시마 씨 의견은 그러니까 손녀를 곁에 두시겠다고 말씀하시는 건가요?"

"그렇게 물으시니 이야기가 아주 번거로운 것 같습니다만, 주인어른 심정에서는 데이코 애기 씨가 시마 집안사람이라고 생각하시는 것같습니다……."

"그야 부부 사이에서 나온 자식이니 누구 소유라고 할 수도 없는 일이지요. 저렇게 아이도 있는 부부 사이를 이혼시키겠다고 하셨으니, 아이야 엄마 마음이 편한 대로 해야 하지 않겠어요? 아무 잘못도 없이 이혼당한 딸아이가 불쌍합니다. 애초 이런 내용도 딸아이 마음을 아직 들어보지 않아서, 어쩌면 아이는 아버지에게 맡기는 편이 좋다고 할지도 모르지요. 그렇다 쳐도 지금 당장은 아무래도 이혼이 진행 중이라 기분이 안정되지를 않은 상태이니, 조만간 조금 진정이 되면 심사숙고를 한 후 천천히 결정할 일이라 생각합니다. 누구 입장에서든 일생의 큰 결정이니 새끼고양이를 주고받듯 그렇게 손쉽게 정하기는 어렵지 않을까 싶은데요……."

다즈코는 딱 부러지게 말했다.

"그렇군요." 오구라는 푹 고개를 숙인 채 잠시 잠자코 있더니 다시 말을 이었다.

"아주 지당하신 말씀이지만, 그래도 상식적으로 판단해 보더라도 며느리가 이혼했다고 해서 손주까지 포기하는 경우는 별로 들어본 적이 없는 이야기입니다……. 우선 각자의 사정에 따르기는 하지만 다소 사회적으로 지위를 점하고 있고 이른바 체면을 중시하는 쪽 입장에서 보면 애기씨는 역시 그쪽으로 가는 게 맞다고 보입니다……. 결코 이건 감정 문제가 아닙니다. 실례지만 부인께서 어쨌든 감정적으로 말씀을 하시는 것 같아서…… 이러면 바람직한 쪽으로 이야기가 진행되지 않으니, 그러한 개인감정은 잠시 좀 제쳐두고 세간 일반적인 상식에 따라 이야기하지 않으면 중간에 낀 저 같은 사람이 참 당혹스럽습니다……."

"그렇게 말씀하시니 제가 무슨 무리한 이야기라도 한 것 같습니다만, 제가 드리는 말씀도 세간에 예가 없지 않아요. 실제 엄마 쪽에서 자란 아이가 세상에는 많잖아요. 우선 애정이라는 측면에서 말하더라도 뭐니 뭐니 해도 엄마의 사랑이 깊지요."

"그게." 오구라는 눈을 꿈벅거렸다. 다즈코는 계속 말을 이었다.

"게다가 아야코가 이혼으로 결정이 되면, 시마 집안은 언젠가 다시 안주인을 맞이하게 되지 않겠어요? 그때 손녀는 의붓자식이 될 테니 친엄마 입장에서는 얼마나 마음 졸이겠어요? 여자는 감정에 얽매

인다는 말이 있지만, 원래 이런 일은 근본이 인정과 얽힌 것이라서 시마 어른이 생각하는 것처럼 그렇게 일이 단순하기는 어려울 거예요."

"난감하군요." 오구라는 갑자기 어조를 무너뜨렸다. "저는 세상 이치를 말하러 온 게 아닙니다……. 법적 다툼을 하게 된다면 양쪽 모두 어느 정도의 세간 논리를 갖추겠지요. 어쨌든 이런 경우에는 보통 남자 쪽에 권리가 있게 마련이니 어쩔 수 없는 일이라 부디 포기하시고, 일단 데이코 애기씨를 돌려보내시기 바랍니다. 부디 꼭 그리 부탁드리겠습니다. 네."

이 말이 끝나기 무섭게 "아야코"하고 다즈코는 딸을 불렀다.

(1921.4.24)

제126회

손녀딸(6)

아야코는 아까부터 별실에서 두 사람 이야기를 듣고 있었지만 이때 비로소 그 자리에 나타났다.

"데이코를 아무래도 데려가야 한다고 말씀하시는데……." 미망인은 아야코를 향해 말했다. "아야코, 너 눈 딱 감고 아이를 손 놓을 수 있겠니?"

아야코는 흥분한 마음을 억지로 다스리며 쓸쓸한 미소를 띠었다. "손 놓고 말고 할 것도 없어요. 하지만 아이 만큼은 저에게 주셔도 좋

을 것 같아요. 이런 상황에 데이코까지 데려간다면 제가 서 있을 곳이
전혀 없어요."

"아까부터 그 이야기를 하고 있는데, 그럼에도 굳이 데려가겠다고
하시는구나."

"그럼 이게 어느 분 의견인가요?" 아야코는 오구라 쪽을 향해 물
었다.

"그게 그러니까 말입니다." 오구라는 고민스러운 표정을 했다. "시
마 가문에서는 이번 사건도 사건인 데다가 데이코 애기씨를 포기하
게 되면 아무래도 후계자가 없어지는 것이기도 해서, 젊은 나리도
이 문제만큼은 자기 곁에 따님을 두고 싶다는 생각도 있고, 시마 어
르신도 같은 의견입니다. 데이코 애기씨가 없으면 집안이 쓸쓸하다
고……."

"그야 어쩔 수 없는 거 아닌가요?"

"그렇게 말씀하시면 더 할 얘기가 없지만, 데이코 애기씨 장래를
위해서도 어떨지 생각하셔야지요. 뭐가 어찌 되든 시마 가문에 그렇
게 재산이 많으니 지금 댁에 데리고 키우는 것보다 저쪽에 두시는 편
이……지금 당장이야 가여우시겠지만 앞으로 가면 갈수록 행복해지
지 않겠습니까? 눈앞의 엄마 사랑보다 장래가 소중하니까요." 오구라
는 열심히 말했다.

두 사람은 '정말 그런가?' 하듯 고개를 숙이고 깊은 생각에 잠겼다.
아야코는 어쨌든 데이코에 대해서 시마 가문 사람들도 이상하리만치
애정을 가지고 있다는 것은 잘 알고 있었다. 오구라의 말을 무작정 악

의적으로 해석할 수도 없다고 여겼다.

"어머님께 말씀드린 대로 지금도 시마 가문에서는 무조건 데려 오라는 겁니다. 그것을 거부하시면 만약 나중에 후회할 일이 생겨도 데이코 애기씨에게 전혀 유리할 게 없으니, 지금 상황에서는 우선 저쪽 말대로 돌려보내시는 게 어떠실까요?"

"글쎄요." 아야코는 고민이 컸다. "어머니, 어떻게 해야 할까요?"

"이야기를 들어보니 지당한 점도 있구나. 너도 잘 생각하는 편이 좋겠어."

"그럼 아이를 돌려보낼까요? 제 곁에서 고생시키는 것보다는 그편이 도리어 데이코를 위하는 것일지 몰라요."

"시마 씨도 데이코에게는 상당히 애정을 쏟아 주시기는 하지."

"그건 그렇습니다." 오구라도 적극적이었다. "이걸 끝으로 평생 못 만나게 되시거나 그런 것도 아니니까요……."

"그럼 조금만 생각할 시간을 주시겠어요? 그리고 이삼일 내에 답변을 할게요."

"그러신가요?" 오구라는 내키지 않는 듯했다. "사실은 오늘이라도 데려오라고 하셨습니다만, 그러시다면 어쩔 수 없지요. 이삼일 내로 다시 제가 와도 되기는 하는데……어떠십니까? 아예 큰맘 먹고 오늘 애기씨를 제 편에 보내시면, 그게 오히려 깔끔하고 좋을 것 같은데요."

그런 식으로 마침내 모녀는 오구라에게 설득되어 어쩔 수 없이 데이코를 넘기기로 하고 말았다. 아야코는 결국 반쯤은 절망적으로, 그리고 또 반쯤은 자포자기의 기분으로 승낙했다. 그리고 하나의 희망 같은 존재로 오시노를 데이코에게 딸려 보내기로 했다.

"글쎄요." 오구라는 잠시 생각했다. "아니, 괜찮을 것 같습니다. 어차피 누군가가 애기씨 옆에 있어야 하니까요. 제가 돌아가서 잘 이야기하겠습니다."

"부디 잘 좀……." 아야코는 그렇게 말하고 데이코에게 준비시키기 위해 안으로 들어갔다.

(1921.4.24)

제127회

손녀딸(7)

아야코는 안으로 들어가서 데이코에게 옷을 갈아입히려고 서둘러 아이를 찾았지만 아무데서도 보이지 않았다.

"데이코, 데이코." 부르며 돌아다녔지만 아무런 대답도 없었다.

아야코는 오시노의 이름도 같이 불러보았지만 그 부름에도 답이 없었다.

"어디로 간 거지?"

아야코는 불안한 듯 중얼거리며 여기저기를 보고 다녔다. 돌아가신 아버지 방이나 옛날 자기 서재, 그리고 어두운 두 평짜리 긴 방, 하녀들 방, 툇마루 밖까지 샅샅이 살폈다.

"오시노 없어요?"

아야코는 부엌 근처에 있는 하녀에게 물었다. 그러자 그 문 뒤에서 홀쩍 오시노가 얼굴을 내밀었다. 네 살 치고는 몸집이 큰 데이코가 업혀 있었다.

"어머, 이런 데에 있다니." 문득 오시노의 얼굴을 보니 그녀는 울어서 부은 듯한 눈으로 눈물을 가득 머금고 있었다. 잘 보니 옆에 있는 하녀의 뺨에도 눈물이 흐르고 있었다. 그것을 보니 아야코도 가슴이 메어져서 뜨거운 눈물이 흘러넘쳐 어떻게 할 수가 없었다.

겨우 눈물을 훔치며 말했다. "유모도 괴롭겠지만 내가 포기했으니 유모도 받아들여요. 게다가 유모가 데이코 곁에 꼭 있어줘야 하니까요."

"네." 오시노는 벌써 우는 목소리였다. "마님 마음속이 어떠실지 잘 압니다. 그럼 아무래도 애기씨는 저쪽 집으로 데리고 가야하는 건가요?……"

"내가 그 집에 없으니 유모도 모두 타인들뿐인 시마 가문이라 지내기 어렵겠지만, 데이코 그 아이를 위해서라고 생각하고 그저 당분간 참고 지내 줘요."

"네, 더 이상 이러고 있을 때가 아니네요. 저야 어떻게든 참고 지낼 테니까 걱정하실 건 없지만, 데이코 애기씨가 너무 가여워요."

"그것도 어쩔 수 없어요. 내 신상 거취가 정해지면 어떻게 해서든 다시 데리러 갈 궁리를 할 테니까요. 그때까지 견딘다고 생각하고 참아 줘요."

곧 아야코는 데이코를 안아서 오시노와 같이 그곳을 나왔다. 영리한 데이코는 벌써 어느 정도 무슨 일인지 눈치를 챈 듯했다. 물론 시마 집안으로 돌아가면 끝이라는 것까지는 몰랐지만, 왠지 슬퍼보였다.

"데이코, 참 착하구나, 착해." 아야코가 머리를 쓰다듬는 사이에 앙하고 울음을 터뜨려 버려 아무리 달래도 울음을 그치지 않는 것이었다.

오시노가 어르고 달래 겨우 눈물을 닦은 데이코를 위해 아야코는 갈아입을 옷이나 오비, 앞치마 같은 것을 가지고 나왔는데, 아이 얼굴을 보니 다시 결심이 바뀌어 지금 당장 오구라에게 이야기해서 끝끝내 거절할까 하는 생각도 들었다. 하지만 무엇이 이 아이의 행복일지 모른다 싶어 모든 것을 하늘에 맡기고 싶었다.

그리로 다즈코가 다가왔다.

"뭐가 어떨지 몹시 망설여지기는 하지만 역시 데이코를 위해서는 보내는 편이 좋지 않을까요?" 아야코는 엄숙한 표정을 하고 말했다.

"네가 그런 마음이라면 일단 보내 놓고, 도저히 포기를 못 하겠거든 다시 이야기를 해 보는 게 어떻겠니? 저 남자는 좀처럼 말로 당해낼 수가 없구나." 그녀는 눈물을 머금으며 데이코 옆으로 다가갔다. "데이코는 아버지께 가는 거니?"

데이코는 웃지도 않고 사람들 얼굴을 고루 쳐다보며 끄덕이다가, 미소를 지어 모두를 울게 만들었다. 준비가 다 되자 데이코는 긴 옷소매를 펄럭펄럭하며 기운차게 걸어나갔다. 그 뒷모습을 보고 아야코는 방문에 매달려 손수건을 얼굴에 대고 소리를 죽여 울기 시작했다.

(1921.4.25)

제128회

손녀딸(8)

종종 걷기 시작하는 데이코의 뒤에서 눈물을 누르면서 따라 나가는 아야코와 다즈코의 슬픈 모습을 보니 아무리 오구라라도 가여운 마음이 들어 잠시 꾸물거렸다.

"많이 기다리셨습니다. 그럼 부디 잘 좀 부탁드릴게요. 지금 인력거가 오니 조금만 기다려 주세요……."

아야코는 아이를 밖에 앉히고 그 옆에 초연히 앉았다.

"아, 이것 참 뭐라 말할 수 없이 죄송합니다. 그럼 어서 모시고 가겠습니다. 애기씨에 관해서는 제가 주인나리와 큰 마님에게도 잘 이야기를 해 둘 테니 절대 걱정하지 마세요. 그리고 애기씨를 만나고 싶으시면 언제든 유모가 데려올 수 있도록 하겠습니다."

"네, 부디……." 다즈코가 말했다.

"이런 일은 아이를 가진 경험이 없는 사람으로서는 알 수 없는 일이겠지요. 저도 그걸 잘 알고 있으니 오히려 참 일하기 힘듭니다. 실례인 줄은 알지만, 아야코 씨도 언젠가 다시 결혼의 인연을 갖게 되실지 모르니 자제분은 역시 시댁에 보내 두는 게 좋을 거예요."

그러나 아야코 모녀는 그 말에 대답도 하지 않았다. 곧 그리로 인력거가 왔다는 전갈이 왔으므로 오구라는 꾸벅 인사를 하며 자리에서 일어났다. "그럼, 가보겠습니다……." 그와 동시에 오시노가 데이코를 안고 현관문으로 나갔다.

"그럼 몸조심해요." 다즈코가 오시노에게 말하니 오시노는 내키지 않는 듯 아래로 내려갔다.

"그럼 다녀오겠습니다. 마님도 걱정이 많이 되시겠지만, 애기씨는 제가 단단히 지킬 테니 부디 안심하시고요……. 모두 건강하시고 잘 계시기를." 정중히 그 자리에 손을 짚고 머리를 숙여 인사했다.

"오시노도 건강해요."

이윽고 데이코는 오시노 무릎에 안겨 인력거를 탔다. 아야코는 흐린 눈으로 그것을 바라보았는데, 인력거꾼이 끌대를 들어올리자 인력거는 곧바로 움직이기 시작했다. 아야코 눈에서는 하염없이 눈물이 흘러넘쳤다. 그리고 언제까지고 그 자리에 서 있었다.

집안이 갑자기 적막해졌다. 아야코는 무엇인가 잃어버린 듯 허전함과 쓸쓸함이 느껴져 일어서든 앉든 마음이 안정되지 않았다. 억지로 마음을 가라앉히기라도 하듯 방으로 돌아가 어질러 있던 것들은 정리하고 있노라니, 거기에서 조금 전까지 데이코가 가지고 놀던 커다란 셀룰로이드 아기인형이나 고무인형, 장난감 살림도구 같은 것이 눈에 들어와 그것이 다시 깊은 슬픔을 자아내는 것이었다.

"그래도 엄마가 죽고 없는 시라이 씨 자제분들을 생각하면……." 아야코는 눈물이 그렁한 채 옆방에 맥이 빠져 있는 어머니에게 말을 걸었다.

"그렇게라도 생각하며 체념하렴. 무사하게 살아있기만 하면 언제고 다시 만날 수 있으니까." 어머니는 그렇게 말하며 위로했다.

"네, 이러고 있을 때가 아니에요. 저도 이제부터 뭔가 일을 해야 하니 그러기에는 도리어 아이가 옆에 없는 편이 나아요." 아야코는 기운을 차린 듯 말했다.

"게다가 너도 아직 젊으니까, 시라이 씨에게라도 부탁하면 어디 좋은 혼처가 없을 것 같지도 않구나."

"그래요. 하지만 어머니, 저는 두 번 다시 결혼 같은 것 하고 싶지 않아요. 일생에 한 번이면 충분해요."

"그렇게 말하고 있을 수만도 없지만, 어쨌든 네 마음이 내켜야 하는 일이겠지."

"저는 그렇게 결심했어요. 재혼 따위로 더 이상 고생하고 싶은 마음이 없어요."

조금 있다가 다즈코는 새로 만들어진 남편의 불단 앞으로 가서 향을 피우고 묵념을 했는데, 아야코도 고독한 생각에 잠기듯 방으로 들어갔다.

(1921.4.27)

제129회

남편의 고뇌⑴

가출한 모양새가 되었던 다쓰에가 돌아온 것은 마침 그 일이 있기 전날 저녁이었다.

다쓰에는 인력거로 돌아오더니 슬쩍 양관 쪽 입구로 숨어들 듯 내렸다. 그리고 마치 오랫동안 방랑 여행이라도 다녀온 사람처럼 자신을 책망하는 듯한 모습으로 문을 열고 안으로 들어갔다.

그는 그날 오스마에게 끌려간 어떤 비밀스러운 장소에서 하룻밤을 보냈는데, 그 사이에 일어난 모든 일은 기억이 분명하지 않았다. 오스마가 자기 아버지와 잘 알고 지내는 가게이니 안심하라고 한 내용이 희미하게 기억났지만, 그리고 나서 얼마나 지난 다음인지 문득 잠에서 깨어 보니 자기 곁에 누워 있는 오스마의 헤픈 모습을 보고 그는 온몸에 물벼락을 맞은 듯 놀랐던 것이다.

그는 뛸 듯이 일어나 하녀를 야단치듯 부르고 곧바로 방을 바꾸게 했다. 그곳도 역시 전에 본 적 없이 꾸며놓은 공간이었다. 주위는 고요했다.

"이런 괘씸한!" 그는 그곳이 어떤 곳인지 살짝 눈치채고 혀를 찼다. 그런 가게가 있다는 것은 어렴풋이 알고 있었지만 그는 과거에 그런 곳에 드나든 적이 없었다. 그런 점에 있어서 그는 정말 어리숙했다. 그렇게 생각하고 질색을 하며 펄쩍 뒤로 물러나기는 했지만, 오스마가 자기 곁에 누워 있던 것에 대해서는 그리 화가 나는 것도 아닌 듯한 느낌이었다. 얼마나 놀랐던지 당황해서 방을 바꾼 것이 너무도 우스꽝스럽게 여겨졌다. 왜 그런 짓을 했나 싶었다. 평소의 자기 태도와 어울리지 않는다고 여겼다.

'아무리 그렇기로서니 어째서 오스마가 내 침상 속에 들어와 있던 거지?' 그렇게 생각하니 다쓰에는 다시 불쾌한 느낌이 들었다. — 그녀의 그날 밤 거동의 일부가 꿈처럼 멍하니 떠올랐다. 아마 그녀는 처음에 술 취한 자신을 돌보려고 했던 것이라는 생각은 들었지만, 그 얼굴이나 몸짓이 몹시 헤픈 느낌이었던 것처럼 기억났다. 정숙한 아야코 외에 다른 여자를 알지 못했던 그로서는 오스마가 말하거나 하는 짓이 모두 이상했다. 그리고 자신이 더 이상 지금까지의 자신이 아니라는 것, 이미 순정을 지킨 몸이 아니라는 것을 알아차렸을 때 그는 머리를 갈아버리고 싶을 만큼 회한과 자책에 사로잡혔다.

이튿날 아침 그는 하녀들이 말리는 것도 듣지 않고 재빨리 그곳을 뛰쳐나가 버렸다.

"낮이 지나서 다시 마중하러 오신다고, 그때까지 쉬고 계시도록 말씀드리라고 하시며 나가셨으니, 조금 더 푹 쉬세요." 여자들은 그렇게 말하며 그를 말렸다.

"이러고 있을 수 없어. 게다가 나는 공복이라고."

"어머, 식사 정도는 여기에서도 드릴 수 있어요." 하녀들은 웃었다.

'어째서 내가 그렇게 고집을 부렸지?' 다쓰에는 밖으로 나와 그런 생각도 했지만 그 곳 분위기가 일단 너무 싫었다.

'오스마라는 여자가 일단 꽤씸해.' 그는 다시 그런 생각을 하며 긴자 쪽으로 걸어갔다. 그리고 가볍게 아침 식사를 마쳤는데, 회사로 출근하려고 하자 일본식 옷을 입고 가기가 마땅치 않았다. 그래서 일단 집으로 돌아갔다가 다시 나오려고 했는데, 잠시 잊고 있던 어젯밤의 오스마를 떠올리니 갑자기 집으로 돌아가기가 싫었다. 그리고 이혼을 하니 마니 하는 아야코가 마음에 걸리면서도 그 문제를 마주하는 것이 두렵기도 했다.

다쓰에는 다음날도 또 어느 길거리에서 인력거를 타고 정처 없이 시내를 돌아다녔다.

(1921.4.27)

제130회

남편의 고뇌(2)

다쓰에게 오랜만에 돌아온 집은 마치 인적 없는 마을에라도 들어선 듯 쓸쓸한 느낌이었다. 하녀들 외에는 서생인 고야마가 있을 뿐이었고 아야코 모습은 어디에도 안 보였다. 고야마 이야기에 따르면 아내는 자기가 부재중일 때 친정으로 돌아가 버렸고, 처가에서는 장인어른이 돌아가셔서 벌써 장례식도 끝난 다음이라는 것을 비로소 알았다. 다쓰에는 속이 무너져 내리듯 놀랐다.

그는 쓰키지의 요정을 나와 여기저기 정처 없이 시내를 방황하고 다녔는데 자기도 모르는 새에 도쿄 역으로 향했다. 마침 고베 행 기차

가 출발할 때였다. 그는 누구와도 얼굴을 마주하고 싶지 않다는 생각에 고즈(国府津)까지 가는 표를 사서 훌쩍 타버렸다. 그리고 그날 낮이 지나 고즈에 도착하자 거기에서 다시 전차로 오다와라(小田原)를 거쳐 하코미네(函嶺)[11]까지 갔다. 그리고 도노사와(塔の沢), 소코쿠라(底倉), 미야노시타(宮の下) 근처를 여기저기 돌아다녔다. 신문 같은 것은 볼 생각도 안 했으므로 야마무라 가문에 불행한 일이 있었으리라고는 꿈에도 생각지 못했다.

그는 회한과 참회의 마음에 사로잡혀 한동안 의자에 걸터앉은 채로 망연자실해 있었다. 그러고 있는 사이 분페이에게 호출되어 어쩔 수 없이 안채로 건너갔다.

분페이는 마침 자신의 거실에 있었다. 벌써 9월도 말엽이라 마당 매화나무 가지 끝은 잎사귀가 꽤 노래졌고, 처마 끝에 건 발에 부는 바람에는 가을 기운이 물씬했다. 하지만 더위는 아직 조금 남아 있었다.

"지금까지 어디 가 있었느냐?" 그렇게 갑자기 말을 꺼낸 분페이의 음성은 화를 내는 태도였다.

"아, 네." 다쓰에는 억지로 목소리를 냈는데, 이 나이 먹도록 그런 일로 아버지에게 호출을 받고 앞에 앉아 있어야 하는 자기 모습이 스스로도 너무 겁쟁이 같아 보여 덧정도 없고 화도 났다.

"실은 저기." 다쓰에는 고민스러운 표정을 했다. "아야코 일도 있

---

11 하코네 산(箱根山) 지역을 일컬으며 현재는 간레이(函嶺)라는 음독으로 통함.

고 해서 왠지 기분이 엉망진창이라 하룻밤 어디 다녀올 작정으로 하코미네에 갔다가, 친구를 만나 잘 마실 줄도 모르는 술을 마시게 되는 바람에……."

"하코미네에 갔다고?"

"네."

"그렇다면 그렇다고 왜 엽서라도 한 장 보내지 못했느냐? 아이도 있는 서른 넘은 사내가 겨우 마누라 일로 집을 뛰쳐나가는 말도 안 되는 일이 있느냐? 한심한 녀석." 분페이는 야단치듯 말했다. "하지만 네 아내 일은 네가 없어서 오히려 처리하기가 편했지. 완전히 이야기가 정리됐다. 너도 그런 줄 알고 있거라."

"그럼 완전히 끝난 건가요……?" 다쓰에는 마뜩치 않은 얼굴이었다. "아야코가 제 승인도 얻지 않고 나가 버린 겁니까?"

"물론이다."

"아버지." 다쓰에는 조금 부아가 났다.

"왜?"

"하지만 그건 좀 도리가 어긋나지 않습니까?" 다쓰에는 뻣뻣한 자세를 취했다.

"도리가 어긋나든 어긋나지 않든, 아야코가 시마 가문에 대해 적대적인 행동을 한 이상 집에 둘 수는 없는 노릇이지. 너는 그걸 모르겠느냐?"

"아닙니다. 모른다는 게 아니라……."

"오스마 이야기로는 네가 집에 안 들어온 것도 아야코를 피하기 위해서라고 하던데."

"오스마 씨가 뭐라고 했는지 모르겠지만……. 도저히 돌이킬 수 없는 일이라면 저도 아예 이혼까지 생각했겠지요. 그래도 저희에게는 데이코도 있고 하물며 지금 때가 때인지라……." 다쓰에 눈에는 눈물이 고였다.

분페이는 고개를 들고 입을 다물어 버렸다.

"그래서 야마무라 집에서는 이혼을 인정했습니까?"

"하고 말고가 있겠느냐? 이쪽이 결정한 일인데."

"아무런 대답도 없습니까?"

"대답이 와야 할 이유도 없지."

(1921.4.28)

제131회

남편의 고뇌(3)

그리로 오스마가 슥 나타났다. 그리고 "어머"하며 놀란 듯한 얼굴을 했다.

"이게 어떻게 되신 거예요?"

다쓰에는 슬쩍 그 얼굴을 보기만 하고 대답도 않았다. 마음속으로는 '저렇게 시치미 떼는 얼굴을 잘도 하고 있군!' 생각했다. '더구나 아버지 앞에서!' 그는 침이라도 뱉어주고 싶은 기분이었다. 하지만 도저히 입 밖에 낼 수는 없었다. 상대를 하지 않겠노라 생각했다. 그리고 분페이를 향해 말했다.

"그리 된 것이라면 아무 말씀도 드리지 않겠습니다. 저도 됐습니다. 저라는 사람의 존재가 인정받지 못하는 것이니까요." 그는 오스마 모습을 보고 갑자기 반항적인 태도로 그대로 자리에서 일어섰다. 왠지 머리에 확 열이 솟구쳤다.

오스마는 어이없다는 듯한 표정으로 물끄러미 그 뒷모습을 바라보았다.

"당신이 무슨 잔소리를 하셨기 때문에 저렇게 화가 난 거예요? 제가 좀 보고 올게요." 오스마는 금방 일어섰다.

"내버려 둬, 그냥 두라고. 저 겁쟁이 녀석이 무슨 일을 저지를 수 있겠어? 자기 마누라조차 제어하지 못한 인간이야. 지금 당장 자진해서 땅에 손이라도 짚고 사죄하고 올 게 뻔해."

"그럴 지도 모르지만 다쓰에 씨도 아야코 씨와 이혼하는 것에 이견은 없을 거예요."

"이견이 있고 없고가 무슨 상관이야. 자기 생각으로는 무슨 일 하나 결단도 내리지 못하는 놈이. 피는 못 속여." 분페이는 웃었다.

"그런 말씀을 하시다니, 이제 와서 무슨 방법이 있는 것도 아니잖아요. 아야코 씨가 집에 없게 되었으니 다쓰에 씨를 미워할 이유는 전혀 없어요."

"그렇게나 마누라가 소중하다면 녀석도 이 집을 나가면 되지."

"어머, 그런 말씀 마시고 다쓰에 씨는 저에게 맡겨 주세요. 네? 알겠지요? 남들이 제가 다쓰에 씨까지 쫓아냈다고 생각하고 쑥덕거리면 이 집 체면이 상하니까요."

"나도 저놈을 정말 쫓아내려는 게 아니야."

"그렇다면 됐어요."

오스마는 그렇게 말하고 분페이 곁을 떠나 마당을 건너 양관으로 가보았다. 그리고 이층 다쓰에의 거실 문을 여니 그는 테이블에 엎드려 머리를 손으로 감싸고 있었다.

"어떻게 된 거예요?" 오스마는 가만히 곁으로 다가왔다. "지금까지 어디 계셨어요?"

다쓰에는 시끄럽다는 듯한 얼굴을 했다. "좀 저리 가세요. 내가 지금 생각해야 할 게 있으니까."

"가라면 갈게요. 하지만 당신은 아야코 씨가 집에서 나간 게 그렇게도 화가 나요?"

"아무튼 야아코는 내 아내입니다. 그런데 내가 없는 사이에……." 다쓰에는 쓰키지에서 보낸 하룻밤의 불쾌와 회한은 잊어버린 사람처럼 아야코 생각으로 가슴이 꽉 찼다. 그 정도로 흥분해 있었다.

"그래도 당신도 이렇게 될 줄 알고 있었던 거 아니에요?"

"언제 알았다는 말입니까?"

"어머, 그날 밤……당신은 기분이 꽤나 빨리 변하는군요."

결국 이야기는 그쪽으로 이끌려갔다. 다쓰에 얼굴에는 금방 불쾌한 빛이 싹 스쳤다.

"취기에 섞여 어쩌면 그런 말을 했을 지도 모르지요. 하지만 아이까지 있는 부부 사이가 이혼으로 가려면 그에 상응하는 순서라는 게 있는 겁니다."

"그러니 그 순서를 밟아서 쌍방 합의로 결정한 것이지요."

"그럼, 아야코가 납득했다는 겁니까?"

"네, 그렇고말고요."

다쓰에는 말도 나오지 않는 불쾌한 표정으로 보았다.

"그리고 데이코까지요?"

그 목소리는 한층 더 날카로웠다.

(1921.4.29)

제132회

남편의 고뇌(4)

"데이코는 당신과 의논한 디음 되찾고 싶으면 언제라도 되찾을 수 있어요. 당신은 아이가 이 집에 돌아오는 편이 좋다고 생각해요?"

"마음대로 하시지요." 다쓰에는 몹시 화가 난 어조로 말하며 초조하고 안달이 난 듯 그 주변을 왔다갔다했다.

"곤란하군요. 나 혼자만 나쁜 사람처럼 취급하다니……"

오스마는 한숨을 내쉬었다. "당신은 아야코 씨만 생각하고 나 같은 것은 전혀 생각해 주지 않는군요."

"내가 당신을 생각하지 않는다고요? 그게 대체 무슨 말입니까?" 다쓰에는 반쯤 비웃는 듯하고 반쯤 고민스럽다는 표정으로 물었다.

"너무하시네요. 당신 모르는 척하는 거군요." 오스마는 그를 흘기듯 쳐다보았다. "내가 이래봬도 당신을 위해서 음으로 양으로 얼마나 걱정을 하고 지내는지 몰라요. 그런데도 당신은 나에게 화를 내고 나를 무시하면서 아야코 씨만 생각하는 거잖아요?"

"하지만 지금 제가 그럴 계제가 아니라고요." 다쓰에는 떼를 쓰는 듯한 목소리를 냈다. "생각 좀 해 보세요. 부부가 헤어지는 일은 뒷골목 셋방살이를 하는 교육도 못 받은 동네라면 몰라도, 가정이 무엇인지를 생각하는 사람 입장에서는 중대한 사건이라고요."

"네, 어차피 저야 뒷골목 셋방살이를 하는 교육도 못 받은 동네 사람이니까요."

"어이가 없군요. 저는 지금 당신을 문제 삼는 게 아닙니다. 저 자신의 문제에 관해 많이 생각해야 하는 입장에 처했다고요."

"무엇을 그렇게 생각한다는 건가요? 아야코 씨라는 사람이 옆에 있었기 때문에 당신도 괴로운 입장에 처했어야 했지요. 그냥 홀몸이 되면 얼마든지 기세등등하게 지낼 수 있는 신분이잖아요?"

"아야코가 없어졌으니 내 지위가 안전해졌다는 겁니까? 하지만 저는 아야코 없이 살 거라면 차라리 시마 집안에서 나가는 게 낫겠어요."

"어머, 기가 막히네요. 당신은 그렇게나 아야코 씨가 소중한 거예요? 자기 지위나 재산보다도?

"그런 생각도 듭니다."

그 말을 듣더니 오스마의 얼굴에 금세 질투의 빛이 확 드러났다.

"아야코 씨가 그렇게나 당신에게 친절했나요? 그 사람이 조금이라도 당신을 걱정해 주었던 사람이냐고요. 당신은 아야코 씨를 어떤 여자라고 생각해요? 시라이 씨라는 사람 하나만 봐도 아야코 씨 마음은 대충 알 수 있는데, 당신은 아직도 눈을 못 뜨고 있는 거예요?" 지긋지긋하다는 듯한 어조였다. "그렇게나 아야코 씨가 그리우면 당신이 가서 데려 오시지요. 그러면 아야코 씨는 더욱 기가 살아서 당신의 그 무른 성격을 이용해서 결국에는 시마 가문을 뒤집어 버릴 짓을 할지도 몰라요. 그 여자에게는 시라이와 니키라는 무서운 사람들이 들러붙어 있으니까요."

다쓰에는 얼이 빠져 가만히 오스마 얼굴을 쳐다보았다.

"설마." 그는 코끝으로 비웃었다. "당신 눈에 비치는 것만큼 아야코는 나쁜 사람이 아니에요."

"그래도 꽤나 자기주장이 강한 사람이던걸요." 오스마는 아무리 말해도 다쓰에가 마음을 바꿀 것 같지 않아서 슬슬 포기할 생각이 들었다.

다쓰에는 불쾌하다는 듯 눈썹을 찌푸렸다.

"이제 그만 하십시오. 이혼한 사람을 그렇게 나쁘게 말하니 저도 기분이 좋지는 않군요."

"그래도 당신이 너무 불평을 하니까요."

"불평도 나올 만하지요. 제가 배짱이 없으니 아버지에게도 아버지 뜻대로 조종만 당하고……."

"그건 당신이 틀렸어요." 오스마는 한 무릎 정도 나서며 다쓰에를 똑바로 보았다.

(1921.4.30)

제133회

남편의 고뇌(5)

"아버님도 당신을 위해 생각을 하셔서 이렇게 하신 거예요. 당신도 그런 줄 알고 깨끗이 단념하는 게 나아요. 그러지 않으면 앞으로도 모든 일이 내내 어수선할 뿐이고, 같이 사는 사람에게도 못할 짓인 데다가 당신도 마음고생이 끊이지 않을 테니, 그야말로 정말 사는 재미가 없어질 거예요. 게다가 화가 난 김에 이 집을 뛰쳐나가 봤자 아야코 씨가 당신에게 동정해서 같이 고생하며 살자고는 하지 않을 테니까요. 그럼 망하는 건 당신이고 이도저도 아니게 되는 셈이지 않겠어요?" 오스마는 열심히 설득했다.

그런 말을 들으니 다쓰에도 결국은 그것도 그런가 하는 생각이 들며 최근 일주일 정도 폭풍우같이 거칠었던 기분이 어느 정도는 완화되는 것이었다. 중간에 쓰키지에서의 하룻밤 일도 떠올랐지만, 평소 오스마 태도를 미루어 그녀가 이렇게 말하는 게 어디까지나 아야코를 나쁘게 말해 자신이 아야코에게 품은 마음을 다른 쪽으로 돌리려는 여자 특유의 잔꾀라고 여겼지만, 이렇게 되고 보니 설령 일부는 그렇다 치더라도, 역시 자신을 각별히 여기기 때문이라는 막연하고 의미가 불분명한 느낌이 들었다. 결국 다쓰에는 한 남자가 한 여자에게 미미한 감사의 뜻을 표할 때의 기분을 느끼고 말았다. 그는 역시 세간을 잘 모르는 천상 도련님이었던 것이다.

아야코에 대한 마음이 다소 완화되자 그다음으로 다쓰에의 마음을 점령한 것은 현재 눈앞에 있는 오스마 이 여자였다. 그날 밤 그녀의 기이하기 짝이 없는 행동이었다. 다쓰에의 머릿속에 다시 새삼 그때 일이 떠올랐다.

"오늘 밤은 여기에서 푹 쉬고 집으로 가요. 네? 나는 조금 더 있다 들어갈 테니까요."

이렇게 했던 그녀의 말이 지금도 떠올랐다.

그런데 어찌된 일인지 나중에 문득 잠에서 깨어보니 이미 집에 가 있어야 할 오스마가 바로 자기 옆에 누워 있지 않았겠는가! 더구나 그 직전에 있던 일을 자기가 과연 의식하지 못했던 걸까? 나중에 다른 사람에게 변명할 수 있을 만큼 모든 일을 자신이 몰랐던 것일까? 다쓰에는 그렇게 자기 마음에 반문해 보고 스스로 자기도 모르게 얼굴을 붉혔다.

"이봐요, 괜찮아요?"

그렇게 부르는 오스마 목소리에 다쓰에는 즉시 자신의 공상에서 되돌아왔다. 그리고 가만히 그녀의 살짝 상기된 얼굴을 보았다.

"화 내봤자 당신이 손해에요. 그러니 내 얼굴을 봐서 참아 주세요. 나는 교육도 제대로 못 받은 사람이지만 당신을 위해서는 이래봬도 많이 걱정하고 있단 말이에요." 그녀는 상대방을 유혹하는 듯 매혹적인 웃음을 지었다.

"그럼 데이코는 대체 어떻게 되는 겁니까?" 다쓰에는 약간 감정이 치유된 모양새로 다시 물었다.

"데이코 말인가요? 그야 당신 마음에 달려있지요. 아야코 씨가 키우게 해도 좋고, 이쪽으로 데려와도 좋고, 어느 쪽이든 당신 바라는 대로 아니겠어요?"

"그런가요?" 다쓰에는 잠시 생각하는 듯했다. "적어도 데이코만은 집에 데리고 있고 싶습니다. 그렇게라도 하지 않으면 저는 도저히 견딜 수가 없을 것 같아요."

"그렇게나 귀여워하셨으니. 저도 당신 피를 이어받은 아이라고 생각하니 손 놓고 있기도 그리 달가운 기분이 아니더군요. 게다가 장례식에 아이를 데려가고 싶다고 하고는 그대로 가버린 채 아야코 씨는 아이를 돌려보내지 않았어요. 오늘이라도 사람을 보내 데려오라고 할게요."

"하지만 그렇게 한 데에는 아야코도 생각이 있었을 겁니다. 저도 조문을 겸하여 지금 시부야로 가서 아야코를 만나는 게 좋겠어요."

"네? 당신이 간다고요?"

오스마는 깜짝 놀란 얼굴을 했다.

(1921.5.1)

제134회

남편의 고뇌(6)

그리고 그녀는 자기 말을 덮어버리기라도 하듯 이어서 말했다. "당신이 가면 절대 안 돼요. 모두 달려들어 당신을 원망할 거예요."

그러자 다쓰에는 그게 또 왠지 모르게 반가운 듯, 아야코와 장모님을 만나면 얼마나 울며 매달릴지 모르겠다는 생각이 들었다. 그리고 그것에 이상한 자긍심과 흥분을 느꼈다. 그는 이혼한 다음에 아야코를 만나는 것을 어딘가 모르게 일종의 연극 같은 장면처럼 공상했다.

"그럼 제가 가지 않는 게 낫다는 겁니까?"

"가면 당신이 곤란할 거예요. 어쩌면 모욕을 당하고 풀이 죽어 집으로 돌아올지도 모르지요."

"과연 그럴까요?"

"그렇고말고요. 당신이 남자라면 이런 상황은 가만히 버텨야 해요. 자기 발로 그리 걸어가다니 너무 미련이 남은 것처럼 보여 추태이지 않겠어요?"

"그도 그렇군요. 그럼 그건 아야코 쪽에서 이혼을 받아들이는 뜻을 보내오면 그렇게 하지요." 다쓰에는 어디까지 물러터진 인간인지 모를 말을 뱉어냈다. "하지만 아야코는 자존심이 강하니까……."

"그런 건 안 올 거요. 당신이 가령 같이 살자고 하더라도요……."

다쓰에는 못마땅하게 오스마의 말에 따랐다. 그리고 오래간만에 그날 밤 자기 침상에 들었지만, 태어난 이후 그렇게나 쓸쓸함을 느낀 적은 전에 없었다. 그리고 혼자 침상에 누워 있자니까 지금이라도 아야코의 날씬한 자태가 거기 나타날 것 같았고, 이렇게 인연이 끝나버린 것이 도저히 실감나지 않았다.

다쓰에는 최근 일주일 정도 방랑한 탓에 몸이 지친데다가 신경도 날카로워졌다.

분노와 자포자기와 실망으로 혼란스러운 머리가 오스마의 말로 잠깐이야 어느 정도 위로를 받기는 했지만, 그렇게 외로운 침실 안에 혼자 누워 있으니 억눌려 있던 머릿속이 저절로 흥분되고 괴로워 견딜 수가 없었다.

지금까지 사랑과 행복으로 빛나 보이던 침실이 이제는 불이 꺼진 스토브처럼 차갑고 고통스러운 것이 되어 버려, 말로 표현할 수 없는 고독의 적막함이 마음을 파고들었다.

그는 참을 수 없는 울분을 술이라도 마셔서 달래는 수밖에 없다고 생각했다. 그는 무의식중에 침상을 내려가 호출 벨을 눌러 서생을 불렀다.

하지만 고야마는 금방 그곳에 모습을 보이지 않았다. 주위는 조용했고 모두 잠들어 고요한 것 같았다. 가을 중턱의 냉기가 다쓰에의 몸에 평소보다 더 차갑게 육박했다.

최근 일주일 동안의 일이 잇따라 뇌리에서 맴돌았다. 무엇보다 아야코가 없다는 것이 그의 뇌리에 가장 큰 자극을 안겨주었다.

'아무리 그래도 그렇지 자식까지 낳은 아내를 부모가 멋대로 처분하다니, 이게 무슨 일이란 말인가!'

다쓰에는 아까 아버지 분페이가 너무도 태연하게, 아니 시원하다는 듯, 예를 들어 일상다반사를 처리하듯 아야코의 일을 말한 것이 번 개처럼 뇌리에 스쳤다.

"이게 다 당신을 생각해서 그러는 거예요. 아버지를 나쁘게 생각 하면 안 돼요."

그렇게 말한 오스마의 말도 지금 그에게는 전혀 호의로 받아들여 지지 않았다. 그리고 그녀에게 설득되어 굴복한 형태가 되어 버린 현 재 자기 마음과 몸을 돌아보며 다쓰에는 스스로에게 화가 나서 가슴 이 터질 지경이었다.

"나는 얼마나 겁쟁이란 말인가!"

그렇게 혼잣말을 한 다쓰에는 다시 생각난 듯 몸을 벌떡 일으켜 이 번에는 거칠게 가까이에 있는 벨을 눌렀다.

그러자 곧 고야마가 졸린 얼굴을 하고 입구에 나타났다.

"조금 전에는 들리지 않더냐?"

다쓰에의 목소리는 평소와 달리 가시가 돋쳐 있었다.

(1921.5.3)

제135회

남편의 고뇌(7)

"무슨 일이십니까?" 벌써 꽤나 밤이 이슥해졌는데 무슨 일인지, 더 구나 다쓰에가 이렇게 밤에 부르는 일은 거의 없었던 터라 어찌된 것인가 의문스러운 표정으로 고야마는 주인의 고민스러운 얼굴을 쳐다보았다.

"술이 있거든 갖다 다오." 다쓰에는 충혈된 눈으로 서생 얼굴을 빤히 보며 말했다.

"알겠습니다. 무슨 술로 할까요?" 고야마는 이상하다는 얼굴로 반문했다.

다쓰에는 그 모양이 비위에 거슬리기라도 한 듯 퉁명스럽고 거친 목소리로 말했다.

"위스키 가지고 오란 말이다." 야단이라도 치듯 명령했다.

"네." 고야마는 물러났지만 다쓰에는 지금까지 술을 마신 적이 없어서……마셔도 포도주나 퀴라소^{12} 같은 음료만 마셨고 알코올이 강한 것은 입에 댄 적이 없었으므로, 위스키가 준비되어 있을 리 없었다. 그리고 그것은 아마 안채 쪽에서 가지고 오라는 의미인가 싶어 그는 정리를 싹 마친 부엌 입구 문을 열고 식모아이를 안채 요리실로 보냈다. 그러나 양주를 별로 즐기지 않는 분페이의 요리실 쪽에도 위스키가 마침 없었고, 오스마가 이따금 마시는 베르무트 외에는 맥주나 사이다 같은 음료뿐이었다. 식모는 물어보러 집안으로 들어갔다. 오스마는 아직 잔심부름을 하는 하녀들을 상대로 툇마루 근처에서 하릴없는 세간 이야기에 빠져 있었는데, 그 이야기를 듣더니 눈썹을 팔자로 모았다.

---

12 서인도 제도 퀴라소 섬에서 생산된 혼성주의 일종으로, 알코올에 쓴맛이 나는 오렌지의 껍질을 넣어 조미한 단맛이 나는 양주.

"참 곤란하군. 술에 취해 또 집을 뛰쳐나가지 않으면 좋겠는데." 오스마는 혼잣말처럼 중얼거렸다. "그럼 어쩔 수 없으니 베르무트라도 가져다 드려라. 그리고 너무 많이 드시면 안 된다고 내가 말하더라 전해." 이렇게 당부했다가 금방 다시 말을 바꿨다. "아냐, 됐어, 내가 좀 있다 가서 볼게."

하녀가 베르무트를 가지고 가니 침상에 가부좌를 틀고 있던 다쓰에가 신음하듯 말했다. "뭐든 상관없어. 취하기만 하면 되니까."

그리고 컵에 술을 따르게 하고는 아주 외롭다는 듯 들이켰다. 단술이 입안에서 확 퍼지며 곧 목구멍으로 흘러들어갔다. 목이 타들어가는 듯했다.

"저기, 너무 많이 드시지 말라고 큰 마님이 그리 말씀하셨습니다……."

"됐어, 괜찮다고. 너는 가 봐도 돼."

다쓰에는 황금색 술을 담은 컵을 불빛에 비춰 바라보면서 아주 달다는 듯 다시 한 모금 마셨다.

오스마가 가서 살펴봤을 때에는 그는 이미 꽤 커다란 잔으로 세 잔을 비우고 네 잔째를 따르려는 참이었다.

"어떻게 된 일이에요? 그렇게 마셔서 몸에 지장이라도 생기면 어쩌려고요." 오스마는 달콤한 어조로 그렇게 말하며 긴 병을 티 나게 빼앗았다.

다쓰에는 물끄러미 그 얼굴을 바라보며 충혈된 눈을 부릅떴지만, 화를 내지도 못했다.

"사람이 모처럼 기분 좋게 취해 있는데, 또 뭐 하러 온 겁니까?"

"뭐 하러라니요? 어머, 너무 하시네요. 당신이 외롭겠지 싶어 와 준 거 아니겠어요?" 오스마는 길게 찢어진 눈으로 눈웃음을 지었다.

"그럼 내가 술을 따라 드릴게요. 괜찮지요? 영감님은 아무렇지도 않게 생각하실 거예요."

"뭘 말입니까?" 다쓰에는 벌게진 얼굴을 더욱 붉히며 말했다.

오스마는 그 말에 대꾸도 하지 않았다.

"나 말이에요, 당신이 없을 때 언젠가 이 침대에 누워 보고 싶어요. 왠지 아주 잠이 잘 올 것 같단 말이에요."

"이 침대에?" 다쓰에는 깊은 구름이 막혀 있는 듯한 눈으로 물끄러미 바라보다 가만히 우울감에 빠져 버렸다.

"무슨 생각에 잠긴 거예요?" 이런 오스마의 목소리가 나는가 싶었더니 순식간에 그녀의 하얀 얼굴이 다쓰에의 붉은 얼굴로 다가왔다. 향수 냄새가 확 풍겼다.

(1921.5.4)

제136회

새로운 생활(1)

그 겨울 초엽의 일이었다. 아오야마에서 쭉 들어간 시부야 가는 길 쪽의 어느 조용한 동네에, 월세로 치면 기껏해야 20엔 정도나 하는 작은 문이 달리고 볕이 잘 드는 이층집으로 세 명 가족이 어디에선가 이사왔다.

머리를 잘라 내린 아직 예순이 되지 않은 품위 있는 어머니, 그녀와 생김새가 어느 정도 닮은 스물 네다섯의 여자가 아름다운 용모에 비해 어딘가 쓸쓸해 보이는 점 때문에, 근방에서는 딸이 군인의 미망인일 거라는 소문이 나거나 혹자는 또 외국에 출장 나간 회사원의 아내일 거라는 둥 살짝 입방아에 오르내리긴 했다. 하지만 그리로 이따금씩 풍채가 훌륭한 서른 일고여덟 돼 보이는 신사가 들락거리자, 딸은 틀림없이 그 남자가 살림을 내준 첩이라는 소문이 돌았고, 여자 글씨로 야마무라라고 쓰인 작은 문패의 성씨가 유명한 정치가 야마무라인 줄은 아무도 몰랐다. 그 가족은 말할 것도 없이 아야코 모녀였다. 아야코가 오랫동안 정붙이고 살던 시부야의 집을 처분하고 이리로 이사오기까지, 궁핍할 지경으로 안 좋았던 재정의 정리정돈이나 향후 세 사람의 생활 방침 등에 관해서는, 하나하나 시라이의 지혜와 힘을 빌려야 했다. 그리고 두세 군데로 흩어져 있던 부채도 책임질 것은 지고, 증서를 처리할 곳은 그렇게 이야기를 해서 척척 정리해 버렸다.

그와 더불어 이곳에 단독 건물을 사서 당분간 검소한 생활로 꾸려가기에 어쨌든 지장 없을 정도의 방법을 마련해 주었다. 물론 아버지의 죽음으로 인해 옛날에 관계를 갖던 정당이나 개인적 친구, 여러 방면 사람들에게서 모인 돈도 꽤 되었으므로, 모녀가 그럭저럭 먹고 살기에는 그리 곤란하지 않았다. 다만 문제가 되는 것은 다카오의 학자금이었다. 본인은 중도퇴학 의사도 있었지만, 지금까지 애써 공부해

왔으므로 조금만 더 하면 대학으로 진학할 수 있는데 여기에서 중단하면 지금까지 해온 고학이 수포로 돌아가는 셈이었다. 그래서 고베의 형이나 시라이와 의논한 끝에 매달 형이 그 중 어느 정도를 보조하기로 하고, 나머지는 시라이 쪽에서 도와준 덕에 본인의 출세 비용이라는 형태로 빚을 지고, 다카오는 어쨌거나 학업을 지속하기로 했다. 그와 동시에 그는 학생 기숙사에 들어갔다. 시라이도 지금은 판사를 사직하고 실업계로 들어가 어느 전기회사의 법률고문 겸 부지배인이 되었다.

아야코는 이곳으로 이사오고 나서 집에만 틀어박혀 있으면서 좀처럼 밖으로 나가지 않았다. 그녀는 음악 천재라고 할 정도는 아니었지만, 아버지가 이름께나 날릴 무렵의 영향력이 남아 있어서 지금도 어지간한 가정교사 정도는 못할 것도 없다는 자신감은 있었다. 게다가 집에서 조용히 소수 인원에게만 가르쳐도 되겠다 싶어서 피아노를 시마 가문에서 가지고 오고자 다쓰에 앞으로 그런 편지를 쓰려고도 했다. 하지만 피아노를 데이코에게 남겨 주고 싶은 마음도 있어서 그냥 두었다. 지금의 궁상스러운 집에서는 그렇게 훌륭한 피아노를 둘 곳조차 마땅히 없고 또 어울리지 않는 듯도 보였다.

하지만 불안한 가운데에도 생활이 조금씩 안정되면서 동시에 나날이 무료한 감각이 깊어져 아무것도 하는 일이 없을 때는 참을 수 없이 기분이 가라앉았다. 이럴 때 그 피아노라도 있다면 얼마나 위로가 될 것인가 생각했다.

"제가 그 피아노를 인수하고 싶어요." 아야코는 이따금 그렇게 말했다. "시마 집에서 제 짐을 받아올 때 그 이야기를 너무도 하고 싶었지만, 그러기에는 형편이 안 됐으니까요."

아야코가 시마 가문으로 시집갈 때 가져갔던 피아노에 다쓰에가 2백 엔을 더해서 새로 바꿔 산 것이었기 때문에, 다쓰에가 곧바로 그것을 내줄지 아닐지 의문이었다.

하지만 그것은 그녀의 기우에 불과했다. 어느 날 오시노를 통해 다쓰에에게 그 내용을 전하게 했더니 다쓰에가 곧바로 그 피아노를 보내준 것이다. 그리고 가져다준 심부름꾼이 바로 서생 고야마였다.

(1921.5.5)

제137회

새로운 생활(2)

"정말 오랜만에 뵙습니다." 고야마는 현관에 나타난 아야코 얼굴을 보더니 가엾다는 듯 말하며 고개 숙여 인사했다. 고야마는 찾아간 집이 너무도 작아서 새삼 서글픈 감개를 참기 힘들었다. 잠시 문밖에 서서 들어가기가 주저될 정도였다.

고야마는 용무를 말하고 젊은 운반업자를 도와 문을 밀어 열고 격자문도 떼어낸 다음 상당히 오랜 시간이 걸려 겨우 그 악기를 집안으로 들여놓았다.

"너무 고생했어요. 가지고 와 주어 고마워요." 아야코는 그래도 서둘러 고야마에게 인사치레를 했다. 고야마는 운반업자를 돌려보내고 집으로 다시 들어와 다즈코가 권하는 차를 받아 마시며 잠시 이야기를 나누었다.

"데이코는 어떻게 지내고 있지?" 다즈코는 무엇보다 먼저 손녀딸 안부를 물었다.

"안심하십시오. 아주 기분 좋게 잘 지내십니다……게다가, 큰 마님이 의외로 아이를 좋아하셔서요." 고야마는 시원시원한 말투로 답했다.

"그리고 다들 별고 없으시고요?" 아야코는 퍽 보고 싶기라도 하다는 듯 악기 덮개를 벗기고 살짝 만지면서 이쪽을 향해 그렇게 말했다. 그리고 그리로 와서 앉았다.

"네, 다들 별고 없으십니다만, 그래도 마님이 가버리시고 나서는 시마 집안도 별안간 쓸쓸해졌습니다."

"영감님과 다쓰에 씨 사이는 요즘 원만한가요?"

"글쎄요, 뭐랄까요? 지난 당시에는 조금 갈등이 있었던 것 같습니다만, 요즘 들어서는 특별히 아무 일 없는 것 같습니다."

"그럼 잘 됐네요."

"아니, 별로 잘 된 것도 없습니다." 고야마는 실실 웃으며 말했다. "게다가 젊은 나리가 오스마 마님에게 완전히 말려들어 버리셨거든요."

"말려들다니 무슨 말이에요?"

"그러니까 오스마 마님이 젊은 나리에게 접촉하려고 한다는 말씀이지요. 나이도 아직 젊은 데다가 처음부터 큰 나리께는 만족을 못 하고 계셨으니까요." 고야마는 수상쩍은 눈빛을 했다. "저도 마님이 이렇게 떠나버리시고 난 다음 오스마 마님의 기분 나쁜 태도를 겪게 되니 반감이 일어나더군요."

"뭐라고요?" 아야코는 깜짝 놀라 눈을 크게 떴다. "설마 아무리 그래도 그렇지……."

"아뇨, 정말입니다. 그러니 그 집에는 조만간 무슨 사건이 일어날 게 뻔합니다. 벌써부터 마님이 빨리 그 집을 떠나신 게 잘 된 일일 정도니까요."

"정말이에요?" 아야코는 한숨을 내쉬었다. "오스마 씨야 몰라도 다쓰에 씨가 설마 그런 남자일 거라고는 생각지 않았는데……."

"하지만, 마님." 고야마는 괜시리 진지한 말투로 아야코의 안색을 살피듯 말했다. "마님 앞이지만 다쓰에 나리는 그런 점에 있어서는 좀 기개가 없으시잖아요."

"원래 기개가 강한 편은 아니지만……. 그럼 요즘 그런 낌새라도 보이던가요?"

"뭐 그렇습니다. 하지만 이 내용은 부디 비밀로……." 고야마는 작은 목소리로 말했다. "그냥 길게 보고 지내십시오."

그런 이야기를 하고 있는데 갑자기 현관 방울 소리가 울리며 누군가 찾아온 것 같아 다즈코가 서둘러 일어섰다.

"아야코, 시라이 씨가 오셨구나." 현관으로 이어지는 다실 쪽에서 어머니가 그렇게 말하며 아야코를 불렀다.

"네." 아야코는 황급히 마중나갔다. 그와 동시에 고야마는 허둥지둥 인사를 하고 집 툇마루에서 현관으로 나갔다.

"누군가요? 지금 나간 사람은?" 시라이는 고야마가 총총 나가는 것을 불쾌하게 여긴 듯 집안으로 들어오더니 살짝 미간을 찌푸리고 아야코에게 물었다.

(1921.5.6)

제138회

새로운 생활(3)

"저 사람은 시마 집안 서생이에요." 아야코는 그리로 방석을 내며 시라이에게 앉으라 권했다.

"오늘 피아노를 가지고 와 주었거든요."

"피아노? 아, 그랬습니까." 시라이는 쓱 일어나 악기 옆으로 다가갔다. "아주 훌륭한 피아노군요."

"이 집에는 조금 과하지만 아무것도 할 수가 없으니 가끔 이런 거라도 만지작거려 보려고요."

"그거 좋은 생각입니다. 아이들 치라고 집에도 작은 게 하나 있습니다만, 그게 꽤 도움이 되더군요. 저도 마쓰이(松井)……그러니까 저희집 가정교사가 아이들을 위해 뭘 연주해 주는 것을 들으니 기분이 아주 좋아지곤 하더라고요."

그러자 그곳에 다즈코가 차를 내 왔다.

"하여튼 피아노를 선선히 잘도 건네주었다 싶은 생각이 들어요."

"그래도 너무 무겁네요."

아야코는 악기 아래쪽에 손을 대 보았다. "이런 약한 집에서는 바닥이 주저앉을 것 같아요."

"이층은 어떻겠니?" 다즈코가 말했다.

"이층은 더 안 돼요, 어머니. 게다가 올려둘 재간도 없고요."

"그럼 어렵게 가져다 달라고 했는데 어떻게 할 수가 없겠구나." 다즈코는 웃었다.

"그러네요." 아야코도 웃었다.

"작은 피아노로 바꿔 사시는 게 어때요?" 시라이가 끼어들었다.

"하지만 이건 아주 잘 만들어진 피아노거든요. 이걸 떠나보내기는 너무 아쉬워요."

"그럼 어쩔 수 없지요." 시라이도 웃었다.

"그럼 당분간 이렇게 두고, 조만간 형편을 봐서 댁에 가지고 계신 것과 바꿔도 좋겠어요."

"맞네요, 그래도 좋겠군요." 시라이는 수긍했다.

"그렇게 하고 가끔 우리 집 아이들 가르쳐 주신다 생각하고 치러 오시면 되겠네요."

"네, 그렇겠네요." 아야코도 자못 기쁜 듯 말했다. "그렇게 할게요. 그게 좋겠어요."

그런 이야기가 잠시 이어졌다.

"그래서 시마 집안은 요즘 어떻습니까?" 시라이는 시간이 한참 지난 다음 물었다.

"뭐랄까, 지금 다녀간 서생 이야기로는 그리 순조롭지는 않은가 봐요. 그래도 다쓰에 씨는 그럭저럭 차분히 지내고 있다고 하네요."

"특별히 후회하는 모습도 없다는 건가요?"

"그런 이야기는 못 들었어요. 저 서생도 별로 신용할 만한 사람이 아니어서 아무것도 더 묻지 않았어요. 또 물어볼 필요도 없고요."

"그것도 그렇군요." 시라이는 끄덕였다. "하지만 다쓰에 씨에게는 조만간 다시 아내감이 들어오겠지요."

"아직 그런 눈치도 없는 것 같아요. 서생이 하는 말이니 다 알 수는 없지만, 그 오스마 씨가 그리 기질이 좋은 여자가 아닌 것 같더라고요." 아야코는 약간 얼굴을 붉혔다.

시라이는 즉시 그 의미를 직감한 듯했다. "허허." 혼자 끄덕였다. "그런 식이라면 시마 가문의 장래가 내다보이는군요."

"정말이에요." 다즈코도 그에 공감하며 말했다.

"우리를 조금만 믿어주었다면……적어도 아야코 씨 마음을 헤아려 줄 사람이 그 집안에 단 한 명이라도 있으면 그렇게 되지는 않았겠지만, 안타깝게도 제대로 볼 줄 아는 사람이 없었으니."

"정말 그래요. 하지만 이제 어쩔 도리가 없지요. 다만 데이코를 그 집안에 둔 게……."

"그 문제도 어떻게든 해야 하겠군요." 시라이는 한숨을 쉬듯 말했다.

(1921.5.7)

제139회

새로운 생활(4)

"그것도 제 생활 여하에 달렸어요. 무엇보다 지금 이 상태라면 데이코 하나 먹이고 입히고는 할 수 있겠지만, 그것만으로는 왠지 불안해서요." 아야코는 적적해 보이는 모습으로 말했다.

그리로 이사하고 나서 그녀는 오랫동안 쌓인 생활의 피로가 밀려와 단 하루도 기분이 개운한 적이 없었다. 방문자라면 가끔 시라이가 문안 차 와주는 정도였고, 자신이 방문하러 나간다 해도 시라이 외에 달리 찾아갈 사람도 없었다. 그리고 더불어 아버지 묘소를 찾는 것이 최근 그녀의 유일한 위안이었다. 시라이에 대한 그녀의 감정은, 그가 자신에게 베풀어 준 그 귀한 친절을 단순히 감사라기보다 그가 자신의 역량에 거의 부칠 정도의 엄청난 일을 해 준 그 호의가 자신에 대한 깊은 애정의 표현이라고밖에 받아들일 수 없었다. 그 느낌이 어딘가 모르게 괴롭기도 하고 슬프게도 여겨졌다. 하지만 그 호의를 받는 것이 곧 시라이에 대한 최소한의 배려라고 생각했고 그와 동시에 시라이의 결백한 마음가짐을 곡해하면 안 된다고 다짐했다.

"그럼 데이코를 위해 생활수준을 더 높이고 싶으신 건가요?"

"네, 하지만 단순히 데이코를 위해서라기보다 제 자신이 무언가 세간에서 일을 해보고 싶은 마음이 들어요."

"아하, 그렇군요, 그래요." 시라이는 끄덕였다. "아야코 씨의 그 기분은 저도 잘 이해합니다."

"무리일까요?"

"아니요, 무리일 것은 없습니다. 어쨌든 아야코 씨에게는 아버님의 피가 흐르니까요. 더구나 아야코 씨 결혼생활이 주위의 오해 때문에 불행하게 끝났으니, 마음이 그쪽으로 움직이는 것도 당연하겠지요."

"결코 그렇게 대단한 동기가 있어서는 아니고요." 아야코는 쑥스러운 듯 부정했다. "게다가 저에게는 아무런 재능도 없는 걸요."

"재능이 있고 없고는 시도해 보지 않으면 모르는 겁니다. 당장 음악이 있지 않습니까?"

"음악은 아무래도 그 정도는 아니에요. 기껏해야 가정교사 정도 할 수준인 걸요."

"겸손의 말씀이겠지만, 만약 음악에 그 정도로 깊은 집념까지는 없다면 아야코 씨가 하고 싶은 일은 어느 쪽일까요?"

"없어요." 아야코는 웃었다.

"교육자인가요?"

"글쎄요." 아야코는 고개를 갸웃했다. "교육계 일은 저도 다소는 알아요. 학교라도 한 번 경영해 보면 자기 일이라는 기분도 들겠지요. 여학교 선생님 정도면요."

"그렇겠지요."

"부녀자의 손으로 해야만 하는 일이 사실 세상에 많지만, 그래도 직업 이야기가 되면 범위가 지극히 좁아집니다."

"학교 선생님이든 뭐든 좋아요. 제 취미에 맞기만 하다면요."

"그럼 일단 그런 쪽으로 해 보시겠습니까?"

"어딘가 제가 일할 만한 곳이 있을까요?"

"그야 있지요. 쉽게 생각하면, 아야코 씨에게는 실례일지 몰라도, 학벌이 있는 쪽이니 어디든 이야기해 볼 곳은 있습니다."

"그럴까요?"

"하지만 그렇다고 해도 좀 더 나중이 좋을 것 같습니다."

그런 이야기를 하는 동안 갑자기 마당 울타리 바깥에서 개가 시끄럽게 짖었고, 그와 동시에 바스락바스락 낙엽 밟는 발걸음 소리가 들렸다.

두 사람 이야기는 갑자기 끊겼다. 그리고 아야코가 장지문을 열고 보니 울타리 밖 공터 저쪽 편으로 걸어가는 사람의 모습이 보였다.

(1921.5.8)

제140회

새로운 생활(5)

"아야코, 아야코." 적당한 때를 보아 다실로 물러나 있던 어머니 다즈코가 이 때 장지문을 열며 손님방 쪽을 향해 아야코를 불렀다.

"무슨 일이에요, 어머니?" 아야코가 깜짝 놀라 귀를 세웠다.

"집 뒤 공터를 좀 봐라. 왠지 모르게 수상한 사람이 있더구나."

"그래요?" 아야코도 장지문을 열고 보았지만 그 사내의 모습은 어느 틈엔가 어두워진 밤안개 속에 가려져 어렴풋했고 그러는 사이에 어디론가 사라져 버렸다.

"누굴까요?" 아야코는 무섭다는 듯 말하며 시라이 곁에 앉았다.

"별일 아니겠지요." 시라이는 전혀 마음에 두지 않는 듯했다.

"도둑일까요, 어머니!" 야아코는 불안한 듯 물었다.

"왠지 아까 간다고 하던 고야마일 것 같은 느낌이 든다만, 설마 고야마가 여태 이 근처를 얼쩡거리고 있었을까?"

"그래요?" 아야코는 한층 두려운 표정을 했다. "왠지 모르겠어요. 고야마는 예전부터 묘한 버릇이 있었으니까요."

"어떤 자인가요?" 시라이는 아야코 얼굴을 보며 물었다. "질이 좀 안 좋은 사내인가요?"

"질이 나쁘다고 할 정도는 아닌데요. 사실은 오시노의 조카에요. 의학생이었는데 성실하게 공부하지를 못해서 여태껏 오시노에게 걱정만 잔뜩 끼쳤는데, 딱히 방법이 없으니 집안일 감독도 시킬 겸 서생 일을 시키면 어떨까 시마 집안에 이야기를 해서 집안으로 들였는데, 저는 왠지 고야마에게는 마음이 놓이지 않는 느낌이 계속 들었어요."

"예를 들면 어떤 식인가요?"

"제가 언젠가 시라이 씨와 같이 자동차를 타고 니키 씨를 방문한 적이 있었잖아요."

"아, 그때 말이군요."

"그 일을 시마 집안 사람들이 다 알고 있더군요."

"아하."

"그게 아무래도 이상해요. 저는 아무래도 고야마가 미행이라도 한

게 아닐까 짐작이 가서요."

"무슨 관심으로 그런 짓을 했을까요?" 시라이는 그 점이 전혀 이해되지 않았다.

"그야 오스마 씨가 고야마를 시켜서 저희 비밀이라도 찾으려고 했기 때문이겠지요."

"아." 시라이는 다시 믿을 수 없다는 눈을 했다. "그런 짓을 해서 무슨 소용이 있다는 거지요?"

"시라이 씨 같은 분 입장에서 보자면 정말 말도 안 되게 비속한 짓이지요. 하지만 저쪽 사람들은 그런 일이 몹시 재미있는 모양이에요. 재미가 있달까, 자신의 생존에 필요하다고 판단해서 우리 부부 사이를 갈라놓고, 저를 시마 집안에서 내쫓지 않으면 안심할 수 없었던 거겠지요."

"허허." 시라이는 다소 그 뜻을 이해한 듯했다. "그러니까 자신이 시마 집안의 주권을 장악하고자 한다는 거군요."

"그것도 있지만, 시마 영감님에 대한 태도도 좀 이상해요. 그 점은 아까 고야마가 하고 간 말에서도 알 수 있어요."

"고야마가 무슨 말을 했는데요?"

아야코는 눈이 부시기라도 하다는 눈빛을 했다. "그러니까 오스마 씨와 다쓰에 씨 사이가 이상하다고 하더군요."

"그런 일이 정말 있을까요?"

"네……, 저도 그 점은 상상이 돼요. 그러니 무슨 기회만 있으면 당신과 제 사이에 의미를 부여해서 오스마 씨가 다쓰에 씨를 도발한 모양이겠지요."

"그거 괘씸하군요. 저는 처음 들었습니다." 시라이는 가벼운 놀라움의 목소리를 냈다.

"그러니 제가 아무리 노력해도 안 된 거예요. 다쓰에 씨 의지가 약했으니까요." 아야코는 그렇게 말하며 깊은 한숨을 내쉬었다.

(1921.5.10)

제141회

새로운 생활(6)

두 사람은 밤이 어느새 퍽 깊어졌다는 것을 알아차렸다. 어머니는 감기 기운이 있어서 벌써 한 시간 정도 전에 다실에서 한 칸 더 떨어진 세 평짜리 방에 들어가 잠자리에 누워버렸다.

시라이는 근방이 고요해진 것에 놀란 듯 시계를 꺼내보았다.

"아, 벌써 10시 반이군요. 아야코 씨 집에 오면 나도 모르게 오래 앉아 있게 된다니까요."

"어머, 괜찮아요. 가끔 이렇게 와 주시니." 아야코는 보내기 아쉽다는 듯 말했다. "그보다 뭘 좀 드시지 않겠어요? 포도주나 그런 거요."

"아닙니다. 이제 물러가지요. 조만간 한번 저희 집에도 와주세요. 아이들이 모두 아야코 씨 와주시기를 기다리고 있습니다."

"그런가요?" 아야코도 반가운 듯 말했다. "그럼 이번 일요일에 찾아갈게요."

"꼭 오세요. 그리고 아이들과 같이 식사라도 하시지요."

"네, 그렇게 해 주세요. 제가 부엌에서 자제분들이 좋아하실 만한 것으로 두세 가지 마련할게요."

"괜찮습니다." 시라이도 만족스러운 듯했다. "아이들이 얼마나 기뻐하는지 모릅니다. 가정교사는 두고 있지만 기숙사 식으로 만사를 하다 보니 아무래도 정감이 없어요. 정감이 너무 많은 사람도 곤란하기는 하지만요. 그 점은 정말 감탄스럽습니다. 그래도 아이들 마음을 조금 더 풀어주고 싶은데 그러기를 바라는 게 무리일 지도 모르겠습니다."

"아무래도 어쩔 수 없겠지요." 아야코는 목을 살짝 기울였다. "언제고 자제분들이 그러고 싶다고 할 때 놀러 오세요. 어머니나 저는 하루 종일 별일이 없어서 심심하거든요."

"그렇게 하지요. 저는 아야코 씨가 따님을 떠올리면 어쩌나 생각해서 일부러 조심하고 있었습니다."

"어머나." 아야코는 가볍게 눈을 동그랗게 뜨며 미소지었다. "그렇게까지 배려하실 것 없어요. 데이코는 어쨌든 양쪽 부모가 다 있으니까요."

"살아 있으면서 같이 살지 못하는 것과 사별한 것, 아이 입장에서 어느 쪽이 더 불행할지는 모르는 거지요. 죽은 사람은 죽은 사람이라고 포기하지만, 현재 부모가 다 있으면서 같이 살지 못한다는 것이 아이 마음에 그리 좋은 영향을 주지 않을 지도 모릅니다."

"네, 그런 생각도 들어요." 아야코는 낮게 한숨을 내뱉었다. "순진하게 무럭무럭 자라야 하는 아이 마음이 그런 일로 상처를 받을까 싶기도 하고요."

"그런 경향이 다소 있겠지요." 시라이는 결국 방석에서 일어났다. "그 점에서도 엄마라는 사람이 한 가정에서 얼마나 중요한 역할을 하는지 알 수가 있습니다. 있을 때는 아무도 알아차리지 못하다가 정작 없어지면 비로소 엄청난 결함이 생겼다는 것을 알게 되지요."

"그렇겠지요." 아야코도 진심으로 동조하듯 흥분한 어조로 대꾸했다. "저는 한 번도 시라이 씨의 사모님을 뵌 적이 없었네요."

"그러네요. 그때는 서로 이상하게 소원해져서 왕래도 끊겼으니까요."

"그랬는데 어쩌다 이렇게 신세를 지게 되다니, 이상하다면 이상한 일이에요. 이 은혜야말로 제가 평생 잊지 않겠습니다." 아야코는 묘하게 눈물이 날 듯 감상적인 기분이 되었다.

"어떻게든 살아가는 게……아이가 있어서라고는 하지만, 사랑할 대상이 없으면 살 수 없는 게 인간의 본능일 지도 모르겠습니다."

"시라이 씨도 그렇게 생각하시나요?……"

"하지만 그것도 그저 마음먹기 나름이지요."

"그 마음먹기가 앞으로 오랜 세월 어떻게 되어갈지 저는 그게 불안해요."

"그건 생각할 필요가 없을 겁니다. 서로 이미 그런 무분별한 나이도 아니니까요." 그렇게 말하고 웃으며 시라이는 결국 그 자리를 떠났다.

(1921.5.11)

제142회

새로운 생활(7)

아야코는 드디어 작별 인사를 하고 집으로 돌아가는 시라이를 전송하며 자기도 문밖으로 나갔다.

"그럼, 안녕히 주무십시오." 그렇게 말하고 가는 시라이를, 아야코는 그 발소리가 골목으로 멀어질 때까지 그 자리에서 보고 있었다.

완전히 갠 하늘에 겨울 달이 맑게 비치고, 지상에는 푸른 안개가 꽉 피어올랐다. 그러나 공기는 비교적 따스했고, 아직 뭔가 이야기가 남은 듯한 느낌을 가진 아야코는 시라이의 뒤를 쫓아가 그와 함께 이 맑고 밝은 달 아래를 어디까지고 방황해 보고 싶은 기분이었다.

"이제 아주 겨울이 되어 버렸군요." 하늘을 올려다보면서 조금 전 그렇게 말하고 간 시라이의 말을 떠올렸다.

"이 얼마나 좋은 밤인가요." 밤빛이 깊은 주위를 둘러보면서 아직 흥분이 지속되는 것을 맛보듯 자신이 대답했던 말도 금방 가슴 속에 떠올랐다.

"이렇게 세간에서 떨어져 있으니 그리워요." 딱히 현학적으로 보이려는 건 아니었지만 문득 말이 그렇게 나왔다.

"세간에서 떨어졌다고 하니 속계에서 벗어난 것처럼 들리네요." 시라이는 이렇게 말하며 웃었다. "하지만 지금까지의 아야코 씨 생활에서 보자면 요즘 그런 기분이 드는 게 당연할지도 모르겠습니다."

"집은 좁아졌지만 그만큼 어딘가 모르게 마음이 편해요."

"하하하하, 하긴 그렇기는 하지요. 인간은 결국 집이 좁은 게 행복한 거예요."

"호호호호, 가난한 사람의 억지 같기는 해요."

두 사람은 헤어질 때 그런 이야기를 나누며 헤어지기 아쉬운 듯 오늘 밤 작별을 고했던 것이다.

"마님, 문을 닫을까요?" 그렇게 문 쪽으로 와서 말한 하녀 목소리에 깜짝 놀란 아야코는 겨우 제정신을 차린 듯했다.

"호호호, 내가 멍하니 있었구나. 너무 달이 좋아서 말이지." 변명처럼 그렇게 말하고 아야코는 휙 돌아서 들어왔다. "자, 이제 들어가 자야지. 그럼 문단속 부탁해." 그렇게 하녀에게 분부하고 집으로 들어갔다,

그녀는 어머니 방으로 가서 살짝 들여다 본 다음 손님방으로 돌아갔다. 아래 층은 하녀 방을 빼고 세 칸밖에 없어서 그녀는 대개 손님방에서 잤다.

"이불을 깔까요?" 밖의 문단속을 하고 온 하녀가 입구에 손을 댔다.

"괜찮아, 내가 할 테니까. 졸리지 않아? 늦게까지 깨 있게 했네……."

"아니에요." 하녀는 예의바르게 일어서서 벽장에서 아야코의 이부자리를 내리고 거기 깔았다.

아야코는 혼자 쓸쓸하게 안쪽 방에서 자고 있는 어머니나, 손님방에 깔린 자신의 차가운 잠자리를 보더니 왠지 외롭고 의지할 데 없는 기분이 들었는데, 거기 놓인 훌륭한 피아노 때문에 한층 더 묘한 느낌

이었다.

아야코는 다쓰에가 서양에 갔을 때 시아버지와 자기 사이에서 일어났던 비밀스러운 사건 이후, 시마 집에 있는 동안 딱 끊고 피아노에 손가락조차 댄 적이 없었다. 하지만 지금 이렇게 자신의 적적한 방으로 옮겨놓고 보니, 그때의 소름끼치는 광경이 선명하게 눈앞에 떠오름과 동시에 혼자 그 비밀을 알고 있는 피아노가 왠지 모르게 친근하게 여겨졌다. 그리고 그와 더불어 자기 영혼이라도 들어 있는 듯한 이 악기를 시라이 집의 응접실이나 서재에 놓아두는 것이, 지금의 자기 마음과 가장 부합하는 일이라는 생각이 들었다.

'조만간 피아노를 그분 댁으로 가져다 놓아야겠어.' 그런 생각을 하며 아야코는 홀로 차가운 베개에 누웠다.

여러 가지가 그녀 가슴 속을 오갔다. 결혼 전 젊었을 무렵의 일, 이혼당한 현재의 자신이 그 무렵의 자신이었다면 어땠을까 하는 생각, 만약 시라이와 결혼했다면 자신은 어떻게 되었을까 등…….

'정말 그랬다면!' 생각에 빠져 흥분한 그녀 뇌리에는 그 생각이 또렷하게 환각적으로 떠올랐다. 그리고 그것이 쉽사리 사라지지 않고 그녀 신경을 더더욱 고양시키는 것이었다.

(1921.5.12)

제143회

급병⑴

그다음날 아침은 조금 늦잠을 자서 아야코는 8시쯤 겨우 잠을 깼다. 머리맡에서 사람 발소리가 들리기에 문득 눈을 떴는데, 하녀가 한 통의 편지를 가만히 거기 두고 간 것임을 알았다. 들어보니 그것은 오시노에게서 온 소식이었다. 봉투 뒷면에 '쓰키지 해안길 하라구치(原口) 소아과 병원에서'라고 쓰여 있어서 아야코는 뇌리에 이상한 자극을 받았다. 서둘러 그녀는 봉투를 열었다.

안에 든 한 장의 편지지에 두서 없이 휘갈겨 쓴 글자들이 즉각 그녀의 가슴을 어지럽게 만들었다. 문면은 데이코가 어제 저녁부터 갑자기 열이 나더니 1시에 40도까지 올랐다는 것, 의사의 진단에 따르면 대장염인데 심지어 악성이라서 빨리 입원시키는 게 좋겠다고 해서 오늘 밤 이 병원으로 데리고 왔다는 것이었다.

'그래서 이렇게 비밀리에 마님께 알립니다만, 애기씨가 왠지 모르게 너무 몸이 늘어져 있어서 제가 제 정신이 아닙니다.'라고 쓰여 있었다.

아야코는 그것을 읽더니 잠시 눈앞이 캄캄해지는 느낌이었다. 그리고 서둘러 자리에서 일어났다.

안쪽 방으로 가 보니 어머니는 불단 앞에 서서 향을 피우고 합장을 하고 있었다.

"어머니." 아야코는 곁으로 다가가 말을 걸었다. "데이코가 아프다네요!"

다즈코는 묵념하던 눈을 들어 크게 뜨고 아야코 쪽을 돌아보았다.

"언제부터?"

"그게 어젯밤 갑자기 40도나 열이 올랐대요."

"어머나……." 어머니는 손에 들고 있던 염주를 불단 구석에 두고 불을 끄더니 곧바로 그 자리에서 일어났다.

"어떻게 된 일이라니? 병은 무슨 병이래?"

"글쎄요, 그게 뭔지 분명하지는 않은데 악성 대장염이라고 하니 이질이나 그런 거 아닐까요?"

"그래? 어린애에게도 이질이 있나?"

"네, 어린애라도 그런 병이야 있겠지요. 갑자기 열이 나서 죽는 병 말이에요." 아야코는 황망한 어조로 벌써 눈에 눈물이 그득했다.

"오시노 편지 상태로 봐서는 뭔가 대단히 안 좋은 모양이에요. 도 저히 가망이 없을 지도 몰라요. 그러면 안 되는데……. 유모가 '이런 병에 걸리게 해서 죄송합니다, 죄송합니다.' 그렇게 썼지만 오시노 생 각처럼 되지는 않겠지요? 설마."

"어디서 무슨 음식을 부주의하게 잘못 먹은 거겠지……그럼 네가 좀 가서 보려무나."

"네, 제가 서둘러 가서 보고 올게요. 쓰키지의 병원이라네요."

세수를 하고나서 아야코는 자신도 서둘러 불단 앞에 서서 향을 피 우고 합장을 하더니 경대 앞에 앉아서 머리나 얼굴 화장을 고쳤다. 그 리고 아침밥도 잘 넘어가지 않는 데다가 옷갈아 입는 시간도 아까워 허둥지둥 집을 나섰다.

"벌써 죽거나 그런 건 아니겠지요? 저는 왠지 그런 예감이 들어 견딜 수가 없어요." 아야코는 끝도 없는 불안감을 안고 어머니 배웅을 받으며 밖으로 나섰다.

"어젯밤 10시쯤 입원했다고 하는데, 그 시각이면 제가 마침 시라이 씨와 이야기를 하고 있던 때에요. 사람이란 한치 앞 일도 알 수가 없는 건가 봐요." 아야코는 그런 생각을 하며 전차길 쪽으로 발걸음을 서둘렀다.

날이 풀린 겨울 날씨로 화창한 아침 햇살이 그 일대를 가득 반짝반짝한 빛으로 채웠다. 일요일이라 전차는 붐볐다. 그러나 아야코의 마음만은 그러한 화창한 햇살에도, 안식일임에도 밝아지지 않았다. 전차의 속력이 오늘따라 더디게 느껴져서 아야코는 자기 혼자 속을 끓이고 있었다.

(1921.5.13)

제144회

급병(2)

가까스로 하라구치 병원에 간 아야코는 접수에서 데이코 병실을 물었다. 소아과 환자만 있는 비교적 밝은 몇몇 병실 앞을 지나 이층 끝자락에 '시마 데이코'라고 쓰인 명찰을 발견했다. 그녀는 병실 문을 살짝 두드렸다. 그러자 안에서 목소리가 들리더니 가만히 문을 열어

주었다. 그곳은 붙어 있는 중간 방처럼 되어 있는 곳이었고, 난로 옆에서 무언가 하고 있던 오시노가 금세 일어나 맞아주었다.

"어머나, 마님……." 그녀는 가벼운 놀라움의 목소리로 말했다. "잘 오셨어요." 벌써 눈에 눈물이 고이기 시작했다.

"유모 혼자에요?" 아야코는 안쪽 병실을 들여다보듯 하고 간호부 외에 아무도 사람이 없는 것에 겨우 안심한 듯 낮은 목소리로 말하며 조용히 문안으로 들어섰다. "어떤 상태에요?" 그렇게 조심스레 물었다.

"네." 오시노는 보고 싶었다는 듯 그녀의 얼굴을 올려다 보았다. "지금은 그래도 열이 다소 내려서 38도 정도밖에 안 되지만, 어젯밤에는 글쎄 주사다, 장염이다 해서 정말 도저히 지켜보고 있을 수가 없을 정도로 난리법석이었어요."

"어머나!" 아야코도 눈썹을 찌푸렸다. "그렇게 위중했어요?"

"네." 오시노는 숨을 몰아쉬었다. "제가 곁에 붙어 있으면서 이렇게 병에 걸리게 하고 말았으니 마님에게는 정말 드릴 말씀이 없네요." 이렇게 말하며 한 손으로 얼굴을 덮었다.

"오시노, 이렇게 된 건 어쩔 수 없는 일이잖아요. 아무리 조심한들 살아있는 몸인데 병치레를 안 하고 지낼 보장도 없는 거고요. 그래도 열이 내린 거면 절망적인 상황도 아니에요."

"네, 아직 병 기운이 다시 오를 수 있다고 원장님이 말씀하셨어요. 그래도 오늘 하루 더 늦었으면 도저히 가망이 없을 뻔했는데 서둘러서 다행이었지요. 목숨이 위태로울 일은 없을 거라고 말씀해 주셔서 저도 안심하고 있기는 하지만, 이제부터 사오일 동안이 중요하다고 하니, 그게 걱정되고 또 염려가 돼서……."

"그래서 지금은요?……."

"지금까지 잠들어 있고 맥박도 아주 좋아졌다고 하는데, 아무래도 너무 어리다보니 방심할 수가 없네요."

"내가 좀 보고 와도 될까요?"

"네, 되고말고요. 게다가 낮이 되기 전에는 아무도 오시지 않으니까요……."

"그래요, 나도 오스마 씨나 누구 만나는 건 싫어요."

아야코는 그렇게 말하며 자그마한 환자 곁으로 다가갔다.

데이코를 지켜보던 간호부가 아야코에게 정중히 인사를 했다. 그리고 지금까지 대고 있던 체온계를 가만히 데이코 겨드랑이에서 빼냈다. "상태가 괜찮은지 열이 또 조금 내렸습니다. 37도가 조금 넘는 정도네요. 이제 얼음은 치워도 되겠어요." 그렇게 말하고 환자의 조그만 이마에서 얼음주머니를 떼어 들고 병실 밖으로 나갔다.

살펴보니 데이코는 병색이 아주 완연한 누렇고 창백한 얼굴로 미약하게 숨을 쉬며 깊은 잠에 빠져 있었다. 근육이 이완된 듯한 얼굴에는 사랑스럽고 통통하던 볼살이 쏙 들어가 있었다. 입술색도 비 맞은 가을 해당화 같이 흐렸다.

아야코는 데이코가 눈을 뜨지 않는 것이 아쉬웠지만, 그래도 어설프게 잠든 것을 깨웠다가 자기 얼굴을 보면 도리어 신경을 자극해 아이 병에 지장이 있을까 저어되었다. 나중에 돌아간 다음 얼마나 더 외로워할까도 걱정되었다. 임종을 놓치기라도 할까봐 마음 급하게 오느라 병문안용 장난감 하나 가지고 오지 못한 것을 후회할 만큼, 환자의 경과는 아직 급박한 상황이 아니었다. 자기가 온 것이 도리어 별도움이 되지 않는 기분이 들었다. 하지만 이대로 돌아갈 만큼 아야코는 굳건한 심정일 수가 없었다. 그녀는 어머니로서의 사랑과 불안한 표정으로 물끄러미 병상 옆에서 생각에 잠겼다.

(1921.5.14)

제145회

급병(3)

"어머, 이렇게 말랐네요……." 아야코는 이불 밖으로 나와 있는 데이코의 손을 잡았다. "뭐 안 좋은 음식이라도 먹은 걸까요?"

"아니에요, 특별히……." 오시노는 대답했다. "그래도 오스마 마님이 무턱대고 무얼 먹이는 걸 좋아하셔요. 그것도 배탈이 나지 않을 만한 고급스러운 거라면 괜찮지만……."

"그러니까 그런 걸 오시노가 옆에서 계속 얘기해야죠."

"하지만 그렇게 잘 안 돼요. 입는 옷 무늬 하나하나까지 오스마 마님에게는 그 나름의 취향이 있어요. 뭐든지 서민 동네 식으로 품위없게 마련하거든요. 큰 마님은 게이샤 같은 외설스러운 취향이 좋으신가 봐요. 요즘 여학생들 같은 느낌은 아주 싫어해서 지금도 직접 데이코 애기씨에게 속요 같은 것을 섞어서 춤을 가르치겠다 뭐다 하세요. 뭐 그것까지도 상관은 없는데, 자기를 어머니, 어머니 이렇게 부르라고 하시는 거예요."

"뭐? 오스마 씨가 자신을 어머니라고요?"

"네." 오시노는 끄덕였다. "아마 그런 거겠지요. 젊은 주인님 아내 행세라도 하고 싶은 그런 걸 거예요." 그렇게 말하고 코웃음을 쳤다.

"세상에." 아야코는 질렸다는 표정을 했지만 그 모습을 아직 직접 보지 못한 그녀로서도 고야마가 말한 내용과 조합해 봐도 대략 상상이 갔다. 그리고 그건 어쩔 수 없이 방관하는 수밖에 없다고 치더라도, 그런 여자가 데이코에게 어머니라고 부르게 하는 것은 참기 어렵게 치욕적이고 불쾌했다.

"그래서 데이코는 그 사람을 어머니라고 불러요?"

"무슨 말씀을요, 마님. 애기씨는 똑똑하셔서 뭐든지 다 알고 있어요. 아무리 오스마 마님이 '내가 네 엄마다'라고 들려주어도 곧이곧대로 들을 애기씨가 아니니까요."

"그래도 그러면 오스마 씨가 미워할 텐데."

"애기씨가 크면 언젠가는 지금처럼 귀여워해 주지야 않겠지요."

"그렇겠지." 아야코는 깊은 눈빛으로 아이의 얼굴을 응시하고 있었다.

"데이코가 내 이야기는 안 하던가요?"

"가끔이요……그리고 조금 더 크면 어머니 계신 데로 가시겠대요. 그러다가 또 당장에라도 어머니가 되돌아오실 거라고 이야기도 해요……." 오시노는 울먹이는 소리로 말했다. "요즘은 이 정도이지만, 집으로 온 당시에는 아침부터 밤까지 마님이 오시기를 기다린다고 해서 제가 몇 번이나 젊은 나리께 말씀드렸는지 몰라요."

아야코도 코끝이 시큰해져서 손수건으로 눈가를 누르고 있었다.

"그래, 그 사람은 뭐라고 하던가요?"

"젊은 나리는 아무 말 않으시지만 오스마 마님이 애기씨에게 좋지 않은 생각을 불어넣으려고 제대로 된 이야기는 알려주지도 않더라고요. 마님 집이 가난하다는 둥, 마님은 다른 데에 갈 곳이 있어서 애기씨를 버리고 그리 가버렸다는 둥……." 오시노의 목소리는 노기를 띠며 떨렸다. "세상에, 오스마 마님만큼 제멋대로에 돼먹지 못한 여자는 없을 거예요. 저 집에 그냥 두었다가는 애기씨가 너무 가여워질 거예요. 마님, 무슨 일이 있더라도 부디 애기씨만은 데려가 주세요. 그리고 마님 손으로 키워주세요."

"그러게요, 그런 생각도 하고는 있는데." 아야코는 눈물 젖은 목소리로 말했다.

(1921.5.15)

·

제146회

급병(4)

아야코는 지금 당장이라도 데이코를 시마 집 사람들 손에서 되찾고 싶은 마음이었지만, 아무리 그래도 아이의 병 차도가 제일 걱정되었다. 만약 이대로 죽기라도 한다면 어쩌나 싶었다. 회복한다고 해도 퇴원할 때까지는 곁에서 지켜봐 주고 싶었다. 하지만 그것도 시마 집안과 담판을 지어야 가능한 일이었다.

아야코는 그런 생각을 하면서 이제나저제나 데이코가 눈을 뜰까 싶어 그 모습을 보고 있었는데, 자그맣고 가여운 환자는 한번 살짝 몸을 움직이기만 했을 뿐 언제까지고 잠에서 깨어나지 않았다.

갑자기 똑똑 문을 두드리는 소리가 났다.

"누가 온 것 같네요." 아야코는 약간 불안한 표정을 지으며 귀를 세웠다.

동시에 일어나서 입구 쪽으로 간 오시노의 눈앞으로 문이 열리면서 그리로 모습을 드러낸 것은 다쓰에였다.

"어머나, 나리……." 오시노는 예상치 못했던 터라 안절부절했다.

"누가 와 있나 보군." 다쓰에는 안을 들여다보며 말했다.

그 목소리가 아야코의 예민한 귀로 금세 들어왔다. 그 순간 그녀는 자기도 모르게 화들짝 놀랐다. 그리고 뭔가 때가 딱 좋은 듯도, 안 좋은 듯도 한 느낌이 들었다. 여기에서 데이코를 데려가겠다고 부탁하기에 이보다 좋은 기회는 없겠지만, 다쓰에 마음이 예전과 완전히 딴판이 되었다면 이보다 불쾌한 부탁도 없을 터였다.

다쓰에는 불안한 듯, 하지만 뚜벅뚜벅 안으로 들어왔다. 그것을 본 아야코 얼굴에는 금세 곤혹스러운 빛이 떠올랐다. 그리고 그녀는 데이코 곁에서 벌떡 일어나 벽 쪽에 몸을 기대며 다쓰에를 피하는 것도 아니고 맞이하는 것도 아닌 듯한 태도를 보였다.

"누군가 했더니 아야코 당신이었군."

다쓰에는 가만히 그 모습을 바라보며 말했다. 하지만 그 목소리는 예전의 그의 목소리가 아니었다. 거기에는 남남이 된, 헤어진 부부가 된 남녀지간의 싸늘함이 묻어 있었다. "묘한 때에 왔어."

그 말을 듣자 아야코는 가슴이 덜컥 내려앉는 느낌이 들었다. 이미 타인이 되어버린 다쓰에의 입에서 이전과 같은 따스한 말을 들으리라고는 예상하지도 않았지만, 그래도 오랜만에 만나니 무슨 말인가 해 주려니 조금은 기대했었다.

"네, 사실은 데이코가 입원했다는 말을 듣고……."

"오시노 자네가 말했나?" 오시노를 돌아보면서 다소 날이 선 목소리로 그는 말했다.

오시노는 겁먹은 태도를 보이지 않았다. "제가 알렸습니다."

"쓸데없는 짓을 했군." 다쓰에의 말은 다시 아야코 가슴을 서늘하게 찔렀다.

"그렇게 말씀하셔도 애기씨를 가장 걱정하시는 건 역시 마님이시니까……." 오시노는 볼멘 조의 표정을 하고 가만히 있지 않았다.

"이 사람이 데이코를 걱정한다고?" 다쓰에는 비아냥거리듯 코웃음을 쳤다. "과연 그럴까?"

오시노는 한 걸음 앞으로 나섰다. "나리는 왜 또 그렇게 말씀을 하시는 건가요?"

"자네는 모를 거야."

이 때 아야코가 드디어 고개를 들었다.

"허락 없이 저에게 알린 것은 유모가 잘못한 것일지 몰라도, 악의가 있어서 그런 것은 아닙니다. 저에 대한 친절이었으니까요. 유모를 부디 야단치지 말아 주세요……."

"당신한테 그런 지시는 받지 않겠어."

다쓰에의 대답은 얄미울 정도로 냉랭하게 툭툭 내뱉어졌다. 아야코는 자기도 모르게 아랫입술을 살짝 물었다.

'대체 이 사람이 어떻게 된 거지?' 마음속으로 생각했다. '잠깐 사이에 사람이 완전히 변했어.' 이렇게도 생각했다. '이것도 다 그 여자 탓이겠지.' 이렇게 생각하니 묘한 반감이 부글부글 끓어올랐다.

그리고 똑바로 다쓰에를 쳐다보며 입을 열었다.

(1921.5.16)

제147회

모욕(1)

"그야 그러시겠지요. 하지만 제가 지시를 한 게 아니에요."

"뭐 당신과 말다툼하고 싶지는 않군."

다쓰에는 어디까지나 냉정함을 가장하며 말했다. 그것은 대답이라기보다 오히려 상대를 냉소하는 어조였다.

"말다툼할 생각 저도 없어요. 당신에게 부탁드릴 게 하나 있어요.

데이코에 대해서 다시 한번 더 상의를 하고 싶은 게 있어서요."

"그래? 그래서 당신이 온 건가?"

"그런 건 아니지만, 마침 이야기할 기회가 이렇게 생겼으니⋯⋯."

"그래?" 다쓰에는 아야코를 슬쩍 쳐다보았다. "하지만 당신에게 분명히 말해 두는데, 오늘은 달리 어쩔 수 없으니 데이코를 보고 빨리 돌아가도록 해. 하지만 앞으로는 절대 이리로 발길을 해서는 안 돼."

"그건 또 무슨 이유에서지요?"

아야코 쪽에서도 차갑게 반문했다.

"이유? 이유는 나보다 당신이 잘 알 텐데."

아야코는 그게 너무도 이상하다는 식으로 다시 말했다.

"저로서는 그 이유를 이해할 수가 없군요." 고개를 갸웃했다.

그러자 다쓰에는 한층 짜증난다는 말투였다.

"그럼 내가 묻겠는데, 이혼한 다음 당신은 대체 어떻게 살고 있는 거지? 데이코의 어머니로 부끄러움 없을 만큼 올바른 생활을 하고 있나?"

"그럼 제가 가난한 생활을 하기 때문에 데이코 병문안도 와서는 안 된다고 말씀하시는 거예요?" 아야코는 얼굴을 붉혔다. "하지만 그건 어떻게 할 수가 없는 일이에요. 당신이 저희 아버지 같은 가난한 집안 딸과 결혼을 한 거니까요."

"그걸 말하는 게 아니야. 그런 걸 이제 와서 문제 삼는 게 아니라고." 다쓰에는 부르르했다. "당신 품행을 말하는 거야. 당신은 이혼한 다음 과연 나와 데이코에게 부끄럽지 않을 만큼 삼가며 생활했냐는 말이야."

"어째서 당신은 또 그런 질문을 하시는 거예요? 제가 그런 질문에 답을 해야만 할 만큼 품행상 남들에게 이러쿵저러쿵 말을 들어야 하나요?"

"물론이지. 나쁜 소문이 내 귀에까지 들어왔단 말이야." 다쓰에는 뱉어내듯 말했다.

"그래요?" 아야코는 마뜩치 않은 표정을 했다. "그게 어떤 소문인지는 모르겠지만, 당신은 그 이야기를 진실이라 받아들이신 건가요?"

"어떤 믿을 만한 사람에게서 내가 그 이야기를 들었다고. 그리고 지금까지 당신이 해온 경향을 보면 나로서는 믿을 만하다고 생각하는 수밖에 없더군."

"그런가요? 그 점에 관해서는 저도 대략 짚이는 바가 있네요." 아야코는 고야마를 떠올렸지만 오시노의 앞에서 그것을 밝히기가 꺼려졌다. 그래서 이렇게 말을 이었다.

"하지만 그 점에 대해 저는 조금도 거리끼는 바가 없어요. 원래 시라이 씨에게는 내내 여러 가지로 신세를 지고 있고, 지금도 무슨 일이든 의논상대가 되어 주시니까요. 하지만 세간에서 이러쿵저러쿵 비난받을 만한 그런 인격을 지닌 분이 아닙니다. 당신도 그 점은 잘 알고 있을 거예요. 그 점에 대해 이리저리 비난을 하신다면 당신은 지금까지의 자기자신을 배반하는 셈이 되겠지요. 게다가 어쨌든 시라이 씨 인격을 훼손하는 거예요. 그렇게 되면 제가 그 분에게 너무 죄송할 따름이에요."

다쓰에는 그 말을 참을 수 없다는 듯 가로챘다.

"이봐, 나는 당신 입으로 시라이의 변호 따위를 들으려는 게 아니라고."

그의 눈은 이상하게 빛났다. 하지만 아야코는 꼼짝도 하지 않고 여전히 그 자리에 서 있었다.

(1921.5.17)

제148회

모욕(2)

아야코는 그 뒤를 이어 이렇게 말했다.

"아니에요. 저는 변호 같은 걸 하는 게 아닙니다. 그저 당신의 의심을 풀기 위해……."

"이제 됐어." 다쓰에는 큰 소리를 냈다. "어쨌든 당신이 시라이를 경애하고 있다는 건 사실이지."

"존경하는 거예요."

"으음, 그렇겠지. 거기에서 모든 잘못이 시작된 게 아니겠어? 한 집안의 대사를 남인 시라이에게 맡겼기 때문에 가정의 평화도 깨지고 부부가 이혼도 하게 된 거라고."

"그래요?" 아야코는 그런 말을 듣자 마음이 확 내려앉았다. "그건 당신 관점이 좀 잘못된 게 아닐까 싶군요. 그렇게 말씀하신다면 그것도 어쩔 도리가 없지요. 다만 그분의 인격을 위해, 명예를 위해……제가 한 마디……."

"이제 그만, 더 이상은 지긋지긋하다고." 다쓰에는 자못 진절머리가 난다는 듯 말했다. "나는 당신 입에서 시라이의 인격론 따위를 들을 만큼 바보가 아니란 말이야."

"그럼 어떻게 해야 된다는 말이에요?"

"어떻게 해야 되냐고? 내가 알 바 아니지. 이제 와서 당신이 아무리 변명을 한들, 당신이 시라이의 보호 하에 있는 이상 세간에서 비난을 받는 것은 당연하지 않겠어?"

"하지만 그건 당신이 저를 미워해서 너무 지나치게 감정적으로 하는 말이에요." 아야코는 떨어지는 눈물을 닦았다.

"사실대로 말하자면 오히려 제가 당신에게 실컷 원망할 게 많다고요. 하지만 이제 와서 그런 말씀은 드리지 않으렵니다. 저절로 아시게될 날이 올 거니까요……."

"무슨 일이 있다고 해도, 가장 나쁜 건 당신이 시라이와 교제했다는 거야. 당신에게 백 가지 정의가 있었다고 해도 그 단 하나의 일 때문에 모든 것이 다 잘못된 거라고. 그러니 이제 여기에서 나가줘. 더이상 당신과 말하고 싶지 않아."

"네." 아야코는 곧 마음을 다잡았다. "물론 저도 오래 있을 생각은 아니었어요. 하지만 당신과 제 사이가 어떻게 되든 데이코, 이 작고 귀여운 아이는 제 자식이에요. ……누가 뭐라고 하든 제가 낳은 자식임에 틀림없으니까요. 이 아이 아픈 것을 제대로 간호도 못하고 이대로 내버려두고 가버리는 냉정한 짓은 저는 못하겠어요. 아니요⋯⋯."

이 때 다쓰에가 무슨 말을 하려는 것을 아야코는 손짓으로 가로막았다.

"당신이 무슨 말씀을 하시든 저는 데이코가 눈을 뜰 때까지 기다리겠습니다. 당신 눈앞에 있을 수 없다면 병실 밖에 서 있을게요. 오시노도 데이코가 잠에서 깨어난 걸 알려줄 정도의 친절은 충분히 지니고 있으니까요⋯⋯."

"무슨 말을 하는 거야? 진짜 엄마든 뭐든 일단 호적상 이혼을 한 이상 이제 당신은 시마 집안사람이 아니야. 시마 사람이 아니면 더 이상 이 아이의 엄마도 아니라고."

"그건 법률상으로나 그렇겠지요. 하지만 사실은 아주 명백해요. 차디찬 법률, 인간이 만든 냉정한 규칙은, 불문율인 따스한 인정을 좌우할 수 없어요. 어느 세계라도 법률이 인정을 이기는 것은 불가능하다고요. 하물며 부모 자식 간의 사랑은⋯⋯."

"시끄러워!" 다쓰에는 갑자기 큰 소리를 지르며 벌떡 일어섰다. 그리고 아야코를 무섭게 노려보았다. "세상 아는 척하지 마. 그런 바보 같은 논리 따위 듣지 않겠어. 어서 나가라고."

"어머, 나리!" 지금까지 막대처럼 뻣뻣하게 서 있던 오시노가 자기도 모르게 이렇게 외쳤다.

"자네가 상관할 바 아니야." 다쓰에는 험악하게 오시노를 가로막았다.

"그런가요? 그럼 제가 물러가겠습니다." 아야코가 말했다.

(1921.5.18)

제149회

모욕(3)

아까부터 두 사람의 격한 목소리에 놀라 잠에서 깨 있던 데이코는 이때 자기도 모르게 소리 내 울기 시작했으므로, 오시노가 깜짝 놀라 곁으로 다가갔다. 그리고 다정하게 달래주면서 동시에 살짝 이마를 만져보았는데 열이 다시 2, 3도 높아진 것 같았다.

"어, 마님, 애기씨가 다시 열이……." 오시노는 그렇게 말하고 아야코를 불러 세우려 했지만, 그 목소리가 귀에 들리지 않았는지 그녀는 다쓰에에게 쫓겨나듯 문 밖으로 나가버렸다.

"가엽게도 모처럼 어머니가 병문안하러 들어오셨는데." 오시노는 어찌할 바 모르면서도 반쯤은 다쓰에를 원망하듯 말했다. "나리, 애기씨를 좀……." 과감히 다쓰에를 데이코 옆으로 밀어붙이고 자기는 복도까지 아야코를 따라나갔다.

아야코는 밖으로 나오기는 했지만 데이코 우는 소리에 뒷머리가 당기는 듯하여 단호히 그 자리를 떠나지 못했다. 그리로 오시노가 와서 그녀의 옷소매를 잡았다.

"마님, 화가 나시겠지만 부디 애기씨를……잠깐이라도 곁에 있어

주세요. 제발 부탁드릴게요……."

"고마워요, 고마워. 유모 마음은 잘 알고 있어요." 아야코는 눈물을 훔치며 말했다. "나도 어렵게 왔으니 하다못해 한 시간이라도 데이코 곁에 있어 주고 싶었지만, 오늘은 안 되겠어요. 저 사람도 흥분했고 나도 더 이상 말하는 게 싫어요……."

"당연히 그러시겠지요. 하지만 애기씨를 가엽게 생각하신다면……나리도 또 나름대로 생각하시지 않겠어요?" 오시노는 문 안으로 들리도록 말했다. "다른 때와는 경우가 다르지 않냐고요."

"무슨 말을 하는 거야?" 다쓰에가 다시 문밖으로 얼굴을 내밀었다.

"아니에요." 오시노는 목소리를 낮추었다. "나리, 마님이 잘못하신 건 없어요. 그건 모두 나리가 잘못 생각하시는 거라고요."

"뭐라고……?"

"그러니까 그렇게 화를 내시지 말라고요. 설령 마님에게 미심쩍은 바가 있다고 해도 그런 이야기는 또 언제고 말씀하실 수 있는 때가 올 거예요. 지금 애기씨가 이렇게 큰 병에 걸리셨는데 이러시면 너무 가엽지 않으세요? 부디 마님을 애기씨와 만나게 해 주세요. 제 부탁입니다."

"안 돼." 다쓰에는 일언지하에 부정했다. "애초 자네가 잘못했어. 누구 허락을 받고 아야코에게 연락을 했냔 말이야."

"그건 저 혼자 생각이었습니다. 하지만 다른 일과는 성격이 다르니 어머니에게 그 정도 연락은 당연하지 않겠어요? 만약 이러다 애기씨에게 만일의 일이라도 생기면, 제가 마님에게 얼마나 원망을 받겠어요."

"상관없어. 아무도 그것을 자네 책임이라고 하지는 않을 테니까."

"그래도 그렇지가 않습니다. 그건 나리께서 억지를 부리시는 거예요."

"어쨌든 아야코는 데이코의 어머니가 아니니까, 자네도 그렇게 알고 있어……."

"그럼 어떻게 해도 만나게 해 주지 않으시겠다는 건가요?"

"적어도 내가 여기에 있는 동안에는……나는 아야코 얼굴을 보는 것만도 불쾌해."

"이제 됐어요. 제가 그냥 갈게요……." 아야코는 오시노에게 말했다. "그럼 데이코를 잘 좀 부탁해요. 혹여 때가 되면 다시 올 테니까. 나도 저 사람을 만나서 이리저리 말을 듣는 것도 싫으니까요…."

"그럼 저기, 나리도 그렇게 오래 계시지는 않으실 테니……."

"유모……." 데이코의 목소리가 들렸다.

아야코는 가슴을 쥐어뜯는 듯한 심정으로 한동안 그곳을 떠나지 못했다.

(1921.5.19)

제150회

모욕(4)

한 시간 정도 지나면 다쓰에가 갈 거라며 눈짓을 하고 계속 만류하던 오시노를 마음 굳게 먹고 휙 잘라내듯 뒤돌아서 병원을 나온 아야코는, 어질어질 현기증이 날 정도로 흥분해서 자기 발밑을 간신히 내디디며 혼간지(本願寺) 앞 전차 정류장으로 터덜터덜 걸어갔다.

맑게 개인 날이었지만 초겨울 아침답게 밖에는 싸늘한 바람이 불고 있었다. 무거운 발걸음을 질질 끌듯 조용한 쓰키지 거리를 걸으며 아야코는 마음속으로 생각했다.

'이렇게 모욕을 당한 적이 없어. 이런 꼴을 당한 건 생전 처음이야. 저 사람은 대체 어떻게 된 거지? 그 잠깐 사이에 저 사람이 저렇게 변한 건 어떻게 된 걸까? 지금까지 부부싸움이야 했지만 오늘 같은 다쓰에의 모습을 본 건 처음이야. 강해졌다고 해야 하나, 인정을 모르게 되었다고 해야 하나. 너무 냉정한 태도였어. 바로 얼마 전까지 그렇게 딸을 애지중지하던 사람이 갑자기 저렇게 나오다니. 남자란 저렇게 빨리 변덕이 나는 존재인 건가?……'

이리저리 생각하다보니 억울함이 앞서 그녀는 당장에라도 다시 되돌아가서 생각하는 바를 실컷 다 말로 되갚아 주고 싶은 생각이 들 정도였지만, 겨우 마음을 가다듬고 정류장으로 서둘러 갔다.

'그렇다 해도 불쌍한 건 데이코 그 아이야.' 아야코는 또 마음속으로 혼잣말을 했다. 저런 아버지나 오스마 같은 사람에게 둘러싸여 있으면 설령 오시노가 아무리 보호를 한다고 친들 아픈 아이 기분이 활짝 개는 날은 없을 것 같았다. 빨리 완쾌되면 좋겠는데 혹시 만일의 사태가 일어나면 이렇게 어린 아이이니 속만 상할 뿐이고, 죽어도 성불조차 하지 못할 것이라 여겼다. 그렇게 생각하니 데이코가 더욱 불쌍해서, 자신이 설령 더한 모욕을 받는다 해도 상관없으니 다시 되돌아가 하다못해 한마디 다정한 문안의 말이라도 건네주고 싶은 마음에 가슴이 메었다. 오시노를 뿌리치고 나온 것이 너무 이기적으로 행동한 것처럼 느껴졌다. 어머니로서 너무 무정한 처사였던 것처럼 생각이 들어 견딜 수 없었다. 그렇게 생각하니 그녀는 더더욱 뒷머리가 잡아당겨지는 듯한 느낌이 들어 무거운 고개를 들고 뒤로 돌았다. 그러자 어느 샌가 정류장 바로 옆까지 왔다는 것을 알아차렸다.

'내일이라도 다시 가 봐야겠어.' 그렇게 마음속으로 말하고 아야코는 거기 정차해 있던 전차를 탔다.

다행히 전차 안은 비어 있었다. 전차가 덜커덕 하는 기분 나쁜 소리를 내고 곧 움직이기 시작했다.

마침 그녀 건너편에 여섯 살 정도 되는 여자아이를 데리고 혼간지에서 참배라도 하고 집에 돌아가는지, 이제부터 히비야(日比谷) 공원에 데리고 가 주마 말하는 나이 좀 있어 보이는 여자가 문득 눈에 들어왔다. 아야코는 곧바로 데이코를 다시 떠올렸다.

'아까 이후로 어떻게 하고 있으려나? 내가 매정하게 떠나버렸으니 틀림없이 원망하며 울고 있겠지?'

견딜 수 없이 슬픈 생각이 절절하게 그녀 가슴에도 전해졌다. 그리로 차장이 표를 끊으러 왔다.

"나카시부야(中渋谷)까지요." 아야코가 이렇게 말하자 차장은 사쿠라다몬(桜田門) 환승표를 주었다. '어?' 이상해서 방향을 다시 보니 전차 패찰에는 쓰지(辻) 행이라 되어 있어서 어쩔 수 없이 환승해야 했다. 아야코는 아오야마·시부야 행일 것이라고만 생각하고 전차를 잘 못 탔다는 것을 이제야 비로소 깨달았다.

'그래, 나도 히비야에서 내리자. 오랜만에 공원이라도 가서 개운하게 기분전환이나 해야지.' 그렇게 생각하고 아야코는 고민 가득한 눈을 전차밖으로 옮겼다. 전차는 이제 가부키자(歌舞伎座) 앞을 지나고 미하라바시(三原橋) 위를 지났다.

히비야에 오자 아야코는 잠자코 내렸다. 아까 본 모녀도 여기에서 내려 서둘러 서로 손을 잡고 공원 쪽으로 가는 것이었다. 아야코는 거기에 이끌리기라도 하듯 공원 문 쪽으로 걸었다. 그러자 거기에 남동생 다카오가 서 있어서 딱 마주치게 되었다.

"어머나, 다카오!" 아야코는 깜짝 놀라 눈을 크게 떴다. 다카오는 여기에서 시부야 행 전차를 환승하려고 기다리고 있던 참이었다.

"오, 누나, 어디 가요?" 다카오도 보고 싶었다는 듯 다가왔다.

(1921.5.20)

제151회

모욕(5)

"어디 가니, 다카오?" 아야코가 반문했다. "학교는 쉬니?"

"일요일이잖아요."

"아, 맞다!" 아야코는 어색한 듯이 살짝 얼굴을 붉히고 그 근방에 자신을 보고 있는 많은 사람들의 눈에서 시선을 피했다. 일요일인지 뭔지 오늘 아야코에게는 상관없는 일이었다.

다카오는 오랜만에 집을 찾아가려고 일고에서 나와 히비야에서 아오야마·시부야 행 전차를 갈아타기 위해 여기 서서 전차를 기다리고 있었다고 했다. 아야코가 공원으로 들어간다고 하니 그도 전차를 포기하고 같이 걸었다.

공원에는 이미 겨울다운 분위기가 감돌고 있었지만 일요일에다 날씨도 좋아서 사람들이 꽤 많았다. 남매는 문에서 똑바로 들어가 화단 쪽으로 걸었다.

"오랜만이구나. 기숙사에는 이제 적응했니?"

잠자코 화단 입구까지 온 아야코는 그렇게 말하며 나란히 걷는 동생의 기운차 보이는 옆얼굴을 보았다.

"네, 이제 완전히 익숙해졌지요. 재미있어요. 막상 기숙사 들어가 보니."

"그렇겠지. 특히 일고는 모두 멋은 못 부리면서 재미있는 사람들이 많을 테니까."

그런 저런 이야기를 서로 나누었지만 그러다 두 사람의 대화가 잠시 끊겼다. 아야코는 가을의 아쉬움을 담은 쓸쓸한 화단을 보았다. 빨강이나 자주색 서양 화초가 예쁘게 모양이 잡혀 여기저기 피어 있었다.

"그래서 데이코 상태는 어때요?"

다카오는 아까 정류장에서 누이에게 잠깐 들은 데이코 이야기를 떠올리고 물었다. 그 질문을 받자 아야코 얼굴은 다시 어두워졌다.

"상당히 안 좋은가 보네요." 다카오는 누이의 안색이 좋지 않은 데서 그러한 내용을 살피듯 누나의 대답도 기다리지 않고 거푸 물었다.

"그냥 열이, ……나도 곁에 있어 주고 싶었는데, 다쓰에 씨가 와버렸거든……." 아야코는 신중하게 말했다.

"자형(다카오는 아직 그렇게 부른다)이 뭐라고 했어요?"

누이를 위하는 다카오는 진작에 알아차리기는 했지만 조심스럽게, 또한 일종의 반감을 드러내며 낯빛이 좋지 않은 누나 옆얼굴을 가만히 쳐다보았다.

"아니, 별다른 건 없었고……." 아야코는 애매하게 말하며 말끝을 흐렸다. ─ 그녀는 이때 아까 다쓰에에게 받은 모욕 때문에 마음속 분노와 고민을 육친인 동생에게 털어놓고 조금이라도 기분을 털어버리고 싶었지만, 그래도 하찮은 부부싸움 따위를 진지한 동생에게 이야기하는 것도 옳지 않다는 생각이 들어 입 밖에 내기를 주저했다. 그런 말을 해서 이 순진한 청년 마음을 어지럽히지 말아야겠다고 생각했다.

"누나, 저쪽으로 가요." 화단 오른쪽으로 쭉 들어가서 건너편으로 가더니 다카오는 누이를 재촉해서 거기 벤치에 앉았다. 앞에는 작은 겨울국화가 쪼로록 예쁘게 피어 있었다. 아까 아야코가 전차에서 본 중년 여성도 근처에 와서 딸아이를 놀게 했다. 아까도 아야코를 힐끔힐끔 쳐다보았는데, 여기에서도 또 무슨 뜻이 있어 보이는 눈길을 주었으므로 아야코는 내심 불쾌한 기분이 들었다.

"공원도 이제 곧 황량해지겠네." 혼잣말처럼 다카오가 말을 한 그 순간 갑자기 자동차 펌프의 시끄러운 소리가 나면서 근처 경시청의 망루에서 종소리가 울려 퍼졌다.

"아, 불이 났다." 다카오는 벌떡 일어났다.

"어디지?" 아야코도 불안한 눈빛이었다.

"물어보고 올게요, 파출소에."

그렇게 말하고 다카오는 운동장 쪽으로 달려갔다.

"어딘가요?" 아까부터 말을 걸고 싶어 하던 그 여자가 그렇게 아야코에게 말을 걸었다.

"글쎄요, 어디일까요?"

아야코는 슬쩍 쳐다보기만 하고 동생이 달려간 쪽을 가만히 쳐다보고 있었다. 다카오는 금방 다시 뛰어왔다.

"쓰키지래요, 누나!"

"뭐?" 아야코는 순간 가슴이 철렁했다.

"데이코 병원이 몇 번지였어요? 삼번지라고요? 그럼 큰일이에요. 불이 난 게 거기래요."

"어머나!" 아야코는 안색이 바뀌었다. "미안하지만 곧바로 가서 좀 봐줄래? 나도 지금 뒤따라 갈 테니까……."

"네, 그럼 내가 먼저 갈게요……." 그 말을 남기고 다카오는 출구 쪽으로 다시 뛰어갔다.

"아, 그러면 혹시 당신이?" 아야코가 곧바로 동생 뒤를 쫓으려고 하자 아까 그 여자가 갑자기 다가와 그녀를 불러 세웠다.

(1921.5.21)

제152회

어떤 여자⑴

불쾌하게 여겼던, 생전 처음 보는 서른 정도 된 듯한 여자가 불러서 아야코는 가벼운 놀라움을 느끼며 돌아보았다.

"지금 부르신 게 저인가요?"

약간 으스스한 기분이 들면서 아야코는 예민해졌다.

여자는 갑자기 애교 섞인 웃음을 얼굴에 지으며 성큼성큼 다가와 정중하게 인사를 했다.

"네, 실례합니다……." 약간 얼굴을 붉혔다. "제가 착각한 거면 용서하시고요. 당신이 혹시 고지마치 시마 집안의 마님이신가요?" 그녀는 길게 찢어진 눈으로 조심스럽게 올려보았다.

"네." 아야코는 얼떨결에 긍정을 해버렸다. "누구신지요?"

"아, 역시 그러셨군요. 저도 아까부터 이야기하는 투나 얼굴을 보고 그러지 않으실까 생각하고 있었습니다." 여자는 점점 더 아는 체를 하는 말투였다. "저를 아실 거 같은데, 예전에 시마 어르신과 연고가 있던 사람입니다. 지금은 그 집에 드나들지 않지만……."

이 여자가 바로 오노부로, 예전에 시마 집안의 하녀로 일하던 때 주인의 아이를 배어 부모에게 돌아간 후로 다시 시마 집안에는 출입하지 않게 되었다는 바로 그 여자였다. 꽤 이전에 오스마와 다쓰에가 양관에서 밤에 여러 이야기를 하던 중에 오레이라는 이 여자 어머니 이야기가 불쑥 오스마 입에서 나오는 바람에 다쓰에를 곤란하게 만든 적이 있었던 그 당사자다. 그런데 오노부가 하녀로 일한 적이 있다는 것만 밝히고 한 번 아야코를 저택에서 본 적이 있다면서 여러 가지를 캐물으려고 했으므로, 아야코는 다소 성가시게 되었다.

"저기, 어떤 볼일인지 모르겠지만 제가 지금은 시마 집안사람이 아니라서……." 이렇게 에둘러 말하고 헤어진 다음 한시라도 빨리 쓰키지 병원으로 가려고 마음만 초조했다. 경시청 망루에서 울리는 경종 소리는 이제 그쳤지만, 시바(芝) 쪽에서 달려와 공원 앞을 오른쪽 긴자 방향으로 달려가는 다른 자동차 펌프의 소음을 듣고 아야코는 한층 더 정신이 아득해졌다.

"아, 그러셨군요. 그것참 뭐라고 말씀을 드려야 할지……." 표면으로는 가엾다는 듯한 태도였다. "따님이 계셨지요?" 오노부는 집요하게 질문의 끈을 놓지 않았다.

"네, 그 아이가 지금 급병으로 입원해 있어서요……." 그렇게 말했지만 아야코는 상대가 너무 자기의 화급한 상황과 걱정에 무관심한 태도여서 조금 화가 났다. "저기, 저에게 무슨 볼일이라도 있나요?……"

"네, ……아니에요, 특별히 볼일이라고 할 정도의 일은 아니지만, 신기하게 이런 곳에서 뵙게 되어서……문득 옛날 생각도 나고요……." 오노부는 아야코와 자기 둘 사이에 심리적으로 간격을 두지 않는 듯한 태도였다. "따님이 입원을 하셨다니 몹시 걱정이 되시겠어요."

"네, 고마워요. 어쨌든 지금 제가 그 아이 옆에 있어주지 못해서요." 아야코는 이렇게 되니 더 이상 그냥 휙 자리를 뜰 수 없게 되어 적당히 장단을 맞춰주었다. 하지만 속마음은 이 여자를 상대하고 있을 수 없었다. 데이코의 병원은 어떻게 되었을까? 거기에는 비상선이 깔려 있을 테니 다카오는 병원으로 들어갔겠지? 그런 생각이 잇따라 아야코 머릿속을 오갔다.

"저기, 젊은 나리……다쓰에 나리는 그럼 그 후로 혼자이신 건가요?" 오노부의 질문은 꽤나 숨은 뜻이 있어 보였다.

"네, 아직 혼자겠지요."

"그분께도 여러 비밀이 있으니까요." 오노부는 물끄러미 아야코 얼굴을 쳐다보았다. "당신이 정말 가엽네요."

"네?" 아야코는 자기도 모르게 놀란 목소리를 냈다.

"아무것도 모르시지요? 제가 모든 이야기를 해 드릴게요." 그렇게 말하며 오노부는 아야코에게 벤치에 앉자고 권했다.

(1921.5.22)

제153회

어떤 여자(2)

"엄마, 아직이야? 저쪽으로 가자." 근처를 뛰어 돌아다니며 놀던 오노부의 딸은 어머니가 오랫동안 모르는 사람과 서서 이야기를 하는 것에 지쳐 안절부절 못하고 불평스럽게 말했다. 아까 전차 안에서 잠깐 쳐다보았던 아야코도 지금은 다른 일로 가슴이 메어져 이 아이에 대해서는 어르는 말 한 마디 할 기분도 들지 않았다.

"조금만 더 놀고 있으렴. 착하지. 금방 엄마가 같이 가 줄게." 그렇게 말하며 자기 아이를 곁에서 떨어지게 한 오노부는 억지로 아야코를 벤치에 앉히고 자기도 그 옆자리에 앉았다. "제가 시마 나리 댁으로 다닌 게 벌써 7, 8년이나 전의 일이네요. 딱 스물 한두 살이었지요. 젊은 나리가 저보다 세 살 위셨어요. 아시는 바처럼 그 시절에는 이미 큰 마님이 계시지 않은 상태였고, 저는 주로 젊은 나리의 심부름을 했었지요. 큰 나리에게는 따로 연배가 좀 있는 하녀들이 곁에 있었지만, 어찌된 셈인지 큰 나리께서는 저만 부르셨어요. 젊은 나리는 그 무렵까지만 해도 정말 젊은 도련님 풍의 좋은 분이었지요. 저를 잘 봐주셔서 많이 후원해 주셨어요."

여기까지 말하더니 오노부는 당시를 떠올리듯 붙임성 좋은 표정을 지으며 살짝 얼굴을 붉혔다.

"마님 앞에서 이런 말씀을 드리는 것은 정말 부끄러울 따름이기는 하지만, 그래도 말씀드리지 않으면 모르실 테니……. 젊은 사람들 사이였다고 말씀드리면 충분히 이해하실까요? 옛일이니 만사 다 헤아려주시기 바랍니다. ……저는 결국 젊은 나리와 비밀을 지켜야 하는 신세가 되었어요. 그래도 그건 이른바 어린애들 같은 약속이어서 특별히 어떻다 저떻다 한 일도 없었던 말뿐인 약속이었지만, 결국 숨기기보다는 드러날 이야기라 큰 나리 귀에 들어갔던 거예요. 곁에서 모시던 하녀가 있는 일 없는 일 모조리 큰 나리께 일러바친 것을 나중에 알았는데, 저희는 그 일로 몹시 걱정을 했지요. 특히 젊은 나리의 걱정이 이만저만 아니었어요. 큰 나리 앞에 불려가서 얼마나 야단을 맞을지, 저는 그 때문에 틀림없이 해고를 당할 거라고 각오했을 정도였어요. 그런데 웬걸요, 야단맞으리라는 생각과 달리 큰 나리는 도리어 그 이후 제게 더 상냥히 대해 주시더군요. 저는 정말 의외였습니다. 그리고 어쩐지 기분도 으스스했고요.……"

오노부는 주위를 둘러보며 목소리를 잔뜩 낮추어 말했다. "하지만 그게 다 큰 나리에게 꿍꿍이가 있으셨던 거예요. 저희 일은 그냥 그렇게 끝난 게 아니었어요. 이어서 무슨 일인 일어날 수밖에 없었지요. 큰 나리에게 약점을 잡힌 저는 결국 함정에 걸려든 거예요. 그 이후로 큰 나리는 저를 마음대로 하셨으니까요." 오노부는 다시 얼굴을 붉혔다.

아야코는 너무 놀란 나머지 "어머!"하는 소리밖에 내지 못하고 잠자코 듣고 있었다. 하지만 얼굴은 일종의 분노 때문에 살짝 창백하게 질린 상태로 흥분했다.

"그 이후 부자간의 갈등은 말도 못할 정도로 노골적이었지요. 저는 젊은 나리의 마음도 이해가 되고 또 책망도 당했기 때문에 적절히 저 혼자 처신 방법을 결정하고 끝낼 생각이었어요. 하지만 나리 부자와 돈 관계가 얽히는 바람에 그 집에서 나오지도 못하고 질질 끌게 되었지요. ……아, 그게 무슨 꼴이었단 말인가요! 차라리 저를 비웃으세요.……그러다 다른 하녀들과의 관계도 있고 도저히 그대로 지낼 수 없어서 저는 마침내 스스로 물러나기로 결심했지요. 하지만 그때는 이미 늦었던 거예요. 제가 임신을 해 버렸거든요."

"어머나!" 아야코는 겨우 그 말만 하고 침을 꼴깍 삼켰다.

"마님! 아직 놀랄 일이 더 있어요." 오노부는 바짝 다가와 아야코의 아름다운 옆얼굴을 들여다보았다.

(1921.5.24)

제154회

어떤 여자(3)

"세상에 이런 일이 또 있을까요? 마님, 아마 놀라실 거예요. 정말 입에 담기도 무서운 일입니다. 모든 건 제가 잘못한 일이지요. 제가 용기가 없었기 때문이에요. ……피가 이어진 사이는 아니지만 그래도 부자지간인데 그런 일로 다투다니 생각만 해도 소름이 끼쳐요." 말은 그렇게 해도 오노부는 이제 와서 그런 도의상의 관념 같은 것은 많이 사라진 듯 표정은 완전히 태연했다.

"마님, 그것만이 아니에요. 놀라지 마세요. 제가 가진 아이 아버지가 젊은 나리라고 모두들 알게 되어 버린 거지요. 제가 그 이야기를 나중에 저의 집에 몸을 풀러 갔다가 듣고 정말 얼마나 울었는지 몰라요. 그리고 젊은 나리에게 진심으로 죄송했어요. 아니에요, 그건 큰 나리가 아무리 무슨 말씀을 하셔도 젊은 나리가 아니었어요. 그건 신이 아니면 당사자인 저만 아는 일이지요. 오로지 저만 기억하는 일이에요. 큰 나리가 젊은 나리에게 완전히 누명을 씌워버린 거예요."

"……." 아야코는 자꾸 이어지면서 더욱 기괴해지는 오노부의 고백에 더 이상 말대꾸를 할 기력도 없어서 어두운 침묵에 빠져버렸다. 오노부는 계속 말을 이었다.

"젊은 나리가 그런 짓을 하실 분이 아닌 건 제가 잘 알고 있어요. 저와 젊은 나리 사이는 비밀이라고는 해도 정말 순진하고 어린애 같은 것이었지, 그런 문제가 일어날 턱이 없는 거였지요. 젊은 나리는 잘 아시는 것처럼 좋은 분이고 옛날부터 소심하셨어요. 오히려 겁이 많은 편이었으니 만약 제가 적극적이었어도 그런 일은 생기지 않았을 거예요. 그랬는데 어째서 큰 나리는 그런 누명을 씌우신 건지. 그러다 그 이유는 나중에 알게 되었지요. 알고 보니 모든 게 돈 문제였어요. 나잇값도 못하고 본인이 그럴 만한 상대라고 여겼던 거죠. 게다가 많은 고용인이나 세간의 체면도 있는데 또 돈으로 해결하려니 아깝기도 하고 큰일이어서 그런 일은 세상 물정 도가 튼 분이라, 멋도 모르는 젊은 사람들끼리 혈기에 저질러 버린 일이라고 해 버린 거예요. 원래 젊은 나리는 그런 건 전혀 모르셨어요. 그런 만큼 더 가엾어서 보고 있을 수가 없더군요."

그렇게 말하고 오노부는 후 깊은 한숨을 내쉬었다. 아야코는 경직되었다. 무슨 말을 해야 좋을지, 알 수 없게 되었다. 불쾌한 표정은 점점 더 그녀 얼굴에 퍼져갔다. 느닷없는 사람을 만나 느닷없는 이야기를 들었다는 느낌이었다. 모르고 지내는 게 얼마나 편했을까 싶었다. 그리고 한편으로는 또 다쓰에의 과거의 비밀을 알게 되니 왠지 보복이라도 한 느낌이 들었다. 시라이와 자기 일에 관해 그렇게나 힐문하고 모욕을 하던 당사자도, 이미 이런 일이 과거에 있었던 게 아닌

가. 잊고 있을지도 모르지만 어쨌든 나만 탓할 수도 없는 노릇이었다. ……그렇게 생각하니 아야코는 다쓰에의 어눌함이 미워졌다. 그와 동시에 그런 줄도 모르고 지금까지 5, 6년이나 같이 살았던 자기 결혼 생활이 송두리째 배신당한 듯한 느낌도 들어서 그녀는 새삼 화가 났다. — 복잡한 감정이 소용돌이치며 아야코 머릿속을 휘집었다.

"그래서 뱃속 아이는요?……"

한동안의 침묵 뒤에 아야코는 물었다.

이제 그런 이야기는 말아야겠다고 생각했지만, 일단 듣게 되었으니 그냥 내버려둘 수도 없었다.

"달을 다 채우지 못하고 태어났는데 곧 죽었어요. ……결국 그 편이 양쪽에 다 이로웠지요." 그 아이 일은 이제 떠오르지도 않는다는 식으로 아무렇게나 내뱉은 오노부는 다시 이런 이야기를 꺼냈다.

"참, 마님, 젊은 나리와 지금 큰 마님……오스마 씨와는 남매사이라고 하던데 알아요?"

"네?" 아야코는 자기 귀를 의심하며 반문했다. "뭐라고요?"

근처에 있던 사람들이 남의 일에 관심이라도 있는지 슬쩍 이쪽을 돌아보았다.

(1921.5.25)

제155회

"오스마 씨와 젊은 나리는 어머니가 다르지만 실제 남매라고 하더 군요."

왜 이 이야기에 그렇게 아야코가 놀라는지 너무 이상하다는 듯한 표정으로 오노부는 거듭 같은 내용을 대답했다.

"그래요? 그게 정말이에요?"

아야코는 아직도 믿을 수 없다는 표정을 지었다. 마음이 반신반의 의 영역을 오갔다.

아까 오노부가 '피야 통하지 않지만 부자지간에 그런 일로 다투다 니……' 하던 것이 지금 새삼 의미를 지니며 떠올랐다. 그때는 미처 깨닫지 못하고 흘려들었던 그 말이 지금 아야코 뇌리에 이상한 충격 으로 울렸다.

그때 자신은 그 이야기를 듣고도 왜 놓쳤을까? 그렇다 쳐도 그게 정말이기는 할까? 오스마와 다쓰에가 남매? 분페이와 다쓰에가 친 부모자식간이 아니라고?……아야코는 뭐라고 해야 할지 몰랐다.

"하지만 다쓰에 씨는 버젓이 시마 가문의 장남으로 호적에 들어가 있어요." 아야코는 자기가 적을 올릴 때의 호적등본을 떠올리며 그렇 게 반문했다. "그런데 어째서 친 부자지간이 아니라는 거예요?"

"호적에는 어떻게 되어 있던가요? 저는 모르지만요." 오노부는 태 연했다. "원래 다쓰에 나리는 이전 마님의 자식이 아니라 그 마님이 상당히 뒤를 봐주던 어떤 여자의 아이를 낳자마자 곧바로 데려온 거라고 하더군요. 그 여자는 뭔가 어쩔 수 없는 사정이 있어서 자기 손으로 키울 수 없었다고 했어요."

"아." 아야코는 망연히 대답했다. "자세한 건 저도 모르지만 그 여자가 아마 게이샤 출신이라나 봐요." 오노부는 모든 것을 납득한 얼굴로 말했다. "오스마 씨의 아버지라는 분도 역시 다쓰에 나리의 친아버지, 그러니까 다쓰에 나리의 어머니 전남편과, 오스마 씨의 어머니 남편이 동일인이라는 거지요. ……지금 오스마 씨의 아버지는 친아버지가 아니라서, 오스마 씨와 다쓰에 나리가 남매이기는 해도 피가 이어지지는 않은 사이라고 말하는 사람도 있어요. 어느 쪽이 진실인지는 몰라도 어쨌든 완전히 남남이 아니라는 것과 다쓰에 나리가 큰 나리의 친자식이 아니라는 것만은 사실이지요. 저희 어머니가 오스마 씨 어머니에게서 직접 들었거든요. ……인연이라는 게 정말 이상하지요."

"그런 건가요?" 아야코는 비로소 내막을 알았다는 듯 차분해졌다. "처음 들었어요. 이상하다면 이상하네요. 저로서는 정말이지 너무 이상한 기분이 들어요."

"아마 그야 그러시겠지요." 오노부는 애매한 답변을 했다.

"저희야 특별히 그것을 방패삼아 어떻게 해보려고 한 것도 아니지만, 중매를 선 사람이 여러 가지 일을 처리하던 사람이라, 결국 며느리로 들어갈 길도 막히고 모든 게 차디찬 돈으로 해결되어 버렸어요. 그래도 마님이 시집을 오시고 나서도 그 집에 한두 번 찾아가기도 했고, 어머니는 바로 얼마 전까지 오스마 씨 어머니의 볼일로 몰래 오스마 씨를 만났어요. 오스마 씨는 전혀 못 알아볼 정도로 훌륭하게 변했다고 하더군요. 꽤 출세를 한 셈이에요. 어머니가 그런 이야기를 하며 부러워했어요. 그래도 이게 다 그 사람의 운이자 불운이기도 하니까요……."

"그렇네요." 아야코는 더 이상 이 여자를 상대하고 있을 수가 없어서 적절한 때를 보아 말했다. "그와 관련된 이야기를 또 들려주시려거든 집에 한 번 들리세요. 저는 이제 실례해야겠어요." 아야코는 시부야 집을 가르쳐주면서 벤치에서 일어섰다.

"어머, 마음 초조하실 때 무리하게 붙잡아서 정말 실례가 많았습니다. 부디 살펴 가시고……."

그 말을 듣는 둥 마는 둥 아야코는 서둘러 공원을 나서서 거기에 손님을 기다리던 인력거를 탔다. 스키야바시(数寄屋橋) 근처로 오니 약간 오른쪽 편에서 뭉게뭉게 피어오르는 검은 연기가 보였다. 아야코는 다시 가슴이 두근거렸다.

(1921.5.26)

제156회

화염 속(1)

"어머, 엄청난 연기야." 인력거 위에서 아야코는 자기도 모르게 소리를 높이며 허탈한 목소리로 말했다.

"꽤나 큰 불이 났군요, 이거." 인파 속을 통과해 달리던 인력거꾼도 얼굴을 들며 말했다. "이런 상태면 가까이 못 갈지도 모르겠습니다." 인력거꾼은 융통성을 발휘해 전찻길의 혼잡함을 피해 오른쪽으로 꺾어졌다.

세이요켄(精養軒) 앞의 우네메하시(釆女橋) 아래쪽으로 나왔을 때, 그 일대는 이미 사람들로 가득했고 비상선 때문에 다리는 건널 수 없었다. 크고 무서운 화염이 아야코의 바로 앞까지 다가왔다. 불이 난 곳은 어시장 같았다. 그게 어딘지 물을 새도 없이 그녀는 벌써 가슴이 찢어질 만큼 놀랐다. 인력거에서 가만히 있을 수가 없을 정도로 그녀는 너무 초조했다.

"마님, 하라구치 병원이라는데요." 인력거를 세운 인력거꾼이 손님 마음도 모르고 아야코를 돌아보며 그렇게 말했다.

"아, 역시!!" 제발 아니기를 간절히 기도한 보람도 없이 불이 시작된 곳은 역시 그 병원이었다. '아아, 이게 무슨 일인가. 바로 한 시간 정도 전에 거기에서 나왔을 뿐인데, 이미 그 병원은 불에 타 흔적도 없이 재가 되었다니!' 아야코는 전혀 생각지도 못한 이 사고 앞에 가슴이 탁 막혀 버려 말이 나오지 않을 정도였다.

"데이코는 어떻게 되었지? 데이코! 데이코!" 그녀는 연거푸 외쳐 댔다. "이런 데에서 머뭇머뭇하고 있을 때가 아니야. 빨리 아이 안부를 확인해야 해." 아야코는 인력거꾼을 재촉하여 어시장 건너편으로 가고자 했다.

하지만 군중들은 시시각각 수가 불어나기만 했으며 세이요켄 앞은 도저히 통과할 수가 없었다. 불길은 점점 더 크고 높게 번졌다. 시뻘건 불꽃은 소용돌이처럼 춤추고 있었다. 불꽃이 이 근처까지 어지럽게 날아왔다. 구경꾼들은 저마다 신통치 않은 이야기를 나누며 타인의 재난을 흥미롭다는 듯 쳐다보고 있었다.

거기에서 뒤로 되돌아가 가부키자 옆 전찻길로 나서자 그곳은 한층 더 혼잡했다. 인력거는 잠시 거기에서 우왕좌왕해야 했다. 아야코는 군중의 눈이 일제히 자기에게 쏠리는 것도 개의치 않는 양 그저 빨리 데이코의 안부를 알고 싶다는 일념으로 머릿속이 꽉 찼다. 누가 거기에 있는지 판별도 할 수 없을 만큼 그녀는 완전히 흥분해 있었다.

겨우 군중을 뚫고 나와 건너편 길로 들어서자 그제서야 아야코는 한숨을 돌렸다. "하지만 이리로 와서 다음에 어디로 가야 하는 거지?" 아야코는 인력거 위에서 멈춰서 어찌할 바를 몰랐다. 그 순간 뒤쪽에 자기를 부르는 목소리가 들렸다.

"누나, 누나, 어디 가요?"

"아!" 돌아보니 그것은 동생 다카오였다. "어머나, 다카오!" 아야코는 눈가가 갑자기 뜨거워지는 것을 느꼈다. 눈물이 줄줄 흘렀다.

"그 병원이라던데!"

"네, 그런데요." 다카오는 달려왔다. "입원환자는 모두 무사히 피난했대요. 내가 다 듣고 왔어요. 쓰키지 1번지의 요시미(吉見) 병원 신토미자(新富座)래요. 나는 누나가 아직 안 오기에 여태 공원에 있는 줄 알고 곧바로 되돌아가려던 참이에요. ……데이코는 아마 요시미 병원에 있을 거예요. 자, 가요."

"그래 ― 무사하겠지?" 아야코는 겨우 한숨을 내쉴 수 있었다. "그럼 아저씨, 요시미 병원 쪽으로 가 주세요."

인력거꾼은 발걸음을 옮겼다. 다카오는 그 뒤를 서둘러 따라왔다. 쓰키지 다리 쪽으로 오니 그 부근도 사람들로 붐볐다.

요시미 병원의 현관은 그 이상으로 혼잡했다. 현관 접수하는 곳에 이리로 옮겨져 수용된 환자들의 이름 속에서 시마 데이코의 이름을 발견한 아야코와 다카오는 서둘러 병실로 올라갔다. 그리고 그리 나온 간호부에게 물어보아 긴 복도를 계속 안으로 들어갔다. 막다른 곳에서 오른쪽으로 꺾어지자마자 아야코는 모퉁이에서 딱 하고 시라이와 부딪힐 뻔했다.

"어머, 시라이 씨!" 아야코는 뻣뻣하게 섰다.

"오오, 아야코 씨군요!" 시라이도 의외라는 듯 눈을 크게 떴다. "다카오 군도 같이! 무슨 일입니까?"

(1921.5.27)

제157회

화염 속(2)

황망하게 많은 사람들이 왕래하는 복도인 데다가 빨리 아이 안부를 확인하고 싶다는 일념으로 머릿속이 가득했던 아야코는 이 때 시라이를 만난 것이 몹시 기뻤지만, 도저히 서서 오래 이야기할 수는 없

새벽 441

었다. 그래서 데이코가 급병으로 입원한 일부터 이리로 달려오게 된 일만 대략적으로 이야기하고, 두 사람은 나중에 다시 만나기로 이야기한 다음 오른쪽 왼쪽으로 헤어졌다. 시라이도 역시 자신을 지금 회사로 초빙해 준 중역의 아이가 하라구치 병원에 입원해 있었기 때문에 오늘아침 불이 난 것을 알고 마루노우치(丸ノ内)의 회사에서 곧바로 자동차를 타고 다른 동료와 같이 병문안을 왔다고 간추려 이야기했다.

"저도 나중에 문안 가겠습니다." 시라이는 헤어질 무렵 그렇게 이야기했다.

아야코는 다카오를 재촉해서 황급히 알려준 데이코 병실로 갔다. 아래층의 꽤 넓은 병실이었지만 한꺼번에 환자를 몇 명이나 수용하고 있고, 간병하는 사람이나 문안을 온 사람들로 거의 꽉 차 있었다. 환자가 모두 어린아이들인 만큼 그 혼잡과 소란스러움은 여간 아니었다. 개중에는 이번 화재 때문에 상당히 용태가 급변했지만 그래도 이리올 수밖에 없었는지, 어머니로 보이는 여자의 울음소리마저 그 혼란 속에 섞여 들렸다. 아야코는 쿵 가슴이 내려앉았다. 그녀도 어떤 불길한 예감에 사로잡혀 무아지경으로 인파를 헤치며 안으로 들어갔다.

"아, 마님!" 창가에 붙은 병상 옆에 서 있던 오시노는 재빨리 아야코를 알아보고 그렇게 불렀다.

"오오, 걱정했어요. 어때요?" 아야코는 병상에 바짝 다가갔다. 다카오도 그리로 불안해 보이는 얼굴을 하고 다가왔다. 오시노는 벌써 눈에 눈물이 가득 고여 감사의 뜻이 담긴 인사로 그를 맞았다. 어머니 말소리가 귀에 들렸는지 지금까지 꾸벅꾸벅 졸고 있던 데이코가 힘없이 눈을 떴다.

"아, 어머니!" 그 목소리는 흥분 때문에 들떠 있었다.

"오오, 데이코!" 아야코는 와락 환자를 위에서 덮기라도 하듯 그 귀여운 뺨에 입을 맞추었다. 두 눈에서는 뜨거운 눈물이 뚝뚝 흘렀다. 오시노도 윗옷 소맷부리를 눈에 댔다. 다카오 역시 눈물 그득한 눈을 꿈벅였다.

"기분은 어떠니? 힘들었어?" 아야코는 겨우 눈물에 젖은 얼굴을 들었다. "아까는 말도 없이 돌아가서 슬펐지? 용서해 주렴! 용서해 줘!" 그렇게 말하더니 그녀는 자기 말에 새삼 눈물이 샘솟아 다시 흑흑 흰 모포 위에 엎드려 울었다. 오시노도 훌쩍였다.

혼란의 와중에 여기에서도 또 침울한 비극이 펼쳐졌다. 다카오는 그것을 달래보려고 환자 곁으로 바짝 다가왔다.

"데이코, 어떠니? 외삼촌도 문안 왔단다." 이전처럼 친하게 그는 작은 환자의 헤쓱해진 얼굴을 보았다. 아야코는 그 말을 듣고 힘을 얻은 듯 기운을 냈다.

"자, 데이코, 외삼촌이야. 네가 좋아하는 외삼촌도 와 주었네. 빨리 나아야지. 또 외삼촌하고 도깨비놀이도 하며 놀자꾸나."

"외삼촌, 고맙습니다!" 데이코는 그렇게 말하고 끄덕이는 모습을 보였다.

"그 이후 딱히 별다른 일은 없었어요?" 아야코는 돌아보며 오시노를 쳐다보았다.

"대체 어떻게 된 일이에요? 그 화재는?"

"살면서 제가 이렇게 놀랐던 적이 없네요." 오시노는 두려웠던 사건에 대해 아직도 마음이 두근거리는 듯 화재의 전말을 간단히 이야기했다.

화재가 난 곳은 이층이었고 데이코의 병실 근처였기 때문에 더 놀랐지만, 그 대신 곧바로 화재소식을 알 수 있어서 다쓰에는 간호부를 부를 새도 없이 데이코를 안아들고 자기 귀가를 기다리던 집 자동차에 태웠다. 오시노도 손에 잡히는 물건을 약간 챙겨서 같이 탔다. 그리고 곁에 있던 간호사가 와서 병상 부근의 물건은 대략 가지고 나와 주었다. 요시미 병원으로 피난하라고 한 것은 병원장이 모두에게 내린 명령으로, 그 말을 듣자마자 다쓰에는 곧바로 이리 자동차를 달리게 했다.

"그런 식으로 여기 오게 되어서 어쨌든 애기씨가 제일 먼저 도착했어요. 정말 젊은 나리가 계셔서 얼마나 든든하고 다행이었는지 몰라요!" 그렇게 말하며 오시노는 후하고 안도의 한숨을 내쉬었다.

"그랬군요." 아야코도 안심했지만 문득 다쓰에의 모습이 보이지 않는 것을 알아차렸다.

"그 사람은 어디 갔어요?"

(1921.5.28)

제158회

화염 속⑶

갑자기 발생한 화재로 급히 병상을 옮기게 되었으므로 데이코 용태를 걱정한 다쓰에는 곧바로 하라구치 병원으로 되돌아가 의사의 왕진을 요구하려고 했다. 하지만 병원은 그럴 상황이 아닌 듯 일대 혼란을 겪고 있어서 그 병원 의사의 손을 빌릴 수 없는 상황이었으므로, 그는 어느 지인 의사를 데려오겠다며 곧바로 자동차를 달리게 했던 것이다.

"어디로 가셨을까요? 아직 돌아오시지를 않네요." 오시노는 그렇게 말하고 걱정스러운 듯 데이코 얼굴을 쳐다보았다.

"아, 그렇군요." 아야코는 가만히 아이 얼굴에 손을 대어 보았다. "그래도 열이 없는 것 같아요. 언뜻 보기에는."

"네, 상당히 심해지는 게 아닐지 걱정했지만, 다행히 그러지는 않는 모양이에요."

"대체 어디에서 화재가 난 걸까요?" 다카오는 아직 화재가 신경 쓰인다는 식으로 오시노에게 물었다.

"뭐라더라, 사람들 이야기로는 무슨 흡입기가 뒤집혔다든가 하던데요."

"어머, 어떻게 된 일이지?"

아야코는 새삼스럽게 다시 놀란 눈을 크게 떴다. "그래도 낮이라 그나마 다행이었어요. 만약 밤이었다고 해 봐요. 더 큰일났을 거예요."

"정말 그래요, 마님." 오시노는 몸을 부르르 떨었다. "만약 이게 밤이었다면······생각하는 것만으로도 소름이 끼치네요."

"정말이에요." 다카오도 동감하며 말했다.

"병원은 다 타서 무너졌지만 그 옆 건물은 반 정도 타고 말았다는 모양이에요. 어쨌든 큰일이었어요." 그렇게 병실 한구석에서 사람 목소리가 났다. 화재 현장에서 온 사람인 듯했다. 그러자 자동차 펌프가 근처 쓰키지 다리를 건너 돌아오는 듯한 소음이 아야코 일행의 귀에 들어왔다.

"기분은 괜찮니?" 아야코는 다시 아이 얼굴을 들여다보았다.

"네." 데이코는 동그란 눈으로 물끄러미 어머니를 올려보았다.

"어머니, 이제 아무데도 가지 말고 제 옆에 있어 주세요. 네?"

"그래, 그래, 아무데도 가지 않으마. 엄마가 곁에 있을게. 마음 굳게 하고 빨리 낫자꾸나. 응? 알았지?"

"어머니, 나 나을까요? 병이?" 데이코는 슬픈 눈빛을 했다.

"어머, 데이코 무슨 말을 하는 거니?" 아야코는 얼굴을 바짝 댔다.

"나쁜 일은 절대 절대 없어. 그 정도 아픈 건 아무 것도 아니란다. 그럼 그럼, 가볍고 가벼운 사소한 병인 걸. 낫고말고. 이제 금방 집으로 갈 수 있을 거야. 그렇지요? 유모!"

"네네, 그렇고말고요. 애기씨 이 정도 병은 금방 잊어버릴 만큼 나을 거예요. 어머니가 이렇게 딱 붙어 계시니까요. 게다가 외삼촌도 이렇게 문안을 와 주셨고요. 빨리 좋아져서 어머니 집에 놀러 가요, 네?"

"어머니." 데이코는 힘없는 낮은 목소리를 부러 올리며 말했다.

"나 나아서 집에 가도 어머니는 돌아오지 않는 거예요?"

"어머, 데이코!" 아야코는 벌써부터 가슴이 메어 다음 말이 나오지도 않았다. 두 눈꺼풀이 갑자기 뜨거워지더니 구슬 같은 눈물방울이 투두두둑 뺨을 타고 떨어졌다. 오시노도 다시 따라 울었다. 다카오도 자기도 모르게 눈물이 찔끔해서 얼굴을 다른 쪽으로 돌렸다.

잠시 모두 아무 말도 하지 않았다. 그러는 사이에 병실의 질서가 겨우 잡히면서 조용해졌다.

입구 문이 열렸다. 다쓰에가 돌아온 것인가 싶어 모두 긴장했다.

"야아, 아까는 실례했습니다." 그것은 시라이였다. 시라이가 문안을 온 것이었다.

아야코는 눈물진 얼굴을 살짝 닦고 이쪽을 돌아보았다.

(1921.5.29)

제159회

화염 속(4)

"친절도 하시네요. 고맙습니다." 아야코는 약간 환자 침대에서 떨어져서 거기 있던 등나무 의자에 앉으라고 시라이에게 권했다. 다카오와 오시노도 인사를 했다.

"어떻습니까? 따님 용태는?" 모두의 혼란스러운 마음을 달래듯 시라이는 차분한 어조로 아야코 얼굴에서 어린 환자에게로 시선을 옮기면서 말했다.

"네, 고맙습니다. 덕분에 별다른 변화는 없는 듯합니다."

"그렇습니까? 그것참 다행입니다 ……어쨌든 돌발적인 일로 많이 놀라셨겠습니다."

"정말 깜짝 놀랐어요." 아야코는 오늘 아침부터 있었던 일을 간단히 이야기한 다음 물었다. "저기, 여쭤보는 게 늦었습니다만, 시라이 씨가 문안오신 환자는요?"

"아, 고맙습니다. 그쪽은 벌써 꽤 오랫동안 입원해 있던 환자에요. 오늘 아침 같은 일이 생기면 상당히 타격을 받는 것 같습니다. 의사도 고개를 갸웃하고 있었어요."

"그럼 상당히 걱정되시겠군요."

"정말 아이들이 아프면 그래요." 오시노는 겨우 말을 꺼낼 기회를 얻은 듯 말했다. "그래 그쪽 아이는 어떤 병인가요?"

"처음에는 무슨 호흡기관에……가벼운 폐렴 같은 것이었다는데, 지금은 복막까지 망가졌다고 하더군요."

"어머나, 그렇습니까?" 아야코는 자기 일처럼 걱정하는 얼굴이었다. "그쪽은 정말 어머니 되는 분이 참. ……네, 뭐라고요? 아, 그런가요……."

"가엽게 되셨군요." 오시노도 진심으로 말하며 데이코 얼굴을 내려보았다. 데이코는 시라이를 보고 잠깐 "안녕하세요?" 하고 인사를 했지만 그 이후는 입을 다물었다. 하지만 눈을 뜬 채로 눈도 깜박이지 않았다. 흥분 때문에 제대로 편히 잠을 잘 수가 없어 보였다.

"어쨌든 어린애 병은 곁에서 간호하는 사람이 힘들지요. 부모들이 정말 가여워요."

"정말 그래요." 아야코도 우러나는 듯 말했다.

잠시 그런 대화가 이어졌다. 불이 난 일을 중심으로 입원 환자들의 소식이 이리저리 들렸다. 이 병원에 다 수용하지 못해서 신토미자로 피난을 간 환자들도 있었지만, 거기에 환자를 받아들일 만한 아무런 설비가 없다는 것, 의사의 손이 미처 모자라서 지금 거의 빈사상태에 있는 아이도 있다는 것이 시라이 이야기에서 나왔다.

간 곳을 모르는 환자도 있다는 소문이었다. 아야코 일행은 그런 이야기를 들을 때마다 몸을 떨며 놀랐다. 그에 비하면 가장 먼저 이 병원으로 달려온 일부터 무사히 피난한 환자들 속에서 데이코를 발견한 일까지 다 무슨 기적같이 여겨져 신이나 부처님에게 감사하지 않을 수 없는 기분이었다. 아야코 자신이 그 전차로 곧장 집에 가지 않고 히비야로 들린 것이 무슨 계시와 같은 느낌도 들었다. 또한 그 많은 입원환자들 중에 한두 명은 불운에 처하고 말았다는 것을 떠올리니, 데이코를 비롯한 많은 아이들을 위해 희생이 된 아이처럼 여겨져서 남의 아이였지만 불쌍해 견딜 수가 없었다. 동정의 마음이 확 끓어올랐다. 내 아이가 무사한 만큼 그 연민의 마음이 강했다.

"시마 씨는 어디 가셨나요?" 시라이는 다쓰에의 모습이 보이지 않는다는 것을 알아차리고 아야코에게 물었다.

아야코는 오시노에게서 들은 내용을 이야기해 주었다.

"벌써 올 때가 되었는데요."

"네, 그런가요? 시마 씨도 놀랐을 겁니다. 아무튼 때마침 병원에 와 계셔서 다행이었군요."

"그랬어요. 만약 젊은 나리가 계시지 않았더라면 무슨 일이 벌어졌을지, 저는 그 생각만 해도 소름이 끼치네요." 오시노는 아야코에게 했던 말을 다시 반복했다.

"그랬겠어요." 시라이도 산뜻한 얼굴을 했다.

이때 문이 열리고 다쓰에 얼굴이 보였다.

"아, 오셨군요." 오시노는 평소와 달리 조금 허둥대듯 말했다. 아야코 얼굴에 금세 곤혹스러운 빛이 떠올랐다.

(1921.5.31)

제160회

화염 속(5)

"어서 오세요." 오시노는 다쓰에에게 말했다. "잘 다녀오셨어요?" 평소보다 더 정중히 인사를 한 후 다쓰에 뒤에 따라 들어온 의사로 보이는 사람에게도 곧바로 인사를 했다.

무뚝뚝한 표정으로 입을 꾹 다물고 들어온 다쓰에는, 거기에서 아야코와 다카오 모습을 보고 놀란 듯했지만, 그보다도 아직 한 번도 만난 적 없던 시라이를 슬쩍 쳐다보고 불쾌한 것도 아니고 의아한 것도 아닌 혼란스러운 표정으로 데이코 곁으로 쭉 다가왔다.

다쓰에의 모습을 본 아야코는 처음의 곤혹스러운 표정이 사라지더니 이번에는 어찌할 바를 모르겠다는 듯 부끄러운 모습을 숨기고자 얼굴을 돌려 창가로 몸을 물렀다. 다카오와 시라이도 약간 어쩔 줄 모르는 태도를 취했다. 다카오는 살짝 인사만 하고 잠자코 서 있었다. 시라이는 상황을 알아차리기는 했지만 아직 소개를 받지 못했으므로 자기가 나서서 이름을 말하기도 어려웠다. 그 자리는 정말 이상한 상태로 어색해졌다. 그런 가운데 의사로 보이는 남자만이 무관심하면서도 익숙한 자세로 환자 병상에 가까이 다가왔다.

"그 이후로 별다른 증상은 없었나?"

다쓰에는 어색해진 그 자리의 분위기를 밝게 하려는 듯 오시노를 돌아보며 물었다.

"네, 다행히 열도 안 나고 보시는 것처럼 얌전히 계시네요."

"그래?" 다쓰에는 묵직하게 말했다. "그럼 선생님, 부탁드리겠습니다." 의사에게 진찰을 의뢰했다.

"좀 보겠습니다." 의사는 빈틈없는 태도로 환자 몸을 살폈다.

의사는 맥박부터 청진, 타진 등 진찰을 하고 마지막으로 복부를 자세히 보았다. 그 동안 일동은 원래의 정적 속으로 다시 돌아갔다. 다쓰에, 아야코, 그리고 시라이도 모두 가만히, 의사가 하는 행동을 지켜보고 있었다. 제각각 다른 뜻의 마음을 품고…….

"괜찮습니다. 특별히 이렇다 할 변화는 보이지 않습니다. 다시 오늘 단계에서 급변이 오거나 할 것 같지도 않네요. 부디 안심하시지요……." 진찰을 마친 의사는 그렇게 말하고 다쓰에 얼굴을 보았다.

"아, 정말 고맙습니다. 수고하셨어요. 나중에 또 뵙겠습니다……."

이윽고 병실에서 나가는 의사를 다쓰에는 입구까지 배웅했다.

"오시노, 이 분은 누구시지?" 되돌아온 다쓰에는 거기 아직 서 있는 시라이를 슬쩍 보고 오시노에게 물었다. 대략 상상은 하고 있었을 테고 아야코에게 물어봐도 될 텐데 오시노에게 물은 것이, 시라이에게나 아야코에게는 꽤 신랄한 빈정거림으로 받아들여졌다.

"네, 저기, 시라이 씨이시고……애기씨 병문안 차 와 주셨습니다."

오시노는 다소 머뭇머뭇거리며 대답했다.

"아, 시마 씨이시지요? 제가 실례를 했습니다." 시라이는 기선을 잡기라도 하듯 격의 없이 인사를 했다. "오늘 이런 말도 안 되는 재난이 일어나 걱정을 많이 하셨겠습니다."

"네, 처음 뵙겠습니다." 다쓰에는 지나치게 정중하게 인사를 하고 의례적인 감사 인사를 했다. "일부러 찾아와 주시고 송구합니다." 표면적으로는 적의 없는 태도로 고마움의 인사말을 했다.

"그래도 자형, 무사해서 다행이에요." 다카오가 겨우 말을 꺼냈다. 아야코는 아직 입을 다물고 있었다.

"어, 고맙군." 다쓰에는 흔하디 흔한 인사로 대꾸했다. 자기에게 그렇게 심한 말을 듣고 불쾌한 표정으로 돌아갔던 아야코가 더구나 다카오까지 데리고 어떻게 이렇게 빨리 이 병원으로 온 것일까? 그는 마음속으로 이상하게 여겼다.

"그럼 저는 이만 실례하겠습니다." 병실 분위기가 심상치 않음을 간파한 시라이는 그렇게 말하고 모두에게 작별인사를 했다. 나가면서 아야코와 서로 쳐다본 두 사람 시선에서 서로 암묵적인 무언가가 통하는 것을 느꼈다.

다쓰에는 입맛이 몹시 썼다. 다카오는 어찌할 바를 모르고 있었다. 오시노는 아직도 안절부절했다.

"어머니!" 완전히 가라앉은 병실 공기를 흔들어 깨우듯 데이코의 밝은 목소리가 들렸다.

(1921.6.1)

제161회

협박⑴

데이코는 한 달 남짓이나 병원에 있었고 완쾌되어 퇴원을 하니 벌써 세밑이 곧 가까워졌다.

그리고 데이코는 아무런 문제없이 새해를 맞았다. 하지만 상당히 중병이었으므로 겨울 한기를 연약한 몸으로 견딜 수 있을까 걱정하는 마음에 정월 소나무가 장식되고 얼마 되지 않아 오시노를 붙여 사카와(酒勾) 쪽으로 피한을 보내기로 했다. 그리고 도메이칸(濤鳴館)이라는 곳에 두 사람은 숙소를 잡았다.

아야코는 싫어했어도 그 딸 데이코만은 몹시 귀여워하는 오스마도, 일주일 정도 지나 뒤따라 아이 상태를 볼 겸 쉬러 이리로 왔는데, 아이가 더할 나위 없이 예쁜 것이 자랑스러웠는지 데이코를 데리고

도노자와(塔ノ沢)나 오다와라로 한두 번 놀러 다니는 사이에 어느덧 시간이 흘러 1월도 벌써 말엽이 되었다.

어느 따스한 날 오후 오시노가 운동 삼아 데이코를 해안으로 데리고 나간 다음 오스마는 볕이 따스한 툇마루로 나와서 손톱을 깎고 있었다. 하늘은 마치 맑게 갈아놓은 듯 파랗게 갰고 고요하고 잔잔한 바다 표면에서 부는 듯 마는 듯한 바람이 살랑살랑 바로 눈앞 푸릇푸릇한 어린 소나무 숲에 불고 있었다. 희미한 솔잎 냄새가 코로 들어왔다. 나뭇가지 너머로 보이는 바다가 언뜻언뜻 햇볕에 빛나고 먼 섬의 산 그림자가 선명히 보였다.

통통하게 살이 붙은 오스마는 갈색 줄무늬 비단으로 된 솜옷 속에, 무슨 검은 옷깃이 달린 치렁치렁한 옷을 끌고, 단정치 못하게 툇마루에 깐 자리에 새하얗고 가녀린 한쪽 다리를 내놓은 채 꼼꼼히 발톱을 갈고 있다. 미풍이 이따금씩 불어와 그녀의 옷자락과 옷깃 언저리를 간지럽혔다.

그러자 그리로 작은 꾸러미를 하나 들고 장부를 적는 젊은 하인이 다가왔다. 그리고 오스마가 있는 곳에서는 측면에 해당하는 툇마루 쪽으로 얼굴을 내밀며 말을 걸었다.

"실례합니다."

오스마는 곧바로 그 가방에 눈길을 주었다.

"어? 누가 왔어요?"

"네, 고야마라고 하시는 분이 오셨습니다."

"고야마가 왔군, 그래." 오스마의 안색은 금방 어두워졌지만, 아무

렁지 않은 척 코끝으로 대답했다.

"그럼, 이리 들여보내도 돼요. 우리 집 서생이니까……."

"아, 그러겠습니다……" 이런 말을 하는데 벌써 고야마가 그리 나타났다.

그는 무슨 일에든 오스마에게서 심부름 값을 챙겼으므로 눈에 띄게 깔끔한 옷차림을 하게 되었다. 돈이 생겨 앞머리나 얼굴도 손질을 하게 되니 언뜻 보면 여느 집 젊은 나리인가 싶은 느낌이었다. 그리고 덩치가 큰 훤칠한 모습도 눈에 들어오는 편이었다.

"자네 왔나?" 오스마는 그 상태로 이쪽으로 고개만 돌렸다. 건강이 좋아진 탓인지 그 옆얼굴이 아주 아름다워 보였다.

"네, 이삼일 쉬다 가려고요…."

고야마도 오스마에게는 밀어붙이는 식의 태도였고, 다른 사람이 없으면 내내 그런 말투를 썼다. 오스마의 약점을 쥔 이후로는 특히 그런 태도가 현저해졌다.

오스마는 그것을 떨떠름하게 생각했지만 어차피 볼일이 없어지면 쫓아낼 결심을 내심 하고 있었으므로, 태평하게 그런 것까지 허용했다. 어쩔 때 그는 혼자 자고 있는 오스마의 침실로 일부러 모르고 들어온 체 한 적도 있고, 밤에 마당으로 가는 어두운 복도 같은 데에서 갑자기 마주치는 적도 있었다. 오스마는 왠지 그게 기분 좋지는 않았지만, 그것도 그 자리에서만 잠깐 그랬지 속으로 무서워하는 일까지는 없었다.

"어, 쉬다 가도록 해." 오스마가 가볍게 받았다. "여기는 오다와라도 가깝고 하코네도 종종 놀러갈 수 있으니 정말 편해. 게다가 조용하고 따뜻하지."

"생각보다 괜찮은 곳이네요. 애기씨랑 유모는요……?" 고야마는 곧바로 오스마 코앞까지 다가와 앉았다.

"지금은 아마 저 앞에 산책을 한다고 나갔지." 오스마는 마치 남자를 도발이라도 하는 식으로 일부러 무릎을 벌리고 앉아 요염하고 끈적끈적한 투로 말했다.

(1921.6.2)

제162회

협박⑵

조금 있다가 옅은 구름이 지는가 싶더니 햇빛이 슥 사라져 지금까지 따뜻했던 그곳이 갑자기 추워졌다. 그러자 오스마는 발톱을 손질하러 안으로 들어갔다. 고야마도 모자나 외투를 벗고 위로 올라왔다.

"오늘은 젊은 나리도 오신다고 하시네요." 고야마는 오스마가 따라 준 차를 마시며 다소 새삼스러운 모습으로 말을 꺼냈다.

"그래? 다쓰에 씨가 오신다고? 이리로?"

오스마는 기쁜 것인지 아니면 의외라는 것인지 뛰어오를 듯한 모습으로 말했다. "그러면 그렇다고 빨리 말을 해줄 것이지. 그래 몇 시 기차로 도착하시나? …내가 고즈까지 마중을 갈까?"

"아니요, 벌써 고즈 부근까지 오셨을 지도 몰라요. 사실은 도노자와에서 당신을 만나 이야기하고 싶은 게 있으니 오늘 중에 거기까지 나와 달라고 했어요. 그 이야기를 나보고 살짝 당신에게 전달하라고 했는데, 어때요? 지금 같이 갈까요?"

"고야마……자네도 가려고?"

"네." 고야마는 물끄러미 상대를 바라보았다. "젊은 나리는 당신과 단둘이 마주하고 있기는 왠지 어색하다고 하십니다. 그래서 저도 같이 오라고 하시는데, 젊은 나리가 저를 지나치게 믿으시네요."

"그래." 오스마는 살짝 못마땅한 얼굴을 했다. "그럼 어쨌든 가지. 그 사람도 좀 여유가 생기면 하루 이틀 이리 온다고 했지만, 여기에는 유모도 있으니까 하코네 쪽이 좋을 것 같아."

"그렇게도 말씀하셨어요. 게다가 여기에 있다 보면 혹시 큰 나리까지 오실 지도 모르니까요. 어쨌든 준비하세요. 만나러 갈 숙소도 제가 알고 있으니까……."

"그래도 유모에게 말은 하고 가야지."

"그럼 제가 찾아올게요. 그리고 도쿄에 급한 볼일이 생겨서 제가 데리러 왔다고 이야기해 둘게요. 그동안 마님은 채비를 하세요."

"그래, 그게 좋겠어."

고야마가 모래땅을 밟으며 금방 거기 솔밭을 빠져나가 해안으로 나갔다. 그 뒤로 오스마는 경대 앞에 앉아 머리와 화장 매무새를 고치기 시작했다, 그리고 방에 붙박이 옷장에서 화려한 긴 속옷과, 오시마

(大島)¹³ 옷감의 통 좁은 소매옷을 꺼내더니 밝은 곳으로 가서 준비하기 시작했다.

오스마가 오비를 매고 있던 차에 고야마보다 먼저 붉은 나사 모자에 흰 털 망토, 구두를 신은 데이코와 오시노가 돌아왔다. 오시노는 오스마에게 딱 들러붙은 조카 고야마에게 요즘 들어 좋은 감정을 가질 수가 없었다. 아야코와 시라이의 관계에 대해서는 미주알고주알 일러바치고, 아둔한 다쓰에 마음을 현혹시킨 것도 충분히 알고 있었다. 한번 꼬투리가 잡히면 그 철면피를 벗겨 주리라고 마음먹고 있었는데, 그렇다고 지금 당장은 어떻게 할 수도 없었다.

"내가 갑자기 볼일이 생겨서 고야마와 같이 지금 좀 도쿄 집에 돌아가야겠어요."

오스마는 그렇게 말하고 바삐 오비를 둘러 묶었다.

오시노는 데이코와 툇마루 끝에 선 채로 "그러세요."라고만 대꾸하고 무뚝뚝한 얼굴이었다.

준비가 다 되자 오스마는 꾸러미 하나를 들고 고야마와 같이 그곳을 나섰다. 그리고 오시노가 문 앞 전차 정류장까지 배웅하겠다는 것을 굳이 만류하며 문을 나섰다.

요란하게 땅을 울리며 유모토(湯本) 행 전차가 곧바로 왔고 두 사람은 서둘러 올라탔다.

---

13 가고시마 현(鹿児島県) 내의 지명이며 이곳에서 나는 붓으로 스친 듯한 무늬가 들어가게 짠 명주.

유모토에 도착하자 고야마 바람대로 두 사람은 일부러 인력거나 자동차를 타지 않고 강물을 따라 도노자와 쪽으로 걸어갔다.

하늘은 정월답게 맑았다. 흰 나무와 푸른 산이 두 사람 앞에 펼쳐져 있었다.

(1921.6.3)

제163회

협박(3)

도노자와에 많지 않은 여관 중 한 곳인 슌푸칸(春風館)이라는 으리으리한 건물 앞까지 오자 고야마는 "여깁니다." 하며 건방지게 턱으로 가리키고는 성큼성큼 안으로 들어갔다.

"어서 오십시오."

계산대에서 목소리가 들리자 허둥지둥 현관으로 나온 하녀들이 깍듯하게 두 사람을 맞이했다. 그리고 하녀 하나가 고야마에게 물었다. "체류하실 건가요?"

"그래, 이삼 일." 고야마는 건방지게 답을 했다.

하녀는 곧 계산대 쪽에서 지시를 받은 대로 두 사람을 이층의 어느 방으로 안내했다. 거기는 사카와의 여관 같은 대여 별장보다도 훨씬 훌륭하고, 좋은 목재를 써서 만든 방이 아주 안락하게 마련되어 있었다. 두 사람은 안쪽 방으로 들어가 매끈한 자단목 탁자 앞에 앉았다. 더구나 고야마가 넉살도 좋게 상석 쪽에 자리를 잡았으므로, 오스마는 '발칙한 놈!' 하는 듯한 얼굴로 하더니 어쩔 수 없다는 듯 그 옆에 앉았다.

"날씨가 춥군요." 오스마는 하녀에게 말을 붙였다. "변함없이 손님이 많아 보이네요."

"네, 덕분에요……." 하녀는 차를 내며 고야마의 외투와 오스마의 코트를 받아들었다. "그래도 요 이삼일은 꽤 줄어든 거랍니다."

"저기, 시마라는 분이 먼저 와서 기다리고 계실 텐데요." 오스마는 곧바로 하녀에게 물었다.

"그러신가요? 그 분은 혼자신가요?"

"아직 오지 않았을 겁니다." 고야마는 그 말을 재빨리 받으며 다소 당황하는 기색으로 말했다. "우리를 찾아올지 모르니 오면 이 방으로 안내해 줘요."

"다시 한번 말하는데, 시마라는 분이에요." 오스마도 덧붙였다.

"어디 보자, 일단 온천욕을 한바탕 하고 올까."

고야마는 일어서서 오비를 풀더니 하녀가 얌전하게 거기 두고 간 욕의와 솜을 넣은 덧옷으로 갈아입었다.

"어때요? 당신도 온천 들어가지 않을래요?"

약간 의심스럽게 생각하던 오스마는 이 때 고야마를 빤히 보며 말했다.

"다쓰에 씨가 안 왔잖아. 거짓말인 건 아니야?"

"그렇지 않아요. 조금 늦어지는 거겠지요. 곧 올 거예요." 고야마는 태평하게 그렇게 말했다. 그렇게만 말하고 오스마도 특별히 집요하게 묻지는 않았다. 하지만 만날 거라고만 생각하고 서둘러 왔는데 그 사람 모습이 보이지 않자 아쉬웠다. 게다가 고야마가 마치 주인 역할이라도 하듯 행동하는 것이 내심 몹시 거슬렸다.

"와, 좋은걸!" 오스마는 툇마루에 나가 바로 눈앞에 바위나 돌에 막혀 먼 우레처럼 소리를 내며 흐르는 세찬 강물과 건너편에 보이는 암석이 뾰족뾰족 서 있는 산을 바라보았는데, 곧 고야마가 나간 다음 자신도 욕탕으로 갔다.

고야마가 목욕을 하고 나와 20분 정도 지나고 나서 드디어 오스마도 방으로 돌아왔다. 따끈따끈하게 열이 오른 얼굴이 비에 젖은 해당화 같은 색을 띠고 있었다. 그리고 옆방에 있는 큰 전신거울 앞에 앉더니 시간을 오래 들여 꼼꼼히 얼굴을 매만졌다. 그러자 그리로 금니를 번쩍거리며 중년 여성이 수첩 같은 것과 연필을 가지고 요리 주문을 받으러 왔다.

"글쎄요. 한 사람이 더 올 텐데 곧 도착할 때가 되었으니 오고나면 시킬게요." 경대를 바라본 채 오스마가 말했다.

"그러신가요?"

"그래도 두 사람 분 먼저 주문해 두지." 고야마는 변함없이 시건방진 자세로 술과 요리를 이것저것 주문했다.

점점 시간이 흘러갔다. 오스마는 다쓰에가 늦어지자 기다리기 지쳐 몇 번이나 복도로 얼굴을 내밀어 보았다.

"왜 이렇게 늦는 거지? 분명히 오는 거 맞아?" 고야마를 보았다.

"오기야 오겠지요." 고야마는 수상한 표정을 지었다. "어쩌면 밤이 될지도 몰라요. 그건 그렇고 겨울 온천장도 참 좋네요. 게다가 여기는 물소리도 높아서 아무리 큰 소리를 내도 다른 사람들에게 들릴 염려도 없겠어요." 이렇게 숨은 뜻이 있는 듯 말했다.

그러는 사이 음식과 술이 나왔다.

(1921.6.4)

제164회

협박(4)

아무리 기다려도 다쓰에가 오지 않자 오스마는 지겨워졌다.

"나는 그 사람이 올 때까지 기다릴래. 나 신경 쓰지 말고 고야마나 마시든지 먹든지 마음대로 해." 쌀쌀맞게 말했다.

"하지만 지금까지 오시지 않는 걸 보면 밤에 늦게 오실 지도 몰라요. 뭐 상관없어요. 심심풀이 삼아 한 잔 하세요." 고야마는 그렇게 말하고 술잔을 오스마에게 내밀었다.

오스마는 할 수 없이 술잔에 입을 댔는데, 그 사이에 전기가 켜지면서 방이 환하게 밝아지고 동시에 물 흐르는 소리도 한층 높아져 하얀 수증기가 일대에 기어가듯 퍼졌다.

조금 지나 술기운이 도는지 고야마는 붉어진 얼굴로 다쓰에가 온다는 것은 새까맣게 잊어버리기라도 한 듯 자세가 무너졌다. 그리고 지금까지 표면상으로는 어느 정도 오스마에게 존대했지만, 어느새 주종관계라는 의식도 사라진 듯 툭하면 '오스마 씨'라든가 '이봐'라든가 하는 식의 말투로 변했다.

"듣기 싫어, 고야마. 내가 너에게 '이봐'라고 불릴 이유는 없을 텐데." 오스마도 결국 발끈하여 버들잎 같은 눈썹을 약간 세웠다.

"아, 이것 참 실례했군요." 고야마는 인위적인 웃음을 지으며 슬쩍 고개를 숙였다.

"하지만 제가 마님을 위해서는 최선을 다하잖아요."

"그건 알고 있어. 그러니까 그때마다 많든 적든 사례금을 줬잖아."

"그야 처음에는 저도 돈 욕심이 나서였지만, 그래도 그 돈이라는 게 뻔해요. 예를 들어 젊은 나리와 마님 관계를 내가 큰 나리에게 일러바쳤다고 해 보자고요."

"무슨 말을 하는 거야? 나와 다쓰에 씨 사이에 무슨 이상한 일이라도 있었다는 거야? 나는 누가 뭐라 하든 부끄러운 짓 같은 건 하나도 하지 않았어."

"그렇게 말씀은 하시지만 그런 관계도 아닌 사람이 왜 젊은 나리를 만나기 위해 여기까지 왔다는 말입니까?"

"그건 그 사람이 내 오라버니이기 때문이지."

"오라버니?" 고야마는 이것 참 이상하다는 표정을 지었다.

"그래, 맞아. 너는 모르겠지만 그 사람은 내 오라버니라고. 남매가 같이 놀러 온 게 이상한 건 아니겠지?"

“허허.” 고야마는 어이가 없었다. “하지만 그런 말을 해도 아닌 건 아니지요. 실제로 나는 버젓한 증거를 가지고 있으니까…….”

“증거? 뭐야, 그게?”

“아니요, 그건 쉽게 보여줄 수 없어요.” 고야마는 교활한 웃음을 지었다. “지금이야 제가 당신 편이지만, 사실 야마무라 가문에 돌아가 계신 마님도 가엾다고요. 잘못한 것도 없이 이혼을 당한 데다가 아이까지 빼앗겼으니까요.” 자기가 오스마를 위한 일만 해온 양 줄줄이 털어놓기 시작했다.

“그럼 시라이와 아야코 관계는 고야마가 지어낸 이야기라고?”

“아니, 그 점은 잘 모르겠어요. 두 분이 교제가 있는 것은 사실이에요. 오래전 연심을 품었던 사이인 것도 거짓말은 아니지요. 하지만 당신과 우리 젊은 나리 같은 관계는 있다면 있는 거고 없다면 없는 거예요. 제 말 한마디로 가타부타 결정이 되는 거라고요.”

“이제 와서 그런 말도 안 되는 소리를 한들 부슨 뾰족한 수가 있어?” 오스마는 냉소했다.

“그래서 저는 아야코 마님에게 동정이 간다고요. 괴롭히는 데에 일조는 했지만 동정심은 아직 있어요.”

“그럼 나에게는 동정심이 안 일어난다는 거야?”

“아니요, 당신에게도 아닌 건 아니지요. 당신이 하고 있는 짓은 올바르다고 할 수 없어요. 적어도 아야코 마님 남편을 건드렸다는 것은…….” 고야마의 태도가 고압적으로 변했다.

“고야마! 그만 해!” 어지간한 오스마도 가슴이 떨렸다.

고야마는 고개를 푹 수그렸고 그 입가에는 엷은 미소가 기분 나쁘게 감돌았다.

(1921.6.5)

제165회

협박(5)

조금 지나 고야마는 다시 붉은 얼굴을 들었다.

"하지만 그런 이야기는 이제 상관없어요. 사실 오늘 밤 당신에게 좀 할 이야기가 있어서 내가 미리 예약해서 여기까지 오게 만든 거니까요. 자, 더 마십시다."

그는 술잔을 오스마에게 내밀었다.

"그럼 다쓰에 씨가 온다는 건 역시 거짓말이었어?" 오스마는 아쉽다기보다는 오히려 어이가 없다는 표정이었다.

"오기야 오지만 오늘 밤은 아니에요." 고야마는 아주 느긋한 듯 말했다.

"참으로 놀랍군. 자네 볼일이라는 게 뭔지 모르겠지만, 그건 시간이 될 때 듣기로 하고 오늘 밤 나는 돌아가겠어. 여기서 놀고 싶으면 자네 혼자 사흘이든 나흘이든 놀다 가라고." 오스마는 갑자기 술이 깬 얼굴을 하고 황망히 옷을 다시 차려입었다.

"그렇게는 안 되지. 아직 내가 할 이야기도 듣지 않고 돌아가면 내가 못 참아.”

“안 들어도 알아. 들을 필요도 없어.”

“당신이 필요 없다고 해도 나는 그걸 이야기할 권리가 있어.”

“권리인지 뭔지 난 모르겠지만, 다른 것과는 달라. 내가 아무리 헤
프다고 해도 자네가 말하는 대로 할 수는 없어. 나, 차 타고 돌아갈
래.” 오스마는 젊은 게이샤가 입을 것 같은 긴 속옷을 치렁치렁 걸치
고 벨을 들어 딩동 누르려고 했다.

“그럼 나도 같이 가야지.”

고야마도 서둘러 일어섰다. 그리고 전기벨을 누르려는 오스마의
손목을 누름과 동시에 그것을 손에서 빼앗으려고 덤벼들었다. 오스
마가 다시 벨을 놓치지 않으려고 몸부림치는 사이에 손목이 꽉 잡힘
과 동시에 고야마 팔로 목 언저리가 단단히 뒤에서 감기듯 잡혔다. 목
이 조이는 것 같았다. 고야마 얼굴은 그녀 얼굴 바로 옆에서 뜨거운
술 냄새 나는 숨을 뱉어내고 있었다.

오스마는 얼굴을 옆으로 비틀어 돌리며 눈썹을 찌푸리고 괴로운
목소리로 말했다.

“나에게 난폭하게 굴지 마. 놔 줘. 숨이 막혀……..” 그녀는 어느새
전기벨을 빼앗긴 것을 알아차렸다.

“그럼 놔주겠지만, 그 대신 그냥 돌아가는 건 그만두겠어?”

“뭐든 상관없으니 놔 달라고. 네 뜻을 들었으니 나에게도 생각이
있어.”

“좋아.” 고야마는 손을 풀었다.

오스마는 손등 살에 찰과상을 입었다. "이렇게 심한 짓을 하다니." 얼굴을 찌푸리고 입으로 상처를 핥다가 속옷 차림으로 그 자리에 아무렇게나 앉더니 술병을 휙 들고 자기가 따라서 척척 두세 잔을 들이마셨다.

"호탕하군. 아, 술은 내가 따라드리지." 고야마는 술병을 들어올렸다.

"참 대책 없는 인물이군. 사람을 이런 곳으로 데려오고⋯⋯하지만 이제 도망가지 않을 테니 괜찮아." 순순히 술을 따르게 했다. 그리고 술잔을 비우고 그것을 고야마에게 권했다.

"허허, 이거 고맙소." 고야마는 진심으로 기쁜 듯 싱글벙글 웃었다. "이렇게 나를 방심하게 만들어서⋯⋯설마 날 속이는 건 아니겠지."

"무슨 소리야, 자네⋯⋯." 오스마는 그 한 마디에 화들짝 가슴이 뛰었지만 아닌 척 하는 얼굴로 술을 따랐다. 시간이 점점 흘렀다. 술병이 몇 번이나 바뀌었다. 오스마는 포기하듯 들이킨 술에 상당히 취했는데 고야마 쪽이 한층 더 많이 취했다. 그렇게 되니 두 사람 모두 태도가 문란해졌다. 곧 고야마는 오스마에게 안겨 옆방에 깔아 둔 이불에 벌렁 드러눕게 되었다. 오스마는 방에 이불을 깔라고 하고는 곧바로 복도로 나와 하녀에게 자동차를 대기시켰다. 그리고 재빨리 옷과 코트를 들고 다른 빈방으로 들어가 외출 준비를 했다.

밖에는 조용한 야음을 무너뜨리며 강물 소리가 퍽 떠들썩하게 울리고 있었다.

(1921.6.7)

제166회

몹시 서둘러 준비를 하고 복도로 나온 오스마는 바로 옆 방의 장지문을 열고 빼꼼 고개를 내민 고야마에게 금방 들켜버렸다.

"앗!" 자기도 모르게 오스마는 몸이 굳어버렸다.

"허, 참, 아직 잠들지 않으셨나?" 고야마는 의뭉스러운 눈초리로 빤히 오스마를 보았다. 그 눈은 아직 취기 때문에 붉게 충혈되어 있었고, 얼굴은 검붉었다.

"저, 저기, 잠깐 변소에 다녀오려고." 오스마는 횡설수설하면서 목소리를 높여 말했다.

고야마는 바짝 다가왔다. "흠, 지금 변소에?" 실실 웃었다. "정성껏 차려입고 변소를 가시는군. 외출할 차림으로 말이지?"

"응? 이거……?" 오스마는 문득 자기 모습을 보았다. 코트도 입고 숄까지 제대로 걸치고 있지 않은가? 이제 틀렸다고 그녀는 체념했다. 그리고 마음을 가라앉히고 말했다. "나 역시 이대로 일단 사카와로 돌아가야겠어."

"사카와로?" 고야마는 새된 소리로 반문했다. "이봐 이봐, 농담하면 곤란해. 여기까지 왔잖아? 자, 들어오라고. 서 있으면 이야기를 할 수 없잖아." 바로 옆 그녀의 방으로 밀어 넣듯이 했다.

"이야기라면 이제 지긋지긋해. ……있잖아, 부탁이니 돌아가게 해줘. 그 대신 품삯이라면 얼마든지 줄 테니까. 알았지? 고야마. 이걸로 된 거야." 오스마는 다리에 힘을 주고 똑바로 섰다. 홍시 냄새가 나는 싫은 숨결이 문득 코끝을 찔렀다. 막을 수 있는 만큼 막아야 한다고 생각했다.

"돈?" 흥, 하며 고야마는 조소했다. "당신은 언제나 그런 수법으로 사람을 속여 왔지. 이제 안 돼. 더 이상 그런 걸로는 안 된다고. 돈 같은 거 원하지 않아."

"그런 억지를, ……그런 억지스러운 말을 하다니 곤란하잖아, 내가." 강하게 나가려고 하면서도 오스마는 상대방이 다가올 때마다 움찔움찔 물러섰다. 그러한 자신의 연약함과 한심함에 진절머리가 나면서도 그녀는 어찌할 도리가 없었다. 남자는 밀어붙이듯 점점 공격적인 자세로 나왔다.

"곤란하다니, 그건 내가 할 말 아닌가? 당신에게 무슨 곤란한 점이 있지? 곤란하다면 늙은 나리를 따르는 사람들의 입과 귀 정도일까? 그 사람들 귀에 들어가면 곤란하기는 하겠지. 다쓰에 씨와의 관계도 그렇고."

"쉿." 오스마는 자기도 모르게 입과 손으로 그의 말을 막았다. "또 무슨 이상한 말을 하는 거야. 남들 듣기 이상한 내용을……."

"그건 각오하기 전 이야기지. 그게 아니면 그런 짓을 할 수 있었겠어?"

고야마는 얄미울 정도로 가시 돋친 목소리로 말했다.

"그런 건 상관없고 그냥 방으로 들어와. 복도에서 서서 이야기하는 건 재미없다고. 감기 걸려도 안 되고 말이야……." 그렇게 말하고 고야마는 힘을 주어 오스마를 제압했다. 그의 손은 어느 새 그녀의 희고 부드러운 팔을 꽉 쥐고 놓지 않았다.

그곳에 하녀들이 서둘러 올라왔다.

"저, 자동차가 왔습니다."

"아, 그래요." 오스마는 자기도 모르게 얼굴을 새빨갛게 물들였다. "지금 바로 갈 거예요."

"아니야, 필요 없어. 자동차 같은 거 필요 없다고. 되돌려 보내. 이 손님은 돌아가지 않을 거야." 휙 돌아본 고야마가 부정하듯이 그렇게 말했다.

하녀는 우물쭈물했다. 오스마 얼굴에는 금세 곤혹과 증오의 빛이 확 퍼졌다. 그러나 어린 소녀같이 서툰 짓도 할 수 없는 노릇이고, 어쨌든 당장은 하녀들을 아래층으로 보낼 수밖에 없었다.

"어쨌든 좀 기다리고 있으라고 해 줘." 하녀들은 말을 받들어 곧바로 내려갔다.

"자, 고야마, 나 좀 놔 줘. 나 돌아가야겠어."

오스마는 힘을 바짝 주고 고야마를 밀었다. 그리고 그 손에서 도망치려고 서둘렀다.

"오스마 씨! 당신 아직도 그런 말을 하는 거야?" 그렇게 외친 고야마는 맹렬하게 그녀에게 덤벼들었다. 그리고 그다음 순간 한 장의 장지문과 더불어 오스마는 쿵하고 방안에 누워 깔렸다.

"악!" 비명을 지른 다음 금방 괴로운 듯한 신음 소리가 새 나왔다.

"당신은 언젠가 저택 마당에서 나에게 해준 입맞춤을 잊었단 말이야? 그때 행동을 어떻게 할 거냐고……." 고야마의 신음하는 듯한 목소리가 들렸다. 이층과 아래층도 고요하게 아무런 소리도 하나 들리지 않았다. 두 사람은 한동안 실랑이를 벌이며 몸싸움을 지속했다.

(1921.6.8)

제167회

후회와 기쁨(1)

"어쨌든, 일, 일으켜 줘. 응? 이야기는 그다음에 들을 테니까. ……여, 여기, 고야마, 부탁이니까, 일으켜 줘……." 폭력에 반항하면서 오스마는 있는 힘껏 목소리를 쥐어짰다.

"그렇게 말 해놓고 도망치면 안 되지." 고야마는 이제 주종의 경계라는 것도 잊고 여전히 꾸역꾸역 그녀를 밀어붙였다.

"아, 고야마, 이봐, 정말이야. 정말이라고. 거짓말 같은 건 안 할게." 오스마는 상대방의 머리털을 휘어잡기라도 할 듯 손을 움직여 버둥거렸다. "고야마, 나 부를 거야. 하녀들을 부를 거라고. 큰 목소리를 낼 걸야. 알겠어? 아, 나……아앗." 비명을 지르면서도 위로 덮쳐오는 커다란 힘을 어쩌지 못했다. 하지만 고야마도 그 이상은 어떻게 할 수 없었다. 있는 힘껏 거의 죽음을 각오한 미치광이처럼 저항하는 여자를 결국 어떻게 하지는 못했다. 그는 내심 의외라고 생각했다. 오스마가, 감정도 행동도 방종한 오스마가, 정작 이렇게까지 격하게 저항하리라고는 예기치 못했다. 그렇게나 자신에게 쉽사리 입맞춤을 해 주고, 또 그때는 그 이상한 짓도 하려던 오스마가 이렇게까지 강력하게 반발하리라고는 전혀 생각지 못했다. 그것이 전부 다쓰에를 향한 마음 때문이라니! 그렇게 생각하자 그는 한층 증오가 밀려오고, 또한 여자에 대한 강한 질투심과 연정이 불타올랐다.

"그럼 내 이야기를 들어 줄 거야?" 극도로 흥분한 고야마의 목소리는 이상하게 떨리고 있었다.

"들을게, 들을게. 듣고말고. 그러니까, 그러니까 일으켜 줘. 손을 놓아 달라고……." 오스마도 괴로운 목소리를 냈다.

"그럼, 좋아." 고야마는 겨우 누르고 있던 손을 놓았다. "그 대신 거짓말하면 안 돼."

오스마는 간신히 자유의 몸이 되었다.

"자네도 어지간히 심한 짓을 하는군. 내가 어린애도 아닌데 너무 바보취급을 하고 말이야." 무릎 끝을 모아 앉은 오스마는 흐트러진 머리칼에 빗질을 했다. "그렇게까지 안 해도 무슨 이야기인지 내가 다 알아."

"그래. 내 이야기는 금방 알 수 있는 거지." 고야마는 열린 장지문을 닫으며 비아냥거리듯 웃었다. 사람과 같이 넘어진 장지문은 대여섯 개의 살이 부러졌고 종이까지 찢겼다.

"자네 그런 말하기 전에 조금만 내 입장이 돼서 생각을 해 달라고." 남자를 빤히 흘기듯 쳐다보았다. "내가 이래 보여도 걱정이 꽤 많은 사람이거든."

"그야 그러시겠지. 다쓰에 씨 일도 있을 테고……."

"또 그 이야기를 하네. 그렇게 말하면 내가 싫다고. 나, 이제 정말 가 겠어."

"어허, 어디를……." 고야마는 바짝 다가왔다. "그렇게 마음대로 할 수는 없어. 이제 도망치게 두지 않을 테니까."

"그러니까 그런 이야기는 하지 말라고. 빨리 할 말이 있으면 어서 해."

"이야기?" 고야마는 일부러 모르는 척했다. "촌스럽게 이러지 말아. 내가 할 이야기는 다 알고 있지 않아?"

"……." 오스마는 잠자코 있었다.

"오스마 씨, 나랑 같이 여기서 자고 가. 물론 이제 다른 생각은 안 하 겠지?"

그때 복도에 다시 사람 발소리가 들리며 아까 그 하녀가 얼굴을 내 밀었다.

"저, 자동차가 기다리고 있습니다."

"아, 그랬지." 오스마는 다시 새삼 얼굴을 붉혔지만 이제 포기한 듯 말했다. "사정이 생겼으니 오늘 밤에는 그대로 돌아가라고 해 줘요."

"아, 그러신가요?" 하녀는 휙 나가버렸다.

"오스마 씨……." 고야마는 갑자기 다가와 그녀의 손을 꼭 잡았다.

밖에는 역시 강물 소리만이 세차게 들려왔다.

(1921.6.9)

제168회

다음날은 아침부터 비가 내렸다. 오스마가 일어난 때는 벌써 꽤 시간이 흘러 있었다.

"어머, 해가 비치지 않아서 아직 이른 시각인 줄 알았더니 비가 내렸군. 전혀 모르고 있었네."

강에 면한 쪽 덧문을 끌어 올리는 어젯밤의 그 하녀를 보고 오스마는 변명처럼 그렇게 말했다. 그래도 같은 방에서 자는 것만은 안 되겠다 싶었는지 옆방에서 자던 고야마는 아직 일어나지 않았다.

"어젯밤에는 정말 미안했어요. 자동차를 그냥 보내게 해서……." 오스마는 복도로 나왔다. "그러면 팁만 줬겠군요."

"네, 장부에 올려두었습니다." 하녀는 문을 올리던 손을 잠시 멈추고 그녀 쪽으로 뽀얀 얼굴을 향했다. 이런 곳에서는 흔하게 벌어지는 일이라 여관에서도 다 양해했다. 하녀도 그것을 특별히 큰일이라고 생각하는 것 같지도 않았다.

"저, 얼른 온천 목욕을 하고 오시지요……."

하녀는 그렇게 말하고 내려갔다. 그 뒤로 오스마도 비누와 화장분, 수건을 담은 바구니를 들고 방을 나섰다.

마침 딱 들어가기 좋은 온도의 온천물에 기분 좋게 몸을 담그며 오스마는 마음속으로 생각했다. 어젯밤 일이 금세 피곤한 그녀 머릿속에 떠올랐다. ― 고야마 같은 놈에게 유혹당한 자신의 무력함이 한심했다.

"내가 어떻게 저런 풋내기 따위에게 속은 거지!" 거울에 비친 자기의 아름다운 얼굴을 황홀하게 쳐다보면서 그녀는 마음속으로 중얼거렸다. 속았다는 억울함이 가슴에 확 와 닿는 느낌이었다. 그러자 다시 젊은 남자의 열렬한 심정과 육체……거기에는 도저히 다쓰에의 미지근하고 요령부득의 감정과는 비교도 되지 않는 일종의 자극과 쾌락이 있었다.

'고야마가 저렇게 성숙한 줄은 몰랐어.' 오스마는 자기도 모르게 얼굴을 벌겋게 붉혔다. 남자를 처음 알게 된 듯한 기분이 들었다. 남자의 정이라는 것을 어젯밤 처음 안 듯 여겨졌다.

'하지만 나는 다시 몸을 더럽혔어. 죄에 덧칠을 해버렸다고.……' 그렇게 마음 한구석에서 외치는 듯했다. 돌이킬 수 없는 짓을 해 버렸다고 생각했다. 이 얼마나 추악한 육체인가! 그렇게 생각하고 그녀는 이렇게 한가하게 욕조에 몸을 담그고 있는 자신이 너무도 뻔뻔하고 돼먹지 못한 여자라는 생각이 들어 가만히 있을 수 없는 초조함을 느꼈다. ― 후회의 심정과 아직 다 채워지지 못한 욕구라는 두 심정이 꽤 격렬한 불꽃을 튀기며 그녀 마음속에서 투쟁했다.

"그래도 오늘은 무슨 일이 있어도 돌아가야 해." 오스마는 이렇게 혼잣말을 하며 욕조에서 나왔다.

거기에 수건을 든 고야마의 멍하고 잠이 부족한 얼굴이 나타났다. 오스마는 저도 모르게 화들짝 놀라 곧바로 얼굴을 다른 데로 돌리고 몸을 가리려고 했지만, 이미 늦었다. 게다가 고야마를 보자 뭔가에 이끌리는 듯한 묘한 기분이 들어 그녀는 역시 평소의 요염한 표정이 되었다. 자기 자신의 심정을 '어라?' 하고 여기며 돌아보았지만, 이미 그것은 어떻게 할 수 없는 일이 되어 버렸다.

"이제 일어났어? 꽤나 늦잠꾸러기로군." 오스마는 바가지에 물을 퍼 담아 고야마 앞에 내밀었다.

"그게, 당신도 지금 일어난 거 아니요?" 고야마의 태도는 하룻밤 새에 확 바뀌어 마치 남편 행세였다. 그렇게 되니 오스마는 금방 불쾌한 기분이 들었다. 하지만 내색은 하지 않았다. 두 사람은 전날 밤의 일은 완전히 잊은 듯 무관심하게 행동했다.

이윽고 욕탕에서 나온 오스마가 이층으로 올라가고 자기 방 쪽의 모퉁이를 돌려고 하다가 어떤 여자와 부딪힐 듯 마주쳤다.

"어머, 오노부 씨 아니에요?"

"어, 당신은 오스마 씨!"

오노부라고 불린 여자도 깜짝 놀라 그 자리에 탁 섰다.

(1921.6.10)

제169회

후회와 기쁨(3)

"어머, 오노부 씨 상당히 오랜만이군요. 어떻게 여기 계신 거예요?" 오스마는 상대의 모습을 빤히 쳐다보면서 이상하다는 듯 그렇게 물었다.

오노부라는 여자는 지난번 히비야 공원에서 아야코와 만난 서른 정도의 여자로, 원래 시마 집안에서 일한 적이 있던 바로 그녀였다. 오노부의 어머니 오레이가 오스마의 친정 근처에 살기에 요즘 친하게 교제하고 있었고, 오노부도 시마 가문과 관계가 있던 여자여서 오스마는 집에 갈 때마다 오노부를 만나 반나절 정도는 재미있게 웃고 떠들며 지내곤 했다. 그때 오노부는 남편이 멀리 돈을 벌러 가 있었으므로 올해 일곱 살이 되는 딸아이와 같이 한동안 친정에 와 있었는데, 그 후 남편이 도쿄로 돌아왔으므로 그녀도 어머니 곁을 떠나 따로 살림을 꾸린 것이었다. 그래서 오스마와 만나는 것은 정말 오래간만이었다.

"정말 오랜만이네요……." 오노부도 반가운 눈빛을 하고 웃으며 말했다. "저기, 나는 여기에 일 도와주러 왔어요. 남편 숙모에 해당하는 분이 이곳을 운영하고 있어서요. 올여름 바빠서 일손이 부족하다고 해서 도와달라는 부탁이 들어왔거든요. 그래서 와 있었는데 이제 가까운 시일 내에 도쿄로 다시 돌아가요."

"그래요? 그럼 남편분도 같이?"

"아니에요, ……남편이 가끔 오기는 하지만요." 오노부는 가만히 오스마를 보았다. "오스마 씨는 시마 영감마님하고 같이 왔어요? 영감마님도 한참 뵙지를 못했어요. 저도……."

"아니에요. 그렇지 않아요. 영감마님도 오기는 오겠지만." 오스마는 애매하게 말끝을 흐렸다. "젊은 나리도 올지 모르고요."

"그래요?" 오노부는 약간 얼굴을 붉혔다.

"어쨌든 들어올래요? 내 방으로? 오랜만이니 차 한 잔 하지 않겠어요?" 그렇게 말하며 오스마는 앞서 쭉쭉 자기 방으로 들어갔다.

"정말 오랜만이에요. 당신과 이런 데에서 만날 줄은 몰랐네요." 오스마는 화장한 얼굴을 슬쩍 거울에 비추어보고 귀밑머리를 살짝 쓸어올렸다.

"그래 어떻게 지냈어요?" 오노부도 어느새 격의 없이 친밀하게 말을 걸며 난로 옆으로 다가갔다. 난로에는 이미 빨간 숯불이 많이 들어가 있었고 위에 걸린 쇠병에서 수증기가 하얗게 오르고 있었다.

거울 앞에서 떨어진 오스마는 난로 옆에 오노부와 마주 앉았다.

"네, 특별히 달라진 것도 없어요. 당신이 없으니까 재미도 없어서 친정 쪽에도 가끔씩밖에 가지 않아요. ……어머니는 별고 없으신가요?"

"네, 고마워요. 변함없이 그럭저럭 지내고 있는 모양이에요." 오노부는 오사마가 따라 준 갓 끓은 차를 마시며 부러운 듯 말했나. "당신은 언제 봐도 젊고 예쁘네요."

"어머, 무슨 말이에요, 오노부 씨!" 오스마는 호들갑스럽게 놀란 얼굴을 했다. "그렇지도 않아요. 요즘은 벌써 내가 싫어질 정도로 늙어버렸어요. 이제 틀렸지요. 이렇게 되어 버렸으니. ……나보다 오노부 씨야말로 아무리 시간이 지나도 젊잖아요. 내가 당신 나이가 되면 더이상 봐주기 힘들 것 같아요."

"무슨 그런 말을!" 오노부도 짐짓 눈을 크게 떴다. "오스마 씨가 그런 말을 하면 어떻게 해요? 당신이 그런 말을 하는 날에는 세상에 젊고 아름다운 여자가 다 사라지겠어요."

"오호호호호." 두 사람은 밝게 웃었다.

잠시 그런 이야기에 두 사람 모두 여념이 없었지만, 오노부가 문득 생각난 듯 말했다.

"맞다 맞다, 내가 말이에요, 지난번 어디에서 참 만나기 힘든 사람을 만났지 뭐예요. 정말 신기한 우연이었어요. 오늘 당신을 만난 것 이상으로 기이한 우연이였지요." 물끄러미 오스마의 아름다운 눈을 들여다보며 말했다.

"호오, 그게 누구에요?" 오스마는 알 수 없다는 표정을 했다.

(1921.6.11)

제170회

후회와 기쁨(4)

"맞춰 보세요." 오노부는 흘기듯 눈길을 돌렸다.

"맞춰 보라니 그건 무리에요. 전혀 짐작이 가지를 않는 걸요." 오스마는 답답하다는 듯 말했다.

"짐작이 갈 거예요. 금방 알아맞힐 수 있을 걸요? 당신을 잘 알고 있는 사람이거든요. 여자." 오노부는 꽤나 심술궂게 웃고 있었다.

"누굴까?" 그렇게 말하고 오스마는 고개를 갸웃하면서 자기가 알고 있는 꽤 가까운 여자나 남자들 이름까지 대 보았지만 모두 틀렸다.

"뭐에요. 이렇게 사람을 조바심 나게 하고. 어떻게 된 일인데요? 빨리 말해 봐요." 오스마는 삐친 듯 말했다.

"말할까요? 저기 말이에요, 그, 아로 시작하는 사람, 어때요, 알겠지요?"

"아로 시작?……아로 시작한다고요?……"

"아, 야, 오호호호. 아직도 모르겠어요?"

"뭐에요? 사람을 놀리다니. 아야코 씨라고요?"

"맞아요."

"오호호호……" 두 사람은 같이 웃었다.

"어머, 아야코 씨를 만나다니! 어떻게 당신이 그분을 알고 있어요?" 오스마는 약간 불안한 눈빛으로 물었다.

"그게 정말 신기해요." 오노부는 지난번 쓰키지에서 히비야 공원으로 가는 전차 안에서 아야코를 만난 것부터 공원에서 나눈 이야기를 자세히 말해 주었다.

"어머, 그랬군요." 오스마는 마음속으로는 노심초사하면서도 겉으로는 별일 아니라는 듯 무관심하게 말했다.

"그분 이혼하게 되셨다면서요. 왜요?" 조금 있다가 오노부가 물었다.

"글쎄요. 역시 집안 분위기가 맞지 않아서였지요."

"상당히 정숙하고 온화한 분 아니에요? 어디가 부족해서 그랬을까요?"

"글쎄요. 그건 나도 모르지만, 역시 사람은 밖에서 보이지 않는 부분도 있으니까요." 오스마는 이제 그런 내용은 말 상대하고 싶지 않다는 식으로 귀찮다는 듯 말했다.

"안 됐군요." 오노부는 바로 눈치를 채고 이야기를 중단했지만, 아야코에 대한 동정의 말을 잊지 않았다.

공허한 침묵이 두 사람 사이에 흘러들었다. 그러자 그리로 하녀가 아침 식사를 가지고 왔다. 물론 2인분이었다.

'어머, 동행이 있으셨어요?' 오스마가 왜 이리로 왔는지 아직 묻지도 않았다는 것을 떠올리며 그렇게 물으려던 오노부는, 그와 동시에 그방에 모습을 드러낸 젊은 남자를 힐끗 보고 곧바로 목까지 올라온 그 말을 꿀꺽 삼켜 버렸다.

"허어, 온천물이 참 좋군. 너무 기분이 좋아 나도 모르게 욕조 안에서 앉아서 졸았네." 고야마는 그런 말을 하면서 방으로 쑥 들어와서 상석에 털썩 앉았다. 그 태도가 너무도 오스마와 그렇고 그런 사이의 남자로 보여 오스마는 다시 얼굴을 찌푸렸지만, 오노부는 벌써 눈치를 채고 '어머'라고 하듯이 두 사람 얼굴을 번갈아 보았다. 오스마는 결국 잠자코 있을 수가 없었다.

"이쪽은 우리 집 서생 분이에요. 오노부 씨 처음 만나는 거지요?" 굳이 소개할 필요는 없었지만, 오노부에게 이상하게 보이고 싶지 않아서 오스마는 그렇게 말했다. 그래도 '서생'이라고만 낮춰 부를 수는 없었다. 그리고 저도 모르게 얼굴이 화끈 달아올랐다. 그러자 곧바로 전날 밤의 일이 새롭게 후회의 감정으로 강하게 그녀 마음을 사로잡았다. '그런 짓을 해서는 안 됐는데……'오스마는 화가 치밀어 오르고 안달복달하는 심정이 들었다.

'오늘은 바로 가야지.' 오스마는 혼자 마음속으로 그렇게 말했다.

고야마와 오노부는 이상한 표정으로 서로 마주보고 있었는데, 인사도 못하고 오노부는 요령부득인 채 자리를 떴다. 그 자리는 이상하리만치 흥이 깨졌다.

(1921.6.12)

제171회

후회와 기쁨(5)

"저 여자 어디에서 본 것 같은데." 오노부가 자리를 떠난 뒷모습을 가만히 쳐다보던 고야마는 그렇게 혼잣말처럼 하면서 난로 옆으로 바짝 다가왔다. "저 여자 누구에요? 당신하고 친한 사람?" 고야마는 오스마 얼굴을 들여다보며 물었다. 오스마는 뭔가 생각에 잠긴 듯 고개를 숙인 채 입을 다물고 있었다.

"응? 저 여자, 이름이 뭐냐고요?" 고야마는 다시 같은 질문을 했다.

"몰라. 하녀에게라도 물어보지 그래." 오스마는 쏘아붙이듯 말했다.

"응? 대단히 사나워지셨네. 지금까지 이런 태도가 아니었는데 갑자기 기분이 바뀌셨군요."

고야마는 농담처럼 말하고 보란 듯이 난간 쪽에서 밖을 내다보거나 했다. 개방된 장지문 사이로 산 위 겨울다운 하늘이 보이고 흰 구름이 뭉게뭉게 날고 있었다. 비는 어느 새 그쳤다.

"아아, 이제 나도 그런 이야기 듣기 싫어. 식사 가지고 고야마 자네 방으로 가 주겠어? 나는 혼자 생각할 게 좀 있으니까……." 오스마는 쳐다보지도 않고 거침없이 말했다.

"뭐요, 하룻밤 동안에 이렇게 사람이 변하다니. 그래도 어젯밤에는 뭐라고 했더라?"

"그만두라니까!" 오스마는 큰 목소리를 내며 곁눈질로 남자를 무섭게 째려보았다. "가라고, 뻔뻔한 것도 정도가 있지. 조금은 자기 자신을 돌아보란 말이야."

"허허, 그러신가요? 흐흥." 고야마는 어디까지고 유들유들했다.

"이제 자네 따위에게 뭘 말하기도 싫어." 그렇게 말하고 오스마는 벌떡 일어섰다.

"이봐, 어디 가요?" 고야마는 곧 불러세웠다.

"어디 가든 내 마음이지."

"뭐라고!"

"뭐하는 거야. 놓으라고. 놔!" 붙잡힌 옷자락을 오스마는 힘껏 뿌리쳤다.

"이 여자가, 잘 대해주니 나를 만만하게 보고……."

고야마도 벌떡 일어섰다. 그의 하얀 얼굴에는 금세 핏줄이 섰다.

"너야말로 사람을 만만하게 보는구나. 뭐하는 거냐고. 놔, 놓으라니까……."

확 들러붙은 남자 손을 풀어내려고 오스마는 있는 힘껏 힘을 끌어

올려 몸싸움을 했다.

"이봐 이봐, 어린 소녀도 아니고 그런 연극은 그만두라고. 사람 고생 시키는 것도 정도가 있지." 그렇게 말할 때의 고야마는 전혀 이십 대 청년 같지 않았다. 적당히 수련을 거쳐 경험을 쌓아온 악당을 떠오르게 하기에 충분했다.

그리로 하녀가 검은 칠을 한 상자를 들고 왔다. 장지문을 연 그녀는 두 사람의 험악한 꼴을 보고 놀라 입을 떡 벌리고 말았다. 나가려도 나가지 못하고 들어가기는 더욱 난감하다다는 듯이 얼굴을 확 붉히고 고개를 숙여버렸다.

"여기, 식사입니다." 하녀를 슬쩍 쳐다본 고야마는 손을 놓고 원래 자리로 돌아갔다. 갑자기 벌어진 파란에 그도 약간 흥분해서 씩씩 거친 숨을 내뱉었다.

오스마는 하녀 쪽으로 등을 돌리고 거기 털썩 앉은 채 다타미 위에 엎드려 버렸다.

"저, 식사에요." 그렇게 말하는 하녀의 목소리까지 이상하게 흔들렸다. 하지만 오스마는 아무 말도 하지 않았다. 고야마는 겸연쩍은 듯 쓴웃음을 지으며 하녀에게 분부했다. "거기 놔 두게. 알아서 먹을 테니." 하녀는 머리를 조아리며 잠자코 나갔다.

"아, 잠깐만." 오스마가 갑자기 목소리를 높이며 복도로 나가 하녀를 불렀다. "자동차를 서둘러 오라고 부탁해 줘요."

"네, 알겠습니다." 하녀는 인사를 하고 황급히 저쪽으로 갔다.

"오스마 씨, 드디어 가겠다고?" 고야마는 빤히 노려보듯 여자를 쳐다보았다. "좋아, 그렇다면 나도 같이 가지요."

(1921.6.14)

제172회

분페이의 눈(1)

오스마가 같이 가겠다는 고야마를 뿌리치고 혼자 간신히 데이코가 있는 도메이칸으로 돌아온 것은 그날 저녁이었다.

슌푸칸을 나올 때 고야마는 좀처럼 수긍하지 않았다. 같이 왔으니 같이 가야 한다, 그러지 않으면 도리어 오시노가 의심할 것이라며 다시 협박조로 말했고, 그 끝에는 하룻밤 더 여기서 자고 가자고 끈질기게 권했지만, 오스마는 오노부를 만나고 나니 도저히 그런 짓을 하고 있을 수 없다는 것을 유일한 이유 삼아 겨우 그를 납득시켰다. 그러자 고야마는 다시 이런 말을 했던 것이다.

"이제 어디로든 같이 도망갑시다. 당신과 함께라면 무슨 고생이라도 하겠어." 이렇게 말도 안 되는 제안을 오스마에게 도모하자는 것이었다.

"고야마도 참 바보야, 그런 일이 지금 나에게 가능하다고 생각해? 그런 짓까지 하지 말고 그냥 서로 가슴에 담아둔 채 비밀로만 하면 이걸로 더 이상 무슨 사달은 안 날거야. 살아 있기만 하면, 무사하기만 하면 말이야. 어떤 즐거움이든 누릴 수 있지 않겠어? 그렇게 성급하고 어리석은 짓을 하면 두 사람의 생활을 물론 목숨까지도 끝장나지 않을까? 나는 싫어. 그렇게 되기는 싫다고. ……알겠지? 그러니 나만 변하지 않으면, 그리고 고야마의 연정만 식지 않으면 다시 재미를 볼 수도 있으니까. 자, 오늘은 이제 나를 보내줘. 다음이 또 있으니까." 그렇게 어르듯 말하고 간신히 그를 말렸던 것이다. 물론 오스마는 지금 후회하고 있었다. 어째서 나는 그날 밤 목숨을 걸고라도 그를 뿌리치고 혼자 돌아가지 못했을까? 그날 밤 자동차도 나를 태우러 왔으면 왜 억지로라도 나를 싣고 가지 않았을까? 차안에서 그런 생각을 했다. 한편으로 처음 그 육체를 알게 된 고야마라는 사내는 젊으면서도 모든 다 알 만큼 알고 있어서 도저히 다쓰에 같은 도련님의 유치함과는 비할 바가 아니라는 생각을 했다. 그렇게 생각하니 그녀는 태어나 처음으로 남자를 알게 된 듯하여 일종의 달콤한 미소를 흘리지 않을 수 없었다. 그리고 그를 뿌리치고 무리하여 돌아온 것이 어린 계집애의 짓처럼 순진하고 너무 소심했다는 생각도 들었다. 왜 좀 더 내 담하게 마음먹지 못했을까? 그와 도망치기까지는 않더라도 하다못해 오늘 하루 정도 왜 더 머물지 않았을까? 그런 생각도 했다. 모순된 여러 가지 심정이 가슴속에서 계속 싸웠다.

그러자 그 뒤에 문득 무언가를 깨달은 듯, 퍼뜩 생각이 바뀌면서 자기가 유부녀라는 것에 생각이 미쳤다. 유부녀가 설령 남편이 없는 곳이라고 해서 무단으로 웬 남자와 하룻밤 외박을 했다는 것은, 거기에서 설령 아무 일이 없었다고 해도 남편 앞에서 말도 않고 용서받을 수 있는 일이 아니다. 더구나 하코네로 간 이유도 사실 분명치 않아서 뒤가 몹시 켕기는 일이었다. 다쓰에가 왔다고 해서 만나러 갔다니! 무엇을 위해? 다쓰에가 자신에게 무엇이라는 말인가?

그리고 다쓰에는 남편 분페이의 아들이 아니던가! 이렇게 생각이 들자 천하의 오스마도 가만히 있기 힘들 만큼 속이 시끄러웠다. 머리가 복잡해졌다.

"아아, 나는 정말 형편없는 여자야. 죄에 죄를 덮어쓰고 있어. 그러고도 아무렇지 않게 돌아가려고 하다니. 이게 무슨 끔찍스러운 마음이란 말이야!"

그녀는 혼자 자동차 안에서 번민하며 괴로워했다.

자동차에서 내린 오스마는 하녀의 마중을 받으며 오시노의 방을 쏙 지나갔다.

"어머, 마님." 복도에서 딱 마주친 오시노는 깜짝 놀랐다. "큰 나리께서 와 계시는데요." 그러면서 이렇게 비꼬듯 말했다.

오스마는 덜컥 가슴이 찔리기라도 하듯 놀랐다. "그래?" 태연히 말했지만 목소리는 이상하게 떨렸다. "저, 유모, 잠깐만······" 그렇게 말하며 오시노를 다른 빈방으로 불러들였다.

(1921.6.15)

제173회

분페이의 눈 ⑵

"네." 오시노는 수상쩍다는 표정을 하면서 오스마를 따라 그 방으로 들어갔다. 그것을 보더니 하녀는 금방 방석을 가지고 왔다.

"영감나리가 언제 오셨어요? 오늘 아침? 어젯밤?" 하녀가 나가자 곧바로 오스마는 불안한 듯이 목소리를 낮추고 물었다.

"아, 그거요?" 오시노는 차가운 시선으로 오스마를 보며 말했다. "오늘 아침입니다."

"오늘 아침? 그렇군요." 오스마는 약간 마음 놓인 얼굴을 했다. "그리고 뭔가 나에 대해 물으시던가요?"

"아니오, 딱히는." 오시노는 못마땅하게 말했다. "고야마가 와서 산책 겸 오늘 아침부터 도노자와 쪽에 가셨다고 적당히 말씀드렸습니다."

"그래요? 너무 고마워요. 조만간 감사 표시는 할게요."

오스마는 그렇게 말하고 지금까지와는 완전히 다르게 가벼운 마음으로 자리에서 일어섰다. 그리고 분페이 방으로 갔다. 오시노도 그 뒤를 따라 방을 나섰다. 조카 고야마가 그녀와 함께 오지 않았으므로 거기에 큰 비밀이 있다는 생각이 들어 오시노는 불안하고 불쾌했다.

분페이는 떨어져 있는 방에서 하녀에게 술을 따르게 하여 마시고 있었다. 그리고 벌써 어지간히 취해 있었다.

"어머, 오셨어요?" 오스마가 낯을 바꾸고 들어가더니 분페이 옆에 딱 붙어 앉았다. "마침 외출 중이어서 죄송하게 되었어요." 정중하게 인사를 했다.

"어떻게 된 거야? 고야마와 같이 다쓰에를 마중하러 나갔다고 하던데……." 분페이는 힐문하는 듯한 어조로 말했다.

"아니에요, 특별히 마중이랄 것도 없었어요. 다쓰에 씨가 온다고 하기에 산책 겸 잠깐 다녀온 거예요."

"흐음, 그래서 다쓰에는?" 분페이의 눈이 번쩍 빛났다.

오스마는 눈이 부신 듯 되쳐다보았다. "그런데 그게 뭐가 완전히 잘못되었더라고요. 고야마가 그렇게 말하는 바람에 간 거예요. 저를 하코네까지 안내했다니까요. 제가 정말 아쉽기도 하고 분해서……" 결국 그녀는 그런 식으로 말을 하고 말았고, 이렇게 덧붙였다. "융통성을 발휘한답시고 저보고 여러 가지 볼일을 보게 해 주더군요. 좋게 봐서 심부름을 시켰더니 우쭐해서는, 얼마나 눈치가 없고 뻔뻔스러운 녀석인지 몰라요. 내가 어이가 없어서 말이 안 나오네요."

오스마는 몹시 분하다는 듯이 눈에 눈물까지 고였다.

"뭐, 그렇게 분하게 여길 일도 아니구먼." 분페이는 마음에 깊이 담아두지 않는 듯한 태도였다. "그러게 너무 만만하게 보이면 기어오른다고."

"네, 내가 바보 같으니 만만하게 보여도 어쩔 수 없겠지만, 아무리 그래도 나한테 ……그 녀석이 어지간히 기어올랐어요." 오스마는 고야마를 실컷 매도했다.

"뭐 됐어. 자네에게도 약점이 없다고는 할 수 없으니."

"저에게 무슨 약점이요……?" 오스마는 금세 눈빛이 바뀌었다.

"아니, 그렇지 않은가? 다쓰에가 온다고 해서 따라나섰잖아. 다쓰에에 관한 일이라면 자네가 너무 나서니 그걸 노리고 고야마가 가지고 놀았겠지."

"아니에요, 그 사람이 온다고 해서가 아니라고요. 어머, 그냥 산책이었어요." 오스마는 궁색하게 변명했다.

"그럼 더더욱 됐지. 산책에 끌려 나갔다고 그렇게 화를 내고 사람을 나쁘게 말할 것까지는 없잖아? 아니면 고야마를 그렇게 나쁘게 말해야 할 만한 무슨 일이라도 있었나?" 분페이의 빤히 쳐다보는 눈은 다시 빛났다.

(1921.6.16)

제174회

분페이의 눈(3)

오스마는 그 눈을 똑바로 쳐다보지도 못했다.

"그런 게 절대 아니에요. 네, 결코 아니에요."

"그럼 됐어. 된 거 아니야?"

"그래도 당신이 다쓰에 씨 말씀을 하시니까……." 오스마는 약간 빗나간 이야기를 했다. "내가 다쓰에 씨 때문에 휘둘렸다고 하시는데 그건 어쩔 수가 없지 않겠어요? 그 사람은 나도 잘 대해 드려야 하는 시마 가문의 상속자잖아요. 당신까지 그런 묘한 말씀을 하시는 거예요?……"

"그거야 잘 알지. 아무렴 내가 그걸 가지고 이러쿵저러쿵 하겠는가?" 분페이는 붉은 얼굴을 오스마에게 향하며 번쩍이는 눈을 가만히 술잔에 고정시켰다.

그 방에 오시노가 별 생각 없이 들어왔는데, 어딘가 모르게 자리의 흥이 깨져 있어서 자리를 피해야지 싶어 곧바로 방을 나가려고 했다. 하지만 들어오자마자 바로 나가는 것도 이상할 것 같아서 오스마에게 이렇게 말했다.

"마님, 옷 갈아입으시지 않으시겠어요?……"

그녀는 거기 살짝 양손을 짚으며 좋게 말을 붙여보았다.

"응, 나중에 갈아입을게요." 오스마는 슬쩍 오시노에게 눈길만 주고 마음을 담아 대답하지도 않았다. 그것은 아까 오자마자 오시노에게 부탁을 했을 때와는 완전히 달라진 태도였다.

오시노는 할 말도 할 일도 없어 가만히 방에서 나갔다. 아까 술병을 손에 들고 간 하녀도 새 술병을 들고 들어오더니 그것을 탁상 위에 가만히 내려놓고 나갔다.

"이제 더는 됐어." 분페이는 굵은 목소리로 하녀의 뒷모습에 대고 그렇게 분부했다.

"저기, 당신에게 내가 좀 부탁이 있는데요……." 조금 있다가 오스마가 뭔가 생각을 정한 듯한 표정으로 말했다.

"부탁? 뭐지?" 분페이는 물끄러미 오스마의 하얀 얼굴을 보았다.

"저기, 그 고야마라는 녀석 이 집에서 내보내 주시지 않을래요?"

"고야마를 내보내? 그건 또 무슨 이유야?" 묘한 말을 한다는 듯한 얼굴로 분페이가 물었다.

"무슨 이유랄까 특별히 큰 건 없지만, 그 녀석이 너무 싫네요." 오스마는 색기가 가득한 눈으로 가만히 분페이를 올려보았다.

"그래? 좋아, 알겠어. 내쫓아 버리면 되지. 하지만 오늘은 안 되고. 지금 당장 그렇게 내보내면 남는 게 없어. 조만간 기회를 봐서 별일 아닌 것처럼 내보내면 되지 않겠어?"

"네, 그것도 그렇기는 한데 어젯밤부터 내가 그 녀석 얼굴도 보기 싫어요." 오스마는 온몸이 떨리는 듯한 목소리를 내며 말했다.

분페이는 어두운 표정을 지은 채 잠자코 있었다.

그날 밤 잠든 것은 꽤나 늦은 시각이었다. 분페이가 잠들고 나서도 오스마는 쉽사리 잠들 수가 없었다. 다쓰에를 만날 작정이었다가 고야마에게 완전히 휘둘린 것이 분하기도 했고, 동시에 시금까지 쿰처럼 도쿄를 벗어난 적이 없는 분페이가 여기까지 오리라고는 꿈에도 생각지 못한 일이었다. 그녀에게는 완전히 불의의 한 방이었다.

이튿날 아침 오스마가 일어난 것은 9시 무렵이었는데, 아까부터 저쪽 방에서 누군가와 이야기를 하는 듯한 분페이의 목소리가 들려왔다. 상대가 누구인가 싶어 가만히 귀를 기울였더니 그것은 고야마였다.

"너는 여기 볼 일이 없는 몸이지 않느냐. 대체 무얼 하러 왔는지 모르겠지만 그런 건 아무래도 상관없어. 또 너에게 무슨 말을 듣고 싶지도 않아. 빨리 도쿄로 가거라. 누구 허락을 받고 이런 곳까지 와서 얼쩡대고 있는 거지? 이제 됐어. 지금 당장 가거라." 분페이가 그렇게 말하는 소리가 들렸다.

그리고 고야마는 서둘러 가는 모양이었다.

"그게 낫지. 더 이상 고야마가 여기 있으면 내가 더 힘들어……."
오스마는 그렇게 혼잣말을 하며 곧 일어나 나갈 준비를 했다.

(1921.6.17)

제175회

분페이의 눈(4)

오스마가 한 때 불안하게 느꼈던 분페이의 눈도 자고 일어나서 보니 아무래도 저기압은 무사히 넘어간 듯 했다. 어제의 분페이는 가까이 다가가기 힘든 노인네 같이 여겨져 어지간한 오스마도 퍽 긴장했는데, 하룻밤 지나 오늘이 되니 평소의 분페이와 조금도 다르지 않았다. 젊은 부부끼리 전날 밤 서로 자기주장을 하면 싸웠던 것을 나른한 기분으로 떠올리는 그런 느낌이었다.

하지만 생각해보면 꼭 그렇지만도 않았다. 이상하게 빛나던 분페이의 눈은 그냥 그렇게 끝나지만은 않을 듯했다. 저기압이 무사히 지나갔다고 생각한 것이 이쪽 착각이고, 앞으로 한참 어떤 어두운 구름이 나올지 모를 일이었다. 육십 줄을 넘어 세상의 쓴맛 단맛 다 보아

넘기고 안 해본 일도 없는 그가, 도저히 그 정도로는 끝낼 리 없을 듯 했다. 오스마는 그가 마음속으로 어떤 생각을 하고 있는지 알 수가 없었다. 그러고 보니 그녀는 조금도 방심을 할 수 없었다. 노련하다······ 기보다는 노회한 분페이를 저쪽으로 밀어낼 큰 한 수는 오스마 입장에서는 좀처럼 없었으니 그녀 혼자서 마음을 졸였다. 앞으로 얼마 동안, 이틀이 될지 사흘 머물지 모르지만 그 사이에 도깨비가 나올지 뱀이 뛰쳐나올지, 분페이 뱃속을 오스마로서는 좀처럼 추측할 수 없었다. 그렇게 되니 자신도 일단 각오를 해 두지 않으면 안 되겠다 생각한 오스마는 남몰래 가슴이 아팠다. 하지만 그 아픔과 번민은 고야마와 지은 죄에 대한 참회가 아니었다. 분페이의 분노가 두려워 든 생각도 아니었다. 그저 다쓰에와 자기 관계······그 파탄을 두려워한 것이었다. 사랑이라고 할 정도의 열렬함도 아니지만, 지금 자기 손에서 다쓰에가 떠나간다면 오스마는 더 이상 시마 집안에 눌러 있을 용기도 없었다. 그와 파탄이 나는 것이 그녀 입장에서는 더할 나위 없는 슬픔이었다. 고야마에게도 마음이 끌리지 않는 것은 아니지만, 그것은 육체 뿐 그 밖의 문제는 다쓰에와 비할 수도 없었다.

이런 생각 저런 생각에 오스마는 오늘 하루를 어두운 기분으로 보냈다. 분페이와 술 상대를 하고 있으면서 가급적 그에게 책잡히지 않을 요량으로 평소의 활달함을 보이고자 노력했지만 그녀 마음은 계속 어두워졌다.

그래도 그날은 아침부터 저녁까지 특별한 일 없이 시간이 지났다. 오스마는 남몰래 안도했다. 그러나 그녀의 어두운 마음을 한층 어둡

게 만드는 캄캄한 밤의 손길이 그녀를 불안의 심연으로 끌고 들어가 듯 방 한구석에서부터 뻗어왔다. 이제 밤이 왔다. 그런 일은 먼저 분페이 입에서 나올 거라고 그녀는 이미 마음의 준비를 하고 가만히 기다렸다. 마치 판결문을 언도받아야 하는 재판관 앞의 죄수 심정으로 있는 오스마에게 식사 후 분페이는 이러한 질문으로 입을 열었다.

"고야마가 대체 언제 이리로 왔지?" 말투와 태도가 평소의 분페이와 별반 다르지 않았다.

"고야마 말이에요? 어제 아침이지요." 오스마도 지극히 평정스러움을 가장하여 그렇게 대답했다.

"어제 아침? 흐음, 그래? 뭐라면서 이리로 왔어?"

"이삼일 쉴 작정이라며 왔다고 했어요."

"다쓰에에 대해서는?"

"글쎄요, 젊은 나리도 나중에 온다고 했다가, 금방 다시 도노자와에 가 있을 테니 저와 같이 오라고 했다더군요……."

"그래서 자네를 데리고 나갔군." 분페이는 조금 생각하는 듯 하더니 오스마를 빤히 쳐다보았다.

"그럼 뭐지? 고야마가 도쿄를 출발한 건 틀림없이 그저께 아침이었거든. 내가 하녀들에게서 얘기를 들었지. 아닌가?"

(1921.6.18)

제176회

"고야마가 그저께 도쿄를 출발했다고 말씀하시는 거예요? 어머, 왜 그랬을까요?" 오스마는 처음 듣는다는 듯 모르는 얼굴을 하고 반문했다.

"일단 나도 전해들은 이야기이기는 해. 그놈이 나에게 어디를 다녀오겠다고 인사한 게 아니어서 확실한 건 잘 몰라." 말은 이렇게 해도, 분페이는 그 말을 믿는 듯 동요 없는 눈빛이었다.

"누가 그런 말을 했어요? 오카네인가요?" 자기편으로 만들어둔 하녀 오카네가 그런 말을 했을 리 없다고 마음속으로 헤아리면서 오스마는 일부러 그렇게 말했다.

"아니면 오시노에요?"

"그게 누가 말한 게 중요한 건 아니지. 그저께가 아닌 거면 그걸로 끝이지. 나도 특별히 그 사실을 미주알고주알 캐려는 게 아니야. 사람이 일단 이렇게 해야지 예정하고 집을 나서도 도중에 다시 어떤 식으로 생각이 바뀔지 모르는 거지 않나. 고야마도 무슨 볼일이 있어서 도중에 어디서 자고 어제 여기 도착했는지도 모르지. 그 녀석도 그런 식으로 말은 하더군……." 오스마는 받아들이기에 따라서는 어느 쪽으로도 해석할 수 있는 분페이의 말을 다시금 신경 써야 했다.

"그럼 고야마가 어딘가에서 하루 잤다는 말씀이세요?" 결국 쓸데 없는 것까지 물었다.

"그런 건 아니지만. 뭐, 이야기가 돌아가는 게 그렇다고."

"그럼 역시 나리는 고야마가 그저께 여기 왔다고 생각하시는군요."

"딱히 꼭 그렇게 생각하는 것도 아니야."

두 사람의 이야기는 요령을 얻지 못하고 가려운 곳에 손이 닿지 않는 듯, 겉도는 이야기가 되어 묘한 쪽으로 흘러버렸다. 그래서 오스마는 더 불안해 견딜 수가 없었다. 이런 일에 관한 한 분페이의 속은 정말 알 수가 없었다.

그러나 너무 자기 쪽에서 여러 가지 이야기를 해나가다 보면 도리어 긁어 부스럼이 될 것이라 생각해서 그녀는 그만 입을 다물었다.

아까까지 옆방에서 데이코를 데리고 놀던 오시노의 목소리가 더 이상 들리지 않았다. 아마 한 칸 건너 옆방에서 아이를 재운 모양이다. 집안이 쥐죽은 듯 고요해졌다.

서로 속을 탐색하는 듯 꺼림칙한 시간이 두 사람 사이에 흘러갔다. 조금 후 분페이는 다시 이런 이야기를 꺼냈다.

"아야코가 친정으로 간 거, 그게 언제였지?"

"아야코 씨요? 그건 작년 가을께, 벌써 가을도 끝날 무렵이었지요." 오스마는 또 무슨 이상한 이야기를 꺼내는가 싶은 얼굴이었다.

"그 전이었던가? 아야코가 친정 일로 은혜를 입었다고 하면서 그 시라이 집으로 무슨 감사 선물을 보낸 게."

"네, 그런 일이 있었지요."

"자네가 그렇게 말했었지." 분페이는 다시 빤히 오스마의 얼굴을 쳐다보았다. "그 뒤였지, 아마? 내가 빠지면 안 되는 거래 때문에 볼일이 있어서 어느 요정에 갔던 적이 있는데, 아무래도 그때 슬쩍 들은 이야기가 계속 귀에 남아서 참 거북하더군."

"어머, 무슨 일이에요? 괜히 무섭게 생트집 잡는 이야기는 아니겠지요?"

"아니, 그런데 그게 참 이상해." 분페이는 새로 담배에 불을 붙였다. "묘한 질문 같겠지만, 자네 쓰키지의 요정 중에 아는 집 혹시 없나?" 이렇게 말하며 분페이는 씩 웃었다.

그 웃음은 정말 냉랭한 것이었다. 눈은 한층 더 빛났고 오스마의 얼굴에서 미동의 무엇이라도 놓치지 않으려는 듯했다.

오스마는 가슴이 덜컹했는데 동시에 무언가 차가운 것으로 뒷목 근처를 서늘하게 문지르는 느낌까지 들었다.

"나는 그런 데 아는 사람 같은 거 없어요." 딱 잡아떼었다. "그게 나하고 무슨 관계라도 있다는 거예요?" 다시금 그렇게 반문했지만, 그 목소리는 이상하게 떨리고 있었다.

"그래? 그럼 사람을 잘못 봤나보군." 분페이는 아무렇지 않게 말했다.

(1921.6.19)

제177회

어떤 여자(1)

그 다음날 2시 무렵이었다. 오시노가 데이코를 데리고 솔밭을 통과해서 바닷가 양지로 나가 놀고 있었는데, 주위를 둘러보며 조심 조심 이쪽으로 걸어오는 도쿄 풍의 부인이 있었다. 그리고 그것이 생각지도 못한 아야코일 줄이야 오시노는 꿈에도 몰랐다.

"어머나!" 오시노는 자기도 모르게 소리를 냈다. "아니, 애기씨, 어머니가 저쪽에서 오고 계시네요." 그렇게 말하고 그녀는 데이코를 그리로 향하게 했다.

"어디요?" 데이코는 귀여운 눈을 크게 뜨고 유모가 가리키는 쪽을 빤히 보았다.

아야코도 딸을 알아보고 걸음을 조금 빨리 하며 다가왔다. 오시노 눈에는 살짝 쓸쓸하게 비쳤지만, 아야코는 얼굴에 이전과 변함없는 어머니다운 미소를 띠면서 손을 들어 불렀다.

"어머니, 하고 불러 보세요." 오시노가 그리 말하자 데이코는 곧 그쪽으로 달려가기 시작했다.

'어머, 우리 데이코, 오랜만이구나!' 하는 얼굴로 아야코는 아이를 꼭 끌어안았다. 오시노도 기쁜 듯 서둘러 그리 갔다.

"아이고, 마님, 잘 오셨어요." 오시노는 벌써 두 눈시울이 붉어졌다.

"오랜만이에요. 별일 없었어요?" 아야코는 아이 얼굴에서 눈을 옮겨 오시노의 햇볕에 조금 탄 얼굴을 보았다.

"네, 별일은요……" 그렇게 대답하고 오시노는 기쁜 듯 미소를 지었다.

오시노가 사카와에 데이코가 와 있다고 알려주었으므로, 아야코는 마침 자신도 요즘 몸이 좋지 않아 오다와라에 와 있는 것을 좋은 기회로 삼아 오늘 마음먹은 김에 딸을 만나러 온 것이다. 하지만 데이코 말고도 누가 또 와 있을 것 같은 느낌이 들어서 정문에서 안내를 요청하기는 꺼려졌다. 병원에서 있었던 일처럼 또 다시 수치를 겪을 것 같았기 때문이다. 그래서 데이코를 어떻게든 밖에서 만날 수 있으면 좋겠다 싶어 매일같이 이 시간대가 되면 운동 겸 여기까지 와서 바닷가를 걸었다. 그런 기대와 바람이 맞아떨어져 오늘 겨우 만나게 된 것이었다. 그것은 아야코가 이리로 온지 딱 닷새 째되는 날이었다.

"아무도 안 와 있어요?"

아야코는 병원에서 본 이후 만나지 못했던 데이코를 안고 뺨을 부비고 나서 살짝 오시노에게 물었다.

"공교롭게 큰 나리와 오스마 마님이 와 있어요."

"그래요? 그럼 일찍 돌아가요. 눈에 띄면 큰일이니까."

"여간 해서 그런 일이야 없겠지만, 그래도 저쪽으로 갈까요? 여기 숙소 근처만 아니면 알려질 염려는 없어요." 오시노는 아야코에게 권하듯 저쪽을 가리켰다.

"그래요. 그럼 저쪽으로 좀 가 볼까요?"

"네, 좋고말고요. 큰 나리나 오스마 마님도 바닷가 같은 데로 나올 생각은 좀처럼 안 하시니까요. 조만간 때를 봐서 제가 애기씨를 데리고 오다와라로 갈게요."

"모두들 도쿄로 돌아가시면요."

"네." 데이코를 가운데 두고 세 사람은 나란히 걸었다. "그건 그렇고 마님은 어디가 또 안 좋으신 거예요?" 오시노는 걱정스러운 듯이 물었다.

"아뇨, 특별히 어디가 안 좋은 건 아니에요. 하지만 도쿄에 있어도 딱히 좋은 일도 없으니 추운 기간에는 이리로 와 있자고 생각했던 거지요. 서로 살다 보면 정말 이렇게 왕왕 만날 기회가 있네요."

"정말 그렇습니다."

"만나는 게 좋을지 나쁠지 그건 생각해 봐야겠지만, 그래도 살아 있는 동안이니까요."

오시노는 두 번씩이나 연거푸 사는 동안이라는 말을 들으니 뭔가 가슴이 꽉 막혀왔다. 세 사람은 묵묵히 모래사장을 걸었다.

(1921.6.20)

제178회

어떤 여자(2)

아야코는 자신과 시라이가 친했지만 깨끗하게 교제했음에도 불구하고 다쓰에를 비롯한 사람들 눈에 그렇게도 이상하게 비쳤는가 싶어서 이후로 왠지 세간이 싫어졌다.

병원에서 다쓰에로부터 받은 모욕…그것은 모두 고야마의 교활한 장난과 오스마의 질투, 다쓰에의 어리석음에서 비롯된 것이라고는 하지만, 현재 아야코 입장에서 그런 세간의 풍평은 상당한 타격이었다. 시라이에 대해서도 그녀는 이미 태연할 수 없었다. 가끔씩 만나는 것도 마음이 불편해졌다. 그만큼 그녀 마음이 시라이 쪽에 다가가 있던 것이다. 시라이도 물론 애초에 야마무라 집안일의 정리정돈을 부탁받고 이리저리 일해 주던 시절처럼 무관심하게 있을 수만도 없었다. 두 사람 사이는 매우 친밀해졌다. 이미 종이 한 장 낄 틈도 없을 정도였다. 아야코는 그것이 만족스러웠다. 그와 동시에 내심 두렵기도 했다. 하지만 그 감정을 자신도 어떻게 할 수가 없었다.

당장 시라이와 교제를 끊으려니 살아가는 보람이 없어지는 듯했고, 그녀 입장에서는 다쓰에와 헤어진 것 이상으로 고독한 일이었다. 그리고 큰 실망이기도 했다. 시라이가 있고서 비로소 그녀는 사회적으로 매장된 자신의 생활에서 여전히 살아갈 이유가 있는 장래를 떠올릴 수 있었다. 적적하게 지내는 동안에도 그 안에 사랑과 만족이 있었다. 슬픈 동안에도 희망과 빛이 있었다. 한편으로 그만큼 그녀는 시라이를 위해 살아갈 수 있는 자신의 장래에 불안을 느낄 수밖에 없었다. 처음에 그녀는 자신에게 그런 일이 일어날 염려는 없다고 난호하게 생각했지만, 두 사람 사이에 심정적으로 어떤 괴로운 문제가 발생할 수도 있을 것 같았다.

단순히 우정 같은 사랑으로는 만족할 수 없는 때가 언제고 올 것이라는 느낌이 들었다. 실제로 지금의 그녀가 그랬다. 이미 그녀는 그 고민에 괴롭기 시작했다.

아야코는 그것을 피하고 싶어서, 그리고 추워지고 나서 눈에 띄게 건강이 안 좋아진 것을 이유로, 어딘가 사는 장소를 옮겨보는 게 좋겠다는 이야기가 나온 김에 오다와라로 내려온 것이다. 옛날 야마무라 가문에서 일하던 사람 중에 지금은 이 지역 사냥꾼에게 시집을 간 여자의 집이 있었는데, 상당히 깨끗하고 아담한 셋방이 있었기 때문에 그것을 좋은 구실 삼아 그녀는 혼자 와서 지냈다. 언젠가 아팠던 늑막 쪽이 재발한 듯도 했다.

아야코는 그런 이야기를 대략 간추려 이야기했다.

"그래도 도쿄에 어머니가 혼자 계시니 그리 오래 여기에 있을 수는 없어요." 아야코는 그렇게 말하며 한숨을 쉬었다.

"그러시겠지요." 오시노는 절절히 동감하는 말투였다. "그래도 다음 달까지는 계실 거지요?"

"그래요, 그 정도는 어떻게든 있어보려고요."

여기에서 두 사람 대화는 잠시 끊겼다. 오시노는 말을 할까 말까 어지간히 주저한 다음 이런 이야기를 꺼냈다.

"그런데 오스마 마님이 말이에요, 그저께 밤에 어디서 외박을 하고 와서 큰 나리 기분이 안 좋으세요."

"네?" 아야코는 좀 놀란 듯한 얼굴을 했다. "어디를 혼자 갔다 온 거예요?"

"아니에요, 제 조카 녀석이 같이 따라 갔었어요. 아마 도노자와 근처 같아요. 제가 그런 말은 안 했는데도 큰 나리께서는 다 알고 계신 모양이더라고요."

"어머, 무슨 사람이 그래요? 그래서 그게 언제인데요?"

"이삼 일 전이에요. 네, 17일이었지요."

"17일?" 아야코는 손가락을 꼽으며 헤아렸다.

"역시 그랬군요."

마침 아야코가 도쿄에서 오다와라로 내려온 다음 날, 오늘처럼 데이코를 만나고 싶어서 이리로 올 때 전차에 탔던 남녀의 모습을 보게 되었는데, 그때 그게 아무래도 오스마와 고야마 같다고 여겼었다. 그녀는 오시노에게 그 이야기를 했다.

그러나 오시노는 아무래도 조카에 관한 일이라 더 이상 자세한 이야기는 하지 않았다. 그대로 침묵해 버렸다.

이윽고 주위에 황혼이 찾아왔으므로 그들은 다시 만나자는 약속을 하고 일단 헤어졌다.

아야코는 혼자 생각에 잠겨 돌아가다가 문득 전차 건널목 부근에서 거기 오도카니 서 있는 거동이 수상한 여자와 만났다. 깜짝 놀라 그녀는 그 자리에 서 버렸다.

(1921.6.21)

제179회

어떤 여자(3)

그러나 여자는 아야코가 자기 가까이로 온 건을 전혀 눈치채지 못했는지 묵도라도 하듯 가만히 서 있었다. 그리고 그리로 달려오는 전차를 기다리는 듯해 보였다. 그런데 정류장은 거기에서 꽤 왼쪽으로 치우친 곳이어서 꽤 멀었다. 아야코는 비로소 무슨 상황인지 알고 온

몸에 찬물을 맞은 듯 소름이 끼쳤다.

'말을 걸어 볼까?' 겨우 마음을 진정시킨 아야코는 그렇게 속으로 중얼거렸지만 그것이 자기 착각이고, 그런 짓을 할 여자가 아니면 모르는 사람에게 갑자기 말을 거는 게 실례일 수도 있고 이상해 보일까봐, 목구멍까지 나온 말을 다시 삼켰다. 그리고 정류장 쪽으로 가려고 했지만 그래도 신경이 쓰이는 것을 어쩔 수 없어서, 과감하게 조용히 여자 곁으로 다가갔다.

그랬더니 여자는 비로소 사람 발소리를 알아챘는지 살짝 놀란 모습을 하며 이쪽을 돌아보았다. 상대가 여자라는 것을 알고 안심했는지 슬쩍 눈길만 주었을 뿐 자신은 반대편으로 걸어가려고 했다.

"아, 혹시, 잠깐……." 아야코는 결국 말을 걸었다. "저, 몹시 실례되는 말씀이지만, 무슨 걱정되는 일이라도 있으신 건가요?" 그렇게 말하고 그녀는 다가갔다.

벌써 주위는 어두웠지만 여자의 얼굴을 분명하게 볼 수 있었다. 살이 희고 스물 정도 되는 여자로 머리는 옛날 풍으로 묶었다. 언뜻 한눈에 보기에는 하녀일을 하는 것 같았다.

"네……." 그녀는 대답하고 멈추어 섰지만, 모르는 사람이라고 판단하자 입을 다물고 더 이상 말없이 고개를 숙였다.

"갑자기 만나 이런 말을 하는 게 정말 실례이기는 한데, 마음이 쓰여 그냥 갈 수가 없네요……." 아야코는 상대의 불안한 얼굴을 들여다보았다. "그런데 여기 분이신가요? 아니면……."

"아니에요." 여자는 낮은 소리로 대답했다.

"어디에서 오셨어요?"

"저, 도쿄입니다만……. 하코네 쪽으로 가고 있었어요."

"아, 그래요? 그럼 인연이 아주 없는 것도 아니네요. 나도 도쿄에서 왔으니까요……." 아야코는 격의 없는 친근한 어조로 말을 걸었다. "그래, 여기는 무슨 일로 왔어요?"

"저기, 좀 아는 사람이 있는데, 그 사람이 도노자와에 지금 제가 일하는 집 근처에 와 있거든요. 제가 만나고 싶어서 알아봤더니 그 사람이 그저께 이리로 왔다고 하더라고요."

"그래서 당신도 이쪽으로 온 거예요?"

"네, 저도 잠깐 휴가를 받아서 곧바로 그 사람 뒤를 따라 왔어요."

"그래서 만났어요? 그 분하고?"

"네, 하지만……."

여자는 여기까지 말하고 다시 말문이 막혔다. 그 이야기하는 태도로 보아하니 그녀는 아무래도 도노자와 근처의 여관이나 요리점의 하녀인 모양이었다. 그리고 예전에 정분이 났던 어떤 남자가 도노자와로 오는데, 대놓고 만날 수가 없어서 몰래 뒤를 쫓아 사카와까지 왔더니 남자가 이 핑계 저 핑계를 대며 제대로 만나주지 않는 것 같았다.

"어머, 이런 데서 서서 이야기하기도 그렇네요. 그렇게 싫지 않다면 저기까지 같이 갈까요?" 아야코는 잠깐 생각한 다음 다시 말했다. "뭣하면 내가 머무는 곳까지 가지 않을래요? 내가 지금 오다와라에 와 있거든요." 그렇게 말하고 여자 마음을 움직이려 했다. 그녀는 이렇게 이대로 헤어지고 싶지 않았다. 여자의 자초지종이라도 들으면 뭔가 자신의 앞으로의 생활에 대한 암시라도 얻을 수 있을 듯한 기분도 들었던 것이다.

"나는 시부야의 야마무라 아야코라고 해요." 상대가 아직 긴장해 있었으므로 아야코는 이름을 소개했다.

"어머, 그러시면 반초 시마 가문의 마님?" 여자는 깜짝 놀라 눈을 동그랗게 떴다.

"네, 그 집에 있었어요. 당신이 나를 알아요?"

그때 전차가 덜컹덜컹 땅을 울리며 두 사람 앞을 달려 지나갔다.

(1921.6.22)

제180회

어떤 여자(4)

자신에 관해 반문을 당하자 아야코는 그녀보다 더 놀랐다.

"당신이 어떻게 나를 알아요?"

놀란 말투로 물었다.

"제가 고야마 씨를 잘 알고 있거든요……." 여자는 얼굴을 손으로 덮더니 엎드렸다.

"아, 그렇군요." 아야코는 모든 것을 알게 된 듯하여 크게 끄덕였다. "자, 정류장까지 걸읍시다. 꽤 추워졌네요."

두 사람은 말없이 걷기 시작했다. 주위는 이제 완전히 어두워졌고,

겨울다운 차가운 밤기운이 냉랭하게 온몸을 파고들었다. 건너편에는 집들의 불빛이 불규칙하게 켜지고, 바다에는 어선의 불이 불꽃처럼 아름답게 타오르고 있었다. 하늘에는 달이 없었고 별빛조차 보이지 않았다. 그 지역 사람이 두세 명 초롱을 들고 저쪽에서 와서 뭔가 큰 소리로 이야기하며 두 사람 곁을 지나쳤다.

"그래서……." 아야코가 말을 시작했다. "당신이 아는 사람이라는 게 그 고야마라는 말이지요?"

"네……." 아야코가 옆얼굴을 쳐다보니 여자는 다시 얼굴을 확 붉혔는데 그게 분명하게 보이지는 않았다. 이 여자가 바로 아이코였다. 언젠가 반초의 시마 집으로 고야마를 찾아온 그 아이코였던 것이다. 작년 가을 무렵 아야코가 친정의 빚 문제로 걱정하다 마침 그 일로 친정에 가 있을 때, 그녀가 고야마를 만나러 찾아온 적이 있었다. 그것을 오스마에게 들켜버리는 바람에 이후 고야마가는 오스마에게 이용당하게 된 것이었다. 아이코는 간단하게, 그리고 어색하게 낮은 목소리로 고야마와의 관계를 털어놓았다. 두 사람의 관계는 올해 햇수로 3년이 된다고 했다.

"어머, 그랬군요." 아야코는 놀랐다. "그래서 고야마는 뭐라고 하던가요?"

도노자와 이후의 일을 그녀는 물었다.

"도노자와에서 지금 일하는 곳은, 제가 최근까지 일했던 쓰키지의 어느 가게와 친척 관계에 있는 가게에요. 여름에는 워낙 붐벼서 일손이 부족하니 저도 일을 도우러 와 있곤 했지요. 원래 날이 선선해지면 곧장 도쿄로 돌아갈 작정이었는데 가게 여주인이 놔주지를 않아서 여태 계속 있었어요."

"그래서 고야마하고는 이쪽에서 계속 만났던 거예요?"

"아니에요. 오랫동안 만나지 못했어요. 하지만 편지가 오면 저도 답장을 쓰거나 이따금 푼돈을 보내거나 했어요."

"어머, 돈까지?"

"그래도 그게 당연한 일이거든요. 예전에 제가 그 분에게 크게 신세를 졌기 때문에요……."

"그래도 그렇지 남자가 여자에게 그렇게 무심한 모습을 보이다니……."

"사실은 제가 어제 이리로 왔는데, 그것도 그분이 불러서 온 거예요. 그러더니 어딘가로 도망치자고 저에게 조용히 권하더군요……."

"고야마가? 어머나, 세상에." 아야코는 다시 놀랐다.

"저는 홀어머니가 쓸쓸하게 저만 의지하고 계신 터라……두 사람 사이에서 정말 너무 괴로워요. 하지만 그것도 그분이 저만 사랑해 주시는 거면 괜찮은데……, 그 마님하고…….."

아이코는 분하다기보다는 어색함에 말을 삼켰다. 아야코는 이제 모든 것을 분명하게 알았지만 오스마에 관한 일은 언급하고 싶지 않았다. "아, 그렇군요……." 이렇게만 말하고 곧바로 화제를 바꾸었다.

"그러면 형제는 없어요?"

"언니가 한 명 있는데 배다른 자매여서 1년에 한 번 정도밖에 못 봐요." 쓸쓸하게 그렇게 말하고 아이코는 후 한숨을 내쉬었다.

이윽고 두 사람은 전차를 타고 오다와라에 있는 아야코의 거처로 갔지만, 거기에서 아이코 입을 통해 아야코는 더욱 의외의 일을 듣게 되었다.

(1921.6.23)

제181회

어떤 여자(5)

아야코가 빌린 그 집은 사냥꾼 집치고는 아담하고 깨끗한 세 평짜리 방이었다. 검은 옻칠을 한 책상 하나가 창가의 장지문 근처에 있었고, 그 옆에는 파란 도기로 된 둥근 난로가 주인을 기다리는 듯 놓여 있었다. 책상 위에는 검은 칠이 된 벼루상자와 말린 종이 등이 들어간 상자, 부인 잡지와 소설책이 두세 권 가지런히 겹쳐 놓여 있었다. 책상 왼쪽의 한 칸짜리 도코노마(床の間)[14]에는 '심일여(心一如)'라고 달필로 쓰인 서예 족자가 한 폭 걸려 있고, 화병에는 아야코가 좋아하는 수선화가 예쁘게 꽂혀 있었다. 책상 위에 드리워진 10촉짜리 전등 빛에 그러한 물건들이 이 방의 장식처럼 한 가지 색채로 보였다. 아야코가 돌아왔을 때는 벌써 8시가 넘어 있었다. 주인 부부는 이미 자려던

---

14 일본식 방에서 상석 쪽에 약간 높은 단이 있어서 화병이나 족자 등 장식을 위한 공간.

참이라 아야코 방에 불을 갖다 주었다. 여주인은 아이코를 빤히 쳐다보며 '별난 손님이 흘러들었군' 하는 표정을 했다.

"이분은 내 친구예요. 오늘 밤 신세를 좀 지려고요." 아야코는 태연한 모습으로 그렇게 말했다.

"잘 부탁드려요⋯⋯." 아이코도 고개 숙여 인사했다.

안주인이 방 하나를 사이에 두고 저쪽 방으로 내려가자 잠시 두 사람은 잠자코 마주앉아 있었는데, 아이코가 먼저 입을 열었다.

"제가 이런 비천한 일을 하고 있어서 마님 같은 분과 이야기를 할 수 있는 신분이 아니지만, 마님이 그렇게 이혼하시게 된 이야기를 들으니⋯⋯ 게다가 그 고야마와의 일까지 있어서 한층 더 미안해서 견딜 수가 없네요."

"어머, 당신이 그런 것까지⋯⋯나에게 동정해 주는 건 반갑지만, 그래도 저쪽만 잘못한 건 아니에요. 나도 역시 잘못을 했으니까요." 아야코는 조금 우스운 심정이 들어서 상대방 말을 취소하듯 말했다.

"아니에요. 하지만 고야마 씨가 무슨 좋지 않은 말을 했다고 했어요⋯⋯."

"그것도 본인 입으로 한 말이 아니에요⋯⋯그보다 당신이 쓰키지에서 봤다는 일, 그건 무슨 일이에요?" 아야코는 마침내 끓어오른 주전자의 뜨거운 물로 차를 우려내며 호기심 가득한 눈을 들어 아이코를 보았다.

"그게 저기⋯⋯." 그녀는 아까부터 몹시 말하기를 주저했는데, 아야코가 아무것도 모르고 근거도 없는 일로 이혼당한 것을 가엾게 생각했으므로 과감하게 말하려고 했지만, 막상 하려니 그래도 꺼려지는 것이었다.

"쓰키지의 어떤 가게……아까 제가 이야기한 그 가게에 있었을 때의 일이에요. 어느 날 밤 그게 어느 때였는지 잘 기억이 안 나지만 10월 정도였던 것 같아요. 젊은 나리와 큰 마님이 자동차로 들어오셨지요." 아이코는 겨우 마음을 먹고 그렇게 이야기를 시작했다.

"다쓰에 씨와 오스마 씨가?" 아야코는 점점 불쾌한 안색을 했다. "그리고 그게 언제라고요? 10월 며칠 쯤?"

"글쎄요, 잘 기억이 안 나요……."

"그래서 어떻게 됐어요?" 아야코는 초조하게 물었다.

"젊은 나리께서는 몹시도 취해 계셨습니다. 그랬는데 큰 마님이 친절하게 돌보시면서 겨우 2층 방으로 데려가 눕히셨지요. 그때 같은 소란이 없었어요."

"그래서 오스마 씨도 같이?" 저도 모르게 그렇게 말이 나온 아야코는 자기 말에 화들짝 놀랐다. 자진하여 두려운 것에 부딪친 듯한 기분이 들었다. 그리고 곧 얼굴을 확 붉혔다.

"글쎄요, 제가 공교롭게 그분들 방 담당이 아니었지만요…… 아무래도 오스마 마님은 한밤중 늦게 자동차로 집에 가셨다고 했어요. 다른 하녀들에게 나중에 들었어요."

"당신 오스마 씨를 알고 있어요?" 침을 꼴깍 삼키며 아야코가 물었다.

"아니요, 그때는 몰랐어요. 그냥 보통 손님들이려니 생각하고 있다

가 나중에 고야마 씨에게서 듣고 그때 그 두 분이라는 걸 알게 되어
고야마 씨에게도 이야기를 했거든요."

(1921.6.24)

제182회

사랑의 샘물⑴

이튿날은 살짝 봄이 온 듯 따스하고 좋은 날씨였다. 집 뒤쪽 잡목림
이나 산들이 뚜렷이 보이고 거기에는 봄이 찾아온 양 따스해 보였다.

아야코와 아이코도 평소와 달리 아침에 늦잠을 자고 식사를 마쳤
을 때 벌써 10시가 되었다. 해는 훌쩍 높아졌고 볕이 잘 드는 그 집은
아야코 방 남쪽 면 툇마루에 아직 해가 가득 퍼져 있어서 정말 따뜻
했다.

"아, 날씨가 좋네요. 이런 날에 산에 놀러 가면 좋겠는데. 낮에 나
갈래요?" 아야코는 툇마루에 나가 그렇게 아이코에게 권했다.

그러나 아이코는 아직 무언가 마음에 걸리는 듯 마뜩지 않은 얼굴
로 희미하게 웃고 있었다.

"고야마는 어쩌고 있을까요? 틀림없이 당신을 찾고 있겠지요. 유
모 이야기로는 큰 나리에게 야단을 맞고 곧바로 도쿄로 돌아갔을 거
라고 하는데, 아직 사카와에서 꾸물대고 있을 거예요."

"네, 그 숙소에 있겠지요." 아이코는 여전히 그 남자를 잊을 수 없

새벽 513

다는 듯 고민에 잠긴 표정을 하고 있었다.

"그런데 아이코 씨는 도노자와로 돌아가지 않아도 괜찮아요……?"

"네, 하녀들 감독하는 분에게 비밀로 해달라고 하고 나왔는데, 사카와에서 곧바로 편지를 써 두었기 때문에 괜찮아요……"

두 사람은 잠깐 그런 이야기를 하다 조금 후 아야코가 감개무량하다는 듯 이렇게 말했다.

"아, 정말 다행이에요. 어젯밤 만약 내가 거기에서 당신을 만나지 않았더라면……지금쯤 벌써 당신은 이 세상에 없었을 사람일 지도 모르니까요."

"정말 그래요. 마님이 제 생명의 은인이십니다……. 저는 그 생각을 하면 꿈이라도 꾼 듯한 심정이에요. 어젯밤은 어째서 그럴 마음이 었는지 생각만 해도 소름이 끼치네요." 아이코는 희미하게 몸을 떨며 한숨을 토해냈다.

"어머나, 은인이라니, 그런 당치도 않은 말을……." 아야코는 상대의 말을 부정했다. "이제 그런 이야기는 그만두자고요. 생각만 해도 싫지 않아요……? 그보다 이제부터 앞날을 서로 생각하자고요. 나도 큰 힘이야 못 되지만 할 수 있는 한 의논상대가 되어 줄게요. 이렇게 우연히 당신을 만난 것도 무슨 인연일 테니까요."

"모쪼록 잘 좀 부탁드리겠습니다." 아이코는 새삼스러운 어조로 정중히 인사를 했다.

"우선 의논하고 싶은 게 있는데, 아이코 씨 이제 그쪽 일은 그만두고 반듯한 일을 해보면 어때요?" 아야코는 시라이 집을 떠올렸다. "그리고 빨리 가정을 꾸리지 않으면 어머님도 마음이 편치 않으실 거예요."

"네, 저도 그런 생각을 안 하는 것은 아니지만……."

"만약 아이코 씨에게 그럴 마음이 있다면 내가 좋은 집을 소개할 게요." 아야코는 시라이 집에 대해 간단히 이야기했다.

"네, 시라이 씨라면 고야마 씨에게서 들은 적이 있어요. ……하지만 저 같은 사람이 그런 집안의 일을 할 수 있을지 모르겠어요." 그렇게 말하며 아이코는 곧바로 아야코 말을 받아들이려 하지 않았다.

"그렇지 않아요. 수입이야 지금의 반 정도밖에 안 되겠지만, 다 본인 일신을 위해서에요. 앞날을 위해서라고요. 그렇지 않아요? 아이코 씨는 어떻게 생각해요?" 아야코는 열심히 말했다. "그러다 누구 좋은 사람이 있으면 결혼하는 거예요. 고야마가 더 정신을 차리면 좋겠지만, 아이코 씨 앞에서 미안한 이야기인데, 그 사람에게는 미래에 대한 전망이 없어요."

"네……." 아이코는 쓸쓸히 수긍했다.

그리고 오후가 되자 아야코는 열심히 아이코에게 권하여 뒤편 작은 산으로 놀러 갔다.

그리고 두 시간 정도 재미있게 놀다 지친 다리를 이끌고 돌아오니 뜻밖에도 시라이가 도쿄에서 여기 내려와 아야코의 귀가를 기다리고 있었던 것이다.

토요일이라 시라이는 회사에서 퇴근하고 곧장 하루 머물 예정으로 와 있었다.

(1921.6.25)

제183회

사랑의 샘물(2)

시라이가 왔다는 말에 아야코는 평소와 달리 덜컥했다. 안 만나야지 안 만나야지 하고 있었는데 결국 만나버린 느낌이었다. 왠지 두려운 것에 정면으로 부딪친 것 같았다. 결국 올 것이 왔구나! 그런 심정이었다. 그리고 왠지 모르게 불안한 예감에 휩싸여 잠시 동안의 오다와라 생활이 어두운 구름에 둘러싸인 듯 느껴졌다.

그러나 그와 동시에 또 반갑고 즐거운 기분 역시 들었다. 외로운 혼자만의 생활에서 구원을 받은 기분이었다. 밝고 따스한 곳으로 이끌려 나온 것 같았다. …아주 짧은 순간 동안 아야코의 가슴속에서는 두 가지 생각이 격렬한 힘으로 오갔다.

그러나 아야코는 표면적으로 아무 일 없다는 듯 생글생글 웃는 얼굴로 시라이를 맞았다.

"아, 잘 오셨어요. 게다가 여기를 어떻게 잘 알고 찾아오셨네요." 인사 뒤에 친밀하게 그런 말을 하면서 산책으로 상기된 얼굴을 약간 붉히며 시라이의 늠름한 양복 모습을 보았다.

"오늘이 토요일이라 먼지 많은 도쿄에 있기도 싫어서 하룻밤 묵을 작정으로 내려 왔습니다." 시라이는 곧 가부좌를 틀고 담배를 피우며 아무런 응어리도 없는 듯한 태도를 보였다.

"도쿄를 벗어나면 정말 좋아요. 게다가 여기는 볕도 좋고 조용해서 잠시 옮겨 살기에는 안성맞춤이군요. 어때요? 그 후로 몸은 좀."

내내 미소를 지으며 쾌활하게 말했다.

"고맙습니다. 볕이 좋아서 그런지 아주 기분이 밝아지고 좋아요."

"그거 잘 됐습니다."

"하지만 뭐랄까 역시 좀 적적하네요."

"그야 어쩔 수 없지요. 하지만 그에 대신할 게 있으니 좋지 않아요?"

"네?" 아야코는 살짝 의문스럽다는 듯 눈썹을 올리고 이해할 수 없다는 표정을 지었다.

"아니, 이 지역이 따스하고 몸을 양생하기에 좋다는 말씀입니다. 아하하하하." 시라이는 드물게 소리 높여 웃었다. 아야코는 쓸쓸히 웃으며 눈을 내리깔았다.

그리로 아이코가 차를 끓여서 옆방에서 가져왔다. 하룻밤 새에 그녀는 이 집 여주인과도 마음을 트게 되어 마치 아야코의 심부름을 해주는 아이나 사촌동생이라도 되듯 친해졌다.

"이 분은?" 아이코가 예의 바르게 인사를 했으므로 시라이는 앉은 자세를 고쳐 맞인사를 한 다음 그렇게 아야코에게 물었다.

"아이코 씨라고 제 새로운 친구에요." 아야코는 웃으며 어젯밤 오는 길에 만나게 된 이야기를 간단히 하고 아이코에게도 시라이를 소개했다.

"그렇습니까? 신기한 인연이군요. ……어떠십니까? 도쿄로 가면 우리 집에도 놀러 오세요. 아이들만 있어서 저도 힘이 들거든요." 하하하, 하며 다시 시라이는 웃었다.

"잘 부탁드립니다." 아이코는 말수 적게 인사를 했다.

"아이코 씨, 어젯밤 일 시라이 씨에게 이야기해도 되겠어요?" 조금 후 아야코는 약간 새삼스러운 말투로, 하지만 미소지으며 말했다.

"네, ……하지만……." 아이코는 얼굴을 붉히며 아래를 보았다.

"그럼 나머지 이야기는 된 거지요? 아까 산에서 의논한 거요."

"네, 모쪼록, 잘 좀." 아이코는 끄덕였다.

"저기, 시라이 씨, 이 분이 정말 처지가 안 됐어요. 지금 어떤 가게에서 일을 하고 있는데, 앞으로는 좀 반듯한 곳에서 일을 하고 싶어해요." 아야코는 아침부터 아이코와 의논한 이야기를 하고 그녀의 신상을 시라이에게 부탁했다.

"아, 그렇습니까? 좋습니다. 저도 그런 여자분이 필요했으니 싫지 않으시면 우리 집에 와서 아이들 좀 돌봐주시기를 부탁드립니다." 시라이도 흔쾌히 금방 승낙했다. 그래서 아이코는 짐도 있고 작별인사도 하고 오겠다며 곧바로 도노자와로 출발했다.

그 뒤에는 시라이와 아야코 둘만 남겨졌다.

(1921.6.26)

제184회

사랑의 샘물(3)

두 사람만 남게 되자 묘하게 적적한 표정에 서로 몸이 경직되는 것을 느끼며 시라이와 아야코는 잠시 말이 없었다. 그러나 그것은 시부야의 아야코 집에서 만났을 때와 같은 딱딱한 느낌은 아니었다. 서로 도쿄를 벗어나서, 말하자면 보는 사람 눈이 적어 자유로운 기분으로 지낼 수 있는 현재의 두 사람에게 마음의 허물을 없앤 일종의 따스한 정이 흐르고 있음을 부정할 수 없었다. 민감한 아야코는 곧 그것을 두렵게 느끼며 새삼스럽게 평정을 지키려 했지만, 늘 그런 대상이었던 시라이를 앞에 두고 아무래도 그게 잘 안 됐다. 적어도 그 자연스러운 감정을 이겨내려는 것은 사실상 더할 나위 없이 괴로운 노력이었다. 더구나 마음 밑바닥으로부터 자기 의사를 배반하듯 시라이에 대한 일종의 미묘한 감정이 불쑥불쑥 샘솟는 것을 그녀는 이미 어떻게 할 수 없었다.

그 감정은 시라이도 마찬가지였다. 느닷없이 — 라고는 하지만 물론 오다와라로 아야코가 간다는 것은 이전부터 들어서 알고 있었고 자신도 그러라고 한 사람 중의 하나였던 데다가, 아야코에게 편지도 받았으며 거기에는 시간이 되실 때 놀러 오시라고도 쓰여 있었다. 그 말이 단순히 의례적인 인사라고 치더라도, 그는 자신이 여기 오는 것이 기존 관계나 지금의 두 사람의 교제에서 봐도 특별히 부자연스럽거나 이상할 것이 없다고 해석했다. 하물며 자신은 아무런 꺼림칙한 생각도 갖고 있지 않았다. 그저 단순히 하룻밤 정도 두 사람이 느긋하게 이야기라도 해 보고 싶다고 생각했던 것이다. 하지만 막상 와보니 왠지 둘 사이에 일종의 신비한 감정의 흐름이 지나는 듯, 가벼운 농담 하나라도 어떤 의미를 가지고 상대방에게 영향을 주는 것 같아서 시라이는 적지 않은 압박감을 받았다.

'그래도 뭐 자연스럽게! 될 대로 될 거야.' 그렇게 마음속으로 중얼거렸을 때 아야코 쪽에서도 비슷하게 마음속으로 생각했다.

'어쩔 수 없지. 이것이 신의 섭리라면 나는 잠자코 복종할 거야!'

묵직한 침묵의 그림자가 두 사람 사이에 가로 놓였지만 시라이는 곧 방안의 단조로운 분위기를 깼다.

"조금 전 그 사람은 그런 가게에서 일하던 여자로는 보이지 않을 정도로 감정이나 동작이 순수해 보이네요." 아이코를 떠올린 듯, 그러나 지금 심정과는 전혀 상관없는 말을 했다.

"네, 그래요. 저런 사람은 요정 같은 데하고는 어울리지 않는 성격이지요. 처음부터 괜찮은 집에 일을 나갔으면 지금쯤 훌륭한 아내가 되었을 텐데요." 아야코도 자기 심정과는 다른 말을 했다.

"무슨 비밀이라도 있어 보입니다. 어젯밤 그 전차 선로에서 자살이라도 하려고 했던 건가요?"

"네, 그랬던 모양이에요."

"위험했군요. 아무래도 여자는 소심해질 수밖에 없으니…… 하지만 당신을 만나 목숨을 구하게 된 거군요."

"그래요." 아야코는 당시를 떠올리는 듯한 눈빛을 했다. "나도 태어나서 그런 건 처음 봐서 정말 놀랐어요."

"핫하하하하, 무슨 소설 같군요. 결국은 아야코 씨가 생명의 은인이 되다니. 하하하, 아니 참 좋은 일을 하셨습니다." 시라이는 다시 밝게 웃었다. 드물게 아야코의 이름까지 부르며 그는 한층 친밀함을 보였다.

"정말 이상한 인연이기도 하지요!"

두 사람은 얼굴을 서로 쳐다보며 마음이 서로 통한 듯 그렇게 있으면서, 아직 가려운 곳에 손이 닿지 않은 것인지 손이 닿는 것을 두려워하는 것인지 서로 친애의 미소만 지었다.

"정말 날씨가 좋네요." 시라이는 슥 일어나 따뜻한 툇마루로 나갔다. 아야코도 이끌리듯 살짝 일어나 시라이 곁으로 갔다.

하늘은 화창하고 푸르게 맑았으며 어딘가에서 덤불 휘파람새 우는 소리가 들렸다.

(1921.6.27)

제185회

사랑의 샘물(4)

밤이 되어가자 아야코는 낮에 느낀 불안과 희열의 정도가 한층 깊어지면서 왠지 한발 한발 두려운 것에 다가가는 듯한 기분이었다. 그러면서도 한편으로는 또 더할 나위 없는, 다시 얻을 수 없는 이 좋은 기회에 어떤 기쁨의 경계에 들어설 듯도 한 간지럽고 이상한 기분에 지배되는 듯했다.

"산책 나갔다가 밥이라도 먹으러 갈까요?" 전기불이 켜지자 시라이는 그렇게 말하며 아야코를 재촉했지만, 아야코는 낮 동안의 피로가 쌓였다며 거절했다. 내심은 같이 나가고 싶었는데 무슨 특별한 이유도 없이 그녀는 이렇게 말을 해버렸다.

"그렇다면." 두 사람은 먹을 것을 밖에서 주문하여 오랜만에 만찬을 같이 했다.

"도쿄를 조금 벗어나 이렇게 있으니 왠지 기분이 느긋해지네요." 시라이는 다시 평범한 이야기를 자못 진심을 담은 듯 차분히 말했다.

"정말 그래요." 아야코는 입으로만 공허한 대답을 했다. 두 사람 모두 마음은 그런 상황이 아니었다.

하지만 대화만큼은 세간적인 평범한 내용 투성이가 잇따라 둘 사이를 오갔다.

이윽고 9시 무렵이 되자 밤이 꽤 이슥해진 것을 느낌과 동시에 드디어 무언가가 그곳에 찾아온 듯, 두 사람은 서로 쳐다보던 눈을 저도 모르게 외면하고 마음의 긴장을 느꼈다. 평소보다 한 시간이나 잠자리에 늦게 들게 된 이 집 여주인은 알만하다는 표정으로 거기에 얼굴을 내밀었다.

"저기, 이불은 이쪽으로 드릴까요……?" 아야코 얼굴을 보았다.

"아닙니다. 저는 밖으로 나갈 겁니다. 어디 숙소가 있을 거예요." 아야코 표정에서 순간이었지만 살짝 곤혹스러운 빛을 읽은 시라이는 그렇게 재빨리 대답하고 피우던 담배를 난로 속에 집어넣었다.

"어머, 여기 계시면 어때요? 오랜만이신데……." 안주인이 그렇게 말했으므로 아야코는 그 말에 유혹이라도 된 듯 말했다.

"저기, 시라이 씨, 불편하시지 않으시다면 그냥……." 그렇게 말을 해 버리더니 아야코는 자기 말에 화들짝 놀랐다.

"그래요. 바깥 숙소 같은 데에서 어떻게……." 안주인은 모든 것을 다 안다는 듯한 얼굴이었다.

"아니, 저야 아무래도 상관은 없습니다. 아야코 씨만 지장이 없으시다면……." 시라이는 일어서려던 다리를 다시 방석 위로 옮겨 앉았다.

"정말 변변치 못한 이불이지만……그럼 여기 둘 테니까요……." 그렇게 말하고 안주인은 한 벌의 침구를 그리로 내놓았다. 그리고 인사를 하고 물러났다.

"제가 터무니없이 폐를 끼쳤군요." 시라이는 방을 나간 안주인 뒷모습을 뒤쫓기라도 하듯 아야코에게 말했다. "왠지 오늘 밤은 잠이 안 오네요."

"네, 정말 그러네요. 바깥 날씨가 따뜻해져서 그럴까요?" 아야코도 흥분을 억눌러 감추듯 애써 태연한 척 대답했다. 하지만 눈은 이상하게 빛나면서 반대로 목소리에는 전혀 생기가 없었다.

"어때요? 잠이 올 때까지 앉아서 옛날이야기라도 할까요?"

"네, 좋아요." 아야코도 빙그레 웃었다.

그러나 두 사람에게는 특별히 이야기할 만한 재미있는 화제도 없었다. 서로 첫사랑이던 무렵의 이야기는 그렇게 노골적이지는 않아도 지금까지 이따금 꺼내 속속들이 이야기했다. 그 이상 이야기할 만한 추억도 더 없었다. 이야기한다고 하면 역시 현재 생활에 대한 기분이었다. 지금 두 사람의 심정이었다. 그러나 둘은 그 얘기는 하지 않으려는 듯 스스로 억제하면서 부자연스러운 노력을 지속했다.

"이제 쉬시겠어요? 이 집 사람들에게 미안하니까……." 조금 후 아야코는 괴로운 듯한 표정을 드러내며 그렇게 말하고 기운 없는 듯 몸을 조용히 일으켰다.

주위는 고요했고 밤은 점점 깊어만 갔다.

(1921.6.28)

제186회

사랑의 샘물(5)

아야코 입장에서는 고민스럽고 고통스러운 그 하룻밤이 이제 드디어 동트려 했다. 겨울밤은 길다고들 하지만 그 하룻밤은 얼마나 길었던가. 아야코는 최근에 이렇게 긴 밤을 지낸 적이 없을 정도로 그 밤은 새벽이 너무도 멀고 먼 밤이었다. 하룻밤 내내 한숨도 붙이지 못한 탓도 있다. 아무리 몸을 뒤척이고 눈을 굳게 감아도 도저히 잠들지 못한 탓도 있다. 그녀에게는 두 밤 세 밤의 어두운 시간이 자기 앞에 놓인 듯 그 밤이 실로 길게 여겨졌다.

그렇게 겨우 그 고민스럽고 기나긴 밤이 밝아지려 했다. 자신이 누워 있는 방은 주인 부부의 거실이고 시라이 침실 사이의 방…에는 전기불이 없어서 아직 어두웠다. 하지만 이제 곧 아침이 될 터였다. 덧문 틈으로 새어 들어오는 새벽 빛이 장지문 사이를 통해 물이 들어오듯 스르륵 비쳐들었다. 옆방에서는 이미 안주인이 깨어난 기척이 들렸다. 아야코는 구원받은 기분이었다. 그와 동시에 뭔가 손안의 옥구

슬을 놓친 듯도 했다. 모처럼의 기회를 놓친 느낌이었다.

"이 무슨 모순된 마음이지?" 아야코는 자조적으로 혼잣말을 했다. '하지만 그가 일어나면 어떻게 하지? 어떻게 해야 하는 걸까?' 그다음 그녀 마음을 사로잡은 것은 이 부분이었다. 아야코는 일어난 다음 몸 처신을 어떻게 해야 할지 여러 가지로 고민했다.

아침 햇살에 재촉이라도 받듯 아야코는 침상에서 휙 일어났다. 어 질어질 현기증이 나는 듯했다. 뭔가 대단한 압박을 받은 것처럼 온몸 에 피로를 느꼈다.

'저분은 어떻게 하고 계시려나?' 아야코는 마음속으로 중얼거렸다.

"벌써 일어나셨어요?" 안주인은 평소와 달리 일찍 일어난 아야코 를 눈을 가늘게 뜨고 보았다. 그리고 아야코가 평소 사용하지 않는 가 운데 방에서 자고 있는 것을 보고 '어머나!' 하는 표정으로 이리저리 살펴보더니, 자기 추측이 어긋난 것을 머쓱해하며 잠자코 툇마루의 덧문을 올려 걷었다. 맑은 아침의 냉기가 서늘하게 아야코를 감싸며 탁한 머리가 한꺼번에 씻기는 듯 상쾌했다. 시라이는 아직 옆방에서 자고 있었다.

"시라이 씨, 안 일어나세요?" 애써 태연한 태도로 아야코가 과감하 게 시라이 베개맡으로 다가간 것은 그로부터 2시간이나 지나서였다. 벌써 식사 준비는 다 되었다.

시라이는 머리까지 푹 뒤집어 쓴 이불 속에서 머리만 뒤로 돌리며 말했다.

"저기, 죄송하지만 종이랑 연필을 좀⋯⋯." 의외의 말을 했다. 그 목소리로 미루어 그는 진작에 잠에서 깬 것 같았다.

"뭐 하시게요? 편지요? 일어나서 쓰시는 게 어때요?" 그렇게 말하며 아야코는 책상 위에 두루마리 종이와 만년필을 집어 베개맡에 두었다.

"아닙니다." 시라이는 배를 깔고 기어가는 자세로 무언가를 휘갈겨 쓰기 시작했다. 무엇을 하는가 싶어 아야코는 이상하게 여기며 보고 있었더니 곧 시라이는 한 자 남짓 되는 길이로 써내려간 종이를 잠자코 아야코에게 내밀었다. 물론 고개는 들지 않았다.

"어머!" 아야코는 확 얼굴을 붉혔다. 그리고 그 종이를 읽어가는 그녀의 손끝이 떨리며 눈은 점점 반짝였다.

그녀는 그것을 다 읽고 나서 저쪽을 향해 누워 있는 시라이의 귓가에 살며시 입을 가져갔다.

"네, 오늘 밤……오늘 밤 이야기해요. 그렇게 걱정하시지 않아도 돼요. 나중에 확실하게 이야기해요. 그러니까 먼저 일어나세요." 그것은 다정한 목소리였고 시라이 귀에 마치 사랑의 속삭임같이 울려 퍼졌다.

(1921.6.29)

제187회

사랑의 샘물(6)

'아, 결국 내가 엄청난 말을 해 버렸어!' 그 뒤 아야코는 곧바로 자신을 책망하듯 이렇게 마음속으로 말했다. 이미 돌이킬 수 없다고 생각했다. 마침내 갈 곳까지 갔다고 여겼다.

'그런데 나는 왜 이렇게 두려워하는 걸까? 왜 이렇게 주저하는 거지?'

그녀는 다시 그렇게도 속으로 말해 보았다.

'저렇게나 나를 사랑해 주시는 분이지 않은가. 나 또한 사랑하는 사람이 아니던가. 설령 사랑이라도, 서로 사랑에 가득 차 있다고 해도 괜찮지 않을까? 저쪽도 독신이고 나도 지금은 혼자이니 서로 아내를 잃고 남편과 헤어진 자유로운 몸이 아닌가. 그런데 무슨 상관이 있단 말인가? 저쪽이 열렬히 사랑해 주고 나도 생각이 다르지 않은 한, 솔직하게 따지는 것 없이 그의 사랑을 받아들이면 되는 거 아닌가!……'

그렇게 생각을 바꾸자 아야코는 '오늘 밤 이야기해요'라고 했던 것이 그리 경솔하지 않았다고 스스로 판단했다.

물론 그녀가 시라이 가슴에 옛사랑이 부활했음을 인식한 것은 벌써 한참 전이었다. 아니 시라이보다 자신이 더 빨랐을 지도 모른다. 하지만 시라이가 그 때문에 자기 집안일을 이리저리 알아보고 걱정해서 처리해 준 것이라고 생각하지는 않았다. 시라이는 그렇게 저열한 사람이 아니라고 지금도 믿고 있었다. 그런 생각을 하는 것만으로도 자신의 불순함과 사악한 마음을 드러내는 것 같아 그녀는 몹시 자책하는 마음이 들어 괴로웠다.

아무런 계산도 없이 흘러가듯 이렇게 된 것이다. 또한 되어야 할 대로 되어갈 것이다. 이렇게 된 것도 자연스러운 일이고 두 사람 마음이 이렇게 기울어온 것도 자연스러운 일이며 인위적으로 도저히 어떻게 할 수도 없는 일이었다. 우리는 자연스럽게 신의 섭리대로 또 운명이 향하는 대로 살아가는 수밖에 도리가 없다…….

아야코는 이윽고 그렇게 달관하고 이제 어제만큼 그 일을 두려워하지 않게 되었다.

그날 하루는 도쿄의 이야기를 하거나 아이코에 관한 이야기를 하며 두 사람은 특별히 이렇다 할 깊은 이야기는 하지 않으면서 즐겁게 시간을 보냈다. 이윽고 문제의 밤이 되었다. 그러자 어제 도노자와로 출발했던 아이코로부터 편지가 왔다. 아야코는 사실 오늘 밤에 그녀가 짐을 가지고 이리로 올 것이라 예상했었다. 아야코는 마음 한구석에서 그것을 시라이에 대한 일종의 방패로 삼으려고 마음의 준비를 했다. '오늘 밤 이야기해요'라고 말한 것은 사실 그런 점도 생각에 다 들어가 있던 것이긴 한데, 모조리 그림의 떡이라도 된 듯 사람은 오지 않고 편지만 흘러들어왔다. 더구나 그 편지에는 '저 혼자만의 생각으로 결정하기 어려우므로 곧 어머니와 상의를 하고 이삼 일 내로 찾아뵙겠습니다'라고만 되어 있고 상세한 내용은 쓰여 있지도 않았다.

"역시 요정 같은 데가 좋은가 봅니다. 아무래도 요정에서 일해보고 그 맛이 들면 반듯한 일은 못하지요." 시라이는 그렇게 말하고 아이코의 마음을 추측했다.

"그렇지도 않을 텐데……." 아야코는 고민스러운 눈빛을 했다.

"저는 아이코를 계속 그런 곳에 내버려 두기가 정말 애석해요. 게다가 고야마 같은 녀석에게 저렇게 따라가게 두는 것도 가여워서 안 되겠더라고요."

"그야, 그렇게 보면 그렇지요."

두 사람은 그리고 나서 잠시 침묵에 빠졌다.

"어때요? 소화도 시킬 겸 걷다 오지 않을래요? 집에만 있는 것도 답답하니……" 곧 시라이는 그렇게 말하고 아야코를 일으켜 세웠다.

"그러네요. 그럼 같이 가요." 아야코도 금방 동의하고 일어나서 거울 앞에 앉아 채비를 시작했다.

(1921.6.30)

제188회

사랑의 샘물⑺

밖은 어두웠다. 흐려서 달은 보이지 않고 별 깜박임조차 흐릿했다.

두 사람은 사람 많은 거리를 피해 어두운 산 쪽으로 천천히 걸어 갔다.

"어제는 그렇게 따뜻하더니 흐려졌네요. 내일은 비라도 오려나?" 시라이는 어두운 하늘을 바라보며 말했다.

"가끔은 비가 내리는 것도 좋지요." 아야코도 슬쩍 하늘을 올려다 보며 비를 그리워하듯 말했다.

저쪽에 초롱불이 두 개 언뜻언뜻 보일 뿐 사람들 통행은 없었다. 두 사람은 아무 말 없이 걸었다. 툭하면 어느 쪽이라고 할 것도 없이 두 사람은 서로의 숨결까지 느껴질 만큼 몸이 붙었다. 그럴 때마다 따뜻한 두 사람의 손이 닿았다. 아야코는 가슴을 두근대면서도 그것을 피하려고 하지 않았다. 두 사람은 이윽고 오른 편에 밭이 펼쳐진 좁은 길로 들어섰다.

"운명이라고 할지 인연이라고 할지 참으로 묘해요. 한때 소식도 끊어졌던 우리가 그 온천장에서 우연히 만난 이후로 다시 옛날처럼 친밀함을 회복하다니⋯⋯사람의 앞날만큼 알 수 없는 게 없습니다." 조금 있다가 시라이는 감개가 깊다는 듯 이렇게 말했다.

"정말 그래요. 저도 그런 생각을 하면 뭐랄까, 사람의 인연이라는 게 한 번 끊어진 듯 보여도 사실 끊어진 게 아니라고 여겨질 때가 있어요. ⋯⋯당신과 나도 역시 장래에 이렇게 되리라고 옛날부터 정해졌던 게 아닐까요?" 아야코도 진실한 어조로 말했다.

"그러고 보면 그런 것도 같습니다. ⋯⋯그 시절에는 서로 정말 즐거웠지요."

"네, 그래도 저는 지금이 더 깊이가 있는 느낌이라 좋아요. 그 시절에는 정말 아이 같은 마음만 있었으니까⋯⋯."

"그건 그렇지요. 어때요? 이렇게 말하면 이상하지만, 그 시절 마음으로 다시 돌아가 보는 건⋯⋯." 그렇게 말하고 시라이는 가만히 아야코의 옆얼굴을 내려 보았다.

"네……저는……." 아야코는 가슴이 두근두근 뛰고 얼굴을 붉혀져 고개를 숙였다.

"노골적으로 고백할 필요도 없겠지요. 이미 제 마음은 충분히 알아주실 거라 믿어요……. 다른 생각이 아니시라면 나의 가여운 두 아이의 어머니가 되어 주지 않겠어요? 그리고 외롭고 고독한 내 삶을 구해 주세요."

여느 때 없이 시라이는 흥분하여 하는 말도 군데군데 끊어졌다. 그리고 아야코 귓가에 속삭이는 그 말은 열이 오른 사람 목소리처럼 그녀 귓가에 뜨거운 불꽃처럼 전해졌다.

"네, 그럼 저 같은 여자라도 괜찮으시다면……." 아야코는 한층 얼굴을 붉혔다. 말도 목에 막힌 듯 술술 나오지 않았다.

"받아 주시겠습니까!" 그렇게 말한 시라이는 갑자기 아야코의 손을 꽉 잡았다. 그러자 아야코도 기쁜 듯 가슴이 메어오는 느낌으로 손잡은 남자의 손을 꽉 마주잡았다.

"그럼 저도 정말 만족이에요. 저는 당신을 위해서라면 무슨 일이든 사양하지 않으려고요. 또 아이들도 다행히 저를 좋아해 주니 가정도 원만하게 꾸려갈 거라고 믿어요."

"네, 저도 할 수 있는 것이라면 어떤 일이라도……."

두 사람은 뜨거운 손을 잡은 채 조용히 걸었다. 남자의 피가 온몸에 흘러드는 느낌이 들어 아야코는 몸을 떨면서 서 있기 힘든 듯 눈앞이 멍해져 왔다. 그러자 조금 더 걸어간 곳이 마침 막다른 길이라

거기에서 오른쪽으로도 왼쪽으로도 길이 없었다. 두 사람은 뒤로 돌아가야 했다.

"아야코 씨, 그럼 약속하지요!" 거기 멈춰선 시라이는 아야코를 꼭 끌어안았다.

"당신……" 남자 가슴에 얼굴을 묻은 아야코는 울음을 참듯 목이 메었다. 그리고 뜨거운 입술과 입술은 아무런 주저도 없이 열정적으로 맞춰졌던 것이다. ……멀리서 마을 사람들의 흥얼거리는 노랫소리가 꿈결처럼 들려왔다.

(1921.7.1)

제189회

복수(1)

시라이는 그다음날 아침 일찍 도쿄로 돌아갔다. "그럼 조만간 공개적인 교제는 많은 사람들 앞에서……." 그렇게 말하고 그는 아야코와 헤어져 출발했다.

지금까지 뭔가 부족하고 외롭고 쓸쓸하다고 자기 생활을 비관하던 아야코는 하룻밤 새에 마음이 완전히 바뀐 듯 밝고 즐거운 생활이 찾아온 것 같았다. 무거운 짐을 내려놓고 곪은 상처를 째서 치료한 것처럼 마음이 가볍고 상쾌해져 그녀는 진심으로 안도했다. '왜 나는 지금까지 고집스럽게 나 자신에게 저항했던 것일까? 왜 망설이고 주저했을까? 왜 빨리 그 사람의 사랑을 받아들이지 않았을까?' 그런 생각을 했다. 첫사랑이 드디어 보답받은 것이라 여겼다. 지금까지 마음의 투쟁과 노력은 이 기쁨과 광명에 이르는 준비였다고 생각했다.

그런데 시라이가 돌아간 다음 아야코는 갑자기 지금까지 이상으로 외로움을 느꼈다. 왜 오늘 하루 더 있으라고 만류하지 않았는지 후회가 되었다. 그러자 사카와에 있는 딸 데이코가 걱정되면서 왠지 딸에게 미안한 기분이 들어 아야코는 사카와로 가면 이 적적함이 조금이라도 위로받을 것 같았다.

그런 생각이 드니 가만히 있을 수가 없어서 아야코는 곧바로 준비를 하고 숙소를 나섰다. 그리고 이전과 마찬가지 시각에 같은 곳으로 가서 오시노를 기다리고 있자니까 곧 데이코의 손을 끌고 그녀가 웃으며 그리로 왔다.

"아이고, 마님, 제가 어제도 나와서 기다리고 있었어요⋯." 그렇게 말하며 오시노는 인사를 했다. "오늘쯤 오다와라로 갈까도 생각했고요."

"나도 쉽게 나오지를 못했어요. 어머, 데이코, 미안했구나." 아야코는 진심으로 그렇게 말하며 데이코를 안아 올렸다. 평소 같으면 '시라이 씨가 오셔서'라고 말했겠지만, 아야코는 이미 시라이의 이름을 가볍게 말할 수 없게 되었다.

"어머니, 어제 왜 안 왔어요?" 엄마에게 안긴 채 데이코는 귀엽게 물었다. 그 순진한 말이 아야코 가슴에 크게 울리며 그녀는 왠지 모르게 스스로가 죄인같아 보였다.

그때 뒤에서 누군가가 부르는 목소리가 들려 뒤돌아보니, 그것은 뜻밖에 다쓰에였다. 아야코가 그를 알아보고 데이코와 헤어져 서둘러 돌아가려고 했지만 그때 이미 다쓰에 모습이 바로 앞까지 와 있었다.

"아야코!" 다쓰에는 숨을 몰아쉬며 불렀고 그녀 옆으로 다가왔다. "오랜만이군." 그 말만하고 우물쭈물했다.

"죄송해요. 제가 바빠서요." 아야코는 병원에서의 일도 있고 해서 말을 섞기 불쾌했다.

"잠깐은 괜찮지 않아? 오늘 좀 이야기하고 싶은 것도 있고……." 다쓰에는 거기에서 오시노를 보고 말했다. "유모는 어젯밤 사건 알고 있나?"

"어젯밤 사건?" 물론 그게 자신의 일을 말하는 것이 아님을 알고 있었지만 아야코는 묘하게 흠칫했다.

오시노는 당혹스러운 빛을 띠었다. "어젯밤 큰 나리가 늦게 돌아가셨다는 말을 들었고, 게다가 고야마에게 험한 꼴을 당하셨다고 하더군요. 하지만 뭐가 어떻게 된 건지 저는 전혀 모르겠습니다." 그녀는 반쯤은 아야코에게 이야기하듯 말했다.

"나도 전혀 모르겠더군. 어쨌든 아까 고야마가 하코네에서 왔다고 하면서 어젯밤 일을 나에게 보고하러 왔어. 그게 참회인지 뭔지 영문을 알 수 없는 것이었는데 정직하게 말한 것인지 아닌지도 모르겠더라고. 그놈 때문에 내가 완전히 속아 넘어갔던 거야." 다쓰에는 지금 고야마를 앞에 끌어다 앉혀 놓고 말하기라도 하는 듯 몹시 성이 난 태도로 그렇게 말했다.

(1921.7.2)

제190회

다쓰에는 다시 말을 이었다.

"그놈과 오스마의 관계가 어찌어찌 되었다며 참회하는 사실 이면에도 또 어떤 사실이 숨어 있을지 모를 일이야."

깊은 의혹을 풀기 어렵다는 얼굴로 그는 후하고 한숨을 뱉었다.

그에게는 아직 아야코도 이해할 수 없는 사람의 한 명임과 동시에 오스마나 고야마도 이해할 수가 없었다. 좋게 보면 어딘가 모르게 좋게 보이고 나쁘게 해석하면 실제 이상으로 나쁘게도 보였다.

"그야 어쨌든 간에 나는 아야코 당신에게 사죄를 해야겠어."

"어째서지요?"

아야코는 의아하다는 듯 물었다.

"내가 이제야 아야코의 진실을 겨우 이해하게 되었거든."

"진실이라고요?"

"고야마에게 오늘 처음 내가 서양에 가 있을 때 생긴 사건을 들었고, 당신이 지금까지 그것을 다른 사람에게는 물론이려니와 나에게조차 한 마디도 하지 않았다는 것을 알게 되었지. 나에게 왜 털어놓지 않았지? 아버지의 그 말도 안 되는 행위를……." 다쓰에는 눈물이 글썽이는 눈으로 말했다.

아야코는 잠자코 아래만 내려다 보았다.

"시라이 씨에 대해서도 마찬가지야……." 다쓰에가 또 무슨 말을 하려고 했으므로 아야코는 저도 모르게 화들짝 놀랐지만 곧 마음을 단단히 먹었다.

"제가 변명을 했지만 당신이 들어주지 않았지요……."

"내가 잘못했어." 다쓰에는 창백한 얼굴이었다. "내가 당신이라는 사람을 믿지도 못하고 제대로 사랑하지도 못했기 때문에, 내내 오스마와 고야마가 하는 말에만 마음이 동요되었지. 이제 깨달았어. 모든 것을 알았다고. 그래서 내가 당신에게 새삼스럽게 부탁을 하고 싶은데 들어주지 않겠어?" 그는 목소리를 한층 굳건하게 했다. "다른 게 아니야. 다시 한번 나와 함께 해 주지 않겠냐고 부탁하는 거야."

"네?" 아야코는 난감한 표정을 했다.

"아마 고야마나 유모에게서 들었겠지만 나는 당신에게 고개를 제대로 들지 못할 부끄러운 짓을 했지. ……내 본위의 변명이지만 그것도 용서해 주었으면 좋겠어."

"…………." 아야코 얼굴에는 더욱 더 곤혹스러운 빛이 떠올랐다. 그리고 다음 순간에는 야유 섞인 냉소가 서늘하게 표정에 드러났다.

"당신이 만약 내 죄를 용서하고 함께 하기를 승낙해 준다면 나는 모든 것을 아버지 앞에서 참회하고 새롭게 당신과 결합하고 싶어. 그러려면 일단 당신 마음이 어떤지 들어둘 필요가 있겠지. 만약 아버지가 승낙해 주시지 않으면 나는 당신과 완전히 혁신적인 생활에 들어가기 위해 시마 집안을 버려도 상관없어. 당신의 시종일관된 애정만 있다면 나는 아무것도 필요 없어. ……아야코, 어떻게 생각해? 내 말을 들어주지 않겠어?"

"이제는 늦었어요." 아야코는 분명하게 말했다.

"뭐라고? 늦어?" 아야코의 말에 대해 다쓰에는 물론 오시노도 약간 이해할 수 없다는 낯빛이었다.

"이제 와서는 이미 틀린 일이에요."

"한 번 깨진 것은 원래대로 복귀할 수 없다는 말인가?"

"어쩔 도리가 없어요."

"내가 모든 것을 참회하고 새롭게 당신의 사랑을 요구하는데 어째서 안 된다는 거지……."

"하지만 내 애정은 당신이 일방적으로 생각하는 거고 처음부터 그런 게 없다면요……?"

"그럼 당신의 사랑, 현재의 애정이 시라이에게 옮아가기라도 했다는 거야?" 다쓰에는 발끈하여 힐문했다. 그 흥분해서 번득이는 눈빛에는 억제할 수 없는 질투의 불꽃이 이글이글 타오르고 있었다.

옆에서 어찌할 바를 모르고 서 있는 오시노는 그저 조마조마 가슴을 졸였다.

(1921.7.3)

제191회

복수(3)

다쓰에가 다그쳐도 아야코는 조금도 물러서지 않았다. 그리고 이제 얼굴색도 하나 동요하지 않았다. 말소리는 술술 아무런 막힘도 없이 나왔다.

"그것을 이제 와서 당신에게 고백할 필요가 있나요? 그럴 의무도 없잖아요."

"으음. 그럼 관계가 있다는 말이로군."

"그야 당신 마음대로 해석하세요. 다만 지금까지는 정말로 깨끗했고 서로의 정신만으로 나누는 사랑이었다는 것은 말씀드려 두지요. 그리고 내가 당신의 아내였을 동안에는 그것조차 마음으로 거의 느끼지 못할 만큼 그저 담백한 우정이었어요."

"으음." 다쓰에는 괴로워 쓰러질 듯 신음 소리를 냈다. "그럼 언제부터 구체적으로 진행되었다는 거지?"

"그건 당신에게 말씀드릴 범위가 아니에요." 아야코는 상대가 초조함을 보이면 보일수록 냉정해져서, 속이 시원할 정도로 또박또박한 어조였다.

"또 당신은 거기까지 추궁해서 물어볼 수도 없어요. 제가 쇠인이고 당신이 재판관이 아닌 이상은……."

오시노도 옆에서 듣고 있다가 '마님이 얼마나 속 시원하게 말씀하시는 거야!' 하고 여겼다. 원래 다쓰에가 더 남자다운 행동을 할 줄 아는 사람이었더라면 오시노도 '아이고, 마님' 하면서 의리상 만류라도 하려고 했겠지만, 지금의 오시노에게는 그럴 생각은 추호도 없었다. 그런 동정심은 다쓰에에게 약으로 쓰려고 해도 가지고 있지 않았기 때문이다. 그와 더불어 그녀는 오늘과 같이 늠름한 아야코를 지금까지 이십 몇 년 동안 본 적이 없었다. 정말 가슴이 확 트이는 듯한 말씀

씨였다! 그에 반해 젊은 나리의 모습이란 어떻단 말인가? 마치 미련을 가진 여자처럼 아무리 거절의 말을 들어도 상대의 꽁무니만 따라다니는 기개 없는 사람 같았다……. 오시노는 혼자 통쾌해하면서 부모의 다툼을 보고 울음을 터뜨리려는 데이코를 어르고 달래며 가만히 그 자리를 떠났다.

"하지만 단순히 정신적인 것이라면 나도 그것을 탓하고 싶지는 않아. 괜찮으니까 나와 원래대로 합쳐 줘……." 조금 후에 다쓰에는 어조를 부드럽게 하여 부탁하듯 말했다.

"당신은 그렇게 하면 괜찮겠지만 제가,…… 당신이 아까 이야기했던 것처럼 오스마 씨와의 그 사건을 제가 용서하지 않으면 어떻게 하시겠어요?"

"그렇다면 그 일이 있어서 그것 때문에 당신은 나와 다시 합치는 걸 거절한다는 거야?"

다쓰에의 말은 다시 뾰족해졌다.

"거절한다거나, 싫다거나, 저는 그런 말을 하는 게 아니에요. 하지만 단순히 같이 산다고 가정하더라도 그런 일이 있었다면 부부로서는 이미 틀린 거지요. 그일 이후 부부 마음에는 벌써 금이 가 있는 거니까요."

"……." 다쓰에는 할 말이 궁해서 그저 입을 옴짝달싹하기만 할 뿐 한 마디도 못했다.

"어쨌든 일단 깨진 부부 사이니까요. 역시 이대로 저는 혼자서 지내고 싶어요. 오스마 씨에 대해서도 저는……."

무슨 말을 해도 6년 가까이 부부로 살아온 남자였다. 그 남자에 대해 너무 무정한 말만 할 수도 없다. 내가 조금 지나치게 말을 했을 지도 모르지…그렇게 알아차린 아야코는 이전보다 더 말을 부드럽게 하여 상대를 달래듯 말했다.

"그럼 데이코를 위해서라도 이제 돌아와 주지 않겠다는 거군." 다쓰에는 절망적으로, 그럼에도 마지막 무기를 꺼내 설득했다.

"어찌할 도리가 없어요." 뜻밖에 아야코가 담담하게 반응하니 전혀 효과가 없었다.

"아무래도 안 되겠다고!"

"깊이 결심했어요. 이제 그것을 뒤집을 수는 없습니다." 그렇게 딱 잘라 말한 아야코 눈에서 뚝뚝 뜨거운 눈물이 흘렀다. 오시노도 옆에서 따라 울었다.

멀리서 쏴 파도 소리가 쓸쓸하게 들려왔다.

(1921.7.5)

제192회

복수⑷

"이 무슨 추태인가, 이 무슨 모욕인가!" 해변에서 집으로 돌아온 다쓰에는 자기 숙소로 들어가더니 모자를 다타미 위에 내던지고 외투를 입은 채 털썩 책상 앞에 앉자마자 머리를 싸매고 번민했다.

자신의 아내였던 여자에게 이 정도의 수치를 당한 적은 없었다. 예전에 그리 온순하던 여자가 이토록 강경한 태도로 나오리라고는 생각지 못했다. 그게 다 시라이가 뒤에 있기 때문이다. 그렇게 생각하자 그는 한층 질투와 분노의 감정에 휩싸여 어떻게 하면 좋을지 머리가 뒤죽박죽되어 복수의 일념까지 끓어오르는 것이었다. 오늘 일은 아야코에게 꼴좋게 복수를 당한 결과였다. 아야코는 보기 좋게 자신을 이겼다. 자신은 이제 어떻게 체면도 없이 도쿄로 되돌아갈 수 있겠는가. ……

'아아, 이렇게 된 게 모두 내 어리석음 때문이지만, 생각해 보면 모두 고야마에게 속았기 때문이며 또 오스마에게 유혹을 당했기 때문이다. 설령 고야마에게 속았다고 쳐도 나중에 알게 될 일이었고, 실제로 지금에 와서는 그놈의 고백에 의해 대강 추측도 할 수 있다. 그놈은 정말 나쁜 녀석이다. 괘씸한 놈이다. ……그러나 오스마와의 관계는 어떻게 한단 말인가? 그런 일이 있었기 때문에 아야코도 내 요구를 거절한 것이다. 그 일만 없었으면, 오스마만 없었으면, 아야코는 틀림없이 내 요구를 들어주었을 것이다. 데이코를 그렇게나 사랑하지 않는가. 설령 나에게야 어떻든, 귀여운 아이를 위해 다시 한번 어머니가 되는 것을 거절하지는 않았을 것이다. 역시 오스마 때문이다……아아, 나는 돌이킬 수 없는 짓을 해 버렸다. 지난 결혼생활, 그렇게나 순결을 지켜온 결혼생활을 하루아침에 망친 건 모두 오스마 때문이다. 가증스러운 여자, 무서운 여자, 아아, 그 여자를 어떻게 해야 하지…….'

책상 앞에 머리를 처박고 다쓰에는 산산이 어지럽게 흩어진 마음을 무언가로 긁기라도 하듯 몸부림치며 괴로워했다.

"하지만 그것만이 아닐 지도 모른다. 아야코가 거절한 것은 오스마 일 때문만은 아닐 지도 몰라. 만약 그렇다면 역시 시라이도 관계가 있는 게 아닐까? 이미 마음으로만 하는 사랑이 아니고 육체적으로도……아아, 나는 생각만 해도 견딜 수가 없어……."

마침내 혼잣말로 그렇게 내뱉은 다쓰에는 앉아 있는 것도 못하겠다는 듯 슬쩍 뒤로 벌렁 쓰러졌다. 머릿속이 댕댕 울리는 듯하고 다다미는 위아래로 진동하며 천정은 빙글빙글 도는 것 같았다. 그는 '아아' 하고 신음하듯 외친 후 눈을 꾹 감았다. 심장아 찢어져라, 머리야 깨져라, 이제 나는 사는 것도 싫다! ……

"어머, 다쓰에 씨, 어떻게 된 일이에요? 외투도 벗지 않고 누웠다니요……."

오스마가 평소의 화려한 모습으로 밝게 웃으며 들어왔다.

"……." 다쓰에는 잠자코 있었다.

"이봐요, 감기 걸려요. 어떻게 된 일이에요? 일어나요." 바짝 다가와서 오스마는 마구 놓인 옷들을 앞으로 그러모아 주었다.

"이봐요, 다쓰에 씨, 대체 어떻게 된 거예요? 잤어요? 왜 아무말 않고 있지요? 나만 말하게 하고 있군요." 오스마는 붉은 입술을 다쓰에의 창백한 뺨으로 가져가려 했다.

"그만두라고요!" 갑자기 다쓰에는 외치며 벌떡 튀어일어났다.

"어머, 놀라라! 무슨 목소리가 그래요?" 오스마는 정말 놀라 뒤로 손을 짚었다. 그리고 휘둥그레 떠진 눈이 남자를 유혹하듯 화려하게 빛나고 있었다.

"이제 그런 짓은 그만 둬요." 다쓰에는 같은 말을 되풀이해서 말했다. "그리고 당신 이제 이 집에서 나가 줘요."

"네? 어째서, 왜 나를 쫓아내려고 하는 거예요?" 오스마는 물끄러미 상대를 노려보았다. "아, 알았다! 당신, 아야코 씨에게 꼼짝도 못하고 당하고 온 거군요. 그렇지요?"

"뭐든 됐어요. 나가 달라고요." 다쓰에는 명령하듯 외쳤다.

"아니에요, 나는 나가지 않겠어요. 네, 여기에서 한 발짝도 물러나지 않겠어요. 당신이 이제 와서 그렇게 말하면 그게 나에 대한 의리인가요?" 오스마의 말은 다그치듯 강하고 날카로워졌다.

(1921.7.6)

제193회

복수(5)

오스마는 도쿄로 돌아가 버린 분페이를 배웅하고 곧장 이리로 들어왔는데, 그 도중에 별장 부근의 해변에서 다쓰에가 아야코와 무언가 말다툼하고 있는 듯한 모습을 멀리서 보았다.

그녀는 그리 가볼까 싶었지만, 오랫동안 만나지 못했던 아야코에게 새삼스러운 인사를 하기도 싫었고 이전처럼 아무렇지 않은 기분으로 만날 수도 없는 자신의 입장 때문에, 다쓰에가 아야코와 헤어져 화난 모습으로 휙 들어오는 것을 보고 자기도 숙소로 돌아온 것이다. 그리고 그가 금방이라도 자기 방으로 찾아와 아야코 험담이라도 실컷 하려나 싶어 기다리고 있었는데, 시간이 아무리 흘러도 그런 기척이 나지 않아 그녀는 좀이 쑤셔 이쪽 방으로 건너왔다.

"다쓰에 씨, 아무리 아야코 씨가 뭐라고 해서 화가 났기로서니 그것을 나에게 화풀이하듯 의리도 없이 그런 말을 하는 거예요? 마음을 가라앉히고 잘 생각해 봐요." 오스마는 울컥하는 심정을 겨우 가라앉히고 차분히 말했다.

"의리가 있는 건지 없는 건지 몰라도 어쨌든 왜 내가 이런 말을 하는지 당신도 짐작은 가지 않소?" 다쓰에는 오스마를 지겹다는 듯 보며 말했다.

"짐작? 내가 짐작을 할 거라고요? 네, 그야 하고말고요. 당연히 하시요. 나만 하겠이요? 당신도 물론 짐작할 거예요. 설마 아니라고는 못하겠지요?"

"하지만 당신이 먼저 선수를 쳤잖소. 나는 처음부터 생각지도 않았던 일이라고요."

"흥, 그럼 뭐에요? 내가 먼저 손을 뻗었기 때문이라고요? ……그래서 어쩌라는 거예요?"

"어쩌고 저쩌고 할 것도 없어요. 이제 그런 말 하기도 싫다고요. 내가 생각할 게 있으니 이 방에서 나가 주시오."

"또 내쫓는 거예요? 내가 나가나 봐요. ……이제 아버님도 도쿄로 돌아가셨으니 나는 자유로운 몸이란 말이에요." 오스마의 말과 태도는 아주 차분했다.

다쓰에는 그것에 대해 어떻게 할 수도 없었다. 물론 완력으로 그녀를 방에서 밀어낼 만큼의 기력도 처음부터 그에게는 없었다. 마치 마누라 엉덩이에 깔린 남편 마냥 더 이상 말도 나오지 않아 입을 꾹 다물어 버렸다.

"그런 말 말고 재미있게 놉시다. 모처럼 당신도 휴가를 받아 도쿄에서 왔잖아요."

"아니, 나는 이제 그런 식으로 당신과 장단을 맞춰 놀고 지낼 수 없어요. 내 말하는 방식이 좀 거칠지 몰라도 어쨌든 제발 오늘은 나를 혼자 내버려 두시오. 나는 이제 이렇게 당신을 보고 있는 것조차 숨이 막힌다고요." 다쓰에는 목소리를 쫙 낮게 깔고 사과하듯 말했다.

'흥, 이 패기 없는 사람.' 오스마는 이렇게 말하듯 상대를 경멸하는 듯도 하고 연민하는 듯도 한 눈초리를 했다.

"그렇게 조리 있게 말을 하니 내가 나가지 않을 수도 없군요. 하지만 오늘은 내가 당신에게 아주 중요한 이야기를 해야만 해요."

"또 무슨 일이오?" 다쓰에는 다시 불쾌한 얼굴로 물었다.

"나는 역시 당신과 남매지간이었어요!"

"뭐? 뭐라고?" 다쓰에는 자기 귀를 의심이라도 하듯 그 말에 놀라 반문했다.

"당신과 내가 역시 남매라고요!"

"역시 남매라고?" 다쓰에는 얼굴이 한층 창백해졌다.

"그게, 언젠가 제 친정아버지가 그런 말을 했다고 내가 말했잖아요. 그거 말이에요."

오스마도 어지간히 고민스러운 눈빛을 하고 신음하듯 말하는 것이었다.

"그건 누가 한 말이요? 그리고 또 왜 당신은 그걸 지금까지 숨기고 있었지?"

다쓰에는 무언가에 겁을 먹은 듯 부들부들 몸을 떨며 그 자리에서 무너졌다.

(1921.7.7)

제194회

복수(6)

아무리 오스마라도 죄의 응보에 대한 두려움에 언제까지고 침착한 태도로 있을 수는 없었다. 얼굴도 점차 흙빛이 되어가며 눈은 한층 고뇌를 띠었다.

"내가 그걸 딱히 숨겼던 건 아니에요. 그런 줄 알았을 때에는 벌써 늦어지요. 그때는 벌써 당신과……그 쓰키지 요정에 간 훨씬 뒤의 일이었으니까요. 이미 어떻게 할 수도 없었어요."

"그럼 왜 그걸 알았을 당시 직접 말하지 않았지? 당신은 태연히 그렇게 무서운 죄를……과실을 두 번이고 세 번이고 저지른 거냐고. 아아, 생각만 해도 두려워, 끔찍해!" 다쓰에는 엎드려 몸부림쳤다.

"그래도 처음에 아버지가 그런 말을 슬쩍 흘리셨을 때까지만 해도 정말 사소한 의혹이었다고요. 심지어 어쩌면 나와 아야코 씨가 배다른 자매일 지도 모른다는 식이었다고요. 그랬는데 지난번 반초로 아버지가 오셔서 처음 당신을 보고 나더니, '이거 놀랍군. 젊은 나리가 맞아'라고 해서 나중에 깜짝 놀랐다더군요. 그 뒤에 어머니에게서 그 말을 듣고 나도 정말 세상이 뒤집어 지는 듯 놀랐어요. 하지만 이미 저지른 일은 어떻게 되지 않아요. 나는 나 혼자 죄를 짊어지고 모든 것을 시마 영감마님에게 참회하려고 몇 번이나 결심을 했는지 몰라요. 하지만 기가 약해서랄까, 아니 나는 역시 당신을 단념할 수 없어요. 지금도 그래요. 나는 도저히 그걸 영감에게 털어놓을 수가 없어요……."

"아아, 이제 지긋지긋해, 지겨워. 그만 둬. 듣는 게 괴로워. 몸이 사방으로 찢기는 것 같다고!"

"아니요, 나는 말하렵니다. 말하게 해 줘요. 하다못해 그걸 당신에게 털어놓기만 해도 숨통이 조금 트일 것 같아요." 오스마는 벌써 창백한 얼굴이 되어서는 계속 말을 이었다. "내가 그걸 알았을 때 얼마나 슬펐게요. 어렵사리 내가 사랑다운 사랑을 하는가 싶었더니 그게 터무니없이 배다른 오라버니에게 품은 연정이라니, 이 무슨 한심한 일이랍니까. 나는 오히려 하늘을 원망했어요. 그리고 그 결과 이 비밀을 끝내 지키면 된다고 생각했어요."

"아아, 끔찍해, 이게 무슨 일이야!"

"어쩔 수가 없어요. …그리고 나 혼자 내 신세를 깨끗이 처리하려고 결심했어요. 네, 나는 그렇게 마음을 먹었지요. 하지만 당신을 보면 그 결심도 바로 흐지부지되더군요. 맞아요. 될 대로 되라는 자포자기의 심정이 되곤 했지요. 한 번이든 두 번이든 마찬가지에요. 한 번 그렇게 되면 끝까지 가는 수밖에 없어요……."

"이봐, 그만두지 못해! 그만두라고 말하잖아!" 다쓰에는 갑자기 벌떡 일어나 쏜살처럼 소리를 질러댔다. 얼굴을 핏기가 사라져 새파랗게 질렸고 눈만 충혈되어 두 번 다시 쳐다보지 못할 대단한 기세였다. "그만 하지 않으면 그냥 두지 않겠어!"

"좋아요. 좋을 대로 하세요. 나는 소중한 연인이자 오라버니인 당신에게 무슨 일이든 당했으면 좋겠어요. 자, 죽이든지 어쩌든지 맘대로 하세요. 어차피 나는 편히 죽지는 못할 거라 각오하고 있었으니까……."

오스마는 꿈쩍도 하지 않고 가만히 거기 앉아 있었다.

"아아, 나는 어쩌면 좋단 말인가." 다쓰에는 나시 머리를 쥐어뜯으며 몸부림치고 또 몸부림쳤다.

"이 집에서 도망쳐요. 나하고 둘이 멀리 도망쳐요. 네? 다쓰에 씨, 오라버니! 이렇게 되는 게 전생부터 약속된 거였다고요. 나는 순순히 도쿄로 돌아갈 수 없어요. 이렇게 살아갈 수 없어요……." 오스마는 와하고 울음을 터뜨리며 쓰러졌다.

그러자 다쓰에는 무슨 생각을 했는지 갑자기 슥 일어나 서둘러 방을 나가려 했다.

"앗, 당신, 오라버니! 나도 데려가요……." 나는 새처럼 몸을 움직인 오스마는 엉거주춤한 자세로 다쓰에 앞에 막아서서 꼭 안으며 매달렸다.

방은 어느새 황혼이 져서 어스름한 그림자가 죽음의 마수처럼 구석에서 살금살금 다가와 두 사람을 끌어안았다.

(1921.7.8)

제195회

폭풍우의 밤(1)

오시노가 아야코를 데리고 숙소로 돌아왔을 때는 다행히 바로 옆 오스마 방에 그녀의 모습이 보이지 않았다. 오스마는 그때 마침 다쓰에 방으로 가 있었다.

아야코는 다쓰에를 만나 가슴이 시원해질 만큼 할 말은 했지만, 그래도 그 뒤 기분은 좋지 않았다. 뭐라 말할 수 없는 불쾌감이 느껴졌다. 부부싸움을 한 다음의 느낌이었다. 그래서 오늘 밤 그냥 이대로 도쿄로 돌아가 버리고 싶다는 생각이 들 정도였다. 괜스레 시라이가 달콤한 추억처럼 그녀 가슴에 새롭게 떠올랐다.

하지만 오시노가 그러지 말라 만류했을 뿐 아니라 오다와라로 돌아가는 것까지도 잠시 말렸다. 오늘 정도면 분페이가 도쿄로 돌아갔을지도 모르고, 오스마도 그를 따라 돌아갔을 것이니 오늘 밤은 꼭 자고 가라며, 오랜만에 데이코와 셋이서 누워 이런저런 이야기를 하고 싶다고 했다. 또 만약 분페이가 도쿄로 돌아가지 않았으면 자신도 오다와라까지 배웅 겸 갈테니 어쨌든 숙소까지 와서 쉬고 가라고 강하게 권했다. 그래서 아야코는 데이코에 대한 애정에 이끌리는 심정으로 그리 내키지는 않았지만 오시노와 같이 왔던 것이다. 그래도 분페이나 오스마와 마주치는 건 싫었으므로 먼저 집안 상황을 오시노에게 살피게 했고, 마침 오스마가 방에 없고 아무래도 다쓰에 있는 곳에서 이야기에 푹 빠져 있는 것 같다는 말에 아야코는 권유받은 대로 그 방에 들어갔다.

"어머니도 여기 계속 있어 주세요. 나는 유모랑 둘만 있으면 쓸쓸해요." 데이코가 슬픈 듯 말했다.

"왜? 유모가 같이 있으니 외로울 일은 없잖니. 엄마는 이제 그렇게 할 수가 없단다. 아니, 저기 가까운 데 있으니 만나고 싶으면 언제든 금방 만날 수 있어."

아야코도 뭉클해져서 절절히 말했다.

"그렇고말고요, 애기씨는 똑똑하시니까 그렇게 떼쓰는 이야기는 안 하시겠지요. 어머니가 오늘도 금방 만나러 와 주셨잖아요? 그러니 유모와 얌전히 잘 놀고 또 내일 만나기를 기대하며 잠자리에 듭시다." 오시노는 달래는 얼굴로 다정하게 무릎 위 아이 머리를 쓰다듬었다.

"내가 이렇게 자주 만나러 오면 데이코를 위해서도 좋지 않겠어요. 언제까지고 나만 따를 테니까……." 아야코는 조금 있다 깊은 생각에서 나온 듯 낮은 목소리로 말했다.

"그렇지 않아요……." 오시노는 딱 잘라 말했지만 곧바로 화제를 바꾸었다. "마님께서는 역시 시라이 씨와 무슨 이야기라도…?" 머뭇머뭇하며 아야코를 보았다.

"아니에요, 별달리 이야기라고 할 것도 없어요." 아무렇지 않게 아야코는 말했지만 무슨 생각에 잠긴 듯한 깊은 눈빛이었다. "그럼, 유모에게만은 털어 놓을게요." 갑자기 작은 목소리로 말했다. "저기 유모, 내가 어쩌면 그분과 결혼하게 될 지도 모르겠어요." 살짝 발그레하게 얼굴을 물들이며 아야코는 말했다.

"아, 그러신가요?" 오시노는 벌써 그것을 알고 있었다는 듯 그리고 예상하고 있던 것처럼 특별히 놀라지도 않았다. 빙그레 웃으며 만족스럽게 미소지었다.

"그렇게 되면 시라이 씨가 얼마나 행복하시겠어요. 또 마님과 정말 잘 어울리시는 인연이에요. 저도 그 이야기를 들으니 퍽 안심이 되네요."

"뭐 일이 되다 보니 어쩔 수 없네요." 아야코는 후하고 고개를 숙였다.

그때 갑자기 저쪽 방 쪽에서 젊은 여자의 비명 소리가 들렸다. 이어서 타다다닥 복도를 달려가는 발소리가 들렸다. 또 그것을 쫓아 달려가는 사람 기척이 났다. "다쓰에 씨!" 하며 외치는 목소리도 들렸다. 아야코와 오시노는 저도 모르게 화들짝 놀라 불안한 얼굴을 서로 보았다. 갑자기 숙소 안이 소란스러워졌다.

(1921.7.9)

제196회

폭풍우의 밤(2)

여자의 비명은 말할 나위도 없이 오스마 목소리였고, 다쓰에 방 앞 복도에서 들려온 것이었다. 아야코 일행이 그 목소리를 들은 때는 마침 오스마와 다투던 다쓰에가 그녀를 뿌리치고 어스름한 마당으로 내려선 찰나였다.

"다쓰에 씨!" 한 번 부르고 남자의 외투 자락을 잡으려던 오스마는 손이 닿지 않아 몸 중심을 잃고 비틀비틀 툇마루 쪽으로 쓰러지려고 했는데, 힘 조절이 잘못되면서 다시 삐끗하여 마당으로 떨어져 버린 것이었다. 그때 이미 한 간 남짓 달려 나가던 다쓰에는 쿵 하는 소리에 약간 놀라 돌아보았지만, 다시 곧바로 뒤도 돌아보지 않고 달려 나가 버렸다.

하녀 둘이 깜짝 놀라 달려왔는데, 그때 이미 오스마의 모습은 거기 없었다. 멀리 달려가는 그림자가 검게 보였지만 하녀들은 딱히 신경 쓰지 않고 그대로 내버려 두었다.

"어떻게 된 일이에요?" 그래도 걱정스러운 마음도 들어 아야코와 오시노는 곧바로 방을 나와 하녀들에게 그렇게 물었지만, 하녀들은 이렇게 대답했다.

"글쎄요, 마님이 서둘러 젊은 나리 뒤를 따라 가셨는데요……."

"그래?" 오시노는 그렇게만 말하고 아야코와 서로 쳐다보았다.

아야코는 잠자코 있었다. 그 이상 묻기는 싫었다. 어둠 속의 부끄러운 일을 밝은 곳으로 드러내는 듯한 기분이 들어서 곧바로 오시노를 재촉하여 원래 있던 방으로 돌아갔다.

"그런데 무슨 일일까요? 뭔가 마음에 걸리네요." 오시노는 불안한 눈빛으로 말했다.

"나 이제 돌아갈래요." 아야코는 여기 있는 것이 한층 불쾌하다는 듯 갑자기 그렇게 말했다.

"어머, 꼭 돌아가셔야겠어요?" 오시노는 갑자기 마음 불안한 목소리였다. "이렇게 붙들어서 정말 죄송해요."

"그래요, 한편으로는 돌아가고 싶지 않은 기분도 있어요." 아야코는 쓸쓸히 웃었다.

"그럼 조금 더 계세요. 네? 마님, 애기씨도 외로워하시니까……."

"그럴까요?"

그리로 아까 그 하녀가 황급히 와서 장지문을 열었다.

"저, 지금 계산대에 물어봤는데 손님께 무슨 개인적인 사정이 있으실 테니 너무 참견하는 게 좋지 않을 것 같다고 합니다. 어떻게 할까요? 혹시 그래도 걱정이 되신다면 사람을 보내 보는 게 좋을지 물어 보네요……."

물론 그것은 다쓰에와 오스마가 괜찮은지를 말하는 것이었다.

"그러게요." 오시노는 아야코 얼굴을 보았다.

"마님, 어떻게 된 걸까요?"

"글쎄요. 그건 나도 뭐라고 할 수가 없네요. 그래도 유모가 걱정이 된다면……." 아야코는 애매하게 대답했다.

"그렇네요. 그럼 제가 계산대까지 다녀올게요." 그렇게 말하고 오시노는 무릎 위의 데이코를 아야코에게 건네주고 하녀와 같이 방을 나섰다.

그러다 다쓰에의 방 앞에서 건너편으로부터 발걸음도 거칠게 서둘러 다가오는 조카 고야마를 마주쳤다.

"숙모, 오스마 씨는요?" 고야마는 빠른 말투로 물었다.

"아, 마침 잘 됐다. 저기 좀 수고스럽겠지만 지금 곧바로 바닷가 쪽으로 달려가 봐 다오. 이러이러한 일이 있어서……." 오시노는 간단히 방금 전 사건을 조카에게 이야기했다.

"아, 그래요! 그럼 다녀오겠습니다. 숙모, 그럼 안녕히 계세요!" 고야마는 그 자리에 적절하지 않는 묘한 인사를 하고 날듯 뛰쳐나갔다.

바깥은 이미 날이 완전히 저물었다. 바다에서 불어오는 바람이 갑자기 강해지면서 휘잉하는 울림소리를 냈다.

"어머, 비가 내리네요." 어딘가에서 하녀가 그렇게 말하며 서둘러 덧문을 내리는 소리가 들렸다. 바람은 점점 기세가 더해지는 듯했다.

(1921.7.10)

제197회

폭풍우의 밤(3)

다쓰에 뒤를 따라 달려갔다는 말을 들은 고야마는 오스마에 대한 질투의 감정이 한층 강하고 격하게 일어났다.

"내가 어떻게 할지 잘 생각해야 해. 만약 내 말을 들어주지 않을 때는!" 그렇게 자신에게 야단치듯 혼잣말을 하면서 오스마가 뛰어나갔다는 방향으로 그는 똑바로 땅을 차며 달려갔다. 어두운 것도, 비도, 바람도, 그는 개의치 않았다. 빨리 여자를 찾아내겠다는 일념으로 가슴이 꽉 찼다.

숙소에서 대여섯 정(丁)[15] 정도 왔나 싶을 때 "다쓰에 씨!"하고 부르는 오스마 목소리를 들었다. 그리고 곧장 그는 목소리가 나는 곳으로 달려갔다. 거기 모퉁이를 오른쪽으로 돌아 바다로 나가려던 차에 고야마는 오스마를 따라잡았다. 하지만 다쓰에의 모습은 거기 보이지 않았다. 그는 마침 잘 됐다며 끄덕였다.

"오스마 씨!" 이렇게 부르며 갑자기 오스마의 옷자락을 잡았다.

오스마는 누가 뒤를 따라오리라고는 꿈에도 생각지 않았다. 그래서 그가 그렇게 불렀을 때 몸이 얼어붙을 만큼 놀랐다.

"오스마 씨, 어디 가는 겁니까, 대체?" 고야마는 자신의 손을 뿌리치려는 오스마를 옆에서 단단히 붙들며 얼굴을 딱 붙였다.

"나를 놔 줘, 큰일 났다고, 저기 다쓰에 씨가 바다로!" 오스마는 미친 듯이 소리 지르며 몸부림쳤다. 그러나 고야마는 그것이 이 자리를 모면하려는 과장된 말이며 또 헛소리로밖에 여겨지지 않았다.

"뭐, 다쓰에 씨가 바다로요? 하하하하, 바보 같은 소리. 그 사람에

---

15 거리의 단위로 町(정)으로도 쓰며 한 정은 약 110미터.

게 그런 짓이라도 할 용기가 있겠어요?"

"아니야, 그렇지 않아. 저 사람은 틀림없이 죽으러 간 거야. 죽게 하면 안 돼. 내가 죽이는 거나 마찬가지라고……." 오스마는 어둠 속을 빤히 쳐다보며 목소리까지 부들부들 떨고 있었다.

"그럼 뭐, 죽어야만 하는 일이라도 있다는 거요?"

"뭐?"

"자, 그런 일이 있냐고. 말해 보란 말이야."

말투가 어느새 거칠어졌고 그는 상대를 주저앉히기라도 하듯 오스마의 손을 꽉 잡았다.

"……."

"말해 봐, 말 못하지? 내 앞에서는 말 못하겠지." 고야마는 계속해서 퍼부었다. "오스마, 당신은 결국 축생도에서 구원되지 못할 인간이야."

"뭐? 무슨 말이야. 고야마, 말하게 내버려 두었더니 이러쿵지리쿵 너무 심한 말을 하는군. 축생도라니 그게 무슨 말이야?" 오스마는 화들짝 놀랐지만 약한 모습을 보이지 않으려고 강하게 잘라 말하며 피했다. 그러나 눈은 불안한 듯 주위를 둘러보았다.

"심한 말? 흥, 콧방귀를 끼고 싶을 정도로군." 고야마는 코를 벌름거렸다. "어쨌든 이런 데에서는 이야기를 할 수 없지. 비에 젖으니. 자, 나와 같이 저쪽으로 가자고. 다행히 창고 같은 게 있더군." 그렇게 말하며 고야마는 오스마의 손을 끌어당겼다. 지금 왔던 길에 어부들이 낚시 도구 같은 것을 담아두는 헛간이 있는 것을 전부터 알고 있었던 모양이다. 그는 그곳을 금방 떠올렸다. 주위는 드디어 어둡고 바람마저 기세가 더해져 강하게 불었다. 먼 바다에는 어선의 불빛도 보이지 않고 바다에서 불어오는 바람이 차갑게 불어닥쳐 두 사람 옷자락이 펄럭펄럭 어둠속에 미친 듯 휘날렸다. 오스마 귀밑머리가 계속 고야마의 뺨에 닿으며 분 냄새가 솔솔 코를 자극하자, 그는 기분 좋게 느끼며 더 이상 가만히 있을 수 없을 만큼 흥분했다.

"아니, 젖어도 상관없어. 뭐라고 해도 괜찮아. 놔 줘. 나 급하단 말이야……." 틈을 보아 도망치려는 오스마를 고야마는 거칠게 잡았다.

"이것 보라고, 아직 그따위 말을 하다니. 오스마, 당신은 참으로 나를 잘도 속이는군. 가지고 놀았어." 비통한 목소리를 짜내듯 말한 고야마는 어둠 속에서 눈에 빛을 내며 노려보았고 있는 힘을 다해 오스마를 확 밀쳤다. 오스마는 비틀비틀하더니 털썩 모래 위에 벌렁 쓰러졌다. 차가운 비가 후두두둑 그 하얀 얼굴에 쏟아졌다.

(1921.7.12)

제198회

폭풍우의 밤(4)

"아얏! 다쓰에 씨!" 오스마는 다시 비명을 질렀다.

"무슨 말을 하는 거야, 아직도 그 이름을 부르다니……." 고야마는 일어나려는 오스마의 입에 재빨리 손을 대 막았다. 그리고 여자의 힘을 이용해 슬쩍 안아 일으키더니 갑자기 자기 뒤로 그녀를 들쳐업었다.

"무슨 짓이야!" 오스마는 발버둥을 치면서 남자 등에서 몸부림을 했다.

"이제 뭐든 상관없으니 저기까지 가자고." 고야마는 마침내 오스마를 오두막까지 데려갔다. 그리고 거기에 턱하고 내려두고 씩씩 거친 숨을 내쉬었다. 오두막 입구에 돗자리가 걸려 있을 뿐이어서 곧바로 안에 들어갈 수 있었다. 안은 시커멓고 뭐가 뭔지 알 수 없었지만, 그는 손에 잡히는 대로 이엉을 끌어내서 그곳에 깔고 아무 말 없이 오스마를 그 위에 앉혔다. 그리고 자신도 그 옆에 앉았다. 오스마는 기력이 다했는지 아니면 체념을 했는지 이제 그와 다투려고 하지 않았다. 비는 다행히 두 사람 위로 내리지는 않았지만 점점 심해졌다. 바람 때문에 옆으로 때리며 쏴쏴 하며 오두막 판자문에 부딪쳤다.

"오스마 씨, 내 생각도 좀 해 달라고요." 고야마는 갑자기 어조를 바꾸어 호소하듯 말하기 시작했다. "내가 큰 나리에게 쫓겨나 어디로 갈 데가 있겠습니까? 당신에게 받은 돈으로 일단 도쿄로 돌아갔지만 당신에게 미련이 역시 남아 곧장 이리로 다시 온 겁니다. 그리고 만약 당신이 내 이야기를 들어주지 않으면 하다못해 아이코와 어딘가로 도망치려고 도노자와로 갔는데, 아무리 아이코를 설득해도 한사코 안 되더군요. 물론 아이코는 나를 싫어하지는 않아요. 한번은 여기까지 나를 만나러 와 주었거든요. 그래도 다른 데로 도망가는 건 안 된다더군요. ……오스마 씨, 이게 모두 당신 탓이라고요. 아이코는 당신에 대해 다 알고 있어요……"

"그걸 어떻게?" 오스마는 실심한 사람처럼 힘없는 목소리로 물었다.

"어떻게 아는지 그런 거 이제 와서 파고들 필요도 없어요. 그래도 내가 한 번 더 설득해 보려고 오늘 다시 도노자와로 갔더니 아이코는 이미 도쿄로 돌아가고 없더군요. 나는 이제 절망 상태에요. 이렇게 된 이상은 오스마 씨, 당신 있는 곳으로 오는 수밖에 달리 도리가 없더군요. 그렇게 생각하고 왔더니 당신이 이 꼴이라니."

"……"

"나는 오늘 밤에야말로 결판을 내고자 굳게 결심을 하고 몹시 서둘러 내려왔습니다. 자, 오스마 씨, 언젠가의 약속대로 이 몸을 받아 주세요." 여자에게 바짝 다가서서 고야마는 어둠 속에 흐릿하고 하얗게 보이는 오스마 얼굴을 들여다보고 뜨거운 입김을 씩씩 내쉬며 집요하게 말했다. 그리고 그는 서둘러 오스마에게 입을 맞추려 했다. 그러나 오스마는 경련이라도 일으키듯 얼굴을 돌리고 말없이 있었다.

"봐요, 오스마 씨, 그럼 나랑 같이 어딘가로 도망칩시다. 응? 물론 안 된다고 하지는 않겠지요."

"말도 안 돼, 그런 게 될 성 싶어?"

"안 될 것도 없지요. 일단 도쿄로 돌아가서 돈을 왕창 꺼낸 다음 나와 어딘가로 가는 거예요. ……축생도에 발을 들여놓고 괴로워하느니 그편이 극락에 훨씬 가까울 거라고요."

"고야마에게는 아이코가 있잖아. 그걸로 충분하잖아."

"아니, 아이코는 안 돼요. 게다가 그 아이는 불쌍해요. 더 이상 괴롭히고 싶지 않다고요." 고야마는 일언지하에 그것을 부정했다. "이제 더 생각할 것도 없어요. 그렇게 합시다. 빨리 준비해요. 우선 숙소로 돌아갈까요?" 그는 일어서서 오스마를 재촉했다.

"나는 싫어! 그러는 게 싫고말고. 너 같은 거 너무 싫다고."

새된 소리로 절규하는 모습, 오스마는 오두막을 도망쳐 나가려 했다. 그러자 고야마는 재빨리 뒤쫓았다. 그리고 소리를 질러댔다.

"너, 이 음탕한 여자…" 오스마는 금방 옷자락을 잡히고 넘어졌다. "이래도?" 그 찰나 오스마의 눈앞에 번쩍 날카로운 칼날이 어둠속에 빛났다.

밖은 점점 폭풍우로 변하고 이 처참한 밤은 더 깊어갔다.

(1921.7.13)

제199회

폭풍우의 밤(5)

"너무 싫다고." 이런 독설을 들은 고야마는 순간 화가 치밀었다. 어느새 의식하지도 못한 틈에 품에서 꺼내든 듯 그의 오른손에는 칼집 떨어진 단도가 단단히 쥐어져 있었다. 새것 같은 그 짧은 칼은 칼자루 밑까지 하얗게 어둠 속에서 빛났다. 살짝만 닿아도 소리도 없이 삭 깨끗하게 베일 듯 예리해 보였다.

그것을 알아차린 오스마는 소스라치게 놀랐다. 공포심이 뭉게뭉게 피어올라 전신을 사로잡았다. 평소의 그 교묘한 수법으로 상황을 모면하려는 마음의 여유도 이때만큼은 결국 생기지 않았다. 오스마는 역시 목숨이 아까웠다. 바다 쪽으로 달려간 다쓰에가 걱정이었다. 다쓰에게로 미련이 쏠렸다. 어차피 피할 수 없는 신세라면 지금 당장 다쓰에를 한 번만 더 만나 안도하며 죽고 싶다는 생각마저 들었다. 그래서 어떻게 해서든 이 자리를 도망쳐나가려고 조바심이 났다.

"고야마, 그, 그런 엄청난 짓을, 어쩌려는 거야." 오스마는 이를 북북 갈고 몸을 부들부들 떨며 혼내듯 말했다.

바람 때문에 사라진 것인지, 아니면 방금 오스마가 도망치려고 했을 때 떨어진 것인지, 오두막 입구의 거적은 아래로 떨어져 찬바람이 휭휭 안으로 들어왔다. 그러나 열이 오를 대로 올라버린 두 사람에게는 그런 찬바람도 특별히 느껴지지 않는 듯 서로 몹시 흥분해 있었다. 밖은 칠흑을 바른 듯 캄캄했다. 버티고 선 두 다리에도 상당히 힘이 들어갔다. 폭풍우를 경계하는 것인지 멀리서 사람들이 외치는 소리가 바람을 타고 굉장하게 들려왔다. 그리고 깜박깜박 초롱불이 공중에 춤을 추면서 보이다 안 보이다 했다. 고야마의 붉게 충혈된 눈에 그것이 슬쩍 보였다. 그는 그것이 숙소에서 찾아 나선 사람의 초롱불이라는 것을 알고 더욱 초조해졌다.

"아니, 나도 딱히 이런 짓을 하고 싶은 건 아니야. 하지만 지금 당신이 한 말을 들으니 가만히 있을 수가 없어. 자, 어쩔 셈이야. 내가 말하는 것을 듣겠어? 아니면 여전히 저 기개도 없는 사내를 계속 연모할 건가? 둘 중에 하나 답을 하란 말이야!" 고야마는 바짝 감아쥐고 있던 여자의 머리칼에서 왼손을 놓지 않고 힘을 주어 이렇게 말했다.

"하지만 이런 데에서 그런 이야기를 할 수는 없지 않겠어? 그러니 나를 놔 줘. 이 손 좀. 머리카락이고 뭐고 엉망진창이 되어 버렸잖아."

오스마는 머리를 신경 쓰면서 열심히 남자의 손을 벗어나려고 했다.

"아니, 놓지 않을 거야. 안 놓겠어. 여기든 어디든 이야기는 할 수 있어. 나와 같이 도망칠 것인지 아닌지, 예스인지 노인지 답을 하라고. 자, 어때? 답은 뭐냐고!" 그는 오스마의 오른쪽으로 털썩 앉아 오른손 칼을 여전히 그녀 코끝으로 들이댔다.

"어맛! 이 살인자!…"

오스마는 갑자기 비명을 지르며 광기 어린 듯 오두막에서 굴러나갔다. 허를 찔린 고야마는 저도 모르게 쥐고 있던 머리채를 놓고, 자신도 비틀비틀 기듯 밖으로 나왔지만 곧 벌떡 일어나 오스마에게 덤벼들었다. 그러자 오스마는 겨우 새장에서 놓인 작은 새처럼 휘청대는 발을 내딛고 내디디며 열심히 그 자리에서 벗어나기 시작했다.

"너, 이 음탕한 여자!" 고야마는 즉각 따라가 매달리며 이제 끝이라고 포기하듯 오른손의 단도를 휘둘렀다. 칼날은 번쩍번쩍 어둠 속에 번쩍였다. 두 사람 사이에는 곧 격한 완력의 투쟁이 펼쳐졌다. 바람은 마침내 맹위를 떨치며 불어댔다. 거기에는 이미 인간의 잔인함과 짐승의 본성이 발현되는 것밖에 볼 수가 없었다. 음산하고 처참하기 짝이 없는 밤기운이 극도로 팽팽해지고 두 사람은 완전히 무아지경을 헤매었다.

그러자 그다음 순간 오스마의 비명 소리가 뚝 그치고 투쟁은 종언을 고한 듯 고요해졌다. 고야마는 망연히 실신한 것처럼 그 자리에 뻣뻣이 서 있었다. 어둠 속에서 보이지는 않았지만, 손에 든 단도는 잔뜩 핏덩이에 물들었고 뚝뚝 핏방울이 오스마의 창백한 얼굴 위로 떨어졌다.

"아아, 내가 결국 사람을 죽였어. 터무니없는 짓을 했다! 그래, 이렇게 된 이상 나도!" 쥐어짜내듯 비통한 목소리로 혼잣말을 하던 고야마는, 거기에 쓰러져 있는 오스마 위로 걸터앉더니 시커멓게 물든 피투성이 칼을 스스로 자기 목에 꽂으려 했다.

그러자 그때 돌연 부근에서 사람 목소리가 났다.

"손님, 시마 씨……." 그리고 그 목소리는 점점 이리로 다가왔다.

고야마는 놀라 핏발이 선 눈으로 그쪽을 쳐다보았다.

(1921.7.14)

제200회

폭풍우의 밤(6)

고야마는 간신히 경련적으로 일어났다. 그리고 그 순간 슬쩍 아이코의 얼굴이 그의 눈앞에 떠오른 듯 느꼈다.

"아, 나는 아직 죽고 싶지는 않아!" 고야마는 갑자기 생각을 바꾸어 휙하고 오스마를 타넘더니 시커먼 어둠 속으로 쏟아져 내리는 비를 뚫고 달려갔다.

"이 겁쟁이 놈!" 죽었다고 생각한 오스마 목소리가 그렇게 외치는 듯한 느낌이 들어 고야마는 옆도 돌아보지 않고 피투성이 단도를 쥔 채 오로지 앞으로 달렸다.

"시마 씨! ……도메이칸 손님!" 우산을 쓰고 꺼질 것 같은 초롱을 소중하게 감싸 안고 이리로 온 것은 오스마가 체재하고 있던 도메이칸의 남자종업원이었다.

폭풍우는 치고 밤이 깊어졌다. 오시노는 걱정이 되는 것을 못 참고 하녀들에게 부탁하여 남자종업원에게 보고 와달라고 보냈던 것이었다.

"살인자 ― 윽…" 연달아 일어난 여자의 비명에 남자는 깜짝 놀랐지만 그 후 목소리가 들리지 않았고 남은 것은 어둠을 달리는 바람의 신음 소리와 우산을 두드리는 빗소리, 해안에 부서지는 파도의 분노뿐 그쪽이 조용해졌으므로 그는 불안해하면서서 쭈뼛쭈뼛 걸어왔다.

그러자 거기에 사람이 쓰러져 있는 것은 슬쩍 초롱불로 발견하고 남자는 다시 화들짝 놀라 그 자리에 서 버렸다.

"앗, 손님이다, 살해당했어…"

등불에 상황을 비쳐 본 남자는 저도 모르게 그렇게 소리치며 육지 쪽을 향해 일어서서 큰 소리로 불렀다.

"이봐 ― , 큰일났다, 큰일. 누구 좀 와줘……."

마침 다행히 바다 쪽으로 어선을 둘러보러 다가온 어부가 대여섯 명 그 소리를 들었다. "무슨 일이야, 무슨 일?" 이쪽으로 달려왔다.

반 시간 정도 후에는 문판자에 실린 오스마가 도메이칸 뒷문으로 들어갔다. 가슴 아래를 찔린 것이 큰 상처였는데, 목숨이 끊어진 것은 아니어서 주인은 곧바로 가장 가까이의 의사를 오게 했다. 그러나 응급 수당을 지불한 효과도 없이 그로부터 30분 후 그녀는 고통스러운 마지막 숨을 거두었다.

"데이코, 잘 있어라. ⋯⋯아야코 씨, 용서해 줘요. 유모, 다쓰에 씨를 부탁해요⋯⋯." 그것이 그녀의 마지막 말이었다.

불의의 참사로 숙소는 위에서 아래까지 발칵 뒤집혔다. 더욱이 폭풍우 때문에 오시노가 걱정하는 마음을 알고 떠나지 못하고 있던 아야코 또한 오시노와 함께 까무러칠 만큼 놀랐다. 그리고 이 참사가 누구 때문에 돌발한 것인지, 다쓰에와 고야마 중 어느 쪽이 흉수를 뻗은 것인지 전혀 짐작이 가지 않았다.

물론 분페이에게도 급보가 날아갔다. 검시가 끝난 오스마의 유해를 그 집에 두고 아야코와 오시노, 숙소 하녀들 정도가 밤샘을 하고 있던 차에 더 놀라운 소식이 날아왔다. 그건 경찰서에서 온 것인데 고야마가 범인으로 잡혔다는 소식이었다.

바람도 잦아들고 비도 그치면서 이제 긴 겨울밤이 희미하게 동트려 하고 있었다. 다쓰에의 행방은 아침이 되어도 전혀 알 길이 없었다.

* * *

다쓰에는 이삼일 후 도쿄로 돌아갔다. 다쓰에로부터 분페이와 아야코 집으로 동시에 편지가 날아왔다. 거기에는 오스마와의 관계를 비롯해 지금까지의 일을 참회한 다음 '내가 자살을 하려고 바다로 달려갔지만 결국 죽을 수 없었습니다. 앞으로는 독립하여 독자적인 생활을 해나갈 결심입니다. 언젠가 새로 태어난 다쓰에의 모습으로 다시 뵙겠습니다.'라는 내용이 휘갈겨 쓴 필체로 두 장의 편지에 각각 적혀 있었다.

그로부터 한 달 정도 후 아야코와 시라이의 결혼식이 있었다. 거기에는 지금까지의 잘못을 뉘우친 분페이가 아야코의 대부로서 자리에 앉아 있었다. 그리고 지금까지처럼 그는 아야코와 교분을 나눌 수 있기를 부탁했다. 물론 아야코의 결혼비용은 전부 분페이가 자진하여 내주었다.

아야코 어머니 다즈코도 시부야 집을 정리하고 아야코의 새살림과 합쳤다.

아이코는 아야코의 충고대로 시라이 집으로 와서 성실하게 일했다. 경찰에 의해 감옥으로 보내진 고야마를 생각하며 만약 그가 출옥해서 나오면 부부가 될 것이라 진심을 보였고, 그 슬프고 외로우며 긴 세월을 그녀는 기다렸다.

오시노는 역시 시마 집에 남아 데이코를 키우는 한편으로 시마 집안의 모든 일을 담당하게 되었다. 데이코도 이후 공개적으로 어머니 집을 방문할 수 있게 되었으며, 시라이의 자식들과도 형제처럼 사이 좋게 지냈다.

(완결, 1921.7.15)

본 번역서 『새벽』은 1920년 11월 23일부터 이듬해 1921년 7월 15일에 이르기까지 『경성일보』지상에 도합 200화에 이르는 장편으로 연재되었으며, 일본 자연주의 문학의 대가로 일컬어지는 도쿠다 슈세이(德田秋聲, 1872~1943) 이름으로 발표된 소설이다.

이 소설의 연재 발표가 시작된 날인 1920년 11월 23일, 도쿄에서는 일본 문단이 주최하는 도쿠다 슈세이(이하, 슈세이)와 다야마 가타이(田山花袋)를 위한 탄생50주년 기념회가 거행되었다. 이는 쉰 살 당시의 슈세이가 당대의 문호이자 대가로서의 입지를 굳히고 있었음을 분명하게 보여준 이벤트라 할 수 있는데, 소설가로서 그의 입지와 관련하여 『새벽』 연재 전후 이 작품을 둘러싼 몇 가지 흥미로운 대목이 있다. 우선 연재 닷새 전부터 계속된 소설의 예고문을 보자.

다음 소설

본지에 연재 중인 신소설 『검무(劍舞)』는 독자 제군들의
호평리에 곧 완결을 고하게 된다. 『검무』의 뒤를 이어 다
음 소설을 게재한다.

『새벽의 색(曙の色)』 도쿠다 슈세이 작

작자는 이전에도 종종 본 지상에 그 대작을 발표하여
독자 제군들에게도 익숙하다. 『새벽의 색』이 한 편이 과
연 어떠한 내용을 포함할 것인가. 그것을 지금 여기에서
상세히 이야기할 수는 없지만, 한 여인이 부득이 일신에
닥친 불륜적 사랑을 물리침으로써 그 결혼생활을 점차 위
협받고 학대받으며 진실한 사랑을 이해하지 못하는 이기
적인 남편 때문에 한층 고통을 더해간다. 더구나 죽음에
이르기까지 비밀을 가슴속에 숨겨둔다. 한 여인을 중심으
로 하여 친정과 시댁 두 가정의 갈등을 묘사하며 파란과
흥취 풍부한 저자 특유의 대작, 부디 애독하시기를.

1920년 11월 18일

불륜, 학대, 사돈 간의 갈등, 비밀, 파란과 같이 오늘날의 연속극에
서도 통할 자극적 단어를 내세우며, 1920년대에 통속소설로 치우쳤
다고 평가받던 슈세이가 당시 대중문학계에서 원숙한 필치로 인기를
얻는 작가였음을 충분히 활용한 예고라 할 수 있다. 이 예고는 이튿
날 19일과 20일까지도 같은 내용으로 이어지는데 다음과 같은 점들

을 알 수 있다. 첫째, 슈세이가 1920년 이전에『경성일보』에 이미 몇몇 장편을 연재한 적이 있다는 점, 둘째,『새벽』은 연재 개시 사흘 전까지도『새벽의 색』이라는 제목으로 구상되었다는 점, 셋째, 결혼생활을 위협받고 죽음이 예견된 여인을 주인공으로 여성 심리 갈등 묘사에 탁월한 것으로 정평이 난 슈세이 특유의 필치를 기대한다는 점 등이다.

하지만 예고에서 말하고자 한 이 세 가지는 미묘하게 다 사실과 부합하지 않게 되는데, 우선 현존본『경성일보』에 슈세이 명의로 발표된 장편은 오로지『새벽』만이 확인되며, 소설의 결말에서 예견되었던 죽음은 여주인공에게 일어나지 않는다. 또 연재 이틀 전에는 제목 역시『새벽의 색』에서『새벽』으로 바뀌는데, 이렇게 제목 변경이 확정된 경위에 대해『경성일보』에는 다음과 같은 기사가 실려 있다.

다음 소설

오랫동안 애독해 주신 본지의 연재소설『검무』도 다행히 여러분의 호평리에 오늘 167회로 적절히 완결하게 되었다. 그리고 미리 널리 알린 바대로 다음 소설『새벽의 색』은 그 이후 특히 작자 슈세이 씨 희망에 따라

『새벽』으로 제목을 바꾸어

드디어 모레부터 게재하게 되었다. 가녀린 한 부인을 중심으로 묘사된 인생의 온갖 상들이 과연 어떻게 전개되어갈 것인가? 작자 특유의 원숙한 필치로 만나기 힘든 일

대 노작은 분명 여러분 기대를 배반하지 않을 것이라 믿
어 의심치 않는다. 바라건대 변함없이 애독해 주시기를.

1920년 11월 21일

애초 계획했던『새벽의 색』이라는 제목이 슈세이가 바라는 바에
따라 급거『새벽』으로 변경되었음을 알리고 있으며, 가녀린 한 여인
을 둘러싼 인생의 여러 모습을 보여줄 슈세이의 원숙한 필치에 대한
신문사 측의 여전한 신뢰를 드러내고 있다.

◇ ◇ ◇

주인공 아야코(絢子)는 이십 대 중반의 아름답고 교양 있는 여성으
로, 한창일 때 부잣집으로 시집을 가 네 살짜리 딸을 키우고 있다. 일
견 순탄해 보이고 남들 보기에 행복한 결혼 생활을 하는 그녀의 삶에
큰 균열이 생긴 것은, 남편 다쓰에(辰衛)가 서양에서 일 년 동안의 출
장 근무로 부재중일 때 벼락부자인 시아버지 시마 분페이(島文平)에게
일종의 추행을 당할 뻔한 일을 계기로 해서다. 하지만 외부의 시선을
항상 신경 써야 하는 입장의 그녀는, 친정의 기울어지는 가세를 유일
하게 구할 수 있는 시아버지의 경제력이라는 현실적인 문제 앞에서
그 일을 영원히 비밀에 부치고자 한다.

예전부터 젊고 가난한 여자에게 손을 대고 돈으로 해결하는 데에
는 이력이 난 분페이는 곧 며느리와 비슷한 또래의 요염한 오스마(お

須磨)를 후처로 들인다. 그리고 다쓰에가 귀국하게 되면서 시마 가문에 보이지 않는 파란과 갈등이 점차 일렁이는 파도처럼 거센 흐름이 되어 아야코를 동요시키게 된다. 부잣집 도련님으로 세상살이의 어려움을 모르고 어른이 된 남편 다쓰에, 뜬소문 한 번 없이 십 대 때 어렴풋한 첫사랑의 기억으로 끝난 판사 시라이(白井)와의 우연한 재회, 친정의 경제적 곤경과 같은 환경은, 지금껏 조신한 부잣집 며느리로서만 살아온 아야코로 하여금 어떤 행동을 하지 않을 수 없게 만든다. 게다가 이 모든 과정에 오스마가 품게 된 그릇된 연정과 그로 인한 언행이 소설의 커다란 동력으로 작용하면서 등장인물들 관계에 계속 갈등이 부각된다.

그럼에도 거의 모든 등장인물을 선인이나 악인이라고 딱 잘라 구분하기 어렵게끔 인정과 과거를 지닌 것으로 묘사하여, 무리한 설정에 대한 인상을 희석시키고 인물 언행에 동정을 유도한다는 점에서, 통속적이지만 독자의 공감대를 의식한 작법을 인정할 수 있다. 또한 각 인물들이 겪는 여러 층위의 고뇌와 곤경이 폭풍우 치는 밤과 같다면, 서광이 비치며 새날을 예감케 하는 '새벽'은 젊은 부인의 새출발을 의미한다는 점에서 단순하지만 숨은 뜻도 제법 담겨진 소설 구상상의 제목으로서 초기부터 설정되었음을 추측할 수 있다.

◇◇◇

『새벽』이 어느 정도의 흥행에 성공했다는 것은 다음의 사실에서 엿볼 수 있다. 작품 전체 분량의 반 정도 되는 1921년 4월 6일의 110회까지가, 약간의 퇴고를 거쳐 같은 해 6월 25일에 도쿄의 분요샤(文洋社)에서 같은 제목의 『새벽』(다만, 일본어 표기는 연재의 『曙』와 달리 히라가나로 표기된 『あけぼの』)으로 단행본 출간된 것이다. 이에 대해서도 『경성일보』는 다음과 같은 선전을 놓치지 않고 있다.

『새벽』 출판되다

여러분의 호평리에 근일 중에 그 종언을 고하게 될 본지 연재소설 도쿠다 슈세이 씨의 역작 『새벽』이 아름다운 장정의 우미한 책으로 태어났습니다. 한 번 읽고는 오스마의 방약대담에 놀라고, 두 번 읽고는 아야코의 심정에 울게 되는 저자만의 독특한 여성 묘사와 구상의 절묘함은 퍼내도 퍼내도 끝나지 않는 재미가 있습니다. 이미 잘 알고 계신 이 책을 초여름의 좋은 짝으로 삼아 읽으시기를 추천합니다. (2엔, 도쿄 고이시카와 분요샤 발행)

1921년 7월 7일

이미 소설이 후반부 절정에 이르는 내용으로 연재 중이던 시기에 발표된 단행본의 광고문이다. 슈세이의 여성 묘사와 이야기 구성의 절

묘함이 여전히 흡인력과 집중력을 유지한다는 인상을 주며 주인공 아야코와 트러블 메이커 오스마의 이름이 거론되고 있다. 도쿄에서 출간된 우미한 장정의 단행본은 약 열흘 정도의 시간차를 두고『경성일보』에서도 여름 독서거리로 추천되고 있다.

단행본『새벽』의 속표지

408페이지에 이르는 이 단행본은 일본국립국회도서관이 디지털 공개하고 있어서 번역 과정에서도 큰 도움이 되었다. 오식으로 보이는 부분이나 사소한 설정이나 숫자 변화 등도 퇴고 후의 단행본 원고 쪽이 정확했던 것은 물론이려니와, 무엇보다 다행이었던 것은 전반부에 해당하는『경성일보』에는 몇 차례 결호가 있었으므로 이 단행본이 없었다면 결호의 이야기 전개는 공백이 되고 말았을 터였기 때문이다. 어쨌든 총 200회 연재가 계획된 상태에서 절반 정도만으로도 단행본 400쪽을 넘는 분량이었으니 110회(마지막 소제목은 '유혹')까지의 내용을 담아 비슷한 분량의 속편이 예정되었던 모양이고, 이 책 맨 뒤에는 그 기획에 대한 다음과 같은 내용이 기재되어 있다.

속편 근간 예고

『새벽』은 뒤이어 발행할 속편에서 마침내 완결된다. 가련한 아야코의 운명은 어떻게 될 것인가? 다쓰에와 헤어지게 되지 않을까? 헤어진다면 그 후에는 어떻게 될 것인가? 유부남인 것을 알면서 품어서는 안 될 연정을 품어 버린 오스마는 어떻게 될까? 다쓰에와 오스마의 관계는? 또 오스마와 고야마의 관계는? 그리고 이 시라이는 어떤 역할을 하게 될 것인가? 그런 이야기는 모두 이 속편에서 해결된다. 더구나 대단원의 참극, 비극에 이르기까지 그 재미는 숨도 쉬기 힘들 정도다. 본편의 독자들은 아마 이 속편을 손에 들지 않고서는 안심할 수 없으리라. 하물며 본편에 가득했던 것보다 더한 재미와 끊임없는 생명력을 찾는 사람은 꼭 근간 속편을 기다려야 할 것이다.

시종일관 여리고 가련한 여주인공 아야코의 운명을 중심에 놓고, 남편 다쓰에와의 이혼 소동, 음흉한 시아버지 분페이, 유부남에게 연심을 품어 버린 오스마, 아야코의 정신적 지주와도 같은 시라이, 젊은 서생 고야마(小山) 등 주요 등장인물들의 역할과 심정이 얽히며 대단원의 비극을 향하여 치닫는 작품 후반부를 속편으로 기획한 것을 잘 알 수 있다.

작품 후반의 주된 키워드라고 한다면 출생의 비밀, 불륜, 이루지 못한 첫사랑, 우유부단한 남편, 짝사랑과 육욕, 윤리적 갈등과 파국 등이라 할 것이다. 지금으로부터 정확히 100년 전 『경성일보』 지상에서 탄생한 두 여주인공을 내세운 가정 비극은, 21세기 현재 한국 텔레비전 드라마의 대중적 요소와 크게 다르지 않은 느낌인 것이 흥미롭다.

하지만 속편이 실제 간행되었는지 아닌지는 불분명한데, 그것은 현존본을 찾을 수 없고 수많은 슈세이 전집/선집의 리스트에서도 확

인되지 않기 때문이다. 따라서 지금 단계에서는 『경성일보』의 111회부터 최종 200회가 모두 갖추어져 있는 덕택에, 이 소설의 전모와 풀스토리가 이 역서를 통해 처음으로 공개되는 것이라고 할 수 있다.

◇◇◇

아울러 연재 당시 『새벽』의 삽화는 다이쇼 시대에서 쇼와(昭和) 초기에 걸쳐 미인화와 판화로 이름나 많은 잡지 등의 삽화나 그림책 등을 남긴 곤도 시운(近藤紫雲)이 그렸다. 아래 그림은 아야코를 그린 제1화와 최종화의 삽화로, 다이쇼 시대 미인의 전형으로 조형된 주인공의 모습을 보여준다.

『새벽』 제1화(좌, 1920.11.23)와 최종 제200화(우, 1921.7.15)의 삽화

◇◇◇

슈세이는 일본 근대문학 속에서도 손꼽히는 다작 작가로 알려져

있으며, 메이지(明治)·다이쇼(大正)·쇼와(昭和) 시대 전기에 이르기까지 꾸준한 작품 활동을 했다. 물론 1920년부터 1921년에 걸쳐 연재된 이 소설은 그간 순문학계에서는 도외시되어 왔던 슈세이의 다이쇼(大正) 시대 통속소설에 접근해 있었다고 평가되는 시기의 작품군으로 분류될 수 있다.

그런데 21세기에 들어 일본에서 슈세이 작품을 망라하여 수록했다고 일컬어지는 42권짜리 『도쿠다 슈세이 전집(德田秋聲全集)』(八木書店, 2006)이 간행되고, <21세기 일본문학 가이드북> 6번째 기획으로 『도쿠다 슈세이(德田秋聲)』(ひつじ書房, 2017)가 간행되면서 새로운 세기에 맞는 슈세이 재평가 움직임이 전개되고 있다.

이러한 동향 속에서 1920년대를 전후한 슈세이의 연재소설은 대표적 자연주의 작가가 생계를 위해 세태 및 당시의 저널리즘에 영합하여 쓴 문학적 가치가 낮은 통속소설이라는 기존의 '평가'에서, 보다 큰 예술을 지향한 그의 새로운 시도이자 세련된 현대성을 가진 대중문학으로 '재평가'되고 있다.

다만, 상기의 『도쿠다 슈세이 전집』(이하 『전집』)과 가이드북 『도쿠다 슈세이』를 비롯한 최신 슈세이 연구 성과에서 이 작품과 관련된 상당히 중요한 시사점이 내포되어 있기에 이 점에 관하여 언급해 두고자 한다. 이 『전집』에 『새벽』은 수록되어 있지 않은데 이것이 단순

누락이 아니라 대작(代作)의 가능성이 크다는 뜻에서 그러한 것이며, 이는 일본 근대문학 사상(史上) '대작', '합작'이라는 회색 지대(gray zone)를 가장 크게 가지는 작가가 슈세이라는 측면과 직결된다.

우선 이『전집』의 마지막 43권째 별권(別卷, 八木書店, 2006)에 상술된 슈세이 연보에서는, 1920년 11월 23일에 50년 기념 축하회의 상세한 내용과 더불어『새벽』이『경성일보』에 이듬해 7월 15일까지 연재되었다고 기록(p.57)되어 있다. 그런데 같은 연보에서 이듬해 1921년 3월에는 슈세이가 이 시기 고향인 가나자와(金沢)에 체재했고 도쿄의 누군가에게 '"경성"의 원고가 끊긴 것 같은데, 어떠한 것을 생각하고 있습니까? 무슨 큰 사정이 없는 한 지속해 주셨으면 합니다. 시급히.'(p.58)라는 엽서 내용이 보인다. 받는 이 이름이 지워져 있어서 누구인지는 알 수 없지만,『전집』측은 여기에서의 "경성"이『경성일보』를 뜻하며 친밀한 인물에게 대작을 독촉하는 내용으로 보았다. 이것이『전집』측이『새벽』을 슈세이 발표작으로 인지는 하였으되『전집』에 수록하지 않은 이유로 추측된다. 실제로 슈세이의 작품을 망라한 이『전집』간행팀은 작품 수록의 판단이 얼마나 지난한 일이었는지에 대한 고충, 증거 부족으로 인해 판정이 개운하지 않음을 가이드 북『도쿠다 슈세이』에서 토로하고 있다.

유명 작가의 대작 문제는 고스트 라이터(Ghost Writer)의 존재에 대해 품는 윤리 감각과 무관하지 않으므로, 대작이 의심된다는 사실 자체에서 현대인은 실망과 위화감을 느끼지 않을 수 없다. 하지만 슈세이가 당대 최대의 인기 문학결사인 '겐유샤(硯友社)' 출신으로 겐유샤 내부의 대작 케이스가 빈번했다는 것, 다이쇼 시대(1911-1926)의 저널리즘이 매체 급증에 따른 문학의 수요와 공급의 불균형을 타개할 방법을 찾아야 했다는 것, 수많은 유명 근대문학 작가들이 대작에 연루되어 있었다는 사실―심지어 나쓰메 소세키(夏目漱石)도 슈세이에게 아마추어의 대작을 알선하고 슈세이가 합작이라는 형태로 그에 응했다니! 노벨문학상을 수상한 가와바타 야스나리(川端康成)조차 대작 의혹에서 자유롭지 못하다니!―등은 일본의 근대 문단에 대해 새삼 많은 문제의식을 던져준다. 또한 당시 『경성일보』로 슈세이의 원고가 전달된 경위와 원고 원본이 발견되어야 비로소, 아니, 발견되어도 판명하기 어려운 작가 개입의 정도라는 영역이 있다는 것도 고려해야 한다. 이것은 슈세이 작품 전체에 대한 이해의 위에서나 판단할 수 있는 지극히 어려운 지점이기도 할 것이다.

이와 관련하여 일본 근대 문단에서의 유명세와 그의 다양하고 많은 작품에 비해 한국에서는 슈세이 작품이 연구되거나 번역된 사례가 손에 꼽을 만큼 희소하는 점을 마지막으로 지적해 두고자 한다. 『곰팡이(黴)』(1911), 『탐닉(爛)』(1913), 『사나운 여자(あらくれ)』(1915), 『가장인물(仮装人物)』(1938), 『축도(縮図)』(1941)와 같이 일본 자연주의 문학의 도달점이라 평가되는 슈세이의 대표작들은 물론이고, 『새벽』이 발표된 1920년을 전후하여 나온 수십 편의 장·중·단편 역시 21세기 현재 대

중문학의 관점에서든, 사소설의 관점에서든, 여성주의의 관점에서든, 작가의 독창성과 작품의 진위라는 측면에서든 읽어볼 가치는 풍부하다. 이러한 작품들은 100년 전의 일본인과 일본의 생활상, 사회상을 들여다보는 데에 더할 나위 없는 호자료일 터이기 때문이다.

2020년 5월

역자 엄인경

새벽

지은이 **도쿠다 슈세이**(德田秋聲, 1872~1943)

이시카와 현(石川県) 가나자와(金沢) 출신 소설가. 문학에 뜻을 품고 전전하다 당대 최고 인기 작가 오자키 고요(尾崎紅葉) 문하에서 작가활동을 시작하고 『곰팡이(黴)』(1911), 『탐닉(爛)』(1913), 『사나운 여자(あらくれ)』(1915) 등에서 탁월한 여성 묘사를 선보이며 문단의 정점에 섰다. 본 역서 『새벽(曙)』이 발표된 1920년 당시는, 문단에서 슈세이 탄생50년 기념축하회가 열리고 연재물 장·단편소설을 여러 편 동시 진행하는 등 통속소설가로서 대중적 인기가 높은 시기였다. 만년에 『가장인물(仮裝人物)』(1938), 『축도(縮図)』(1941, 미완)와 같은 걸작을 낳은 슈세이는 일본 자연주의 문학의 도달자로 평가된다.

옮긴이 **엄인경**

고려대학교 글로벌일본연구원 부교수.

고려대학교 일어일문학과와 같은 대학원에서 일본문학을 공부하였고, 현재 20세기의 일본어 시가문학의 제상(諸相)에 관심을 가지고 연구하고 있다. 주요 논저에 「한신·아와지대지진(阪神淡路大震災)의 문학화와 전쟁 기억-오다 마코토(小田実)의 『깊은 소리(深い音)』를 중심으로-」(『한일군사문화연구』27집, 2019.4), 『한반도와 일본어 시가문학』(고려대학교출판문화원, 2018), 『문학잡지 國民詩歌와 한반도의 일본어 시가문학』(역락, 2015), 역서에 『어느 가문의 비극』(이상미디어, 2019), 『요시노 구즈』(민음사, 2018), 『한 줌의 모래』(필요한책, 2017), 『단카로 보는 경성 풍경』(역락, 2016) 등이 있다.

『경성일보』 문학 · 문화 총서 ❸
장편소설 **새벽**

초판 1쇄 인쇄 2020년 5월 12일
초판 1쇄 발행 2020년 5월 20일

지은이   도쿠다 슈세이(德田秋聲)
옮긴이   엄인경
펴낸이   이대현
편 집   이태곤 문선희 권분옥 임애정 백초혜
디자인   안혜진 최선주 김주화
마케팅   박태훈 안현진
펴낸곳   도서출판 역락
주 소   서울시 서초구 동광로 46길 6-6 문창빌딩 2층
전 화   02-3409-2060(편집), 2058(마케팅)
팩 스   02-3409-2059
등 록   1999년 4월 19일 제303-2002-000014호
전자우편   youkrack@hanmail.net
홈페이지   www.youkrackbooks.com

ISBN   979-11-6244-508-2 04800
         979-11-6244-505-1 04800(전12권)

* 이 도서의 국립중앙도서관 출판예정도서목록(CIP)은 서지정보유통지원시스템 홈페이지(http://
  seoji.nl.go.kr)와 국가자료종합목록 구축시스템(http://kolis-net.nl.go.kr)에서 이용하실 수 있습니
  다.(CIP제어번호 : CIP2020019023)